ITALIAN FIC Leone
Leone, C.
Ti rubo la vita.
Caledon Public Librar
OCT 2019   3582

PRICE: $47.23 (3582/01   )

Scrittori italiani e stranieri

Cinzia Leone

Ti rubo la vita

ROMANZO

MONDADORI

Questo romanzo è frutto dell'immaginazione. Gli eventi di cronaca e i personaggi realmente esistenti o esistiti sono trasfigurati dallo sguardo del narratore. Per il resto, ogni riferimento a persone e fatti reali è da ritenersi casuale.

L'editore ha ricercato con ogni mezzo i titolari dei diritti sull'immagine di copertina, senza riuscire a reperirli: è ovviamente a piena disposizione per l'assolvimento di quanto occorra nei loro confronti.

tirubolavita@cinzialeoneautrice.com
Facebook: Ti rubo la vita / Cinzia Leone autrice

librimondadori.it
anobii.com

Ti rubo la vita
di Cinzia Leone
Collezione Scrittori italiani e stranieri

ISBN 978-88-04-71016-5

© 2019 Mondadori Libri S.p.A., Milano
I edizione febbraio 2019

Ti rubo la vita

A mia madre

> Gli enigmi sono tre, una è la vita!
> GIACOMO PUCCINI, *Turandot*

MIRIAM

Giaffa, 19 aprile 1936

Il mio nome è Avrahàm Azoulay e sono fuggito altre volte. Stanotte non ho fatto in tempo.

Il rumore del portone sfondato mi sveglia di soprassalto. In un istante ci sono addosso. Ci strappano dal letto, trascinano mia moglie, immobilizzano me a terra. Il primo calcio mi fa cadere gli occhiali e vedo solo macchie sfocate. Mi colpiscono con una spranga, la schiena cede, le gambe si spezzano. Una mazzata mi rompe un timpano, i lamenti di mia moglie e il pianto di mia figlia mi arrivano attutiti. Ho la bocca piena di sangue. Ci trascinano in cortile, bastonano per uccidere. Lei è la prima a morire, le braccia abbandonate sul mio petto. Continuano a picchiare, raccolgo le forze per strappargli mia figlia. Le sfioro i capelli, sono intrisi di sangue. Grido, ma il suono della mia voce mi giunge ovattato. Viene ormai dall'aldilà.

Non ho nemici. La mia unica colpa è essere ebreo. Sono sopravvissuto al pogrom di Odessa, ma non a questo in Palestina.

Il mio nome finisce con me.

1

Giaffa, 19 aprile 1936

Nel buio della notte più buia della sua vita, Miriam sobbalzò. Un tonfo sordo l'aveva strappata al sonno. Poi un calpestio e delle voci in cortile. Si girò cercando il corpo del marito.

«Svegliati, hanno forzato il portone, sono dentro...»

Ibrahim capì subito cosa stava accadendo.

Dal piano terra arrivò fino a loro il rumore dei colpi. Poi la voce spezzata dell'ebreo, i lamenti della moglie e i singhiozzi della bambina.

«Non senti? Li stanno picchiando... Chi sono?» bisbigliò inorridita Miriam stringendo al petto la piccola Yasemin che, ridestata dal frastuono, piagnucolava.

«Non ci riguarda, non sono venuti per noi.»

«Li stanno massacrando, dobbiamo aiutarli...»

«Non ti azzardare» le intimò il marito.

«E se salgono le scale, se ci trovano?»

«Havah... Perché Havah piange...?» Richiamata dalle grida dell'amica, Yasemin sgusciò dall'abbraccio e corse verso la scala per cercarla. Stava per valicare la tenda che proteggeva il ballatoio, quando i genitori la raggiunsero fermandola sull'orlo del primo gradino.

Nascosti dietro il sottile diaframma di stoffa che li separava dal tumulto, avvinghiati in un unico abbraccio, gli Özal udirono i colpi, i lamenti, le urla. A ogni gemito, Ibrahim stringeva più forte Miriam e Yasemin mentre continuava a ripetersi che loro non c'entravano: quelli erano lì per l'ebreo Azoulay, non per il musulmano Özal.

Si svolse tutto in un baleno. Nessuno si accorse che al piano di sopra un'altra famiglia, così simile a quella degli Azoulay, ascoltava atterrita l'atroce tumulto della strage.

Nel loro nascondiglio di tela, stridori, colpi, urla, tonfi, gemiti li raggiunsero nitidi e feroci. Ciechi, gli Özal non videro la mattanza, ma ne riconobbero la spaventosa e confusa sequenza: i corpi trascinati attraverso il cortile, la gragnuola dei colpi e gli ultimi rantoli. Il cigolio del portone che si apriva e il colpo secco quando si richiuse alle spalle degli aggressori. Il calpestio in strada, sempre più lontano. E poi il silenzio.

Un silenzio ben più raccapricciante del buio che li aveva protetti.

In quel vuoto, il terrore lasciò il passo alla paura: infida e strisciante. Ibrahim ripensò alle due teste calde che la sera prima, in una taverna del porto, si erano vantate di voler dare agli ebrei una lezione: si sarebbero ripresi la terra che gli avevano venduto, dicevano, perché la Palestina era degli arabi e basta. Non trovava il coraggio di uscire dal fragile rifugio che li aveva preservati dall'orrore, ma di lì a poco sarebbe arrivata la polizia e allora sarebbe stato difficile convincere gli inglesi che gli Özal, a cui non era stato torto un capello, fossero del tutto estranei all'agguato. L'avrebbero portato in commissariato e rischiava di finire in galera. No, lui in cella non voleva tornarci.

Con il cuore in subbuglio Miriam trovò il coraggio di scostare un lembo della tenda e si affacciò sulla scala come dal ciglio di un abisso.

Da lassù la balaustra di marmo nascondeva gran parte del cortile ma intravide un rivolo rosso che tagliava le pietre del pavimento.

«Sangue» balbettò.

«Resta qui» le intimò Ibrahim scavalcandola.

Scesi gli ultimi gradini, si fermò. Le tracce dei corpi martoriati si intersecavano e si fondevano in una poltiglia ancora fresca all'altezza del pozzo e finivano in un'unica chiazza rubino prima del portone. La vista della scena del massacro sovrapposta all'eco dei suoni strazianti appena uditi lo stordì. Si fece forza e, camminando rasente al muro, raggiunse la camera da letto degli Azoulay. Il disordine delle lenzuola, le macchie di sangue, e, ai piedi del letto, gli occhiali di tartaruga di Avrahàm calpestati... Tutto rivelava quello che era accaduto pochi istanti prima: uno scempio. D'istinto raccolse la montatura con i vetri in frantumi, la tenne per un istante tra le dita tremanti, poi se la mise in tasca. Si sorprese a pensare che non aveva mai visto l'ebreo senza quegli occhiali indosso, e il ricordo del suo sguardo malinconico rimpicciolito dalle lenti spesse lo ferì. Avrahàm era morto senza distinguere il volto dei suoi assassini.

Non c'era tempo. Gli inglesi potevano arrivare da un momento all'altro. Aveva pochi istanti per decidere, per reagire, ma si sentiva smarrito. L'equazione della sua vita, d'improvviso, era zeppa di incognite dall'esito spaventoso e imprevedibile. Confuso con le grida e i lamenti, ma ben riconoscibile, Ibrahim aveva sentito il rumore secco della cassaforte aperta con violenza. Gli assalitori si erano fatti dare le chiavi e l'avevano svuotata? E il suo contratto con Azoulay? Se l'erano portato via? In preda al panico, agì di conseguenza. Entrò nel salotto messo a soqquadro e vide lo sportello spalancato, sparsi a terra giacevano gli astucci di pelle dei gioielli, ma dentro il vano di metallo, impilate sul fondo, c'erano ancora delle carte. Cominciò a spulciarle febbrilmente e, tra bolle di consegna, affidavit e lettere di credito, spuntarono, tenute insieme da uno spillo con la capocchia azzurra, le due copie del contratto con le loro firme in calce, Ibrahim Özal e Avrahàm Azoulay, una accanto all'altra. D'istinto le prese e le infilò nella tasca dove aveva riposto gli occhiali ma ritraendo la mano si ferì, con lo spillo o con una scheggia di vetro. Tamponò il sangue con un lembo della camicia.

Gli mancava il respiro. In quel contratto c'era tutta la sua vita. Una vita che aveva cominciato ad andare a rotoli a Istanbul con l'accusa di bancarotta fraudolenta e infine la galera. Gli interrogatori, il processo, le notti insonni in cella e il tormento degli incontri con il padre che gli rinfacciava di avergli rovinato la reputazione. Non doveva farsi scrupoli, si disse. Se non avesse preso quel documento cosa ne sarebbe stato del suo dieci per cento dell'affare, e cosa del novanta dell'ebreo? Il cotone rischiava il sequestro o di finire all'incanto. Quel contratto era anche suo, portarlo via non era un furto ma una precauzione. Un pensiero lo fulminò. Senza l'ebreo a chi avrebbe potuto venderlo, e a che prezzo? Il suo dieci per cento senza Azoulay non valeva nulla.

Più tirava i fili del disastro in cui il destino lo aveva cacciato, più il groviglio delle sue paure si stringeva fino a strozzarlo. Avrebbe pensato poi a come cavarsela, l'importante era fuggire con il contratto prima dell'arrivo degli inglesi.

Stava per richiudere lo sportello della cassaforte quando un registro di cuoio rosso da cui spuntavano dei passaporti e delle fotografie attrasse la sua attenzione. Lo aprì. Dalle pagine vergate con la calligrafia elegante e minuta dell'ebreo venne fuori una foto di Azoulay bambino in mezzo alla neve, un cappello di pelliccia calcato in testa e il violino appoggiato alla spalla, sullo sfondo una sinagoga, e con l'inchiostro blu la scritta: "Avrahàm. Odessa, gennaio 1904", poi lui e la moglie sulla spiaggia con Havah in braccio, e a matita sul retro: "Avrahàm, Miriam e Havah Azoulay. Tel Aviv, agosto 1933". Mentre scorreva rapidamente le fotografie, i volti di decine di sconosciuti lo assediarono con sguardi profondi e malinconici, così simili a quello di Azoulay. Precipitosamente Ibrahim rimise le foto e i passaporti nel registro, prese la borsa di pelle nera dell'ebreo abbandonata ai piedi della cassaforte e ci ficcò tutto dentro. Qualsiasi cosa ma non la prigione, di nuovo, e stavolta persino come mandante o complice di un assassinio. Qualsiasi cosa, ma non poteva perdere quel contratto. Aveva deciso. Per l'ennesima volta nella sua vita, una sola strada gli sembrò praticabile: la fuga.

Senza che Ibrahim se ne accorgesse, in silenzio Miriam gli era scivolata alle spalle.
«Cosa stai prendendo? Non è roba nostra.»
«Ti avevo detto di restare nascosta. Dov'è Yasemin?»
«L'ho chiusa in camera.»
«Prendi l'indispensabile e scappiamo.»
«Ibrahim...»
«Ubbidisci!»
Ibrahim non aveva un piano, sapeva solo che gli Özal dovevano sparire. E in fretta.
Il portone era chiuso e bloccato sui cardini. Sarebbero dovuti passare dal magazzino che affacciava nel vicolo sul retro. Sapeva dove Avrahàm teneva la chiave, perché all'arrivo dei carichi lo aveva visto spesso controllare la merce prima di firmare la bolla di consegna. Azoulay non si fidava dei campioni di tessuto fissati al carico e ogni volta, senza disfare l'imballaggio, solo infilando pollice e indice in una fessura, ne verificava la qualità. Era capace di distinguere al tatto un lino batista da un lino mezzano, riconosceva una lana rigenerata o le fibre troppo secche di un cotone scadente sfiorandole con i polpastrelli, solo annusandola individuava una seta mal tinta dal lieve odore acido che emanava. Nessun dubbio, a Giaffa era il migliore.
La chiave era lì, al suo posto, in una nicchia all'interno del pozzo. Ibrahim aprì il magazzino, prese in braccio la figlia e, con la borsa di Avrahàm stretta al petto e la moglie incollata al fianco, si insinuò tra le balle di stoffa e le casse di filati fino ad arrivare alla porta, la dischiuse e sbucò nel vicolo. Era deserto.

«Andiamo.»

«No, ho paura...»

«Seguimi!» le ordinò costringendola a valicare la soglia.

Poi fece girare la chiave nella serratura con un gesto automatico.

«Perché chiudi?» chiese la moglie.

«Sto uscendo da casa mia» rispose Ibrahim, a cui piaceva risolvere i conflitti curvando sempre la realtà a suo favore. Ma intanto pensava: "Sto scappando come un ladro, ma non lo sono. Ho preso solo quello che mi spettava: le copie del mio contratto. Gli altri documenti, i passaporti e le foto sono solo una garanzia".

Le afferrò la mano e la trascinò lungo il vicolo, verso l'incrocio con la strada dove di una famiglia identica alla loro non restava che una lunga traccia di sangue.

Miriam si voltò a guardare per l'ultima volta la casa, poi spinse lo sguardo fino alla piazza:

«Quei corpi, sono...?»

«Aspetta qui» le ordinò Ibrahim mettendole in braccio la figlia.

Con l'animo in tumulto, percorse il vicolo buio e sbucò nella piazza. Avvicinandosi ai poveri resti degli Azoulay gli mancò il respiro per l'orrore di quei corpi violati. E per la piccola Havah, una bambolina abbandonata con le gambe nude sulla pietra fredda. Maledisse quella notte, ma non c'era tempo per le lacrime. Tornò indietro, prese di nuovo in braccio Yasemin e le nascose il volto contro il collo.

«Non guardare» sussurrò alla moglie quando furono a pochi passi dai cadaveri. «Seguimi e cammina senza voltarti.»

«Dove ci porti?» mormorò Miriam aggrappandosi a lui. «Se scappiamo penseranno che siamo stati noi a ucciderli, ho paura, Ibrahim...»

«Fidati di me, vi porto al sicuro. Stammi vicina, camminiamo attaccati alle case. Alla luce dei lampioni, le nostre ombre possono tradirci.»

Ibrahim guidava la famiglia attraverso i vicoli di una città che non era mai stata davvero sua e che, in un vago presentimento, sentiva che non avrebbe mai più rivisto. L'ululato delle sirene proveniente da diversi quartieri e il passaggio di un paio di camionette di soldati gli fecero intuire che lo stesso destino degli Azoulay era toccato anche ad altri, ma gli abitanti di Giaffa sapevano tenersi alla larga dai guai: chi aveva sentito le grida se ne stava nascosto dietro le finestre ben chiuse, chi non le aveva sentite dormiva il sonno dei giusti. Così diceva sempre Avrahàm: "il sonno dei giusti". Trovarli, i giusti... Quella notte a Giaffa risuonavano solo l'indifferenza e i latrati dei cani randagi.

Evitando le piazze illuminate, gli Özal si addentrarono nel dedalo oscuro della città vecchia. Ibrahim sentiva sul collo il respiro caldo della figlia addormentata e alle spalle quello ansimante e spaventato della moglie, aggrappata a lui come una barca alla boa durante una tempesta.

Miriam era sempre stata la sua ancora. Trafitta dalle doglie di un parto dall'esito incerto aveva continuato a sorridergli. Non era mancata a un'udienza del processo e alle visite in carcere era sempre entrata a testa alta. Eppure, dall'arrivo in Palestina, era diventata diffidente, guardinga e a volte persino aspra... Sapeva di averla delusa molte volte e temeva che quest'ultima fuga precipitosa avrebbe segnato l'inizio di un distacco. Temeva il terrore di Miriam più della sua stessa paura.

L'aveva incontrata per la prima volta a Erzurum, nella piazza davanti alla scuola coranica. La passività intrisa di sottomissione che aveva indovinato nel suo sguardo febbrile, incorniciato dallo hijab, aveva solleticato il suo istinto di dominio. Sposarla in tutta fretta gli aveva permesso di sottrarsi al matrimonio combinato con Fatima, l'altezzosa primogenita di un ufficiale dell'esercito ottomano a cui sin da bambino era stato destinato. Il padre di Ibrahim, che non riusciva a rassegnarsi a una nuora con le mani da contadina e l'ostinazione di una mula, aveva continuato a tormentarlo a lungo per l'occasione perduta.

«Se avessi sposato Fatima, il padre ti avrebbe procurato le commesse per stampare tutte le scartoffie dell'esercito! Cosa ci fai con un suocero che coltiva pesche? Gli stampi i cartellini degli alberi da frutto? Se ci fosse ancora l'impero ottomano, almeno avresti potuto sposarle entrambe, ma ora che il tuo amato Atatürk ha abolito la poligamia dovrai farti bastare la tua contadina.»

A Erzurum, Miriam si era subito accorta che quel giovane non le toglieva gli occhi di dosso. Alto, elegante e con un'aria cittadina, Ibrahim spiccava nel capannello degli uomini davanti alla scuola coranica. Di vista lei li conosceva quasi tutti e qualcuno era persino un parente, come Hassan, il cugino che non le era mai piaciuto ma a cui era stata promessa, anche se lui non l'aveva mai guardata così e chissà se l'avrebbe mai fatto. Quel giorno, portato dal vento, il profumo dei peschi in fiore arrivava fino in città. A Miriam la primavera faceva girare la testa e quel mattino gliela fece perdere del tutto. Lui continuava a fissarla. All'inizio lei esitò, poi, d'impulso, si coprì il volto con un lembo dello hijab e da quella fessura misteriosa, attingendo da un'antica sapienza, gli lanciò un'occhiata bruciante. Quando gli sguardi si incrociarono, lei abbassò le palpebre, ma le dischiuse poi lentamente, guardandolo da sotto in su come un animale ferito. E così più e più volte. La danza dello sguardo che aveva ritrovato d'istinto irretì Ibrahim. La settimana seguente la chiese in sposa. Gli occhi di Miriam però non mantennero a lungo la promessa di sottomissione fatta quel giorno. Il trasferimento a Istanbul, la nascita di Yasemin e le peripezie in cui il marito l'aveva coinvolta la trasformarono. E, pur continuando a piegarsi al suo desiderio con l'abbandono muto e incondizionato che lui amava, con il passare del tempo rivelò una testardaggine silenziosa e inaspettata che somigliava molto da vicino alla ribellione.

Quella notte a Giaffa, mentre cercava di sfuggire al destino che lo spingeva di nuovo sott'acqua, per la prima volta Ibrahim si ritrovò a dar ragione a suo padre. "Se avessi accettato quel matrimonio combinato non sarei finito in Palestina e in questo disastro." Ma, poiché il pentimento non era la sua specialità e a ogni incrocio potevano incappare in una pattuglia inglese, la paura che lo attanagliava ebbe il sopravvento sulle recriminazioni.

«Cammina, senza voltarti!» le intimò.

Come sempre l'istante lo accecava: raschiava via i rimpianti e soffocava i ripensamenti. Quella notte sventurata stava decidendo per lui.

«Per di qua, lungo la scala, anzi no, meglio passare sotto il ponte, seguimi.»

Atterrita e recalcitrante, Miriam rallentava il passo. L'uomo a cui aveva affidato la sua vita e quella di sua figlia era sempre pronto ad approfittare come una piuma del primo soffio di vento. Ma il vento si stava trasformando in un uragano.

Dopo un affannoso zig-zag, gli Özal raggiunsero il porto. Le luci fioche della banchina li avvolsero in una penombra rassicurante. Nascondersi nel ventre di una delle chiatte che sonnecchiavano in rada e partire all'alba con la prima nave sembrò a Ibrahim l'unica soluzione. Quando si calarono nella stiva di un vecchio barcone carico di arance ormeggiato in fondo al molo est il profumo per un istante li stordì. Si addentrarono nel labirinto delle casse spingendosi fino a prua per cercare un angolo nascosto dove passare la notte. Erano stremati. Si accoccolarono contro il fasciame e provarono a addormentarsi ma nessuno dei due riusciva a prendere sonno. Yasemin aveva incominciato a piagnucolare e solo quando Ibrahim liberò un'arancia dalla carta velina, la sbucciò e gliene offrì uno spicchio per calmarla si addormentò succhiandolo.

D'improvviso Miriam mormorò:

«Sento dei cigolii...»

«È l'attracco della chiatta che tira quando la marea sale.»

«Sono gli spiriti degli Azoulay che ci inseguono.»

«Perché mai dovrebbero inseguirci?»

«Perché hai rubato la borsa di Avrahàm e tutte le sue carte...»

«Non dire sciocchezze, gli spiriti non esistono e io non ho rubato nulla. Quei documenti io li ho salvati, gli inglesi li avrebbero seppelliti dentro un archivio. Lascia i morti al loro destino. Dimentica gli Azoulay.»

Miriam sembrò acquietarsi, fino a quando, accarezzando la guancia della figlia, si accorse che non aveva più gli orecchini di corallo. «Li ha perduti...»

«Non pensarci.»

«Erano il regalo che le ha fatto mio padre quando è nata.»

«Gliene compreremo di più belli.»

Il suono di una sirena tagliò l'aria. Miriam, il volto nascosto tra le mani, cominciò a piangere.

«Tranquilla, è lontana. Gli inglesi stanno facendo un rastrellamento in direzione di piazza dell'Orologio.»

Pochi minuti dopo li raggiunse l'urlo di un'altra sirena.

«È l'ambulanza, viene dall'ospedale francese...»

«Ho paura, la sventura cadrà su di noi!» singhiozzò Miriam mentre con gli occhi continuava ostinatamente a cercare quelli del marito.

«Tra poco sarà finita. Ormai siamo al sicuro.»

«Sei pazzo. Tu non pensi a nostra figlia...»

«So quello che faccio. Al molo sud è attraccata una nave cipriota che salperà domattina per Rodi. Si chiama *Aphrodíte*. Saliremo a bordo e una volta a Rodi prenderemo il primo imbarco per Istanbul. Torniamo a casa» le sussurrò sfiorandole le labbra. «Adesso cerca di dormire, ci aspetta un lungo viaggio.»

Nell'accarezzarle la mano per calmarla, Ibrahim sfiorò l'anello che le aveva regalato il giorno in cui l'aveva chiesta in sposa. Le loro dita, istintivamente, si intrecciarono: l'anello d'oro con il rubino di Ibrahim accanto all'acquamarina di Miriam, come era sempre stato. Ma nulla era più come prima.

Finalmente Miriam si addormentò, Ibrahim invece non chiuse occhio. Continuava a rimuginare sul massacro di quella notte e sul destino che lo aveva fatto ruzzolare in una serie di capitomboli rovinosi fino in Palestina. Era lì che aveva sperato di tornare a galla improvvisandosi commerciante. Giaffa poteva essere la città giusta, ma aveva bisogno di un maestro.

La prima volta che lo aveva notato era stato nel caos delle negoziazioni che fervono lungo le banchine all'arrivo delle navi di carico. Avrahàm Azoulay indossava un lungo soprabito scuro e un elegante cappello nero che gli gettava un'ombra netta sul volto affilato e olivastro. La barba e i grandi occhi malinconici dietro spesse lenti da miope lo facevano sembrare più vecchio, ma Ibrahim suppose che dovesse avere più o meno la sua età. Azoulay si era appena aggiudicato una partita di cotone spuntando un prezzo inferiore e un imbarco immediato, soffiando l'affare a un ricco libanese. Nei capannelli di commercianti si parlava solo di lui. «È un ebreo di Odessa, paga sempre in contanti e non si perde in chiacchiere»; «È in affari con mezzo mondo e non sbaglia mai una mossa.»

Da quel giorno Ibrahim tornò a ogni attracco per vederlo all'opera fino a diventare la sua ombra. Sulle banchine del porto di Giaffa tutti si dichiarano amici ma tutti vogliono accaparrarsi l'affare più vantaggioso: Ibrahim scoprì che il più delle volte a spuntarla era proprio Azoulay.

La manovra di accerchiamento culminò in un freddo mattino di gennaio. Sulla banchina spazzata dal vento, Avrahàm Azoulay e Alexis Ertemios – un grossista di Salonicco che tutti temevano – erano all'ultimo ribasso di una trattativa per una partita di datteri appena scaricata da un battello cairota. La contrattazione si era impantanata quando l'ebreo, dopo aver chiesto di esaminare la merce, d'improvviso rinunciò, lasciando che il concorrente si aggiudicasse il carico. Furono in molti a stupirsi ma Azoulay, dopo essersi congratulato con il greco, e senza dare spiegazioni, se ne andò. Fu in quel momento che Ibrahim decise di agganciarlo.

Lo seguì mentre con la sua solita andatura, le spalle leggermente curve e il capo appena inclinato a destra, si allontanava lungo una di quelle scale protette dal soffitto a volta che in tutto il Mediterraneo risalgono dal porto inerpicandosi per freschi labirinti verso il centro della città. Quando lo vide sedersi su una panchina di pietra, attaccò discorso. Per catturare l'attenzione del mercante di Odessa sfoderò il russo:

«Permette una domanda?»

«Prego, dica pure.»

«Perché ha rinunciato all'affare?»

«Lei è un frequentatore assiduo delle compravendite e si sarà accorto che la linea di confine tra un affare buono e uno pessimo è molto sottile.» Si aggiustò gli occhiali sul naso. «Le svelerò il segreto: i datteri in cima al carico erano dolci e profumati, ma quelli subito sotto cominciavano già ad asciugarsi e non avrebbero retto a una lunga navigazione. Il carico appena acquistato da Ertemios, una volta arrivato a Salonicco, sarà invendibile.»

«Dunque il greco ha fatto un pessimo affare?»

«Direi di sì.»

«Ma se il cairota non avesse accettato l'ultimo ribasso il pessimo affare lo avrebbe fatto lei.»

«Sbaglia. Avrei rivenduto il carico al mio corrispondente di Akko, a poche ore di navigazione da qui, e a un ottimo prezzo.»

«Perché non arrivare all'ultimo ribasso e guadagnare di più?» incalzò Ibrahim.

«A volte rinunciare è l'unico modo per durare. E il mio è un nome destinato a durare.»

Con un sorriso malizioso l'ebreo allungò a Ibrahim un sacchetto di carta.

«Gradisce un dattero?»

«Della partita del cairota?»

«Li assaggi. Fino a domani manterranno tutto il profumo e la dolcezza.»

«Perfetti» sottolineò Ibrahim dopo averne gustato uno.

«Non ci siamo presentati, il mio nome è Avrahàm Azoulay. Vengo da Odessa, ma la mia famiglia è sefardita. I miei antenati erano di Essaouira, una cittadina del Marocco affacciata sull'Atlantico, e di datteri me ne intendo.»

«Il mio nome è Ibrahim Özal e vengo da Istanbul.»

«Il suo russo è discreto.»

«L'ho studiato in collegio ma l'ho perfezionato facendo affari con i russi dei Soviet.»

«Buoni affari?»

«Mi hanno truffato.»

«Le rivoluzioni sono una tempesta ideale per gli affari. Avrà modo di rifarsi.»

«È quello che voglio più di ogni altra cosa.»

Per convincere l'ebreo a prenderlo sotto la sua protezione e a insegnargli i trucchi del mestiere, Ibrahim le provò tutte. Lo impietosì raccontandogli del suo primo insuccesso a Giaffa: l'acquisto di una partita di tè indiano di pessima qualità che nessuno aveva voluto comprare. Lo commosse raccontando il fallimento della sua tipografia: l'avventura della stampa con i caratteri del nuovo alfabeto turco, come voleva la rivoluzione modernista di Atatürk in cui aveva creduto, nella speranza che seguirla lo avrebbe reso un uomo ricco. Con il tracollo della tipografia, capì di averlo perlomeno incuriosito: gli ebrei amano i libri e detestano i fallimenti. Azoulay si fece descrivere la procedura di bancarotta, poi mise in fila i numeri ed evidenziò un paio di errori che, a rimediarli per tempo, avrebbero scongiurato la prigione.

Fu però il sorriso di Yasemin a fare breccia nel cuore del mercante di Odessa quando invitò gli Özal per un tè il giorno dopo. Superata la prima timidezza, le bambine corsero a giocare in cortile, e le due Miriam cominciarono a scherzare sulla insolita coincidenza dei loro nomi.

«I miei genitori mi avevano messo nome Maryam, come è scritto nel Corano. Ma, quando Atatürk ha cambiato la scrittura da araba a latina, in tutta la Turchia c'è stata una gran confusione sulle vocali. E sui miei documenti l'impiegato ha scritto Miriam. Da anni tutti mi chiamano così, ormai è il mio nome» raccontò la musulmana.

«Maryam o Miriam, musulmani o ebrei, siamo tutti figli di Abramo» sentenziò Avrahàm versandole il tè.

Allora Ibrahim si giocò il tutto per tutto: prima convinse Avrahàm ad affittargli l'ultimo piano della sua casa e poi a farlo entrare con una quota in uno dei suoi affari. L'ebreo gli propose di partecipare al dieci per cento dell'acquisto di una partita di Karnak Menoufi, un raro cotone egiziano color crema con cui si producono filati dalla resistenza ineguagliabile che le industrie tessili inglesi si sarebbero contesi a peso d'oro. La fioritura era un evento eccezionale e Azoulay voleva acquistare l'intera partita. Il raccolto, previsto per l'inizio di settembre, sarebbe stato consegnato ad Alessandria d'Egitto dal produttore, un copto del Delta del Nilo, e rivenduto da Avrahàm alla Manson, la più importante manifattura del Lancashire. Era l'occasione che il turco aspettava da tempo e decise di investire in quell'affare buona parte di quanto gli era rimasto. Grazie alla abilità dell'ebreo di Odessa, Ibrahim avrebbe visto moltiplicarsi il proprio capitale. Il documento in doppia copia che certificava la sua quota di finanziamento, l'equivalente di un autentico contratto, era stato depositato, di comune accordo, nella cassaforte di Azoulay.

La notte del massacro, accoccolato nella chiatta profumata di arance che oscillava lieve nella baia, Ibrahim, stringendo al petto la borsa dell'ebreo, attendeva il sorgere del nuovo giorno passando al setaccio quelle ultime ore che gli avevano stravolto i piani.

Se fosse stato capace di dominare il panico, avrebbe aspettato l'arrivo degli inglesi. Se avesse mantenuto la calma, senza pensare alla prigione, ai rimbrotti del padre e ai fallimenti, avrebbe capito che un turco musulmano che non aveva mai avuto contatti con i capi delle famiglie arabe non aveva nulla da temere da un interrogatorio: sarebbe bastato rispondere alle domande e lo avrebbero lasciato libero. Forse gli avrebbero persino restituito la sua copia del contratto e avrebbe potuto provare a riscattare la parte del cotone che gli spettava ad Alessandria. Ma cosa ne sarebbe stato del novanta per cento di Azoulay visto che non aveva più eredi? Sarebbe finito al copto? Agli inglesi? All'incanto?

Con il salire della marea la fune d'attracco aveva cominciato a tirare producendo cigolii sinistri. Se a Ibrahim non fosse balenata una strana idea, che ancora non osava formulare neppure fra sé e sé, tutto sarebbe andato diversamente. E invece quella continuava a ronzargli in testa, prendendo sempre più spazio.

Quando gli Özal sgusciarono fuori dalla chiatta, il sole stava spuntando in un cielo rosato simile a un tramonto invernale. Ibrahim non era un poeta, ma si sorprese a considerare come alba e tramonto possano assomigliarsi.

"Assomigliarsi proprio come Ibrahim e Avrahàm" pensò, eccitato e insieme confuso. "Un'alba non è che è un tramonto alla rovescia, capovolto... L'ebreo è tramontato ma il turco sorge nel cielo di un nuovo giorno."

Da principio si vergognò di un pensiero così ingenuo e scabroso, ma più il confronto prendeva corpo meno il paragone gli sembrava azzardato. Le macerie della sua vita sembravano trovare un nuovo ordine nella successione delle sette lettere del cognome Azoulay e l'idea ancora abbozzata, che gli si era affacciata alla mente davanti alla cassaforte, pian piano stava prendendo forma. C'era una soluzione che gli avrebbe permesso di incassare non solo i suoi dieci carati ma tutti quelli del contratto. E tutti i contratti che Azoulay aveva in corso. E Azoulay stesso.

Nessuno può cambiare il destino, ma Ibrahim poteva abbandonare il proprio e prendersi quello dell'ebreo.

Era semplice. O così almeno gli parve in quell'alba che assomigliava così tanto a un tramonto.

2
Giaffa, 20 aprile 1936

'O Flannery non vedeva l'ora di tornare a casa. Nelle narici voleva il profumo di malto torbato dei pub di Belfast, negli occhi la pelle di latte e i capelli ramati delle ragazze irlandesi, contro il corpo il pacchetto di mischia di una partita di rugby in cui ci si contende la palla con lealtà. Non come in Palestina, dove non si sa mai chi ha in mano il pallone ed è sempre tutto e il contrario di tutto.

Le spalle massicce strizzate nella divisa troppo stretta, i capelli neri tenuti a bada dalla brillantina e gli occhi cobalto come il mare della sua isola, il caporale 'O Flannery, trent'anni e le tasche vuote, masticava amaro in attesa di una licenza che rincorreva da mesi. A convincerlo ad arruolarsi non era stato il patriottismo ma Molly che aspettava un bambino: la paga dell'esercito era una certezza e per tre poteva bastare. La sua sventura era stata finire in Palestina, un campo da rugby dove erano in troppi a giocare, perdipiù senza regole.

In quella settimana a Tel Aviv c'erano stati dei disordini tra arabi ed ebrei. A Giaffa il giorno prima si era scatenato l'inferno. Quella notte degli arabi fanatici avevano preso d'assalto alcune case. E a 'O Flannery era toccato il sopralluogo in quella di Avrahàm Azoulay, un mercante ebreo massacrato insieme alla famiglia. Per giunta, all'alba, lo avevano spedito a controllare i documenti all'imbarco delle navi e ora gli toccava interrogare un tizio che si trovava nella casa di fronte a quella degli Azoulay al momento dell'eccidio. Con ogni probabilità, il colloquio si sarebbe rivelato inutile. Nella Terra Promessa i fatti sono più mutevoli delle dune, i testimoni svaniscono come miraggi e le prove si trasformano in enigmi, ma siccome il primo sopralluogo era stato suo gli toccava portare avanti l'indagine.

L'unico testimone del massacro si chiamava Yitzchak Pinsker, aveva 73 anni ed era nato in Russia, ma da cinque si era stabilito in Palestina. Con un vecchietto così strambo da scegliere di venire a morire in quello scampolo di Oriente dove persino le capre faticano a trovare erba da brucare, il caporale aveva sperato di cavarsela in fretta. Ma quando aprì la porta dell'ufficio e vide un omino barbuto avvolto in un soprabito scuro e con due lunghe ciocche di capelli grigi che spuntavano dal cappello nero a larghe tese, capì che non sarebbe andata così. Aveva davanti un rabbino.

«Sono venuti per uccidere. In Russia li chiamiamo pogrom.»

«Qui siamo in Palestina, Mister Pinsker.»

«Anche qui la vita degli ebrei ormai è in pericolo» sospirò il rabbino alzando al cielo gli occhi di un celeste stanco e opaco circondati da occhiaie profonde. «Mia madre diceva che il miglior posto dove nascondere un albero è una foresta.» Un sorriso amaro gli affiorò dalla barba. «In Palestina non ci sono molti alberi, e nemmeno molti ebrei. Chi vuole sa dove trovarli, uno per uno...»

«Mi dica esattamente cosa ha visto.»

«Da due giorni sono ospite nella casa di fronte a quella del massacro. Era appena passata la mezzanotte e stavo studiando la Torah, per l'esattezza l'Esodo, quando ho sentito un gran trambusto.»

«Sia più preciso.»

«Prima passi affrettati, poi un colpo metallico e il rumore del battente spalancato. Subito dopo, voci soffocate, gemiti e poi tonfi sordi.» Si coprì il volto con le mani e dondolò il busto più volte. «Ho riconosciuto quel tumulto. A vent'anni ho perso tutta la mia famiglia nel pogrom di Yekaterinoslav. Mi salvai scivolando dal tetto della stalla e saltando in groppa a un'asina. Scappai fino al limitare della foresta, e vidi la sinagoga che bruciava...»

«Lasciamo perdere Katerinoff.»

«Yekaterinoslav» lo corresse il rabbino con l'indice alzato.

«Torniamo agli assalitori: quanti erano?»

«Quando ho sbirciato attraverso le imposte ho visto una decina di uomini con il volto coperto che trascinavano dei corpi lungo la strada. Un uomo, una donna e un bambino, o forse una bambina, di tre o quattro anni. C'era sangue, tanto sangue!»

«Gli aggressori erano armati?»

«Avevano dei bastoni e mi è sembrato di cogliere il balenio di un coltello, forse più d'uno, ma i miei occhi non sono più quelli di una volta e la luce in strada era guasta... Sono certo però di non aver sentito colpi di arma da fuoco.»

«In che lingua parlavano?»

«Ho sentito solo qualche parola e un paio di imprecazioni... tutte in arabo.»

«Ha visto altro?»

«No, ho sprangato subito le finestre e mi sono nascosto nello sgabuzzino. Come potevo essere certo che non sarebbero venuti a prendere anche me...»

Dagli arzigogoli del rabbino, il caporale si era almeno fatto un'idea sul numero degli assalitori. Al maggiore Greenwood però non sarebbe bastato. Un commerciante ebreo e la sua famiglia massacrati da sconosciuti erano materiale per un'inchiesta, ma nove morti e sessanta feriti, tutti ebrei e in un'unica giornata, di sicuro avevano allarmato il Foreign Office a Londra. Per questo il comando aveva immediatamente sospeso le licenze. Quella che 'O Flannery aspettava da mesi era sfumata e la nave che avrebbe dovuto riportarlo a casa sarebbe salpata di lì a quattro giorni senza di lui, era pronto a scommetterci. La promozione poi poteva pure scordarsela...

Il caporale non vedeva l'ora di andarsene da quella terra dove ciascuno era disposto a uccidere, e a morire, per un fazzoletto di sabbia in cui nemmeno sua madre sarebbe riuscita a far crescere patate.

"Per gli arabi, gli ebrei sono intrusi e gli inglesi occupanti. I capi delle famiglie soffiano sul fuoco e trovano sempre qualcuno pronto a sfoderare i coltelli. E i sionisti cominciano a rispondere con le armi" pensava il caporale riordinando le carte sulla scrivania. Frugò nell'ultimo cassetto a caccia della bottiglia di Bushmills che teneva di scorta e ne mandò giù una sorsata abbondante.

Lasciò che il suo whiskey preferito gli cambiasse il pomeriggio e, tra un sorso e l'altro, si trovò a riflettere su come la palla ovale sia tale e quale alle donne: non si sa come rimbalza, ti prende in giro a ogni giravolta e la casualità delle sue piroette può favorire te come l'avversario. Il seno di Molly e una palla da rugby, ecco cosa avrebbe voluto in quel preciso istante.

"La Palestina è una polveriera e a saltare in aria saranno gli inglesi. Gli ebrei sono solo il boccino del biliardo, la rivolta che infiamma le tribù è la stecca che lo colpirà per fare carambola. Sono irlandese, le guerre civili le riconosco e ne ho abbastanza di sceicchi e rabbini" si disse il caporale.

'O Flannery detestava i rabbini, con quei lunghi pastrani neri gli sembravano uccelli del malaugurio sempre pronti a evocare disgrazie a conferma delle loro oscure profezie. E detestava anche gli arabi perché, pur proclamandosi astemi, bevevano in segreto. Quanto agli ebrei, gli erano indifferenti. I sionisti invece erano un'altra cosa, quelli erano ebrei diversi, accorsi nel manicomio della Palestina da tutte le nazioni del mondo per riprendersi la propria terra, proprio come gli irlandesi. Ai sionisti, la palla ovale l'avrebbe passata. Avrebbero imparato subito a tirare all'indietro il pallone. Cercavano di cancellare con l'arroganza i duemila anni in cui erano stati travolti e calpestati, ma ne conservavano il ricordo. Avevano scelto di guardare avanti e – 'O Flannery ne era certo – sarebbero riusciti ad andare in meta.

Come sempre l'alcol gli aveva aperto la mente facendogli ritrovare perfino un pizzico di astuzia. Visto che con Pinsker aveva finito, decise che tanto valeva guadagnarsi il favore di Greenwood con un ulteriore sopralluogo nell'abitazione degli Azoulay. Chiuse a chiave il cassetto, spazzolò gli stivali e, nonostante il cielo attraversato dal bagliore dei lampi promettesse pioggia, uscì.

Le vie erano deserte, i negozi chiusi anzitempo e i rari passanti affrettavano il passo per rifugiarsi in casa. Dopo la notte della strage, Giaffa si era imposta un prudente coprifuoco in attesa degli eventi. L'acquazzone lo colse a metà del breve tragitto che separava il suo ufficio dalla casa del massacro, ma fu così violento da inzupparlo fino alle ossa. Prima di raggiungere il portone degli Azoulay, si ravviò i capelli e con il palmo diede una controllatina all'alito. A quell'ora e con quel tempo schifoso, i suoi superiori erano di sicuro al circolo ufficiali, ma non voleva correre rischi. "L'odore del whiskey è svanito. Peccato! Speriamo almeno di trovare qualcosa da dare in pasto al maggiore."

Dopo aver ordinato al soldato di guardia di togliere i sigilli, 'O Flannery s'infilò nel cortile.

Lo scenario era quello visto poche ore prima ma, chiudendo il portone, si accorse di una scarpina di vernice azzurra incastrata tra lo stipite e il cardine che gli era sfuggita durante il precedente sopralluogo. Era nuova e lucida ma deformata, come se fosse stata travolta da cavalli in fuga. Doveva appartenere a una bambina più o meno dell'età di Sinead. Rigirandola tra le dita, scorse all'interno un'etichetta con la scritta "Petit choux" e subito sotto, in caratteri più piccoli, "Paris".

"Doveva averne di soldi questo Azoulay per far arrivare da Parigi le pantofole della figlia" pensò. "La mia Sinead, di scarpe, ne ha solo due paia, uno per l'inverno e l'altro per l'estate, robuste e di due numeri più grandi perché durino a lungo." Si pentì subito. Erano passate solo poche ore da quando aveva visto i corpi degli Azoulay abbandonati al centro della piazza, la bambina distesa tra i cadaveri dei genitori, il viso di cera velato dai riccioli biondi intrisi di sangue, la piccola mano che stringeva un lembo della veste della madre. Quando un vento impietoso le aveva alzato la camiciola, il caporale si era subito chinato per coprire le gambe di quella bimba che gli ricordava così tanto sua figlia.

"L'invidia e l'odio che ammorbano questa terra stanno contagiando anche me. Devo tornarmene in Irlanda, prima che sia troppo tardi..."

Il dio del rugby, che ha sempre un occhio di riguardo per i suoi devoti e doveva avere una predilezione per il caporale, lo aiutò a fare una seconda scoperta. Caduto tra le pietre alla base del pozzo, c'era un orecchino d'oro di fattura araba con una sfera di corallo circondata da piccoli brillanti. A caccia di altri elementi utili all'indagine, perlustrò per la seconda volta le lenzuola imbrattate di sangue, la stanza della bambina con il lettino rovesciato, il salotto con i cuscini del divano squarciati e la cassaforte spalancata e vuota, ma non trovò nulla. Tornò nel cortile e salì lungo la scala. Il disordine delle camere del secondo piano faceva pensare a una fuga precipitosa: cassetti aperti, abiti in terra, ma nessuna traccia di sangue o segni di colluttazione. "Ospiti o domestici?" borbottò tra sé e sé 'O Flannery. "Meglio verificare con gli informatori, sempre che siano affidabili."

Il supplemento d'indagine poteva dirsi concluso. Il caporale salutò il soldato di guardia, varcò il portone con passo marziale e sbucò nella piazza. L'acquazzone aveva lavato via il sangue dalle pietre, e lui si ritrovò di fronte a uno di quei tramonti che avrebbe riconciliato chiunque persino con la Palestina. Il cielo si preparava al buio della notte sfoderando un elettrico blu indaco e drappi violetti di nuvole erano trafitti dai raggi del sole per metà già immerso nel mare. Il Grande Scenografo si stava esibendo in uno degli effetti speciali di cui era maestro, ma 'O Flannery non era disposto a bearsi delle illusioni vaporizzate dal Padreterno, se non dopo il viatico di un ultimo sorso. Cercò la riservatezza di una delle scalette di pietra che scendono al porto, estrasse la fiaschetta che teneva nascosta nella tasca interna della giubba e annusò compiaciuto l'aroma di quello che innegabilmente era il miglior antidoto alla solitudine e al Medio Oriente. Dopo due generosi assaggi, stava meditando di concedersi una capatina da Latifa, la libanese del bordello vicino al porto, quando trovò, incastrato in una fenditura della pietra, un orecchino con una sfera di corallo circondata da piccoli brillanti. Lo confrontò con quello che aveva trovato a casa degli Azoulay: erano identici.

"Questo ci dice da che parte sono fuggiti gli assalitori..."

"Indizio irrilevante e scontato" avrebbe senz'altro commentato Greenwood.

Mentre rimuginava sull'inutilità del secondo sopralluogo, 'O Flannery sentì montare una rabbia improvvisa per quegli omicidi di cui non si sarebbero mai trovati i responsabili, per la licenza svanita, per la promozione che aspettava da ormai troppo tempo e per il suo destino. Nonostante gli amplessi disinvolti di Latifa alleviassero la sua solitudine, rimpiangeva gli abbracci rassicuranti della moglie e il sorriso della piccola Sinead: la figlia di un errore.

"Cos'è la vita se non una sequenza di errori?" si disse ingollando l'ultimo sorso.

Senza pensarci due volte, avvolse gli orecchini in un fazzoletto e decise che li avrebbe buttati in mare l'indomani insieme alla scarpina azzurra. Nella relazione avrebbe scritto: tre ebrei ammazzati, come altri in città, e un numero imprecisato di domestici che si erano dati alla fuga. Nessuna ulteriore indagine.

Il tramonto si era ridotto a una fessura sanguigna compressa dal blu profondo della notte, ma 'O Flannery non era in vena di romanticismi. Maledisse di aver accettato di farsi sbattere in quel recinto di pazzi:

«La Terra Promessa promette solo guai.»

3
Giaffa, 20 aprile 1936

Gli Özal si misero in fila per primi davanti all'*Aphrodíte*. Il commissario di bordo, dopo aver controllato che i passaporti recassero il timbro dell'ufficiale di dogana, stava per farli imbarcare quando una camionetta militare inglese raggiunse il molo a gran velocità frenando a pochi metri dalla passerella.

«Caporale 'O Flannery, del Worchestershire Regiment 3 Batallion di Sua Maestà. Controllo documenti» intimò il sottoufficiale con uno spiccato accento irlandese.

«Li hanno già controllati...» trasecolò il commissario.

«Non si impicci.»

L'irruzione suscitò scompiglio. Il commissario si lamentò perché gli ulteriori controlli avrebbero ritardato la partenza. I passeggeri, in fila da più di un'ora, cominciarono a protestare. E gli Özal, già a metà della passerella, furono costretti a tornare indietro.

Ibrahim, spaventato, ordinò alla moglie di tacere. Poi si ravviò i capelli, sistemò il nodo della cravatta e con aria annoiata tirò fuori dalla tasca i documenti ma, quando venne il momento di porgerli al caporale, si accorse che la mano gli tremava impercettibilmente. Diede la colpa a quella divisa inglese che gli ricordava le trincee di Gallipoli, la morte, il sangue, la paura, ma mentiva a se stesso. Giaffa pullulava di soldati inglesi. A metterlo in subbuglio era il timore che qualcuno avesse segnalato la loro presenza a casa Azoulay. Che gli venisse chiesto di mostrare la borsa nera dell'ebreo, che spuntassero i passaporti, le foto e i contratti... E che quella fuga precipitosa si rivelasse l'ennesimo errore della sua vita.

«Tutto a posto, vada pure» disse il caporale 'O Flannery restituendogli i documenti. E aggiunse: «Cosa ne è stato dei suoi magnifici baffi, mister Özal?».

«Li ho tagliati appena arrivato in Palestina.»

«Un vero peccato... Solo una domanda, ha passato la notte in città?»

«Certamente.»

«Ha notato qualcosa di strano?»

«Ho sentito delle sirene e ho pensato a un incendio.»

«Hanno preso d'assalto alcune case di ebrei...»

«Sceicchi o rabbini, in Palestina sono tutti pazzi!» concluse Ibrahim tamburellando l'indice sulla tempia e accompagnando il gesto con un sorriso complice.

«Proprio così» annuì il sottoufficiale. «Dimenticavo, complimenti per la bambina: è bellissima. E dia retta a me, si faccia ricrescere i baffi.» Poi, rivolto al commissario di bordo, ordinò stancamente: «Avanti un altro».

Ibrahim si rimise in tasca il passaporto e serrando il braccio di Miriam percorse la passerella con la naturalezza che gli riuscì di imporre ai propri passi, ma quei pochi metri gli sembrarono eterni. Arrivati in cabina, rimase incollato all'oblò che affacciava sull'imbarco e, quando infine la nave salpò, era assolutamente certo che nessuno che aveva conosciuto a Giaffa fosse salito a bordo.

Ibrahim Özal stava per sparire nel nulla, senza testimoni. A parte il caporale 'O Flannery. Ma, a giudicare dall'odore di whiskey, l'indomani degli Özal non avrebbe ricordato nemmeno il nome.

«Rimarremo in cabina per tutta la traversata.»

«Perché mai? Qui dentro già si soffoca...»

«Prudenza.»

«Una parola che non ti si addice, che non ti ho mai sentito pronunciare e che ieri hai dimenticato del tutto.»

«Da ora in poi invece sarà una regola.»

«E se nei prossimi giorni a qualcuno venisse in mente di raccontare agli inglesi che una famiglia turca che abitava al piano di sopra della casa degli Azoulay è scomparsa nel nulla proprio la notte del massacro?»

«A quel punto noi saremo a Rodi o magari già imbarcati sulla prima nave diretta a Istanbul. Ma durante la navigazione anche il più piccolo contrattempo può mandare tutto a monte.»

«Tutto cosa?» chiese Miriam sospettosa.

«Vi porterò a Istanbul sane e salve. Fidati di me.»

«L'ho fatto troppe volte.»

«Sono stato sfortunato.»

«Magari fosse stata solo sfortuna...»

Ibrahim la guardò con fastidio, e pensò che aveva fatto bene a non confidarle la strana idea che gli era venuta in mente, ancora solo abbozzata ma che gli appariva sempre più chiara: a sbarcare a Istanbul sarebbe stato Ibrahim Özal, ma a partire per l'Egitto sarebbe stato Avrahàm Azoulay.

Tutto combaciava. Le figlie della stessa età e le mogli con lo stesso nome, entrambi bruni, altezza e corporatura simili. Ed entrambi circoncisi. Girando e rigirando nella mente il bandolo dell'ingarbugliata matassa in cui era impigliato, era giunto alla conclusione che l'unico modo per non perdere il denaro che aveva investito nell'affare del cotone sarebbe stato assumere l'identità dell'ebreo. L'idea cominciava a prendere forma, sostanza e persino un pizzico di poesia: Ibrahim non poteva riportare in vita il mercante di Odessa, ma poteva vivere al posto suo. Senza dimenticare la prosa, però: l'affare era stato firmato da Azoulay e sostituendosi a lui avrebbe potuto incassare il cento per cento dei carati del contratto.

Il piano era elementare, ma restava comunque disseminato di insidie.

Se al copto o al corrispondente della Manson fosse giunta notizia della morte di Azoulay, tutto sarebbe andato all'aria miseramente. Ma Ibrahim si faceva coraggio pensando che nessun giornale avrebbe mai riportato l'elenco completo delle vittime di quei giorni a Giaffa. Se invece i due avevano in qualche occasione già conosciuto Avrahàm, lui correva il rischio di essere accusato di sostituzione di persona e truffa. Tuttavia si rincuorava rammentando che le trattative fra l'ebreo e i corrispondenti erano sempre state condotte tramite lettere e cablogrammi e che Azoulay gli aveva più volte detto di non averli mai incontrati. Né il venditore né l'acquirente conoscevano il volto del mercante di Odessa. Avrebbe fatto fede solo la copia del contratto e la firma di Azoulay. Una firma che Ibrahim avrebbe dovuto imparare a riprodurre alla perfezione.

Quella notte, mentre il caporale 'O Flannery seppelliva il caso Azoulay e il senso del dovere decidendo che gli orecchini di corallo sarebbero stati meglio a sua figlia piuttosto che in fondo al mare o a prendere polvere negli archivi della polizia inglese, Yasemin, legittima proprietaria di quegli orecchini, dormiva serena accanto a sua madre nella cabina dell'*Aphrodíte*.

Ibrahim non poteva saperlo, ma tutto procedeva nella direzione desiderata.

Lo sbarco a Rodi non registrò contrattempi e così pure l'imbarco sulla nave diretta a Istanbul. Da Giaffa a Rodi, e da Rodi a Istanbul, Ibrahim si preoccupò solo di far scomparire le tracce di quello che non aveva commesso, ed era già pronto a cancellare gli indizi di quello che aveva intenzione di commettere. Gli Özal dovevano svanire nel nulla. A risorgere sarebbero stati gli Azoulay.

4
Navigazione, 24 aprile 1936

Per raggiungere Istanbul le navi devono passare per il budello di mare che separa l'Europa dall'Asia e il mar di Marmara dal mare Egeo: lo stretto dei Dardanelli, dove l'acqua scorre sempre verso il Mediterraneo e i continenti si sfiorano come per sfidarsi.

Quando l'*Aphrodíte* raggiunse quell'imbuto e la penisola di Gallipoli emerse dalle brume dell'alba, Ibrahim salì a prua. Ricordava il profilo della costa e i suoi anfratti palmo a palmo. Su quelle colline aveva conosciuto il volto feroce della guerra. E quello ancor più feroce della morte. A Gallipoli era seppellita la sua giovinezza.

Aveva assaporato per la prima volta il gusto bruciante della sovversione da adolescente, quando si era invaghito dei Giovani Turchi grazie a Ömer, un compagno di liceo a cui Istanbul stava stretta. Si erano scelti al primo sguardo. Si somigliavano: avevano gli stessi vizi e la stessa fame di futuro. Non potevano che diventare amici. Per entrambi Atatürk era un idolo, ma mentre Ömer con la politica pensava di cambiare il mondo, Ibrahim era certo che la politica gli avrebbe cambiato la vita. L'amicizia si trasformò in un vero e proprio patto grazie a una confessione e a un giuramento, la notte prima degli esami di diploma.

In collegio i loro letti erano uno accanto all'altro, e così i loro cuori. Era una calda notte di giugno inoltrato, le finestre erano spalancate e una luce azzurrina avvolgeva le lenzuola candide del dormitorio. I compagni erano già tutti addormentati ma Ömer non riusciva a prendere sonno. Quando l'orologio in fondo alla camerata segnò la mezzanotte si decise: si sporse dal letto, strinse forte la mano dell'amico e lo svegliò.

«Lasciami dormire...» borbottò Ibrahim uscendo dalle ragnatele del sonno.

«Ho paura.»

«Di cosa?»

«Di quello che ci aspetta.»

«Ma se sei il più bravo di tutti, prenderai di sicuro il voto più alto. Mettiti a dormire...»

Improvvisamente però Ibrahim sentì il corpo di Ömer accanto al suo. L'inverno, quando l'inserviente non metteva abbastanza carbone nelle stufe, poteva succedere che gli studenti dormissero schiena contro schiena per scaldarsi. Ma era una calda notte di giugno e la luna disegnava una scudisciata nel cielo.

«Che ti succede?» ridacchiò Ibrahim. «Non siamo mica femminucce...»

«Sei il mio migliore amico?»

«Ömer, falla finita, sei impazzito?»

«Forse. Voglio confessarti un segreto.»

«Cosa?»

«Prima devi giurare che non lo rivelerai mai a nessuno.»

«Lo giuro» mormorò Ibrahim.

Ömer accostò le labbra all'orecchio dell'altro e in un soffio ammise:

«Non sono musulmano.»

«... e cosa sei?»

«La mia famiglia è di Salonicco, una città dove vivono così tanti ebrei che di sabato il porto è deserto. Per secoli gli ottomani li hanno spinti alla conversione all'Islam.»

«E allora?»
«La mia famiglia si è convertita, ma in segreto siamo rimasti ebrei e siamo diventati seguaci di Sabbatai Zevi.»
«E chi è?»
«Un "Messia".»
«Messia? Sei un ebreo, un cristiano o cosa?»
«Siamo Dönme.»
«Voltagabbana?»
«No, proprio come un tempo i marrani in Spagna, anche noi continuiamo a professare di nascosto la nostra religione.»
«Ma com'è possibile?»
«Abbiamo una doppia identità: una pubblica da islamici e una segreta da ebrei. Ömer Muktar è il mio nome musulmano...»
«E il tuo nome segreto?»
Ömer si avvicinò all'amico e sussurrò:
«Ezechiele Menasci.»
Ibrahim lo ascoltava incantato e insieme impaurito.
«Quanti siete?»
«Molti. Anche Atatürk è di Salonicco...»
«Atatürk è un ebreo?»
«Lo ameresti di meno per questo?»
«No.»
«Non è tutto. Da un anno faccio parte dei Giovani Turchi. Forse non sai che molti vengono da Salonicco e molti sono Dönme... Giura solennemente che non lo rivelerai a nessuno.»
«Lo giuro» rispose subito Ibrahim, per il quale custodire il segreto del suo migliore amico e quello di un gruppo di rivoluzionari era decisamente elettrizzante.

Nulla più di un giuramento può unire due adolescenti, e quella rivelazione non fece che aumentare l'ammirazione che Ibrahim nutriva per l'amico e per i Giovani Turchi.

Anche grazie a quella confessione, una volta superati gli esami, Ömer e Ibrahim divennero inseparabili: ai tavoli verdi del biliardo, tra i vapori dei bagni turchi, alle corse di cavalli, perfino dal sarto. Fu con lui che mise piede per la prima volta in un bordello. Per sé Ömer scelse una greca dagli occhi vellutati e per Ibrahim una russa con una cascata di capelli biondi lisci come seta. Quando ebbero terminato, poiché "quello che è di Ömer è di Ibrahim e viceversa!", propose di fare un secondo giro scambiandosi le ragazze. Baciare le labbra che l'altro aveva baciato e penetrare il corpo che l'altro aveva penetrato li fece sentire una cosa sola.

Dove c'era Ömer c'era Ibrahim.

Si arruolarono insieme: nello stesso giorno, nello stesso reggimento e con i numeri di matricola in sequenza. La guerra li unì e li divise, in un istante.

Quando i turchi si accamparono sulle alture della penisola di Gallipoli per impedire agli inglesi di arrivare a Istanbul, proprio come in collegio, Ibrahim e Ömer furono assegnati alla stessa divisione di fanteria. Scavarono trincee fianco a fianco fino allo sfinimento. Nessuno dei due guardava l'azzurro dell'Egeo. Vedevano solo il grigio piombo delle canne dei fucili.

La guerra è fatta di attese: del rancio, del sonno, dell'attacco e della pallottola. Quel giorno, all'alba, si temeva lo scontro decisivo. A notte fonda, Ibrahim si svegliò di soprassalto e, non trovando Ömer accanto a sé, andò a cercarlo lungo la trincea fortificata. L'aria era umida e soffocante e una nebbia compatta, salita dal mar dei Dardanelli e trattenuta dalle colline, aveva trasformato le barricate in corridoi lanuginosi e spettrali che Ibrahim percorreva a tentoni a caccia dell'amico. Nel silenzio ovattato sfiorava i corpi dei soldati e sentiva i loro lamenti confusi alle maledizioni. Arrivato al confine nord dove erano accampate le retrovie uscì dalla trincea e, mentre si dirigeva verso le tende dei rifornimenti, gli sembrò di intravedere delle ombre sotto gli ulivi. Imbracciò il fucile ed era già pronto a dare l'altolà quando, tendendo l'orecchio, distinse il bisbiglio di una preghiera. Avvicinandosi senza fare rumore, vide emergere dalla foschia un gruppo di uomini, disposti in cerchio, con indosso la divisa dell'esercito turco. Ne contò una decina. Uno di loro era Ömer. Pregarono ancora per qualche minuto, poi, dopo aver concluso con un "amén", si dileguarono a uno a uno nella nebbia come fantasmi. L'ultimo ad abbandonare gli ulivi fu Ömer.

«Stavate pregando, vi ho scoperti» lo abbordò con aria complice Ibrahim allungandogli uno schiaffetto sulla nuca.

«Smettila.»

«Ho capito subito che era una preghiera. E in ebraico...»

«Pregavamo e basta.»

«Chi pregavate?»

«Pregavamo l'Altissimo.»

«Vi stavate raccomandando al vostro Dio segreto perché domani ci conceda la vittoria?»

«No, abbiamo recitato il Kaddish, la preghiera dei morti.»

«Ma siamo vivi.»

«Tu, forse.»

La battaglia fu una devastante carneficina. Nel buio della trincea e sotto il fuoco delle artiglierie inglesi, Ibrahim vide i corpi smembrati dalle baionette e dai colpi dei cecchini, e quelli già ricoperti dalle mosche. Scoprì l'odore del sangue, degli escrementi e dell'urina: l'odore della paura. Quando fu ordinato l'attacco e lo spinsero fuori a forza, inciampò e rotolò nella buca scavata dall'artiglieria nemica, ma, prima di trovare il coraggio di rialzarsi, un'esplosione lo scaraventò di nuovo nella fossa. Accovacciato accanto a lui c'era un soldato che raccolse le forze per uscire allo scoperto ma, non appena sbucò con la testa, un proiettile lo colpì in pieno volto. La scatola cranica esplose e il corpo inerte si rovesciò all'indietro. Un fiotto di sangue e una strana poltiglia bianca imbrattarono la divisa di Ibrahim. Quando l'assalto finì attorno a lui c'erano solo corpi mutilati e sangue, ancora sangue.

Ibrahim scampò miracolosamente a quella strage. Non fu così per l'amico Ömer.

Centrato dal primo colpo di un'offensiva che sarebbe durata fino al mattino, morì alle prime luci dell'alba.

Ibrahim riuscì a far seppellire il suo corpo nel cimitero ebraico di Hasköy a Istanbul. Sulla lapide fece incidere il suo vero nome: "Ezechiele Menasci". Fu l'unica volta che fece qualcosa per qualcun altro. E fu l'unica volta che provò un sentimento che gli era sconosciuto: la nostalgia.

Quando la nave entrò nello stretto dei Dardanelli, le guance di Ibrahim erano asciutte.

5

Istanbul, 24 aprile 1936

Vedendo galleggiare all'orizzonte il profilo azzurrino di Istanbul, Ibrahim si accorse di non provare nessuna emozione. Le ragnatele dell'impero ottomano la avvolgevano ancora in un intrico insolubile e in quell'intrico erano impigliati tutti i suoi fallimenti. Istanbul si era guadagnata le sue menzogne e meritava la sua abiura.

L'uomo che a prua dell'*Aphrodíte* stringeva tra le mani il passaporto sbarcava nella sua città come Ibrahim Özal. Ma di lì a pochi mesi a prendere il largo verso Alessandria d'Egitto sarebbe stato Avrahàm Azoulay. Stava percorrendo la strada di Ömer all'inverso? Musulmano, voleva diventare ebreo per impadronirsi dell'identità dell'Azoulay, ma avrebbe tuttavia conservato l'identità musulmana? No, lui non voleva essere un Dönme alla rovescia. Non voleva diventare l'ebreo di Odessa rimanendo in segreto il turco musulmano. Lui voleva liberarsi di Ibrahim. Ed essere Avrahàm in tutto e per sempre. Senza possibilità di tornare indietro.

Non vedeva l'ora di sbarazzarsi di se stesso. Non si era mai piaciuto. E aveva sempre intuito, e intimamente addirittura condiviso, la profonda sfiducia che il padre nutriva nei suoi confronti. Conosceva le proprie debolezze e le detestava, ma non riusciva a liberarsene. Sapeva di essere incostante, indolente, futile e perfino credulone, ma la consapevolezza dei suoi limiti, invece di frenarlo, lo spingeva a lanciarsi in imprese sempre più spericolate.

Aveva mascherato le proprie fragilità sognando una rivoluzione che il padre disprezzava pur di opporsi alla sua autorità, aveva preso in moglie una donna socialmente inferiore pur di sentirsi padrone di qualcosa, e si era inventato improbabili mestieri che non potevano che confermare il suo fallimento. Ma dopo ogni naufragio era stato costretto a chiedere aiuto a chi lo disprezzava di più: suo padre.

Diventando Avrahàm Azoulay sarebbe sfuggito per sempre al proprio deludente passato. Trasformandosi nel mercante di Odessa avrebbe cancellato in un sol colpo i difetti di Ibrahim e si sarebbe impadronito delle virtù di Avrahàm. E di tutti i contratti trovati nella cassaforte che aveva ficcato alla rinfusa nella borsa la notte del massacro. Una partita di lino con il Nord America, una di cachemire dalla Mongolia e una lunga lista di indirizzi di corrispondenti in tutto il mondo con cui fare affari. Ricalcando le orme di Azoulay, Ibrahim sarebbe diventato un ricco e rispettabile commerciante. Voleva diventarlo a tutti i costi.

Come avrebbe potuto conciliare la rivoluzione che aveva sognato con la nuova vita che stava scegliendo, annodata ai precetti della Torah, trafitta dalle lamentazioni di Kippur e intessuta a complicate partite doppie commerciali? La modernità era sempre passata per il cosmopolitismo, le ordinate follie e la dialettica degli ebrei.

Ibrahim voleva penetrare a forza in quella porta stretta: il mercante di Odessa sarebbe stato la sua maschera e il suo lasciapassare per intrufolarsi nel popolo eletto.

Sapeva di essere in ritardo con la vita, ma era certo che quella fosse l'occasione giusta per recuperare.

L'impulsività era sempre stata la sua cifra e l'insicurezza il suo tormento, tuttavia la traversata cominciava ad allenarlo alla prudenza: virtù che insieme alla misura, al controllo e alla disciplina aveva sempre ignorato. Proprio ora che stava muovendo i primi passi nella menzogna, sapeva che la cautela avrebbe dovuto accompagnarlo come un'ombra. E per sempre.

Per cambiare identità aveva bisogno dell'anonimato, ma a Istanbul da ogni angolo poteva sbucare un conoscente o un amico pronto a fare domande pericolose. Così decise di rintanarsi in un alberghetto nel quartiere greco di Fener, non distante da quello ebraico di Balat e molto lontano dalla zona asiatica dove aveva sempre vissuto. L'edificio era dipinto di uno squillante color pistacchio. Il proprietario si chiamava Aziz ed era una vecchia gloria della lotta libera, un gigante suonato che si era rassegnato ad accogliere i clienti in una saletta tappezzata da foto in cui compariva sul ring, cosparso di olio d'oliva e con i pantaloni di pelle di bufalo da competizione. Dipingere l'albergo di quel colore acceso era stata una sua idea, forse l'unica che avesse avuto in tutta la vita, e nell'entusiasmo aveva deciso di far tinteggiare così anche i corridoi e le stanze. Gli era parso un espediente per attirare una clientela eccentrica e danarosa ma aveva finito per racimolare viaggiatori di commercio e amanti clandestini a cui non mancava di raccontare per filo e per segno le sue antiche vittorie. Non potendo più mettere a tappeto gli avversari, Aziz sperava almeno di piegare con le lusinghe i suoi distratti avventori.

Ibrahim affittò due stanze comunicanti: una camera da letto con un grande armadio e una specchiera a tre ante e un soggiorno con i pavimenti ricoperti da spessi tappeti variopinti, un fornelletto per il tè e un tavolo nel bovindo che affacciava sulla piazza.

La metamorfosi degli Özal sarebbe avvenuta in quel bozzolo color pistacchio.

Per Ibrahim, Istanbul era il teatro dove provare il copione, Alessandria sarebbe stata il palcoscenico del debutto. Anche la moglie e la figlia avrebbero recitato la loro parte. Per non commettere errori, gli Özal avrebbero dovuto conoscere a menadito il calendario delle feste, le preghiere, le abitudini, i modi di reagire e di ragionare degli ebrei. Si sarebbero dovuti immedesimare nei personaggi che dovevano interpretare fino a diventare loro.

Ibrahim non aveva ancora messo la moglie a parte del piano, ma i suoi sguardi inquisitori lo tormentavano. Miriam non era interessata al denaro o al successo ed era sempre stata ostile a qualsiasi cambiamento. Come avrebbe potuto proporle di diventare un'altra, e per sempre? Il più grande ostacolo ai piani di Ibrahim rischiava di essere proprio lei. Per renderla sua complice, avrebbe dovuto giocare d'astuzia.

Da parte sua, Miriam non aveva mai desiderato essere niente di diverso da quello che era. Il suo mondo le bastava e diventare sposa e madre era sempre stato il suo unico orizzonte ma aveva perso la testa per lui fin dal primo sguardo. L'amore è un capitombolo, e quel ragazzo di Istanbul pieno di sogni spericolati aveva finito per guastare la calma dell'unico mare che sembrava disposta ad attraversare. Miriam aveva sempre odiato le separazioni e trasferirsi a Istanbul dopo il matrimonio era stato uno strappo doloroso, ma era una ferita che aveva messo in conto, e la nascita della bambina aveva lenito la nostalgia. Aveva sopportato con coraggio il disastro della tipografia, la prigione, quegli affari sempre diversi e sempre fallimentari, e persino l'esilio in Palestina. Ma non era riuscita a perdonargli la volubilità e l'opportunismo. Sbiadito davanti alle continue manchevolezze, l'amore per quel ragazzo di città si era trasformato in diffidenza. E le mani lisce e morbide che le avevano fatto venire i brividi quando la sfioravano si erano rivelate così fragili da farle rimpiangere quelle ruvide del padre contadino.

Era stata la notte della precipitosa fuga da Giaffa a riempirla di una paura nuova e paralizzante. E quegli strani pensieri che ronzavano nella testa del marito. Qualcosa che rimuginava notte e giorno e che temeva riguardasse la borsa piena di documenti che lui teneva sempre con sé. E quel maledetto cotone che, era certa, le avrebbe portato sventura.

6

Istanbul, 25 aprile 1936

Di giorno i pensieri misuravano la distanza che li separava, ma la notte i loro corpi continuavano d'istinto a cercare il calore l'uno dell'altro.

La bambina si era appena addormentata, la pelle di Miriam profumava di buono e da troppo tempo non facevano l'amore. Ibrahim la desiderava. Ma scelse la cautela e cercò le parole che potevano accenderla come un tempo.

La luna si rifletteva proprio al centro di una delle ante della specchiera, così che nella stanza finivano per esserci due lune: una lucente e candida che spuntava dal vetro della finestra e l'altra verdastra e incerta riflessa nello specchio.

«Guarda... ci sono due lune!» bisbigliò Ibrahim facendo aderire il corpo a quello della moglie.

«Una è falsa. Come noi.»

«Falsi noi due? E perché?» ribatté prudente mentre la cingeva in un abbraccio.

«Siamo tornati a Istanbul come stranieri. Ci hai ordinato di rimanere chiuse in questa stanza senza vedere nessuno. Non so cosa tu abbia in mente, ma sono certa che è una pazzia.»

Ibrahim la girò con dolcezza e la strinse con forza.

«Fidati di me.»

«Da quando ti ho sposato tutto è andato a rotoli.»

«Lasciati andare. Fai come me. Sarà come essere a teatro... Ma non in platea, questa volta gli Özal saliranno sul palcoscenico.»

«Palcoscenico?»

«Ti ricordi quando siamo andati al teatro Darülbedayi? E quanto ti era piaciuta quell'attrice...»

«E allora?»

«Questa volta saremo noi a recitare.»

«Non capisco...»

«Gli Azoulay sono morti e niente e nessuno potrà riportarli in vita. Ma noi possiamo recitare la loro parte.»

La luce elettrica della stanza inzuppava di riflessi verdastri i lineamenti di Miriam trasformandola in una lucertola pronta allo scatto.

«Quale parte?»

«Io diventerò Avrahàm e tu Miriam Azoulay. Io metterò la kippah e tu non indosserai più l'hijab.»

Nello slancio del matrimonio a Istanbul Miriam si era liberata del velo che in Anatolia, nonostante il divieto di Atatürk, aveva sempre indossato. Ma arrivata a Giaffa per rivendicare le sue origini si era di nuovo velata il capo. E tornata a Istanbul ancora si ostinava a indossarlo.

«Io amo l'hijab. Mi protegge.»

«A me piaci di più senza, i tuoi capelli sono così belli e voglio che tutti li vedano.»

Miriam taceva, gli occhi socchiusi e diffidenti.

«Ti aiuterò io, ti procurerò i libri, imparerai le preghiere... Studieremo insieme.»

«E Yasemin?»

«Per Yasemin sarà più facile, è piccola. Ma è importante che si abitui da subito.»

«A cosa?»

«Al nuovo nome. Devi iniziare a chiamarla Havah.»

«Ibrahim, tieni fuori mia figlia dalle tue pazzie.»

«Non posso. Lo sai benissimo che ho investito tutto quello che mi era rimasto nell'affare con l'ebreo.»

Lo sguardo di Miriam lo trapassò, feroce e ostile.
«E allora?»
«Allora sto cercando di salvare il salvabile... Altrimenti finiremo in rovina: ro-vi-na, conosci questa parola?»
«Tu me l'hai insegnata.»
«Taci, sei mia moglie e mi obbedirai.»
«Yasemin non crescerà come un'ebrea.»
«Musulmani, ebrei, cosa importa... Ti ricordi come era raffinata ed elegante la moglie di Azoulay? Non vorresti diventare come lei?»
«Non sarò mai tua complice.»
«Se farai come ti dico, diventeremo soci in un affare che ci renderà ricchi. Molto ricchi.»
«Danaro, pensi solo al denaro. I soldi dell'affare dell'ebreo sono maledetti! Torniamo da mio padre, lui ti troverà un lavoro...»
A Ibrahim era passata la voglia di fare l'amore, e Miriam da tempo non ne aveva più. Lui proseguì con voce sempre più carezzevole, come si fa con un bambino.
«Inizia come fosse un gioco. Prima chiamala Yaseminhavah, così, tutto di seguito, come un nome unico. E poi comincerai a chiamarla solamente Havah.»
«Yasemin non ha dimenticato» rispose cupa Miriam. «Piange e chiede sempre di lei...»
«Dimenticherà. Dimenticheremo tutti» rispose Ibrahim spazzando l'aria con la mano come per cacciare un cattivo presagio.
Miriam però non voleva dimenticare. Resisteva al cambiamento, impastando paura e diffidenza con il lievito del rancore.
Calando, la luna era scomparsa dallo specchio. Il buio ormai avvolgeva la stanza, disegnava le loro schiene contrapposte e anneriva i loro pensieri già neri.
"Se fosse più fantasiosa..." rimuginava Ibrahim. "Se fosse più moderna, come la moglie di Azoulay." Il solo pensie-

ro dell'altra Miriam risvegliò il suo desiderio. Prima una incerta erezione, poi un turgore pieno. Ibrahim si voltò e fece combaciare il corpo a quello della moglie addormentata trovando una oscura, veloce soddisfazione.

Miriam udì il respiro di Ibrahim farsi sempre più pesante. Poi lo sentì girarsi e cominciare a russare. Mentre lui si strofinava fino a raggiungere il piacere, aveva intuito che non stava pensando a lei ma a un'altra. Faceva così quando tornava dal bordello con ancora indosso l'odore delle prostitute e voleva togliersi un ultimo sfizio mischiando moglie e amante. Qualche volta Miriam aveva assecondato i movimenti e persino le fantasie. Un po' per gioco, un po' per non perderlo. Eppure quella sera nel loro letto a infastidirla non erano i profumi volgari delle prostitute. Chi aveva in testa Ibrahim mentre si destreggiava prendendosi il piacere? Forse nessuno. Era uno strofinio automatico, una di quelle compulsioni fini a se stesse di cui gli uomini sono schiavi. O forse era proprio colpa sua e del suo corpo ormai muto e asciutto. Era da tempo che non lo desiderava più, dunque perché stava lì ad arrovellarsi sui pensieri più intimi e segreti del marito?

D'improvviso le tornò in mente quando aveva preso possesso dell'appartamento in cima alla scala. Quel giorno a guidarla attraverso le stanze appena ridipinte e odorose di vernice era stata la moglie di Azoulay.

«La cucina è piccola ma tutto funziona, lenzuola e coperte sono negli armadi.»

«Non ce n'era bisogno, ho portato le mie.»

«Ho fatto sistemare una tenda in cima alla scala per attutire i rumori del cortile.»

«È tutto perfetto, ma non doveva disturbarsi...»

«Questa casa è la sua casa. Le bambine sono già inseparabili e mentre i nostri mariti combinano affari avremo il tempo per conoscerci meglio. Se ha bisogno di qualcosa, mi chiami.»

L'aveva osservata mentre scendeva lungo la scala con passo leggero e flessuoso. Era vestita in modo semplice ed elegante e i capelli color miele annodati sulla nuca in uno chignon basso e morbido le davano un'aria da regina.

Arrivata all'ultimo gradino si era girata verso di lei, le aveva sorriso e aveva aggiunto:

«Usi pure il pianoforte quando vuole.»

"Quanto mi sarebbe piaciuto imparare a suonare, ma con mio padre non c'era verso" aveva pensato mentre stava per tirare la tenda che custodiva l'appartamento. Ma subito si era pentita. Le bambine stavano giocando, la casa era silenziosa e per la prima volta erano loro due da sole.

«Miriam?» disse raggiungendola.

«Sì...?»

«Perché siete venuti a Giaffa? Odessa non è grande come Istanbul ma se non mi sbaglio la chiamano...»

«... la perla del Mar Nero.»

«Sì, e dunque perché siete finiti in Palestina?»

«È una lunga storia, che inizia con il pogrom di Odessa» rispose abbassando la voce, poi si sedette su un gradino e la invitò a fare altrettanto.

«Nel massacro del 1905 delle nostre due famiglie non è rimasto nessuno» continuò con la voce ridotta a un sussurro. «Tra i bambini sfuggiti alla tempesta e imbarcati su una nave diretta a Salonicco c'eravamo anche io e Avrahàm.»

«Mi dispiace... Dunque vi siete conosciuti da bambini?»

«Eravamo solo degli orfani in fuga, troppo piccoli e troppo spaventati...»

«E poi a Salonicco?»

«Un'organizzazione ebraica mi ha aiutata a sopravvivere. Ho studiato e a vent'anni ho cominciato a insegnare francese in una scuola privata molto lontana da casa. Per arrivarci ogni giorno facevo un lungo giro in tram attraverso la città.»

«Come vi siete innamorati?»

«Il pomeriggio davo lezioni di pianoforte a una ragazzina. Guardando fuori dalla finestra ho intravisto un uomo oltre il cancello che ci ascoltava suonare. Così il giorno seguente e quello dopo ancora. Un pomeriggio, alla fine della lezione, me lo sono trovato davanti con un mazzo di fiori e si è presentato. Era gentile, affascinante e come me amava la musica. Scoprire poi che eravamo nati nella stessa città e che avevamo condiviso la tragedia e la fuga me lo ha fatto sentire vicino. Il pomeriggio seguente era di nuovo lì ad aspettarmi, questa volta aveva con sé il violino e come mi ha visto uscire dal portone ha cominciato a suonare per me.»

«In strada?»

«Sì. Dopo un anno ha chiesto la mia mano. Entrambi sfuggiti alla morte, abbiamo scelto la vita.»

«E le ha permesso di continuare a insegnare?»

«Certo, il lavoro mi faceva sentire viva e utile e Avrahàm ha sempre fatto di tutto per rendermi felice. Nonostante il lavoro, nei primi anni di matrimonio uscivamo quasi tutte le sere, concerti, cene, teatro. Siamo tornati più volte a Odessa. L'attività di import-export di Avrahàm era molto apprezzata dalle autorità sovietiche che ci hanno concesso il privilegio di un passaporto senza limitazioni per l'espatrio. Da quando abbiamo deciso di trasferirci in Palestina facciamo una vita più ritirata. A Giaffa lui è troppo preso dai suoi affari, sempre più importanti e complicati, e io dalla bambina. Non abbiamo più parenti. Lui e Havah sono tutta la mia famiglia.»

«Capisco...»

La moglie del mercante le prese la mano e la strinse.

«Due Miriam non possono che diventare amiche.»

All'unisono rivolsero lo sguardo verso le figlie intente a spogliare e rivestire una bambola.

La moglie di Avrahàm aveva pensato che la turca era appassionata e sincera. La moglie di Ibrahim che avrebbe voluto assomigliare a quella donna così diversa da tutte quelle che aveva conosciuto. Aveva attraversato l'orrore ed era stata capace di ricostruirsi una vita. Era sposa e madre, ma insieme se stessa. Era differente ed era fiera di esserlo.

Proprio in quel momento il portone si era spalancato ed erano apparsi i mariti. Avrahàm era entrato sorridente, Ibrahim invece aveva esitato sulla porta fissando stupito le due Miriam come se le vedesse per la prima volta. Era stato in quell'istante che lei aveva notato come lo sguardo del marito le scivolava addosso, mentre indugiava sulla moglie di Azoulay. L'amicizia appena nata però aveva superato la gelosia. E alla fine lo aveva perdonato. Lei per prima era stata conquistata dal fascino sottile ed enigmatico di quella donna indipendente e riservata. La Miriam fatta di terra e carne, affascinata dalla Miriam fatta di aria e musica, a quella strana attrazione di Ibrahim non fece più caso perché assomigliava alla sua. Nel poco tempo deciso dalla sorte, le due Miriam erano diventate amiche. Giocando con le figlie, si erano scambiate ricette e confidenze sulle loro vite così diverse, eppure così uguali per quello che conta davvero.

Quella notte, raggomitolata nel letto di Istanbul, Miriam era assediata dai ricordi. Tornò a galla Ibrahim, accanto al pianoforte, ipnotizzato dalla nuca delicata e dalle mani affusolate della moglie di Azoulay che volavano sui tasti. I complimenti spericolati e insinuanti che le lanciava quando Avrahàm non c'era. E l'espressione imbarazzata di lei.

"Ibrahim delle volte è proprio troppo Ibrahim..." concluse amaramente.

Il demone uscì dall'ampolla e d'improvviso Miriam capì. Alla rabbia seguì lo stupore e poi il disgusto. Un pensiero accecante la travolse: "Vuole che diventi l'altra per possederci entrambe". E per la prima volta lo odiò.

Per questo, e per tutto il resto, giurò a se stessa che mai e poi mai avrebbe rubato la vita all'altra Miriam.

7
Istanbul, 26 aprile 1936

Sotto lo sguardo ostile della moglie, il mattino seguente Ibrahim si vestì di tutto punto indossando un soprabito scuro e un cappello nero. Non si era rasato e dopo essersi passato più volte la mano sulle guance si guardò allo specchio, sciolse la cravatta che aveva appena annodato, la ripose nell'armadio e aggiustò il colletto della camicia candida lasciando chiuso il primo bottone. Prima di uscire si trattenne sulla soglia quanto bastava per rivolgere alla moglie un sorriso esitante, l'invito a una tregua su cui non contava ma che gli era necessaria per tenere insieme l'unico esercito su cui poteva contare. Per la prima volta dal giorno del matrimonio Miriam non gli chiese dove stesse andando e non lo baciò.

Quella mattina di aprile, Ibrahim voleva fare la pace con Istanbul. Il profumo di glicine e di pane appena sfornato, il luccichio delle acque del Corno d'Oro e le cantilene ipnotiche dei muezzin erano il belletto inebriante della città di cui conosceva seduzioni e inganni. Ma quel giorno sembrava esserne immune. Pensava solo al mercante di Odessa e a come assomigliargli.

I primi passi della trasformazione lo eccitavano ben più dei pericoli della clandestinità in cui si stava tuffando. La sensazione delle guance pungenti sotto la carezza della mano lo elettrizzava e, anche se provava vergogna per aver desiderato la moglie dell'altro, era disposto a perdonarsi perché in fondo era stato solo il primo passo per reincarnarsi in lui. Del resto, a perdonarsi era sempre stato molto bravo.

In una giornata spazzata dalla brezza di primavera i pensieri ondeggiano ingovernabili. Quelli di Ibrahim, divisi tra timore ed eccitazione, ruzzolavano capovolgendosi a ogni folata di vento. Non si era mai sentito così libero come ora che stava per tradire la propria identità.

Costeggiando le vecchie case di legno ottomane, superò la cattedrale e il patriarcato ortodosso, e si diresse verso il quartiere dei librai, deciso a procurarsi, magari ai banchi dei dervisci che ne vendevano di seconda mano, qualsiasi trattato, saggio, opuscolo o manuale che parlasse di ebrei.

Procedeva a passo sempre più veloce, senza farsi distrarre dal brulichio di barbieri, cambiavalute, facchini e ambulanti di ogni genere di mercanzia. L'Ibrahim bighellone, sempre pronto ad attaccare discorso, a cercare vecchi amici o a farsene di nuovi, quella mattina sembrava sparito. L'uomo che con il bavero alzato e la barba ispida fendeva deciso la folla non era già più Ibrahim Özal. Era solo un'ombra sfuggente desiderosa di mettere a tacere gli ultimi dubbi.

Giorno dopo giorno, nella stanza dell'albergo andavano accumulandosi dizionari di ebraico, grammatiche per principianti, libri di preghiere, calendari religiosi e perfino romanzi, che Ibrahim leggeva affannosamente cercando di memorizzare nomi, precetti, preghiere, modi di dire e motti di spirito.

Ma la vera fonte a cui attingere era Azoulay. Ibrahim frugava nella memoria per ricordare il tono della voce con cui Avrahàm si rivolgeva alla moglie o alla piccola Havah e come la teneva sulle ginocchia. Come era gentile con i garzoni ai quali non dimenticava mai di dare una generosa mancia. Come si accarezzava la barba e come si aggiustava la kippah. Come si infilava la giacca e come se la sfilava. Come soffriva e come gioiva. Ma ci riusciva a fatica.

Il sangue del massacro era ancora negli interstizi delle pietre di Giaffa, ma nel ricordo di Ibrahim i dettagli sembravano svaniti, lavati via dalle piogge di primavera.

Il destino si prendeva gioco del ragazzo di Istanbul pronto a scambiare il Corano con la modernità, trasformandolo in un figlio di Mosè ancorato saldamente a tradizioni millenarie? Quel salto all'indietro cominciava a piacergli. In cuor suo Ibrahim sapeva che non stava diventando Azoulay solo per incassare il cento per cento dell'affare del Karnak Menoufi, ma perché Avrahàm era quello che aveva sempre desiderato essere e non era mai riuscito a diventare: il migliore.

Morendo, il mercante di Odessa gli aveva lasciato il suo posto nel mondo. Un posto che il turco meritava e che la sfortuna gli aveva sempre sottratto. Ibrahim non era fatto per i pentimenti. La sua benzina era il presente. E il suo futuro era ad Alessandria d'Egitto.

8
Istanbul, 28 aprile 1936

Ibrahim prese l'abitudine di trascorrere la giornata nel quartiere ebraico di Balat. Seduto su una panchina di pietra proprio davanti alla sinagoga di Arhida, osservava gesti, dettagli, stranezze. Con prudenza, senza farsi notare.

Una diaspora di due millenni aveva sparso gli ebrei dal Nord Africa alla Russia. E molti erano finiti a Istanbul, la cerniera tra Oriente e Occidente. Askenaziti biondi e dagli occhi azzurri, con cappelli a larghe tese e lunghe barbe come Azoulay. Sefarditi dalla pelle ambrata, con in capo zucchetti rossi simili a quelli turchi e indosso palandrane ricamate di foggia araba. Ma anche ebrei con le guance rasate e vestiti con abiti classici ed eleganti, del tutto confondibili con la folla brulicante che percorreva le vie della città. Eppure, nel corso dei suoi appostamenti, Ibrahim scoprì presto che tutti avevano in comune alcuni misteriosi ingredienti: riserbo e dolcezza, misticismo e senso pratico, rigore corretto da un pizzico di follia e attenzione per i dettagli più insignificanti. E una straordinaria capacità di mediare per mezzo della parola. Per risolvere una contesa, concludere un affare, interpretare un passo del Talmud, combinare un matrimonio o celebrare un funerale, gli ebrei utilizzavano sempre e solo le parole. Quale che fosse l'argomento del contendere – clima avverso, una partita di tessuti o una proprietà dai confini incerti –, gli ebrei ne svisceravano i più piccoli particolari in una confusione ordinata di parole. Le usavano come giocolieri, erano la loro cassetta degli attrezzi, la loro medicina e il loro grimaldello. Nessuno veniva mai escluso dalla discussione. Nessuno abbassava la testa davanti all'altro. E tutti avevano diritto a dire la propria. Gli ebrei si fidavano solo delle parole.

Sin dai primi giorni, davanti alla sinagoga di Arhida, Ibrahim era convinto di saperli riconoscere. E insieme temeva di essere riconosciuto.

Dopo i suoi giri di ricognizione, ogni sera al calar del sole, se ne tornava all'albergo color pistacchio carico di provviste: il pane al papavero di cui la figlia era ghiotta, il kebab e le köfte d'agnello profumate di limone che piacevano a Miriam. Avrebbero mangiato nel bovindo che affacciava sulla piazza e, se solo la moglie gli avesse rivolto la parola, a Ibrahim sarebbe sembrato di essere a casa.

Solo quando era certo che la moglie e la figlia si erano addormentate, Ibrahim cominciava le prove.

Il rituale era sempre lo stesso. Tirava fuori il passaporto di Azoulay dalla borsa nera, lo infilava nella cornice dello specchio a tre ante, simile a quelli delle sartorie, e passava ore a studiare le differenze. Le guance dell'ebreo erano più incavate, ma, grazie alle notti insonni, anche quelle del turco ormai lasciavano sporgere zigomi affilati. La mascella di Ibrahim era più pronunciata ma la barba, che dall'arrivo a Istanbul non aveva più tagliato, giorno dopo giorno cominciava a mimetizzare i contorni del viso. Per il resto, stessa altezza, simile il colore dell'incarnato e uguale quello degli occhi. Alcune differenze – meno pronunciato il naso dell'ebreo e più aquilino quello del turco, appena più sfuggente la fronte di Avrahàm e più diritta quella di Ibrahim – sarebbero state evidenti solo a chi li avesse visti uno accanto all'altro. E questo non era più possibile...

Per completare la metamorfosi Ibrahim si era procurato abiti e oggetti devozionali in un negozio di Balat. Quella notte, per la prima volta, provò a drappeggiare sulle spalle lo scialle da preghiera come aveva visto fare ad Avrahàm. Tentò anche di avvolgersi i tefillin ma – o non aveva fatto girare le cinghie di cuoio nel modo giusto o non le aveva strette abbastanza – il risultato fu che gli astucci con le pergamene non rimasero al loro posto come quelli degli ebrei della sinagoga di Arhida e alla fine Ibrahim rinunciò. Poi fu la volta della kippah. Ne aveva comprate tre, una di feltro grigio che fermò a una ciocca di capelli con una molletta rubata a Miriam, una bianca con sottili ricami celesti che decise di riporre assieme al talled e ai tefillin, e una di velluto nero intessuta di fili d'argento che avrebbe riservato solo alle grandi occasioni. Indossò con naturalezza il lungo soprabito di tessuto lucido e infine tirò fuori gli occhiali che aveva ritirato nel pomeriggio da un ottico di Pera. Erano un elemento fondamentale del travestimento e il primo di cui si era occupato. Scegliere una montatura identica a quella di Azoulay era stato facile, più difficile convincere l'ottico a inserire lenti dello stesso spessore ma non graduate. Ibrahim aveva farfugliato di una miracolosa regressione della miopia che lo aveva liberato dalla schiavitù degli occhiali ma, come per scusarsi, aveva aggiunto che ormai non riusciva più a vedersi senza e aveva bisogno di sentire il peso delle lenti sul naso. Aveva funzionato.

Quella sera, davanti allo specchio a tre ante, inforcò gli occhiali di tartaruga e verificò l'effetto. Lo sguardo non era quello rimpicciolito dalle lenti da miope del mercante di Odessa, ma se strizzava appena gli occhi il risultato era perfetto. Un cappello di feltro nero a tesa larga, ben calzato, completò la vestizione.

Il costume era impeccabile, mancava l'interpretazione. Ibrahim provò a curvare le spalle, a inclinare leggermente il capo a destra come faceva Azoulay e ad accennare un sorriso mite. Il risultato era stupefacente. Lo specchio rifletteva

il turco ma l'immagine era quella dell'ebreo. Tre Avrahàm, uno per ogni anta dello specchio, lo fissavano compiaciuti.
"Sono come l'ebreo. Di più, sarò l'ebreo."
Si spogliò e piombò in un sonno pesante e senza sogni.

Il mattino dopo, quando per la prima volta indossò il nuovo armamentario davanti alla moglie, lei voltò le spalle e con la fronte appoggiata al vetro della finestra guardò ostinatamente gli alberi in giardino. Ibrahim controllò allo specchio il risultato ma non gli sembrò soddisfacente. Aggiunse una sciarpa di seta bianca, lisciò i baveri del soprabito, controllò la kippah. Poi inforcò gli occhiali, si avvicinò al lettino della figlia ancora addormentata e la svegliò con un bacio.
«Mamma, c'è il papà di Havah!» esclamò Yasemin stropicciandosi gli occhi.
«Lo vedi, lei ha già capito» sibilò Ibrahim sulla soglia. «Sei rimasta sola, Miriam.»
L'eco dei singhiozzi della moglie lo seguì lungo le scale.
"Ho sposato una contadina testarda che non fa che remarmi contro" pensò. "Ma cambierà, per amore o per forza."
Quel giorno Ibrahim osò attraversare i quartieri che aveva sempre evitato: quelli dove era cresciuto e dove avrebbe potuto fare incontri pericolosi. Nessuno ormai avrebbe potuto riconoscerlo. Camminò in lungo e in largo fino a sera. Spiava il riflesso della propria immagine nelle vetrine e vedeva Avrahàm. Persino l'ombra proiettata dai lampioni sull'acciottolato di Istanbul era identica a quella che avevano disegnato le spalle curve di Azoulay sulle pietre di Giaffa.
«Shalom, ho dei magnifici samovar appena arrivati da Rostov. Vuole vederli?» lo invitò un antiquario sulla porta del suo negozio.
Aveva raggiunto il suo scopo: diventare invisibile ai turchi e palese agli ebrei.

9
Istanbul, 1 maggio 1936

In fuga da Miriam e dai suoi rancori, Ibrahim stava scendendo di corsa gli ultimi gradini dalla scala dell'albergo, quando Aziz lo bloccò con la sua stazza potente.

«Signor Özal, le debbo le mie scuse.»

«Per cosa?»

«L'idraulico sta riparando le tubature della stanza proprio sopra la vostra. Spero che i lavori non vi abbiano svegliato.»

«Scuse accettate, la manutenzione prima di tutto!»

«Mai prima dei miei clienti. Posso farle una domanda?»

«Veramente ho un appuntamento e sono già in ritardo.»

«Solo una curiosità, lei ha un cognome turco ma veste come un ebreo.»

«Mio padre è musulmano, ma mia madre è ebrea e mi ha cresciuto nella sua religione» disse tutto d'un fiato Ibrahim stupendosi della naturalezza con cui aveva trovato le parole.

«Lei è fortunato, è turco per i turchi ed ebreo per gli ebrei. E con la repubblica in Turchia ormai sono gli ebrei a comandare. C'è chi dice che anche Atatürk lo sia.»

«Chissà... Mi scusi, ma ora devo proprio andare.»

«Posso fare qualcosa per rendere più confortevole il vostro soggiorno? Giornali, sigarette...»

«Va tutto benissimo così, grazie.»

«Ho notato che sua moglie e sua figlia non escono mai.»

«La stanchezza per il viaggio.»
«Forse posso essere d'aiuto. Vuole che faccia venire il dottor Akif?»
«Grazie, non è necessario. Buona giornata.»
«Buona giornata a lei, signor Özal!»
Solo quando fu lontano dall'albergo, il cuore di Ibrahim riprese a battere regolarmente. Se aveva sottovalutato Aziz al punto da non immaginare che avrebbe confrontato il nome sul passaporto con la barba ormai lunga, il soprabito scuro e il cappello a larghe tese, chissà quali altri errori avrebbe potuto commettere in seguito lui stesso. E quanti Miriam e Havah.

Tutte le sere le costringeva a ripetere le preghiere ebraiche più e più volte: Yasemin apprendeva rapidamente timbro e intonazione della nuova lingua ma Miriam si stava rivelando un'allieva recalcitrante e ostile. Quello che per la figlia era un gioco, per la moglie era una tortura. Rannicchiata nella trincea del mutismo, Miriam difendeva con ferocia la propria identità. E anche se Ibrahim, non appena la moglie si addormentava, cercava di ritrovare nel suo volto la passione che pure li aveva uniti, nulla sembrava più saldare le loro vite: né il cemento della sventura, né la malta dell'eros. Il "per sempre" che intreccia gli amanti si era trasformato in un "mai più" affilato come una sciabola.

Le notti di Ibrahim erano piene solo delle sue ossessioni. Passando in rassegna i documenti custoditi nella borsa, la prudenza, la correttezza e la precisione che traspariva da quei contratti non finiva di stupirlo: era quello il segreto di cui si doveva impadronire rapidamente. Per l'ennesima volta metteva a confronto il proprio volto con le foto di Azoulay. E, prima di addormentarsi, si esercitava a riprodurre la firma del mercante di Odessa. Ormai era in grado di falsificarla alla perfezione, anche a occhi chiusi. Era il suo talismano.

Le notti di Miriam erano insonni, ma aveva imparato a fingere il torpore. Rallentava il respiro, si girava su un fianco e, nella penombra e con le mani sul volto, spiava a occhi socchiusi le spalle chine e la mano febbrile del marito che correggeva conti e confrontava firme alla luce della lampada. Non tollerava la fragilità e le ipocrisie di Ibrahim e si chiedeva cosa fosse rimasto del loro amore. La risposta era nel lettino accanto a lei. Le restava Yasemin, la figlia a cui ogni giorno, in segreto, raccontava la Sirah con gli episodi della vita del Profeta. L'avrebbe difesa con tutte le sue forze dall'inganno in cui stavano precipitando.

Anche se sperava di tenere a bada la vocazione al fallimento del marito, stava incominciando a temere ancor di più la sua natura volubile e cangiante. Solo a Istanbul, Miriam aveva scoperto di avere accanto un camaleonte pronto a mutare pelle per mimetizzarsi.

10

Istanbul, 7 maggio 1936

Anche se fosse riuscito a calarsi perfettamente nella parte, senza documenti falsi Ibrahim avrebbe pure potuto gettare nel Bosforo la borsa di Azoulay con tutti i suoi contratti.

A Istanbul, l'unico di cui si poteva fidare per ottenere dei passaporti contraffatti era Gomidas Timurian, l'armeno che era stato suo socio nell'avventura della tipografia. Provò a cercarlo più volte all'indirizzo della piccola stamperia che aveva ereditato, ma la saracinesca del locale era sempre abbassata. Temeva di rivederlo. Di sicuro gli avrebbe ricordato il debito mai saldato e il fallimento dell'impresa di cui gli attribuiva la colpa, ma senza di lui era perduto.

Gomidas aveva odiato il padre di Ibrahim e il suo vizio di mettere il naso negli affari della tipografia solo per criticare. Ma siccome era stato proprio lui a procurare la prima commessa importante – la stampa dei regolamenti doganali con il nuovo alfabeto e nel nuovo verso di scrittura imposto da Atatürk – alla fine se l'era fatto andare bene.

I due soci si erano buttati a capofitto in quell'avventura. Per rispettare le scadenze, avevano raddoppiato gli operai e, per l'acquisto dei grandi quantitativi di carta necessari, si erano indebitati con una banca tedesca. Ma, invece di aspettare l'arrivo dei nuovi caratteri che le industrie turche stavano fondendo, avevano assemblato vecchie partite di caratteri tipografici francesi, tedeschi e spagnoli. L'idea era stata di Ibrahim e Gomidas aveva accettato controvoglia. Dall'alba le macchine stavano girando veloci come le ruote di una locomotiva quando il padre di Ibrahim, curiosando, aveva acciuffato dal pancale la pagina 763 trovando il primo di una serie di errori disseminati sui fogli freschi di stampa. Colpa dell'inesperienza dei correttori, confusi dal cambiamento del verso di lettura, o di quei caratteri assemblati in fretta e furia, le pagine erano infestate dai refusi. Il manuale era inservibile e le copie erano finite al macero insieme alla reputazione della tipografia. Avevano perso la commessa e distruggere quelle montagne di carta gli era costato una fortuna.

Il debito con la banca tedesca era cresciuto e si erano visti costretti a licenziare gli operai. Il padre di Ibrahim aveva invano tentato di ripianare il debito per evitare la bancarotta e i due soci erano finiti in galera. Uno stimato ex ispettore della dogana ottomana non poteva perdere la faccia e, corrompendo qualche funzionario compiacente, era riuscito a tirarli fuori dopo qualche mese ma si era rifiutato di pagare il debito con Gomidas. «Quello è affar tuo» aveva concluso voltando le spalle al figlio.

La prigione, invece di far mettere la testa a posto a Ibrahim, aveva moltiplicato le sue smanie e in seguito Miriam aveva dovuto assistere incredula a una serie di imprese mirabolanti sempre più spericolate e fallimentari. Ibrahim aveva provato a vendere automobili italiane, ma erano troppo costose e tutti preferivano quelle inglesi e tedesche. Aveva importato biancheria da Parigi entrando nelle grazie di un gruppo di nobili russe che avevano acquistato a credito ma non avevano mai saldato i conti. Quindi, convinto da un amico, aveva imparato il russo e insieme si erano lanciati in un traffico di petrolio acquistando barili che arrivavano dall'Iraq per poi rivenderli ai russi. Per un po' il delegato dei Soviet aveva pagato regolarmente ma alla fine, appellandosi alle imprescindibili necessità del proletariato sovietico, si era volatilizzato con l'ultimo carico. Poi era stata la volta di un allevamento di asini spagnoli ma, nonostante il fornitore avesse garantito maschi da monta e femmine fertili, nessuna asina era mai rimasta gravida.

Una lunga catena di insuccessi e umiliazioni.

Ibrahim era ormai abituato alle disgrazie ma, odiando i drammi, aveva cercato disperatamente una via di fuga. L'esilio in Palestina, foraggiato dall'ennesimo e ultimo, sostanzioso prestito del padre, gli avrebbe permesso di sbagliare senza essere visto.

Gomidas lo aveva cercato più volte, Ibrahim aveva giurato che lo avrebbe pagato ma, sperando di non rivederlo più, non lo aveva mai fatto.

Subito prima del calar del sole, al termine di una giornata afosa, di quelle in cui Istanbul respira a stento oppressa dalla cortina di umidità che sale dalle acque del Corno d'Oro, Ibrahim decise di ritentare. Finalmente trovò la saracinesca della tipografia sollevata d'un palmo.

«Gomidas? Gomidas... ci sei?»

Dall'interno, solo silenzio. Dopo qualche minuto si fece coraggio e con uno strappo sollevò la serranda quanto bastava a infilarsi dentro.

L'odore pungente degli inchiostri tipografici gli invase le narici e il profumo di una delle sue vite precedenti, per un istante, lo stordì. La lama di luce che filtrava dalla saracinesca rischiarava solo in parte il pavimento polveroso tappezzato di fogli gualciti e macchiati. Nel buio Ibrahim intravide le sagome di ferro delle macchine da stampa e intuì il biancore delle risme di carta impilate malamente contro le pareti. Si inoltrò nella semioscurità e a tentoni trovò una porta in fondo al locale. Ruotò la maniglia, producendo un cigolio rugginoso.

La luce rossa dell'unica lampadina che pendeva dal basso soffitto a volta annegava l'antro in un'atmosfera cupa e ferrigna. Sulla soglia Ibrahim esitò a riconoscerlo, ma la smorfia amara che si dipinse sul volto di Gomidas non appena lo vide era inconfondibile.

«Benvenuto all'inferno.»

«Sono giorni che ti cerco...» balbettò Ibrahim.

«Se è per questo, io ti aspetto da due anni.»

Piccolo, rotondetto, con una corona di capelli grigiastri attorno a un cranio quasi calvo, e con indosso un camice nero che gli sfiorava la punta delle scarpe, Gomidas aveva un'aria sconfitta.

«Non ho fatto altro che attendere tutti i giorni il denaro che mi avevi promesso. Non dirmi che finalmente sei venuto a saldare il tuo debito...» sibilò continuando ad appendere una processione di negativi di donne nude lungo un filo teso sopra una vasca di metallo che esalava odore di acido. La luce rossastra donava alla sua espressione un guizzo mefistofelico e alle nudità grondanti delle donne una sanguigna e conturbante vitalità.

«Forse...»

Dopo essersi aggiustato la kippah con un gesto ormai automatico, Ibrahim uscì dalla penombra.

«Sarebbe ora. O forse sei venuto per loro?» disse indicando i negativi. «No, tu non sei un tipo da donnine nude.»

«Dipende da quali donnine...»

«Quanta boria, Ibrahim. Dimentichi che è colpa tua se sono costretto a guadagnarmi il pane così. È vero, mi tengo a galla con i calendarietti per barbieri: trovo le ragazze, le fotografo, incollo le foto ai calendari che ho stampato, aggiungo nei punti giusti piume colorate che se ci soffi da sotto in su vedi tutto e ci spruzzo pure un profumo da due soldi. È un lavoro che rende poco ma me lo faccio bastare. Va un po' meglio con le cartoline pornografiche. Roba clandestina, con gente che si accoppia di dritto e di rovescio come tu nemmeno ti immagini: persino uomini con uomini e donne con donne... Dove c'è rischio c'è guadagno! Non eri tu a dirlo un tempo, Ibrahim?»

Con un gesto perentorio lo invitò ad avvicinarsi.

«Come ti è saltato in mente di metterti la kippah e di farti crescere la barba come gli ebrei? Ti sei convertito? No, è impossibile, il loro è un club che non accetta soci, ma uno come te è capace di imbucarsi anche lì. Per poi darsela a gambe, come sempre...»

«Sono certo che non ti occupi solo di donnine nude. Magari sottomano ti capitano anche documenti falsi: certificati di nascita, passaporti...»

«Le donnine sono le mie piume, ma se ci soffi sopra puoi trovare anche i documenti fasulli.»

Dopo aver sgocciolato le mani nella vasca degli acidi, Gomidas le asciugò accuratamente con uno straccio.

«Perché sei qui? Hai combinato un altro dei tuoi disastri? Uno così grosso che nemmeno tuo padre riesce a tirartene fuori?»

«Devo sostituire le foto di questi passaporti con la mia e quella di mia moglie.»

Ibrahim porse i documenti degli Azoulay a Gomidas che li esaminò attentamente.

«Dove li hai presi...? Ma che importa. Sono nati a Odessa e sono ebrei... E vi sembra una buona idea diventare ebrei di questi tempi?»

«Ho poco tempo e mi devi un favore. Mio padre ti ha tirato fuori dalla galera.»

«Sei tu che devi un favore a me, Ibrahim! Io ho avuto la disgrazia di incontrarti e ancora ne pago le conseguenze. Potevamo fare fortuna, bastava aspettare il momento giusto.» Gomidas masticava amaro. «Ma tu no, tu volevi essere il primo... E abbiamo fallito!» Lo agguantò per il bavero e cominciò a scuoterlo. «Non ci capivi nulla di questo mestiere ma avevi fiutato l'affare. Peccato però che hai voluto prendere una scorciatoia, a te sono sempre piaciute le scorciatoie.»

«Volevo battere i concorrenti.»

«Già, e io sono stato così ingenuo da puntare tutto sulla tua follia.»

Con la testa incassata nelle spalle, Ibrahim lasciava che il risentimento dell'ex socio gli si rovesciasse addosso impetuoso e violento come un temporale estivo. Ma i fulmini dovevano ancora arrivare.

«Con le migliaia di copie che abbiamo stampato di quel manuale pieno zeppo di refusi, che nessuno ci ha mai pagato, i pescatori di Galata ancora accendono il fuoco per arrostire il pesce!» continuò con voce rabbiosa. «Bastava aspettare qualche mese e gareggiare con gli altri in bravura e non in furbizia. Bastava non fondere i caratteri arabi per fare cassa e, magari di nascosto, continuare a stampare libri per quelli che di Atatürk se ne fregavano e volevano continuare a leggere da destra a sinistra come avevano sempre fatto. Ma tu non hai voluto saperne.»

Per anni Gomidas aveva conservato le pallottole del suo rancore e ora le stava sparando a raffica: l'amara rivincita di un artigiano povero e talentuoso che finalmente aveva modo d'impallinare il rampollo della famiglia borghese che l'aveva rovinato.

«Atatürk ti incantava, ma le sue prigioni facevano schifo.»

«Lui ha cambiato la Turchia.»

«Già, ma non in meglio. Insieme alla nostra scrittura, ha cancellato le nostre radici e ha diviso le generazioni a colpi di editti. I figli non sapranno più leggere i libri dei nonni e viceversa.»

«Grazie a lui, oggi Istanbul gareggia con Parigi.»

«Una resa senza condizioni. Un mondo alla rovescia, ma a rovesciarci siamo stati noi due.»

«Volevo diventare ricco. E lo voglio ancora.»

«Sei abituato a correre senza voltarti. Ma le gambe non sono mai le tue. I soldi della tipografia erano di tuo padre, io ci mettevo l'esperienza e Atatürk i sogni... Nemmeno i sogni erano i tuoi.»

«Senti, so che tu puoi fare le nuove foto e applicarle ai passaporti e falsificare i timbri e tutto il resto... devo avere quei documenti a ogni costo. Intanto prendi questo» tagliò corto Ibrahim togliendosi dall'anulare l'anello con il rubino avuto in dono dal padre.

Gomidas doveva essere alle strette. L'anello sortì il suo effetto, come pure l'accenno a un ulteriore compenso alla consegna dei passaporti.

«Stai per fare l'ultimo capitombolo» borbottò Gomidas infilandosi a fatica l'anello nel mignolo grassoccio. «Venerdì, alle cinque, troverai la serranda abbassata. Bussa tre volte di seguito. Scatteremo le foto, poi io lavorerò sui timbri. Saranno pronti per la settimana successiva. Ma dovrai pagarmi qualcosa in più...» concluse restituendogli i documenti.

«D'accordo. Mi serve un ultimo favore. Guarda questi.» Ibrahim estrasse dal soprabito un sacchetto di velluto.

Gomidas sciolse il nastro che lo chiudeva e sbirciò il contenuto.

«La fattura non è raffinata ma di oro ce n'è tanto, almeno un chilo, forse anche di più... E le pietre non sono male» disse facendosi scivolare tra le dita la collana, gli orecchini e i bracciali di Miriam.

«Puoi trovare un acquirente? Prendi dalla vendita quello che serve per un lavoro perfetto e un anticipo su quello che ti devo.»

«Se è per questo dovrei prendermi tutto...» lo sferzò Gomidas. «Gli orecchini con i topazi per i documenti possono bastare. Se hai fretta di vendere anche il resto sai che dovrai accontentarti di una cifra inferiore al loro valore.»

«Fai quello che puoi.»

«È l'ultima volta che ti aiuto.»

«Puoi contarci. Sparirò per sempre.»

11

Istanbul, 7 maggio 1936

Sgusciando fuori dalla tipografia, per la prima volta dalla notte del massacro Ibrahim pensò che tutto stava andando per il verso giusto. Era certo che Gomidas avrebbe realizzato dei falsi perfetti e venduto i gioielli al miglior prezzo, magari trattenendo qualcosa per sé. Quanto alla firma di Azoulay, era ormai in grado di riprodurla anche al buio.
L'unico intralcio era sua moglie. L'anello debole della catena era lei. Bastava una sua frase, un grido, una confessione per distruggere il piano che aveva architettato. La teneva segregata, le aveva ordinato di tacere, ma non era riuscito a piegarla al suo sogno. Era una bomba pronta a esplodere. Se Ibrahim avesse creduto in Dio, gli avrebbe chiesto il miracolo di convincere Miriam ad accettare la trasformazione. D'improvviso rivide gli abiti dai colori tenui della moglie di Azoulay, i suoi gesti misurati, le mani candide, i capelli raccolti sulla nuca, gli occhi profondi e grigi come il cielo un istante prima della pioggia. "Avrahàm sì che aveva una moglie all'altezza" pensò amaramente. "Capace con la stessa naturalezza di suonare il pianoforte e controllare un bilancio, di guidare le dita della figlia sulla tastiera ancor prima che i suoi piedini potessero toccare i pedali..." La sensuale contadina dell'Anatolia e la raffinata ed esangue ebrea di Odessa sarebbero dovute diventare una persona sola. Come

un lampo gli tornò in mente la notte in cui, desiderando l'altra Miriam, aveva posseduto la Miriam che aveva sposato. O forse le aveva possedute entrambe.

Era ormai calata la notte e Ibrahim affrettò il passo verso l'albergo. Quando intravide l'edificio color pistacchio, che alla luce gialla dei lampioni virava in un modesto verde palude, d'istinto cercò con gli occhi la finestra della loro stanza. Era illuminata e in controluce riconobbe la sagoma di Miriam.

Forse perché il ricordo della moglie di Azoulay aveva riacceso i pensieri peccaminosi che lo avevano attraversato più volte, o forse perché da quando si era fatto crescere la barba Miriam non si lasciava più nemmeno sfiorare, Ibrahim salì i gradini quattro a quattro, deciso a prendersi quello che gli spettava.

Quando aprì la porta e vide che la bambina già dormiva tranquilla e Miriam, con indosso la vestaglia di seta azzurrina, se ne stava seduta nella poltrona accanto alla finestra e affondava il pettine nella massa di capelli scuri e ondulati, Ibrahim decise che sarebbe successo quella notte. Senza esitazioni e senza una parola, la prese tra le braccia, la rovesciò sul letto e le forzò le labbra. Ne uscì un gemito soffocato. Poi lei si divincolò.

«Non posso.»
«Perché?»
«Non sei più tu.»
«Tornerò lo stesso.»
«Quando?»
«Dopo Alessandria d'Egitto tutto sarà come prima.»
«Saremo di nuovo Miriam, Ibrahim e Yasemin Özal?»
«Sì» mentì, mentre cercava avidamente la bocca della moglie.

«Non ti credo, non ti credo più...» disse lei allontanando il volto con una smorfia di disgusto. «Odio questa tua barba. Nasconde qualcosa.»

«E cosa?» chiese affannato mentre la liberava dalla vestaglia.

«Fantasmi... i tuoi sogni malati ci porteranno alla rovina.»

«Taci. Yasemin dorme, e noi...» le sfiorò l'incavo del seno.

«Non toccarmi.»

«Non dimenticare che sono tuo marito.»

«Non lo dimentico. E non voglio nemmeno dimenticare che il tuo nome è Ibrahim, Ibrahim Özal.»

Serrò le gambe e i pensieri, ma Ibrahim la prese a forza. A lui piacque comunque. Miriam invece giurò a se stessa che non glielo avrebbe mai più permesso: quella sarebbe stata l'ultima volta che Ibrahim entrava dentro di lei.

Il cielo di Istanbul era lacerato dai lampi, l'aria carica di elettricità. Piovve per tutta la notte e ininterrottamente per giorni.

12

Istanbul, 11 maggio 1936

Quando finalmente Istanbul sembrò aver dimenticato la pioggia e si ricordò di sfoderare un cielo smaltato e quasi estivo, Ibrahim, di buon mattino, si diresse verso la sinagoga Arhida, pieno di buoni propositi. All'ostilità di Miriam non voleva pensare. Alcune disobbedienze di cui si era accorto – un giocattolo di Yasemin dimenticato nel corridoio dell'albergo e il commento di un cliente sulla sua bellezza – erano la prova che non aveva obbedito all'ordine di rimanere chiusa in stanza, ma l'idea che di lì a pochi giorni avrebbero scattato le fotografie per i passaporti lo aveva trattenuto dal punirla. Quel giorno aveva altro per la testa. Per la prima volta voleva mettersi alla prova.

Camminando nelle viuzze del quartiere ebraico, a passo svelto e con le spalle leggermente curve, in una perfetta imitazione dell'andatura di Azoulay, controllò la sua immagine nelle vetrine delle botteghe e si compiacque del risultato. L'ormai folta peluria sulle guance rendeva ogni giorno più credibile il suo travestimento ed era un eccellente schermo dietro il quale dissimulare i moti dell'anima. "Ecco perché gli ebrei portano la barba, per risultare impenetrabili" concluse soddisfatto. Gli era sempre sembrato che i figli di Israele custodissero troppo gelosamente i loro segreti, ma in quel mattino tiepido e azzurrino aveva l'impressione che quei segreti fossero diventati anche un po' suoi.

Nel quartiere ebraico ormai si sentiva a suo agio, riconosceva i negozianti, ma non aveva ancora avuto il coraggio di rivolgere la parola a nessuno.

Arrivato allo slargo davanti al caffè Sebastopole, uno dei punti d'incontro più frequentati del quartiere, si accorse che quel giorno era animato da un unico capannello al centro del quale si stagliava la figura sottile di un omino. Indossava un soprabito lungo e polveroso avvolto su un corpo inesistente e in bilico sul capo una kippah di feltro logora e di un colore indefinibile. Occupava la scena agitando le mani verso il cielo come per cacciare i demoni e insieme invocarne la comparsa a conferma della sua arringa. Ibrahim si avvicinò incuriosito.

«Che Dio vi protegga se dubitate che Gerba sia l'anticamera di Gerusalemme.»

«Figurarsi...» commentò qualcuno.

«Quell'isoletta l'anticamera della Città Santa?» borbottò un altro con la faccia butterata.

«Nostra è la prima diaspora, noi eravamo là prima degli altri» si affannava a ricordare l'omino polveroso.

«Gli ebrei di Gerba pensano solo ai loro primati» insinuò un elegantone sbarbato che aveva l'aria di saperla lunga.

«Vi credete superiori ma parlate un miscuglio di arabo ed ebraico scritto in caratteri ebraici. Roba da matti! O no?» sbottò un tizio con gli occhiali cerchiati d'oro.

«Dov'è lo scandalo, Malakai? Dimentichi che il tuo yiddish impasta a casaccio tedesco ed ebraico da secoli...» sentenziò un magrolino con un copricapo di pelliccia.

«Cos'hai contro lo yiddish, Meshulan? È la nostra radice...»

«È una lingua fatta per i villaggi, non per le metropoli.»

«Mi ha detto mio cugino che in certi quartieri di New York si sente parlare solo in yiddish. New York ti sembra forse un villaggio?»

«A trasformare un quartiere di New York in uno shtetl siamo capaci tutti. Alla borsa di Chicago si parla forse in yiddish?»

«Più di quanto tu pensi.»

La discussione si era accesa. A tirare le somme fu un ebreo corpacciuto con un pastrano lucido, troppo corto e troppo stretto, da cui sbucava un ventre ingombrante.

Il pancione sembrava saperne più degli altri e continuò:

«Troppi riti contro il malocchio in quell'isola: impronte di mani dipinte e ghirlande di pesciolini essiccati sulle porte delle case come amuleti... Inaccettabile! Solo le mezuzah fissate agli stipiti sono permesse. Il resto sono riti africani» concluse accarezzandosi soddisfatto il ventre, tra brusii di approvazione.

L'ebreo di Gerba, con le mani intrecciate dietro la schiena, non sembrava per nulla intimorito dall'attacco concentrico di quella folla di soprabiti neri. E proseguì imperterrito.

«Il nostro mondo è in pericolo, l'Apocalisse è vicina! La salvezza è solo a Gerba, la Gerusalemme africana!» concluse sollevando gli occhi al cielo.

Il tempo di abbassarli e d'improvviso, come per incanto, il capannello si era dissolto per ricomporsi poco più in là in due gruppi distinti. In uno si discuteva animatamente di una partita di frutta, nell'altro del matrimonio combinato che avrebbe unito due facoltose famiglie di commercianti. Ibrahim non si stupì, ormai sapeva che gli ebrei erano capaci di infinite discussioni e di cambiamenti repentini. E anche per questo gli piacevano ogni giorno di più.

Al centro della piazza erano rimasti solo lui e l'omino polveroso, deciso a continuare la sua litania anche davanti a un unico spettatore. Ibrahim non era del tutto disinteressato. Era la prima volta che sentiva parlare di quell'isoletta della Tunisia e a naso gli sembrò il rifugio ideale dove completare la propria educazione. Doveva saperne di più.

Per interrogare quell'omino strambo lontano da sguardi indiscreti, gli propose un bicchierino di raki in un locale del quartiere greco di Fener dove si incontravano i giocatori di backgammon e nessuno avrebbe badato a loro più di tanto. Il rimbalzo dei dadi sulle scacchiere sarebbe stato la colonna sonora delle prove generali di Ibrahim, per la prima volta ufficialmente calato nella parte di Avrahàm. L'omino con il soprabito polveroso non pareva aspettare altro per concludere in bellezza il suo sermone.

I due si lasciarono alle spalle le sinagoghe e le panetterie del quartiere ebraico e si inoltrarono nel labirinto dei vicoli di Fener. Nel locale rivestito di legno scuro, popolato di avventori impegnati in interminabili partite di backgammon, dopo il primo sorso di raki l'ebreo di Gerba tornò loquace.

«Dica la verità, lei affiderebbe la sua sorte a un dado d'avorio pieno di puntini neri?» chiese indicando con lo sguardo i tavoli vicini. «No, lei non lo farebbe. E nemmeno io» concluse scrollando la testa e aprendosi in un sorriso malizioso.

Ibrahim pensò eccitato al dado che era sul punto di tirare fingendosi Azoulay.

«Il backgammon è per metà azzardo e per metà strategia. Non è un caso che unisca turchi ed ebrei. Ai primi l'azzardo, ai secondi la strategia» rispose argutamente Ibrahim, che cominciava a trovarsi a suo agio nei panni che aveva scelto di indossare ma conosceva a menadito anche quelli che aveva sempre indossato.

«Anche Giosuè tirò a sorte per stabilire la ripartizione di Israele tra le dodici tribù. Ogni decisione discende sempre dall'Altissimo» sospirò l'altro accarezzandosi la barba.

«Il Signore prende e il Signore dà» aggiunse Ibrahim con aria ispirata.

«È così, amico mio. Ma noi al backgammon preferiamo comunque gli scacchi. Meglio affidarsi all'intelligenza che al caso.»

«La scacchiera addestra al ragionamento» concluse Ibrahim

sfoderando un sorriso compiaciuto. Il pezzo sulla scacchiera era lui e, anche se sapeva di doversi impadronire del gioco, aveva paura di fare la mossa decisiva.

Fortunatamente, anche se il raki non doveva essere tra le abitudini della Gerusalemme africana, l'ebreo con il soprabito polveroso ne sembrava entusiasta: accostava il bicchiere alle narici, si inebriava dell'aroma e lo sorbiva a piccoli sorsi, centellinandolo.

«Siamo venuti qui perché vuole propormi un affare? Se ho visto giusto, la trasparenza di questo nettare ci aiuterà a trovare l'accordo migliore per entrambi.»

«Gli affari non c'entrano. Mi racconti di Gerba.»

«I sacerdoti cohanim, in fuga da Gerusalemme dopo la distruzione del tempio di Salomone, misero in salvo una delle porte del tempio e alcune pietre del muro di cinta e si stabilirono a Gerba. Ma badi bene: la scelta di quell'isoletta della Tunisia non fu casuale.» Mandò giù un altro sorso e proseguì. «Conosce la teoria della deriva dei continenti?»

«Quella per cui l'Africa e il Sud America combaciano alla perfezione?»

«Esattamente. Ma la deriva ha sortito i suoi effetti anche nel Mediterraneo.»

«Sarebbe a dire?»

«L'isola di Gerba si è staccata proprio dalla Terrasanta.»

«Ecco perché è l'anticamera di Gerusalemme!»

«Può giurarci. È il rituale a regolare la nostra vita. Abbiamo fissato più leggi di quelle che Lui ci ha imposto e le osserviamo tutte» concluse vuotando il bicchiere.

Ibrahim ordinò un secondo giro di raki. Aveva il cuore in gola. Per la prima volta aveva provato a interpretare la parte che aveva scelto per sé ed era stato creduto: il vero ebreo di Gerba aveva creduto al finto ebreo di Odessa! Aveva voglia di brindare a se stesso. Ora sapeva dove avrebbero trascorso i mesi che mancavano alla vendita del cotone: per diventare Azoulay, gli Özal sarebbero dovuti passare per Gerba. Era così soddisfatto che decise di esagerare.

«Ho sentito raccontare meraviglie di un vostro rabbino, ma non ricordo il nome...» fece con aria pensosa.

«Non può essere che Moshé Chalfon Ha-Kohen, il gran rabbino di Hara Kebira.»

«Ma certo» esclamò Ibrahim toccandosi la tempia, «come ho potuto dimenticare il suo nome...»

«Agli askenaziti capita di dimenticare i nomi dei rabbini sefarditi, eppure lei non ha l'aspetto di un askenazita» sospirò l'omino polveroso sorseggiando il raki.

Ibrahim guardò a terra e trattenne il fiato ma, per fortuna, l'altro era un fiume in piena.

«Solo a Gerba gli ebrei possono vivere in armonia con l'Onnipotente, e non in perenne contrattazione come fanno dalla Galizia alla Spagna e da Londra a New York.» Dopo essersi accuratamente asciugato la barba con il tovagliolo, continuò: «Gerba è il nocciolo duro del giudaismo».

«Ben detto!» sottolineò Ibrahim per riempire il vuoto che avrebbe potuto contenere domande di cui non conosceva le risposte.

L'altro incassò il complimento, ma non sembrava soddisfatto. Slacciò i bottoni del soprabito, passò il dito ad allentare il colletto liso della camicia, si sollevò a metà dalla sedia e allungando il collo come una tartaruga avvicinò il viso a quello di Ibrahim e lo investì con un respiro che sapeva di vecchiaia e putrefazione. Poi corrugò le sopracciglia, piantò gli occhi color topo in quelli di Ibrahim il tempo sufficiente a gelargli il sangue nelle vene ed esplose:

«Gli ebrei temono di riconoscere in Gerba il proprio destino. Lei teme il destino?»

«Io lo cerco e lo inseguo.»

«A Lui piacendo, signor...? Abbiamo bevuto molto raki insieme, ma ancora non conosciamo i nostri nomi.»

«Avrahàm. Avrahàm Azoulay.»

«Il mio nome è Moshé Hattab... Le confesso che il suo cognome mi è nuovo. Gerba è piena di Kohen, Sufir, Haddad, ma non ho mai sentito di nessun Azoulay...»

«Perfetto.»

13

Istanbul, 13 maggio 1936

Miriam non si era mai sentita così sola. Una solitudine che come un cannocchiale rovesciato le permetteva di allontanare da sé i cambiamenti dell'uomo che aveva tanto amato. Non sapeva come e dove Ibrahim trascorresse le giornate, ma era sollevata quando lo vedeva andar via e aspettava il suo ritorno come una maledizione. Uscire le era proibito, precluso anche il giardino e vietato parlare con chiunque. Aveva solo una lunga lista di parole sconosciute, indigeste e velenose, da imparare a memoria.

Confinata nell'angusto perimetro delle due stanze color pistacchio, Miriam riusciva a illudersi che la vita scorresse come un tempo: prima di conoscere gli Azoulay, prima dell'esilio in Palestina, prima del fallimento della tipografia. E poi ancora più indietro, prima di lasciare il padre e di conoscere il marito, quando non era ancora moglie ma solo figlia. E talvolta si ingannava al punto di immaginarsi che Yasemin fosse nata solo da lei. Senza un uomo, senza nessuno: figlia che genera figlia.

Riempiva quel tempo da reclusa con le incombenze quotidiane, ripetute e dilatate all'inverosimile. Il bagno era diventato una cerimonia, la colazione un rito, attaccare un bottone una lezione di cucito, osservare la gente in strada uno spettacolo di cinematografo. Ripescava favole dimenticate e ne inventava di nuove. Tutto era un gioco e un insegnamento.

Yasemin imparava in fretta e non faceva domande. Si diventa grandi in un lampo quando i genitori non si amano più.

Il bagno caldo era la sua passione e da giorni aveva cominciato a spogliarsi da sola. Era capace di far scivolare i bottoni fuori dall'asola e, allentando i lacci e facendo leva con la punta del piede sul tallone, riusciva a sfilarsi le scarpe senza bisogno di aiuto. Si liberava della camiciola, delle calze e delle mutandine, le ripiegava in bell'ordine sulla sedia, mentre la madre seduta sul bordo della vasca controllava i suoi gesti, facendole ripetere tutto da capo quando sbagliava e riempiendola di baci quando riusciva a fare bene.

Prima di tuffarla nell'acqua, Miriam le carezzava la pelle ambrata e i capelli di seta. Pensava a quando i puntini rosa dei capezzoli sarebbero diventati più scuri e il seno sarebbe sbocciato. A quando il morbido incrocio di carne tra le gambe si sarebbe coperto di peluria. A quando i fianchi sottili si sarebbero arrotondati e le natiche sarebbero diventate morbide e piene. A quando gli occhi scuri come castagne avrebbero bruciato d'amore. E a chi avrebbe goduto della bellezza perfetta che lei aveva generato.

«Sbrigati, mamma, ho freddo!» protestava Yasemin battendo i piedini sull'asciugamano.

A quel punto la madre la prendeva per le ascelle e la immergeva.

Non appena era in acqua, la bambina rideva beata, sgambettava e faceva le bolle. La vasca era il suo mare, la saponetta un piroscafo, la spugna un'isola. Il suo gioco preferito era la battaglia di spruzzi: andava avanti fino a che Miriam non si arrendeva, si spogliava e si infilava anche lei nella vasca. A quel punto la figlia scivolava sopra il corpo della madre. Restavano così a lungo, aderenti, pancia contro schiena, pelle contro pelle, finché il calore non si attenuava e Miriam apriva il rubinetto dell'acqua calda per prolungare quella felicità perfetta che le due prigioniere riuscivano a rubare a quei giorni in bilico.

Il momento più difficile della giornata era quando, dopo il pranzo, la bambina si addormentava. Era lì che il marito tornava al galoppo nei pensieri di Miriam e la solitudine si trasformava in un labirinto. L'amore per Ibrahim si era sfaldato, giorno dopo giorno. Corroso dalla sua fragilità e dal suo egoismo, dai suoi calcoli e dalle sue ipocrisie, si era ormai trasformato in odio. Per lui aveva abbandonato tutto, ma non avrebbe accettato di pagare l'ennesimo fallimento di quell'uomo tradendo la propria identità.

In quella solitudine, Miriam pensò spesso alla fuga. Una volta trovò il coraggio di uscire sul pianerottolo e affacciandosi alla finestra che dava sul retro scoprì un'impalcatura malconcia che da un terrazzino scendeva in giardino. Gli operai che avevano dipinto l'albergo non l'avevano smontata ed era ancora ingombra di secchi incrostati di vernice. I gradini erano pericolanti ma avrebbero retto al peso di una donna e di una bambina. Una corsa attraverso il giardino e poi via, lontano, tra gli alberi di pesco della sua terra, insieme a sua figlia.

Le serviva del denaro, però. Frugò nelle tasche di Ibrahim ma trovò solo qualche spicciolo. Per quanto tempo sarebbero bastati i gioielli che le aveva regalato il padre? E a chi avrebbe potuto venderli? Decise di aprire la borsa di Azoulay ma non c'era denaro, solo carte che promettevano affari miracolosi. Contratti che avevano fatto perdere la testa a suo marito. Come aveva potuto non accorgersi che il destino di quell'uomo era perdersi senza rimedio: per lei, per la tipografia, per il mercante di Odessa e per la moglie... Il pensiero la folgorò. Frugò di nuovo nella borsa e ritrovò le foto della donna che aveva il nome identico al suo.

La gelosia le conficcò un coltello nel petto. Ma, quando la lama si ritrasse, la ferita si richiuse all'istante. Alla rivalità subentrò l'invidia per l'altra Miriam, amata quietamente e per sempre dall'uomo che aveva scelto e che l'aveva difesa fino all'ultimo respiro. Fu morsa dal rimpianto per l'amicizia mai nata con quella donna così diversa e così amabile e che a suo modo aveva amato nel breve tempo che era stato concesso a entrambe dalla sorte. E poi sopraggiunse la pena per la sua fine atroce. Il ricordo dei lamenti strazianti di quella notte a Giaffa ancora la torturava.

Meditò il piano di fuga più e più volte. Continuava a ripetersi che la scala avrebbe retto e che avrebbe venduto i gioielli al primo orafo del suk disposto a comprarli. Ne avrebbe ricavato una somma inferiore al loro valore, ma sarebbe bastata per raggiungere Erzurum. E poi? Di sicuro i genitori l'avrebbero accolta, ma per tutti sarebbe stata una fuggiasca, una reietta. E se pure avesse trovato il coraggio di raccontare le peripezie di quel marito impazzito e la folle idea di sostituirsi a un altro, suo padre avrebbe avvertito la polizia o avrebbe cercato di ucciderlo. Forse avrebbe potuto inventarsi una storia, dire che lui le aveva abbandonate. Però, poiché il marito non era morto ma svanito nel nulla con un'altra identità, c'era il rischio che prima o poi si ripresentasse per riprendersi la figlia. Si trovava in un vicolo cieco.

Non poteva tornare dal padre e non voleva restare con il marito. Non voleva diventare l'ebrea di Odessa e non voleva che sua figlia diventasse Havah. Voleva restare quello che era. Poteva solo andare a fondo.

14

Istanbul, 15 maggio

I tasselli del puzzle cominciavano a trovare il loro posto. Mancavano due ore all'appuntamento con Gomidas ma Ibrahim era già vestito di tutto punto, con la kippah più elegante e un soprabito doppiopetto di raso nero acquistato per l'occasione. Miriam indossò lo spolverino blu e l'abito rosa pallido che il marito aveva scelto per lei nel miglior negozio di Istanbul senza nemmeno controllare il risultato allo specchio, come se quella vestizione non la riguardasse. E quando lui le ordinò di raccogliere i capelli in un morbido chignon e di sostituire gli orecchini di corallo con delle piccole perle obbedì in silenzio. Nel vedere la figlia con l'abito color crema che le aveva regalato il padre, però, volse il capo dall'altra parte. Prima di uscire Ibrahim scartò l'ultimo regalo, una bambola che Yasemin battezzò subito Bulbul. Era il modo in cui la piccola chiamava Istanbul, la città dove era nata, ma che aveva conosciuto per la prima volta in quella primavera piena di cambiamenti.

Nessuno degli avventori fece caso all'elegante terzetto che attraversava l'androne dell'albergo, nemmeno Aziz che, impegnato con una coppia in procinto di saldare il conto, li salutò con un cenno distratto della mano. In quel tiepido pomeriggio di maggio, confusi nella folla, Ibrahim, Miriam e

Yasemin sarebbero sembrati a chiunque una normale famigliola che si affretta per l'inizio dello Shabbat.

«Sei bellissima, perfetta per la nuova fotografia» sussurrò Ibrahim alla moglie, cercando di controllare il nervosismo sistemandosi meglio la kippah. In risposta ricevette uno sguardo sfuggente. Reclusa da giorni e giorni, Miriam aveva occhi solo per Istanbul, la città che aveva visto per la prima volta quando si era sposata e che sapeva di dover abbandonare di lì a poco. Una città che non aveva mai amato e che d'improvviso detestò. Così come detestava l'abito rosa pallido troppo aderente e gli orecchini di perle che le serravano i lobi. Come detestava quella bambola che la figlia aveva chiamato Bulbul e da cui non voleva più separarsi. Come detestava l'estraneo che aveva accanto.

Era la prima volta che gli Özal uscivano travestiti da Azoulay.

Giunsero alla tipografia dell'armeno in largo anticipo. La strada era deserta e Ibrahim decise che era meglio approfittarne per entrare senza essere visti. Curvò la schiena e sollevò la saracinesca con uno strattone, ma Gomidas doveva aver oliato i meccanismi perché si alzò dolcemente e con un tocco leggero si richiuse silenziosa alle loro spalle. L'armeno aveva aggiunto anche una smunta lampadina che con la sua luce fioca tramutava le macchine di stampa in mostri polverosi e spettrali. Yasemin, stringendo Bulbul al petto, si guardò intorno e scoppiò in un pianto disperato. Richiamato dai singhiozzi, dalla soglia della camera oscura apparve Gomidas.

«Da questa parte, svelti...»

I negativi pornografici erano scomparsi, accanto alla vasca degli acidi erano stati sistemati un cavalletto con una macchina fotografica a soffietto e uno sgabello di legno girevole; sulla parete di fondo, come un sipario, campeggiava un lenzuolo. "Davanti a questo obiettivo le nostre vite cambieranno" pensò Ibrahim eccitato prendendo in braccio Yasemin che era passata rapidamente dal pianto alla curiosità.

Che fossero donnine o passaporti, nel suo antro Gomidas si muoveva veloce e sicuro. Sistemò le luci, regolò la messa a fuoco, fece accomodare uno dopo l'altro gli Özal sullo sgabello e scattò. A Miriam il fulmine del magnesio strappò un lampo di vanità, a Ibrahim l'ennesimo sforzo nell'assumere l'aria pensosa di Avrahàm Azoulay. La piccola Yasemin, a sorpresa, si arrampicò da sola e ottenne uno scatto a figura intera con Bulbul tra le braccia.

«Questa foto è il mio regalo per te» le sussurrò all'orecchio Gomidas strappandole un sorriso. «Ti porterà fortuna.» E pensò: "Ne avrai bisogno, piccola...".

Yasemin stava per scendere dallo sgabello quando una mano spuntò dal lenzuolo adibito a fondale fotografico e lo aprì come un sipario. Apparve una bruna sulla quarantina con un abito a fiori troppo corto e troppo aderente. Non era una bellezza vistosa, piuttosto quel tipo di donna perfettamente consapevole di quello che i maschi possono volere da lei e che proprio per questo non li tiene in grande considerazione.

«Stai lavorando, torno più tardi.»

«Vieni pure, Selima, abbiamo finito. Ti presento degli amici.»

Sfoderando un sorriso alla Özal, Ibrahim le tese la mano accennando a un inchino, mentre Miriam rimase immobile con le braccia conserte.

«Bulbul si è fatta la foto con me» esordì Yasemin, mostrando la bambola alla signora con il vestito a fiori.

«Così piccola e già così bella... sembri una donna in miniatura» rispose Selima carezzandole i capelli.

Con un gesto ostile, Miriam tirò a sé la figlia. Aveva capito che tipo di donna aveva davanti e anche che mestiere faceva. L'Anatolia è terra di contadini, ma quelle come lei c'erano anche dalle sue parti.

«I passaporti?» chiese Gomidas.

Ibrahim gli allungò una busta che l'ex socio fece subito sparire nella tasca del camice, ma riuscì a cogliere lo scintillio del suo anello di rubino, ormai al mignolo dell'armeno.

15
Tra Istanbul e Sfax, 24 maggio 1936

Quando finalmente la nave salpò, Ibrahim guardò Istanbul svanire non più con gli occhi annoiati del turco Özal ma con quelli pensosi dell'ebreo Azoulay. Anche quello che conosceva ed era già suo ora gli appariva nuovo e sorprendente, e misurava guardingo l'ignoto che lo aspettava.

Quel nuovo sguardo, ben più dei passaporti freschi di truffa, del denaro ricavato dalla vendita dei gioielli, della borsa piena di contratti e della firma di Avrahàm che ormai sapeva riprodurre alla perfezione, garantiva che la metamorfosi era avvenuta. Eppure, nemmeno quel nuovo sguardo avrebbe potuto sostenere quello feroce di Miriam la sera del concerto.

Fino a quel giorno la traversata era stata tranquilla e persino noiosa ma, proprio quel pomeriggio, il capitano annunciò dall'altoparlante l'esibizione straordinaria di un quintetto di musicisti italiani la sera stessa. Il brivido di eccitazione che era serpeggiato tra i passeggeri contagiò persino Miriam, che per l'occasione scelse un abito elegante e decise di indossare la collana d'oro che le aveva donato il padre il giorno del matrimonio. Ma quando andò a frugare nelle valigie e in ogni angolo della cabina per cercare il sacchetto dove l'aveva riposta non lo trovò.

«I miei gioielli... sono spariti!»

«Non è possibile, li ho nascosti nella tasca interna della tua valigia.»

«Non ci sono. Erano l'unica cosa che avevo, l'unica solamente mia...»

Il volto di Miriam era rigato di lacrime.

«Qualcuno deve averli rubati. Vado subito dal capitano...»

«Tu non ti muovi di qui» gli intimò lei bloccando la porta con il corpo.

«Stai calma.»

«Perché dovrei restare calma? Non sono stupida come pensi tu.»

«Lascia che parli con il capitano, di sicuro lui troverà il ladro Siamo in una nave, non può scappare...»

Miriam gli lanciò un'occhiata obliqua e tagliente.

«È inutile, quei gioielli li hai rubati tu!»

«Sei impazzita?»

«È così, sei stato tu» disse puntando l'indice contro di lui.

«Calmati, ti prego.»

«Ti odio. Io ti odio!»

Miriam era una furia, gli tempestava il petto di colpi e gli graffiava il volto... A fatica, Ibrahim riuscì a serrarle i polsi. Alla fine, a mezza voce ammise:

«Ebbene sì, confesso. Quei gioielli sono serviti a pagare i conti a Istanbul, questo viaggio e i mesi che mancano all'arrivo ad Alessandria. Ma appena concluderò l'affare te ne comprerò di più belli.»

«Comprerai una collana anche a me?» chiese la figlia uscendo dal bagno della cabina da dove aveva intercettato solo l'ultima frase.

«Ma certo, ti regalerò una collana d'oro con inciso il tuo nome...»

«Con scritto Yasemin?»

«Volevi dire Havah...» le rispose Ibrahim, e girò il capo per sorriderle giusto il tempo sufficiente a offrire il collo al morso della moglie. Sentì i denti affondargli nella carne.

«Ti disprezzo» sibilò Miriam con uno sguardo affilato come un pugnale.

«È meglio per te se ti comporterai come si deve, soprattutto davanti alla bambina.»

«Lei non è più nostra figlia. Lei è solo mia!» disse stringendo furiosamente al petto Havah. «Mi fai orrore e maledico il giorno in cui ci siamo conosciuti!»

Ibrahim tamponò con il fazzoletto i graffi, controllò allo specchio che il sangue si fosse fermato, nascose il segno del morso abbottonando il colletto della camicia, si aggiustò gli occhiali e a fatica finalmente riuscì a ritrovare il tono e le parole del mercante di Odessa.

«È tardi, amor mio. Sei ancora in sottoveste e hai poco tempo per prepararti. Perché non scegli l'abito grigio che ho acquistato per te a Istanbul? Ti starà benissimo ed è all'altezza dell'elegante e raffinata signora Azoulay.»

«Già. La signora Azoulay indosserà un abito comprato con l'oro della contadina dell'Anatolia che ha avuto la sventura di sposare un fallito, pronto a rivendersi di nascosto la dote di sua moglie.»

Con il suo nuovo sguardo, Ibrahim vide davanti a sé un animale ferito. E solo in quell'istante comprese quanto dolore le aveva procurato.

«Ti restituirò tutto moltiplicato per dieci. Abbi fiducia in me. Per l'ultima volta...»

Improvvisamente, Miriam si accorse di non riconoscerlo. Il timbro della voce, i gesti erano di volta in volta dell'uomo che ormai disprezzava e di quello che a Giaffa aveva sentito morire. E non voleva più sapere nulla di entrambi.

Tutto era già cambiato. Ibrahim non era più Ibrahim. Yasemin era già pronta a diventare Havah. E lei, Miriam, era obbligata a sparire per sempre.

Nella tempesta, la nave della sua vita aveva rotto gli ormeggi. Era costretta a seguire il destino che il marito aveva inventato per lei, quello che la moglie del mercante di Odessa non aveva potuto vivere.

16

Sfax, 25 maggio 1936

Mancava meno di un'ora all'attracco a Sfax, quando, per cancellare la notte precedente e annusare il futuro, Ibrahim attraversò la nave per raggiungere il ponte di prua e anticipare la vista della lingua di terra dove sarebbe cominciata la sua nuova vita, quella vita che desiderava con tutte le sue forze. Era così eccitato che persino l'odore di nafta gli sembrò inebriante.

Quando arrivò sul ponte lo trovò deserto. I marinai erano indaffarati nelle manovre di sbarco e a scrutare l'orizzonte era da solo. Affacciandosi al parapetto vide affiorare una coppia di delfini che cercavano i vortici disegnati dalla prua per cavalcare le onde. Danzavano con una sincronia perfetta, proprio come le due identità che coabitavano in lui. C'era ancora Ibrahim a fare capitomboli insieme ad Avrahàm. Ci sarebbe sempre stato? Quando avrebbero finito per combaciare le due identità?

Uno strano marrano. Così il mercante di Odessa, se solo avesse potuto ancora parlare, avrebbe definito l'uomo che aveva deciso di tenerlo in vita a forza e che dritto sul ponte cercava il profilo della costa.

Era stato proprio Avrahàm, mostrandogli una partita di *mantillas* di seta cangiante appena arrivate da Cordoba, a spiegargli il significato della parola marrano.

«Muharram in arabo vuol dire "impuro". E gli spagnoli chiamavano *marranos*, come fossero porci, gli ebrei che, per salvarsi la vita, fingevano l'abiura.»

Parlando avvicinava la *mantilla* alla finestra e tra le sue dita la seta cambiava colore a seconda della luce, dal fucsia al rosso, dall'arancio all'oro. «Come queste *mantillas* cangianti, alla luce dei roghi dell'Inquisizione apparivano di un colore, ma a quella delle candele dello Shabbat, che accendevano in segreto e a rischio della propria vita, conservavano il loro. I marrani hanno sconfitto l'Inquisizione sopravvivendo. Sopravvivere è un dovere, amico mio.»

Sazi delle loro piroette i delfini si lasciarono trascinare al largo, e Ibrahim li seguì con lo sguardo finché non li vide sparire nel blu. "No, non sono un ebreo marrano convertito al cattolicesimo, e nemmeno un ebreo dönme convertito all'Islam come il mio amico Ömer" pensò. "Sono un musulmano che si finge ebreo. E che lo diventerà."

Mentre la foschia diradava svelando il profilo sfuggente della costa tunisina, Ibrahim ripensò alla notte del massacro: la paura di perdere il denaro investito trasformata nel coraggio di incassare l'intera posta in gioco. La sua occasione d'oro era inzuppata in quel sangue ma anche nella sua audacia. O nella sua disperazione? Avrebbe mai potuto perdonarsi? Ma in fondo cosa aveva fatto di tanto grave? Erano morti, ma non era stato lui a ucciderli. Anzi, grazie a Ibrahim il nome di Azoulay avrebbe continuato a prosperare. Nessuna fusione commerciale avrebbe potuto essere più totale. Avrebbe restituito a una famiglia l'esistenza che le era stata strappata. La sua idea scabrosa avrebbe permesso un doppio riscatto: lui avrebbe fatto finalmente fortuna e il nome di Azoulay non sarebbe stato cancellato da quella notte di sangue.

Il turco sarebbe diventato l'ebreo anche per restituirgli il futuro.

Le valigie, con le etichette "Avrahàm Azoulay, Sfax, Hotel Borj Dhiafa", erano già allineate in cabina. I gabbiani annunciavano la terraferma con giri festanti e Ibrahim intravedeva ormai il profilo delle navi in rada ma, stordito da quello che aveva già attraversato e disorientato per quello che ancora doveva affrontare, si accorse di avere le mani serrate al parapetto. Il tempo delle prove era finito.

«Mio Dio, dammi la forza di passare sull'altra riva, portami nella nuova vita. E aiuta Miriam a fidarsi di me» si scoprì a mormorare e si stupì di come quella preghiera gli fosse affiorata alle labbra. L'Avrahàm raggomitolato dentro di lui era uscito allo scoperto senza preavviso, scavalcandolo.

Quando la nave entrò in porto, Ibrahim, eccitato, si precipitò in cabina. Dalla porta socchiusa, accarezzò con lo sguardo la moglie e la figlia che dall'oblò spiavano le manovre di attracco. Gli abiti sobri e raffinati che aveva scelto per loro trasformavano Miriam in una versione bruna della moglie di Azoulay e Yasemin in una Havah perfetta. Quanto a Ibrahim, con il soprabito nero e la kippah di velluto grigio era così credibile che nessun ebreo gli avrebbe negato uno Shalom confidenziale e rispettoso.

«Chiamo il facchino per i bagagli. Siete bellissime...» disse aprendo la porta.

In quel momento si sentì il rumore della passerella che calava sulla banchina: per Miriam una mannaia, per Ibrahim una liberazione.

Finalmente lei parlò.

«Ibrahim, non...»

«Chiamami Avrahàm, o io smetterò di risponderti.»

Miriam lo trafisse con lo sguardo.

«Non sei nessuno dei due. Non sei più nessuno.»

"Imparerà, dovrà imparare" disse tra sé e sé Ibrahim per darsi coraggio. "Con l'aiuto dell'Altissimo ce la faremo" concluse sentendo l'eco della voce del mercante di Odessa. Ma a quale Altissimo si era rivolto? "Uno è Dio che in cielo è. Uno fu e uno è" recitò in cuor suo facendosi coraggio.

Sbarcati a Sfax, alla dogana tutto filò liscio. Il giorno successivo, tagliando il golfo di Gabes a bordo di una vecchia nave francese, raggiunsero l'isola di Gerba.

La mutazione era avvenuta. Da ora in poi, proprio come Miriam aveva temuto, Ibrahim sarebbe stato sempre e solo Avrahàm e Yasemin solamente Havah. Loro non sarebbero più stati gli Özal e tutti li avrebbero chiamati per sempre Azoulay. Solo Miriam sarebbe rimasta Miriam, piegata ma non vinta dal peso di un cognome che non riconosceva.

17

Gerba, 26 maggio 1936

Appena sbarcato, Avrahàm si accorse che, se ovunque nel mondo era martedì 26 maggio del 1936, nella comunità di Gerba era il 5 di Sivan dell'anno 5696 del calendario ebraico. L'anticamera di Gerusalemme manteneva le sue promesse. Abituato da sempre a passare indifferentemente dal calendario musulmano a quello cristiano, nelle notti insonni a Istanbul si era allenato a calcolare i giorni anche con il calendario ebraico. E, saltando agilmente i millenni, era ormai in grado di tradurre le date secondo i diversi conteggi delle tre religioni che credono in un unico Dio: l'anno zero cristiano calcolato dalla nascita di Gesù, quello musulmano dall'Egira di Maometto e quello degli ebrei dal giorno della Creazione. Come se non bastasse, doveva tenere a mente che per gli ebrei il giorno inizia al tramonto. La vita alla rovescia dei nuovi Azoulay era appena iniziata.

L'arrivo del terzetto nella casa con le finestre dipinte di azzurro che Avrahàm aveva affittato non passò inosservato. Presto si sparse la voce che erano nati a Odessa e i vicini gli affibbiarono il soprannome di "russi". Se la curiosità delle donne era tenuta a bada dal mutismo di Miriam, a Gerba come a Giaffa, il lasciapassare per superare la loro diffidenza fu il sorriso della piccola Havah. Il resto toccò ad Avrahàm.

Le cose accaddero molto in fretta. La prima funzione del sabato alla sinagoga di el Ghriba sarebbe stata la prova del fuoco ma, forse per le decorazioni con le maioliche blu indaco e le colonne e gli archi dipinti di celeste che la facevano assomigliare a una moschea, forse per la folla con indosso pantaloni larghi fermati in vita da fusciacche e ampie giacche simili ai caftani islamici, o forse perché lo desiderava con tutte le sue forze, Avrahàm si scoprì a drappeggiare con naturalezza il talled, a mormorare preghiere rivolgendo lo sguardo ora al soffitto ora al pavimento e a dispensare sguardi ossequiosi ai vicini.

All'uscita fu circondato dalla folla: ognuno aveva qualcosa da chiedere e qualcosa da rivelare. Avrahàm sorrise a tutti, raccontò della famiglia sterminata nel pogrom di Odessa, accennò ai problemi con gli arabi in Palestina e agli affari che non andavano più come una volta. Piacque a molti e non dispiacque a nessuno: un ricco commerciante russo che omaggia la Gerusalemme africana con un pellegrinaggio e qualche mese di permanenza non poteva che suscitare consenso e ammirazione tra i pii ebrei di Gerba.

Soddisfatto della sua prima uscita pubblica, sotto uno strano cielo già africano, Avrahàm stava tornando a casa attraverso un labirinto di cupole, case imbiancate a calce e porte dipinte di colori sgargianti, quando fu affiancato da un uomo vestito in modo bizzarro che aveva già notato fuori dalla sinagoga. Piccolo, ma dalla corporatura atletica, indossava eleganti abiti all'europea e una cravatta nera annodata a fiocco, alla maniera dei pittori. Aveva guance rasate, uno sguardo beffardo e non portava la kippah.

«Odessa! Ci sono stato molti anni fa per una partita di cotone e ho gustato la migliore purea di aringhe e mele verdi della mia vita...» esordì il tizio. Solo poi, dopo averlo preso a braccetto, si presentò:

«Mi chiamo Davide Cohen. Sono italiano, noleggio piccole navi, o porzioni di navi più grandi, e compro lino, canapa e cotone nei porti del Mediterraneo. Vivo in una città dell'Adriatico, un porto strategico per i traffici con l'Oriente, non importante come quello di Venezia, e nemmeno da paragonare con quello di Odessa, ma anche noi ci sappiamo fare...»

Parlava a raffica, gesticolando come fanno sempre gli italiani.

«Stocco la merce nei miei magazzini, la affido alle contadine per la tessitura e vendo le stoffe a Vienna, asciugamani, copriletti, tende... Questa annata è andata meno bene del previsto ma mi posso accontentare.»

Nonostante l'incontro con un commerciante di cotone gli sembrasse di buon auspicio e magari anche di una qualche utilità, Avrahàm avrebbe preferito tagliare corto, ma l'omino nerboruto aggrappato al suo braccio era incontenibile.

«A Gerba sono solo di passaggio, per concludere qualche affare e per visitare la sinagoga di el Ghriba. Non sono un ebreo osservante, ma sono pur sempre un ebreo!»

Avrahàm se la cavò con un sorriso enigmatico.

«Conosce il significato del nome el Ghriba?»

Avrahàm accennò un diniego.

«Vuol dire "la straniera", ma anche "la sorprendente" e "la solitaria". Non sembrano gli attributi di una sinagoga, ma piuttosto di una bella donna. Di quelle che ti rubano il sonno...»

Avrahàm fu azzannato dal ricordo del tormentoso silenzio della moglie, del suo cuore blindato e delle loro notti senza più carne e sospiri. E automaticamente ripeté l'ultima frase:

«Di quelle che ti rubano il sonno.»

«Senza ombra di dubbio le più rapinose. E non sempre sono le mogli!» concluse con aria complice. «Posso offrirle un caffè?»

Avrahàm fece di no con il capo, accompagnando il gesto con un inchino appena accennato.

«Lo so, è Shabbat, e di sabato non possiamo maneggiare

denaro» aggiunse Davide a occhi chiusi e alzando le mani al cielo. «Ma proprio dietro l'angolo c'è un locale gestito da musulmani, dove si può consumare il sabato e pagare la domenica. Sembra fatto apposta per noi.»

Le labbra di Avrahàm si curvarono in un sorriso involontario.

«Su, avanti, approfitti... Di Shabbat è proibito quasi tutto: vendere e comprare, spegnere e accendere un fuoco, scrivere e disegnare, costruire e demolire, persino scuoiare! Ma non sarà mica proibito bere un caffè a credito.»

Trascinato dall'italiano, in pochi minuti Avrahàm si ritrovò seduto a un tavolo di marmo e davanti a una tazza di caffè turco. Aveva appena avvicinato alle labbra la bevanda nera e fumante che l'ebreo italiano, dopo aver vuotato la tazza d'un fiato e pagato il conto lasciando una lauta mancia, si era già acceso un sigaro e aveva preso a buttare fuori il fumo disegnando cerchi nell'aria.

«Lo so, lo so... È Shabbat e io ho già commesso due peccati: ho toccato il denaro e un oggetto meccanico. Ma il Padreterno mi conosce e sa che odio i debiti, adoro i sigari e del sabato rispetto solo due precetti: pensare soltanto all'Altissimo e alla propria moglie. Capisce che intendo... Per me, l'ozio e l'amore sono i due grandi regali dello Shabbat, quanto al resto si tratta solo di una sequela di proibizioni. Pensi al divieto di legare: se non fossero esclusi i nodi alle scarpe, si immagini quanti capitomboli! Se è vietato legare è vietato anche slegare. Ora io dico, se incontro un impiccato, con il cappio al collo ma ancora vivo, che cosa faccio: non lo slego perché è Shabbat?»

«Lo Shabbat è dedicato all'Altissimo» commentò Avrahàm, un po' a disagio, accennando ad alzarsi, ma l'italiano lo bloccò.

«In questo momento l'Altissimo ha altri problemi. E noi ebrei anche. L'Europa è piena di fascisti e nazisti che odiano gli ebrei e perseguitano gli anarchici. L'*en plein* per me che sono sia l'uno che l'altro. *Cher* Avrahàm, siamo in bilico su un precipizio, meglio godercela prima che sia troppo tardi. L'Altissimo capirà...»

Come incubatrice, Gerba stava funzionando alla perfezione. Azoulay aveva sorbito tè alla menta in molte case, ammirandone i cortili di gusto arabo e sfiorando con devozione le mezuzah fissate agli stipiti delle porte. Aveva visitato le yeshivah e i forni collettivi per tenere il cibo in caldo nella notte tra il venerdì e il sabato. Conosceva la dislocazione dei mikveh, i bagni rituali dove uomini e donne, in giorni distinti, si immergevano per purificarsi. Gli era stato presentato il mohel, il medico alle cui mani esperte erano affidati i neonati maschi per la circoncisione. E si districava ormai abilmente tra i principi della kasherut, che dividono ciò che è puro, e dunque permesso, da ciò che è impuro, e dunque vietato. Ma, più si immergeva in quella comunità di ebrei nordafricani, più quell'ebreo italiano, fantasioso e spregiudicato lo attraeva.

Al mercato, al porto e nelle stradine attorno al vecchio caravanserraglio gli era capitato di incontrarlo molte volte. Con le sue giacche a quadri dai colori sgargianti, le cravatte a pois o addirittura a fiori e le scarpe di coccodrillo color cognac, spuntava ovunque. Era difficile non riconoscerlo ed era difficile togliersi di torno. Ogni volta Avrahàm se la cavava con un cenno di saluto.

Aveva scelto Gerba per imparare a essere un ebreo perfetto, non per confondersi con uno scampolo esuberante di diaspora mediterranea inzuppato in un infuso di anarchia. Ciononostante quel Davide Cohen, eccentrico, sempre pronto a stringere mani, ad abbracciare e baciare gli uomini sulle guance e a distribuire sorrisi e pacche sulle spalle, lo affascinava.

Avrahàm si sentiva solo. E nel cupo mutismo che la avvolgeva come una corazza la bellezza selvatica della moglie gli appariva ogni giorno più provocante. I fianchi di Miriam si erano riempiti, il seno le tendeva i bottoni della camicetta, e gli occhi scuri, accesi dal risentimento, scintillavano feroci e sempre più seducenti.

L'astinenza lascia al desiderio vie strette e tortuose. Da quando sua moglie si era trasformata in una fortezza senza porte né finestre, Avrahàm si era ridotto a spiarla mentre dormiva o quando si cambiava d'abito, ricacciando indietro a forza il desiderio. L'ultima volta che avevano fatto l'amore era stato a Istanbul, nell'albergo color pistacchio. L'aveva presa a forza e ne aveva goduto, ma se anche avesse trovato il coraggio di ripetere quella violenza temeva di non trarne più alcun piacere.

Aveva scelto di tuffarsi in Avrahàm continuando a desiderarla, mentre lei, trascinata a forza nell'altra Miriam, lo odiava sempre di più.

18
Gerba, 27 maggio 1936

Barricata nella casa di Gerba, Miriam lasciava che il tempo le scivolasse addosso. Con la lingua, il cuore e la carne sigillati, consumava la vendetta per quella nuova vita in cui era ormai prigioniera. La Turchia era troppo lontana e i suoi piani di fuga erano svaniti. Abbandonati sul comodino gli orecchini di perle, chiusi nell'armadio gli abiti nuovi, aveva ripreso a indossare quelli d'un tempo. Non raccoglieva più i capelli sulla nuca e aveva ricominciato a coprirli con il velo. Non si occupava della casa e trascurava persino la figlia alla quale, a Istanbul, si era aggrappata come una zattera. Passava le giornate al piano terra, nella cucina che dava sulla strada, a spiare la vita degli altri attraverso le fessure delle persiane azzurre. Si faceva da parte, era altrove. E in quell'altrove non aveva più bisogno di parole.

Il primo giorno, al mattino, Havah la prese per mano, la trascinò in bagno e iniziò a spogliarsi. Era diventato il loro gioco e la bambina voleva ripeterlo. Ma Miriam non aprì il rubinetto e non si sedette sul bordo della vasca. Inumidì un asciugamano nel lavandino, lo strizzò, strofinò la pelle della figlia con forza, fino a farla arrossare, e la rivestì in fretta. Lo stesso anche i giorni seguenti. Havah ingoiò le lacrime. Capì quanto le bastava: la madre non voleva toccarla per non soffrire più di quanto stesse già soffrendo, in silenzio, da sola; nel suo mondo non c'era più posto per niente e nessuno: nemmeno per la figlia. La bambina sembrò accettare quell'addio silenzioso. La casa si era trasformata in una tana in cui i giorni trascorrevano muti e asciutti. Mai più bottoni slacciati e allacciati, mai più favole e nemmeno canzoni. Il piatto del loro amore era sempre più vuoto.

In quel vuoto creato a forza, la possessività di Miriam per la figlia cresceva a dismisura. La nostalgia segreta per la bolla d'amore in cui avevano nuotato a Istanbul si era trasformata in atroce diffidenza. Al punto che, quando un pomeriggio la vide affacciata alla finestra della cucina sorridere a un venditore di dolciumi che gliene aveva appena regalato uno, Miriam perse il controllo, glielo strappò dalle mani e serrò le imposte. Havah scoppiò a piangere e picchiò sulle persiane finché la madre non si rassegnò ad aprirle di nuovo. Il venditore si era dileguato ma ora in strada c'erano due bambini che giocavano a palla. Con il volto rigato di lacrime Havah si mise a fissarli in silenzio. Più passava il tempo e più sentiva come un'estranea quella madre che la guardava a vista.

Il cuore di Miriam era ormai sordo. Le raccomandazioni del marito non la sfioravano e la sofferenza della figlia la raggiungeva come un'eco lontana. La stava perdendo o l'aveva già perduta? Aveva provato a insegnarle tutto quello che poteva. Aveva scritto nell'acqua calda della vasca dell'albergo di Istanbul la memoria della felicità a cui la figlia avrebbe potuto attingere per tutta la vita: quando avrebbe avuto freddo e paura, quando anche lei si sarebbe sentita tradita e delusa.

Avrebbe voluto risalire a galla, ma la corrente del risentimento per quella vita non sua e per quella figlia inconsapevole che, mettendo insieme turco ed ebraico, le stava ormai sfuggendo, la trascinava inesorabilmente a fondo.

Mentre i suoi rancori si moltiplicavano come insetti, Miriam riusciva solo a pensare a se stessa.

19
Gerba, 2 luglio 1936

Nonostante l'afa, quel giorno Davide era riuscito a strappare ad Avrahàm un appuntamento all'ingresso del mercato di Houmt Souk. L'isola respirava a stento, asfissiata dalla bava calda dello scirocco, eppure nemmeno la calura di quel mattino cisposo riusciva a spegnere la vitalità dell'italiano: aveva sempre qualcosa da raccontare o da mostrare, era sempre pronto a dare pacche incoraggianti, a strattonarti il braccio o ad accarezzarti la spalla, solo per simpatia. Gerba stava insegnando ad Avrahàm tutto quello che gli mancava per essere un ebreo. Per il resto c'era Davide Cohen.

Da giorni erano passati dal lei al tu.

«Un mercato senza ebrei è come un documento senza testimoni» sentenziò l'italiano assaporando un fico che aveva appena pescato da una grande cesta dove un gigante col fez continuava a comporre complicate geometrie con la frutta. «È un proverbio arabo che sfodero sempre quando chiudo un contratto. Ma più che un proverbio si sta trasformando in una profezia.»

«Profezia?»

«A noi ebrei tocca sempre testimoniare» rispose Davide piluccando datteri da una cassetta. «Un gran brutto mestiere. A questo mondo nessuno vuole avere tra i piedi dei testimoni.» E, succhiando il frutto che aveva scelto e sputando a terra il nocciolo, concluse: «Presto ci sputeranno via come ho appena fatto con questo seme».

Avrahàm trasalì. Era quello dunque il destino che sarebbe toccato anche a lui? "Ma no, non è possibile" pensò, "chi potrebbe essere così stupido da privarsi della genialità degli ebrei?" E subito si congratulò con se stesso pensando che il segreto del contratto custodito nella borsa trafugata a Giaffa era proprio l'assenza di testimoni. E l'aver fuso i due contraenti in uno solo.

Davide lo trascinava di banco in banco commentando la qualità e la bellezza delle merci esposte. Andare a zonzo in quel mercato era come fare un tuffo nel Mediterraneo, il mare che unisce Europa, Africa e Asia e che bagna ugualmente musulmani, cristiani ed ebrei. E che da Tunisi al Cairo, da Nicosia a Istanbul, da Giaffa a Gerba ha lo stesso respiro e lo stesso profumo: anice e menta, rosmarino e zafferano, cumino e coriandolo. Simili ovunque le piramidi di dolci ripieni di fichi e mandorle. Uguale l'odore di fritto di brik e sfenz che aleggia sui banchi e impregna gli abiti. Solo il cuscus a Gerba era unico e ineguagliabile, sottile come la sabbia che portata dal vento si depositava sopra ogni cosa in un velo impalpabile, ricordando che l'Africa è lì, subito dopo il braccio di mare che separa l'isola degli ebrei dal grande deserto.

«Accompagnami a comprare il pesce, ti prego... Senza di te, come potrei scegliere?»

«Ma non ne so nulla.»

«Ti insegnerò io a distinguere un'orata da un branzino. Dài, vieni con me... Se non ci sei tu a contenermi, rischio di comprare tutto il pescato. Di sicuro strapperei un buon prezzo, ma poi non saprei che farmene visto che vivo in un albergo» lo supplicò afferrandolo per il braccio. Lusinga, rammarico, cocente delusione o travolgente allegria, l'italiano sfoderava sempre sentimenti dai colori accesi, come i suoi desideri e i suoi abiti.

«Purtroppo i banchi del pesce sono dopo quelli dei macellai con le teste di capretto adagiate sul marmo e gli sciami di mosche che ci svolazzano attorno... È uno spettacolo troppo macabro per i miei gusti. Quindi ti insegno un trucco: il buon pesce non si compra al mercato ma dai pescatori» gli rivelò l'amico e, dopo aver aggiunto un sorriso furbo: «Vieni con me alla spiaggia, forse troviamo ancora qualcosa di buono».

Nell'isola di Gerba, piatta e brulla, in cielo svettano solo palme e minareti. L'orizzonte lo si può tracciare con una semplice linea, con un'altra l'arenile, qualche curva per le cupole delle case e il ritratto è fatto.

Sulla carrozzella a noleggio trainata da un vecchio ronzino color miele, Davide e Avrahàm si diressero verso la costa. Prima lungo il lago salato popolato da branchi di fenicotteri rosa che in bilico su una sola zampa tuffavano ritmicamente il lungo collo nell'acqua a caccia di molluschi. Poi, attraversarono una distesa di uliveti cinti da muretti a secco, un palmeto e una laguna lattiginosa con macchie di alghe verdastre che affioravano in superficie, e finalmente raggiunsero il mare.

In acqua, circondate da aironi e garzette intente a beccare, due feluche si lasciavano cullare dalla bassa marea, e a riva un gruppetto di pescatori accoccolati sulla sabbia erano intenti a dividere il pesce nelle ceste secondo razza, peso e dimensione. Abbandonata la carrozzella sul ciglio della strada battuta, li raggiunsero affondando le scarpe nella sabbia rovente. Dopo aver inanellato generosi complimenti sulla linea delle loro feluche dalla maneggevole vela latina, Davide si concentrò sul pescato. Esaminò con attenzione il contenuto delle ceste e intavolò una snervante trattativa per aggiudicarsi delle piccole orate che i più anziani stavano infilando dalla testa con un cordino come perle di una collana. Controllò la lucentezza degli occhi, la brillantezza delle scaglie e il colore delle branchie, e non senza aver rilanciato sul prezzo chiedendo uno sconto, si aggiudicò due sfilze di pesciolini al prezzo di una. Ma a sorpresa, una volta pagato, le restituì entrambe ai pescatori con un sorriso.

«Cosa le hai comprate a fare?»

«Il divertimento è spuntare il prezzo. Di quei pesci non so cosa farmene. Sono un cuoco eccellente, ma a Gerba mangio sempre e solo al ristorante...»

In quella distesa di sabbia piatta, il sole, ormai alto, era accecante. Davide si tolse la giacca e sbottonò il colletto, Avrahàm lo imitò, e in camicia e con le maniche arrotolate fin sopra i gomiti continuarono a passeggiare in silenzio lungo il mare ceruleo. Davide raccoglieva conchiglie come fossero tesori e Avrahàm lasciava che la vita, almeno quel giorno, gli scorresse addosso.

Il fascino che l'italiano esercitava su di lui era impastato in dosi uguali di curiosità e di rimpianto. L'impulso ad agire che aveva governato la sua vita precedente, spento da quella nuova che aveva scelto e che lo stava cambiando, trovava nell'energia dell'italiano un ritorno di fiamma inaspettato e contraddittorio. I suoi abiti sgargianti gli facevano rimpiangere le cravatte chiassose che aveva osato a Istanbul da ragazzo, così diverse dal lugubre soprabito nero che si era imposto come una divisa. L'allegra noncuranza con cui Davide trasgrediva le regole ebraiche che Avrahàm stava conquistando a fatica lo confortava e gli svelava un giudaismo laico e anarcoide, eccentrico e trasgressivo, ben più spregiudicato di quello dell'amico Ömer. L'ebreo italiano gli ricordava quello che era stato e che aveva scelto di abbandonare.

Se solo avesse voluto sfidare due volte il destino, dopo aver portato a termine l'affare ad Alessandria d'Egitto sarebbe potuto tornare a essere se stesso. Avrebbe potuto distruggere gli altri contratti di Azoulay, riprendere il suo vecchio passaporto e tornare a Istanbul come il vincente che aveva sempre voluto essere. L'Ibrahim che sonnecchiava dentro di lui non era mai stato capace di resistere alle tentazioni. Anche se non si era mai piaciuto, era affezionato ai suoi rumorosi difetti e, pur ammirando i pregi silenziosi del mercante di Odessa, temeva di non riuscire a farli propri fino in fondo.

«Guarda che riflessi cangianti ha questa conchiglia!» gli disse Davide mostrando in controluce una patella. «È insieme verde, azzurro e violetto.»

"Mutevole e instabile, proprio come l'uomo che sono stato e non potrò più essere" pensò Avrahàm amaramente e, proprio in quel momento, fu scosso dal tic nervoso che lo tormentava da giorni: un impulso irrefrenabile ad aggiustarsi nervosamente sul naso gli inutili occhiali di tartaruga, la fragile barricata dietro la quale il falso ebreo proteggeva le proprie emozioni. Un gesto innocente e ossessivo che in presenza dell'italiano non era ancora mai comparso ma che lo assaliva regolarmente quando rientrava nella casa dalle finestre azzurre. L'irruenza ciarliera di Davide scavalcava le sue difese mentre il silenzio aggressivo di Miriam le rafforzava fino all'esasperazione.

Per mettere alla prova la sua nuova identità, e nella segreta speranza di stupirlo, Avrahàm decise di raccontargli come, da bambino, era riuscito a sfuggire al massacro di Odessa. Mentre indossava i panni insanguinati dell'ebreo a cui stava offrendo una sopravvivenza intrisa di menzogna, il tic si ripresentò fino al parossismo. Al punto che, con la scusa di pulire le lenti con un lembo della camicia, Avrahàm si strappò gli occhiali dal naso per interrompere la compulsione. Davide, che lo aveva interrotto più volte per chiedere dettagli, quando lo vide togliersi gli occhiali pensò che fosse sopraffatto dalla commozione e lo abbracciò più e più volte mostrandosi profondamente turbato.

«Fatti coraggio, nella disgrazia sei stato più fortunato di altri...»

Per camuffare lo sguardo ambiguo che per un istante gli

aveva attraversato le pupille, Avrahàm inforcò di nuovo gli occhiali e per completare l'effetto finse di soffiarsi il naso.

«E ora, dopo Gerba, dove te ne andrai? In America, in Sud Africa o forse in Svizzera?»

«Ad Alessandria d'Egitto, per concludere la compravendita di una partita di cotone. Sei mai stato in Egitto?»

«Molte volte, il Cairo è un cimitero di piramidi e tombe di califfi, ma Alessandria è la regina del cotone: l'oro bianco del Nilo! Alla Borsa del Cotone di Palais Tossizza, le offerte e i rilanci sono in francese, ma si possono fare ottimi affari e perdere fortune in tutte le lingue del mondo.»

«Conosci il Karnak Menoufi?»

«Un raccolto ogni dieci anni, se va bene... Non dirmi che sei riuscito ad aggiudicartene una partita?»

«Sì.»

Davide cominciò a snocciolare numeri e percentuali. Dell'araba fenice dei commercianti di cotone, conosceva tutte le virtù, e conosceva anche tutti i peccati di Alessandria.

«Le più belle donne del Mediterraneo le trovi in quella città. Conoscevo una danzatrice del ventre, una certa Fatima che si esibiva al caffè Baladi, in boulevard des Italiens, un locale frequentato da africani, greci, arabi, qualcuno milionario, ma anche molti morti di fame. Quando passava tra i tavoli era come percorsa da un brivido che le faceva tremare i fianchi e i seni in un crescendo che mandava tutti in estasi...»

Davide parlava sempre di donne. Tra una partita di lino comprata in Etiopia e una di cotone prenotata in Pakistan, spuntavano siciliane dagli occhi vellutati, inglesi dalle gambe perlacee, nigeriane dalle labbra dolci come melograni. Le donne per lui erano doni dell'Altissimo che un buon ebreo non poteva rifiutarsi di accettare. A tormentare Avrahàm non era sentirlo inanellare aneddoti sul profumo di una circassa o sulla intraprendenza di una parigina, piuttosto soffriva quando l'italiano gli magnificava le delizie coniugali a lui precluse da tempo.

Camminando, si erano ormai spinti fino alla lingua di spiaggia che dall'isola di Gerba si distende verso nord disegnando una falce candida nell'azzurro del mare, quando Davide, sempre andando in cerca di conchiglie, aveva cominciato a parlare di sua moglie. Del suo coraggio nell'accettare le idee politiche del marito e dell'amore e della cura con cui aveva cresciuto i figli. Dei sorrisi affettuosi con cui lo accoglieva al rientro dai lunghi viaggi e dei manicaretti che sapeva mettere in tavola, di come suonava il pianoforte e di come ricamava. Ma anche delle notti appassionate e dei teneri risvegli nelle lenzuola ricamate. Spiattellò con impudicizia persino qualche dettaglio intimo, e concluse rapito:

«Non cambierei mia moglie per nessuna donna al mondo.»

«Come vi siete conosciuti?»

«Sono stati i nostri genitori a organizzare l'incontro.»

«Non mi sembri il tipo da accettare un matrimonio combinato» ridacchiò Avrahàm porgendogli una patella trasparente come opaline da aggiungere alla collezione.

«È un sistema ingegnoso per non disperdere il patrimonio con nozze sbagliate e per moltiplicarlo con quelle giuste. Non lo facciamo mica solo noi ebrei. Anche le famiglie cristiane e quelle musulmane ai loro patrimoni ci tengono. È l'antico stratagemma della nobiltà, poi adottato dalla borghesia, per preservare la ricchezza.»

Nelle tasche ormai rigonfie, Davide aveva accumulato decine di conchiglie che faceva tintinnare come monete.

«E la tua libertà?»

Davide si fermò, mise un braccio sulla spalla di Avrahàm e con aria complice gli sussurrò nell'orecchio:

«Ormai avrai capito come la penso in politica: chiunque voglia limitare la mia libertà è un tiranno e un mio nemico. La partita si gioca sulla libertà e sul capitale. Un anarchico italiano mio amico, Errico Malatesta, sostiene che bisogna espropriare latifondisti e capitalisti.»

«Dunque anche noi mercanti?»

«Noi siamo il sale della terra. Senza i mercanti ebrei, che hanno messo in comunicazione popoli e idee, saremmo ancora nel Medioevo. Sai che ti dico, il nostro è un internazionalismo commerciale!» Sgranò gli occhi e si guardò intorno come chi sa di averla detta grossa e poi continuò: «Lo so, sembra copiata dall'internazionalismo proletario, e in fondo lo è, ma più ci penso e più mi convinco che è una grande idea. Prima o poi qualcuno ci scriverà sopra un libro».

Avrahàm si chinò a raccogliere un frammento di vetro viola levigato dalle onde che spuntava dalla sabbia e glielo porse.

«A maggior ragione non capisco come un anarchico come te si sia fatto incastrare in un matrimonio combinato.» E con un pizzico di malizia aggiunse: «Hai accettato perché avevi paura di innamorarti di una cristiana?».

«Forse.»

Davide perlustrò a lungo la camicia fino a quando, lungo una delle cuciture, trovò un filo penzolante e lo strappò. Fece lo stesso con la giacca. Poi glieli mostrò tenendoli tra indice e pollice.

«Questi due fili sono di fibre diverse. Uno è di lino e dunque di origine vegetale e l'altro è di lana e dunque di origine animale. Come è vietato mischiare carne e latte, secondo una rigida interpretazione delle norme religiose, a noi ebrei è anche proibito mischiare nello stesso tessuto queste due fibre. Sarebbe una sorta di ibrido. Come se si accoppiassero una tigre e un leone.»

«Lo so bene» mentì Avrahàm.

«Dai retta a me, in barba alle regole, la tigre e il leone si accoppiano eccome. E, se lo fanno, vuol dire che il Padreterno lo ha previsto.»

Un riso irrefrenabile li contagiò.

«Confesso. Prima di conoscere quella che sarebbe diventata mia moglie, ho vissuto a lungo a Istanbul con una turca musulmana. Si chiamava Zahira. Ero pazzo di lei, e sono stato sul punto di sposarla.»

«E perché non lo hai fatto?»

«Detesto i divieti, e le regole mi vanno strette, ma so che da una madre si assorbono odori, sapori, melodie, parole, da cui non ci si libera mai più. Quello che viene dopo è solo una vernice, ma gratta gratta... Io volevo dei bambini e li volevo italiani...»

«L'hai lasciata?»

«Sì. Sono tornato in Italia e pochi mesi dopo ho conosciuto mia moglie.»

«Di Zahira non hai più saputo nulla?»

«Quattro anni dopo mi ha scritto per raccontarmi che aveva sposato un commerciante di tappeti musulmano di Bukhara e che era felice. Nella busta c'era anche la fotografia di una bambina.»

Davide tirò fuori dal portafoglio un cartoncino dagli orli smerlati e lo mostrò ad Avrahàm. Era la foto di una bambina con lunghe trecce brune che sorrideva felice in cima a una pila di tappeti.

«È bellissima.»

«È vero. Non so se la fotografia sia stata scattata per mostrare la piccola o piuttosto i tappeti. Forse entrambi... L'hanno chiamata Jumana, che significa "perla d'argento". Non trovi che mi somigli?»

«Pensi che sia tua figlia?»

«È possibile, l'età e le date coincidono.»

«La figlia di un ebreo cresciuta musulmana...» mormorò Avrahàm con voce tremante pensando a Havah e all'inganno che stava perpetrando.

«I figli sono delle madri, da loro succhiano latte e parole. Crescerà nella religione di Zahira e sarà felice. Abbiamo tutti in comune un unico Dio. Il resto sono dettagli.» Davide si passò il fazzoletto sulla fronte e proseguì: «Credimi, con mia moglie la Bibbia non c'entra. Prima di lei i miei genitori me ne avevano suggerite altre due, una torinese brutta come il peccato e una veneziana triste come una lamentazione. Ho rifiutato entrambe. Poi mi hanno fatto conoscere lei. Se non mi fosse andata a genio ero pronto a mandare a monte quel matrimonio combinato...».

«E invece?»

«Quando l'ho vista ho capito che dovevo sposarla. Il primo incontro è stato a maggio, a casa sua, davanti alla famiglia al completo. I genitori possedevano dei negozi di accessori di lusso, roba raffinata... Mi sono presentato con un panama con la fascia rossa dello stesso identico colore della cravatta a pois che avevo scelto. Ero elegantissimo e lei con il suo abito di mussolina con le maniche pieghettate e il cameo al collo non era da meno. Io mi sono seduto su un divanetto e lei accanto a me. Aveva una massa di capelli neri ondulati raccolti dietro la nuca e dei grandi occhi scuri teneri e languidi. Ci siamo guardati a lungo in silenzio, poi lei è andata al pianoforte e ha suonato e cantato una canzone intitolata *Te voglio bene assaje*.» Davide accennò il motivetto con voce intonata sottolineando la melodia con la mano. «Aveva una voce di zucchero e un sorriso tenero come il marzapane. La scelta di quella canzone è stata un segnale inequivocabile.»

«Voler bene non è amare.»

«È molto di più, amico mio, dura più a lungo ed è più affidabile. Non mi sono mai pentito di averla sposata e mi ha dato due figli meravigliosi. È lei l'amore della mia vita.»

«Ma se non fai altro che parlare di altre donne...»

«Qualche scappatella al casino, come tutti, ma come mia moglie non c'è nessuna, anche tra le lenzuola.»

Le ultime parole dell'italiano scavarono come talpe nel cuore asciutto di Avrahàm. Da giorni Miriam aveva sistemato un pagliericcio nella soffitta dove andava a dormire ogni notte. Il suo silenzio era diventato minaccioso. La sua assenza un tormento.

«Qualcosa non va? Sei diventato pallido come un cencio.»

«Non faccio l'amore con mia moglie da due mesi...» balbettò Avrahàm.

«Il desiderio degli uomini è come la vita, a volte si ingolfa senza motivo. È lei a non volerti?»
«Sì.»
«Se fossi un rabbino ti direi di ripudiarla, ma non lo sono e ti faccio un'altra proposta.»
«Quale?»
«Il bordello.»
«Qui non ci sono bordelli.»
«Credimi, ce ne sono, ma nessuno decente. A Sfax però c'è quello di Karima...»
«Karima?»
«Una tunisina che ha vissuto per molto tempo a Parigi... Se noleggiamo una barca e non ci perdiamo in convenevoli, potremmo partire tra un paio d'ore ed essere di ritorno domattina.»

20
Gerba, 2 luglio 1936

Quel pomeriggio, nella soffitta dove era rintanata da giorni, Miriam stava mischiando polvere di henné con succo di limone, zucchero e olio di fiori d'arancio. Quando la consistenza dell'impasto cominciò a somigliare a quella del miele, arrotolò la camicia da notte sotto il seno, intinse le dita nell'amalgama rosso e cominciò a dipingersi prima il dorso delle mani e dei piedi, poi il ventre, infine le gambe, fin quasi all'inguine. Tracciata l'ultima linea, osservò il risultato.

La pergamena del rancore appena vergata era intessuta di simboli inequivocabili. Non i fiori e i pavoni, augurio di fortuna e fecondità, con cui le donne di Erzurum l'avevano dipinta all'hammam tre giorni prima delle nozze, ma un intrico impazzito di linee. Sul ventre erano intrecciate come le sbarre della prigione in cui da tempo si sentiva rinchiusa. Lungo le gambe si susseguivano fitte come la rete in cui era impigliata. Sulle mani formavano stelle a cinque punte per spaventare gli spiriti malvagi che la assediavano. Sui piedi disegnavano delle mani di Fatima, perché solo la figlia di Maometto poteva proteggerla. L'inchiostro color sangue della sua identità musulmana si prendeva la rivincita sull'uomo che aveva amato. Un uomo che aveva cambiato pelle e voleva cambiare anche la sua.

Erzurum e le sue nozze erano ormai ombre lontane, divorate dal massacro di Giaffa, dalla fuga e dalla nuova identità. Ma la cerimonia dell'henné in occasione delle sue nozze era un ricordo ancora vivido e impresso nella memoria di Miriam. Conosceva a menadito il rituale con cui la madre, la zia e le amiche non ancora maritate preparavano e dipingevano il corpo della sposa: le donne cantavano, bevevano tè o latte e piluccavano datteri. Poi il lavacro nell'hammam e infine l'henné.

Eppure, il giorno che era toccato a lei, quando immersa nel vapore caldo si era spogliata e si era distesa sul piano di marmo, un brivido le aveva attraversato le membra. Nuda e immobile sulla lastra umida e scivolosa, in attesa del lavacro, si era scoperta a pensare che proprio così l'avrebbero preparata anche per l'ultimo viaggio. Ma quando avevano cominciato a passarle sul corpo una spugna umida e a strofinarla con un guanto ruvido fino a farle arrossare la pelle, e dalle brocche d'argento avevano iniziato a versarle l'acqua profumata di essenza di rose, il brutto pensiero era scivolato via insieme al liquido odoroso.

Poi, avvolta in un lenzuolo di lino, le donne della famiglia l'avevano condotta in una grande stanza piena di candele, al centro un letto ricoperto da un panno scuro. Il compito dell'henné spettava alla zia Aisha che, con mano ferma, aveva tracciato a grandi linee il disegno, mentre le altre si erano avvicendate a riempirlo di volute. A lavoro terminato, bisognava solo attendere che i segni asciugassero. Era stato allora che la madre, mentre le cospargeva i capelli con olio di gelsomino, le aveva bisbigliato nell'orecchio:

«Perché non hai sposato tuo cugino Hassan? È bello, è ricco, e possiede le terre confinanti con quelle di tuo padre. Il tuo corpo è ormai tatuato e secondo la tradizione nessuno può più chiederti in sposa, ma sei ancora in tempo. Ripensaci, convinceremo Hassan a fare una seconda proposta...

Il ragazzo di Istanbul che hai tanto voluto ti ha stregato e ti porterà lontano da noi.»
«Almeno oggi non dirmi queste cose. Basta, è deciso» l'aveva implorata Miriam.
«Taci. Attirerai la sventura su tua figlia» le aveva fatto eco la zia Aisha mentre ripuliva le mani dall'henné in una bacinella di acqua che a ogni immersione diventava sempre più colore del sangue.

La sventura ora l'aveva raggiunta. Segregata nella soffitta, con la porta chiusa a doppia mandata, Miriam pensò che l'uomo che aveva sposato aveva fatto di molto peggio che allontanarla dalla famiglia. L'aveva portata lontano da se stessa. L'aveva delusa, scavalcata, abusata. Nulla era più come un tempo. Nulla era più come sarebbe dovuto rimanere. E per un istante sognò che il rosso dell'henné la riportasse magicamente indietro a quello che era davvero.

Quando sentì bussare – prima un battito leggero, poi sempre più forte e insistente – l'henné era ormai asciutto come il suo cuore. Miriam non si mosse e non una parola uscì dalle sue labbra. Perché avrebbe dovuto aprire? A martellare la porta non era l'uomo che aveva amato ma quello che aveva cancellato il passato, e insieme il presente, cucendo a forza la vita di un'altra alla sua. L'uomo che le aveva rubato la vita e l'aveva rubata a sua figlia. No, la bambina che cominciava a parlare ebraico non era più la sua Yasemin. Quella bambina era Havah. La figlia di due morti. Un'estranea.

Avrahàm continuava a battere furiosamente alla porta ma lei non se ne curò e inarcando la schiena all'indietro si lasciò andare sul pagliericcio. Le lame di luce che filtravano dagli interstizi del tetto tagliavano il corpo seminudo ricoperto dal reticolo rosso. L'immagine era selvaggia: una prigioniera sul punto di liberarsi che compie l'ultima torsione prima della fuga.

«Apri! Devo parlarti... Presto... Sto per partire e Havah rimarrà da sola!» gridò Avrahàm, poi ruotò la maniglia con forza più volte, ma la serratura resisteva.

Al mutismo della moglie e alle sue assenze Avrahàm era abituato. Non dormivano nello stesso letto da settimane, e lei aveva preso l'abitudine di rifugiarsi in quella tana dove non faceva entrare nemmeno la figlia. Ma non si era mai chiusa a chiave... Spalancò la porta con una spallata.

Vederla così, seminuda e coperta di arabeschi rossi, lo paralizzò e gli fece montare un desiderio accecante. Avrebbe voluto rovesciarla sul pagliericcio, sentire il respiro affannoso che conosceva e le parole della passione che non ricordava più. Ma era come se i denti limati non riconoscessero più il morso e i muscoli intorpiditi non ritrovassero la stretta. Miriam, con i capelli arruffati e gli occhi assenti, a gambe spalancate stava soffiando lungo la ragnatela dell'henné senza degnarlo di uno sguardo, come se l'uomo che aveva appena sfondato la porta fosse un insetto o un refolo di vento. Come se lui non esistesse. Quando l'aveva perduta? Era bellissima. I seni turgidi tendevano la camicia da notte e il ventre era nudo... E Avrahàm si rammaricò che l'Ibrahim ancora nascosto dentro di lui non fosse abbastanza audace da prendere a forza quella donna che era sua e che in quel momento entrambi desideravano al parossismo.

Cacciò indietro il desiderio, si fece coraggio e le parlò come si parla a una bambina. Scandendo le sillabe per penetrare fin dentro ai suoi pensieri inestricabili, come avrebbe fatto Avrahàm se fosse stato al suo posto.

«Devo partire per concludere un affare a Sfax. Tornerò domani. Non devi preoccuparti di nulla, affiderò Havah ai vicini, stanotte dormirà da loro. Stai tranquilla, riposati... Hai disegnato dei magnifici arabeschi. Miriam, io vorrei che tu e io...»

Mentre pronunciava le ultime sillabe, notò che i lineamenti

della moglie si erano distesi e gli occhi avevano perso la loro feroce fissità. Era bella come non era mai stata. E attraente... troppo attraente. D'istinto le si avvicinò per sfiorarle i capelli ma, prima che potesse ritrarre la mano, lei gliel'aveva morsa a sangue.

«Cagna, sei una cagna rabbiosa!» la insultò schiaffeggiandola con violenza. «È la verità che vuoi? Sto andando a Sfax, ma non per affari, vado in un bordello a scoparmi una puttana!» Continuava a scuoterla. «Perché a scopare una pazza come te non c'è gusto. Mi fai schifo!» Il desiderio si era mischiato con l'odio, ritrovando una strada troppo conosciuta e tenuta a freno. Ma non c'era più gusto nemmeno in quello.

Avrahàm abbandonò la presa e Miriam si accasciò come un sacco vuoto. Con i capelli che le coprivano il volto e le membra scomposte e istoriate, d'improvviso la moglie gli sembrò un animale abbattuto.

Girò le spalle e scappò. Da lei, e da se stesso.

Quando avvistò il porto, rallentò e riprese fiato. Davide lo aspettava sulla banchina con un abito color crema, una cravatta a fiocco e un panama nuovo di zecca a cui aveva dimenticato di togliere l'etichetta. Non appena lo vide, gli andò incontro festante e lo baciò su entrambe le guance avvolgendolo con un profumo di ambra e muschio.

«Lo so, ho messo troppo profumo, ma da qui a Sfax svanirà» disse agitando le mani in aria. «Sei in grande anticipo. Cosa hai raccontato a tua moglie? Non importa, si dicono sempre le solite frottole...» Poi lo prese per il bavero e con aria di rimprovero aggiunse: «Almeno per il bordello di Sfax potevi rinunciare alla solita palandrana e al tuo lugubre cappello! Scommetto che sotto hai la kippah... Non si può mica andare al bordello vestiti da funerale! Appena sbarchiamo ti porto da un sarto mio amico e ti regalo una giacca nuova e una cravatta decente. E non fare quella faccia tetra altrimenti vado da solo e ti lascio qui, nelle braccia dei tuoi pii ebrei sefardìm».

L'abitudine di Davide Cohen di abbracciare gli uomini e baciarli aveva sempre imbarazzato Avrahàm, ma quel giorno lo sollevò. Gli unici baci che riceveva erano quelli di sua figlia e dell'italiano. L'astinenza lo tormentava e la vista delle gambe nude e arabescate della moglie lo aveva infiammato. Controllò il dorso della mano: il morso di Miriam era ancora ben visibile, due mezzelune violacee tra il pollice e l'indice.

Davide era già montato a bordo e agitando la mano dal ponte lo esortava a salire.

«Avanti... salta sulla passerella!»

Visto che l'altro non si decideva a muoversi e continuava a fissare imbambolato i due grandi occhi di donna dipinti con la vernice blu che decoravano la prua dell'imbarcazione, Davide lo incalzò.

«Coraggio! Sei pentito o cosa? Ti fanno forse paura gli occhi di quella bella ragazza dipinta? Se è così lasciamo perdere... Io me ne vado da Karima e tu te ne torni in sinagoga!»

Avrahàm si ridestò dal torpore, accarezzò i segni del morso, e salì a bordo.

Al tramonto erano a Sfax. Con indosso una giacca color zabaione e una cravatta damascata di un viola acceso che Davide gli aveva voluto a tutti i costi donare, Avrahàm suonò un campanello su cui campeggiava la scritta *"Chez Karima coiffeuse moderne"*.

Più che moderno, lo spettacolo che gli si parò davanti era il più antico del mondo: un salotto con poltrone di velluto blu dove erano seduti uomini in attesa e ragazze poco vestite, che si strusciavano ai clienti lampeggiando sguardi e distribuendo sorrisi. E gli tornò in mente il bordello in cui lo aveva portato Ömer, a Istanbul, il giorno dopo l'arruolamento: un appartamento pieno di fumo e di paura affollato

da ufficiali in partenza per il fronte e signorine sbrigative pronte a passarsi l'un l'altra militari frettolosi ed entusiasti.
«Chi di loro è Karima?» sussurrò Avrahàm.
«Nessuna. Quelle che vedi sono per i clienti di passaggio, per noi ci sono le ragazze migliori. Lei ci aspetta al secondo piano» bisbigliò Davide tirandolo per un braccio verso la scala di legno.

«David Cohén! *Mon petit chou*... Saranno almeno tre anni che non ti fai vivo!» lo rimproverò Karima gettandogli le braccia al collo. «Se continui a venirmi a trovare così di rado la prossima volta sarò una vecchia grinzosa.»

«Tu non invecchierai mai, hai il fuoco nelle vene» ribatté Davide circondandole la vita.

«Chi mi hai portato? Un musulmano?» chiese lei con la bocca imbronciata rivolgendo un'occhiata indagatrice all'uomo con la giacca color zabaione. Avrahàm si aggiustò gli occhiali sul naso per allontanare con un gesto la folgorante intuizione della donna.

«Il mio amico è più ebreo di me, non vedi che bella barba da rabbino? Farà il solletico alle tue ragazze...» assicurò Davide, concludendo conciliante: «E poi, anche se fosse musulmano, cosa ci sarebbe di male, siamo tutti figli dello stesso Dio. E tutti, prima o poi, finiamo per andare da Karima!».

La donna accennò un sorriso compiaciuto.

«Si chiama Avrahàm Azoulay, è russo, per l'esattezza di Odessa.»

«Odessa? Ho vissuto tre anni in quella città, ma il tuo Azoulay non l'ho mai visto» disse Karima perlustrando il volto di Avrahàm che cominciava a imperlarsi di un sudore gelido... «Non dimentico mai una faccia e sono certa che non è mai venuto nella casa di via Puškin.»

«Sono nato a Odessa, ma sono vissuto a lungo a Salonicco. Facendo la spola tra le due città e troppo preso dal mio lavoro, ho perso l'occasione di fare la sua conoscenza...»

«C'è sempre una prima volta» ridacchiò Davide.

«Certo che sì, e poi i tuoi amici sono comunque i benvenuti» sussurrò Karima aggiustando la cravatta a fiocco di Davide.

Dopodiché, rivolta ad Avrahàm:

«Monsieur Azoulay, Davide Cohen è il più pazzo e divertente circonciso del Mediterraneo!»

«Ben detto! Hai qualcosa di speciale per il mio amico?»

«Lo sai, quelle speciali sono al terzo piano, nella sala del biliardo...»

Nessun gioco come il biliardo offre prospettive interessanti e le ragazze di Karima, giocando o fingendo di giocare, le sfruttavano tutte con malizia. Passavano il gesso sulla stecca, cercavano angolazioni ardite per mandare la palla in buca, spingevano il busto in avanti abbandonando i seni sul feltro verde, segnavano i punti sulla lavagna elargendo sorrisi. Da Karima l'importante era assecondare i clienti e farli sognare.

«Allora, hai già scelto?» gli sussurrò all'orecchio Davide con un'occhiata complice.

Avrahàm fece scivolare lo sguardo lungo il corpo di una bruna con una camiciola di velo da cui trasparivano seni pesanti, poi lo lasciò cadere su una rossa con un bustino di raso e senza mutande che faceva ballonzolare le natiche a ogni passo, deviò su una bionda slavata che si passava la lingua sulle labbra come un'assetata. Erano tutte stropicciate e tutte desiderabili. Alla fine si decise.

«Quella» disse indicando una donna seminascosta da una tenda. Era insolitamente alta, con un volto dai lineamenti marcati appena velato da un hijab trasparente. Indossava una vestaglia di raso cangiante, ora viola ora rubino a seconda della luce, che lasciava abbondantemente scoperto un busto scarno dai capezzoli piccoli e scuri: due grumi invitanti come more.

«No. Lascia stare. Quella non fa per te.»

«Perché?»

«Quella non ti aiuta», e, passandosi più volte il fazzoletto sulla fronte, concluse lapidario: «Quella ti cambia la vita».

Avrahàm lo guardò stupito.

«Dammi retta...»

«Ma perché no?»

«Perché è un ibrido. È una donna ma è anche un uomo. Quella non ti fa bene.» E tagliò corto: «Basta. Pago io e scelgo io. La tua è quella con i capelli rossi».

21
Gerba, 3 luglio 1936

Gerba non era ancora apparsa all'orizzonte quando Avrahàm ripiegò con cura la giacca color zabaione e la cravatta viola, si rimise il soprabito nero, sistemò la kippah e si diresse a prua. Il mare era opaco e immobile come i suoi pensieri.

Poco dopo, stiracchiandosi e sbadigliando, Davide lo raggiunse sul ponte. Scrutarono in silenzio l'orizzonte ma nessuno dei due sentì la necessità di parlare della notte appena trascorsa. Si erano svuotati e basta. Ma, mentre Davide già pregustava tè alla menta e panini dolci appena sfornati, Avrahàm, cupo in volto, attendeva lo sbarco come una condanna. In quella soffitta e in quegli arabeschi aveva intravisto il gorgo in cui era precipitata Miriam e la tempesta della follia che stava travolgendo entrambi. Doveva proteggere Havah dalla risacca della loro infelicità.

Quando il sole fu alto, all'improvviso, l'isola di Gerba si disegnò, piatta e sfuggente, lungo il confine ceruleo tra cielo e mare. Galleggiava quieta, come un pesce luna che sale in superficie per assorbire il sole, certo di non essere aggredito grazie al veleno contenuto nella propria carne.

A intravedere per primo il tumulto sulla banchina fu l'ebreo italiano.

«Cosa ci fa quella folla sul molo?» commentò stupito ravviandosi i capelli e rassettandosi la giacca sgualcita.

Man mano che la lingua accecante della banchina si avvicinava rivelando i profili di un'insolita calca, Avrahàm ebbe un presentimento. Giunti all'attracco, si precipitò lungo la passerella con Davide subito dietro.

Le prime voci li raggiunsero confuse.

«Povera donna...»

«È annegata.»

«Un suicidio?»

«Potrebbe essere scivolata in acqua...»

Un vicino di casa lo riconobbe.

«È il marito... Presto, chiamate un rabbino!»

La folla si aprì davanti a loro come uno stormo di uccelli, rivelando un corpo disteso sulla pietra protetto da un telo così corto che lasciava scoperte le braccia e le gambe istoriate da un dedalo di arabeschi rossi.

Quando Avrahàm si avvicinò calò un silenzio denso e metallico. Il cuore gli batteva all'impazzata e si sentiva addosso gli sguardi curiosi della folla assiepata attorno a lui. Rimase a lungo immobile nel vuoto e chiuse e riaprì più volte gli occhi per ritardare il gesto che sapeva di dover compiere. Poi si chinò, prese con delicatezza un lembo del lenzuolo e lo tirò via lentamente.

Ancora intriso d'acqua, il tessuto si scollò a fatica, svelando prima le rotondità che la camicia da notte bagnata e la disgraziata postura rendevano più evidenti, e infine un volto che Avrahàm non ebbe il coraggio di guardare. La donna che giaceva inerte sulla banchina, come un pesce che non cerca più l'acqua perché ha perso la speranza di trovarla nell'aria, era sua moglie.

Il resto fu un vortice di parole e di procedure.

La folla vociante non risparmiò alcun dettaglio. Sospinto al largo, il corpo aveva galleggiato tutta la notte. Era stato ritrovato all'alba dai pescatori, impigliato in una rete che la risacca aveva trasformato in un sudario, e ci era voluto molto tempo per tagliare a una a una le maglie con un coltello per liberarlo senza ferirlo. La bambina era all'oscuro, al sicuro a casa dei vicini, ma aveva cominciato a chiedere della madre. Davide gli stringeva il braccio in una morsa. Qualcuno portò del tè, altri un cordiale, e, poiché nessuno dev'essere lasciato solo di fronte alla morte, tutti si strinsero attorno al nuovo venuto e al suo lutto.

Avrahàm si lasciò trascinare dalla corrente.

La confraternita ebraica si occupò di Miriam. Le donne depositarono il suo corpo, supino, su un tavolo di marmo, con i piedi rivolti verso la porta. In una bacinella d'argento era stata messa dell'acqua tiepida in cui galleggiava un uovo, simbolo di vita, con accanto i pettini per riordinare i capelli della defunta e le spatoline d'argento per rimuovere lo sporco dalla pelle. La purificazione rituale cominciò dal capo, poi pulirono il lato destro del corpo, dall'alto verso il basso, quindi il sinistro, senza mai rovesciare la salma ma solo inclinandola. Ventiquattro litri d'acqua furono versati sulla donna che aveva scelto l'acqua per morire. Ma l'henné resisteva.

«Non va via.»

«Sono disegni recenti...» disse la più giovane passando varie volte la pezzuola di lino bagnata sull'intrico di linee che decoravano il ventre di Miriam.

«Niente da fare, resistono.»

«Henné in aramaico si dice *hinnà* e significa "trovare la grazia". La seppelliremo così» concluse la più anziana.

Poi, d'improvviso, corrugò la fronte.

«Come abbiamo fatto a non accorgercene prima...»

«Di cosa dovevamo accorgerci?»

«Questa donna era incinta. Dobbiamo parlare subito con il rabbino.»

Avrahàm fu convocato nel pomeriggio. Rabbi Yeuda ibn Habib, un sessantenne tarchiato con gli occhi penetranti e una lunga barba appena striata d'argento, lo accolse in un locale spoglio, senza finestre e dal basso soffitto a volta, dove il caldo era soffocante. Dopo avergli offerto un bicchiere d'acqua, lo invitò ad accomodarsi nella poltrona di cuoio di fronte a un tavolo ingombro di libri. Poi intrecciò in grembo le dita grassocce e cominciò:

«Sono vicino al suo dolore, ma mi corre l'obbligo di porle le domande di rito nel caso di un sospetto suicidio.»

Avrahàm annuì.

«Qualcuno ha usato una qualche violenza che abbia potuto spingere sua moglie a questo gesto estremo? In precedenza aveva dato segni di squilibrio? Oppure ha il sospetto che sentisse di dover espiare un qualche peccato?»

A ciascuna domanda Avrahàm rispose con dinieghi sommessi, a capo basso.

Dopo un lungo silenzio, il rabbino arricciò il naso, tamponò più volte la fronte col fazzoletto e proseguì scandendo le parole a una a una come se le stesse incidendo sulla pietra.

«Come lei ben sa, la legge ebraica vieta il suicidio e lo considera uno dei peccati più gravi.»

Avrahàm annuì.

«Di certo sa anche che coloro che si macchiano di questo peccato sono privati dei sette giorni di lutto e si può stabilire che siano sepolti in un'area del cimitero riservata ai profani.»

Avrahàm annuì di nuovo.

«Per esaminare il caso di sua moglie stamattina abbiamo riunito un collegio rabbinico cui ho preso parte e delle cui decisioni sono ora latore.»

Avrahàm strinse le mani così forte che le nocche scricchiolarono.

«Abbiamo discusso a lungo e la gravidanza incipiente ha reso più complessa la disputa.»

Avrahàm sbarrò gli occhi.

«Da qualcuno è stata ritenuta un'aggravante, da altri la prova dell'innocenza. Dopo una disamina attenta, siamo arrivati a una conclusione.»

Avrahàm incassò la testa nelle spalle.

«Poiché non vi è certezza che sua moglie abbia deciso di togliersi la vita, cosa che però non è possibile escludere – e per quanto mi concerne sono convinto che sia così...» Il rabbino si rinfilò in tasca il fazzoletto, facendo una pausa imbarazzata. «Visto che alcuni rabbini propendono per una morte accidentale, e tenendo in conto il beneficio del dubbio espresso da altri circa un pentimento all'ultimo istante che invaliderebbe la volontà suicidale, il collegio rabbinico autorizza la regolare sepoltura del corpo di sua moglie Miriam Azoulay nel cimitero ebraico, come la religione della defunta prevede.»

Le labbra di Avrahàm si curvarono in una smorfia di atroce sarcasmo che il rabbino scambiò per atroce sofferenza.

«Ora, dal momento che non è mai stato così caldo come in questi giorni, è indispensabile seppellirla in fretta. E con discrezione.»

«Sarà fatto» sussurrò Avrahàm con un filo di voce.

«Lascio alla sua coscienza di eseguire o meno il taglio della camicia all'altezza del cuore, ma mi corre l'obbligo di ricordarle di osservare i giorni di lutto.»

La notizia della gravidanza lo aveva trafitto, ma Avrahàm non lasciò trasparire alcuna reazione.

Il rabbino si alzò, gli strinse la mano e concluse:

«Posso solo immaginare quello che sta attraversando. Sia forte, *Baruch Dayan HaEmet*.»

Avrahàm si congedò e uscì a capo chino.

Tornò a casa di corsa, la mente attraversata da pensieri accecanti. Miriam aspettava un bambino? Era successo quell'ultima volta a Istanbul o forse prima? In quella terribile notte di Giaffa? Sì, ora ricordava: avevano fatto l'amore, prima del massacro, prima di tutto...

Nemmeno l'attaccamento alla figlia e alla nuova vita che aveva in grembo era riuscito a fermare i passi lungo la banchina e il tuffo nelle onde. Lui era il responsabile della sua morte. E ne avrebbe portato la colpa. Senza nessuno sconto. Miriam avrebbe meritato di più dell'uomo che la sorte le aveva assegnato. Avrebbe meritato di continuare a chiamarsi Özal e di veder nascere i figli della figlia cui aveva dato il nome del suo fiore preferito. Avrebbe meritato di veder crescere l'alberello di pesco che il padre aveva piantato in giardino quando era nata e di raccoglierne i frutti. Miriam il suo nuovo frutto l'aveva annegato insieme a lei.

Avrahàm sapeva che lei non avrebbe mai voluto un funerale celebrato con il rito di una religione in cui era stata arruolata a forza, in una lingua che stava imparando controvoglia, durante il quale sarebbe stata invocata con un cognome che rifiutava: Azoulay. E proprio per questo decise che avrebbe avuto il funerale ebraico più rapido mai celebrato nell'isola santa degli ebrei. Perché lei ebrea non lo era e non avrebbe mai voluto diventarlo.

Secondo la tradizione, gli specchi della casa con le finestre azzurre furono coperti e furono recitate le preghiere di rito. Il giorno dopo, in tutta fretta, si celebrò la funzione.

Avrahàm pronunciò un breve discorso con accanto la figlia, poche parole che commossero tutti i presenti. Quando la bara fu calata nella fossa, scese un fitto silenzio. In quello spazio rubato al rito recitò in cuor suo l'orazione funebre musulmana. Quindi si chinò e raccolse una manciata di terra. Ma a Gerba la terra è sabbia fine e leggera. Una folata di vento la catturò, rimase per un istante sospesa in aria e poi fu trascinata lontano. Miriam gli era scivolata via persino dalle dita. Avrahàm gettò un'altra manciata e un'altra ancora. La sabbia formava ormai un velo leggero sul legno chiaro della bara. Finalmente il vento si quietò. E lui poté lasciarla andare.

Qualcuno si chiese perché il marito durante l'orazione non avesse mai fatto il nome della moglie. Ma poiché ciascuno vede quello che crede di vedere, tutti conclusero che era un uomo pio e, nonostante fosse devastato dal dolore, voleva ricordare agli ebrei di Gerba che chi rifiuta la vita commette un grave peccato contro l'Altissimo e non merita di essere nominato.

Avrahàm non si separò da Havah finché il tumulo non fu ricoperto di terra. Dopo gli abbracci e le condoglianze, e quando tutti ebbero posto un sassolino accanto alla tomba, chiese di rimanere solo. I pii ebrei di Gerba lo accontentarono sciamando fuori dal cimitero. Quando tutti si furono allontanati, Havah scrutò il padre con uno sguardo adulto e gli chiese:

«Mamma non tornerà?»

«No. Siamo rimasti soli.»

«Mamma non mi parlava più. Era come se non ci fosse.» Avrahàm la strinse al petto. «E perché mamma non torna?»

«Lo capirai quando sarai grande.»

La bambina scoppiò in un pianto disperato. Le lacrime ingoiate a Giaffa la notte del massacro, quelle della reclusione di Istanbul e quelle della solitudine di Gerba improvvisamente le inondarono il viso. Avrahàm la prese in braccio e incollò la sua guancia barbuta a quella liscia di lei finché non furono asciutte entrambe. Solo allora Avrahàm la baciò, la posò a terra e guardandola negli occhi le disse:

«Noi due siamo una cosa sola. Da oggi non parleremo più in turco. Quella lingua l'abbiamo seppellita con lei.»

Havah annuì.

Il pensiero bruciante del male che aveva già fatto alla figlia, e prima ancora alla donna che aveva sposato, per un istante lo annientò. Lo scacciò via dalla mente come uno di quegli incubi che è meglio che la notte divori per sempre. Tutto era ormai frantumato, corrotto, perduto. Ma accanto a lui c'era ancora sua figlia. Le carezzò i capelli, le soffiò il naso, le slacciò la catenina d'oro che portava al collo e vi infilò l'anello con l'acquamarina della madre.

«Così lei sarà sempre con te.»

Poi la prese per mano e la condusse a passi lenti verso l'uscita.

"Ce la farà. Dovrà farcela" pensò serrando i denti. "Uniti, noi due, per tutta la vita... Solo io so chi siamo noi davvero. Un giorno, forse... No, è meglio che non sappia mai quello che ha attraversato, la sua vera identità e il male che le ho fatto. Essere all'oscuro sarà il suo lasciapassare per una nuova vita, senza ombre, senza segreti, salvo quell'unica menzogna di cui non verrà mai a conoscenza. Glielo devo, e lo devo a sua madre" giurò varcando il cancello.

E in quel momento si sentì sollevato. Una leggerezza che assomigliava all'euforia.

Fuori, all'ombra di un ulivo, in abito scuro e cravatta nera, ad aspettarlo c'era Davide. Strinse la bambina e l'amico in un unico abbraccio.

«Ti ho aspettato qui fuori perché a noi Cohen è proibito entrare in un cimitero. Discendenti di Aronne, il fratello di Mosè, siamo sacerdoti per nascita e abbiamo una sfilza di doveri, privilegi e proibizioni. Non possiamo sposare una divorziata e tantomeno una prostituta, e anche solo sfiorare una tomba ci renderebbe impuri. Ma possiamo impartire la benedizione sacerdotale. Come sai io odio le regole, ma per te, e solo per te, oggi sono stato un ebreo perfetto. Non ti ci abituare, però...»

«Rimani quello che sei, ti prego.»

«Stasera non potete restare da soli. Venite con me nel mio albergo, mi sono messo d'accordo con il cuoco, ho fatto preparare un tavolo in veranda e cucinerò per voi del pesce che ho comprato stamani. Non so se il lutto permette una cena con gli amici, ma ho dato una mancia al cameriere e nessuno lo verrà a sapere.»

Avrahàm accettò senza farsi pregare.

Era una notte tiepida e stellata. Dopo tutte quelle lacrime, Havah divorò il pesce che Davide aveva cucinato e spinato per lei e si addormentò tra le braccia del padre. Erano soli, la pergola di vite che proteggeva il loro tavolo era accarezzata da un vento leggero che veniva dal mare. Due gatti stavano piluccando i resti del pesce messo in terra per loro e ad Avrahàm, per un istante, sembrò che nulla fosse accaduto.

Dopo aver sparecchiato, il cameriere si ritirò in cucina, da dove Davide tornò con una bottiglia di vodka ghiacciata.

«Mi dispiace non averla conosciuta.»

«Forse è meglio così» rispose Avrahàm senza guardarlo negli occhi, bevendo tutto d'un fiato il generoso bicchiere che gli aveva versato l'amico.

Davide accarezzò i capelli della bambina addormentata.

«I figli sono uno strano miscuglio... Somiglia a sua madre?»

«Moltissimo: lo stesso sorriso e gli stessi occhi, la stessa forza e la stessa ostinazione.»

«Ti mancherà.»

Davide riempì per la seconda volta i bicchieri.

«Con lei ho sbagliato tutto. Non ho capito i suoi silenzi e le sue paure. Ho confuso la forza con la ribellione e non ho riconosciuto le sue ragioni. L'ho umiliata, delusa, tradita. Era la parte migliore di me.»

«Non essere così severo con te stesso.»

«L'ho fatta soffrire. È morta perché non voleva più soffrire così...»

«Sapeva che eravamo andati insieme a Sfax, e dove?»

«Sì. Ma le avevo mentito anche altre volte. E l'ho spinta a mentire.»

«Capita. Come capita di scivolare su una banchina spazzata dalle onde...»

«Quell'acqua lei l'ha cercata. Aspettava un bambino...»
Davide riempì per la terza volta il bicchiere di Avrahàm.
«Lei è stata il tuo piombo sacrificale.»
«Cosa...?»
«Sullo scafo delle barche, sotto la linea di galleggiamento e nelle vicinanze dell'elica, si fissa sempre un blocco di piombo. E sai perché?»
«No, perché?»
«Attira su di sé l'ossidazione che farebbe arrugginire l'elica. Si corrompe al posto della lega di rame dell'elica. Si sacrifica per salvarla, per non farla arrugginire... Per questo si chiama "piombo sacrificale".»
«Io sono la ruggine. Io l'ho corrosa e lei ha scelto di scomparire in mare.»
«No, tu sei l'elica, e devi portare in salvo tua figlia.»

Per i sette giorni a seguire, quel che restava della famiglia Azoulay tenne le finestre azzurre chiuse.

Avrahàm si occupò di tutto. Piegò a uno a uno gli abiti della moglie, quelli che erano appartenuti a lei e quelli che le aveva comprato per assomigliare all'altra, e li stipò in un baule. Radunò i suoi oggetti, il pettine, i fermagli per i capelli, un libro di poesie arabe, e li ripose nella scatola di legno con dipinto il panorama di Istanbul che le aveva regalato pochi giorni prima del matrimonio. Poi riordinò la casa cercando il vuoto.
Nulla è ordinato come il vuoto. E nel vuoto di quella casa vuota e di quei sette giorni vuoti pensò a Miriam come non aveva mai fatto. Il profumo, i capelli, le risate e gli abbandoni, persino l'ostinato silenzio degli ultimi mesi, improvvisamente tutto gli mancava. Il ragazzo di Istanbul che l'aveva amata non era sparito con lei. Rintanato nel mercante di Odessa che aveva scelto di diventare, si era sentito rifiutato e minacciato dalla forza della donna che aveva accanto.

E mentre Avrahàm incominciava ad amarla in modo nuovo e diverso, Ibrahim gli vietava di ascoltare il suo cuore. Quell'Ibrahim meritava di essere messo a tacere per sempre. Non riusciva a perdonarsi di non aver letto in quegli arabeschi rossi l'alfabeto segreto di un addio. E per questo, e per molto altro, si disprezzò.

L'ultimo giorno del lutto, il primo a bussare alla porta fu Davide. Lo abbracciò e lo baciò su entrambe le guance e, a sorpresa, gli annunciò che stava per tornare a casa ma gli lasciava il suo indirizzo, se mai fosse passato per l'Italia. Sulla soglia lo strinse per un'ultima volta e dopo aver carezzato la bambina si incamminò lungo la strada, voltandosi più volte per sorridergli. Subito prima di girare l'angolo lo salutò con la mano e poi sparì.

All'inizio Avrahàm rimpianse l'ebreo italiano, le sue esplosioni di gioia, la sua eccentricità e la sua voglia di cambiare il mondo, così simile a quella dell'Ibrahim che era stato un tempo. Ma non durò a lungo. Era meglio che la sua vita facesse l'ennesimo capitombolo senza testimoni.

Nei giorni seguenti, la comunità degli ebrei di Gerba lo strinse in un abbraccio vischioso e soffocante. Chi si offriva di cucinare, chi di occuparsi della biancheria, chi di badare alla bambina, chi di trovargli una nuova sposa. Una moglie morta, anche se suicida, lascia pur sempre un marito libero e Azoulay aveva fama di uomo ricco. Quasi subito ricevette due velate ma pressanti proposte di matrimonio. La prima con una vedova agiata che non poteva avere figli, la seconda con una ragazza povera ma graziosa, non priva di un fascino mesto. Con deferente cortesia, Avrahàm rifiutò entrambe. A muoverlo fu il rimorso per la morte della moglie e la paura della reazione di sua figlia all'arrivo in casa di una sconosciuta, ma anche il meno nobile desiderio di avere mano libera nel momento decisivo della propria metamorfosi. Tuttavia, la sua doppia rinuncia gli valse un rispetto ancora maggiore. Come spesso capita, l'ambiguità fu scambiata per pudicizia e la pavidità per moderazione. Perché i buoni sentimenti fanno bene a chi li indossa più che a chi tenta di calzarli senza riuscirci.

Più passavano i giorni e più il veleno della colpa si diluiva, e al suo posto, nei pensieri di Avrahàm, s'infiltrava un'atroce felicità. Nessuno avrebbe più potuto raccontare della famiglia di turchi in fuga da Giaffa e dal massacro, di Gomidas, dei passaporti falsi e della firma dell'ebreo di Odessa copiata all'infinito, lettera dopo lettera, su foglietti distrutti poi alla fiamma della candela. Il destino stava perfezionando il suo gioco. Miriam era morta per la seconda volta, e assieme a lei era morta Miriam che non era più Miriam da tempo. Finalmente Avrahàm poteva dirsi al sicuro.

A est del delta del Nilo, la brezza del mare stava già carezzando le piantine del cotone Karnak Menoufi. All'inizio di settembre i frutti sarebbero stati maturi e la capsula sarebbe esplosa liberando i morbidi fiocchi color fango pronti per il raccolto. Tra meno di due mesi avrebbe abbandonato Gerba. Ad Alessandria d'Egitto avrebbe firmato prima con il copto e poi con l'inglese. La conclusione del contratto era vicina. Avrahàm aveva abbondantemente tessuto la sua tela. Prima della partenza, il suo unico desiderio era evitare strappi. E, come sempre, dimenticare.

22

Alessandria d'Egitto, 8 settembre 1936

Avrahàm non si voltò. Non a guardare per l'ultima volta la casa con le finestre azzurre. Né il cancello del cimitero dove era sepolta sua moglie. E nemmeno il profilo piatto dell'isola di Gerba che si dileguava all'orizzonte cancellato dalla scia del battello diretto a Sfax. All'imbarco, aveva già dimenticato l'isola degli ebrei e stava ormai contando le ore che lo separavano dalla meta. La traversata da Sfax ad Alessandria gli sembrò un lungo istante da riempire di futuro.

Quando il piroscafo entrò nella rada fendendo i vapori che salivano dal canale Mahmudiya, le curve rosate di Alessandria gli apparvero come i contorni sfocati di un corpo che emerge dai vapori di un bagno turco. Distesa lungo il mare ma assediata dalla sabbia, vecchia di secoli ma pronta a vestirsi di modernità, quella città avrebbe raschiato via le paure e soddisfatto ogni desiderio. Se Gerba era stata la balia ebrea da cui succhiare il latte del giudaismo, Alessandria sarebbe stata la puttana cosmopolita a cui chiedere tutto.

Nel caos della banchina riuscì a trovare un trasportatore che caricasse i bagagli e fermò due camere comunicanti all'Hotel Metropole, uno degli eleganti alberghi affacciati sui boulevard che tagliano il centro città come lame affilate. Bisognava anche ingaggiare subito una Miss ebrea che si occupasse di Havah. Il concierge gli propose una tedesca di mezza età che non parlava una parola di ebraico, una trentenne inglese che parlava arabo ed ebraico ma che non sarebbe stata capace di una carezza, e una giovane ragazza, nata ad Alessandria ma di famiglia livornese, che parlava correntemente italiano, francese, tedesco e l'ebraico delle preghiere. Il ricordo di Davide spinse Avrahàm a scegliere di slancio l'italiana. Si chiamava Stella Attias, aveva diciotto anni e dopo la morte dei genitori in un incidente d'auto era stata cresciuta da una zia. Non aveva la simpatia travolgente di Davide Cohen, ma i suoi modi gentili e il sorriso mite promettevano disponibilità e riserbo. E soprattutto era abbastanza giovane da essere presa per la sorella maggiore di Havah, ma troppo giovane da essere scambiata per la moglie di Azoulay.

Tutto si dimostrò più semplice del previsto, salvo controllare il tremore che si era impadronito delle sue dita al momento dello sbarco.

Con il cuore in subbuglio, Avrahàm continuava a ripetersi che il nome Azoulay ormai era suo. Suoi la firma, la religione, i gesti, lo sguardo. Ma proprio l'uomo che aveva voluto fuggire da se stesso non riusciva tuttavia a sfuggire dal ricordo della moglie. A farlo tremare era Miriam, che continuava a tormentarlo attraverso lo sguardo della figlia? O forse era l'Ibrahim, che aveva sperato di affogare nelle acque del Corno d'Oro o di seppellire nella sabbia di Gerba, che proprio ad Alessandria stava risalendo in superficie? Quel tremore incontrollabile ricordava ad Avrahàm che non poteva liberarsi dell'altro, vivo e fremente, ancora annodato a sé come un gemello non nato.

La prima ad accorgersene fu Havah. Grazie alla naturale propensione dei bambini all'oblio, sembrava aver cancellato la notte di Giaffa, la soffocante prigionia di Istanbul, e forse persino la scomparsa della madre. Ma al passato aveva sostituito un'ossessione per il presente di cui chiedeva minuziosamente conto con continue e tormentose domande. E aveva sviluppato uno sguardo acuto su tutto quello che riguardava Avrahàm, dagli abiti all'umore, fino a quello strano tremito che si era impadronito delle sue dita. Aveva deciso di occupare il vuoto lasciato dalla madre come un'eredità che le spettava di diritto e controllava il padre come un carceriere che teme di perdere il suo unico prigioniero.

Non appena Stella ebbe preso servizio, di buon mattino, Avrahàm lasciò l'albergo per il primo giro di ricognizione nelle vie di Alessandria. La città che aveva lungamente immaginato lo stordì. Nelle vecchie fortificazioni e negli abiti logori dei mendicanti riconobbe le tracce dell'agonia friabile dell'impero ottomano che come un rancore attraversava il Mediterraneo, da Istanbul a Tunisi, da Beirut ad Alessandria. Ma nella folla variegata ed elegante che affollava i caffè e le botteghe dei cambiavalute lungo la *corniche* vide l'agiatezza della borghesia cosmopolita alla quale aveva sempre sognato di appartenere.

Nella confusione nessuno lo notò, nessuno lo degnò d'uno sguardo. Ad Alessandria tutti erano di passaggio e ciascuno badava solo a se stesso. Banchieri, esuli, faccendieri e avventurieri di ogni risma pensavano solo a cogliere al balzo le occasioni che quella città iridescente era pronta a offrirgli per il tempo in cui vi sarebbero rimasti. Italiani o greci, francesi o libanesi, maltesi o armeni, nessuno aveva fretta di ritornare in patria. Tutti rimanevano impigliati nella tollerante e liquida Alessandria.

Non c'era dubbio: quello era il porto dove il vento avrebbe gonfiato le vele della nuova vita di Avrahàm. Nel ventre di quell'arca di Noè avrebbe fatto perdere le proprie tracce e ne avrebbe lasciate di nuove e definitive. Lì si sarebbe liberato degli ultimi brandelli di Ibrahim e avrebbe mosso le prime pedine da Azoulay.

Eppure, mentre Avrahàm non riusciva ancora ad abbandonarsi al fascino di quella città tanto desiderata e misurava con cautela la lunghezza delle banchine, il traffico delle navi cargo, le banche e gli uffici di corrispondenza, Ibrahim, che rintanato sotto la seta del soprabito scuro segnalava tremando la sua presenza, si faceva travolgere da quella metropoli eccitata e caotica, cangiante e piena di promesse, la città musulmana e moderna che aveva sempre vagheggiato.

Prigioniero e guardiano, entrambi perlustravano con sguardi strabici la città contesa tra mare e deserto da cui contavano di ripartire come una persona sola.

Al ritorno in albergo, calibrando ogni parola, Avrahàm compilò il telegramma per il copto in cui gli annunciava il suo arrivo e gli confermava l'appuntamento per la consegna del carico di cotone il 24 settembre ad Alessandria. La risposta di Yussuf al Sayr giunse il giorno seguente. Proponeva di anticipare l'incontro al 16 a Port Said, così da mostrargli la piantagione. Sarebbe andato a prenderlo al molo con una Bentley nera e avrebbe organizzato lui il trasporto del carico ad Alessandria, in tempo per l'incontro con l'inglese. La proposta inaspettata sulle prime lo turbò ma, per non correre il rischio di scontentarlo, e tantomeno insospettirlo, Avrahàm accettò.

Nonostante avesse deciso di viaggiare da solo, il giorno prima della partenza per Port Said non ci fu verso di convincere Havah a rimanere in albergo con la Miss italiana. Pianti, strepiti, e ore di totale mutismo che ricordò ad Avrahàm quello della madre lo convinsero a portarla con sé insieme a Stella. "A Giaffa come a Gerba ha dimostrato di essere un ottimo passepartout. Di sicuro farà breccia anche nel cuore del copto" pensò Avrahàm compiacendosi della propria astuzia ma allo stesso tempo pentendosi di ricorrere per l'ennesima volta al fascino che sua figlia esercitava su chiunque la incontrasse.

Non fu facile all'ultimo momento trovare il posto anche per Havah e Stella sul piroscafo, ma Avrahàm ci riuscì.

Il giorno della partenza indossò il più leggero dei suoi soprabiti, scelse una sciarpa di lino bianco con delle sottili frange di seta, mise sul capo la kippah nera con i ricami d'argento, ci sistemò sopra il cappello a larghe tese, e con mano ferma si aggiustò gli occhiali di tartaruga sul naso. Quindi si pettinò la barba ormai folta e controllò il risultato allo specchio. Dopo mesi di studio era ormai identico all'uomo che aveva deciso di sostituire.

I facchini dell'albergo avevano già ritirato i bagagli. Stella e Havah, vestite di tutto punto, lo stavano aspettando davanti all'ascensore, quando, allungando il braccio per prendere la borsa di pelle nera con i documenti, Avrahàm si accorse che la sua mano aveva ripreso a tremare. Non una scossa che gli impedisse di stringere l'impugnatura, ma un brivido che percorreva le dita e le faceva vibrare visibilmente. Serrò il pugno a forza e uscì. Non c'era tempo per le paure, e nemmeno per le esitazioni: una macchina a noleggio li aspettava di fronte all'hotel per portarli al molo. Di lì avrebbero raggiunto il Delta e il cotone portentoso che lo aveva spinto all'inganno.

Sul ponte di prima classe del *Volendam*, un piroscafo olandese diretto in India che dopo aver attraversato il Canale di Suez avrebbe fatto sosta a Port Said, c'erano ingegneri, affaristi, commercianti e molti soldati inglesi divisi in due animati capannelli: chi discuteva della guerra d'Etiopia e delle sanzioni imposte all'Italia, chi del progetto del nuovo canale. Il Canale di Suez era la giugulare in cui si ingorgava più della metà degli affari del pianeta, e la notizia dell'apertura di un secondo varco infervorava i passeggeri.

«Hanno pensato a un taglio netto dalla base della Palestina fino ad Akaba... Una rivoluzione!» esclamò entusiasta un giovane imprenditore cairota.

«Già, e come quello di Suez anche il nuovo percorso sarà

interamente nel territorio del Mandato britannico e dunque sotto il controllo delle guarnigioni di stanza in Palestina. Nel nuovo porto di Haifa affluiranno le navi di tutto il mondo» sottolineò un elegante commerciante greco.

«Tagliato a ovest dal Canale di Suez e a est dal nuovo canale, il deserto del Negev si trasformerà in un'isola...» affermò stupito un turco grasso e indolente.

«Un'isola al centro dei traffici del pianeta. Finalmente Suez avrà una concorrenza» ribatté un commerciante con le dita piene di anelli.

«Gli inglesi raddoppieranno gli affari e i miei uffici a Bombay ne avranno giovamento» sottolineò un indiano con un completo di lino di ottimo taglio.

"Un secondo canale? Per finanziarlo offriranno delle quote di partecipazione. Se riuscissi a investirvi una parte del guadagno del cotone del copto..." rifletteva intanto Avrahàm tra sé e sé accarezzando distrattamente i capelli di Havah.

Pensava solo a come avrebbe potuto moltiplicare il denaro che ancora non aveva incassato.

23

Port Said, 16 settembre 1936

All'arrivo a Port Said, non appena vide accanto a una Bentley nera un uomo dalla corporatura massiccia che gli faceva cenno con la mano sfoggiando un sorriso enigmatico, Avrahàm capì di trovarsi davanti al copto.

Appoggiato a un bastone con il pomo d'argento, abito di lino bianco di ottimo taglio, scarpe bicolori e fez rosso granata, Yussuf al Sayr, sulle prime, gli sembrò un faraone di ritorno da una sartoria londinese di Savile Row. "Perché mai un uomo così elegante e con una macchina così costosa invece di vendere il suo miracoloso cotone direttamente agli inglesi ha preferito la transazione con un mercante di Odessa?" si chiese scrutandolo da capo a piedi. Non poteva sapere che il copto divideva il suo tempo tra i campi di cotone e il tavolo verde del casinò del Cairo. E che il rosso e il nero invece di finanziare il bianco del cotone spesso lo mandavano a picco. "Forse aveva necessità di vendere in fretta o non si fidava degli inglesi" azzardò Avrahàm per farsi coraggio mentre si lasciava avvolgere dalla potente stretta di mano di Yussuf.

Solo quando salì sulla Bentley, Avrahàm si rese davvero conto del rischio che aveva deciso di correre accettando di visitare la piantagione. E il tremito, ancora una volta, si impossessò delle sue dita.

Da quel che ne sapeva, il mercante di Odessa e il coltivatore copto non si erano mai visti in faccia. Dalla prima bozza al contratto definitivo, l'affare del Karnak Menoufi era stato formalizzato solo con lettere commerciali controfirmate da entrambi. Le prime tranche del pagamento erano state saldate tramite banca dal mercante di Odessa, l'ultima pochi giorni prima che venisse ucciso. Eppure Avrahàm non aveva l'assoluta certezza che non si fossero mai scambiati una telefonata. E se il copto avesse riconosciuto che la voce dell'Azoulay con cui aveva preso accordi era diversa da quella dell'uomo che sul sedile della Bentley cercava di controllare il tremito delle mani tenendole giunte nel gesto di una preghiera? Ma cosa andava a pensare. "Non è possibile riconoscere una voce a distanza di mesi" concluse, ma il tremito non svaniva.

L'autocontrollo che lo guidava dal giorno della fuga stava franando, come una duna che modellata dalla sabbia portata dal vento cresce ma, raggiunto l'apice della portanza, rovina e torna a confondersi con il deserto. Nelle notti di Istanbul e in quelle di Gerba si era ripetuto come una litania che per risolvere l'affare sarebbe bastata qualche frase di convenienza. Il tempo di verificare il numero delle balle e controllare la qualità del cotone forando un telo a caso come aveva visto fare al mercante di Odessa, poi la firma della bolla di consegna. Cosa lo aveva spinto a cambiare il copione rischiando, perdipiù con sua figlia, un pericoloso incontro nella piantagione dove anche solo un piccolo errore avrebbe potuto svelare la verità? Era tutta colpa dell'Ibrahim nascosto sotto il soprabito di seta nera, sempre pronto a mettersi nei guai e a smarrirsi? O dell'insicurezza dell'Avrahàm che, ancora malfermo nella nuova identità e timoroso di tradirsi, aveva accettato pur di non destare sospetti?

Quando a un attore tocca fare più parti, quando il capocomico è sparito e così pure la prima attrice, e quando lo scenario della sonnolenta Istanbul o della torpida Gerba viene sostituito dal fondale eccitato di Alessandria, il suggeritore rischia di confondere le battute e l'esordiente non può che recitare in eccesso. Per catturare l'applauso o per perdersi. Le mani giunte erano ormai serrate in una morsa.

La Bentley abbandonò Port Said in direzione di Suez, costeggiando il canale il tempo sufficiente a scorgere il piroscafo olandese scivolare tra le due rive artificiali. Affiorò dalle dune come il miraggio di una gigantesca balena spiaggiata e poi sparì. Dopo qualche chilometro, all'altezza di Ismailia, l'automobile curvò verso ovest in direzione del Nilo, lungo una delle strade bianche e polverose che seguivano i labirinti del Delta, lambendo villaggi costruiti col fango e campi dissodati separati dai canali di irrigazione. Coperta da un velo di polvere e sabbia, l'automobile del copto era costretta a continue soste per il passaggio di braccianti, carretti carichi di merci o greggi di pecore. L'Egitto del Delta, che come tutto il Mediterraneo, dalla Palestina al Marocco alla Sicilia, era popolato da gente misera e piegata dalla fatica, sfilava davanti agli occhi di Azoulay. Ma, mentre l'Ibrahim egoista, ancora invaghito di una rivoluzione per pochi avventurieri, non ne rimase impietosito, Avrahàm provò compassione per quella moltitudine dolente. E per un'istante si vergognò della fortuna che stava per guadagnare. Ma l'istante passò e il tremito riprese il sopravvento sui suoi pensieri. "Il silenzio è la mia forza e la firma il mio talismano" continuava a ripetersi tormentandosi le mani.

Troppo impegnato a dare ordini al pilota per evitare che le buche danneggiassero la sua costosa automobile, fino a quel momento Yussuf al Sayr aveva rivolto ad Avrahàm solo frasi di circostanza sul caldo, la polvere e il dissesto delle strade. Ma quando una processione di cammelli carichi di sacchi di granturco improvvisamente bloccò la strada, esplose in una litania di improperi:

«I contadini egiziani sono dei caproni! Quel granturco è stato raccolto con almeno una settimana di ritardo e perderà tutta la sua dolcezza... Incapaci e zotici! Caro Azoulay, se non ci fossimo noi copti a salvare questo Paese dall'ignoranza...» concluse passandosi il fazzoletto sulla fronte.

Avrahàm annuì con sussiego, mentre Stella cercava di contenere l'entusiasmo della piccola Havah che aveva abbassato il finestrino per salutare i cammelli.

Quando, subito dopo l'ultima curva, circondata da una fitta corona di palme, la piantagione del copto spuntò in fondo alla strada, al Sayr si girò trionfante e, sfoderando un sorriso in cui lampeggiavano due denti d'oro, esclamò festoso:

«*Les jeux sont faits, rien ne va plus...* Siamo arrivati.»

Giusto il tempo di depositare i bagagli, e Avrahàm e il copto varcarono la porta del magazzino del cotone.

Le balle di Karnak Menoufi, protette da sacchi di juta e disposte ad anfiteatro in una trincea color cannella, circondavano una piramide di fiocchi color fango posta al centro del deposito. Il copto superò i sacchi, prese un batuffolo tra il pollice e l'indice e lo mise delicatamente sul palmo della mano aperta:

«Quello che vede in questo momento è un miracolo! E lei se lo è assicurato.»

Avrahàm si aggiustò gli occhiali sul naso e abbozzò un sorriso.

«Come lei sa meglio di chiunque altro, il raccolto di Karnak Menoufi è un evento eccezionale» continuò al Sayr. «Nella mia piantagione la terra viene arata con le zappe e le zolle seminate a mano da un esercito di contadini che si muovono come ballerini in formazione. Uno spettacolo! Quando il fiore si spacca e incomincia a intravedersi il batuffolo bisogna sperare in Dio e nel sole. Se tutto va bene, dopo il raccolto, il cotone viene accumulato e passato in un cilindro che lo libera dalle impurità. Solo a questo punto può essere imballato. Nutrito dal limo portentoso del Nilo, questo batuffolo è un prodigio botanico.»

«Per questo è così caro» azzardò l'altro lisciandosi la barba.

«Per questo lei è stato così previdente da comprare il raccolto quando le piantine stavano spuntando dalle zolle. Nessuno poteva prevedere se il raccolto sarebbe andato a buon fine. Ma lei ha saputo guardare lontano e ha puntato il suo capitale sulla mia abilità. È stato coraggioso.»

Avrahàm annuì compiaciuto.

«Quando mi ha scritto che voleva aggiudicarsi l'intero raccolto ho pensato che solo un mercante con grande intuito ed esperienza poteva avanzare una richiesta tanto audace. Ho chiesto informazioni e mi è stato confermato che la fama del suo nome la precede. Chiunque compri e venda tessuti nel Mediterraneo conosce la firma di Azoulay.»

Con noncuranza, Avrahàm infilò le mani in tasca per nascondere il tremore che stava aggredendo di nuovo le sue dita e replicò:

«Il Mediterraneo è una vasca dove nuotano sempre gli stessi pesci.»

«Già, ma è una vasca che comincia a essere attraversata da dilettanti e arruffapopoli.»

«Forse. Ma il buon nome dei migliori è sempre una garanzia» rispose afferrando con due dita il batuffolo dal palmo del copto.

«Tra cristiani copti ed ebrei ci si capisce...» sussurrò al Sayr con aria complice. «A voi giudei ormai conviene far affari con noi. Per i mercanti ebrei la vasca del Mediterraneo si sta facendo ogni giorno più pericolosa.»

Avrahàm sapeva che la cena poteva essere un rischio, ma contava sulla figlia. Dentro una sala con una grande vetrata da cui si ammirava un rigoglioso palmeto, fu servita un'infinità di piatti a base di riso profumato di coriandolo e carne di agnello aromatizzata con aglio e fieno greco, accompagnati da karkadè e araki. Come aveva previsto, a conquistare il copto fu Havah che, ben prima del dolce, già sgranocchiava pistacchi caramellati sulle ginocchia di al Sayr. Ma la rivelazione fu la Miss italiana. Stella recitò brani dell'Antico Testamento senza esitazioni e cantò con voce armoniosa *Va', pensiero* di Verdi, anche se quando arrivò ai versi presi dal salmo 137 che recitavano "Del Giordano le rive saluta. Di Sïonne le torri atterrate. Oh mia patria sì bella e perduta!" gli occhi le si inumidirono e steccò.

«Ha cantato benissimo» la consolò il copto che amava l'opera lirica, e adorava il *Nabucco*.

«Quando canto quella strofa mi commuovo sempre e sbaglio l'intonazione» si scusò la Miss.

«Voi ebrei siete fissati con la patria perduta. Nella storia dell'umanità, tra guerre e invasioni, quanti popoli hanno perso la propria terra? A decine. Ma voi non vi rassegnate. La riavrete prima o poi, la vostra Palestina. Ve la state comprando pezzo per pezzo... Se vi mettete una cosa in testa ci riuscite sempre, voi.»

Per al Sayr il *Nabucco* aveva qualcosa di magico. L'ultima volta che lo aveva ascoltato era stato due anni prima al Teatro dell'Opera di Alessandria. E poiché proprio dopo quella rappresentazione aveva vinto una ragguardevole somma al casinò era convinto che Verdi gli portasse fortuna. Così chiese un bis, Stella glielo concesse, e l'interpretazione fu così toccante che il copto tirò fuori una banconota che la ragazza accettò con un inchino.

Tutto stava andando per il meglio. Meno il tremito.

24

Nei pressi di Port Said, 17 settembre 1936

Come al Sayr aveva ordinato, il mattino dopo anche l'ultimo fiocco di Karnak Menoufi era stato imballato ed era pronto per il trasporto. Assediato dalle zanzare, dai cattivi pensieri e dall'inarrestabile tremore, Avrahàm aveva passato una notte d'inferno ma, inforcati gli occhiali, sistemata sul capo la kippah e attorno al collo una sciarpa di seta, di buon'ora si diresse verso la casa del copto.

Lo trovò in veranda, disteso su una chaise-longue di vimini, che sorbiva una limonata.

«Buongiorno, monsieur Azoulay. Ha dormito bene?»

«Magnificamente» mentì Avrahàm.

«Bentornato in Egitto, la terra da cui i suoi antenati sono fuggiti trasformando il Mar Rosso nella tomba del faraone e del suo esercito. Non si sente un po' in colpa per quella strage?»

«L'Altissimo ci ha fatto scegliere la libertà.»

«La libertà è un velo per coprire la malizia. Preferisco la parola "alleanza", che di due libertà è il libero incontro. Anche sull'uso di questo termine voi ebrei siete arrivati per primi. E sull'alleanza avete costruito un'Arca santa, e un'intera teologia. Posso offrirle della limonata?»

«Preferirei dell'acqua.»

«In Egitto l'acqua è pericolosa. Le faccio portare del karkadè e del tè alla menta.»

Il copto aveva voglia di chiacchierare.

«Per gli antichi egizi, ogni essere vivente è formato da cinque elementi. L'Ombra, il doppio immateriale che ogni umano assume nella sua vita; l'Akh, lo spirito; il Ka, la forza vitale; il Ba, l'anima; il Nome, quello che i genitori ci regalano come destino. In questa terra, ancora oggi, nominare qualcuno equivale a farlo esistere anche dopo la morte.»

Avrahàm aveva scelto il tè alla menta ma la tazza, alle parole di al Sayr, gli scivolò via dalle mani tremanti e cadendo si ruppe in due pezzi della stessa grandezza. Il liquido dorato si allargò sul pavimento di pietra mischiandosi con la sabbia.

«Mi dispiace...» mormorò mentre cercava di far combaciare i due frammenti.

«Il Ba di qualcuno, caro a entrambi, sta aleggiando su di noi. Le faccio portare un'altra tazza.»

«Non importa, ho bevuto abbastanza. Vogliamo concludere il nostro contratto?» tagliò corto Avrahàm.

«Ma certamente, siamo qui per questo. A proposito, cosa ne pensa della proposta contenuta nella lettera che le ho inviato ad agosto? È d'accordo?»

Avrahàm deglutì. Era caduto in un precipizio. Non poteva sapere cosa c'era scritto nella lettera inviata a Giaffa dal copto, quattro mesi dopo il massacro e dopo la sua fuga. E nemmeno che fine aveva fatto. Probabilmente stava ammuffendo in qualche ufficio postale e per fortuna non era tornata indietro al mittente, ma non poteva inventarsi spiegazioni sul perché non l'aveva ricevuta o non gli era stata recapitata altrove. Era obbligato a fingere di conoscerne il contenuto. Un azzardo che, se fosse stato scoperto, avrebbe mandato a monte l'affare un istante prima della firma e svelato il suo inganno. Per fargli scoprire le carte, Avrahàm gli lanciò un'esca.

«L'ho letta ma la sua proposta mi ha lasciato dei dubbi.»

«Monsieur Azoulay, lei è un uomo intelligente, non mi faccia pentire della fiducia che ho riposto nella sua fama.»

«Non vorrei essere io a pentirmi.»
«Prendere o lasciare. Se non accetta sono pronto a impugnare le carte. Di recente ho fatto una vincita importante al tavolo verde e posso anche scegliere altre strade...»

Entrambi mentivano. Se il copto avesse davvero vinto al casinò, avrebbe sciolto il contratto pagando la penale e rivenduto direttamente all'inglese o al migliore offerente ad Alessandria. Avrahàm decise di bluffare. Abbozzò un sorriso e sfoderando il suo francese rispose con la voce più impersonale che fu in grado di far uscire dalla gola secca:

«*Faites vos jeux*. D'accordo, accetto. Il Karnak Menoufi vale la sua proposta.»

Avrahàm non aveva idea di che cosa avesse accettato, ma non aveva altra scelta.

«Lei è un vero mercante ebreo. I migliori del Mediterraneo, e forse del mondo!» esclamò battendogli una mano sulla spalla.

Sotto la veranda ombreggiata da una tenda di lino, un servitore sistemò un tavolino pieghevole e due poltrone di vimini, mentre un altro portava una cartellina di pelle, inchiostro, penne e tamponi di carta assorbente.

Yussuf e Avrahàm sedettero uno di fronte all'altro come due scacchisti. La mossa del cavallo del copto per Azoulay era ancora un mistero ma il momento era arrivato e non poteva più tornare indietro. Per controllare il tremore delle mani, si sistemò la kippah, si pulì gli occhiali con un lembo della sciarpa di seta, prese i fogli che il copto gli porgeva e cominciò a esaminarli. Conosceva a memoria il testo del contratto, ma era all'oscuro del contenuto della postilla che, poco prima, aveva accettato di sottoscrivere al buio.

Non appena arrivò al paragrafo 29, Avrahàm immaginò il contenuto della lettera che nessuno aveva potuto leggere. Yussuf al Sayr fissava una maggiorazione del prezzo dell'uno per cento per il noleggio di una scorta armata durante il trasporto delle balle dalla piantagione a Port Said e di lì ad

Alessandria. Sottoscrivendo il contratto, Azoulay si impegnava con una lettera di credito controfirmata a versare la cifra eccedente sul conto intestato ad al Sayr in una banca di Alessandria, entro un mese dalla consegna. Aveva tempo per riscuotere l'incasso della vendita all'inglese e saldare il sovrapprezzo.

Ad agosto il copto doveva aver passato una brutta serata al casinò del Cairo, o forse si era accorto di essersi lasciato strappare dal mercante di Odessa un prezzo troppo basso e aveva provato a rifarsi. Di certo se il vero Azoulay fosse sopravvissuto al massacro e avesse letto la proposta di al Sayr avrebbe saputo contrattare la maggiorazione. Ma Avrahàm, che di quel mercante aveva indossato la vita, parve che quell'uno per cento strappato dal copto fosse solo un piccolo pedaggio da pagare al destino che lo stava comunque rendendo ricco.

Quando al Sayr gli porse la stilografica, compiacendosi per l'audacia con cui era riuscito a superare l'ostacolo che gli si era parato davanti, Avrahàm la prese con mano ferma. E nell'ultima pagina del contratto la firma trovò le stesse curve e le medesime impennate di quella di Azoulay.

25
Alessandria, 19 settembre 1936

Una volta giunte a Port Said, le preziose balle di Karnak Menoufi furono imbarcate in una nave da carico diretta ad Alessandria. Ad Avrahàm bastò firmare la bolla e prenotare un magazzino al porto per stivarle in attesa della vendita. Mancava una settimana alla consegna al corrispondente inglese. L'affare ormai era giunto a metà strada.

In quei sette giorni, per placare l'ansia dell'attesa e soffocare il senso di colpa, Avrahàm decise di occuparsi della figlia. La mattina passeggiava con lei e Stella per i viali costeggiati da palme e acacie, il pomeriggio prendevano il tè al caffè Pastroudis o all'Atheneos e arrivavano fino al lungomare del porto orientale.

Per festeggiare, le portò a fare acquisti in un elegante negozio nei pressi del teatro Zizinia. La figlia scelse un abito a piccoli pois azzurri e delle scarpette di vernice dello stesso colore che calzò subito entusiasta. Come un lampo, un ricordo attraversò la mente di Avrahàm: due bambine che giocavano con le bambole nel cortile della casa di Giaffa, la bambina turca indossava delle scarpette di cuoio blu, l'ebrea di vernice azzurra. La mutazione era completa, ben oltre le sue aspettative. Per un istante se ne vergognò, poi concluse che era meglio così.

«Regalo anche per Stella!» comandò Havah battendo capricciosamente a terra i piedini calzati di azzurro.

Di slancio Avrahàm suggerì alla Miss una borsetta con il manico di malachite color rubino e un cappellino di paglia con una piccola tesa incurvata e un mazzolino di fiori di seta color corallo applicati su un lato.

Il padrone del negozio – un egiziano con grandi occhi neri circondati da occhiaie profonde e una sigaretta papier mais all'angolo della bocca, che non aveva fatto che vantarsi di aver vissuto molti anni a Parigi – quando Stella ebbe indossato il cappellino rivolto ad Avrahàm commentò entusiasta: «*Très chic*! Perfetto per sua moglie.»

Stella arrossì, abbassò subito lo sguardo come per scusarsi e se lo tolse immediatamente.

«La signorina Attias è la Miss di mia figlia» puntualizzò Avrahàm.

Ma per la prima volta si scoprì a guardare Stella come un uomo guarda una donna: i capelli neri e ondulati, la curva del seno, i fianchi sottili e le gambe snelle e armoniose. E si scoprì a immaginarla nuda, con le palpebre socchiuse nell'attimo del piacere. Si passò la mano sulla fronte per cancellare quell'immagine.

«Perché lo hai tolto? Se non lo rimetti anche io devo ridare le scarpe azzurre e il vestito a pallini...» implorò Havah, che già si era affezionata alla Miss come a una sorella maggiore.

Stella allora calzò di nuovo il cappellino e, con le guance dello stesso colore dei fiori di seta che lo ornavano, sorrise e ringraziò.

Avrahàm trascorse così le giornate che mancavano all'appuntamento con l'inglese. Ma non soltanto tra passeggiate e negozi, in verità. Quando era buio, e quando Hava e Stella si erano ritirate nella loro stanza, si toglieva il soprabito nero e la kippah, indossava un completo blu e una cravatta sgargiante e scivolava nella notte di Alessandria. Teatri, casinò, ristoranti e bordelli: quella città era costruita per il piacere. Avrahàm cercava quello che gli mancava da tempo e che aveva ritrovato nella notte di Sfax tra le gambe della ragazza dai capelli rossi. Nella città del Delta non era difficile trovarlo. Dopo sei notti, la carne di Avrahàm fu sazia. Ma nessuna donna accese il desiderio bruciante che aveva provato a Sfax davanti al busto scarno e ai capezzoli piccoli e scuri come more della signora con la vestaglia di raso viola. Secondo Davide, quella donna avrebbe potuto cambiargli la vita. Ma Avrahàm non cercava più cambiamenti. Cacciò via il ricordo: la sua vita era cambiata già abbastanza.

La notte prima dell'incontro con l'inglese la passò nella stanza del Metropole a ricontrollare le carte. L'affare non era stato avviato in sterline, come sarebbe stato naturale, ma nella valuta americana della quale il mercante di Odessa aveva grande disponibilità grazie alla sua attività di import-export con l'Unione Sovietica. Lesse e rilesse le poche cifre che aveva scritto a matita su un foglietto di carta a quadretti.

Investiti: 80.000 dollari (72.000 Azoulay + 8.000 Özal)
Karnak Menoufi: 54 tonnellate in 250 balle
Vendita agli inglesi: 116.000 dollari
Profitto: 36.000 dollari
Meno gli 800 di quel maledetto paragrafo 29 per il quale aveva rischiato di essere scoperto.

Lo scherzetto del copto gli era costato una discreta somma, ma il margine di guadagno previsto a suo tempo dal mercante di Odessa era comunque enorme. Infatti, grazie all'audacia della sostituzione di persona, Avrahàm di dollari ne avrebbe incassati ben di più: non solo la sua quota iniziale di 8.000 dollari, ma l'intero profitto di 36.000 dollari di entrambi. E naturalmente il capitale di 72.000 dollari anticipato dall'ebreo ucciso a Giaffa. Anche pagando quei benedetti 800 dollari saltati fuori all'ultimo, si impadroniva di un capitale equivalente a una lussuosa villa sul Bosforo o a qualche viaggio intorno al mondo. E, poiché di Azoulay ormai portava il nome e l'identità, avrebbe potuto sfruttare i molti contratti che recavano la sua firma, che ormai era in grado di riprodurre alla perfezione.

L'appuntamento con il corrispondente inglese era fissato per l'indomani. Solo dopo quell'incontro, Avrahàm e Ibrahim sarebbero stati una persona sola. Un cento per cento che nessun tremore avrebbe potuto incrinare.

Piegò con cura il foglietto a quadretti e lo infilò nella borsa nera, si spogliò e si distese nudo sul letto. Il caldo era asfissiante, non spirava una bava di vento e, nonostante la finestra spalancata, le tende di seta erano immobili. Mentre cercava il sonno, d'improvviso Avrahàm fu punto da un insetto e subito dopo da un altro e poi da un altro ancora. Si alzò, chiuse lo scrigno di garza della zanzariera e tornò a sdraiarsi. Grondava sudore, e non riusciva a togliersi dalla testa l'idea del seno nudo e delle cosce di Stella, che non aveva mai visto ma che ricostruiva con l'immaginazione. La libidine è contagiosa e le notti trascorse nei bordelli di Alessandria l'avevano rimessa in circolo.

"È solo una ragazzina" pensò girandosi su un fianco e poggiando gli inutili occhiali sul comodino.

Si scoprì a considerare se non sarebbe stato saggio trovarsi una nuova moglie. Ma la prudenza che lo aveva guidato nelle ultime mosse glielo sconsigliò.

26

Alessandria, 26 settembre 1936

La notte precedente Alessandria aveva respirato a stento sotto una cappa di aria umida. Era solo l'inizio. Prima dell'alba, dal Delta, un enorme nugolo di moscerini invase la città. Da lontano ci fu chi lo scambiò per una nuvola carica di pioggia rallegrandosi dell'acquazzone che avrebbe finalmente spazzato via l'afa. Avvicinandosi prese l'aspetto di una colonna di fumo e molti pensarono a un incendio. Ma quando, preceduti da un inquietante brusio, i moscerini sciamarono nelle strade e fin dentro le case, tutti pensarono a una maledizione.

Avrahàm aveva passato una notte insonne. Quando si affacciò al balcone e vide avanzare il brulichio degli insetti, chiuse prontamente la finestra, ma i moscerini erano già ovunque, perfino impigliati nella sua barba. Per la disperazione riempì la vasca da bagno e restò a mollo fino al sorgere del sole.

Così come l'avevano invasa, altrettanto rapidamente i moscerini abbandonarono la città. Miracolosamente spazzati via, insieme all'afa, da una brezza che spirava dal mare.

L'appuntamento con l'emissario della Thomas Manson era fissato per mezzogiorno, davanti all'ufficio centrale della Borsa, ma alle nove, vestito di tutto punto, con il soprabito di seta leggera e la kippah bianca sotto il cappello del panno più fresco e sottile che possedeva, Avrahàm era già nella hall dall'albergo con la borsa nera.

Per riempire le ore che mancavano all'incontro, decise quindi di portare a passeggio Havah e la Miss italiana. Chiese al concierge di prenotare un'automobile, avvisò Stella e si mise ad aspettarle ai piedi della scala. Quando vide la figlia con un cappellino di paglia e un abito di piquet che, svicolando tra i clienti, gli correva incontro per gettargli le braccia al collo, Avrahàm pensò che era identica alla madre: bella e selvaggia. E in cuor suo le dedicò l'ultima firma che avrebbe posto fine alla scabrosa avventura in cui l'aveva trascinata. Un'avventura che era costata la vita alla madre e aveva cambiato per sempre quella della figlia. Per un istante si chiese se sarebbe mai riuscito a farsi perdonare. Ma fu solo un istante. L'autista era spuntato dalla porta girevole e chiedeva di Monsieur Azoulay. Per espiare c'era tempo.

Stella e Havah erano già sul sedile posteriore dell'automobile, l'autista aspettava di chiudere lo sportello e Avrahàm, dopo aver depositato accanto a loro la borsa, stava per salire al loro fianco, quando una mano gli batté sulla spalla e una voce maschile con un forte accento irlandese lo apostrofò:
«Le avevo suggerito di farsi crescere di nuovo i baffi, ma vedo che ora ha anche la barba. Ha proprio voluto esagerare...»
Avrahàm si voltò lentamente.
Davanti a lui, con la divisa stirata di fresco e un sorriso entusiasta, c'era l'irlandese che a Giaffa aveva controllato i loro passaporti prima dell'imbarco sull'*Aphrodíte*.
«Cosa ci fa di bello ad Alessandria, signor... non ricordo il suo nome.»
Senza muovere un solo muscolo del volto, al punto che le parole sembrarono pronunciate da un ventriloquo, assumendo un tono acuto e innaturale a cui aveva giustappo-

sto delle sonorità tedesche per evocare un yiddish che non conosceva, Avrahàm rispose:

«Mi dispiace, ma non la conosco.»

«Impossibile, io non dimentico mai una faccia...»

«Deve trattarsi di una somiglianza» si schermì Avrahàm aggiustandosi gli occhiali sul naso e al contempo appoggiandosi all'automobile in modo da nascondere la piccola Havah.

«Non si ricorda di me? Sono il caporal maggiore 'O Flannery, ci siamo incontrati qualche mese fa in Palestina. Di recente ho avuto una promozione e mi hanno trasferito in Egitto. Ricordo perfettamente la sua foto sul passaporto, aveva dei baffi magnifici...»

«Mai avuto baffi in vita mia.»

«Davvero? Ora che ci penso, l'uomo di Giaffa poi non aveva gli occhiali, invece lei...»

«Io li porto da quando ero bambino, senza sarei un uomo morto. Come vede, dev'esserci un errore.»

Avrahàm si era guardato bene dal presentarsi. L'uomo in divisa era l'unico a conoscenza della sua vera identità. E l'unico a sapere che il proprietario del passaporto nella tasca interna della sua giacca era morto a Giaffa cinque mesi prima.

«In effetti da quanto mi ricordo quell'uomo non era ebreo, mentre lei...»

«Io lo sono» disse Avrahàm togliendosi il cappello e scoprendo la kippah.

«Devo aver fatto confusione.»

«Non si preoccupi, tutti possiamo sbagliare. Adesso mi perdoni ma ho molta fretta, devo incontrare un cliente.»

«Di cosa si occupa?»

«Diamanti.»

«Anche quelli sembrano tutti uguali e invece se si fa confusione ti rifilano il vetro» aggiunse 'O Flannery per cercare di darsi un tono, anche se non aveva mai visto un diamante in vita sua se non nelle vetrine dei gioiellieri.

«Infatti. Lieto di averla conosciuta, caporal maggiore...»

Avrahàm accennò un inchino e si accomodò sul sedile posteriore coprendo con il corpo la figlia. L'autista si avvicinò per chiudere lo sportello:
«Pronti per la partenza, Monsieur...»
Prima che pronunciasse il nome, Avrahàm con un colpo secco lo aveva chiuso, aveva sollevato il finestrino e fatto un festoso cenno di saluto attraverso il vetro all'uomo in divisa. L'autista saltò a bordo, mise in moto e partì.
«Chi era quel signore?» chiese Havah incuriosita.
«Nessuno.»

Il traffico caotico di Alessandria li inghiottì rapidamente. Avrahàm riprese fiato solo quando l'automobile varcò il cancello del parco.
«Qualcosa non va, signor Azoulay?» chiese Stella preoccupata.
Spiò la propria immagine riflessa nello specchietto retrovisore. Pallido e sudato, con gli occhiali di tartaruga storti sul naso e la kippah in bilico, Avrahàm assomigliava pericolosamente a Ibrahim.
«Mi rendo conto ora di essermi dimenticato un appuntamento importante, purtroppo devo scappare.»
«A piedi?»
«Non è molto lontano da qui, una camminata mi farà bene. Ne avrò per tutto il giorno, ma la bambina ha bisogno di svagarsi. Dopo la passeggiata non pranzate al Metropole, fatevi accompagnare in quel ristorante a metà della *corniche* dove siamo stati ieri e nel pomeriggio porti la bambina al cinema.» Poi, rivolto all'autista: «Rimanga a loro disposizione tutto il giorno. Non le perda mai di vista e le aspetti fuori dal cinema» concluse facendogli scivolare una banconota nella tasca.

Mancavano due ore all'incontro con l'emissario inglese. C'era ancora tempo per trovare un taxi e tornare in albergo. "Maledizione! Dovevano spedirlo proprio ad Alessandria, quello stupido irlandese?" I pensieri di Avrahàm erano annodati stretti alle sue paure. "Il Mediterraneo è una vasca di acqua stagnante da cui devo fuggire. Al più presto. Non appena avrò firmato il contratto..."

Solo quando, dopo aver interrogato con discrezione il concierge, fu assolutamente certo che quella mattina nessuno avesse chiesto informazioni su di loro, tantomeno un uomo in divisa, Avrahàm poté finalmente ritrovare la calma. Aveva ancora più di mezz'ora. Salì nella sua stanza, fece una doccia fredda, indossò una camicia pulita, si lucidò le scarpe, pulì gli occhiali e verificò allo specchio che la kippah fosse sistemata a dovere. Ricacciò indietro Ibrahim e ritrovò Avrahàm: a firmare doveva essere lui.

Controllò l'orologio, era in perfetto orario. Uscì dall'albergo e, a passi misurati, si diresse al luogo fissato per l'appuntamento: la Borsa Merci di Alessandria, il monumentale palazzo che dettava i prezzi del cotone al pianeta.

Alle dodici in punto, vide arrivare un uomo sui trent'anni, rigido come uno stoccafisso e vestito come il discendente di una famiglia reale, e capì di trovarsi davanti all'emissario inglese.

«Samuel Hargreaves?»

«Mister Azoulay, finalmente ho il piacere di conoscerla! Nella nostra fabbrica nel Lancashire si attende con ansia l'approdo delle balle per iniziare la tessitura. A Piccadilly si parla solo dell'arrivo di questa partita. Stiamo facendo morire d'invidia i concorrenti. Il segreto è il monopolio e grazie al nostro accordo le camicie realizzate con il magico Karnak Menoufi le avremo solo noi.»

«Mi piace trovare il meglio e vendere al prezzo migliore.»

«Prima di firmare il contratto, vogliamo concederci qualcosa di fresco? Il caldo di Alessandria prosciuga la gola... Soprattutto a me che arrivo dal freddo e umido Lancashire.»

L'hotel più vicino era lo Splendor, un edificio realizzato

cinquant'anni prima da un ingegnere italiano che aveva shakerato i palazzi di Torino con quelli di Parigi in un cocktail a cui aveva aggiunto una spolverata di ghirigori veneziani. Per la sua posizione strategica vicino alla Borsa del cotone, era il luogo d'incontro preferito dei commercianti di mezzo mondo e si ergeva a pochi passi da un villino liberty, seminascosto da un boschetto di acacie, di proprietà di una certa Zuzù che sapeva come far felici gli uomini. Due giorni prima, a notte inoltrata, svuotato e con le farfalle nella testa, Avrahàm stava scendendo proprio la scalinata di quel villino, quando si era accorto che un gruppetto di giovanotti in smoking con i cravattini slacciati si stavano passando una bottiglia di champagne.

«Brindi con noi.»

«Grazie, ma devo rientrare in albergo.»

«Allo Splendor?» aveva chiesto un grassone con la camicia sbottonata.

«Zuzù ha conquistato una posizione strategica» aveva ridacchiato il più sbronzo della comitiva. «Gli ospiti dello Splendor hanno sempre un buon motivo per venire qui. Chi per festeggiare un affare andato in porto, chi per consolarsi di uno andato male. Le donne servono a questo.»

Avrahàm se l'era svignata con eleganza, ma il nome dell'hotel gli era rimasto impresso. E quella mattina decise di condurvi l'inglese.

Scelsero un tavolo appartato in un bovindo e ordinarono due spremute d'arancia.

«La mia con un abbondante goccio di gin» si raccomandò Hargreaves. «Noi inglesi non aspettiamo la sera per concederci qualcosa che allevi le angustie della vita...»

«Temo che il gin non l'aiuterà a combattere il caldo.»

«Ma mi aiuterà a sentirmi a casa.»

«Non le piace Alessandria, Mister Hargreaves?»

«Lavoro alla Thomas Manson da dieci anni e sono stato varie volte in India. Con il cotone indiano ci si fa le ossa, ma

se vuoi fare carriera nella più rinomata industria tessile inglese devi trattare quello egiziano: il migliore.»
«Capisco. Quindi questa è la sua prima volta in Egitto?»
«Sì, ma il Karnak Menoufi valeva il viaggio. Non vedo l'ora di ammirare il suo colore: chi me lo ha descritto come grigiastro, chi come bianco sporco...»
«È di una tinta tra il fango e il crema, simile a quella del limo del Delta, la linfa che nutre questa terra e la fa ricca» disse Avrahàm accarezzandosi la barba.
«Come saprà, la Thomas Manson è fornitrice della Casa Reale. Quando avremo le prime bobine di tessuto realizzato con il Karnak Menoufi, confezioneremo dieci camicie con cui omaggiare il nostro re Edoardo VIII, l'uomo più elegante del mondo.»
«Un'ottima réclame.»
«La Thomas Manson ha sempre grandi idee. La guerra aguzza l'ingegno e presto brevetteremo un cotone impermeabile e resistente al fuoco. Ma per questo brevetto il Karnak Menoufi è inutilmente costoso.»
«Credo proprio di sì.»
«Mi tratterrò qui ancora qualche giorno per organizzare il trasporto in Inghilterra. Sa dove è possibile giocare a cricket in città?»
La domanda colse Avrahàm impreparato. Chiese al concierge che sfoderò il nome di un grande albergo. Intascato l'indirizzo, Hargreaves, anche grazie all'aumento del suo tasso alcolico, finalmente aveva perso l'aria da stoccafisso.
«Il cotone è il mio lavoro, ma la mia passione è lo sport. Noi inglesi siamo fatti così.» Ordinò un secondo giro di spremute ma questa volta a parti invertite: un gin con uno schizzo di succo d'arancia, e continuò: «Sono appena tornato da Berlino, dove la Manson aveva alcuni contratti da perfezionare, e ho visto *Olympia*, un film bellissimo sui Giochi Olimpici. La stranezza è che la regista è una donna, pensi un po' dove è arrivata l'emancipazione femminile in Germania.

Roba da pazzi! E dalle foto che ho visto sui giornali, lei non è niente male: una bionda naturale, di quelle che piacciono a me. Non so se la razza superiore esista, ma dopo aver visto il film, e la bionda che l'ha girato, si finisce per crederlo.»

«Razza superiore? Lei è un inglese...»

«Sono suddito di Sua Maestà, ma confesso che le Olimpiadi di Berlino mi hanno fatto innamorare di Hitler.»

«Ho sentito dire che il Führer ha ostacolato in ogni modo la partecipazione degli atleti tedeschi di religione ebraica.»

«Capisco che per lei questo sia un affronto, ma mi lasci dire che nello sport voi ebrei non siete mai stati un granché, mentre nella finanza e nel commercio siete imbattibili.»

«È l'unica cosa che ci hanno lasciato fare per secoli.»

A pronunciare con una voce sola quella atroce verità erano state entrambe le identità che convivevano dentro Azoulay: il turco di Istanbul che difendeva l'identità appena conquistata e il mercante di Odessa che l'aveva sempre protetta.

Samuel Hargreaves capì di essere inciampato in un filo d'acciaio. E, per non fare un capitombolo, provò a ricucire lo strappo.

«Non mi fraintenda, Mister Azoulay, io ho molti amici ebrei... Se fosse stato per me avrei persino incoraggiato gli ebrei a gareggiare. Perché no? In fondo se ha vinto l'oro Jesse Owens, che è un negro, magari chissà, anche un ebreo avrebbe potuto strappare una medaglia di bronzo» arrangiò l'inglese senza troppa convinzione.

«Chissà» ribatté Avrahàm con freddezza, poi aggiustandosi sul naso gli occhiali di tartaruga: «Si è fatto tardi. Per evitare che un altro gin le impedisca di controllare il Karnak Menoufi con la necessaria attenzione, suggerisco di tornare ai magazzini per fare le debite verifiche e firmare il contratto».

Hargreaves non aveva gradito l'allusione a una sua possibile negligenza per effetto dell'alcol e finì per controllare molte più balle del necessario e più di quante Avrahàm avesse previsto. Dopo tre ore ancora non aveva finito di estrarre

se vuoi fare carriera nella più rinomata industria tessile inglese devi trattare quello egiziano: il migliore.»
«Capisco. Quindi questa è la sua prima volta in Egitto?»
«Sì, ma il Karnak Menoufi valeva il viaggio. Non vedo l'ora di ammirare il suo colore: chi me lo ha descritto come grigiastro, chi come bianco sporco...»
«È di una tinta tra il fango e il crema, simile a quella del limo del Delta, la linfa che nutre questa terra e la fa ricca» disse Avrahàm accarezzandosi la barba.
«Come saprà, la Thomas Manson è fornitrice della Casa Reale. Quando avremo le prime bobine di tessuto realizzato con il Karnak Menoufi, confezioneremo dieci camicie con cui omaggiare il nostro re Edoardo VIII, l'uomo più elegante del mondo.»
«Un'ottima réclame.»
«La Thomas Manson ha sempre grandi idee. La guerra aguzza l'ingegno e presto brevetteremo un cotone impermeabile e resistente al fuoco. Ma per questo brevetto il Karnak Menoufi è inutilmente costoso.»
«Credo proprio di sì.»
«Mi tratterrò qui ancora qualche giorno per organizzare il trasporto in Inghilterra. Sa dove è possibile giocare a cricket in città?»
La domanda colse Avrahàm impreparato. Chiese al concierge che sfoderò il nome di un grande albergo. Intascato l'indirizzo, Hargreaves, anche grazie all'aumento del suo tasso alcolico, finalmente aveva perso l'aria da stoccafisso.
«Il cotone è il mio lavoro, ma la mia passione è lo sport. Noi inglesi siamo fatti così.» Ordinò un secondo giro di spremute ma questa volta a parti invertite: un gin con uno schizzo di succo d'arancia, e continuò: «Sono appena tornato da Berlino, dove la Manson aveva alcuni contratti da perfezionare, e ho visto *Olympia*, un film bellissimo sui Giochi Olimpici. La stranezza è che la regista è una donna, pensi un po' dove è arrivata l'emancipazione femminile in Germania.

Roba da pazzi! E dalle foto che ho visto sui giornali, lei non è niente male: una bionda naturale, di quelle che piacciono a me. Non so se la razza superiore esista, ma dopo aver visto il film, e la bionda che l'ha girato, si finisce per crederlo.»
«Razza superiore? Lei è un inglese...»
«Sono suddito di Sua Maestà, ma confesso che le Olimpiadi di Berlino mi hanno fatto innamorare di Hitler.»
«Ho sentito dire che il Führer ha ostacolato in ogni modo la partecipazione degli atleti tedeschi di religione ebraica.»
«Capisco che per lei questo sia un affronto, ma mi lasci dire che nello sport voi ebrei non siete mai stati un granché, mentre nella finanza e nel commercio siete imbattibili.»
«È l'unica cosa che ci hanno lasciato fare per secoli.»
A pronunciare con una voce sola quella atroce verità erano state entrambe le identità che convivevano dentro Azoulay: il turco di Istanbul che difendeva l'identità appena conquistata e il mercante di Odessa che l'aveva sempre protetta.

Samuel Hargreaves capì di essere inciampato in un filo d'acciaio. E, per non fare un capitombolo, provò a ricucire lo strappo.

«Non mi fraintenda, Mister Azoulay, io ho molti amici ebrei... Se fosse stato per me avrei persino incoraggiato gli ebrei a gareggiare. Perché no? In fondo se ha vinto l'oro Jesse Owens, che è un negro, magari chissà, anche un ebreo avrebbe potuto strappare una medaglia di bronzo» arrangiò l'inglese senza troppa convinzione.

«Chissà» ribatté Avrahàm con freddezza, poi aggiustandosi sul naso gli occhiali di tartaruga: «Si è fatto tardi. Per evitare che un altro gin le impedisca di controllare il Karnak Menoufi con la necessaria attenzione, suggerisco di tornare ai magazzini per fare le debite verifiche e firmare il contratto».

Hargreaves non aveva gradito l'allusione a una sua possibile negligenza per effetto dell'alcol e finì per controllare molte più balle del necessario e più di quante Avrahàm avesse previsto. Dopo tre ore ancora non aveva finito di estrarre bioccoli color crema dai sacchi di juta per verificarne la qualità. Solo quando si ritenne soddisfatto e quando gli sembrò che lo zelo avesse cancellato ogni dubbio sulla sua sobrietà, finalmente tirò fuori le carte.

Anche questa volta la firma di Azoulay riuscì identica a quella che campeggiava sulla lettera di impegno nelle mani dell'inglese vergata a Giaffa dall'ebreo di Odessa. Il contratto perfetto – stipulato da un uomo e incassato da un altro che gli aveva rubato la vita – era concluso.

Le lettere di credito della Westminster Bank rilasciate dal corrispondente inglese erano esigibili. L'ultima incombenza era saldare al copto il paragrafo 29 del contratto, quegli 800 dollari sbucati a sorpresa. Avrahàm era finalmente ricco. Molto ricco. E lo sarebbe stato ancora di più. Come aveva sempre desiderato.

Aveva solo un rimpianto: Miriam non era presente al suo trionfo. E d'improvviso desiderò che fosse accanto a lui e che, dopo tante sconfitte, lo vedesse vincente come le aveva promesso. Avrebbe voluto poterle dire: "Vedi, ci sono riuscito. Se solo avessi creduto in me...".

Miriam continuava a vivere dentro di lui. Avrahàm avrebbe voluto lasciarla andare, con tutte le sue forze, ma non ci riusciva. E Havah era lì a ricordargliela ogni giorno. Miriam c'era sempre, anche quando non c'era più.

Mentre tornava verso l'Hotel Metropole con il petto gonfio di gioia, un'improvvisa folata di vento gli fece volare via la kippah. Si chinò per raccoglierla, ma una nuova raffica la trascinò qualche metro più avanti. Più tendeva la mano per prenderla e più il cupolino di seta, sospinto dal vento, gli sfuggiva. Dominata da un demone dispettoso, la kippah sembrava cercare la libertà. Un'ultima folata la fece svolazzare attraverso la strada fino alla porta a vetri di un grande teatro, dove finalmente si fermò.

Avrahàm la acciuffò e se la mise di nuovo in testa fissandola bene ai capelli con la molletta. Per controllare che fosse bene al centro sbirciò la propria immagine riflessa sui vetri: la kippah era al suo posto. Ma, alzando lo sguardo, incrociò la locandina che annunciava lo spettacolo di quella sera. Una cornice di geroglifici inquadrava una gigantesca scritta, "Aida", a caratteri d'oro, subito sotto, più piccolo: "opera in quattro atti", e infine di nuovo in grande: "di Giuseppe Verdi".

Il copto aveva ragione. Verdi portava fortuna.

27
Basilea, ottobre 1937

Il cielo prometteva pioggia e un freddo vento autunnale trascinava nuvole plumbee sopra le guglie e i tetti aguzzi di Basilea. Al centro dell'atrio, Stella, stringendo al petto il soprabito nero imbottito di pelliccia di Azoulay, aspettava pazientemente di sentire il rumore dei suoi passi in cima alla scala. Inaspettatamente, lo vide sbucare dalla porta dello studio al piano terra.

«Ma no, questo soprabito è troppo pesante. Vuole che arrivi a teatro in un bagno di sudore? Meglio quello di cachemire con i rever in velluto.»

«La temperatura si è abbassata. La lista degli appuntamenti di domani è molto lunga e lei non può assolutamente permettersi un raffreddore.»

«Vada per il soprabito con la pelliccia, allora... Ha controllato la posta?»

«Come sempre.»

«Nessuna lettera dall'Italia?»

«Nessuna.»

«Controlli di nuovo, gli ho scritto più di una volta, ed è strano che non risponda.»

«Lo farò prima di addormentare Havah. Da qualche giorno stenta a prendere sonno. Mi chiede di fare il bagno con lei nella vasca come faceva con la madre. Parla spesso di lei...»

«Troppi cambiamenti per una bambina ancora così piccola. Non la assecondi. Deve dimenticare» mormorò Avrahàm che, passata la tempesta, si preoccupava della figlia più di quanto avesse mai fatto.
«Stia tranquillo, so come prenderla.»
Azoulay lasciò che Stella gli infilasse il soprabito e gli raddrizzasse il nodo del papillon di seta. Nell'anno trascorso a Basilea, la ragazza che aveva ingaggiato come bambinaia ad Alessandria d'Egitto si era trasformata in una donna: dirigeva la casa con piglio sicuro e preveniva ogni suo desiderio come e più di una moglie.
Con una carezza leggera, Stella tolse una piuma d'oca dal bavero del soprabito.
«Ho ordinato di sostituire le fodere dei cuscini del salotto e la casa è piena di piume» disse come per farsi perdonare, poi gli porse il bastone con il manico d'argento e aggiunse: «Vada, l'*Aida* non può aspettare».
Sotto le prime gocce del temporale annunciato, Lukas, uno svizzero dalle guance rubizze e gli occhi color fiordaliso, lo attendeva con l'ombrello aperto in cima alla scala. Avrahàm si era appena accomodato sul sedile posteriore della berlina nera e Lukas stava facendo scaldare il motore quando li raggiunse la voce di Stella.
«Herr Azoulay, la lettera dall'Italia che stava aspettando!»
Al di là del vetro picchiettato dalla pioggia, con gli occhi scintillanti, le guance arrossate e una ciocca di capelli umidi sulla fronte, Stella gli sembrò molto attraente. Aprì il finestrino quanto bastava per vederla meglio. "Quello che abbiamo davanti agli occhi ci sfugge e finisce per sembrarci meno desiderabile?" si interrogò Avrahàm smarrito.
«Il mittente è Davide Cohen, la lettera era scivolata sotto una cartellina...» si scusò Stella mentre insinuava velocemente la busta nella fessura del finestrino facendo attenzione a non bagnarla.
Il lampo di un fulmine le illuminò il volto con un bagliore

violetto, poi si sentì un boato e un violento scroscio di pioggia le bagnò il volto e i capelli.

«L'Egitto! Ricorda? Solo un anno fa eravamo al caldo ad Alessandria» gli sussurrò con un guizzo di complicità.

«L'Egitto, già...» borbottò Azoulay.

Gli tornarono in mente le fantasie erotiche sulla Miss che lo avevano attraversato quella notte ad Alessandria. Ma da uomo, in un istante, si perdonò.

L'automobile, lucida di pioggia, si mise in moto. La figura minuta di Stella rimpiccioli tra le gocce che rigavano il finestrino e sparì. Dopo la prima curva, Azoulay già stava strappando la busta.

1 ottobre 1937

Amico mio,
ho letto le tue lettere tutte insieme quando sono uscito dal carcere, dove ho passato otto mesi per disfattismo e propaganda antifascista. Non è la prima volta che finisco in cella. Di solito mi interrogano, mi ingozzano di olio di ricino e mi rimandano a casa, ma l'ultima volta hanno deciso di usare le maniere forti. Otto mesi sono lunghi. Il rancio era schifoso ma le celle erano piene di anarchici, socialisti e comunisti. Così, botte a parte, non me la sono poi passata troppo male. Per la mia famiglia invece è stata dura. A caccia di prove di una mia colpevolezza, i fascisti hanno perquisito la nostra casa due volte. Frugando hanno fatto sparire qualche posata d'argento, ma non hanno trovato nulla di compromettente e alla fine mi hanno rimesso in libertà. Domani toglieranno i sigilli al mio magazzino, dopo un anno non so in che condizioni troverò la merce.

Ora sai perché non ho risposto alle tue lettere, avevo altro da fare, ma sono felice di sapere che il Karnak Menoufi ti ha fatto diventare ricco. E ancor di più di saperti al sicuro, alla larga da Berlino e da Roma. La libera Svizzera, terra di anarchici e banchieri, è il posto giusto per quelli come me e te. Sto cercando il modo per trasferirmi lì anche io con la famiglia, ma passare il confine non è più facile come un tempo. E non è detto che non mi risbattano in galera o al confino come fanno con chi non la pensa come loro. E sono più di quanti tu pensi.

Qui la situazione peggiora di giorno in giorno. I nemici di un tempo sono diventati alleati. I due ex caporali della Prima guerra mondiale si sono stretti la mano a Monaco e marceranno insieme. Non scrivermi più. Lo farò io, e se nelle lettere trovi delle cancellature nere o addirittura delle parole ritagliate non ti preoccupare, non sono impazzito, è la censura.

Dài un bacio da parte mia alla piccola Havah e trovati una moglie.

Un abbraccio,

Davide Cohen

Azoulay ripiegò con cura il foglio, lo rimise nella busta e se la ficcò nella tasca interna del soprabito. Il suo amico aveva bisogno di aiuto, se avesse risposto prima alle sue lettere avrebbe potuto organizzare il trasferimento in Svizzera quando ancora era possibile. Ma forse lo era ancora. E poi c'erano pur sempre le vie illegali, bastava pagare... Ci avrebbe pensato l'indomani. Era in ritardo con Davide Cohen, ed era in ritardo con Giuseppe Verdi. Era in ritardo con la vita, ma stava recuperando in fretta.

28
Basilea, 3 dicembre 1940

La neve cadeva fitta da giorni. Ma quella notte a Basilea d'improvviso la temperatura era scesa di molti gradi sotto allo zero e faceva troppo freddo anche per nevicare. Un domestico stava liberando la scalinata di palazzo Azoulay dalla coltre bianca che l'aveva ricoperta mentre altri due ripulivano meticolosamente il marciapiede gelato, quando, avvolto nel soprabito col collo d'astrakan e con in capo il colbacco della stessa pelliccia, Avrahàm sbucò dal portone infilandosi i guanti foderati in pelo d'agnello. Quel giorno era di ottimo umore. E aveva voglia di camminare.

Quando il tempo lo permetteva, preferiva fare a meno dell'autista e raggiungere l'ufficio a piedi. Passeggiando faceva il punto della giornata e spesso gli venivano le idee migliori. Nonostante le strade ghiacciate, fece così anche quella fredda mattina di dicembre.

Il Natale era vicino e già lo si sentiva nell'aria. Così, dopo aver percorso qualche centinaio di metri nella direzione dell'ufficio, decise di deviare verso Münsterplatz dove era stato allestito il mercatino. Voleva sorbire una tazza di cioccolata bollente in uno di quei chioschi pieni di sfere di vetro, fili d'argento e luminarie con cui i cristiani decorano l'abete. Magari concedersi anche un sacchetto di Läckerli, i biscottini speziati al miele di cui era ghiotto e che avrebbe sgranocchiato lungo la strada.

La cioccolata e i Läckerli erano però solo una scusa, in cuor suo sapeva che era diretto a Münsterplatz per spiare il Natale degli altri. Anche se era molto attento a non darlo a vedere. Dopo aver ispezionato tutti i banchetti, quando ne ebbe abbastanza di cioccolata, biscotti e decorazioni natalizie, e solo dopo aver elargito laute elemosine ai mendicanti per placare il vago senso di colpa per l'ennesima infatuazione che per un istante lo aveva colto, Avrahàm si diresse verso l'ufficio.

Da quando viveva a Basilea, aveva scoperto di invidiare ai cristiani quella festa tenera e scintillante, così diversa da quelle delle due religioni a cui si era trovato ad appartenere. Proprio lui che aveva detestato il digiuno del Ramadan quando era musulmano e, ora che per tutti era un pio ebreo, con l'eccezione di Purim, trovava eccessivamente lugubri le festività ebraiche che alternavano tetre espiazioni a rievocazioni di drammatiche fughe avvenute due o tre millenni prima. Al contrario la religione cristiana, con gli alberi scintillanti, i presepi, le uova pasquali, le chiese addobbate come scenografie e quell'invenzione dei peccati lavati via solo raccontandoli a un prete lo affascinava. "I cristiani sanno come aggiustare le cose" pensò. "E come trasformarle in un cinematografo." E quel film cominciava a piacergli.

Proprio ora che aveva raggiunto tutto quello a cui aspirava, Avrahàm desiderava ancora desiderare.

29
Basilea, giugno 1941

Nella Svizzera neutrale gli affari di Avrahàm andavano a gonfie vele. Aveva avviato la pratica per avere la cittadinanza e il suo capitale gli garantiva di ottenerla senza intoppi. La borsa con i documenti era al sicuro nella cassetta di sicurezza di una banca. Stella cresceva Havah come una figlia e Azoulay era un uomo rispettato da tutti e invidiato da molti. Ma l'ansia di venire scoperto non lo abbandonava mai.

La prudenza gli aveva fatto scegliere quel Paese incassato tra le montagne, lontano dal Mediterraneo e dal Medio Oriente dove il mercante di Odessa aveva intessuto la rete delle sue relazioni commerciali, confidando che il segreto bancario sarebbe stato una preziosa tutela per la sua falsa identità. La cautela gli suggerì di onorare i contratti di cui si era impadronito la notte del massacro, ma di non stipularne di nuovi con quegli stessi fornitori. Rinunciava alla lana cashmere dell'Iran e a quella merinos della Spagna, all'angora turca, al cotone egiziano e al lino e alla canapa indiani, ma per stare al sicuro era necessario fare piazza pulita dei vecchi clienti.

Come sempre si lasciò il passato alle spalle e guardò avanti. La chimica stava rivoluzionando i tessuti, e in Inghilterra, in Francia e in Italia già producevano una seta artificiale resistente all'umidità e capace di assorbire i coloranti alla perfezione. Prodotti che il mercante di Odessa non poteva conoscere, e dunque clienti senza rischi per l'Avrahàm di Basilea. E, poiché le trasformazioni gli riuscivano bene, si mise in testa di convertirsi da mercante in finanziere e di lasciare che il nome Azoulay fosse sapientemente assorbito dalla Babylon Aktien Gesellschaft, con sede a Basilea, che operava nei mercati di mezzo mondo, e di cui Avrahàm deteneva la maggioranza assoluta delle quote. La Borsa di Zurigo era una delle più importanti piazze finanziarie d'Europa e il gioco gli prese la mano. In due anni aveva più che triplicato il capitale di partenza.

La guerra moltiplica le paure ma anche gli affari, e la Svizzera amava governare entrambi traendone profitto. Nell'aprile di quell'anno, in pieno conflitto, il consiglio federale aveva deliberato di dotarsi di una flotta commerciale di navi, registrata nel porto fluviale di Basilea, che battevano la bandiera rossocrociata di un Paese senza sbocco sul mare. I traffici erano sempre stati un pallino di Avrahàm, e fu così che, oltre che finanziere, divenne anche armatore. Attraverso la nuova società acquistò carati di alcune navi della flotta svizzera e, nonostante il Mediterraneo fosse ormai infestato dai sommergibili, o forse proprio per questo, la Babylon Aktien Gesellschaft fece soldi a palate.

La speculazione è un'arte da funamboli, e in Borsa talvolta il previdente Avrahàm permise all'Ibrahim spericolato e fibrillante che era stato un tempo di prendere l'iniziativa. Era un modo di tenerlo a bada. Proprio come un padre porta il figlio al casino per sfogarsi, così Avrahàm, di tanto in tanto, consentiva all'altro di lanciarsi in speculazioni azzardate che talvolta davano risultati sorprendenti e accrescevano la reputazione della Babylon Aktien Gesellschaft. Per tutto il resto, però, a comandare era il guardingo Avrahàm.

A nuove nozze Azoulay non pensava. Della casa e di Havah si occupava Stella Attias. Più e meglio di una moglie. E delle mogli non aveva i difetti: la smania di controllo, le romanticherie, e la condivisione dell'intimità che ossessiona le donne quando hanno legato un uomo con un contratto matrimoniale.

Pur non essendo indifferente alla bellezza, e anche se molte donne di Basilea gli erano state proposte in moglie, in lui il desiderio della carne era diventato torpido e privo di iniziativa. L'eros di Avrahàm, più che sopito, era diventato neutrale come la nazione che l'ospitava.

Forse, se di notte qualcuno gli avesse infilato una prostituta nel letto e se la ragazza fosse stata molto audace, il suo sesso addormentato si sarebbe risvegliato. Forse se Stella avesse avuto il coraggio di proporsi, o se quel coraggio lo avesse trovato lui... No, Stella era troppo timida per osare tanto e troppo sottomessa per suscitare in lui la scintilla necessaria ad accendere quel fuoco precocemente spento. E poi, perché rovinare tutto? Perché rischiare di perdere una dipendente preziosa per pochi istanti di soddisfazione? È vero, talvolta ancora la sognava in pose discinte e si svegliava con il lenzuolo incollato al ventre, ma quello non era amore, era solo uno sfogo come un altro: un automatismo.

Quanto a Stella, aveva ventitré anni e a quell'età il cuore batte veloce e i fianchi attendono di seguirne il ritmo. Ma, poiché era trasparente agli occhi dell'uomo che amava, si accontentava di essere la sua ombra e quella della moglie defunta di cui faceva le veci in tutto salvo tra le lenzuola. Poi c'era Havah, che non si addormentava senza i suoi baci, inconsapevole che metà erano per lei e metà per il padre. E infine c'era il sionismo a pareggiare i conti con le passioni.

Aveva cominciato a frequentare i circoli sionisti il giovedì, nel suo pomeriggio libero, guardandosi bene dal mettere al corrente Avrahàm di questi incontri. Le donne tradiscono più e meglio degli uomini, con la carne, con il cuore e con la mente. E nessun amante è più travolgente della politica, soprattutto per una donna che non ha mai amato.

In quelle riunioni fantasiose ed eccitate si parlava di rinascita ebraica e di uno Stato libero in Palestina, popolato da contadini, operai e artigiani ebrei. Un affascinante paradosso che l'aveva subito conquistata. Con l'inizio della guerra le riunioni diventarono sempre più frequenti e Stella, con la scusa di far prendere aria alla bambina, finì per portare con sé anche Havah, dietro la promessa solenne di non raccontare niente al padre. Di aria in quelle riunioni ce n'era ben poca, in verità, ma abbondavano il fumo e le discussioni feroci. E nell'ultimo incontro non si era parlato solo di contadini e operai, ma anche di uomini armati.

Mentre tornavano a casa a passo veloce lungo i marciapiedi accesi dal rosso e dall'ocra delle prime foglie autunnali, Havah, che ormai aveva nove anni ed era una bambina curiosa e di quelle riunioni non si perdeva una parola, ruppe il silenzio:

«Cos'è il Palmach?»

«Un gruppo di giovani ebrei addestrati a difendersi.»

«È sempre esistito?»

«È stato appena fondato.»

«Perché ce l'hanno tutti con noi?»

«Perché non abbiamo una patria.»

«Se ce l'avessimo ci lascerebbero in pace?»

«Credo proprio di no.»

«Allora perché dobbiamo amare questa nuova patria, combattere per conquistarla e morire per difenderla?»

«Perché l'amore è l'unica cosa che conta.»

Stella aveva detto la sua verità. E Havah annuì. Le due si capivano al volo come solo le donne sanno fare.

«Sei innamorata del sionismo?»

«Sì.»

«Come se fosse un marito?»

«Sì.»

«Lo ami più di quanto ami me e mio padre?»

Stella le prese le mani tra le sue e stringendole forte disse:

«Ricordati la promessa: non una parola con tuo padre del sionismo, del Palmach e della Palestina...»

«Figurarsi, lui dalla Palestina è fuggito. E non ci tornerà mai e poi mai. Nemmeno se quella patria gliela regalano.»

Havah era sempre stata molto intelligente. E crescendo lo diventava sempre di più. Con il padre non aveva più nominato la mamma, di lei parlava solo con Stella: ricordi sfocati e sempre più evanescenti ma che rievocati più e più volte riuscivano a trattenere il suo fantasma sfuggente. L'unica cosa che le era rimasta della madre era l'anello con l'acquamarina che portava sempre al collo infilato nella catenina. Ancora qualche anno e avrebbe potuto metterlo all'anulare. Havah non vedeva l'ora di diventare grande.

30
Basilea, 10 ottobre 1941

La Svizzera neutrale era assediata dalla guerra, ma a Basilea la vita degli Azoulay continuava a scorrere relativamente tranquilla, anche se le notizie non erano rassicuranti.

«Ormai Hitler pensa che la Svizzera sia un brufolo sulla faccia dell'Europa...» borbottò Avrahàm a Stella mentre riordinava le carte sulla scrivania dello studio.

«Quel pazzo...»

«Secondo quel dittatore noi viviamo in un'appendice della Germania e gli svizzeri sono solo un ramo ribelle del popolo tedesco.»

«Pensi che proprio stamattina, la cuoca...»

«Quale cuoca?»

«Ruth, quella che lei ha appena assunto e che ha i fratelli in Germania poco oltre il confine; ebbene, mi ha raccontato una storia atroce di cui è stata testimone.»

«A casa mia?»

«Ma no, al posto di frontiera della stazione, proprio nel corridoio di transito gestito dai tedeschi.»

«Cosa ci faceva lì?»

«I fratelli di Ruth sono macellai, la carne servita alla nostra tavola è la loro.»

«In effetti è ottima, vada avanti.»

«In quel corridoio vengono effettuati i controlli e proprio quella mattina dalla fila delle persone in attesa per l'esame dei documenti è fuggito un uomo.»

«Lo hanno catturato?»

«Gli hanno sparato dalle torrette, in pieno volto. Ruth ha raccontato che gli è esplosa la testa e il sangue è schizzato ovunque, sugli abiti delle persone in fila, sul piazzale... Il cadavere era irriconoscibile.»

Avrahàm si immobilizzò. Rivide il volto del commilitone al suo fianco nella buca subito fuori dalla trincea a Gallipoli. Aveva poco più di vent'anni e baffi folti e curvati all'insù. Glielo aveva detto di ripararsi, ma lui aveva sporto il capo oltre la linea di fuoco ed era stato colpito da un proiettile ravvicinato. Il cranio era esploso e Avrahàm si era ritrovato pieno di sangue e con il cervello del compagno sulla manica della divisa. "Devo riuscire a dimenticare..." pensò passandosi la mano sulla fronte.

«Si sente male?»

«No, ho solo avuto un piccolo calo di pressione. Ricordo bene, mi ha detto che la cuoca è tedesca?»

«Sì, Ruth è nata nel primo paese oltre la frontiera.»

«È filonazista?»

«No, ed è così imprudente che, anche se in cucina non si parla di politica, più volte l'ho sentita chiamare Hitler "l'imbianchino". Io sola so che è ebrea e sono certa che i fratelli macellano gli animali secondo le regole ebraiche, altrimenti non comprerei la carne da loro.»

«Bene. Desidero che la cuoca abbia un aumento di stipendio. Se lo merita.»

«Sarà fatto. Posso farle una domanda?»

«Certamente, Stella, lei può chiedermi tutto» disse Avrahàm di slancio.

Stella deglutì, abbassò lo sguardo e domandò:

«Perché non andiamo a vivere in Palestina?»

«Lei pensa che lì vada meglio? Ci ripenseremo quando finirà questa maledetta guerra» rispose Avrahàm liquidando la proposta con voce carezzevole.

Tuttavia, il racconto della brutta avventura della cuo-

ca lo aveva sconvolto, ma non voleva che Stella se ne accorgesse. Controllò l'orologio, aggiustò il papillon, pulì le lenti degli occhiali con il fazzoletto, si schiarì la voce e domandò:
«È già pronta l'automobile?»
«L'autista l'aspetta. Cosa danno stasera a teatro?»
«Purtroppo *Tristano e Isotta*. Wagner non mi è mai piaciuto. Preferisco gli italiani: Verdi, Rossini, Puccini...»
«Adoro Puccini, la mia preferita è la *Turandot*!»
«Le piace la principessa che non vuole marito?»
«È una donna che sceglie, sposerà solo chi risponderà ai suoi quesiti: "Gli enigmi sono tre, una è la vita!".»
«La vita è uno dei tre enigmi?»
«No, perde la vita chi non li risolve. Il primo enigma è la speranza, il secondo è il sangue, l'ultimo è lei: Turandot.»
«Una presuntuosa suffragetta...»
«Altro che Carmen, Puccini inventa una donna che sa usare il cervello.»
«Sarà... A proposito, ancora nessuna notizia dall'Italia?»
«Nessun francobollo italiano nella posta arrivata oggi.»
«Che fine avrà fatto il mio amico? Speriamo bene...» borbottò Avrahàm scendendo le scale.

E ancora una volta si rammaricò di quello che avrebbe potuto fare e non aveva fatto. Ma durò poco. Se aveva bisogno di lui, Davide Cohen sapeva dove cercarlo. Trovò persino il modo di assolversi dando la colpa delle traversie dell'amico alla sua passione politica. E concluse che questo era quello che ci si guadagnava a inseguire un ideale. La passione per i Giovani Turchi che gli aveva infiammato la mente a Istanbul quando era un ragazzo era ormai un ricordo sfocato che apparteneva a un uomo scomparso. Basilea era la comoda tana da cui osservare gli eventi. Il resto era una folata di vento. Non si rendeva conto di quanto vicino fosse l'uragano della guerra. E nemmeno della nube scura che si stava addensando sulla sua serata.

Entrando nel foyer del teatro, Avrahàm notò uno strano assembramento. Riconobbe molti degli uomini d'affari di Basilea, ma tra loro c'era pure uno sconosciuto.

«Azoulay dunque verrà?»

«Di sicuro. È un appassionato di opera lirica e non manca una messa in scena.»

«Eravamo amici da ragazzini a Odessa, e ci siamo rivisti più volte a Salonicco. Sono felice di poterlo rincontrare.»

Quel brandello di conversazione fu sufficiente. Con il cuore in tumulto, Avrahàm girò le spalle, scese precipitosamente le scale e si rituffò nell'automobile.

«Ha dimenticato qualcosa?» chiese stupito l'autista.

«Presto, a casa.»

Con la scusa di un'infezione intestinale, Avrahàm si rinchiuse in camera da letto. Si tormentava pensando a quanto era stato imprudente a credere che non avrebbe mai incontrato nessuno che conoscesse l'ebreo di Odessa e che potesse smascherarlo. Doveva fuggire subito dalla Svizzera, emigrare in Sud America o in Canada... E si chiedeva per quanto tempo ancora avrebbe avuto paura. Forse per tutta la vita.

Ma il peggio doveva ancora venire. Il mattino dopo infatti lo sconosciuto si presentò a palazzo Azoulay. Stella lo informò dell'indisposizione di Avrahàm e lui scrisse un biglietto e la pregò di recapitarglielo. Si chiamava Aron Zimmerman e stava facendo una sosta a Basilea prima di tornare in America. Gli porgeva i suoi auguri di pronta guarigione e lasciava il suo indirizzo se mai fosse capitato a New York.

Quando Stella gli riferì il messaggio, Azoulay era rintanato sotto le coperte.

«Non farlo entrare per nessun motivo in questa casa, né ora né mai. Te lo proibisco.»

«Sarà fatto» rispose Stella.

«È un truffatore, un impostore, un nemico degli Azoulay.»

Avrahàm rimase barricato nella sua camera per due settimane. Simulò vomito, coliche e riuscì persino a farsi venire qualche linea di febbre. Gli tornò in mente la profezia della moglie: «I fantasmi degli Azoulay ci tormenteranno per sempre». "Se vedesse la posizione che ho raggiunto alla Borsa di Zurigo, dove vive sua figlia, che abiti indossa e come tutti le portano rispetto, si ricrederebbe" pensò. "I fantasmi non esistono." Ma sotto sotto cominciava a dubitarne.

Zimmerman si ripresentò un paio di volte ma Stella ubbidì agli ordini. Più volte, con discrezione, tramite i suoi corrispondenti a New York, Avrahàm raccolse poi informazioni su di lui. La sua ansia si placò solo quando seppe che era molto malato e un cancro lo stava portando all'altro mondo.

Zimmerman però ricomparì. Non di persona ma sotto forma di un pacchetto con il suo indirizzo come mittente. Conteneva un libro di preghiere in ebraico rilegato in pelle nera, sul frontespizio una dedica recitava:

"Al mio amico di Odessa. I nostri padri mangiarono l'uva acerba e i denti dei figli ne rimasero allegati (Geremia 31,29)." E sotto una firma svolazzante.

In seguito arrivò la notizia che un ordigno era esploso nel quartier generale delle truppe di occupazione rumene e tedesche a Odessa. Per rappresaglia era partita un'operazione su larga scala contro ebrei e comunisti. La gran parte della popolazione ebraica di Odessa era stata sterminata. A quella di Salonicco, la Gerusalemme dei Balcani che aveva accolto Azoulay bambino, avrebbe purtroppo pensato Eichmann.

Tutti gli ebrei che potevano aver conosciuto il vero Azoulay erano o sarebbero morti. E quel fantasma sbucato fuori dal passato stava per andare all'altro mondo. Così almeno si augurava in cuor suo Avrahàm.

Il libro di preghiere di Aron Zimmerman non venne mai riaperto.

31

Basilea, 28 dicembre 1950

Con l'età e l'esperienza, Avrahàm Azoulay aveva imparato a indossare con la medesima eleganza uno smoking impeccabile e un'aria volutamente annoiata.

«Ancora non sei pronta? Sai che non mi piace arrivare in ritardo. Spero che la tua mise meriti di sfidare la mia pazienza...»

Nell'attesa, controllò la propria immagine nel grande specchio sopra il caminetto: sistemò distrattamente il nodo del papillon, lisciò i capelli appena striati d'argento, aggiustò sul naso gli occhiali di tartaruga e si compiacque di come il trascorrere del tempo fosse stato gentile con il suo aspetto. Aveva cinquant'anni e non si era mai sentito così in forma. Sbirciò per l'ennesima volta l'orologio, scostò le pesanti tende di velluto giallo e guardò in strada per verificare se almeno l'autista era puntuale.

La neve ricopriva Basilea di una candida coltre ovattata che arrotondava gli spigoli dei tetti di ardesia e le guglie delle chiese. In quella fredda sera di dicembre l'austera città che lo aveva protetto negli anni della guerra, e dove era stato capace di moltiplicare il suo patrimonio e quello di cui era riuscito a impadronirsi cambiando identità, aveva l'aspetto fatato e inquietante di una favola dei fratelli Grimm.

"Hänsel e Gretel, due bambini persi nel bosco, e una vecchia diabolica che li mette all'ingrasso per mangiarseli. Solo due tedeschi come i Grimm potevano concepire un orrore del genere" pensò Avrahàm rallegrandosi di aver cresciuto Havah lontano dalla guerra e di non averle mai letto una fiaba dei Grimm.

"Almeno Gunther è al suo posto" si disse scorgendo l'autista che batteva i piedi per il freddo accanto alla Rolls Royce nera con cui li avrebbe portati a teatro.

Per Avrahàm l'opera lirica era diventata un'ossessione e da anni non si perdeva una messa in scena, non solo a Basilea ma anche a Parigi, Londra e Vienna.

"Con le strade piene di neve e lei ancora davanti allo specchio, rischiamo di non arrivare in tempo per il preludio" pensò preoccupato, poi lasciò vagare lo sguardo sul mosaico di fiocchi che volteggiavano fitti. Nonostante vivesse in Svizzera da molti anni, lo spettacolo della neve non mancava ogni volta di riempirlo di uno stupore infantile. Quando era costretto a raccontare al circolo dei banchieri di Basilea delle nevicate in un'Odessa che non aveva mai visto, Avrahàm attingeva a piene mani dai ricordi degli inverni a Istanbul. Era facile, bastava sostituire il Bosforo con il Mar Nero, aggiungere una spolverata di storie di fanciulle intirizzite e cosacchi crudeli e concludere immancabilmente abbassando le palpebre e aggrottando la fronte come chi vuole dimenticare. Si era affezionato a quei ricordi inventati come se fossero davvero suoi. Ormai gli appartenevano, e per quelle storie frutto della sua immaginazione riusciva persino a provare qualcosa di simile alla nostalgia.

«Vieni almeno ad aiutarmi a mettere i gemelli. Lo fai sempre...» si lamentò Avrahàm per attirare l'attenzione della ritardataria.

«Eccomi! Quali preferisci? Quelli con i brillanti o quelli di madreperla che ti ho regalato per il compleanno?»

Nella penombra apparve una giovane donna bruna. Indossava un abito di seta color crema che le lasciava scoperte le spalle e aveva le braccia inguainate in lunghi guanti di raso dello stesso colore. Quando fu davanti al caminetto e fece un giro su se stessa, il fruscio della seta si sovrappose al crepitio delle braci. I suoi occhi scintillavano e le labbra sorridevano senza lasciar intravedere il bagliore dei denti.

«*Et voilà*. Che ne dici, valeva la pena di aspettare?»

«Sei bellissima» sussurrò Avrahàm turbato dall'aver riconosciuto negli occhi febbrili di Havah quelli brucianti della madre. Fu solo un istante. Nelle mani foderate di raso della figlia erano già comparse due scatoline di pelle rossa.

«Hai deciso? Brillanti o madreperla?»

«Preferisco i gemelli con gli smeraldi. In italiano il loro colore si dice "verde". E noi andiamo ad ascoltare l'*Aida* di Verdi.»

«Da quando in qua parli anche italiano?»

«Solo qualche parola. Le prime me le ha insegnate il mio vecchio amico.»

«Il commerciante di cotone, anarchico e pacifista che hai conosciuto a Gerba...»

«Ricordi tutto, bambina mia, sei molto pericolosa.»

«Mi hai raccontato di lui talmente tante volte che non so più se si tratta di una favola o di una storia vera.»

"Una storia vera" pensò Avrahàm. E in cuor suo si compiacque di averla nutrita con le vicende dell'ebreo italiano e di averle risparmiato le fiabe dei fratelli Grimm.

«Agli smeraldi non avevo pensato. Devo riaprire la cassaforte, vieni con me, ti aiuterò a fissarli ai polsini» disse lei dirigendosi verso la camera da letto del padre.

Vedendo il riflesso di Havah nello specchio a tre ante del *vestiaire* dove, nascosta da un quadro a olio con la veduta di Basilea, c'era la cassaforte con i gioielli che padre e figlia tenevano insieme come marito e moglie, Avrahàm non poté fare a meno di pensare: "Il portamento, lo sguardo, persi-

no il modo di camminare e di girarsi sono quelli della madre. Ne ha ereditato l'orgoglio, l'ostinazione e la bellezza".
D'improvviso, l'immagine della figlia triplicata dallo specchio gli fece tornare in mente l'albergo color pistacchio e lo specchio a tre ante che aveva riflesso i passaggi della sua trasformazione. Vivo e straziante, il ricordo di Miriam lo travolse. La sua pelle arabescata di henné si sovrappose a quella candida di Havah. Le due donne della sua vita diventarono una sola.

Avrahàm si passò una mano sulla fronte. Tanto tempo era trascorso e a lui non era mai piaciuto guardare indietro. Il futuro era lì, accanto a lui, avvolto di seta color crema, e la mano foderata di raso di Havah stava sfiorando la manica del suo smoking. I frammenti delle due famiglie erano stati incollati a forza molto tempo prima. Cicatrizzate dall'impasto dei giorni, le crepe avevano resistito a lutti e separazioni. E il vaso, ormai saldo, quella sera era colmo dell'amore di Avrahàm per la giovane pianta che in quel recipiente aveva messo inconsapevoli ma fortissime radici fino a sbocciare. Nulla era più suo di sua figlia.

Nonostante la neve, riuscirono ad arrivare in tempo per il preludio. Nella cavea ancora illuminata in un luccichio di abiti di gala interrotto dai graffi color inchiostro degli smoking, il pubblico stava finendo di accomodarsi ai propri posti. Dal palchetto centrale, gli Azoulay dominavano il palcoscenico e la platea. Il teatro era al completo, dalla prima fila all'ultimo posto in piccionaia.

«Davanti a noi c'è tutta la Basilea che conta» sussurrò Avrahàm alla figlia. «Guardati intorno, tra i giovanotti in sala potrebbe esserci l'uomo che sposerai. Sei ancora troppo giovane, ma prima o poi dovremo pensare a combinare il tuo matrimonio.»

Havah abbassò gli occhi e prese tempo cercando il ventaglio nella borsetta di raso. Il padre aveva forse intuito la tempesta che agitava il suo cuore e il segreto che proprio quella sera aveva deciso di rivelargli?

«Ne parleremo a tempo debito, adesso godiamoci lo spettacolo.»

Havah respirò profondamente e sorrise.

«Ti ho mai detto del commerciante copto che era convinto che Verdi gli portasse fortuna?»

«È una storia che mi hai raccontato mille volte.»

«A dirigere è un ebreo russo che vive a New York» le bisbigliò Avrahàm all'orecchio con quell'orgoglio rubato che ormai spargeva a piene mani in ogni occasione. Sfiorandole il volto, involontariamente annusò il profumo di gelsomino che l'avvolgeva. E il ricordo della moglie lo assalì di nuovo a tradimento.

"L'avevamo chiamata Yasemin perché Miriam amava il gelsomino. Havah non conosce il suo vero nome, ma indossa il profumo preferito di sua madre" pensò, improvvisamente attraversato dalla nostalgia per gli occhi vellutati della moglie, così simili a quelli della figlia. Ma il ricordo fu lacerato dalla risposta puntuta di Havah.

«È vero, i migliori direttori d'orchestra sono ebrei. Quelli rimasti in vita...»

«È un male voler sopravvivere?»

«Qualcuno pensa che sia una colpa» concluse Havah tagliente.

Dal palco accanto qualcuno sussurrò «silenzio», il sipario lentamente si alzò e la musica riempì il teatro.

Dell'*Aida*, alla figlia di Azoulay non importava un bel niente. Quella sera aveva in testa solo il ragazzo con i riccioli neri e lo smoking a noleggio seduto nella terza fila della platea, che illuminato a sprazzi dalle luci di scena continuava a girarsi cercando il palco degli Azoulay e gli occhi di Havah. Il patto era di incrociare gli sguardi all'inizio di "Celeste Aida" e del duetto "Amore! Amore! Gaudio e tormento". Ma a lui quei fugaci appuntamenti non bastavano.

Al sicuro nella Svizzera neutrale, a Havah era stato risparmiato l'orrore della guerra. Ma a Basilea aveva conosciuto il dramma dei profughi, e le idee sioniste avevano contagiato prima Stella e poi lei.

Gli incontri segreti con il ragazzo dai riccioli neri erano cominciati da adolescenti, nella soffitta di casa Azoulay dove molti fuggiaschi erano stati accolti. L'amore invece era nato dopo la fine della guerra, passeggiando sulle rive del Reno. Yaacov non era il figlio di banchiere che Avrahàm sognava come genero, e se solo avesse immaginato che quell'orfano ungherese che aveva varcato la frontiera per salvarsi la vita stava facendo perdere la testa a sua figlia, forse lo avrebbe abbandonato al suo destino. La passione che li univa, con l'aiuto di Stella, fu tenuta segreta. I loro sguardi li tradivano ma Avrahàm, che alla passione non pensava più da tempo, non se ne accorse. Uscito di scena dalla vita del padre, l'amore indossava i panni del sentimento sbocciato tra la figlia e il profugo ebreo che aveva accolto nella sua casa.

Quando Aida, Amneris, Radames, il coro e gli elefanti scomparvero dietro le quinte, Yaacov ancora teneva gli occhi agganciati a quelli di lei e dell'opera aveva visto poco o niente. Tra gli applausi scroscianti, i cantanti salirono sul proscenio e il direttore d'orchestra s'inchinò più volte. A sipario calato, nel foyer, i maggiorenti di Basilea magnificarono l'ugola smagliante del tenore e le prodezze del baritono. Anche le ultime chiacchiere scemarono e, finalmente, sotto una fitta nevicata, gli Azoulay tornarono a casa.

Il camino era acceso, i fiocchi vorticavano oltre le finestre protette dalle tende di velluto, nel bicchiere di cristallo il suo porto preferito stava raggiungendo la temperatura ideale, e Avrahàm si sentiva completamente felice. Era una serata perfetta di una vita perfetta, che scivolava sui binari di affari sicuri, confortata dai piaceri borghesi che avevano fatto dimenticare al padrone di casa le rivoluzioni sognate in gioventù. Persino suo padre, l'ossessivo burocrate ottomano, avrebbe ammesso che il figlio lo aveva raggiunto e superato. Basilea era il teatro dove Avrahàm aveva dimostrato di saper recitare la parte che aveva scelto per sé. Da quel palcoscenico la sua Havah avrebbe spiccato il volo.

«Il mezzosoprano, non riesco a ricordare il nome... Com'è che si chiamava?» chiese aspirando la prima boccata dal sigaro cubano della sua marca favorita. «Non importa, comunque era un'Amneris deboluccia. Poca coloritura e troppi virtuosismi. Non credi?»

In piedi accanto al caminetto, con il riverbero delle fiamme che le accendeva le guance e gettava lampi aranciati sull'abito color crema, Havah restò muta trattenendo il respiro, concentrata sul colpo che stava per sferrare.

«Non è piaciuta nemmeno a te, ne sono certo. Lo diceva sempre la tua maestra di pianoforte che non saresti mai diventata una grande concertista ma che hai un ottimo orecchio. Non puoi non aver riconosciuto le debolezze di quella cantante.»

«Non hai capito, papà.»

«Cosa?»

«Stasera non ho ascoltato una sola nota.»

«E perché mai?»

«Perché pensavo solo a quello che volevo dirti. E che ti dirò. Adesso.»

Con il volto in fiamme, Havah arpionò gli occhi del padre. Era lui la preda da portare a riva.

«Avanti, parla... Qual è il problema?»

«Mi sposo.»

Avrahàm balzò in piedi come una molla rovesciando il porto che si allargò in una macchia sanguigna sul tappeto azzurro mentre il sigaro, scivolato dalle dita, rotolava verso il camino mostrando la punta incandescente e minacciosa. Havah lasciò passare qualche secondo e affondò la lama.

«Lo amo e non amerò altri che lui. Inutile che cerchi di convincermi o che prepari una delle tue contromosse. Non sono una partita di cotone, e nemmeno un lotto di brillanti, o un quadro messo all'asta... Non c'è contrattazione: io lo sposo.»

«E chi è?»

Uscendo dall'alone sulfureo della fiamma, Havah fece un passo verso di lui. In controluce l'abito chiaro conservava bagliori rossastri.

"Un arcangelo fiammeggiante pronto a pronunciare la mia condanna" pensò Avrahàm con il cuore in subbuglio.

«È Yaacov.»

«Chi, l'ungherese arrivato con un fagotto di stracci?»

Havah annuì.

«No. Sei il mio capolavoro e non permetterò che faccia di testa tua.»

«Rassegnati.»

«Dovevo capirlo prima, dovevo fermarvi in tempo! Giocavate in giardino, vi hanno perfino pescato in soffitta... Come ho potuto essere così sciocco? Colpa degli affari: soldi, lettere commerciali, contratti... E intanto il cuculo studiava il nido che aveva scelto.»

«Non ti permetto di parlare così di Yaacov!»

«Togliti dalla testa quello spiantato.»

«Si è laureato con ottimi voti in Giurisprudenza.»

«Non importa, è segnato.»

«Da cosa?»

«Dalla paura, dalla fuga, dalla morte.»

«Quale ebreo non lo è?»

«Lo spettro della guerra lo tormenterà per sempre...»

«È un sopravvissuto.»

«Basilea è piena di ricchi rampolli di famiglie ebraiche che non hanno conosciuto l'orrore. Che ti regaleranno sogni e non incubi.»

«Quegli incubi sono parte di me.»
«Non sai quanto ti sbagli, figlia mia.»
«Non mi conosci.»
«Havah, tu non sposerai Yaacov. Non finché io sarò vivo.»

32
Basilea, Jüdische Spital, 28 dicembre 1950

Avrahàm sollevò le palpebre a fatica e si guardò intorno. Era in un guscio candido e ovattato, circondato da ticchettii misteriosi, con le braccia e il petto trafitti da aghi collegati a un intrico di tubicini in cui scorrevano liquidi trasparenti e color del sangue. "È il mio sangue? Come è scuro... Sento freddo e ho un dolore al petto" pensò. Poi, attraverso la tenda traslucida, riuscì a mettere a fuoco delle ombre immobili, in attesa. Si chiese se nevicasse ancora e dove fosse sua figlia... D'improvviso il ticchettio divenne più rapido e le ombre al di là della tenda ebbero un sussulto. Avrahàm vide una di loro ingigantirsi e maneggiare le manopole di un macchinario vicino a lui. Perse subito conoscenza.

Un'ora dopo, Havah si trovava nello studio del dottor Guggenheim. Il dottore rimase a lungo in silenzio, lasciando che il responso, come una nube volubile, restasse sospeso a mezz'aria, pronto a trasformarsi in pioggia o in ghiaccio al primo soffio gelato o in vapore acqueo al primo raggio di sole.

«Fräulein Azoulay, le condizioni di suo padre non sono stabili. Non possiamo ancora sciogliere la prognosi.»

Aron Guggenheim era abituato a parlare con i parenti dei ricoverati. Le loro reazioni erano sempre rivelatrici: alcuni cadevano in preda alla disperazione, altri si mostravano indifferenti e perfino seccati dalla lista di dettagli clinici che gli snocciolava davanti, qualcuno completamente disinteressato. "La morte è sempre un evento rivelatore" pensò Guggenheim dosando il silenzio. "Vediamo quanto ama suo padre..."

«Posso però dirle che l'infarto ha leso seriamente il muscolo cardiaco e che l'episodio ischemico potrebbe ripetersi.»

Havah soffocò un gemito.

«Le garantisco che allo Jüdische Spital riceverà tutte le cure necessarie.»

L'effluvio di gelsomino di Havah aveva invaso lo studio. Il caso volle che fosse proprio il profumo preferito del dottor Guggenheim che, subito inebriato, d'un tratto si accorse che le lacrime di quella giovane donna, incartata come un cioccolatino nell'abito da sera color crema, non lo lasciavano indifferente. E che prolungare il turbamento di quella bellezza bruna con le spalle nude, le labbra tremanti e gli occhi gonfi di lacrime gli stava procurando un brivido di potere. E un'inaspettata e imbarazzante reazione virile. Si controllò e proseguì.

«Dobbiamo aspettare il decorso. Immagino che lei voglia trascorrere la notte qui, le faccio preparare una delle stanze degli ospiti» concluse accompagnandola con rimpianto alla porta, non senza aver trattenuto per un istante nelle narici l'aroma di gelsomino.

Quando fu sola nella stanza, Havah pianse finché ebbe lacrime. Non voleva ucciderlo, solo prendersi ciò che le negava: l'amore, la libertà e il futuro... D'improvviso si decise. Si sciacquò il volto, prese il telefono e chiese il necessario per scrivere. Dopo un'ora, in punta di piedi e senza che nessuna delle infermiere l'avesse notata, tornò nella stanza del padre.

Immobile, dietro la tenda semitrasparente, Avrahàm le apparve come un enorme pesce intrappolato nel ghiaccio. Studiò i lineamenti sfocati dalla superficie opalescente in cui era avvolto: le palpebre chiuse, il naso affilato, le occhiaie livide, le labbra violacee. Con la barba ormai brizzolata che gli scavava le guance e le mani intrecciate sul petto, spento, logorato e ormai vecchio, per un istante le sembrò già morto.

"Sono un mostro ingrato" pensò premendosi la mano sulle labbra.

L'uomo protetto dal bozzolo della tenda perlacea era tutta la sua famiglia. Una famiglia avara di ricordi, centellinati come una medicina pericolosa. Si era sempre chiesta perché in casa non ci fossero album di fotografie: non quelle del matrimonio, non di lei in braccio alla mamma, non di loro tre a Giaffa, non del padre in poltrona o alla scrivania o ai magazzini con le balle di cotone. Tutto quello che ricordava di sua madre era l'immagine confusa di una donna bruna e silenziosa in una cucina profumata di spezie. Per ricostruirne il volto, da bambina si era consumata gli occhi sull'unica foto che ricordava di lei, quella del suo passaporto. Mostrava una donna con un soprabito scuro, i capelli raccolti in uno chignon e degli orecchini di perle. Ma a un certo punto il padre lo aveva fatto sparire e lei si era sempre chiesta il perché con angoscia.

«Una fatalità. È scivolata dalla banchina del porto, è caduta in acqua battendo la testa su una pietra ed è affogata», così le aveva raccontato più volte suo padre senza mai tradire un'emozione.

«Ricordo una donna che era accanto a noi al funerale, diceva che si era suicidata e che aspettava un bambino...»

«Sciocchezze. Te lo sei inventato, eri troppo piccola per ricordare» le aveva risposto Avrahàm.

Da quando era rimasta orfana, il padre era diventato il suo unico orizzonte e lei la sua unica carceriera, pronta a cogliere da una crepa, un tradimento o un abbandono un qualsiasi indizio che riportasse a galla il passato.

Nel silenzio denso di accuse della stanza numero 27, con

le dita serrate alla sponda metallica del letto, Havah stava allineando i rancori e consumando gli ultimi dubbi. Come aveva potuto ferirlo fino a quel punto? Stava per morire per colpa sua? Se solo lui avesse accettato il suo matrimonio, se solo avesse accettato Yaacov. Se avesse considerato sua figlia una persona e non la continuazione biologica della ditta che portava il suo nome. Era arrivata a odiare quel'"Azoulay" stampato sui biglietti da visita, inciso sulla targa d'ingresso e ossequiosamente pronunciato da fornitori e concorrenti. Era troppo tardi, la decisione ormai era presa.

Si stava avvicinando alla tenda per insinuare tra le mani del padre la lettera che aveva appena scritto, quando la sua attenzione cadde sugli occhiali di tartaruga ripiegati e posati sul comodino accanto ai flaconi dei farmaci. D'istinto, li prese tra le mani e li carezzò. Lui e quegli occhiali erano un tutt'uno e, salvo rari momenti, non lo aveva mai visto senza. Perlustrò il volto pallido e sofferente e le sembrò quello di uno sconosciuto. Forse l'essenza di suo padre era proprio in quegli occhiali dalle spesse lenti da miope, era quello il suo nascondiglio e insieme la sua trincea. Presa da un impulso irrefrenabile, aprì le stanghette per inforcarli e si accorse che le lenti erano impolverate. Le pulì con un lembo dell'abito, controllò il risultato avvicinandoli alle luci rosse e blu delle macchine e si accorse che le scritte non si rimpiccioliivano e neppure si ingrandivano. Per un istante pensò che era strano che delle lenti da miope non modificassero l'immagine, ma subito dopo ripiegò le stanghette e rimise gli occhiali al loro posto. Il tempo dei dubbi era passato.

Sollevò la tenda quanto bastava per lasciare la lettera sotto le mani intrecciate del padre e lo guardò un'ultima volta con una tristezza mai provata prima. Si sporse nel guscio perlaceo e lo baciò teneramente sulle palpebre. Poi uscì, senza voltarsi.

33

Basilea, Jüdische Spital, 1 gennaio 1951

«Herr Azoulay?»
«Il mio nome è...» balbettò Avrahàm con la voce impastata tentando di risalire a galla dall'oblio in cui era precipitato.
«Stia tranquillo, non può fare sforzi. Se ha bisogno di qualcosa la aiuto io.»
L'infermiera gli aggiustò il cuscino, gli bagnò le labbra con un batuffolo di cotone e controllò la flebo.
«Come si sente?»
«Non so.»
«I valori sono stabili.»
«Che giorno è?»
«Il primo gennaio 1951. Buon anno nuovo, Herr Azoulay...»
Avrahàm aveva perso i sensi nel 1950 e si svegliava nel 1951.
Ricordava solo un dolore lancinante, un buio fitto, e poi il nulla. E ora si ritrovava nell'atmosfera lattiginosa di un ospedale. Non riusciva a ricordare cosa lo avesse portato in quel letto, ma doveva essere stato qualcosa di terribile. O forse una sciocchezza. Si muore anche per incidenti banali, si cade da una scala, si scivola sulla neve. La neve... Con uno sforzo sovrumano ruotò il capo verso la finestra. Nevicava a fiocchi larghi e spugnosi, annegati nel grigio plumbeo di un cielo qualunque. Lo travolse il ricordo di altri cieli. Quello

smaltato di Istanbul, quello tenero di Giaffa e quello cocente di Alessandria. Il profumo delle spezie e i caicchi con le vele tese dal vento. In un istante tutto tornò a galla: l'*Aida*, il vestito color crema, le braci ardenti e Havah...

D'improvviso, le macchine a cui era collegato cominciarono a ticchettare furiosamente e una cannula alla sua destra emise un sibilo. Poi precipitò di nuovo nel buio.

«Herr Azoulay... Herr Azoulay, mi sente? Sono il dottor Guggenheim. Risponda...»

«La sento.»

«È tutto sotto controllo. Ha avuto due episodi ischemici e li ha superati entrambi. Siamo riusciti a stabilizzarla ma le sue condizioni sono molto delicate e non possiamo ancora sciogliere la prognosi. È in buone mani, deve solo avere pazienza... Se non ci saranno altri episodi e tutto procederà come speriamo, tornerà presto a casa. Può ritenersi un uomo fortunato.»

«Dov'è mia figlia?»

«Si riposi, ne ha bisogno.»

«Mia figlia, voglio vedere mia figlia!»

Una fiala di liquido azzurrino in vena e Azoulay scivolò di nuovo nel pozzo.

Quando si svegliò aveva smesso di nevicare. Le infermiere gli staccarono i tubicini, lo lavarono, lo asciugarono e avvolto in una vestaglia lo depositarono su una sedia a rotelle, vicino alla finestra. Un cielo compatto color ardesia ritagliava il profilo austero di una città che gli sembrò di riconoscere.

«Basilea?» sussurrò Avrahàm tra sé e sé.

«Ha bisogno dei suoi occhiali, Herr Azoulay?» chiese una delle infermiere porgendogli l'astuccio.

«No, grazie» rispose rifiutando con un gesto le inutili lenti attraverso le quali aveva guardato il mondo negli ultimi quindici anni.

I ricordi avanzavano in ordine sparso, come nuvole dopo un acquazzone. Sì, ora rammentava perché era finito in quel letto d'ospedale. A strappargli il cuore dal petto erano stati la figlia e quel profugo che voleva sposare a tutti i costi... Com'è che si chiamava? Il nome gli sfuggiva... A cosa era servita la mutazione, e poi il denaro e il successo che aveva costruito, se non per offrirle un futuro migliore? Le nuvole si addensarono minacciose, formando un cumulo compatto di angoscia.

L'uomo sulla sedia a rotelle nella stanza 27 dell'ospedale di Basilea era tormentato dai rimorsi. Tra i profughi a cui aveva dato rifugio c'era il ragazzo che aveva rubato il cuore della figlia. Dopo aver frugato nella memoria tra la folla di volti passati per le cucine in attesa della minestra o in soffitta in attesa di un pagliericcio, Avrahàm riuscì a riacciuffare i lineamenti di un adolescente con gli occhi spauriti, il colorito olivastro e una massa di riccioli scuri. Ma sì, ora ricordava, era Yaacov, uno degli ebrei ungheresi che in treno avevano valicato il confine della Svizzera neutrale in cambio di un versamento in oro e diamanti ai nazisti. Soldi in cambio di vite umane. Yaacov era rimasto a lungo tra i profughi ospiti delle soffitte di palazzo Azoulay. Di sicuro aveva avuto tutto il tempo per commuovere Havah raccontandole della stella gialla sulla manica della giacca, della fame, del freddo, della fuga, e della paura. Gli sembrava di vederla mentre lo ascoltava con le labbra tremanti e il cuore in subbuglio. Raccontandole i suoi incubi, Yaacov era entrato nei sogni di sua figlia e le aveva rubato il cuore.

Avrahàm si passò la mano sulla fronte, e la sentì calda. Doveva avvertire l'infermiera. Suonò il campanello.

«Vorrei misurare la temperatura, la mia fronte brucia... Nella tasca destra della giacca troverà la mia agenda, alla lettera "A" della rubrica troverà il numero di Stella Attias. Al nome Azolulay c'è quello del mio ufficio. Componga i due numeri e mi passi il primo che risponde.»

«Non può fare sforzi...»
«Glielo ordino!»
«Mi dispiace, ma...»
«Chiami subito la direzione!»
Circondato da un capannello di camici bianchi e con l'anestesista pronto a intervenire, ottenne il permesso di fare una sola chiamata. L'infermiera portò un telefono, lo collegò alla presa vicino al letto e compose il numero di Stella Attias ma, poiché suonava a vuoto, Avrahàm chiese di chiamare il suo ufficio e farsi passare il suo braccio destro, l'avvocato Alphandery, che dapprima gli chiese notizie della salute e lo rassicurò sull'andamento degli affari, poi, dopo una lunga pausa, si decise a informarlo dei nuovi eventi. Ma prudentemente la prese alla larga.

«Volevo avvisarla che la casa è stata affidata alla signora Weber, è una persona devota ed è affidabile al cento per cento.»

«La signora Weber? Perché? In mia assenza qualcuno si è permesso di licenziare Stella? O forse sta male?»

«Stella Attias è partita con sua figlia. E manca all'appello anche uno dei rifugiati, il suo nome è...»

«Partite? Per dove?»

«Non lo sappiamo.»

Avrahàm diventò terreo in volto, si artigliò il petto e incominciò a urlare.

«Non lo sapete? Cosa vi mantengo a fare, razza di incapaci! Le trovi immediatamente! Quanto a quel ragazzo...»

La bocca si contrasse in una smorfia, il corpo fu scosso dai singulti. Per fortuna l'anestesista intervenne in tempo. L'infarto fu bloccato e il cuore di Avrahàm riprese a battere regolarmente.

Troppo occupato a difendere la ricchezza che si era procurato, Avrahàm aveva commesso due errori. Il primo era stato non intuire fino a che punto l'odore della morte che avvolgeva i sopravvissuti avrebbe potuto insinuarsi nella coscienza di Havah. Il destino beffardo aveva fatto innamorare il padre dell'intelligenza, del rigore, dell'abilità commerciale e dell'ironia degli ebrei, e la figlia della loro disperazione. Aveva poi commesso un secondo errore. Pur sapendo, meglio di chiunque altro, che le menti dei giovani si nutrono di sogni, aveva sottovalutato la forza di attrazione del sionismo che infiammava i profughi cementando le sofferenze nel sogno di uno Stato. Yaacov e il sionismo avevano conquistato l'anima di sua figlia. Havah gliel'avevano rapita gli ebrei. Erano stati loro a inghiottirla. La sua bambina senza più madre, educata come un'ebrea in un mondo che odiava gli ebrei, aveva scelto il mondo delle vittime a cui era certa di appartenere e la loro nuova bandiera bianca e azzurra con la stella di Davide: un marchio d'infamia trasformato in un sogno.

Per la prima volta Avrahàm ebbe orrore di se stesso. Non gli importava nulla di aver ingannato il mondo, ma era atroce aver ingannato la propria figlia. Sua era la colpa di quella fuga.

34
Basilea, gennaio 1951

Tradire Azoulay non fu facile. Se non avesse avuto Stella dalla sua parte, Havah non sarebbe mai riuscita a lasciare il padre per l'uomo che amava.

La notte in cui le aveva rivelato il piano di fuga e l'aveva implorata di partire insieme a lei e Yaacov per Israele, Stella aveva subito accettato di aiutarli, ma all'inizio si era rifiutata di partire con loro.

Il rifiuto non era stato innocente. La partenza di quella che considerava una sorella minore, e insieme una figlia, le avrebbe offerto il destro per realizzare il sogno spericolato che covava dal primo giorno che aveva incontrato Azoulay ad Alessandria. Ora quel sogno si sarebbe potuto realizzare.

L'abbandono della figlia lo avrebbe distrutto. E soprattutto Avrahàm sarebbe rimasto da solo. La solitudine sarebbe stata l'occasione di Stella per conquistarlo. La differenza d'età non le appariva insormontabile come un tempo. Non era più la diciottenne orfana, timida e in cerca di lavoro. Aveva poco più di trent'anni, vestiva con eleganza e gestiva la casa di Basilea come una vera moglie. Ma non era sua moglie, anche se aveva sempre desiderato diventarlo. Una volta dimesso dall'ospedale, non sarebbe stato difficile fargli credere che anche lei era all'oscuro del piano di fuga di Havah e che entrambi erano stati ingiustamente abbandonati. Avrebbero finito per consolarsi a vicenda. Al momento giusto, ci sarebbe stato tempo per tessere un riavvicinamento tra padre e figlia. E il merito sarebbe stato suo. Un trionfo.

L'idea aveva attraversato Stella come un lampo ma altrettanto rapidamente si era dissolta: Avrahàm aveva avuto molte occasioni per capire i suoi sentimenti, ma non ne aveva colta nessuna. Era troppo tardi per dare sostanza ai suoi sogni di adolescente, sogni che a Basilea si erano trasformati in desiderio di rivalsa e persino di vendetta. La passione sionista condivisa con Havah e coltivata in segreto a dispetto di Avrahàm era stata l'inizio della sua rivolta. Aiutare la figlia a tradirlo e tradirlo a sua volta fuggendo con loro nella Terra Promessa sarebbe stata la giusta punizione, ben più gratificante di un matrimonio tardivo, per l'indifferenza dell'uomo tanto desiderato. Lei meritava un futuro lontano da Azoulay. E lo meritava anche Havah.

Fu così che Stella cambiò idea e decise di partire con loro. Per motivi diversi e con diversa crudeltà, proprio come Miriam, entrambe abbandonarono Azoulay.

Organizzare la partenza fu più semplice di quanto avessero immaginato. In Svizzera tutto aveva un prezzo, e Havah era molto ricca. Fu sufficiente vendere a un orafo di Zurigo tutti i suoi gioielli – tranne l'anello con l'acquamarina della madre – per ritrovarsi con una discreta cifra a disposizione. Utilizzando la rete invisibile delle organizzazioni sioniste, con cui Stella era in contatto, i documenti per Israele furono pronti in pochi giorni.

La notte prima della partenza, nonostante dei tre fosse quello che aveva meno da perdere, Yaacov non chiuse occhio. Con il cuore in tumulto continuava a rigirarsi tra le lenzuola, quasi fossero tessute di ortica. Fuggire era il suo destino. Con la stella gialla cucita sulla giacchetta e la salvezza comprata a peso d'oro, era sfuggito alle croci uncinate su un treno blindato e, di rifugio in rifugio, aveva raggiunto Basilea dov'era stato accolto nella casa di Azoulay. Aveva incontrato il padre di Havah poche volte e di sfuggita, ma dalle finestre delle soffitte ogni giorno ne spiava il rientro. Lo vedeva attraversare la piazza inseguito dalla sua stessa ombra che si spezzava in un lungo zig-zag quando saliva la scalinata del palazzo. E si chiedeva perché uscisse all'alba per poi rientrare solo al tramonto e perché facesse di tutto per non incrociare i disperati che pure proteggeva. Forse li evitava perché temeva di essere contagiato dal loro destino di sciagura. "Chi ha morso la mela della sventura ha l'obbligo di cercare la felicità. E una patria dove non avere più paura" si disse mentre cercava inutilmente il sonno in quella notte tormentosa. Si sentiva diviso tra i propositi di battaglia e un atroce rimorso. Non riusciva a togliersi dalla testa l'ospedale dove lottava per la vita l'uomo che aveva salvato la sua e che proprio lui stava per tradire. "Per non essere ingrato, dovrei forse rinunciare alla donna che amo? No, non lo farei per nulla al mondo" si convinse.

Chi ha avuto la famiglia recisa ha diritto a smembrarne un'altra per strappare un morso di felicità.

L'appuntamento era all'alba davanti al palazzo Azoulay. Il treno che li avrebbe condotti a Venezia sarebbe partito dalla stazione alle dieci, ma in piena notte l'insonne Jaacov, assediato dalle paure, si trovava già ai piedi della scalinata. E se Havah avesse cambiato idea? Se non avesse trovato il coraggio di abbandonare il padre? Se non lo avesse amato abbastanza, al punto di voler affrontare l'ignoto al fianco di uno spiantato?

Solo quando la luce della finestra della stanza di Havah si accese e la vide affacciarsi e sorridere, Jaacov fu certo che la notte tormentosa che aveva appena trascorso sarebbe stata l'ultima a Basilea.

Il treno partì in perfetto orario, ma il viaggio era lungo e costellato di incognite. La prima tappa era Venezia, dove sarebbero dovuti restare una settimana in attesa dell'imbarco.

La colpa spesso si veste di euforia, e Havah, Yaacov e Stella, travolti dall'eccitazione per quella fuga, affittarono una suite all'Hotel Excelsior, brindarono con lo champagne al Florian e scorrazzarono per la laguna con un motoscafo preso a nolo. Stavano aspettando di raggiungere la Terra Promessa, tutta pietre, deserto e zolle da arare, nella città che era esattamente il suo opposto, foderata di marmo e solcata da un intrico di nebbie e canali. Nei loro cuori la grigia e austera Basilea era ormai lontana. Venezia un labirinto a termine dove consumare la colpa e l'abbandono.

Quando ne ebbero abbastanza dei canali, dei ponti, dei ghirigori di pietra e dell'umidità, arrivò il giorno dell'imbarco. Dopo aver fatto scalo a Patrasso e a Cipro, la nave avrebbe raggiunto il porto di Tel Aviv.

Nel tragitto da Basilea a Tel Aviv, nessuno pronunciò mai il nome di Azoulay.

35

Basilea, Jüdische Spital, 26 gennaio 1951

Allo Jüdische Spital, Azoulay non era un paziente qualunque. L'ospedale infatti viveva grazie alle cospicue trasfusioni di denaro dei ricchi ebrei di mezzo mondo e Avrahàm non si era mai tirato indietro. Tanto che il suo nome, insieme a quelli di molti altri finanziatori, era inciso in oro sulla grande targa di marmo nero che campeggiava nell'atrio.

Un tempo, vedere il proprio nome tra quelli degli ebrei che aveva così abilmente ingannato avrebbe stuzzicato la sua vanità. Ma quel pomeriggio, attraversando l'atrio avvolto nella vestaglia, con l'ago della flebo inserito nel braccio e costretto su una sedia a rotelle spinta dall'infermiera, le lettere dorate che componevano il suo nome rubato gli suscitarono un'ilarità amara e irrefrenabile.

Da Gerba ad Alessandria, fino a Basilea, mercanti, avvocati, banchieri, corrispondenti commerciali e rabbini, lui li aveva fregati tutti.

«Felice di vederla di buon umore, Herr Azoulay, ma ricordi che non deve fare sforzi» si raccomandò Fraülein Rachel, la bionda dalla pelle rosata che era la sua preferita aggiustandogli i lembi della sciarpa di seta che gli proteggeva il collo.

Nelle mani delle infermiere che a turno gli somministravano i medicinali, gli rimboccavano le coperte e lo lavavano fin nelle parti più intime, Avrahàm si era trasformato in un neonato sensuale ed egoista. Non lo era forse sempre stato? Nella bolla ovattata dell'ospedale, era interessato solo a come i battiti del suo cuore ferito potevano ritrovare il ritmo interrotto. Era talmente assorbito dal proprio flusso vitale da percepire lo scorrere del liquido della flebo nelle vene e gli alveoli polmonari allargarsi e restringersi a ogni respiro. Non chiedeva più di sua figlia. E nemmeno dell'andamento degli affari. Il suo perimetro era ristretto alla sopravvivenza. Azoulay pensava solo e unicamente a se stesso.

Come ogni pomeriggio, Fraülein Rachel lo portò nel salotto giallo, orientò la sedia verso la grande vetrata che affacciava sul parco e spalancò le tende per fargli godere il tramonto. Una luce calda e dorata accarezzò il volto e le mani di Avrahàm che chiuse gli occhi, assaporando quell'istante di piacere minimo e insieme assoluto.
«In attesa del rabbino le porto la sua camomilla tiepida» gli sussurrò Rachel.
«Rabbino?»
«Ha dimenticato che oggi è venerdì? Il sole sta calando, rav Horowitz sarà qui tra poco.»
Azoulay sospirò infastidito. Se non avesse perso la cognizione del tempo avrebbe evitato il salotto giallo dove, ogni venerdì, il lugubre rabbino polacco dispensava ai pazienti preghiere e consigli. Eliyahu Horowitz era l'unico superstite del suo villaggio, ma a nessuno piaceva ricordarlo. I ricoverati lo temevano perché la sua familiarità con la morte sminuiva le loro paure e d'altro canto il rabbino, pur cercando di non tradire l'insofferenza, disprezzava le loro lamentele che non riusciva a non paragonare all'orrore che aveva ancora negli occhi e nel cuore.
Attraverso la grande vetrata, i rami degli alberi, punteggiati dalle prime piccole gemme, annunciavano la primavera ma ai pazienti importava poco dell'avvicendarsi delle

stagioni. Forzati a condividere intimità, pallori e cicatrici, i malati diventano egoisti e ostili. Quelli radunati nel salotto giallo passavano il tempo, rannicchiati nelle sedie a rotelle, a stilare graduatorie delle sofferenze: mettendo immancabilmente la propria in cima al podio. La più prepotente era Golda Klein, aveva poco più di trent'anni, era di New York, aveva i capelli color platino, era sempre molto imbellettata e avvolta in vestaglie sempre diverse e sempre vistose. Tutti la chiamavano "l'americana", ed era finita allo Jüdische Spital per due vertebre incrinate e una brutta frattura a una gamba conseguenza di uno scivolone mentre pattinava sul ghiaccio.

L'americana quel venerdì pomeriggio era una furia.

«Dica alla signora della 110 che l'odore della sua acqua di colonia mi fa venire l'emicrania. Avverta quello della 14 che i suoi lamenti mi impediscono di dormire. E faccia sapere all'ortodosso della 12 che le sue lamentazioni serali mi hanno sfinito» disse all'infermiera di turno alzando il tono della voce quanto bastava perché tutti potessero udirla.

«Mi avevano garantito che lo Jüdische Spital era un hotel di lusso e mi ritrovo in un incrocio tra una pensione e una sinagoga... Non vedo l'ora di essere fuori di qui» concluse stizzita facendo spuntare dalla tasca della vestaglia il tubetto dorato di un rossetto violaceo che si passò più volte sulle labbra con ostentata soddisfazione.

"Mille volte meglio ritrovarsi alle calcagna il rabbino Horowitz che avere a che fare con la Klein" pensò Avrahàm aggiustandosi sul naso gli occhiali che si ostinava a portare con sempre maggiore fastidio.

Quando il rabbino varcò la soglia, fu come se una folata di cenere avesse ricoperto la grande sala. I malati si chiusero gelosamente nei loro malanni e Avrahàm intuì che sarebbe stato la sua prima vittima.

«Shabbat Shalom, Herr Azoulay. È pronto a osservare le trentanove melakhòt?» gli domandò Horowitz con voce opaca accomodandosi nella poltrona accanto alla sedia a rotelle di Avrahàm.

«Allo Jüdische Spital rispettare i divieti dello Shabbat è un gioco da ragazzi. Qui non si ara e non si semina, non si impasta e non si cuoce, non si accende il fuoco, non si fila la lana e non si maneggia denaro perché le mance alle infermiere possiamo sempre distribuirle negli altri giorni della settimana. Qui ogni giorno è Shabbat.»

«Se fossi Noè prima del Diluvio, in questa sala non troverei nessuno che valga la pena salvare» sospirò sconsolato il rabbino.

«Non le viene voglia di tornarsene a casa?»

«Non tornerò mai al mio villaggio. Ovunque ma non lì. Nulla di quello che siamo stati esiste più.» Piegò il busto in avanti e mormorò: «Sono il prigioniero numero 215031. Difficile che torni a essere una persona».

«È sposato, rav Horowitz?»

«Lo ero. L'ultima volta che l'ho vista è stato quando ci hanno separati, gli uomini da una parte e le donne dall'altra.»

«Ha mai pensato a risposarsi?»

«E se la mia Sarah fosse ancora viva? Alcuni tornano subito, altri dopo vent'anni. No, finché c'è una sola speranza che mia moglie sia ancora in vita, io sono legato a lei. Siamo fantasmi sfuggiti all'inferno. Fantasmi destinati a chiedersi fino all'ultimo istante: "Perché io no?".»

«Non si faccia intrappolare dagli incubi del rabbino Horowitz» gracchiò Golda Klein scuotendo con noncuranza la voluminosa capigliatura color platino. «Si faccia bastare questo tramonto.»

Impigliandosi nei rami del parco per dare il tempo al rabbino di recitare le sue preghiere, alla fine il sole tramontò. Era Shabbat, ed era meglio dimenticare.

36

Basilea, Jüdische Spital, 1 marzo 1951

Avrahàm non chiese mai più notizie della figlia così uguale alla madre, che come lei l'aveva abbandonato. Come aveva già fatto con Miriam, a fatica raschiò via Havah dalla mente e dal cuore. Un cuore fibrillante e inaffidabile proprio come il ragazzo di Istanbul a cui era appartenuto. Molto, troppo tempo prima.

Il giorno delle dimissioni finalmente arrivò. Nella stanza 27, dove Avrahàm aveva passato gli ultimi due mesi, la sua infermiera preferita stava disponendo con cura gli abiti nella valigia. Quando la vide piegare lo smoking che portava la notte dell'arrivo in ospedale non riuscì a resistere alla tentazione di provarlo. Davanti allo specchio del bagno si sfilò la vestaglia e indossò la giacca sopra il pigiama. Accarezzò il tessuto, chiuse il bottone e si osservò. I rever di satin di seta poggiavano sul corpo smagrito e spettrale di un signore di mezz'età dalla pelle appassita e la barba e i capelli abbondantemente striati d'argento.

"La mia giovinezza è fuggita con Havah" pensò con una fitta di nostalgia, quindi si tolse gli occhiali, li posò aperti sul bordo del lavandino e si sciacquò il volto più e più volte.

«Non usi l'acqua fredda, Herr Azoulay, solo quella tiepida. Da ora in poi deve evitare gli sbalzi di temperatura...»

Avrahàm si asciugò il volto e si guardò di nuovo allo specchio. Abbozzò un sorriso spavaldo che la barba mascherò solo in parte, poi si guardò di tre quarti e, nonostante tutto, si piacque. E questo bastò a fargli fare il secondo passo indietro. O in avanti?

D'istinto, prese gli occhiali dal lavandino e tornò nella stanza, li infilò nella custodia e la chiuse nello scomparto interno della valigia. Poi inspirò profondamente e si decise.

«Ho paura di non avere più la mano ferma. Potrebbe radermi lei?» chiese porgendo all'infermiera il rasoio a serramanico e il pennello.

Rachel acconsentì. Sembrava che non avesse fatto altro nella vita. Prima l'asciugamano caldo e umido sulle guance per allargare i pori, poi la schiuma massaggiata a lungo con il pennello per ammorbidire i peli, e infine la lama del rasoio lieve come una piuma.

Per tutto il tempo Avrahàm tenne gli occhi chiusi. Una donna che si è occupata del tuo corpo per mesi merita fiducia incondizionata. E in più, senza vederla, poteva abbandonarsi meglio alle sensazioni: inebriarsi dell'aroma eccitante delle ascelle, del profumo di mughetto dei capelli raccolti nella cuffia candida, del tepore del viso, mai stato così vicino al suo.

Aveva ripreso la vecchia maschera o stava forse cercando di indossarne un'altra?

Dopo aver firmato l'ennesima cospicua donazione e distribuito laute mance alle infermiere, vestito di tutto punto, Azoulay aspettava di firmare le dimissioni. Il dottor Guggenheim fu di poche parole.

«L'abbiamo riacciuffata per i capelli, ma il miracolo potrebbe non ripetersi. Abbia cura di sé. L'aspettiamo tra un mese per il controllo» concluse stringendogli la mano con delicatezza. «Dimenticavo, ho una lettera per lei. L'ha lasciata sua figlia sul suo letto la notte del ricovero. Può intuire perché abbiamo aspettato le dimissioni per consegnargliela. La prego di leggerla quando è ancora qui, ogni emozione può essere pericolosa. La lascio solo, se ha bisogno di qualcosa suoni il campanello rosso sulla mia scrivania.»

Il dottor Guggenheim prese la lettera dal cassetto, la depositò al centro del tavolo e se ne andò.

Avrahàm sfiorò la busta con delicatezza, come si fa con un ordigno che sta per esplodere. Non aveva nessuna voglia di aprirla, quel "Per Avrahàm Azoulay", vergato nella calligrafia verticale e volitiva di sua figlia, non prometteva nulla di buono. Guardando meglio si accorse che Havah si era dimenticata di mettere l'accento sulla terza "a" del nome e che alla fine della "y" c'era una macchiolina d'inchiostro.

Sua figlia improvvisamente risalì a galla e riprese il posto che le spettava. Gli occhi di Avrahàm, senza più lo schermo degli inutili occhiali di tartaruga, d'un tratto si riempirono di lacrime.

Non la vedeva da mesi. L'ultimo ricordo di lei che era riuscito a ripescare nella memoria era il suo volto pallido chino su di lui nell'ambulanza che, sbandando sulle strade coperte di neve, lo portava all'ospedale. Perché leggere quella lettera? La bambina che aveva stretto tra le braccia a Giaffa la notte del massacro quella notte gli aveva spaccato il cuore, adesso le sue scuse non lo avrebbero riparato, e la notizia del suo matrimonio l'avrebbe fermato per sempre.

Dopo essersi più volte carezzato le guance alla ricerca della barba che aveva mimetizzato i suoi sentimenti e la sua identità per quindici lunghi anni, Avrahàm si infilò la busta nella tasca interna della giacca.

"Non riesco a leggerla. Forse domani, o un altro giorno..." pensò, lasciandosi scivolare all'indietro nella poltrona di pelle nera.

D'istinto si portò la mano sul petto: il cuore pulsava con

un battito regolare, ma un sudore freddo cominciava a imperlargli la fronte.

«Non ora, non adesso...» si disse, raccomandandosi all'Altissimo perché avesse cura della musica dell'organo che lo teneva in vita.

In quel momento la porta si spalancò. Con le stampelle, avvolta in una vestaglia di chiffon rosa e con i capelli color platino freschi di permanente, apparve l'americana.

«Mister Azoulay, cosa fa così vestito di tutto punto?»

«Torno a casa.»

«Se ne va di nascosto, senza salutare... E dove sono finiti i suoi occhiali e la sua barba?»

«Mi preferiva con la barba?»

«Odio gli ortodossi e le loro mascherate medievali. I cappelli di pelliccia e le barbe non li hanno aiutati a sopravvivere.» Si avvicinò per guardarlo meglio. «Senza gli occhiali finalmente posso vedere i suoi occhi... Non sono niente male, e le guance rasate le donano. Mai più barba, glielo ordino!» intimò Golda Klein accompagnando il complimento sfacciato con un sorriso seducente. Poi, con studiata lentezza, chiuse la porta lanciandogli un'occhiata d'intesa.

Lo sguardo colpì nel segno. Era sufficiente una rasatura perché il prudente Avrahàm venisse travolto e superato dall'Ibrahim irrequieto e desiderante? Il paziente della stanza 27 si scoprì felice di essere vivo. E deciso a fuggire per sempre dalla trappola in cui entrambi lo avevano costretto per tutti quegli anni. Afferrò la valigia e uscì.

La settimana seguente tornò in ufficio. In sua assenza Alphandery aveva gestito gli affari con profitto. Quanto alla signora Weber, aveva ormai le redini della casa e il governo della servitù. Avrahàm ebbe così la certezza di non essere indispensabile e, come era nella sua natura, ne approfittò.

Dopo aver lasciato passare qualche giorno per creare l'opportuna attesa, fece recapitare allo Jüdische Spital un gigantesco mazzo di rose rosse accompagnato da un biglietto con su scritto: "Per Golda Klein", firmato "Avrahàm Azoulay". L'ultima volta che aveva corteggiato una donna era stata davanti a una moschea, vent'anni prima. Nell'altra vita. Ma di sicuro Golda avrebbe riso della danza di sguardi brucianti che si erano scambiati lui e Miriam a Erzurum. Leggera e resistente come la plastica, l'americana sarebbe diventata malleabile solo se riscaldata a dovere. Golda era un taxi per fuggire dal passato.

Havah e Stella non furono mai più nominate e le loro stanze vennero chiuse a chiave. La lettera di Havah, intatta, finì in cassaforte.

37

Kibbutz Hanita, 1 marzo 1951

Nuda e con i capelli ancora bagnati, senza esitazioni, impugnò le forbici e tagliò di netto la prima ciocca. Le altre la seguirono, formando un gomitolo bruno sulla prima pagina del "Jerusalem Post" aperta nel lavandino per accoglierle. Dopo aver controllato di sfuggita il risultato allo specchio, Havah accartocciò il giornale, gonfio della matassa dei suoi capelli, e lo gettò nel cestino.

«Non lo buttare, devo ancora finire di leggerlo...»

A rimproverarla era un ragazzo bruno a torso nudo e in calzoni corti, allungato su una delle due brande che, insieme a un tavolo e a una corda con sopra appesi pochi abiti, costituivano tutto l'arredamento della stanza.

Nel kibbutz di Hanita i giornali arrivavano a singhiozzo. Fino a dieci anni prima non c'erano nemmeno strade, tutto doveva essere trasportato a spalla o a dorso di mulo. E sotto protezione armata.

«Figurarsi, è di giovedì scorso. Se vuoi notizie fresche l'unica è ascoltare la radio» sentenziò Havah sfilandogli il cuscino da sotto la testa.

Yaacov tentò di afferrarla ma mancò la presa. Poi con un balzo riuscì ad acciuffarla e la trascinò sopra di sé. La branda s'incurvò sotto le spinte di una lotta che si trasformò rapidamente in qualcosa di diverso. Quando i respiri affannosi si placarono e i corpi, sciolti dagli abbracci, si ritrovarono a seguire l'uno la curva dell'altro come cuccioli nella tana, Yaacov e Havah pensarono nello stesso istante, ma senza avere il coraggio di confessarselo, che possedevano tutto ciò di cui avevano bisogno.

«Così sei ancora più bella» le sussurrò Yaacov passando le dita nei capelli corti di Havah, come un rastrello disegna i solchi nella terra.

«Sbrighiamoci, ci aspetta il turno di guardia» rispose lei liberandosi dalla presa e infilando la divisa.

Con i calzoni corti e la camicia azzurra, la pelle abbronzata e gli occhi lucenti, Havah non aveva più nulla della sofisticata ragazza di Basilea, ma la sua testardaggine era quella di sempre. O forse persino maggiore. Yaacov si alzò dalla branda di scatto, tuffò la testa sotto il rubinetto per poi tirarla via scuotendola. Le gocce, non più trattenute dai riccioli, gli disegnarono intorno al capo un'aureola scintillante e scivolarono in piccoli rivoli lungo il petto e le spalle.

"È bello come il sole, è carne della mia carne" pensò Havah indugiando con lo sguardo sui muscoli torniti.

Ma, poiché neppure la passione riusciva a stemperare l'attitudine al controllo che era stata la sua ancora di salvezza, subito lo rimproverò:

«Vacci piano con quel rubinetto, l'acqua è oro in Galilea...»

«Agli ordini Miss Azoulay, ma ricordati che prima o poi cambierai cognome.»

«C'è tempo...» rispose. Lo strappo della fuga da Basilea le era bastato per avere la certezza che era suo per sempre.

Havah, Yaacov e Stella avevano scelto di vivere a Hanita, un kibbutz in cima a una collina della Galilea, sovrastato dalle alture del Golan, a un tiro di schioppo dalla Siria. La figlia del ricco commerciante, a cui nulla era stato mai negato, per la prima volta non aveva denaro, ma si doveva occupare della contabilità del kibbutz. All'orfano Yaacov era stato assegnato il nido infantile e quattro volte al giorno doveva imboccare una ventina di bambini urlanti. A Stella, che nella comoda casa degli Azoulay gestiva uno stuolo di camerieri, era toccata la lavanderia e passava il tempo a bollire, stendere e stirare montagne di lenzuola e camicie. E a tutti e tre toccavano anche i turni di lavoro nell'orto e nel frutteto. La Terra Promessa stava cancellando le loro paure. Rivoltando le zolle seppellivano il buio. Seminando riempivano il vuoto. Raccogliendo i frutti sfidavano il destino. Rimanevano i ricordi da tenere a bada, ma Yaacov, Havah e Stella avevano deciso di farsene di nuovi nel Paese che usava la memoria come una vanga per costruire il futuro.

Appena sbarcati in Israele, avevano avuto la sensazione di essere precipitati in un turbine. Nella Terra Promessa tutto era in costruzione: lo Stato, le strade, le scuole, i kibbutz e persino la lingua dell'Altissimo. Lo yiddish degli askenaziti dell'Europa centrale e orientale e il judezmo e il ladino che i sefarditi avevano diffuso lungo le coste del Mediterraneo erano lingue dell'esilio. L'ebraico doveva recuperare due millenni e ritornare in vita. Con l'accento polacco, berbero, tedesco, italiano o francese, a Hanita tutti dovevano parlare in ebraico. Per aiutare i nuovi arrivati c'era Shlomo ben Ephraim, un vecchio ebreo di Baghdad che nella sua vita aveva tradotto da Shakespeare a Cervantes e che si districava agilmente tra una decina di lingue. Shlomo li prese subito in simpatia e gli affibbiò il soprannome di "svizzeri volanti". Ogni giorno, a fine turno, nel capanno di cemento della scuola, Stella, Havah e Yaacov finivano sotto il martello delle sue lezioni.

«L'ebraico è una lingua semitica della stessa famiglia dell'arabo e dell'aramaico. Una lingua vecchia di millenni, che sta trovando parole nuove» sentenziò Shlomo al primo incontro, e con il gesso cominciò a scrivere sulla lavagna la parola cravatta, e poi calzino, pistola e carro armato, concludendo: «Queste parole nella Bibbia non esistono.»

«Dei calzini si può fare a meno, ma senza pistole e carri armati la Terra Promessa finisce che ce la scippano» ghignò Yaacov.

«Fai meno il gradasso. Un esempio?»

Il vecchio traduttore disegnò nell'aria prima un'onda e poi un cerchio.

«Mosè non aveva bisogno della parola "velluto" perché il velluto non era stato ancora inventato, ma Cervantes sì. Per far rinascere l'ebraico abbiamo dovuto coniare centinaia di termini nuovi...» Mentre tracciava sulla lavagna gli svolazzi dei caratteri ebraici proseguiva: «Congelato per millenni nelle preghiere, l'ebraico risorge come un Golem tra i filari di alberi da frutto dei kibbutz. La Babele delle lingue degli ebrei è finita! Se non temessimo di offendere l'Altissimo, potremmo dire che stiamo compiendo un miracolo!» concluse scuotendo energicamente il cancellino.

Dalla nuvola di gesso che per un istante lo avvolse sbucò la sua faccia grinzosa e sorridente.

«Lei quante lingue parla?» chiese Stella.

«Cinque alla perfezione e altre quattro discretamente. In turco me la cavo ma sono pieno di lacune. Sapete come si dice frutto in turco?»

«Meyve» rispose Havah di slancio.

«La nostra Havah conosce il turco?»

«No.»

«Sembrerebbe di sì, invece.»

«Forse ho sentito questa parola a Istanbul, ci sono stata per un breve periodo quando ero bambina, e poi a Gerba e per pochi mesi ad Alessandria d'Egitto...» rispose Havah con naturalezza, quindi si rivolse a Stella che stava ricopiando sul quaderno una lunga lista di parole: «Conoscevamo dei turchi in Egitto?».

«Nessuno.»

Havah la guardò smarrita: dove aveva ripescato quella parola? Con il padre aveva sempre parlato russo o francese, a scuola aveva studiato l'inglese e il tedesco, e grazie a Stella conosceva molte espressioni italiane. L'Egitto le aveva regalato parole arabe, conosceva l'ebraico delle preghiere e stava imparando quello moderno, ma non riusciva a spiegarsi perché, nella confusione di lingue in cui era cresciuta, di colpo affiorasse anche il turco.

Si guardò le mani sciupate dal lavoro e l'anello con l'acquamarina di sua madre che scintillava all'anulare sinistro. "Akuamarin" pensò, ma si trattenne dal pronunciarlo ad alta voce. Elencò il nome della pietra nelle lingue che conosceva: in russo *akvamarin*, in inglese *aquamarine*, in francese *aigue-marine*... Perché conosceva anche il termine turco per quella pietra tanto amata? Parole vaghe e smarrite affiorarono insieme a carezze dimenticate.

«La lingua custodisce i nostri segreti» sentenziò Shlomo ben Ephraim ripulendo la lavagna dalle tracce di gesso. «E le parole sono lì a ricordarceli.»

38

Kibbutz Hanita, aprile 1951

La lavanderia era il regno di Stella Attias. Sorgeva sul lato nord del kibbutz, oltre le casematte circondate da trincee, dopo la torre di guardia e gli edifici di cemento dei dormitori, subito prima dei cumuli di ghiaia da costruzione, vicino al deposito del filo spinato. Era un edificio lungo e stretto con un tetto di lamiera che quando il vento soffiava forte – e capitava di frequente – produceva un fragore straziante. Costruita su un rialzo a ridosso di una collina rocciosa, era attrezzata con vasche per il lavaggio, una stanza per lo stiro e un grande spiazzo di cemento con un reticolo di fili per stendere i panni al sole.

«In Israele, acqua per lavare davvero poca, ma sole e vento ce n'è da vendere!» esordiva sempre accogliendo i nuovi arrivati destinati ai turni di lavanderia.

A Stella toccava organizzare il lavoro di otto coloni. Passava le giornate con loro a immergere la biancheria nelle vasche, a strizzarla facendola passare attraverso rulli di cauciù e a stenderla nello spiazzo di cemento. Tra le tovaglie ricamate di palazzo Azoulay e le lenzuola di cotone scadente del kibbutz c'era un abisso, come pure tra le obbedienti cameriere di Basilea e i logorroici coloni di Hanita. Dalla risacca del secolo, ne arrivavano sempre di nuovi e tutti, prima o poi, "finivano" in lavanderia. Stella si consolava pensando che le macchie sono uguali a tutte le latitudini, anche se con un po' di lisciva in più e qualche cassa di sapone di Marsiglia il risultato sarebbe stato migliore.

Pochi mesi in Galilea erano bastati perché Avrahàm evaporasse dall'orizzonte? I primi amori resistono anche ai lavaggi più energici, ma al sole della Palestina il fascino oscuro di Azoulay era sbiadito più rapidamente di quanto lei avesse osato sperare.

Dal giorno precedente a Stella era stato assegnato un nuovo gruppo di sopravvissuti a cui doveva spiegare le procedure. Non era facile insegnare a lavare e stirare a un fisico, un direttore d'orchestra, un gioielliere, un ingegnere idraulico, un violoncellista e un professore di filologia antica, ma Stella sarebbe stata capace di mettere Sigmund Freud davanti al mastello del bucato e Albert Einstein al ferro da stiro.

Quel pomeriggio, in una girandola di lenzuola, Stella stava imbrigliando i panni stesi al vento, come un nostromo fa con le vele, quando improvvisamente l'ultima delle raffiche che soffiavano da giorni dal Golan le sciolse i capelli e le sollevò la gonna scoprendole le cosce. Un fischio prolungato proveniente dalla stireria le confermò che anche nella Terra Promessa il mondo girava sempre e comunque intorno alle medesime ventate di emozioni. Stella non vi badò più di tanto, fece un nodo alla gonna per impedirle di gonfiarsi e continuò il suo lavoro. Ma, vedendo gli uomini armeggiare, impacciati e compunti, con le dosi di sapone, le temperature del ferro e il metodo per piegare correttamente le lenzuola, si interrogò a lungo se il fischio di ammirazione fosse stato dell'ingegnere idraulico o del professore di filologia antica. Venivano dall'abisso, ma quel fischio era la prova che stavano ricominciando a vivere.

«Le camicie sono asciutte. Dopo averle impilate nelle ceste potete andare. Per oggi è finita» ordinò Stella con piglio da comandante.

Di lavoro ce n'era ancora, ma quel giorno aveva deciso di lasciare liberi i suoi apprendisti lavandai per godersi in solitudine l'unico spettacolo che la colonia allestiva quotidianamente: il tramonto. Le piaceva seguire le volute disegnate dai falchi a caccia di prede e perdersi a contemplare il colore delle montagne, che dal verde virava al viola, e quello del cielo, che passava dall'azzurro all'oro, finendo nel blu profondo forato solo dal luccichio di Venere, la prima stella della sera.

Seduta su un grande masso levigato che chiamava "la mia poltrona", Stella si stava godendo il tepore degli ultimi raggi, quando un rumore improvviso di sassi che rotolavano dalla collina la fece sobbalzare. Scattò in piedi e sentì un respiro soffocato provenire da un cespuglio, da cui a sorpresa uscì un uomo barcollante. Alto, scuro di carnagione e con baffi folti, dimostrava circa quarant'anni. Aveva una spalla sanguinante e una pistola in pugno.

«Mi aiuti. Ha qualcosa per tamponare la ferita?»

Stella stava per gridare, ma lui la anticipò.

«Moshé Peretz sa chi sono» disse poggiando la pistola a terra per non intimorirla.

Il nome del capo della sicurezza del kibbutz era un lasciapassare. Dopo averlo fasciato con delle bende ricavate da una camicia, e con la pistola pronta nella tasca del grembiule, Stella lo condusse al comando dove venne effettivamente riconosciuto. Si chiamava Amal Arslan, era un druso, combatteva dalla parte di Israele e si era beccato la fucilata di un cecchino.

Ogni sera, per i quindici giorni in cui rimase ricoverato, terminato il lavoro alla lavanderia, Stella rinunciò allo spettacolo del tramonto e si prese cura di lui. Quello che era nell'aria accadde il giorno dopo le dimissioni dall'infermeria.

A fine turno Stella si era trattenuta per riordinare la biancheria, quando i baffi di Amal fecero capolino tra le lenzuola impilate. Bastò un sorriso del druso e l'elettricità che aleggiava da giorni quando lo imboccava e gli medicava la ferita impedendo a chiunque di avvicinarsi diventò incendio. Il corpo che aveva curato era già stato suo. Inutile aspettare oltre. Stella lasciò che la pila di biancheria, trascinata dai loro corpi, rovinasse sul pavimento di terra battuta, e nel groviglio candido si abbandonò alla sua forza. Quando i respiri affannosi si placarono, si rimise in ordine i capelli e contemplò il corpo nudo e scuro di Amal tra le pieghe delle lenzuola. Pensò che avrebbe dovuto lavare tutto daccapo, ma si disse che ne era valsa la pena. In quel momento si accorse di una macchiolina di sangue sul lenzuolo, proprio sotto il suo corpo. La verginità che aveva conservato per Azoulay l'aveva persa tra le braccia del druso. E, d'improvviso, Basilea le apparve niente altro che un minuscolo puntino su una grande carta geografica.

Da quel giorno, Amal divenne il suo sole. Un sole già tramontato, perché ai "figli della grazia", così erano chiamati i drusi, costola dell'Islam impastata di sufismo e induismo, erano vietati i matrimoni misti. Stella si consolò pensando che i matrimoni misti erano vietati anche agli ebrei. E che non sposarsi era una soluzione molto romantica e alla fin fine persino eccitante. E che anche il sole e la stella della sera si incontrano solo al tramonto. Ed è giusto così.

39
Basilea, aprile 1951

Lo stridio dei freni della Jaguar di Golda che inchiodava davanti al palazzo Azoulay arrivò fino alle soffitte. E così pure il rumore dello sportello sbattuto. Le cameriere non riuscirono a fermare la sua avanzata sui tacchi a spillo lungo la scala d'ingresso, e più tardi il maggiordomo giurò alla cuoca che nessuno aveva mai suonato il campanello con più insistenza di quell'americana.

Avrahàm sentì il rumore dei tacchi sul marmo del salone e se la trovò davanti inguainata in un abito rosso ciliegia. La vide occupare militarmente la poltrona davanti al caminetto accavallando le gambe in modo provocante, versarsi uno scotch senza aspettare che fosse lui a offrirglielo, e mandarlo giù con la testa cotonata rovesciata all'indietro. E pensò che andava bene così.

Stanco della seta della vecchia Europa, desiderava farsi abbagliare dal nylon del Nuovo Mondo. Dall'energia travolgente e volgare che trasudava dall'americana, dal colore fluorescente del suo rossetto, dai suoi abiti aderenti, dagli occhiali da sole di celluloide, dai tacchi a spillo... Bella, ricca e sfacciatamente sensuale, Golda parlava la lingua della modernità, il sogno che Avrahàm aveva accantonato indossando il soprabito nero e il cappello a larghe tese dell'ebreo di Odessa. Molto, molto tempo prima.

Avrebbe voluto conquistarla, o forse si era sentito in dovere di farlo, ma si ritrovò a essere conquistato. Inviandole un mazzo di rose, sempre rosse e accompagnate dal medesimo biglietto, tutti i giorni, per un mese, Avrahàm aveva lanciato un messaggio inequivocabile. Al trentesimo mazzo l'americana aveva deciso che ne aveva abbastanza delle stampelle e dello Jüdische Spital. In una sfolgorante giornata di primavera, Golda Klein aveva acciuffato al volo quello che la sorte le serviva su un piatto d'argento. Quelle rose avevano messo in moto ingranaggi sconosciuti alla gran parte delle donne con cui Azoulay aveva avuto a che fare. L'americana lo voleva, e subito.

Le nozze furono fissate per giugno a New York. Nel mese di maggio gli avvocati che seguivano gli affari di Avrahàm e di Golda intrecciarono un rapido carteggio e fissarono tutti i dettagli patrimoniali. L'americana lo aveva fatto prigioniero e, come si conviene ai vincitori, voleva dettare le condizioni della resa: un diamante le cui dimensioni tradotte in carati imbarazzarono gli esperti gioiellieri di Basilea, un appartamento a Parigi e un contratto prematrimoniale che in caso di divorzio avrebbe seriamente intaccato il patrimonio del futuro sposo. Ad Avrahàm le condizioni non sembrarono esose. La nuova vita cominciata dopo l'infarto aveva un prezzo e Azoulay era pronto a pagarlo.

Il cuore ferito di Avrahàm assecondava il ritmo frenetico di quello di Golda che gli si era messo prepotentemente accanto. Non era il pulsare galoppante delle notti con Miriam. Non il sobbalzo suscitato dalla visione della nuca delicata della moglie del mercante di Odessa. Non il battito prevedibile degli incontri con le prostitute. Nessuna donna lo aveva mai eccitato come Golda. Aveva provato qualcosa di simile solo nel bordello di Sfax, davanti alla prostituta con la vestaglia di raso viola aperta sul busto scarno e i capezzoli piccoli e scuri come more. Cosa avevano in comune

l'americana e quella prostituta? Entrambe alte e con tratti volitivi, entrambe con uno sguardo risoluto, entrambe con un corpo asciutto e sottile. Entrambe con l'aria da padrone.
«Lascia stare. Quella non fa per te» aveva tagliato corto Davide Cohen quella notte leggendo nei suoi desideri. «È una donna ma è anche un uomo. Quella non ti fa bene. Quella ti cambia la vita.» E Avrahàm gli aveva dato retta. In qualche modo Golda evocava gli stessi fantasmi della prostituta di Sfax, e in fondo Avrahàm aveva sempre desiderato che qualcuno gli cambiasse la vita. A farlo sarebbe toccato all'americana.

I contratti prematrimoniali ormai erano firmati, mancavano pochi giorni alle nozze, e Avrahàm continuava ad arrovellarsi sulla forma e il colore dei capezzoli di Golda. Erano piccoli e scuri come quelli della prostituta di Sfax? A New York, all'ultimo piano del Waldorf-Astoria, scoprì che erano uguali identici e che l'americana sapeva esattamente come dominarlo. Come aveva sempre desiderato.
"C'è sempre un secondo giro di giostra, basta avere il coraggio di salire" concluse Azoulay.

40

Kibbutz Hanita, giugno 1951

Havah fu la prima a sapere che Stella e Amal si amavano. E che non ci sarebbe potuto essere un matrimonio.
«In Israele tutto è possibile. Non siamo più nella vecchia Europa. Le cose cambiano, basta saper aspettare, e chissà...» le disse Havah per consolarla.
«Tu, piuttosto, quando ti decidi? Aspetti che nasca il bambino?» la rimproverò Stella cercando di recuperare l'autorità che aveva perso con il racconto delle lenzuola stropicciate e del matrimonio impossibile.
«Come lo hai capito?» sussurrò Havah smarrita, lisciandosi l'abito sul ventre appena arrotondato. «Non si vede ancora...»
«Tua madre lo avrebbe capito. Dunque anch'io.»
«Da quando sono incinta penso a lei ogni momento ma non ricordo più il suo volto... Vorrei che il bambino le somigliasse, così potrei rivederla.»
Si strinsero in un abbraccio che sembrò a entrambe eterno ma fu solo un lungo istante. I preparativi del matrimonio di Havah e Yaacov furono rapidi ed essenziali come tutto in quel kibbutz. Giusto il tempo di far arrivare da Cesarea, insieme a un camion carico di sementi e fucili, un grasso e mansueto rabbino belga dalle guance rosee e dai lunghi cernecchi biondi. Sorrise a destra e a manca e capì subito

che avrebbe dovuto tagliar corto con le formalità. Un forte vento che spirava da Gerusalemme in direzione di Damasco aveva spazzato via le nubi e apparecchiato un cielo di un azzurro così intenso da virare al blu. Al centro del piazzale del campo era stato allestito il baldacchino nuziale con uno dei lenzuoli della lavanderia di Stella e quattro robuste canne conficcate a terra. Ma il vento era così impetuoso che più volte rischiò di farlo volare via verso la Siria insieme alle kippah dei kibbutzim e al talled ricamato del rabbino belga. Per il resto, tutto andò come doveva andare. Sotto lo sguardo incantato di Havah, Yaacov ruppe il bicchiere e le infilò al dito un cerchietto di metallo ricavato dal taglio di un bullone. Tutta Hanita ballò in tondo insieme agli sposi ma, abituati a difendersi dai sentimenti, nessuno si commosse. Solo Stella pianse e al druso toccò consolarla. Se la cavarono in un'ora, brindisi compreso. Poi, in tutta fretta, il baldacchino fu smontato, le canne tornarono nel deposito e il lenzuolo in lavanderia. Bisognava recuperare il tempo perduto, governare le bestie, raccogliere la frutta, controllare gli irrigatori e cambiare il turno di guardia.

Hava e Yaacov iniziavano una nuova vita, ciascuno certo di averla donata alla persona di cui si fidava di più al mondo.

Due mesi dopo, quando la pancia di Havah già cominciava a gonfiare gli abiti, un gruppo di ingegneri, biologi e agronomi decise di partire con mogli e figli per fondare un nuovo kibbutz nel deserto del Negev. Dopo l'esodo di quel gruppo, all'improvviso a Hanita non c'erano più bambini da accudire. L'asilo venne trasformato in un'officina meccanica e a Yaacov toccò passare dalle pappe alle frese. Costretto a diventare saldatore, ma rallegrandosi di essere stato bambinaio, vedeva la pancia di Havah lievitare e pensava che non era mai stato così felice.

Quando cominciarono le doglie, dal kibbutz partì una jeep diretta a Safed per prelevare l'ostetrica che aveva fatto nascere tutti i bambini di Hanita. Si chiamava Hagit, aveva una massa di capelli nero corvino, occhi blu, mani da regina e il piglio del più determinato dei sabra. Proprio quello che il padre, emigrato in Palestina dalla Russia alla fine dell'Ottocento, non avrebbe voluto che diventasse. Hagit aveva fatto di peggio. Si era messa in testa di studiare Medicina e di specializzarsi in ostetricia. Il padre avrebbe voluto che suonasse il pianoforte, sposasse un banchiere e sfornasse una nidiata di figli. I suoi, non quelli degli altri. A decidere la vocazione di Hagit era stato quando, ancora adolescente, aveva assistito, non vista, al parto della moglie di uno dei fellah di suo padre: al primo vagito del neonato, aveva stabilito che nulla valeva il miracolo di quell'istante.

La jeep non aveva ancora inchiodato davanti all'infermeria, che Hagit era già saltata giù con la sua borsa ed era entrata.
Quando Havah vide quegli occhi blu piantati nei suoi e sentì quelle mani forti e decise che le palpavano l'addome si rilassò, ma una fitta improvvisa la mise di nuovo in allarme. Stella, di parti, ne sapeva poco e niente, ma controllava Havah come una tigre il suo cucciolo e non mise tempo in mezzo.
«Ha le doglie da sei ore.»
«Le acque si sono rotte?»
«No.»
«Lei è la madre? No, è troppo giovane. La sorella? Non importa, chiunque sia, le stringa la mano...»
Dopo aver controllato la dilatazione, l'ostetrica le sistemò dei cuscini dietro alla schiena e la aiutò a spostarsi con il bacino verso il bordo del letto, sotto il quale piazzò una bacinella.
«Ci siamo. Coraggio, respira profondamente e spingi, spingi più che puoi!»
Finalmente la danza della vita iniziò.
Accoccolata tra le cosce divaricate di Havah, tenendole saldamente le caviglie, Hagit seguiva le contrazioni sempre più intense e ravvicinate. Poi all'improvviso:

«Vedo la testa! Ma non è...»
«Non è cosa?» chiese Stella con il cuore in gola.

Il bambino venne espulso dal corpo di Havah prima ancora che l'ostetrica riuscisse a completare la frase. Ma l'espressione stupefatta dell'ostetrica restava difficile da decifrare. Il piccolo che aveva raccolto con le mani a coppa era avvolto da una pellicola. Attraverso la superficie biancastra e traslucida del bozzolo in cui era avviluppato si intravedeva l'intreccio azzurrino del cordone ombelicale e le forme perfette della creatura che, come un pesciolino, aveva attraversato lo stretto tunnel della nascita protetto dal liquido in cui aveva galleggiato per nove mesi.

«Il sacco amniotico è intatto! Sei fortunata, e lo è anche il neonato...» esclamò Hagit.

Facendo leva sugli avambracci, Havah si tirò su quanto bastava per vedere, tra le quinte delle sue gambe spalancate, il bambino che aveva messo al mondo. Sbarrò gli occhi.

«Perché è così? Va tutto bene?»

«Sì. È nato con la camicia! Il liquido amniotico ha attutito il passaggio e non si è quasi accorto di nascere! E nemmeno tu...»

«E adesso?»

«Lo facciamo nascere una seconda volta! Ora il pulcino uscirà dall'uovo» disse l'ostetrica sfoderando un sorriso che Havah non avrebbe mai dimenticato.

Con la punta della forbice praticò un piccolissimo taglio nella membrana, vi infilò il dito indice e con delicatezza liberò il neonato dal sottile velo che lo avvolgeva. Poi lo sculacciò delicatamente e solo quando ebbe fatto due strilli lo adagiò sul petto della mamma dove si placò immediatamente.

«Nascere con la camicia è un evento rarissimo. I cristiani lo chiamano Velo della Madonna e la tradizione vuole che chi viene al mondo con quel velo sia al riparo dai malefici. Ho fatto nascere un'infinità di bambini, io, ma questo non mi era mai capitato prima!»

Havah trovò il gesto d'istinto. Trattenendo il capezzolo con due dita, dischiuse le labbra del piccolo che poco prima era dentro di lei e lo attaccò al seno. Assomigliava a Yaacov ma, dalla tenacia con cui succhiava, sembrava aver ereditato il carattere della mamma.

Al confine nord della Galilea, nella stessa terra dove era stato deciso il suo destino, Havah cullava il suo cucciolo. E cercava di farlo scivolare dolcemente nel primo sonno della sua vita. E nel suo primo oblio.

41
Miami, 21 giugno 1953

«Mi aiuti con la chiusura lampo?» urlò Golda. «Cosa aspetti? Presto, sbrigati...»
La voce penetrante della moglie lo raggiunse fino alla piscina dove aveva passato buona parte del pomeriggio sdraiato pigramente su un materassino di gomma giallo limone. Avrahàm immerse le mani nell'acqua, come una foca, pagaiò fino al bordo, si arrampicò sulla scaletta, infilò l'accappatoio e la raggiunse.
Golda lo aspettava seduta davanti allo specchio della toilette. I capelli color platino erano troppo gonfi, il trucco troppo pesante e l'abito di pizzo rosa con la chiusura lampo aperta fino alle reni assomigliava alla bocca vorace di uno squalo spalancata sulla sua schiena abbronzata e nervosa.
"Meglio che la chiuda prima che mi divori" pensò Avrahàm compiaciuto. Nel farlo, il sibilo della lampo gli regalò un brivido di sottomissione.
«Non hai ancora preso la medicina» lo rimproverò Golda dopo aver verificato il numero di pillole rimaste nella confezione abbandonata sul comodino del marito. «Sei in ritardo di un'ora sulla tabella di marcia. Sono tua moglie da poco più di un anno e vuoi già fare di me una vedova?» aggiunse con una smorfia sarcastica.
Sparì in bagno e tornò con un bicchiere colmo d'acqua.

«Che bisogno c'è di riempirlo fino all'orlo?» si lamentò Avrahàm.

«A noi americani piace sprecare. Bevilo tutto» ordinò perentoria.

Lui mandò giù la pillola, ingollando l'acqua fino all'ultima goccia e le sorrise, rassegnato e felice. Era difficile contrastare Golda. E poi perché provarci? A lui piaceva così.

«Misuriamo la pressione e controlliamo anche i battiti.»

«Oggi lo abbiamo già fatto tre volte...» protestò Avrahàm.

Senza ascoltarlo, gli ordinò di sdraiarsi, gli sollevò la manica dell'accappatoio, fermò al braccio la fascia dell'apparecchio e, inginocchiata accanto a lui, cominciò a schiacciare la sfera di gomma. Le lunghe dita dalle unghie laccate di rosa si contraevano gonfiando la fascia fino a intrappolargli il braccio.

«La pressione è ottima, passiamo al cuore...»

Il dischetto freddo dello stetoscopio sfiorò il capezzolo sinistro di Avrahàm provocandogli un fremito di piacere. Tenendo d'occhio l'orologio d'oro che portava al polso, Golda contò i battiti e concluse che erano regolari. L'americana governava il suo cuore e la sua carne come la migliore delle infermiere e la più esperta delle puttane.

Avrahàm chiuse gli occhi appagato. Gli affari, anche se diretti ormai da Miami, stavano andando a gonfie vele. Non c'era motivo di tornare in Europa. Lì era seppellito un passato che lui era riuscito a cancellare. Solo il ricordo della figlia lontana resisteva tenace. Havah e Stella erano il filo che lo teneva legato all'Ibrahim che era stato, alle fughe, alle notti insonni, ai tremori. Un filo che entrambe, senza esitazioni e come due complici senza cuore, avevano reciso di comune accordo.

Le donne della sua vita lo avevano sempre abbandonato e lui aveva meritato il loro abbandono. A ciascuna di loro aveva rubato la vita. A Miriam, travolgendola nello scabroso inganno dell'identità. A Havah, nascondendole le sue origini e il suicidio di sua madre. A Stella, approfittando consapevolmente della sua infatuazione per ottenere i benefici di una moglie fedele senza restituirle la posizione sociale e tantomeno la passione. Tuttavia, non riusciva a portare rancore a nessuna. E si scopriva a pensare che al loro posto forse anche lui si sarebbe comportato così. Se non peggio.

«Accendi la televisione, è l'ora del notiziario.»

Per Avrahàm la televisione era ancora una magia americana e le immagini sullo schermo apparizioni da cui lasciarsi affascinare ma a cui non dare troppo credito. Quando era solo era sempre spenta, ma quando c'era Golda era impossibile non tenerla accesa e ad alto volume. Senza il sottofondo della radio, del giradischi o della televisione, lei non riusciva a vivere.

Alla rotazione della manopola, dopo un lieve crepitio, lo schermo incassato nel mobile di mogano si illuminò e apparve un uomo in giacca blu e cravatta regimental con i capelli impomatati e un sorriso pieno di denti.

«Notizie sulla Corea?» urlò Golda dal bagno dove stava dipingendosi le labbra con un rossetto dello stesso rosa acceso dell'abito.

«Una nave che pattugliava la costa è incappata in una mina ed è affondata.»

Dopo aver pronunciato la frase, Avrahàm impallidì e per pochi interminabili secondi nella sua mente esplosero le artiglierie di Gallipoli e le urla dei soldati agonizzanti, nelle narici risentì l'odore di urina e quello del sangue. Il cuore sembrò fermarsi. Poi i ricordi svanirono e riprese a battere regolarmente.

«Crepate tutti, maledetti musi gialli» borbottò minacciosa la moglie che non perdeva l'occasione per esibire il suo sfrenato nazionalismo.

«Musi gialli» ripeté meccanicamente Avrahàm mentre d'istinto la sua mano scivolava a sinistra, all'altezza del cuore.

«Sì, fottutissimi musi gialli!»

Non gli piaceva quando lei usava quelle parole forti, ma non c'era verso di farla smettere.

«Ma tu non devi preoccuparti, tesoro, perché ci sono qua io a proteggerti da quei bastardi.»

Avrahàm si abbandonò sulla poltrona, chiuse gli occhi e abbozzò un sorriso. Lui per primo stentava a crederlo, ma in Golda aveva trovato una padrona capace di farlo sentire al sicuro e di condurlo, seppure al guinzaglio, a spasso per quella nazione volgare e improbabile che, proprio come la moglie, pretendeva di tenere in pugno il pianeta.

Lei gli aveva imposto i colori elettrici, i sapori artificiali, il barbecue, le battute volgari e uno smodato patriottismo a stelle e strisce. Con lei aveva dimenticato Basilea, Alessandria, Istanbul, Giaffa e persino i pii ebrei di Gerba a cui era riuscito ad assomigliare. Come sarebbe stato più facile per Avrahàm imitare quegli scoloriti eredi di Mosè che affollavano le ville di Miami, quei ricchi ebrei riformati amici di Golda, quasi indistinguibili da protestanti e cattolici. Nel brodo del Vecchio Continente gli ebrei, come l'olio, erano sempre stati capaci di tornare a galla, mentre in America si erano emulsionati in una salsa insapore buona per il pranzo del giorno del Ringraziamento.

Magari erano ancora in grado di mettere insieme qualche parola di yiddish, ma, pur non mancando di riempire di monetine le scatole di metallo con la stella di Davide e la silhouette di Israele, sembravano aver dimenticato i ghetti al di là dell'Atlantico da cui provenivano i loro antenati. Non parlavano volentieri della tempesta che aveva decimato i loro correligionari, per loro contavano solo il presente e il futuro, e il passato era un souvenir da seppellire in cantina. Proprio come succedeva a lui? Forse. Ma, nonostante i suoi sforzi, gli ebrei di Golda non riuscivano a piacergli.

Per assecondarla, e per il cangiante mimetismo che era nella sua natura, Avrahàm si era fatto convincere a sostituire la kippah di feltro grigio con quelle dai colori sgargianti, blu elettrico, arancione o verde mela, che gli aveva regalato sua moglie, aveva smesso di mangiare kasher e andava in sinagoga solo a Kippur. Grazie a Golda, Azoulay si era trasformato in un ebreo riformato. La sua ultima mutazione.

«Sei pronto? Sbrigati, facciamo tardi. Mi raccomando, mettiti lo smoking bianco!» gli urlò mentre infilava delle scarpe décolleté con dei tacchi esagerati.

Con quelle scarpe eccessive lo superava di una spanna, ma doveva ammettere che facevano assomigliare la sua andatura al rollio di una barca in grado di superare qualsiasi tempesta. Si sentiva in debito con Golda perché l'aveva fatto salire a bordo quando la nave della sua vita stava colando a picco. Ora il comandante era lei.

Al volante della Chevrolet Corvette decappottabile color panna che lo aveva costretto a regalarle la settimana precedente, la moglie percorse a velocità sostenuta il lungomare punteggiato di palme e di una serie di ville protette da siepi attraverso le quali si intravedeva l'azzurro delle piscine e il rosso dei campi da tennis. Avrahàm non aveva mai visto tante piscine come a Miami. Ai bordi di quegli specchi d'acqua, in calzoncini da bagno o con indosso abiti eleganti, si combinavano affari, nascevano amori, si progettavano tradimenti e si consumavano fiumi di alcol. Erano i palcoscenici della vita di Golda e dei suoi amici.

Parcheggiarono l'auto nel piazzale di pietra rosata della villa dove già si allineavano una Cadillac Eldorado, due Austin-Healey, una Porsche 356 e tre Chevrolet. Attraversando un boschetto di mangrovie, raggiunsero il giardino che circondava la piscina degli Aronson che, a forma di fagiolo e con al centro un isolotto con le palme, era la più grande di Miami. Lì stava per essere celebrato il rito laico americano per eccellenza: il cocktail.

«Non si poteva iniziare il secondo giro di aperitivi senza Golda e Avrahàm!» esclamò il padrone di casa con un gesto festoso non appena vide la sagoma ondeggiante di Golda e quella composta di Azoulay.

Moshé Aronson, il padrone di casa, era un sessantenne grassottello e quasi calvo con un tono di voce da imbonitore e una esondante espansività. Quella sera indossava uno smoking di pessimo taglio e uno spericolato papillon color rubino; intorno a lui, appollaiate su sedie a sdraio e cuscini, c'erano una decina di coppie variopinte, già con il bicchiere in mano. "Gli ebrei amici di Golda assomigliano a chiassosi pappagalli..." pensò Avrahàm con amarezza. "I loro antenati europei invece erano eleganti cormorani, che per sopravvivere si sono adattati a tre ambienti, l'aria, la terra e l'acqua. Volando hanno attraversato le bufere della Storia, camminando nel fango e nella polvere hanno trascinato le loro angustie, ma sapevano anche immergersi nei flussi della meditazione." Quel paragone stravagante gli sembrò calzare a pennello agli ebrei che aveva conosciuto nel Vecchio Mondo. E in qualche modo finiva per includersi nella specie. Almeno in parte, in un tempo lontano.

«Un Margarita per Golda» ordinò Aronson al cameriere. «È ancora il tuo cocktail preferito o dopo il matrimonio hai cambiato gusti?»

«Nel contratto prematrimoniale non è menzionato l'aperitivo, dunque potrei anche cedere a uno dei tuoi Negroni, ma stavolta resterò fedele al mio Margarita.»

«Una moglie fedele al suo aperitivo fa ben sperare. E per te, Avrahàm? Martini, Mary Pickford o un Harvey Wallbanger?»

«Dimentichi sempre che il nostro russo di Odessa è astemio» Rachel Aronson rimproverò il marito con una smorfia di disapprovazione.

«Non sono astemio, ma il mio cuore non mi permette più...» e per scusarsi puntò l'indice sul rever sinistro dello smoking abbozzando un mezzo sorriso.

«Per Avrahàm solo una spremuta d'arancia» ordinò Golda dal divano sul quale si era già acciambellata.

«A proposito di Russia, cosa ne dice il nostro Azoulay dell'Unione Sovietica, ora che il tiranno è morto?»

«Veramente, io...» balbettò Avrahàm.

«Stalin era un tiranno ma ha fermato i nazisti sul fronte orientale. Ed era anche un bel pezzo d'uomo...» si intromise una signora di mezza età con i capelli color carota e degli occhiali a farfalla tappezzati di strass.

«Judith, vacci piano con il Martini e con Stalin. Hitler lo abbiamo sconfitto noi americani!» protestò un gigante obeso pericolosamente in bilico sul bordo della piscina.

Avrahàm prese il bicchiere di cristallo con la spremuta che un cameriere creolo gli offriva su un vassoio d'argento e cominciò a gustarla a piccoli sorsi. E pensò:

"Forse le arance della Florida sono più dolci di quelle di Giaffa, ma il profumo è decisamente meno intenso."

La spremuta d'arancia era la sua bevanda preferita, ma quella sera davanti al liquido dorato, improvvisamente, il ricordo dello spicchio offerto alla figlia nel ventre buio della chiatta la notte del massacro gli graffiò il cuore. Rivide gli occhi vellutati di Miriam e le loro mani intrecciate, il rubino accanto all'acquamarina, e fu attraversato da un lampo di nostalgia. Increspò le labbra, socchiuse gli occhi e si accarezzò la giacca all'altezza del cuore. L'eterno presente americano lo rituffava nel passato che aveva detestato e da cui continuava a fuggire.

Proprio il giorno prima, il suo ufficio di Basilea gli aveva inoltrato una piccola busta di una carta scadente color paglierino con il francobollo e il timbro di Israele. Aveva subito riconosciuto la calligrafia verticale e volitiva di sua figlia e, senza nemmeno aprirla, l'aveva nascosta tra le pagine della Bibbia dove di certo la moglie non l'avrebbe trovata perché non la apriva neppure per sbaglio.

Pur non avendola mai conosciuta, Golda detestava la figlia di Avrahàm. Sapeva che Havah era l'unico Achab capace di arpionare l'uomo che, come una balena in cattività, aveva costretto nel suo acquario americano.

Così, quella mattina, quando la moglie aveva deciso di inabissarsi in una delle sue interminabili sedute dal parrucchiere, Avrahàm ne aveva approfittato per ripescare la busta dalle pagine della Bibbia. L'aveva aperta con mano tremante. Era la prima lettera di sua figlia dopo quella, mai aperta, che gli aveva lasciato quella notte allo Jüdische Spital. Più che una lettera era un biglietto o un lungo telegramma: poche righe, scritte a matita, nelle quali lo informava del matrimonio con Yaacov e gli annunciava che era diventato nonno. Concludeva chiedendo perdono per la fuga e invitandolo ad andare in Israele per conoscere il nipote. Avrahàm si era passato la mano sulla fronte e aveva sospirato. Era sposa e madre, ma del figlio non si era sentita in dovere di comunicargli il nome e neppure il sesso. Quando si era sposata e quando era nato il bambino? In mezzo ai sionisti, l'elegante ragazza di Basilea era diventata una selvaggia crudele e ingrata. Avrahàm aveva rificcato il foglietto nella busta con rabbia, pensando che in un kibbutz sperduto nelle montagne della Galilea era spuntato un misterioso piccolo sabra tirato su, chissà come, tra fucili e arance, del tutto all'oscuro, come d'altronde anche sua madre, della verità di cui lui era l'unico custode. Ma si era pentito subito di quella fantasia.

Riprendendo in mano la busta e accarezzandone la superficie ruvida aveva rivisto sua figlia bambina a Giaffa, lo sguardo malinconico dell'ebreo di Odessa, quello altero della moglie che aveva lo stesso nome della sua e quello commovente della loro figlia. Come sarebbe diventata quella bimba se solo le fosse stato permesso di vivere? Aveva nascosto di nuovo la lettera tra le pagine della Bibbia.

"Solo poche righe e forse troppo tardi, ma si è comunque ricordata di suo padre" aveva concluso, come tutti quelli che preferiscono perdonarsi più che perdonare.

Bevendo l'ultimo sorso di aranciata, gli ritornò in mente quella laconica lettera letta di nascosto. E si scoprì a pensare che oltre l'oceano, a migliaia di chilometri da Miami, la sua unica figlia stava coltivando arance di sicuro migliori di quelle che il padre aveva appena gustato lungo il bordo di una piscina fuori misura, in una città fuori dal tempo, spalmata lungo una penisola che sembrava una portaerei puntata verso Cuba.

Quella sera a casa Aronson, Russia e Corea si dividevano equamente la conversazione degli invitati.

«Il blocco sovietico controlla metà dell'Europa. Ma a Berlino Est la polizia spara sugli operai armati solo di pietre e bastoni.»

«Altro che consenso, quella è fame. Comunisti solo quando gli fa comodo.»

«Mai più la Germania unita. I tedeschi è meglio che restino divisi. E per sempre» sibilò Golda.

«Due Germanie, due Coree... Solo quei cocciuti degli arabi non accettano due Stati perché si illudono di poterci buttare a mare» concluse la rossa al terzo aperitivo.

La serata si stava prolungando oltre ogni limite, ma nessuno si decideva a congedarsi.

«Che ne dite di passare un fine settimana al casinò dell'Avana? Cuba è dietro l'angolo» propose il padrone di casa.

«Divino!» esclamò Golda entusiasta. «Sono mesi che non tocco una fiche!»

«Aggiudicato» concluse Moshé Aronson. «Chi è della partita?»

Accasciato sulla poltrona e con la fronte abbondantemente imperlata di sudore, Avrahàm per l'ennesima volta maledisse il clima di Miami e la passione della moglie per il gioco che lo avrebbe costretto a un fine settimana faticoso. Avrebbe voluto dormire per un mese di fila. Se solo Golda glielo avesse permesso.

42

L'Avana, 26 luglio 1953

Mentre finiva di truccarsi, Golda, con indosso un abito giallo troppo aderente e troppo scollato, pregustava eccitata una notte interamente dedicata al suo campo di gioco preferito: il tavolo verde.

«Non ti sembra di aver esagerato?» commentò Avrahàm mentre si sistemava i gemelli di madreperla.

«In cosa?»

«Il trucco, i colori, la scollatura...»

«La fortuna si distrae facilmente, tesoro» rispose Golda. «Stasera deve vedere solo me.»

Azoulay era attratto dalla sua determinazione, e soggiaceva alla sua protervia. Desiderava essere sottomesso, umiliato e controllato da lei. Ne traeva un piacere inaspettato e la considerava una sorta di punizione per gli errori commessi. Ma detestava irrimediabilmente la fissità dello sguardo di sua moglie quando era preda della sua ossessione per il gioco. Si sentiva trascurato, e persino tradito, a favore di un rivale che, al contrario di lui, la dominava pienamente e del tutto.

Come sempre gli Aronson avevano pensato all'organizzazione. Scartando l'Hotel Nacional, frequentato da brutti ceffi come Lucky Luciano, avevano prenotato due suite nel lussuoso, ma meno chiacchierato, golf club dell'Avana, e per la serata avevano fissato un tavolo al Tropicana. Cuba era piena di americani ma i più ricchi erano parcheggiati in quel casinò.

Dopo qualche puntata andata male, la fortuna si mise a fianco di Golda e non la mollò più. Tentò un carré, giocando quattro numeri primi, l'uno, il tre, il cinque e il sette, e moltiplicò di otto volte la posta. Per ultimo, puntò tutto su un numero secco, l'uno. *En plein.* Aveva vinto trentacinque volte la posta.

Avrahàm la vide correre sui tacchi a spillo verso la cassa ed estrarre dalla borsetta un sacchetto di nylon che ingoiò l'incasso della vincita.

«Lo avevi portato in borsa? Sapevi che avresti vinto?»

«Io mi prendo sempre quello che voglio...» rispose Golda stampandogli sulla guancia un bacio che lasciò una vistosa impronta color fucsia.

Mentre raggiungevano la Chevrolet, Avrahàm, qualche passo dietro a lei, la osservò. I capelli color platino, l'ondeggiare esagerato e il modo volgare con cui dondolava a ogni passo il sacchetto trasparente pieno zeppo di denaro lo infastidirono. Proprio lui che aveva rincorso per tutta la vita la ricchezza, per un istante si trovò a detestare il modo sfrontato con cui la sua seconda moglie la esibiva.

Fin dal primo giorno di luna di miele alle cascate del Niagara, non c'erano mai stati dubbi su chi si sarebbe seduto al posto del guidatore: il volante spettava a Golda. Così fu anche quella notte all'Avana.

Seduto al suo fianco, mentre la sentiva scaldare il motore, Avrahàm si slacciò la giacca dello smoking bianco, allentò il cravattino e si sporse in avanti verso lo specchietto retrovisore per ripulirsi la guancia dall'impronta di rossetto. Inutile negare, era ingrassato, le palpebre erano gonfie e cascanti e i capelli, ormai quasi candidi, cominciavano a diradarsi. La volgarità di Miami faceva miracoli, ma non era capace di fermare il tempo. D'altronde aveva ormai saputo di essere diventato nonno... Pensò che avrebbe dovuto escogitare uno stratagemma per conoscere suo nipote senza che Golda si mettesse di traverso. Lo doveva a Havah e alla memoria di Miriam. L'immagine della moglie distesa sulla banchina del porto di Gerba, il corpo tappezzato di arabeschi rossi, lo accecò come un bagliore spietato. La ruggine del tempo non aveva ricoperto la colpa di quel giorno. Avrebbe mai trovato il coraggio di raccontare a Havah chi erano stati, e chi erano per davvero? Il seme di carne piantato nella Terra Promessa da sua figlia affinché, germogliando, avverasse la promessa ebraica del ritorno era seme del suo seme musulmano. Havah avrebbe dovuto sapere di essere una Özal, e che lo era anche il bambino che aveva partorito? O era meglio che continuasse a vivere nell'inconsapevole menzogna?

Proiettato nel futuro delle generazioni che gli sarebbero succedute, il suo passato scabroso per un istante lo spaventò. Ma Avrahàm non aveva mai guardato oltre l'istante. Chissà quali segreti custodivano gli antenati di ciascuno: tradimenti, delazioni, violenze, inganni. E quale vantaggio ci sarebbe nel conoscerli? Ognuno ha i suoi silenzi, i suoi vicoli ciechi e i suoi peccati. La verità è un'inutile complicazione. Quel nipote, poi, non sapeva neppure se era un bambino o una bambina...

Si complimentò con se stesso dello stratagemma che aveva organizzato per tempo perché Havah venisse a conoscenza della verità senza essere costretto a darle delle spiegazioni. Le cose sarebbero andate secondo il destino che lui stesso aveva indirizzato o avrebbero trovato altre strade?

Come avrebbe detto in un tempo ormai molto, troppo lontano, e come sempre più spesso si scopriva a pensare in segreto, "Inshallah...".

L'ultimo potente colpo di acceleratore che la moglie diede prima di inserire la marcia e partire lo distrasse dai suoi pensieri.

«Dài troppo gas, fai troppo rumore... Troppo di tutto, Golda...»

«Solo gli stupidi partono senza aver scaldato il motore. Rilassati e chiudi gli occhi... Faccio tutto io.»

Mollò il freno e partì sgommando. Poi, incapace com'era di vivere senza una colonna sonora, accese la radio a tutto volume. Dall'altoparlante uscì una voce potente e armoniosa.

«*Celeste Aida, forma divina...*»

Per Avrahàm fu come ricevere un pugno sullo sterno.

«*Mistico serto di luce e fior...*»

Nello specchietto retrovisore il volto di Azoulay diventò bianco come lo smoking dentro il quale si stava lentamente afflosciando.

«*Del mio pensiero tu sei regina...*»

Il battito disordinato del cuore gli rimbombava nel petto ma non riusciva a emettere un lamento.

«*Tu di mia vita sei lo splendor...*»

Mentre Golda, sbuffando, ruotava nervosamente la manopola per cercare una stazione di suo gradimento, con un rantolo Avrahàm si accasciò nel sedile.

Dopo aver attraversato i sibili e i gracchi di molte sintonie, finalmente Golda si placò: *Unforgettable* le era sempre piaciuta. Cominciò a cantarla a squarciagola senza azzeccare una nota:

«Like a song of love that clings to me, how the thought of you does things to me, never before has someone been more...»

Troppo occupata a sovrastare la voce di Nat King Cole, mentre premeva l'acceleratore a tavoletta lungo il rettilineo del Malecon, l'americana non si accorse che Avrahàm con la testa reclinata sul petto boccheggiava come un pesce sulla battigia.

Solo dopo la seconda curva, all'altezza dell'Hotel Nacional, gli urlò:

«La canto meglio io di Nat King Cole... O no?»

Non sentendo risposta strillò:
«Che fai, non rispondi? Già dormi?»
Si girò proprio mentre la luce dell'insegna al neon di un hotel illuminava gli occhi sbarrati di Avrahàm. E capì che era morto.

Unforgettable suonata a tutto volume aveva coperto l'ultimo rantolo di Avrahàm Azoulay. O di Ibrahim Özal?
Erano morti entrambi.

GIUDITTA

1
Ancona, 10 dicembre 1938

Quando, con i polsi serrati dai ceppi, il padre le fece scivolare nel palmo una pallottolina di carta appena più grande di un fagiolo, d'istinto Giuditta strinse le dita a pugno.

«Usali» le mormorò mentre la baciava sulla fronte.

Poi fu lo strazio.

Senza liberarlo neanche per l'ultimo abbraccio, i carabinieri armati di moschetto scortarono il padre fino al letto della moglie morente.

«Hai dieci minuti» lo avvertì il più mingherlino dei due che era il più alto in grado e anche il più carogna.

I permessi speciali dei confinati per lui erano una gran seccatura. Finché il detenuto stava in un'isola controllarlo era facile, ma quando arrivava l'ordine di riportarlo a casa iniziavano le complicazioni. Durante il viaggio era necessario farlo mangiare, dormire e pisciare, senza togliergli i ceppi e tenendo sempre gli occhi ben aperti perché se fuggiva fioccavano le punizioni. Quando poi ci si trovava davanti ai parenti bisognava ignorare gli sguardi ostili e non lasciarsi intenerire dai pianti disperati al momento della separazione.

«Il prigioniero sembra tranquillo, la moglie ormai è più di là che di qua e i figli sono muti come pesci. Non ci saranno grane» bisbigliò la carogna al sottoposto.

Anche i brutti ceffi capiscono quando bisogna andarsene.

Girarono le spalle e si misero a piantonare l'uscita, lasciando la porta socchiusa per tenerlo d'occhio.

Schiacciati contro lo stipite opposto a quello sorvegliato dagli uomini in divisa, Giuditta e il fratello Tobia trattenevano il fiato. Se avessero avuto l'impudicizia di guardare attraverso lo spiraglio che aveva inghiottito il padre, avrebbero potuto scorgere i volti dei genitori incollati per un istante infinito. Ma erano troppo impegnati a ricacciare indietro le lacrime.

Da quando il padre era stato condannato al confino politico, per la famiglia le cose erano cominciate ad andare male. In autunno poi la situazione era precipitata. Giuditta aveva scoperto di appartenere alla "razza ebraica", e non poteva più frequentare la scuola. Aveva avuto la certezza che la madre, ammalata da mesi, era divorata dal cancro. E quel giorno il padre le aveva affidato quella pallottolina misteriosa che aveva il sapore di un addio.

Giuditta lo adorava. Affettuoso come una mamma e stravagante come un fratello maggiore, tra viaggi, politica e galera finiva per essere un genitore a singhiozzo, ma, quando c'era, da lui mai una proibizione o un comando. E al ritorno dall'Egitto, da Tunisi o da Smirne era sempre una festa. Dalle sue tasche sbucavano fili di lino, brillanti avvolti nella carta velina e réclame di hotel dai nomi favolosi. Dalle balle di tappeti emergevano icone russe e regali bizzarri: per Tobia soldatini di eserciti sconosciuti con sciabola e turbante; per Giuditta bambole di legno dipinto che si infilavano una dentro l'altra. Ed era così bizzarro che delle volte scambiava i regali di proposito, così che a Tobia toccavano le bambole e a Giuditta i soldatini.

Il padre non aveva mai nascosto la sua fede anarchica ed era uno degli obiettivi preferiti dei fascisti della città. Lo picchiavano, lo ingozzavano di olio di ricino e lo abbandonavano davanti al portone di casa con giusto il tempo di fare le scale di corsa e torcersi le budella tutta la notte. Poi erano cominciati gli arresti. A prenderlo venivano sempre in coppia, quando lo ributtavano fuori se ne tornava a casa da solo, pieno di lividi e claudicante per i colpi ricevuti, ma sempre a testa alta, delle volte fischiettando, persino.

Tra una reclusione e l'altra, a modo suo, continuava a fare il padre e a mandare avanti il magazzino di filati. Di giorno alzava la saracinesca, con cablogrammi prenotava le materie prime nei porti del Mediterraneo, all'arrivo le distribuiva alle filande e a lavoro terminato spediva i tessuti a Trieste e a Vienna come aveva sempre fatto. Ma di notte tornava alle riunioni clandestine. Tutto precipitò quando un agente dell'Ovra lo sorprese in un'osteria del porto a imprecare contro Mussolini per gli aerei mandati in Spagna in aiuto al generale Franco. Lo condannarono a dodici mesi di confino coatto in un'isoletta del Sud Italia.

Un anno è lungo, e gli affari cominciarono ad andare a rotoli. Nonostante i primi segni della malattia che l'avrebbe divorata cominciassero a manifestarsi, la moglie provò a prendere il suo posto, ma di stoffe lei proprio non se ne intendeva. La famiglia di Leah aveva un negozio di bastoni e cappelli sul lungomare di Napoli e lei era in grado di distinguere al tatto un Borsalino da un Fedora e valutare l'elasticità di una canna di bambù e la resistenza di un bastone di ciliegio, ma non sapeva riconoscere le falle in un tessuto o gli errori in una cardatura. Nemmeno i conti erano la sua specialità, sebbene passasse le notti al magazzino china sui libri mastro nel tentativo di farli quadrare. Ma, controllando le bolle e le partite di merci, finì per scoprire che alcune balle di filato servivano per occultare giornali clandestini e che nei tappeti arrotolati il marito aveva nascosto volantini anarchici che lei si affrettò a distruggere. Si accorse anche di uno strano andirivieni tra un giovane dipendente e la questura e, spaventata, commise l'imprudenza di licenziarlo. Due giorni dopo la polizia sequestrò i libri contabili e chiuse il magazzino. Nel foglio della questura era scritto: "Chiusura prudenziale per conclamati errori contabili", ma in città tutti conoscevano il vero motivo: l'attività apparteneva a un anarchico, per giunta ebreo.

I sigilli furono messi all'inizio dell'estate del '38. Sembrava la fine, ma era solo l'inizio.

Vedere il padre tra due gendarmi, come Pinocchio, per Giuditta e Tobia non era una novità. Quella del padre era sempre stata una vita controvento. Ma in quel pomeriggio di dicembre il vento si era trasformato in tempesta e la tempesta prometteva un uragano.

Subito fuori dalla stanza dove i genitori si stavano scambiando l'ultimo abbraccio, Giuditta continuava a stringere la pallottolina come un talismano. Cosa conteneva? E perché il padre l'aveva affidata a lei e non al fratello? Perché era la sua preferita? Guardando il volto terreo di Tobia si pentì subito di averlo pensato. L'unica certezza era che dentro quella pallottolina c'era qualcosa che gli uomini in divisa non dovevano conoscere.

«Tempo scaduto...» borbottò la carogna dopo un paio di colpi di tosse di avvertimento.

Il padre uscì dalla stanza con gli occhi lucidi e percorse lentamente il corridoio, scortato dagli uomini in divisa. Giuditta vide sfilare la sua ombra, confusa con quella delle guardie, lungo la carta da parati a righe azzurrine e pensò che quel corridoio non le era mai sembrato così lungo e così tetro. Prima di varcare la soglia il padre alzò lo sguardo sulla vecchia mezuzah d'argento inchiodata allo stipite della porta, poi si voltò e facendo l'occhiolino ai figli abbozzò un sorriso gaglioffo che però non riuscì a cancellare l'impotenza che per la prima volta Giuditta e Tobia leggevano nel suo sguardo. Strattonato dalle guardie, attraversò il pianerottolo, scese il primo gradino e fu subito risucchiato dal buio delle scale. Solo quando il rumore dei passi svanì i figli richiusero la porta.

Rannicchiati nelle poltrone rosse accanto al camino dove sedevano sempre i genitori, i fratelli rimasero a lungo muti, gli occhi negli occhi. Il silenzio della casa era appena incrinato dai flebili lamenti che provenivano dalla stanza della madre. A esplodere per prima fu Giuditta:

«Papà chissà quando ritornerà. E mamma è...» Si fermò appena in tempo. «Come faremo ad andare avanti?»

«Non lo so. Adesso bisogna pensare solo a lei» sussurrò Tobia con le dita serrate sui braccioli di velluto. Poi scattò in piedi e ringhiò. «Sai che ti dico? Non ci hanno cacciato solo da scuola, ci hanno cacciato dalla vita. Odio i fascisti. E odio pure gli anarchici.»

«Che c'entrano gli anarchici?»

«Ci hanno rubato nostro padre.»

A Tobia sembrò di aver detto abbastanza e andò a rifugiarsi in camera sua.

Il salotto era in penombra ma dalle imposte socchiuse filtravano lame di luce dorata che si allungavano sul tappeto persiano che il padre aveva comprato a Smirne e che era il preferito della madre. Tutto appariva come pochi mesi prima ma tutto era cambiato in modo intollerabile. All'improvviso le sciabolate di luce che tagliavano le geometrie del tappeto riportarono a galla un ricordo d'infanzia che Giuditta aveva cancellato.

Doveva avere avuto non più di tre o quattro anni perché non era più alta della spalliera del divano dietro alla quale si era rifugiata dopo il primo colpo d'arma da fuoco che aveva colpito la finestra. Il vetro era andato in frantumi e i frammenti si erano sparsi sul pavimento. Di sicuro era successo di notte perché il tappeto era attraversato dalla luce azzurrina di un lampione. Poteva sentire ancora il profumo della madre che la proteggeva con il corpo e il battito del cuore che correva all'impazzata contro il suo. Tobia non c'era... Dov'era suo fratello quel giorno?

«Facile tirare schioppettate protetti dal buio... Vigliacchi! Vi conosco uno per uno e non mi fate paura» aveva gridato il padre alla teppaglia sporgendosi dalla finestra. Poi aveva serrato le imposte, e sorridendo aveva strizzato l'occhio a Giuditta, raggomitolata e tremante tra le braccia della mamma.
«Non avere paura, Giudittina mia, è solo un cacciatore che ha sbagliato il bersaglio. Ma noi non faremo la fine dei tordi, te lo prometto.»
Il primo ricordo che aveva del padre era uno sparo e dei vetri infranti. E lui che le faceva l'occhiolino, come poco prima di scomparire nel buio, scortato dalle guardie.

Accoccolata nella poltrona rossa, Giuditta dischiuse il pugno quanto bastava per sbirciare la pallottolina di carta ma non ebbe il coraggio di aprirla.
«Mamma sta tremando» disse Tobia affacciandosi nel salotto con lo sguardo spaurito.
Giuditta scattò come una molla, tirò fuori una trapunta dall'armadio-guardaroba, ne approfittò per acciuffare un asciugamano e nascose la pallottolina in una fessura del legno, subito dietro le tovaglie ricamate.
«Coprila bene. Io esco, bada tu a lei. Torno tra un paio d'ore per darle la cena.»
«Dove vai?» chiese il fratello con aria smarrita. Poi, vedendo che si infilava un maglione e prendeva il costume da bagno e l'asciugamano: «Ti sembra il momento di andare al mare? È dicembre, il sole sta per tramontare, fa freddo e ci manca solo che ti prenda una polmonite...».
«Ho bisogno di nuotare.»
Uscì sbattendo la porta che aveva appena inghiottito il padre in manette, si scapicollò per le scale e in una corsa sfrenata divorò la strada che la separava dal mare. Il tempo di mettersi il costume dietro uno scoglio e fu in acqua. Un tuffo silenzioso, senza schizzi, come il piombo di un'esca che cerca il fondo. Poi il colpo di reni per risalire a gal-

la, e le bracciate veloci fino al largo. Arrivata alla seconda boa, si arrampicò ansante sulla piattaforma galleggiante di legno e riprese fiato distesa sul tavolato ruvido. Per un istante si riempì gli occhi di cielo ma li richiuse subito per trattenere le lacrime. Saturò i polmoni d'aria fino a tendere il diaframma ed espirò con forza, poi si lasciò scivolare di nuovo in acqua. Tornò a riva mentre il sole cominciava a sparire dietro le colline. Si asciugò in fretta, s'infilò il maglione e tornò a casa. A nuotare fuori stagione era abituata, ma tuffarsi a dicembre e al tramonto era stato un azzardo.

Giuditta si allenava tutti i giorni. E da quando era stata espulsa dalla scuola aveva raddoppiato l'impegno e le ore. Fendendo le onde, sfogava la rabbia per la sua giovinezza in frantumi, per la madre malata, per il padre lontano, per quella corrente ostile che voleva trascinarla lontano e che minacciava di risucchiarla.

In quelle bracciate fino a pochi mesi prima c'era anche un progetto. Giuditta era un'atleta, e il nuoto era la sua specialità. In acqua era sempre stata la più forte, al punto che, all'inizio di agosto, l'allenatore della squadra, camicia nera della prima ora, le aveva chiesto di gareggiare.

«La data è il 20 settembre. Per una come te, partecipare è un privilegio.»

«Una come me? Cosa intende?»

«Per un'ebrea» rispose perfido l'allenatore.

«Non avete nessuna cristiana che sappia nuotare?» aveva risposto Giuditta.

«Sei troppo ebrea per gareggiare, ma sei troppo brava a nuotare. Vuoi partecipare sì o no?»

«Io non partecipo. Io vinco.»

A rifiutare, non aveva pensato neanche per un istante. Ma non ne poteva più di "razza ebraica" e "razza ariana". Non riusciva a capire la differenza tra due ragazzine cresciute insieme che con indosso un costume identico gareggiavano in due corsie parallele. Ma sapeva che le "ariane" in acqua poteva batterle tutte. Le donne, e perfino i maschi. Il cancro stava divorando sua madre e i fascisti si erano portati via suo padre, vincere la gara era l'ultima occasione per essere come gli altri. Sarebbe stata la sua vendetta. Restavano pochi giorni e lei era sempre in acqua a macinare bracciate.

Giuditta aveva poco tempo per allenarsi a vincere. E poco ne aveva sua madre per allenarsi a morire.

Il giorno della gara era arrivato in un lampo e lei aveva vinto senza sforzo, ma ad applaudire erano stati in pochi. E la vittoria fu avvelenata.

Le atlete che avevano guadagnato il secondo e il terzo posto avevano teso il braccio nel saluto fascista ed era scrosciato l'applauso. Ma quando Giuditta era salita sul gradino più alto per prendere il primo premio e il braccio le era rimasto incollato al fianco, dal pubblico si erano levati mormorii di disapprovazione e qualche fischio. In verità il braccio le sarebbe pure scattato verso l'alto, in fondo era il saluto che facevano tutti, ed era felice perché aveva vinto, ma pensando al padre aveva trattenuto lo slancio, serrando il pugno contro la coscia.

Mentre scendeva i gradini con al collo la medaglia verniciata d'oro e il pubblico le gridava contro minaccioso: «Per il Duce e per il Re, Eia, Eia, Alalà!», Giuditta aveva sentito il cuore diventarle duro come un sasso.

Quando era arrivata all'ultimo gradino, l'allenatore, con il distintivo del partito all'occhiello, le aveva sibilato:

«Con le gare hai chiuso.»

«La prossima volta vincerò una medaglia d'oro vero, non questa fasulla che ho vinto oggi.»

«Il prossimo bagno lo farai tuffandoti dalla banchina del porto come gli scaricatori e i contrabbandieri.»

«Loro almeno non portano la camicia nera.»

Con la medaglia ancora al collo, Giuditta si era precipitata a casa. Voleva dire a sua madre che aveva vinto, che non aveva fatto il saluto fascista e che aveva strapazzato l'allenatore. Ma quando l'aveva vista non ne aveva avuto il coraggio. Era a letto, pallida e sofferente, con accanto Tobia che le carezzava la fronte e il dottor Fuà che le iniettava un liquido trasparente nel braccio.

«Lasciatela riposare» aveva mormorato il medico estraendo l'ago dal braccio smagrito della madre. Poi, accarezzando la guancia di Giuditta, aveva aggiunto: «E tu asciugati i capelli, altrimenti rischi un malanno».

Il dottore aveva chiuso la valigetta di pelle, si era infilato il soprabito, si era ravviato i folti capelli appena striati d'argento e in un bisbiglio le aveva chiesto:

«Almeno hai vinto la gara?»

«Sì. Ho vinto una medaglia verniciata d'oro.»

«Buffoni.»

A quel punto Giuditta non era riuscita a trattenere la domanda che le bruciava dentro da giorni:

«Per quanto resisterà ancora?»

«Le è rimasto poco tempo» rispose guardandola negli occhi.

Come tutti i medici, il dottor Fuà sapeva come alimentare le speranze, ma non se l'era sentita di mentire. Mentre Tobia lo accompagnava alla porta, Giuditta era rimasta accanto alla madre. Aveva perlustrato le palpebre violacee, le occhiaie profonde e le braccia segnate dall'ago. Poi si era decisa: aveva baciato teneramente le dita contratte dal dolore, le aveva dischiuse con delicatezza e vi aveva insinuato la medaglia. Le era sembrato che la stringesse, ma forse erano solo le ultime contrazioni prima che la morfina facesse effetto. Non c'era tempo per le medaglie. Non c'era tempo per la figlia. Consumato dal cancro, il corpo di Leah era concentrato su un unico scopo: resistere al dolore.

Erano passati pochi mesi. E quella sera, proprio come dopo aver vinto la gara, Giuditta tornò a casa di corsa e con i capelli umidi. Ma quel giorno di dicembre era molto più freddo e disperato.

Entrando, cercò nell'aria l'odore della madre, quel misto di lenzuola pulite, acqua di colonia e aroma di caffè che trovava sempre nei suoi abbracci, ma riconobbe solo quello penetrante dei medicinali che ormai aleggiava ovunque. E il silenzio saturo di disastro che accompagna la malattia quando non c'è più nemmeno la forza per sperare.

In cucina, Tobia stava scaldando il brodo per la madre.

«Sei un'incosciente. Mamma ha chiesto di te. E tu dove eri? In acqua!»

«Se non nuoto io muoio.»

Giuditta percorse il corridoio con il piatto colmo.

"Se riesco ad arrivare da lei senza versarne nemmeno una goccia, mamma ce la farà" pensava cercando di controllare i movimenti che il corpo imprimeva al liquido caldo. Quando entrò nella stanza, forse perché aveva esitato a superare la soglia o forse perché non l'aveva mai vista così provata, il brodo tracimò: e gli occhi le si riempirono di lacrime.

«Giuditta! Finalmente sei tornata. Non sarai mica andata a...?»

Una smorfia di dolore per un istante le deformò i lineamenti. Non aveva più nemmeno la forza di rimproverarla, ma la sofferenza non riusciva a cancellare la dolcezza con cui stava affrontando la fine.

Dopo essere riuscita a farle mandare giù qualche cucchiaio, Giuditta capì che era troppo stanca anche per bere. Le slacciò i bottoni della camicia da notte e con una spugna inumidita nell'acqua tiepida la lavò con delicatezza, poi la asciugò con un telo di lino, le diede un ultimo sedativo e aspettò che si addormentasse accarezzandole la fronte.

Per pudore, avrebbe voluto distogliere lo sguardo dalla sua agonia, ma al tempo stesso non voleva perderne un'istante. Smarrita nel bozzolo delle lenzuola candide, Leah respirava a stento, trattenendo la vita soffio dopo soffio con ostinazione. Proprio come un nuotatore, prima cercava l'aria, la fermava in un'interminabile apnea, e infine la sputava fuori con un rantolo. Dopo una pausa che alla figlia ogni volta sembrava eterna, a fatica riempiva di nuovo i polmoni e si rituffava nell'abisso che presto l'avrebbe trattenuta per sempre. La morte la stava inghiottendo. Ma la risputava fuori perché chi la amava potesse salutarla ancora una volta.

Il respiro della madre divenne più regolare, il fratello cominciò a russare nella sua stanza: solo allora Giuditta ripescò la pallottolina di carta dalla fessura dell'armadio.

Da quando la cameriera in lacrime se ne era dovuta andare perché gli ebrei non potevano più avere domestici "ariani", il bagno di servizio che era stato suo era diventato il regno di Giuditta. Lungo il filo teso sopra la vasca appendeva il costume da bagno dopo gli allenamenti, sotto il lavandino depositava gli attrezzi sportivi ed era lì che si nascondeva quando aveva voglia di piangere. Quella sera, si chiuse a chiave nel suo rifugio e dischiuse la pallottolina. Sul foglietto di carta velina, di quelli che il padre usava per avvolgere i brillanti, erano scritti a matita tre nomi sconosciuti e tre indirizzi. Uno aveva accanto anche un numero di telefono.

«Usali» le aveva bisbigliato. Ma quando avrebbe dovuto utilizzarli, e perché? Cosa temeva quel padre spericolato e sovversivo? Cosa già sapeva?

Giuditta aveva da poco compiuto diciassette anni e si era innamorata proprio mentre il mondo le stava franando addosso. Capita a tutti di perdere la testa, anche se tuo padre è in prigione e tua madre sta morendo, anche se non sai come si fa e non c'è nessuno a cui chiederlo.

Lui si chiamava Giovanni Giusti e da un anno, complice il gioco degli scacchi, era diventato il migliore amico di Tobia. Era bello ed era cristiano. Il primo connotato l'aveva rapita, il secondo non le aveva impedito di prendere una sbandata per lui. Anzi, forse era stato proprio quello a conquistarla. Durante le interminabili partite con il fratello, a cui Giuditta assisteva con il cuore in subbuglio confondendo la mossa del cavallo con quella del pedone e viceversa, Giovanni le lanciava occhiate sin troppo eloquenti. Ma il corteggiamento era diventato esplicito quando lui aveva cominciato a essere uno spettatore fisso dei suoi allenamenti. Erano molti i ragazzi che andavano a sedersi sugli spalti a guardare le gambe nude delle atlete e a prenderle in giro. Ma lui la guardava in modo diverso. Ne era certa.

Dall'inizio della malattia di Leah e dopo la cacciata dalle scuole, Tobia aveva avuto sempre più bisogno della compagnia di Giovanni e l'appuntamento con la scacchiera era diventato quasi quotidiano. L'ultima volta era stata il giorno prima dell'arrivo del padre in manette. Tobia era andato a comprare le medicine per la madre ma ancora non era tornato. Così ad aprire la porta era stata Giuditta.

«Tobia arriverà a momenti, accomodati in salotto.»

«Ho portato un disco di musica americana, ti va di sentirlo mentre lo aspettiamo?»

«Mamma sta male...»

«Volume al minimo. Promesso!»

Quando il fonografo che il padre aveva acquistato a Vienna liberò le note di un motivetto swing, Giovanni, con gli occhi stranamente luccicanti, la invitò a ballare. Giuditta amava le sfide, e sulla pista di atletica o in acqua piegava i muscoli alla voglia di vincere, ma non aveva mai imparato a ballare. Così, un po' per l'imbarazzo, un po' per l'emozione e un po' perché non era capace, all'inizio accampò delle scuse. Ma erano soli, la musica era seducente e lui ancora di più. E poi insisteva... Alla fine accettò.

Più che ballare si lasciò trascinare. Finì per inciampare nel tappeto, urtò il divano e la poltrona, e gli pestò i piedi più volte, ma in compenso intorno a lei tutto era sparito: l'odore delle medicine, la paura, la rabbia. E per un istante pensò che poteva essere felice anche lei.

I dubbi però presero subito il sopravvento. Era felice anche lui alla stessa maniera? La prendeva in giro o l'amava per davvero? Quanto sarebbe durato? Il misto di forza e insicurezza di cui Giuditta era impastata pretendeva certezze. La femminilità che sua madre non aveva fatto in tempo a insegnarle e che suo padre aveva involontariamente confuso e ostacolato era un alfabeto di cui non conosceva la grammatica. Figuriamoci la sintassi.

Piccola di statura, con occhi troppo grandi e all'ingiù che le donavano un'espressione malinconica, Giuditta sapeva di non essere una bellezza. E nonostante il seno fiorente, per via dell'andatura decisa e dei muscoli allenati, più che a una donna finiva per assomigliare a un ragazzo. E come tale si era sempre comportata. Con il proprio corpo era sempre andata d'accordo e alle dive del cinema aveva sempre preferito le atlete dei cinegiornali. Ma non era certa che Giovanni la pensasse alla stessa maniera.

A suo modo Giuditta era unica. Era tra le poche ragazze della città che tirava di scherma, sapeva lanciare il disco e il giavellotto e nelle gare di nuoto batteva anche i maschi. Il mito dello sport promosso dal regime con lei aveva fatto centro. Il fascismo, odiato dal padre, in qualche modo finiva per andarle a genio, sebbene non avesse il coraggio di confessarlo nemmeno a se stessa. Le piaceva la nuova architettura limpida ed essenziale, amava i saggi ginnici dove potevano esibirsi anche le donne, i campi sportivi, gli stadi, i salti nel cerchio di fuoco e persino la lugubre divisa da figlia della lupa. Anche se, la prima e unica volta che l'aveva indossata, il padre gliel'aveva strappata di dosso. Dell'anarchia, invece, sapeva solo che glielo aveva portato via, proprio come stava facendo il cancro con sua madre.

Non era il momento di imparare a ballare. E non era

nemmeno il momento di innamorarsi. Ma quelle piroette e quell'amore la risarcivano di un'esistenza che da mesi allineava solo sconfitte e abbandoni.

Il giorno in cui era stata espulsa dalla scuola, quando aveva raccolto i libri e i quaderni ed era uscita dalla classe, nessuna delle compagne aveva avuto il coraggio di salutarla. E in seguito anche le amiche più strette si erano volatilizzate. Solo Italia, la bionda spilungona dell'ultimo banco, prima di cinque fratelli che inanellavano i nomi patriottici di Littoria, Adua, Vittorio e Veneto, si era presentata all'improvviso una settimana dopo a casa di Giuditta con una scatola di cioccolatini e la richiesta di farsi dare ripetizioni di matematica a pagamento.

«Senza farlo sapere troppo in giro, naturalmente» aveva sottolineato.

Leah aveva ordinato alla figlia di declinare l'offerta e Giuditta aveva obbedito.

«Perché no?» aveva ribattuto Italia con tono stizzito, appena incrinato da un vago senso di colpa. «Agli ebrei è vietato dare ripetizioni ai cristiani?»

«Ancora no. Ma mia madre è molto malata e devo occuparmi di lei e di mio fratello.»

«Già, per fortuna non devi occuparti anche di tuo padre, perché come al solito è in prigione.»

«Al confino.»

«Che differenza c'è?»

«Che non ci sono le sbarre ed è pieno di professori di matematica. Visto che in aritmetica sei un disastro, potresti andare a prendere ripetizioni lì...»

«Tu piuttosto impara a essere meno superba e rassegnati.»

«Mi rassegno a cosa?»

«Prima o poi sarai un'orfana. Anzi, già lo sei» aveva concluso Italia riprendendo la scatola di cioccolatini e filandosela in tutta fretta.

«E tu è come se fossi già bocciata!» le aveva gridato Giuditta dal pianerottolo.

Da quel giorno la parola "orfana" le era rimasta cucita addosso.

2

Ancona, 15 febbraio 1939

Leah si spense con la stessa dolcezza con cui era vissuta. L'ultimo affannoso respiro lo usò per legare i figli a un giuramento: avrebbero avuto cura del padre.

Fu sepolta in una giornata fredda e ventosa con un sole smagliante dipinto a forza in un cielo senza nubi, secondo il rito della religione che aveva amato e custodito teneramente. Era il primo funerale di Giuditta e la prima volta che entrava nel cimitero ebraico arrampicato sul versante di una collina a picco sul mare, così scoscesa che le lapidi sembravano correre il rischio di precipitare in acqua al primo colpo di vento. E Giuditta capì che, vivi o morti, tutti gli ebrei stavano correndo quel rischio.

Intorno alla terra smossa, insieme ai figli e al rabbino, c'erano solo qualche anziano parente dall'aria smarrita, la cameriera, un vecchio impiegato del padre, due sconosciuti con una cravatta nera annodata a fiocco come usavano fare gli anarchici e un tizio che di sicuro era una spia perché li teneva tutti d'occhio. Nel silenzio, interrotto dalle preghiere del rabbino e dal gemito delle corde che calavano la bara nella fossa, Giuditta non pensò a sua madre e tantomeno alla fede. E nemmeno al Messia che tardava a venire ma che bisognava aspettare comunque. Si scoprì a fissare i presenti uno a uno, chiedendosi a chi avrebbe potuto appoggiarsi.

Ma nei loro sguardi sfuggenti lesse la paura ed ebbe la certezza che nessuno di loro li avrebbe aiutati. Infatti, quando la terra ebbe ricoperto la bara, recitati gli ultimi salmi, e depositato accanto al tumulo ciascuno il suo sassolino, tutti si congedarono con un breve saluto e si avviarono verso l'uscita in fretta, in ordine sparso. Nessuno si era offerto di restare con loro quella notte o di ospitarli. Forse pensavano che i diciannove anni di Tobia e i diciassette di Giuditta fossero abbastanza per sopportare la solitudine. Forse non volevano compromettersi manifestando un'eccessiva solidarietà con i figli di un prigioniero politico. Ciascuno si occupava del proprio destino in bilico. Loro se la sarebbero dovuta cavare da soli.

Prima di congedarsi, il rabbino volle a tutti i costi mostrare a Giuditta e Tobia le tombe degli ebrei celebri della città, poi non si trattenne:

«Finché vostra madre era viva, almeno voi venivate con lei al Tempio. Non come quello scellerato di vostro padre che, salvo qualche Kippur, e nemmeno tutti, se ne restava fuori a parlare di politica. Ora che vostra madre non c'è più, dovete promettermi che vi ricorderete di essere ebrei.»

«Se pure dovessimo dimenticarlo, ci saranno i fascisti a ricordarcelo» rispose Tobia.

«Già, e quelli non guardano troppo per il sottile, ti buttano fuori da scuola anche se non sei mai andato al Tempio a Kippur» aggiunse Giuditta.

«Siete tali e quali a vostro padre» concluse il rabbino scuotendo il capo, poi li abbracciò, gli augurò buona fortuna e a capo chino varcò il cancello.

Giuditta e Tobia tornarono a casa. Ben prima del buio, si raggomitolarono nello stesso letto come due animali feriti, sapendo che l'intimità calda e scura che scorre solo tra fratelli li avrebbe protetti dalla solitudine e dalla paura.

All'alba, Giuditta scivolò fuori dalle lenzuola, ripescò la pallottolina dalla fessura dell'armadio, e rilesse i tre nomi e i tre indirizzi che ormai ricordava a memoria. Doveva mostrare a Tobia il misterioso foglietto.

Ma prima voleva ritrovare qualcosa di sua madre.

Nella cucina deserta, riempì il serbatoio della caffettiera napoletana, premette la polvere del caffè nel contenitore, avvitò il filtro stando attenta a non far uscire l'acqua e accese il fuoco. Quando sentì il borbottio del bollore e vide un sottile filo di vapore che usciva dal serbatoio, prese la caffettiera per i due manici e con un movimento rapido la capovolse. Ripetere meticolosamente i gesti che per anni aveva visto fare a sua madre al mattino la calmò. Riempì due tazze e tornò dal fratello. Non appena il profumo del caffè invase la stanza, dal lenzuolo spuntarono i riccioli e la faccia stralunata di Tobia. Giuditta si infilò accanto a lui e, avvoltolati nelle lenzuola, i capelli biondi del fratello accanto a quelli bruni della sorella, sorseggiarono il caffè in silenzio. Non erano soli, ciascuno aveva l'altro. Ed entrambi sapevano che la madre era ancora con loro: un po' nel vapore profumato, un po' nel liquido nero e bollente, un po' nei loro volti, così diversi eppure così simili.

Giuditta decise che era giunto il momento di condividere il suo segreto. Dischiuse la pallottolina e recitò a uno a uno i nomi ad alta voce, come una preghiera

«Perché lo ha lasciato a te?» chiese Tobia aggrottando la fronte.

«Non lo so.»

«E perché me lo hai fatto leggere solo adesso?»

«Ho pensato che fosse una delle pazzie di nostro padre...»

«Magari fosse così. Se ci ha lasciato questi indirizzi, vuol dire che non tornerà presto. E che le cose per noi si mettono male» mormorò grattandosi la testa furiosamente.

«Non ti grattare come una scimmia, mamma te lo diceva sempre...»

«Mi gratto quanto mi pare. Lo vuoi capire che siamo nei

guai, che il magazzino è chiuso, i soldi sono quasi finiti e io e te dobbiamo cercarci un lavoro?»

«Un lavoro? Ma quale? E dove?»

«In una famiglia o in un negozio, non importa. Basta che siano ebrei.»

Tobia le strappò dalle mani il foglietto di carta velina, scorse nomi e indirizzi e concluse:

«Scegliamo il primo, quello con scritto "Senatore del Regno", avremo più probabilità di farcela.»

«Dunque andremo a Roma. E Giovanni?»

«Dimenticalo.»

«Impossibile.»

«Lo hai capito sì o no che hai fatto male a innamorarti di un ragazzo "ariano"? Che non potrai mai sposarlo e che devi subito toglierVelo dalla testa?»

Giuditta scoppiò in un pianto disperato.

«E le mie gare di nuoto e gli allenamenti...?»

«Gli ebrei non possono più gareggiare. Non conquisterai altre medaglie, Giuditta, mai più.»

«Cosa faremo?» singhiozzò Giuditta.

«Dovremo nuotare in mare aperto.»

3

Ancona/Roma, 1 marzo 1939

Il primo nome della lista, quello con scritto accanto "Senatore del Regno" e un indirizzo della capitale, si rivelò prezioso. Bastò inviare una lettera con la richiesta di aiuto e dopo pochi giorni arrivò la risposta. Come e quando il padre avesse conosciuto un senatore e quale fosse il debito di riconoscenza che aveva con lui al punto di assumere entrambi i figli su due piedi, Giuditta e Tobia lo avrebbero scoperto in seguito. Bisognava preparare la partenza, evitando le pozze sulfuree dei ricordi che si annidavano in ogni angolo della casa.

Riempirono le valigie con gli abiti migliori. Affidarono le posate d'argento alla cameriera tornata a vivere in campagna che le nascose nel pollaio sotto le vasche del becchime, mentre le due icone russe furono consegnate al padrone del ristorante preferito del padre, che le infilò sotto la cassa e continuò a fare i suoi conti sopra a una Madonna con bambino e a un san Giorgio che sconfigge il drago, entrambi annegati in un fondo d'oro. Le cartine con i pochi, piccoli brillanti rimasti del padre e i gioielli della madre, equamente divisi, furono riposti in due sacchetti di seta. Lei infilò il suo nel reggiseno, lui legò il suo a un lungo laccio e se lo mise al collo nascondendolo sotto la camicia. Poi sprangarono le finestre, chiusero la porta a doppia mandata e, carichi di bagagli, scesero le scale per dirigersi verso la stazione.

Giovanni li aspettava davanti al portone. Non appena vide sbucare Giuditta con il suo cappottino rosso e il cappello nero le andò incontro sorridente prendendole le valigie.

«Sono pesantissime... Ci avete ficcato dentro tutta la casa? Come farete a trascinarvele fino a Roma?»

Li accompagnò fino al binario, dove il capotreno stava già dando il primo fischio della partenza.

«Sai dove trovarci» disse Tobia porgendogli un biglietto su cui aveva ricopiato il nuovo indirizzo.

«Alla prima licenza vengo a trovarvi.»

«Licenza?» chiese lei stupita.

«La Regia aeronautica sembra non possa fare a meno di me. Mi hanno assegnato a un campo di aviazione in Sicilia. Con la divisa da aviatore non mi riconoscerai.»

Ma Giuditta pensò che lo avrebbe riconosciuto tra mille, qualsiasi divisa avesse avuto indosso.

Quando Tobia si arrampicò sul predellino con la prima valigia, Giovanni le cinse la vita e, a sorpresa, la baciò. Le valigie erano quattro e quattro furono i baci, tutti rubati al destino e alla cattiva sorte. A differenza del ballo, a Giuditta baciare riuscì d'istinto. E al quarto pensò che avrebbe voluto avere con sé cento valigie.

Il capotreno fischiò per l'ultima volta, gli sportelli si chiusero e le ruote cominciarono a scivolare lungo i binari. Mentre vedeva Giovanni diventare sempre più piccolo fino a sparire, Giuditta ringraziò il caso e insieme lo maledisse. Aveva appena baciato l'uomo che amava e già lo stava perdendo.

Il treno prima si diresse a nord, verso Falconara, poi piegò in direzione di Foligno e, superata Spoleto, s'infilò in una valle angusta e sinistra percorsa da un torrente. Fiocchi di neve larghi e fitti presero a cadere cancellando il paesaggio, e lo sferragliare del treno divenne morbido e ovattato. Nel vagone, stipato di soldati in licenza e agenti di commercio con le borse del campionario, c'era chi stappava bottiglie di vino e chi scartava pacchetti di cibo, mentre un gruppo di Balilla diretti a Roma per un'adunata cantava a squarciagola canzonacce popolate di uomini d'acciaio e sommergibili invincibili.

In quell'atmosfera torva e festante nessuno dei viaggiatori fece troppo caso a quei due ragazzi ben vestiti e dallo sguardo triste che si stavano allenando a scomparire.

4

Roma, 2 marzo 1939

La capitale li accolse con un acquazzone ma, come succede a Roma, presto le nuvole lasciarono il posto a un cielo di un azzurro smagliante. I due fratelli acquistarono una mappa della città e con la matita tracciarono il percorso. L'indirizzo del senatore non era lontano dalla stazione ma il peso delle valigie li obbligò a molte soste. Prima in una chiesa buia con una volta a precipizio su cui galleggiavano putti grassi come tacchini. Poi in una piazza circondata da palazzi signorili, con al centro un giardino affollato di ruderi tra i quali si scaldavano al sole colonie di gatti randagi. E infine in un bar dove si concessero un cappuccino bollente, dividendo il bancone con una decina di preti che parlavano fitto fitto in tedesco. Giuditta e Tobia non avevano mai visto tanti religiosi nello stesso giorno: in fila indiana lungo le strade, riuniti in capannelli nelle piazze, a due a due nei vicoli. Ovunque, Roma era punteggiata dal nero delle tonache di preti e suore.

Impiegando più tempo del previsto, finalmente giunsero a destinazione. Il numero civico corrispondeva a un gigantesco portone di noce nel quale era ritagliato un portoncino più piccolo. Stretta tra l'imponente cornice di pietra che lo circondava e una colonna romana affogata nel muro subito accanto, spiccava una targa di ottone lucidata a specchio su cui comparivano quattro nomi. Quello che cercavano era l'ultimo in alto a destra.

Ad accoglierli fu una donna con i capelli raccolti in una crocchia ordinata e degli occhiali tondi di metallo. Percorrendo un ampio corridoio con un passo leggero che sembrava farla galleggiare sul pavimento, li condusse fino a un grande salone tappezzato di libri.

«Il mio nome è Clara Artom e sono la bibliotecaria. Il senatore è lieto di potervi aiutare in un momento così difficile per la vostra famiglia» esordì. «Il personale è alloggiato nelle soffitte. Ma, per la stima e l'amicizia che legano il senatore a vostro padre, voi avrete il privilegio di dormire in una camera adiacente alla biblioteca.»

I fratelli si scambiarono un sorriso. La parola "privilegio" era risuonata come una carezza.

«Veniamo ai vostri compiti. Tobia, lei sarà il fattorino personale del senatore. Dovrà recapitare la sua corrispondenza privata. Le ho procurato una mappa dove ho segnato gli indirizzi più frequenti, per gli altri dovrà cavarsela da solo. Le farò avere una giacca blu della sua misura e una cravatta. Il suo compito, Giuditta, sarà spolverare gli scaffali della biblioteca e alle cinque servire il tè agli ospiti nello studio. Indosserà una divisa e, per il tè, una crestina e un grembiule ricamato.»

Giuditta deglutì. A casa sua la cameriera non aveva mai dovuto mettere la crestina, al massimo un canovaccio legato in vita quando cucinava. Lanciò uno sguardo ai lunghi scaffali carichi di libri che foderavano le pareti fino al soffitto. Tirarli a lucido era solo una questione di fatica, mentre la crestina e il grembiule le sembravano un boccone troppo amaro da ingoiare.

«Vi mostro la vostra camera. Dopo che avrete disfatto le valigie e vi sarete cambiati d'abito, lo incontrerete. Dovete sapere chi è l'uomo che state per conoscere. È uno dei ventuno senatori che dopo l'omicidio Matteotti non hanno votato la fiducia a Mussolini. Uno dei dodici professori universitari, su più di mille e duecento, che hanno rifiutato il giuramento di fedeltà al regime fascista. Per questo ha perso la cattedra ed è stato estromesso da tutte le accademie di cui era membro, compresa la prestigiosa Accademia dei Lincei di cui è stato presidente. Tuttavia, grazie alla "discriminazione regia", conserva il titolo di senatore del Regno.» Poi aggiunse un suggerimento che assomigliava a un ordine: «Dunque è ancora, e rimarrà per sempre, senatore, e vi prego di rivolgervi a lui con questo titolo».

I fratelli annuirono.

«Anche io insegnavo, greco e latino, ma poi...» E concluse con una smorfia amara: «Professori, bibliotecarie o camerieri, abbiamo tutti qualcosa in comune: siamo ebrei».

Quando raggiunsero la stanza che gli era stata destinata, i fratelli posarono le valigie e si abbracciarono a lungo, in silenzio.

La camera era stretta e lunga e aveva un soffitto così alto che Giuditta ebbe l'impressione di essere precipitata in una botola. Doveva essere stata utilizzata come ripostiglio perché era piena di mobili disposti alla rinfusa: addossata a una delle pareti lunghe c'era una grande scrivania ricoperta di cianfrusaglie e contro l'altra c'erano due letti a barca decorati da complicate modanature e, accanto, dei comodini spaiati. Un gigantesco armadio di noce con un grande specchio ingombrava per intero una delle pareti corte mentre su quella di fronte era ritagliata una finestra altissima protetta da una tenda di velluto marrone.

«Come è buia, sembra una tomba...» commentò Giuditta guardandosi intorno smarrita.

Mentre Tobia tirava fuori dalla valigia una camicia bianca, i pantaloni alla zuava e la giacca blu di panno, Giuditta scostò le tende, aprì la finestra e a fatica spalancò le pesanti persiane. Una luce dorata invase la stanza. Seguendo il pulviscolo che galleggiava magicamente sospeso nel fascio luminoso, Giuditta vide, riflessa nello specchio dell'armadio, un'immagine di Roma che non avrebbe mai dimenticato. Una matassa di storni che mutava continuamente forma, come un unico corpo vivo, stava disegnando una spirale in un cielo azzurro venato dal rosa del tramonto. Quel cielo terso e smaltato faceva da fondale a un intrico di tetti e terrazze da cui emergeva, come una torta troppo lievitata, una cupola rigonfia che culminava in una croce scintillante. Una croce che a Giuditta, lì nello specchio, apparve improvvisamente tagliente e minacciosa.

«Che fai, ti sei incantata a guardare l'armadio?» la rimproverò Tobia. «Vestiti, piuttosto, e pettinati. Il lavoro lo abbiamo, ma è chiaro che in questa casa si riga dritto.»

Il senatore, un uomo corpulento di oltre settant'anni con capelli e barba candidi, li aspettava nello studio, seduto su una poltrona di velluto dietro alla quale troneggiava una lavagna affollata di numeri tracciati con il gesso, un abat-jour e due tavolini pieni di libri. A Giuditta sembrò un liceo in miniatura ma, al posto dell'insegnante, c'era un generale ferito a morte che non aveva rinunciato a combattere. Ripensò a pochi mesi prima, quando, con la cartella in mano, da sola e per l'ultima volta, aveva disceso la scalinata di marmo della sua scuola sotto gli sguardi indifferenti delle compagne ma trovando il coraggio di ricacciare indietro le lacrime. Aveva contato i gradini a uno a uno: erano ottantaquattro. L'umiliazione ancora le bruciava nel petto e d'improvviso quel professore senza più studenti che avrebbe dovuto chiamare solo e sempre "senatore" le fece compassione.

«Benvenuti» esordì l'uomo con voce pacata. «So che la signorina Artom vi ha già illustrato le vostre incombenze future, ma desideravo conoscervi e farmi conoscere. Avvicinatevi...»

Giuditta e Tobia fecero qualche passo in avanti, entrando nel cono di luce della lampada.

«Ecco, così vi vedo meglio. Non c'è che dire, assomigliate a vostro padre, speriamo non nel carattere» disse accarezzandosi la barba. «Sto scherzando. Anche io sono nato ad Ancona e lo conosco da sempre. È un uomo audace e intraprendente che, come me e molti altri, ha pagato due prezzi: quello di essere un uomo libero e quello di essere ebreo. E forse le due cose si equivalgono.»

Solo dopo aver spostato il peso del corpo prima sul piede destro e poi sul sinistro ed essersi schiarita la voce, Giuditta osò rivolgergli la parola:

«Signor senatore, posso fare una domanda?»

«Certamente.»

«Pensa che in futuro saremo costretti a stare sempre tra di noi? Lavorare solo per ebrei, avere solo amici ebrei, sposare solo ebrei...»

«Qualcosa mi dice che lei ha già uno spasimante. E cristiano...»

Giuditta arrossì fino alla radice dei capelli.

«I sentimenti, odio, amore o imbarazzo, suscitano reazioni chimiche e neurologiche che nemmeno la scienza può indurre. E tantomeno bloccare. Il rossore, per esempio...» Dalla barba spuntò un sorriso. «Il fascismo non durerà in eterno, ma può protrarsi il tempo necessario a commettere ancora molte nefandezze. E già oggi limita pesantemente le nostre libertà.» E con tono amaro aggiunse: «Guardate me, sono senatore del Regno ma il fascismo mi vieta di insegnare all'università. Nelle scuole sono proibiti i libri di testo e persino le carte geografiche di autori di "razza ebraica". Il mio medico curante, il dottor Di Nepi, presto non potrà più esercitare la professione, ma poiché ha molti clienti, ebrei e non, che si fidano solo di lui, ogni volta che dovrà prescrivere un farmaco sarà costretto a dettare la ricetta a un medico amico che ha la fortuna di essere "ariano". Una vergogna! Di più, un'infamia!». Sempre più rosso in volto, il senatore continuò: «Sarà vietato esercitare le professioni, fare il giornalista, il pilota d'aereo, e persino l'amministratore di condominio o il maestro di ballo... Stringeranno il laccio piano piano. Per noi ebrei presto non ci sarà più spazio».

Il senatore rimase a lungo in silenzio, quindi si alzò a fatica dalla poltrona e si avvicinò a Giuditta e Tobia.

«Nella mia casa siete i benvenuti e, almeno per adesso, sarete al sicuro. Ma ricordate che la mia incolumità, e quella di altri, è affidata alla vostra discrezione.» E proseguì: «Lei, Tobia, consegnerà la mia corrispondenza privata ma dovrà dimenticare nomi e indirizzi. E lei, Giuditta, quando servirà il tè nel mio studio dovrà cancellare dalla mente i volti degli ospiti e soprattutto tenere la lingua a posto. E qualcosa mi dice che non le sarà facile».

Dopo aver stretto la mano a entrambi, aggiunse:

«I tempi non sono dei migliori, bisogna usare delle precauzioni e molte accortezze. Confido in voi.»

I fratelli annuirono, ringraziarono e si ritirarono nella loro stanza.

Non appena Giuditta ebbe chiuso la porta Tobia esplose:

«Abbiamo appena trovato un lavoro e tu ti metti a fare domande sui matrimoni misti?»

«Che c'è di male a chiedere?»

«Che il senatore ha capito che sei innamorata di un cristiano. Dimentichi che il matrimonio tra ebrei e "ariani" è vietato?»

«È vietato sposarsi, mica è vietato innamorarsi.»

«Quando parli così sei identica a papà.»

«Se papà fosse innamorato di Giovanni, fuggirebbe con lui e lo sposerebbe all'estero!»

«Nostro padre è capace di tutto e tu sei una pazza incosciente, proprio come lui.»

«Il tuo sport preferito invece è elencare tutto quello che non possiamo più fare. Sappi che, anche se per il momento non posso sposare Giovanni, quando gli daranno la prima licenza e verrà a Roma da me io lo presenterò al professore. Quella storia delle reazioni chimiche e neurologiche mi ha convinto.»

«Scordatelo. E poi chissà quando gli daranno una licenza...»

«Verrà a Roma a maggio. Rassegnati, fratellino.»

In vista dell'arrivo del suo innamorato, con il primo stipendio Giuditta decise di comprarsi un vestito nuovo. In un negozio del centro ne aveva visto uno color sabbia con un bel collo di piquet bianco, ma il giorno che si era decisa ad acquistarlo il proprietario aveva esposto, proprio accanto a quell'abito, un cartello con su scritto in grande "Questo negozio è ariano" e sotto, più piccolo, "È vietato l'ingresso ai cani, ai mendicanti e agli ebrei". Quando lo vide Giuditta fece dietrofront inferocita, poi tornò sui suoi passi e si decise a entrare pensando: "Come fa a sapere che sono ebrea?".

Varcò la soglia del negozio con passo deciso.

«Buongiorno, vorrei vedere l'abito in vetrina.»

«Quale dei tre?»

«Quello color sabbia.»

«Sobrio, elegante e di gran classe, ottima scelta. Taglia?»

«Quarantadue.»

«È proprio la taglia di quello esposto in vetrina. È fortunata.»

Il proprietario tolse l'abito dal manichino e glielo mostrò.

«È l'ultimo e posso farle un prezzo di favore.»

«Non farà mica sconti come gli ebrei?»

«Ma veramente, io...»

«Lasci stare, ho visto il cartello e mi sono divertita a stuzzicarla... Piuttosto, vedo che le rifiniture non sono fatte a mano.»

«Non tutte ma...»

«Anche il tessuto non è di prima scelta, è opaco e la trama è grossolana.»

Giuditta pescava alla rinfusa le parole che usava il padre con i clienti ma dall'espressione smarrita del proprietario capì di aver fatto centro.

«Vedo che ne capisce, signorina. Come mai conosce così bene le stoffe?»
«Non ho forse gli occhi per vedere? E il tatto per valutare un tessuto? E non soffro il caldo e il freddo proprio come lei?» citava a casaccio un monologo di Shakespeare che gli aveva letto il padre un paio di volte e che aveva per protagonista un ebreo veneziano.
«Glielo vendo per la metà del prezzo...»
«Non vale nemmeno quella cifra. Scelga meglio i suoi fornitori» sibilò Giuditta uscendo dal negozio.
Nello sbattere la porta a schiaffo, i vetri tintinnarono e il cartello con la dicitura "Questo negozio è ariano" si rovesciò nascondendo la scritta.
Giuditta rincasò a passo veloce. Si era comportata come suo padre e lui ne sarebbe stato orgoglioso.

Quella notte, mentre cercava di addormentarsi nel precipizio della camera con il soffitto troppo alto, pensò che era stato un bene che sua madre se ne fosse andata prima di vedere la figlia indossare la divisa da cameriera. Prima di vederla prendersi un'inutile rivincita con un commerciante incapace che non distingueva un tessuto di qualità da uno di seconda scelta. Solo quando decise che l'indomani avrebbe acquistato l'abito ben più elegante e costoso che aveva intravisto in un negozio accanto, un abito rosso, di seta leggera e abbastanza corto da mostrare le sue gambe tornite e che di sicuro sarebbe piaciuto al suo innamorato, finalmente Giuditta si addormentò. Sognò che Giovanni la veniva a prendere con un aeroplano e, mentre sorvolavano la costa, lei si tuffava con il vestito rosso nel blu del mare.

Giuditta e Tobia si sentivano di nuovo una famiglia solo quando dal confino arrivavano le lettere del padre. Le leggevano e rileggevano recitando a voce alta i passaggi più curiosi: raccontava di come pescava dagli scogli, dopo una riga cancellata dalla censura proseguiva su come era intenso l'azzurro del cielo al Sud, poi dopo un'altra frase cancellata andava avanti magnificando il cibo saporito e piccante. E concludeva sempre con: "Vi stringo forte al petto e fatevi coraggio".

Da quelle pagine piene di cancellature, quella vita da recluso somigliava a una vacanza, e a conti fatti il padre sembrava aver trovato comunque del buono anche in quell'isola sperduta. Era un grande cuoco capace di tirare fuori piatti appetitosi anche con poco, e lo immaginavano intento a cucinare il pesce con matematici comunisti e ciabattini anarchici, mentre intrecciava con loro teorie strampalate su come ribaltare il mondo o friggere le alici.

Eppure Giuditta non riusciva a togliersi dalla testa le parole insabbiate dalle righe nere della censura. Il padre era sempre stato il suo eroe. Le mancavano i suoi scherzi, il suo coraggio e quel suo modo strambo di affrontare la vita alla rovescia con la passione politica sempre in testa. In nome di quella passione aveva messo a repentaglio la sua ricchezza, e le loro vite. Per colpa di quella passione gli affari erano andati a rotoli e lei e suo fratello erano stati costretti a cambiare città e a cercarsi un lavoro.

"Cameriera e fattorino: due mestieri onesti. Sempre meglio che banchiere o usuraio" le avrebbe detto di sicuro il padre.

Da quando Giuditta si guadagnava da vivere, proprio come le masse oppresse che il padre si ostinava a voler liberare, le sue iperboli avevano smarrito parte del loro effetto mirabolante. E, pur amandolo sopra ogni cosa, persino più di Tobia e di Giovanni, era tormentata dagli interrogativi. Perché non li aveva protetti mettendoli in salvo prima del disastro? E perché sembrava non preoccuparsi più di tanto delle umiliazioni che i figli stavano subendo?

"Nostra patria è il mondo intero, nostra legge è la libertà..." era il ritornello della prima canzone che le aveva insegnato e che a Roma si era ritrovata a canticchiare tra sé e sé con orgoglio e nostalgia. Ma non funzionava più. Il suo mondo si era ristretto a una libreria da spolverare e la sua libertà sembrava svanita. E cominciava a chiedersi per quanto tempo il senatore avrebbe potuto proteggerli.

Per molti mesi le mura della casa del senatore furono un argine alle paure. I compiti assegnati dall'occhialuta bibliotecaria a lungo andare si rivelarono meno pesanti del previsto, anzi, riempivano le loro giornate e allontanavano le inquietudini. Tobia, mappa alla mano, consumava le suole delle scarpe portando pacchi e biglietti in giro per la città. Giuditta scopriva quanta polvere poteva occultarsi in un'enciclopedia e quanto era pesante un vassoio d'argento con sopra dodici tazze di porcellana e una teiera.

Dopo l'espulsione dei professori ebrei, il regime poteva vantarsi del fatto che le aule non erano più monopolio di altre "razze" e che l'università del Regno poteva riprendere, con la "potenza della razza purificata e liberata", il suo cammino ascensionale. Numerosi scienziati ebrei decisero di espatriare, altri continuavano a lavorare e a scambiarsi ricerche, anche a casa del senatore.

Giuditta presto si accorse che servire il tè a quegli stravaganti personaggi era come assistere a uno spettacolo affollato solo di primi attori, ciascuno convinto di recitare la parte meglio dell'altro. Arrivavano con risme di fogli fitti di appunti sotto il braccio, che allineavano sui tavolini usando le tazze di porcellana come fermacarte, così che Giuditta, sparecchiando, si imbatteva in formule matematiche sconosciute e in slogan politici che invece conosceva da sempre.

Il senatore le piaceva e avrebbe voluto saperne di più su di lui, tanto che aveva osato chiedere alla bibliotecaria com'era andata il giorno che si era rifiutato di giurare fedeltà al fascismo.

«Ha risposto: "Preferisco di no!". Senza esitazioni. Lui sì che è un grand'uomo» le aveva confidato la Artom con gli occhi lucidi.

Giuditta si disse che avrebbe voluto rispondere anche lei così quando le aveva fatto indossare per la prima volta la divisa da cameriera, ma non aveva osato. D'altronde si trattava del suo lavoro, "un mestiere di tutto rispetto", avrebbe detto suo padre. Era solo la divisa che lei non riusciva a sopportare.

Nulla era più come prima, ma alcune cose sembravano immutabili. Tutti quelli che parlavano con il senatore dovevano rivolgersi a lui con quel titolo. Forse si restava senatori per sempre così come si restava per sempre ebrei.

5

Roma, 8 maggio 1939

Non appena ottenne la prima licenza, Giovanni si precipitò a Roma. In un caldo pomeriggio di primavera, in divisa da aviere e con i capelli lucidi di brillantina, bussò all'indirizzo del senatore.

«Buonasera, sto cercando Giuditta e Tobia, sono un loro amico di Ancona. Potrei vederli?»

Non era previsto che il personale ricevesse visite, perdipiù inaspettate. La bibliotecaria avrebbe dovuto invitarlo a lasciare un biglietto con il suo recapito e metterlo alla porta, ma non lo fece. Troppi libri possono rendere fragili e sprovveduti. Gli allievi del senatore, poi, sempre presi dai numeri e dalla politica, avevano dimenticato come si lanciano sguardi arditi e complimenti azzardati. Birilli che Giovanni, d'istinto, sapeva far piroettare come un esperto giocoliere. Nei silenzi degli scienziati è nascosto il futuro, ma negli occhi dei giovanotti balugina il presente. E poiché il presente della bibliotecaria era pieno di scienziati ma povero di giovanotti, stupendosi lei per prima, finì per farlo accomodare in un salottino correndo ad avvertire Giuditta e Tobia.

«Sei mio fratello e mi devi aiutare» esplose Giuditta mentre si sfilava in tutta fretta la divisa da cameriera.

«A fare cosa?» ridacchiò il fratello.

«Lei non mi farà mai uscire da sola!»
«Sola con Giovanni? Non c'è bisogno che te lo proibisca la Artom. Te lo proibisco io. Non se ne parla.»
«È il tuo migliore amico... Ad Ancona un paio di volte siamo andati a passeggio da soli, perché qui no?»
«Perché no. Mamma non c'è più e papà è come se non ci fosse. Io sono la tua famiglia. Sono il più grande e decido io!»
«Ho compiuto diciotto anni...»
«Già, e più cresci più diventi pericolosa.»
«Ti prego, aiutami. La responsabilità è anche tua se io e Giovanni...»
«Ti aiuterò, ma a patto che non lo presenti al senatore.»
«Affare fatto.»

L'indomani la Artom gli concesse un pomeriggio di libertà. Roma aveva sfoderato un'aria tenera e azzurrina e le strade erano piene di innamorati. È primavera anche in tempo di guerra. Forse persino di più. Si colgono rose che potrebbero essere le ultime e si fanno promesse solo per annusare il futuro. E a questo erano pronti Giuditta e Giovanni.

Per una buona mezz'ora, Tobia camminò molti metri avanti a loro, regolando il passo sui loro baci. Però siccome anche lui aveva vent'anni e Giovanni era l'innamorato di sua sorella ma era anche il suo migliore amico, alla fine esplose:

«Adesso basta! Vi offro un gelato così la smettete con tutte queste romanticherie.»

Scelsero un chiosco all'aperto, sotto gli alberi di Villa Borghese, dove suonava un'orchestrina. Tobia era ansioso di sapere degli aerei, della Sicilia e della guerra, ma Giovanni, pur di continuare a tenere stretta Giuditta, la invitò a ballare.

Quella che aveva baciato in un'altra città, solo qualche mese prima, era una ragazzina, ma quella che ora, a Roma, teneva tra le braccia era ormai una donna. E una donna del tutto incapace di ballare.

«Cerca almeno di tenere il tempo.»
«Non ci riesco.»
«Asseconda i miei movimenti e lasciati andare. Fai come se fossi in acqua...»
Così audace e così padrona del suo corpo, Giuditta incespicava nei sentimenti. E non assecondava il ritmo della seduzione che i corpi dei ballerini disegnano come una silenziosa promessa. Piroettare tra le braccia dell'innamorato sotto gli occhi del fratello la imbarazzava, e il ricordo del grembiule e della crestina che indossava da tempo la faceva sentire goffa e insicura. Ancora non sapeva che le cameriere ballano più e meglio delle loro padrone. Si vergognava di non avere labbra dipinte e calze di seta da offrire agli sguardi del suo innamorato, ma solo l'umiliazione di vivere in un recinto di uguali che sembrava stringersi ogni giorno di più fino a soffocarla.
Quando per l'ennesima volta perse il ritmo, rinunciò:
«Basta, non ho più voglia di ballare.»
«Perché? Nel valzer sei stata bravina, mi pestavi i piedi a ogni giravolta ma...»
«Nessuno mi ha mai insegnato a ballare, e sono mesi che faccio solo la...» Si fermò in tempo.
«Tranquilla, ci sono qua io. Ho chiesto la licenza proprio per insegnarti a ballare. Il capitano non voleva concedermela ma io ho insistito: "È questione di vita o di morte" gli ho detto, "devo andare a Roma per insegnare il fox-trot alla mia innamorata prima che lo faccia qualcun altro al posto mio".»
In un modo o nell'altro riusciva sempre a farla ridere.

L'indomani Giovanni sarebbe ripartito per la Sicilia e chissà quando gli avrebbero concesso un'altra licenza, così Tobia decise di affrettare il passo verso la casa del senatore per lasciarli soli almeno un po'.
Gli innamorati ne approfittarono. Sotto i platani del Lungotevere si abbracciarono stretti. Molto stretti. Giuditta lo

sentì contro di sé. Era come una danza attraverso la pesante stoffa della divisa, una danza di cui seguiva il ritmo con naturalezza, non come gli arzigogoli di un fox-trot o di una beguine. Era come lasciarsi andare assecondando la corrente. Una cosa che Giuditta sapeva fare benissimo.

6

Roma, 10 giugno 1940

Giuditta spolverava, serviva il tè e aspettava la prossima licenza di Giovanni che però non arrivava mai. Nello studio del senatore ascoltava con il cuore in gola le notizie che si accavallavano sulle vittorie dell'Asse e sull'avanzata nazista. E si chiedeva con angoscia a chi sarebbe toccato dopo la Polonia, la Danimarca e la Norvegia. La cartina geografica dell'Europa era ogni giorno più nera e il grigio dell'Italia stava diventando sempre più cupo.

Il caso volle che quel giorno Tobia avesse ricevuto l'incarico di recapitare una lettera a via del Gesù proprio nell'ora in cui dal balcone avrebbe parlato Mussolini.

«Mi tocca passare per piazza Venezia, mi metterò i tappi di cera alle orecchie» disse Tobia infilandosi in tasca la busta con la calligrafia svolazzante del senatore.

«Quei sapientoni che prendono il tè con lui non fanno che dire che la guerra è vicina» confidò Giuditta al fratello.

«Già. Altro che patria, onore ed eroismo, la guerra sarà fango, sangue e morte.»

«Portami con te. Non l'ho mai visto...» lo implorò Giuditta.

«Chi? Quel dittatore che ci sta rubando la vita?»

«Ma no, voglio vedere la piazza, il balcone, la Storia... È un momento che non dimenticheremo per tutta la vita!»

«Io non dimentico nulla di quello che ci ha fatto quel bastardo. Tu non verrai, non se ne parla. Te lo vieto.»

«Parli proprio come lui. Mettiti bene in testa che a me nessuno vieta nulla. Ricordatelo!»

Giuditta era una ragazza cocciuta. S'inventò una frottola, la bibliotecaria abboccò, e Tobia, a malincuore, fu costretto a portarla con sé.

Nonostante fossero usciti con largo anticipo e la casa del senatore non fosse lontana dal luogo dell'adunata, le strade erano così piene di gente che ci si muoveva a stento e a piazza Venezia i due fratelli non ci arrivarono mai, ma la voce metallica del duce, amplificata dagli altoparlanti, li raggiunse comunque.

«*Combattenti di terra, di mare, dell'aria... Camicie nere della Rivoluzione e delle Legioni... uomini e donne d'Italia, dell'Impero e del Regno d'Albania, ascoltate! Un'ora segnata dal destino batte nel cielo della nostra Patria. L'ora delle decisioni irrevocabili...*»

Per un istante il respiro della folla restò sospeso, aggrappato alla pausa teatrale dell'oratore.

«*La dichiarazione di guerra è già stata consegnata!*»

Un boato di giubilo coprì la voce di Mussolini.

«Un pazzo ha deciso il nostro destino. Sarà una catastrofe e noi finiremo stritolati» sussurrò Tobia all'orecchio della sorella.

«*La parola d'ordine è una sola... Vincere... E vinceremo!*» strillò la voce di Mussolini, cui seguì una raffica di applausi moltiplicati dagli altoparlanti.

Giuditta sentì un brivido lungo la schiena. Immaginò i corpi elastici dei ragazzi che si erano allenati con lei in acqua o sulle piste di atletica trasformarsi in carne da trincea. E pensò a quello del bell'aviere di cui era innamorata. Si ricordò di quando il padre le aveva vietato di indossare la divisa da giovane italiana. Mise le cose insieme e pensò che aveva sbagliato epoca, religione e probabilmente anche famiglia. Forse persino innamorato. E si accorse di avere paura.

«Che Dio ci assista» mormorò Tobia prendendola per il braccio e trascinandola lontano da quella folla e da quel giorno maledetto.

7

Roma, 11 ottobre 1940

Il senatore morì all'improvviso, all'alba dell'11 ottobre di quell'anno. L'unico necrologio venne pubblicato sul "Bollettino dell'Unione Matematica Italiana", ma sulla scrivania del suo studio si allinearono telegrammi da tutto il mondo.

La Artom, con gli occhi arrossati dal pianto, mostrò a Giuditta e Tobia i messaggi di condoglianze.

«La Royal Society di Londra, l'Institut de France, persino l'Accademia di Leningrado...»

«Su quale giornale pubblicherà l'annuncio?» chiese Giuditta.

«Dimentica che agli ebrei è proibito pubblicare necrologi.»

Aveva gli occhi pieni di lacrime. Si tolse gli occhiali e se li asciugò con un fazzoletto mentre continuava a recitare come una litania:

«Le rinfresco la memoria. È vietato fare gli affittacamere, gli insegnanti privati, gli interpreti e gli autisti. Non possiamo entrare nelle biblioteche pubbliche e nemmeno mettere il nome sugli elenchi telefonici.»

Si rimise gli occhiali e con una smorfia amara aggiunse:

«È vietato persino allevare colombi viaggiatori.»

Poi si coprì il volto con le mani.

«Ci è permesso solo morire.»

Violando ogni regola, Giuditta, di slancio, la abbracciò.

Era la prima volta che si toccavano. Sentire il calore dei corpi così vicini fece bene a entrambe.

Nonostante le onorificenze e i telegrammi, il senatore fu seppellito in un cimitero di campagna. Proprio come a quello della madre di Giuditta e Tobia, al suo funerale c'erano ben poche persone. Da quando le cerimonie funebri erano diventate mappe preziose in grado di squadernare reti di nomi e relazioni insospettate, quelle degli ebrei e degli antifascisti si erano trasformate in affari di famiglia che i più, per prudenza, evitavano. Giuditta e Tobia, con indosso i loro abiti migliori, scelsero due sassolini e li poggiarono sulla lapide su cui era inciso l'epitaffio che il senatore aveva voluto: "Muoiono gli imperi, ma i teoremi di Euclide conservano eterna giovinezza". Giuditta i teoremi di Euclide non se li ricordava ma Tobia le spiegò in modo raffazzonato che parlavano di triangoli rettangoli.

«Roba che in guerra non serve» le spiegò amaramente il fratello.

«E tu cosa ne sai, magari potrebbero essere utili per calcolare le traiettorie degli aeroplani o delle bombe.»

«Da quando Giovanni si è arruolato nell'aviazione sei diventata anche tu esperta di bombardamenti aerei?»

«Smettila di prendermi in giro. A proposito, lo sai che il senatore dopo aver letto *Dalla Terra alla Luna* ha calcolato la traiettoria di una navicella spaziale che compie quel percorso?»

«Come lo sai?»

«Me lo ha raccontato la Artom. Abbiamo conosciuto un grande uomo, ed era amico di nostro padre!»

«Già, e tutti e due ci hanno lasciato soli.»

Nei giorni seguenti dovettero prepararsi a chiudere la casa del senatore. Tobia aiutò la Artom a sistemare i libri e i documenti del professore in casse numerate da trasportare in cantina, mentre le carte riservate e i volumi più preziosi vennero nascosti a casa di un amico cristiano. Giuditta spolverò per l'ultima volta gli scaffali della biblioteca che, ormai vuoti, le apparvero come bocche minacciose pronte a risucchiarla. Aveva detestato quel compito, ma ora si scopriva a rimpiangerlo.

Nessuno li mise alla porta, ma sapevano che non sarebbero potuti rimanere a lungo in quella casa. Per cercare un nuovo lavoro sarebbero stati costretti ad attingere alla lista degli indirizzi del padre. Scelsero il nome con scritto accanto Ostia, e tra parentesi Roma.

«Rivedrò il mare!» esclamò Giuditta.

Erano due anni che non nuotava. Appena giunta nella capitale nel disfare le valigie si era accorta di aver dimenticato il costume da bagno. Si era consolata pensando di comprarne uno nuovo, ma la Artom aveva subito smontato i suoi propositi.

«Gli ebrei nelle piscine non sono graditi. E in nessun circolo sportivo.»

Per Giuditta era stata una fucilata.

«Ma mica si vede che siamo ebrei...» aveva protestato.

«Naturalmente no, ma all'ingresso possono chiedere di esibire i documenti e quelli lo provano...»

«E al mare? Il mare è vicino!»

«Se è per questo il fiume lo è ancora di più, ma se per lei Giuditta sarebbe comunque un'imprudenza, per suo fratello Tobia sarebbe un inutile rischio» aveva tagliato corto la bibliotecaria.

«Perché?» aveva chiesto sfrontato Tobia.

«Immagino che lei sia circonciso e nello spogliatoio e ancor di più sotto le docce qualcuno potrebbe finire per accorgersene...» aveva concluso la Artom abbassando gli occhi.

Negli interminabili mesi a casa del senatore, nelle giornate di libertà, i due fratelli si erano limitati a lunghe passeggiate per il centro, avventurandosi qualche volta, su pressione di Giuditta, fino alle pendici di Monte Mario, dove sorgeva il Foro Mussolini. A lei piaceva gironzolare nel gigantesco piazzale davanti agli edifici rossi e bianchi, ammirare il monolite candido dell'Accademia della Scherma e le gigantesche statue degli atleti. Per poi finire con il naso schiacciato contro i vetri della piscina coperta, tappezzata di mosaici, a guardare i nuotatori fendere l'acqua.

La spedizione a Ostia al secondo indirizzo della lista le sembrò una rivincita.

«Rivedrai il mare, ma non per nuotare. Non hai nemmeno il costume...»

«Posso sempre comprarlo.»

«Oggi è tardi, domani è domenica e i negozi sono chiusi. Non andiamo a Ostia per divertirci ma per cercare uno sconosciuto nella speranza che ci trovi un lavoro, senza il quale ci ritroveremo in mezzo a una strada» tagliò corto il fratello, che invidiava la spregiudicatezza della sorella tanto quanto temeva di esserne contagiato.

Dopo quasi due anni, Tobia conosceva la capitale palmo a palmo e sapeva come arrivare a Ostia, avendo recapitato molti messaggi del senatore indirizzati a un matematico polacco fuggito in Italia dopo l'invasione nazista e che per vivere serviva caffè e gelati allo stabilimento balneare Principe. Arrivarono facilmente alla stazione della ferrovia Roma-Lido e giunti a Ostia chiesero informazioni, ma non trovarono nessuno che conoscesse quell'indirizzo. Dopo aver camminato per ore su e giù per il lungomare, scoraggiati, stavano quasi per tornare in città, quando decisero di rivolgersi a un gruppo di operai che spalavano sabbia in un piccolo cantiere sull'arenile.

«Alla fine del lungomare in direzione sud troverete un gruppo di casette. Quando sarete lì, chiedete di nuovo. È una di quelle stradine» disse un ragazzo a torso nudo continuando a spalare.

«Cosa state facendo?» chiese Giuditta.

«Con le sanzioni manca la gomma, manca il petrolio e soprattutto manca il ferro per fabbricare i cannoni. Già fuse cancellate e ringhiere, il ferro ci tocca tirarlo fuori a noi dalla sabbia.»

«Con quell'aggeggio?» chiese Tobia indicando un macchinario attorno al quale sudavano altri due operai: uno metteva la sabbia con una pala in una specie di imbuto e l'altro girava una pesante manovella.

«Sì, serve per dividere il ferro dalla sabbia. L'ha inventata un certo Liguori. Ha convinto Mussolini che avrebbe funzionato e a noi ci tocca spalare e setacciare da Ladispoli a Ostia, con questo trabiccolo che si blocca ogni due per tre. Se incontro quel Liguori io...»

«Quanto ne tirate fuori al giorno?»

«A sentire Mussolini dovremmo tirare fuori un quintale di ferro al giorno.» Indicò le carriole allineate sull'arenile. «Il duce ha sempre ragione, ma oggi avremo fatto sì e no dieci chili.» Si asciugò la fronte. «È l'aratro che traccia il solco, ma è la spada che lo difende, qui però è la vanga che scava e il carretto che trasporta. E la macchina di Liguori è azionata a forza di braccia: le nostre.»

«Vuoi farti mettere in galera? Che ne sai chi sono questi due...» disse l'operaio che girava affannosamente la manovella collegata al macchinario.

«Tranquillo, siamo ebrei» disse Giuditta sfoderando un sorriso sarcastico.

«Sabbia separata dal ferro, cristiani separati dagli ebrei. A forza di separare, andremo tutti in malora.»

L'indirizzo non corrispondeva a una via vera e propria ma a un sentiero di sabbia e terra, appena abbozzato, che si dipanava tortuoso in un dedalo di case abusive cresciute lungo l'arenile. Il civico che cercavano era scritto con due pennellate di vernice blu su un pezzo di legno inchiodato accanto alla porta di una casupola tirata su a calce viva e mattoni a un passo dalle dune e dal mare. Nessun campanello e nemmeno il nome, solo il numero.

Bussarono a lungo, ma senza ricevere risposta. Girando intorno alla casetta trovarono un tavolaccio di legno protetto da un'incannucciata, una panca e due vecchie sedie a sdraio, e si sedettero lì ad aspettare.

Era una giornata di mare grosso e le onde restituivano alla spiaggia i rami e i sassi che avevano appena trascinato con sé. Fosse stato per Giuditta dopo un minuto sarebbe già stata in acqua. Forse l'uomo del secondo indirizzo non sarebbe mai tornato a casa, magari era morto anche lui come il professore, o aveva cambiato casa, o era stato spedito al fronte. Tanto valeva lavarsi via la paura con una nuotata.

Cresciuta sulle spiagge di un mare dove il sole sorge, Giuditta non aveva mai fatto il bagno in quest'altro mare dove il sole stava già cominciando a inclinarsi verso l'orizzonte. Chissà quando le sarebbe ricapitata l'occasione. Non avere il costume non era un buon motivo per rinunciare. Avrebbe chiesto a Tobia di girarsi e poi in fondo non serviva, si erano visti nudi tante volte, la spiaggia era deserta e il mare forte e selvaggio come piaceva a lei. Avrebbe nuotato nuda. Non era mica circoncisa, lei.

Giuditta aveva già fatto sguiciare dall'asola il primo bottone della gonna, quando vide spuntare dalla duna prima una canna da pesca, poi un ciuffo di capelli grigi e infine una faccia cotta dal sole. Arrivato in cima, l'uomo si lasciò scivolare di traverso come uno sciatore e con un balzo raggiunse la veranda.

«Potevate entrare, bastava spingere la porta» disse poggiando sul tavolaccio una latta piena di pesciolini ancora guizzanti. «Io sono Oreste, e voi?»

Quando seppe di chi erano figli, li abbracciò più volte commosso.

«Quante ne abbiamo dette contro il duce. E quante ne abbiamo fatte!» E aggiunse: «Qualcuna insieme, e di quelle pericolose...».

I figli avrebbero voluto saperne di più ma Oreste tenne la bocca cucita.

«Sono storie complicate. O ci sei dentro o meglio non saperle» concluse.

Alla luce obliqua del tramonto Giuditta e Tobia raccontarono le loro peripezie. Del padre al confino, della morte della madre e di quella del senatore, e del bisogno che avevano di lavorare.

«Trovare lavoro per due cristiani non è facile, ma trovarlo per due ebrei è un'impresa. Lasciatemi pensare... Beniamino, il calzolaio del Ghetto, ormai lavora a casa ma il mese scorso mi ha detto che aveva bisogno di un po' d'aiuto. Andrebbe bene per Tobia, il lavoro non è pesante ma dovrai imparare in fretta. Soldi pochi, ma almeno sei al sicuro.»

«Ce la farò» rispose Tobia di slancio.

«Poi ci sarebbe Samuele che mi deve un favore. Ha ceduto il negozio a un cristiano e deve fare l'inventario. Viti e bulloni non sono roba da donne, ma non mi sembri una ragazza che si spaventa a fare un lavoro da maschi.»

«Certo che no» rispose Giuditta con lo sguardo rivolto all'orizzonte, dove mare e cielo si stavano scambiando i colori.

«Perfetto. Ve li presento io, appuntamento domani a mezzogiorno al Ghetto, a piazza Mattei, accanto alla fontana delle Tartarughe.»

«Grazie» dissero i fratelli all'unisono.

«Per vostro padre qualsiasi cosa» rispose Oreste, si passò il palmo della mano sulle guance ispide e la faccia rugosa gli si allargò in un sorriso sdentato. «L'ultima corsa del treno è tra un'ora. Visto che la spiaggia è deserta e da come Giuditta guarda il mare si capisce che muore dalla voglia di fare una nuotata... Noi ce ne andiamo dentro, prepariamo un caffè di cicoria, cerchiamo un asciugamano e lo lasciamo sul tavolo, così Giuditta può asciugarsi e rivestirsi senza averci tra i piedi. La corrente è forte, non spingerti troppo al largo.»

In mutandine e reggiseno, Giuditta nuotò a perdifiato in un mare dai riflessi sanguigni: andò al largo a stile libero e tornò a dorso, come faceva sempre. Per un po' dimenticò Mussolini, gli ebrei, il senatore, la morte di sua madre e persino suo padre. Il suo corpo parlò con il silenzio. E il silenzio rispose.

Riuscirono a prendere l'ultimo treno. Giuditta finì di asciugarsi i capelli con la testa fuori dal finestrino ragionando su viti e bulloni, mentre Tobia già si sentiva calzolaio.

Il giorno dopo, la Artom saldò i loro stipendi nello studio con i mobili già ricoperti da lenzuoli e i soprammobili impacchettati. E vi aggiunse una somma insperata che il senatore aveva lasciato in una busta a loro nome.

«Stimava vostro padre e si era molto affezionato a voi. Ma questi non sono tempi per i sentimenti, meglio avere una scorza dura. Se ancora non ce l'avete, cercate di farvela venire prima che sia troppo tardi» concluse amaramente la Artom. Per superare l'imbarazzo si tolse gli occhiali e se li pulì con un fazzoletto, rivelando i grandi occhi scuri che le spesse lenti da miope riducevano a macchioline incolori. «Cosa avete intenzione di fare? Tornerete a casa vostra?» chiese inforcando di nuovo gli occhiali e ritrovando lo sguardo sbiadito di sempre.

«Restiamo a Roma, abbiamo trovato lavoro al Ghetto» disse Tobia.

«Dove dormirete?»

«Troveremo una soluzione.»

«Resterò in questa casa ancora per qualche giorno, se volete potete restare anche voi finché non trovate un'altra sistemazione, il senatore sarebbe d'accordo.»

«Grazie.»

«Vi auguro buona fortuna, ne avrete bisogno. Ne avremo bisogno tutti.»

Quella notte Giuditta e Tobia non chiusero occhio. La mattina seguente la trascorsero ad aiutare la Artom a impacchettare le ultime cose del senatore fino all'ora dell'appuntamento con Oreste a piazza Mattei, nel cuore del Ghetto, che da un secolo non era più un ghetto, ma era un quartiere dove continuavano a vivere gli ebrei.

8

Roma, 20 marzo 1941

Il magazzino di Samuele di Porto era un budello lungo e stretto senza luce. Vi si accedeva dalla strada, scendendo tre gradini. Misurava non più di due metri di larghezza per sei di lunghezza ed era reso ancora più angusto da una serie di cassetti pieni di chiodi, viti e bulloni che ricoprivano una parete fino al soffitto a volta, e da un lungo bancone di legno che occupava quasi per intero lo spazio restante. Samuele era un omino grassoccio con i baffi a spazzolino e i capelli radi tenuti insieme dalla brillantina, e aveva passato la vita dietro quel bancone infagottato in un camice grigio topo. Sin dal primo giorno, Giuditta fu costretta a indossarne uno dello stesso colore e si scoprì a rimpiangere il grembiule inamidato che aveva tanto detestato dal senatore.

La prima volta che avvertì la pressione del corpo di Samuele, Giuditta credette di essersi sbagliata. Quando l'episodio si ripeté fu certa che il contatto non era stato casuale. La terza volta, quando sentì che l'uomo strusciava il bacino contro di lei, girò la testa di scatto per incrociare il suo sguardo, ma non ci riuscì. Lui era già in fondo al bancone, vicino alla cassa, immerso nei conti. L'ultima volta, percependo distintamente la sua carne irrigidita contro di sé, con un colpo di gomito rovesciò a terra il cassetto di viti che stava riordinando. Il tintinnio di metallo sul pavimento di pietra si fissò nella memoria di Giuditta in modo indelebile per quello che poi seguì.

«Ma dove hai la testa, sciagurata?!» gracchiò Samuele con gli occhi sbarrati e il respiro stranamente affannoso. «Inginocchiati e raccogli» ordinò.

Giuditta obbedì, ma, mentre cercava l'ultima vite rotolata sotto il bancone, lo sentì di nuovo, alle spalle. Genuflesso, ansimava contro il suo corpo.

«Quanto sei bella, Giudittina mia, lascia che ti tocchi, almeno un po'...» mormorava tenendola per i fianchi mentre le si strofinava incollato alla schiena. «Mia moglie è a letto da dieci anni e io sono solo, molto solo. È molto malata, non durerà, e un domani, potrei fare di te...»

Nonostante fosse intrappolata tra il bancone e la parete di cassetti, Giuditta riuscì a divincolarsi dalla stretta. Si alzò, si sfilò il camice grigio topo, lo appallottolò e lo tirò in faccia a Samuele che, rosso in volto, era scappato verso la porta del negozio. Lui si abbassò per schivare il lancio e Giuditta ne approfittò per svignarsela all'aria aperta.

Aveva il cuore in subbuglio, ma, anche se faceva freddo, non aveva nessuna intenzione di tornare a prendere il cappotto che aveva lasciato nello sgabuzzino. Con quel porco di Samuele aveva chiuso.

A dispetto di un marzo inclemente, la piazza del Ghetto brulicava di bambini e nell'aria c'era profumo di pane appena sfornato. Si frugò nelle tasche della giacchetta e trovò quanto le bastava per comprare un panino. Voleva mangiarlo in riva al fiume, aveva bisogno di vedere l'acqua. Superò il Tempio e imboccò il ponte Fabricio, quello con le teste maschili dalle quattro facce.

"Gli uomini ne hanno sempre troppe. Anche gli ebrei" rimuginò andando verso l'Isola Tiberina a testa bassa.

Quanto le aveva fatto schifo sentirsi addosso il corpo irrigidito di Samuele, e quanto invece le piaceva quello di Giovanni. E come, grazie all'irruenza del suo innamorato cristiano, sapeva già riconoscere il desiderio maschile. Quello di Samuele e quello di Giovanni erano fatti dello stesso impulso? Educata a non sopportare i soprusi, Giuditta aveva agito d'istinto e adesso si ritrovava senza lavoro. Ed era un'ebrea. Ed era stufa di essere ebrea: voleva tornare a sentirsi uguale agli altri. Quando sarebbe tornato tutto come solo tre anni prima? Dove avrebbe trovato un altro lavoro e un altro cappotto? Dove un'altra vita?

Giuditta si strinse nella giacchetta e, sbocconcellando il panino affacciata al parapetto del ponte, guardò giù, verso il fiume che, grigio e gonfio di schiuma, proprio in quel punto si ingorgava in rapide vorticose.

"Questa non è acqua dove nuotare" pensò. "Questa è acqua dove sparire."

9
Roma, 15 aprile 1943

«Celeste si è addormentata?» strillò Perla superando il borbottio del bollitore. Poi, con il vassoio carico di tazzine fumanti, sbucò dalla cucina e solcò il lungo corridoio tappezzato di scaffali dove si allineavano decine e decine di statuine di santi e madonne. Quando vide Giuditta uscire dalla camera della bambina, le sussurrò con aria complice:
«Sbrigati, il colonnello Buonasera non aspetta...»
«Dia a me il vassoio.»
«Nemmeno per sogno: sei bambinaia, mica cameriera. Anche se abbiamo dovuto mandare via la governante, non è un buon motivo perché tu faccia il doppio lavoro. Aprimi la porta, però, questo sì.»

Grazie alla Artom, Giuditta aveva trovato lavoro come bambinaia presso la famiglia Della Seta. In quella casa si era trovata subito a suo agio: disordinati, chiacchieroni, pronti agli abbracci come ai litigi, a modo loro erano dei "sovversivi". Infatti, nonostante agli ebrei fosse ormai vietato possedere una radio, e i più avessero consegnato la propria agli uffici del Fascio ritirando in cambio una regolare ricevuta, i Della Seta avevano nascosto il loro apparecchio in fondo al soppalco dello stanzino delle scope, dietro un bassorilievo in gesso della Natività e, almeno due volte a settimana, lo tiravano fuori e si sintonizzavano su Radio Londra.

Complice della trasgressione che poteva costare a tutti la galera era un gruppo di fedelissimi scelti con cura. I Di Veroli, due giovani sposi persi in abiti troppo larghi, e i fratelli Volterra, Daniele, uno speaker radiofonico espulso dall'EIAR e Vito, un chimico cacciato dall'università. Infine, seduta impettita accanto alla radio, perché dura d'orecchio, c'era sempre la signorina Levi, una settantenne che non si era mai sposata e che tutti chiamavano "l'inglese" perché da ragazza aveva vissuto a Londra e portava al collo, accanto alla stella di Davide, una foto di Churchill nascosta in un medaglione.

Come ogni volta prima di accendere l'apparecchio proibito, anche quella sera Perla oscurò la finestra con le tende, controllò l'orologio, e infine girò la manopola della sintonia con la stessa concentrazione religiosa con cui accendeva le candele all'inizio dello Shabbat. Quando sentirono i quattro colpi sordi che nell'alfabeto Morse (punto, punto, punto, linea) stavano per la "V" di "Victory", tra gli invitati raccolti nel salotto giallo senape dei Della Seta calò un silenzio assoluto in cui si sentivano persino i respiri.

«*Parla Londra, buonasera...*» gracchiò la radio.

«È il colonnello Buonasera!» bisbigliò trionfante la Levi con l'orecchio incollato all'altoparlante perché per prudenza la radio era sempre tenuta a volume bassissimo; ma anche se a parlare fosse stato chiunque altro lei non se ne sarebbe accorta.

Il notiziario della radio proibita, letto con un tono pacato, così diverso dall'enfasi dei commentatori del regime, annunciava le vittorie ma ammetteva anche le sconfitte. Parlava di un'Italia da rifare e di come sarebbe potuta diventare. E ricordava agli ebrei, ai quali il fascismo stava rubando la vita, che non erano più soli.

Se non fosse stato per l'esercito di santi e madonne schierato lungo le pareti e le scatole di rosari stipate nello sgabuzzino – quelli d'avorio nelle rosse, quelli di cristallo nelle blu e quelli di madreperla nelle nere –, i Della Seta sarebbero stati una famiglia come tante altre. C'era Perla, con la sua massa di riccioli biondi e un seno prorompente, che riempiva la casa con le chiacchiere e i profumi della cucina; c'era il marito Gabriele, piccolo e corpulento, con occhi vivaci che sprizzavano malizia; e infine c'era l'unica figlia Celeste, venerata da entrambi. Assediati dalle immagini di una religione che non gli apparteneva, finivano in qualche modo per farne parte.

La prima volta che aveva varcato la soglia di casa loro, Giuditta non era riuscita a nascondere lo sgomento. Nell'ingresso, proprio di fronte alla porta, troneggiava una statua di Gesù a grandezza naturale con in mano un cuore sanguinante circondato da una corona di spine. Subito accanto, leggermente arretrata, c'era la statua di una santa con in mano un piatto su cui erano adagiati due occhi sbarrati e dalle iridi cerulee che la puntavano. Più in là, allineate lungo il corridoio, decine e decine di copie della stessa Madonna, con il manto azzurro e il piede a schiacciare il serpente, la fissavano come un'armata di sosia.

«All'inizio fa impressione, ma poi ci si abitua. Stiamo riordinando il campionario» si era scusata quel giorno Perla.

«Ma, quegli occhi nel piatto?»

«I santi cristiani sono quasi tutti martiri e le loro statue ricordano le torture che hanno patito. Alla povera Lucia hanno strappato gli occhi ed è diventata la patrona degli oculisti e degli elettricisti. Sono loro i primi a cui proviamo a vendere le statue della loro santa protettrice, anche se non grandi come questa qui... Purtroppo di questi tempi nessuno compra più niente. Non ci sono rimasti che gli occhi per piangere» aveva concluso sfiorando distrattamente quelli sbarrati della santa adagiati nel piatto.

Poi, con un sorriso mesto, aveva aggiunto:

«Noi ebrei romani a vendere santi e madonne siamo allenati e non ci facciamo più caso. È il nostro mestiere.»

«Perché, i cristiani non le vendono?» aveva chiesto Giuditta sbalordita.

«Per i cristiani confondere la fede col denaro è peccato, anche se questo non ha impedito ai papi di smerciare indulgenze, ma per i fedeli era un altro paio di maniche. Così il papa, non mi ricordo quale, ma è una storia di fine Ottocento, con una bolla ha affidato la vendita degli oggetti religiosi a noi ebrei. Lo stesso è accaduto con il prestito del denaro: ai cristiani era proibito occuparsene ed è toccato a noi ebrei. I cristiani sono così, hanno paura dell'aldilà e fanno fare agli ebrei quel che li spedirebbe dritti all'inferno. E posso capirli, perché da come lo descrivono il loro inferno dev'essere un posto terribile. Ma puoi stare tranquilla, nella tua stanza non c'è nemmeno una statuetta. E neppure in quella di Celeste. In salotto poi non troverai nessuna immagine cristiana, solo il candelabro a sette bracci.»

«E cosa vuol dire quell'I.N.R.I. scritto sulla croce?» aveva domandato Giuditta indicando un crocefisso che affiorava da una scatola ai piedi di santa Lucia.

«Sono le iniziali di "Iesus Nazarenus Rex Iudaeorum". È latino e vuol dire Gesù il Nazareno Re dei Giudei.»

«Lui era ebreo come noi?»

«Già: ebreo e figlio di madre ebrea. Ma evita di ricordarlo a un cristiano.»

Fu così che Giuditta scoprì che Gesù era ebreo. E che gli ebrei romani avevano il monopolio della vendita degli oggetti religiosi della capitale. La gran parte erano ambulanti che, con una cassetta legata al collo piena di statuette e rosari, urtavano con un colpetto i pellegrini attaccando discorso per vendergli qualcosa e guadagnarsi la giornata. E per questo li chiamavano "urtisti".

Anche Gabriele Della Seta aveva cominciato portando in giro la sua cassetta, ma con il tempo aveva messo su una piccola fabbrica artigiana alla periferia nord della città, in una zona piena di fornaci, dove produceva oggetti più belli dei concorrenti e a prezzi più bassi. Fabbricava statue per chiese e conventi e si era specializzato in rosari d'argento e in cammei con immagini sacre che faceva arrivare da Napoli. Il trambusto dei lavori per la costruzione di via della Conciliazione aveva fatto calare gli affari e le leggi razziali avevano stroncato la sua attività. Gabriele però non si era perso d'animo e aveva pensato a uno stratagemma: offrire a un cristiano l'acquisto del laboratorio e della licenza commerciale a un prezzo simbolico, con la promessa che a guerra finita glielo avrebbe restituito, e nel frattempo dividere i guadagni sottobanco. Una buona occasione per il cristiano e la possibilità di sopravvivere per l'ebreo.

L'importante era fare in fretta e non sbagliare cristiano. Dopo molte riflessioni, Gabriele aveva scelto Cesare, il fuochista di una fornace non lontano dalla sua piccola fabbrica che tutti chiamavano Cesaretto. Uno scapolo ignorantello sempre a corto di denaro che non ne poteva più di infornare e sfornare mattoni. Da principio sembrava non aver nessuna intenzione di concludere l'affare. Continuava a grattarsi la testa e a nicchiare. Poi era esploso:

«A Gabrie', il fatto è che a vendere madonne non sono capace. Io a Gesù e a tutti quei santi nemmeno ci credo...»

«Figurati io che sono ebreo» aveva sospirato Della Seta. «Ma siccome questo commercio a Roma spetta a noi giudei...»

«Perché siete dei paraculi, attaccati alle sottane dei preti perché lì sotto, al caldo, c'è sempre da grattare qualcosa. Vendendo i santi degli altri diventate ricchi...»

Lisciandosi i capelli lunghi e ben pettinati, Gabriele aveva risposto conciliante:

«A noi ebrei le immagini religiose sono proibite. Ma non

ci è proibito vendere quelle dei cristiani. Così noi non facciamo peccato e nemmeno loro.»

«Tanto voi ebrei all'inferno ci finite lo stesso» aveva ridacchiato Cesaretto. «Avete ucciso Gesù!»

«Abbiamo scelto di salvare Barabba e mandare sulla croce Gesù non da soli ma insieme ai Romani. Eppure da duemila anni a pagare il prezzo siamo noi» aveva concluso Gabriele con una smorfia amara.

«Se non ti mettevano all'angolo con le leggi, tu con uno come me nemmeno ci parlavi... Il mondo s'è rovesciato e bisogna approfittarne...»

«Allora, facciamo l'affare?»

Alla fine Cesaretto aveva accettato. Avevano persino firmato un documento di vendita. Gabriele sapeva che era carta straccia e che non avrebbe mai potuto impugnarlo davanti a un tribunale ma, grazie all'accordo, avrebbe potuto continuare a svolgere, per interposta persona, l'attività che da secoli era della sua famiglia. L'insegna della fabbrica e del negozio, da "Premiata ditta Gabriele Della Seta. Articoli religiosi e devozionali", era diventata "Cesare Pennacchi. Ricordi religiosi", ma gli affari erano proseguiti come sempre. L'ebreo preparava gli ordini, controllava i conti e la qualità della merce, e ogni mese il cristiano gli girava sottobanco il cinquanta per cento degli incassi.

Gabriele e Perla avevano imparato presto a riconoscere il modo imperioso con cui a fine mese Cesaretto bussava alla porta. E la sua aria sempre più spavalda nell'attraversare il corridoio fino al salotto giallo senape, dove poi facevano i conti. Con il passare del tempo le visite cominciarono a diradarsi e le pretese ad aumentare. Rassegnati, i Della Seta prendevano quello che Cesaretto, sempre più arrogante, gli elargiva come un'elemosina, mentre la compilazione degli ordini, il controllo della qualità della merce e la contabilità continuavano a gravare sulle loro spalle. Pochi mesi prima dell'arrivo di Giuditta, per risparmiare, Cesaretto aveva preteso di usare la casa dei Della Seta come magazzino. Ed era stato così che si era riempita di santi e madonne.

Una sera, dopo l'ennesimo ritardo nei pagamenti, Perla si confidò con Giuditta:
«Non viene più ogni mese, ma ogni due. E la cifra non è più il cinquanta per cento del guadagno, ma sempre di meno. Purtroppo non possiamo protestare perché nulla ormai è più nostro.» Le parole erano rotte dai singhiozzi. «E io devo anche imballare la merce perché Cesaretto non vuole più fare nemmeno quello. Ma tu non ti preoccupare, a te non ti mandiamo mica via. Celeste ti adora... E tu poi non sapresti dove andare.»
«La aiuterò io, in casa e con le statue. Ce la faremo» mormorò Giuditta.

Così da quel giorno, continuando a badare a Celeste, si sobbarcò anche la pulizia della casa, la spesa e persino il compito di spolverare e aiutare a incartare le statue. Nonostante la fatica fosse raddoppiata e la notte tutte quelle madonne sembrassero seguirla con gli occhi, in quella casa si sentiva felice. Amava la piccola Celeste. Era libera di incontrare il fratello Tobia quando lo desiderava e persino di invitarlo alla cerimonia del sabato dai Della Seta. La bibliotecaria le portava la corrispondenza del padre che Giuditta, insieme al fratello, leggeva avidamente, anche se le lettere erano sempre più sconclusionate per via dei tagli della censura. Poi finalmente giunse quella che aspettava più di ogni altra: era di Giovanni, che le annunciava l'arrivo a Roma per una licenza.

Giorno dopo giorno, Giuditta aveva raccontato alla signora Della Seta del cancro della madre, del padre al confino, e infine dell'innamorato cristiano.
«Di questi tempi la felicità si ruba a morsi» le disse Perla sfiorandole la guancia con una carezza. «Quando ci saranno figli, se ci saranno, ci penserai. E ricordati che i tuoi, con chiunque li concepirai, saranno ebrei perché nati da ma-

dre ebrea.» Poi, stringendola contro il suo petto morbido e caldo, aggiunse complice: «C'è poco tempo per essere felici. Goditi il tuo bel cristiano. Perché dev'essere bello, no?».

«Bellissimo.»

«Descrivimelo.»

«È alto, ha i capelli neri e la carnagione scura. Gli occhi hanno la forma di due mandorle e brillano di pagliuzze dorate...»

«Come lo hai conosciuto?»

«È un amico di mio fratello. Giocavano sempre insieme a scacchi. Agli uomini piacciono le sdolcinate, quelle con i vestiti scivolosi e i capelli con le onde fasulle e che svengono al primo problema. Agli uomini non piacciono le atlete. Gli altri venivano agli allenamenti per prendere in giro le ragazze che facevano sport. Lui però no, lui veniva per me.» Poi abbassò gli occhi e si accorse che stava arrossendo.

«Lo ami?»

«Sì.»

«Oggi il tuo bicchiere contiene solo un sorso di vino. Bevilo tutto d'un fiato, il Padreterno capirà.»

Al Padreterno Giuditta non pensava da tempo. Era convinta che, in combutta con i fascisti, avesse deciso di toglierle la madre e il padre e di impedirle di andare a scuola e gareggiare. Non aveva nessuna intenzione di permettergli di strapparle anche il fidanzato solo perché lui era "ariano" e lei ebrea.

Quando Giovanni arrivò a Roma, Perla diede a Giuditta tre giorni di vacanza.

«Le madonnine sono impacchettate, le statuette di santa Rita e sant'Antonio già chiuse nelle casse in bell'ordine. Finirò di mettere nei sacchetti i rosari insieme a Celeste, con le sue dita minuscole è persino più svelta di noi... Però devi promettermi di rientrare prima che sia buio.»

«Ma come...?»

«Tua madre lo pretenderebbe.»

Per consolarla Perla frugò nell'armadio e tornò con un abitino azzurro stretto in vita.

«Dopo la nascita di Celeste ho messo su qualche chilo e non mi entra più, ma a te starà a pennello! È dello stesso colore del manto delle madonne. Sarà perfetto per andare a prendere alla stazione il tuo fidanzato cristiano.» Poi tirò fuori dalla tasca della vestaglia un astuccio dorato da cui fece spuntare un rossetto color fiamma. «Vediamo come ti sta» disse trascinandola davanti allo specchio del bagno.

Giuditta se lo passò sulle labbra. E scoprì che i suoi occhi troppo grandi e tristi indietreggiavano davanti alla bocca fiammante e sfrontata.

«Te lo regalo. Fai attenzione, i baci lo cancellano, ma ce n'è abbastanza per la licenza...»

Sua madre non aveva fatto in tempo a insegnarle come si mette il rossetto, e nemmeno come sopportare la solitudine e la paura. Giuditta infilò l'astuccio dorato nella borsetta come un talismano.

Quando lo vide scendere dal treno in divisa da aviatore, Giuditta ebbe un tuffo al cuore. Per tre giorni furono solo baci e poi baci e carezze. Il rossetto color fiamma fu cancellato rapidamente e poi rimesso e cancellato di nuovo. L'abito azzurro madonna fu accarezzato e stropicciato. Passeggiarono con i corpi aderenti e le mani intrecciate, si avvinghiarono nei giardini e si rintanarono negli androni dei palazzi. Erano così innamorati che persino le scalinate delle chiese gli sembrarono soffici cuscini. L'ultimo giorno fu il più difficile. Nulla poteva mandare indietro le lancette dell'orologio e Giuditta cercava i baci di Giovanni come un nuotatore cerca l'aria dopo una lunga apnea.

A caccia di un'ultima ora di buio e intimità, lui ebbe un'idea:

«Ti porto al cinematografo.»

«Non pensi che sia imprudente?»

«No, nient'affatto. Devi solo dirmi quale film preferisci: *Bengasi* al Barberini o *Rose Scarlatte* al Roma?»

«*Bengasi* no! Della guerra ne abbiamo abbastanza.»

Del film videro ben poco. Le poltrone dell'ultima fila sono il posto ideale per baciarsi durante una licenza e il buio permise a Giovanni di prendersi qualche libertà, che Giuditta concesse senza pensarci troppo.

Quando uscirono il sole era già tramontato e in cielo brillavano le prime stelle. Camminarono allacciati. Erano quasi felici e insieme disperati come succede solo a vent'anni, con o senza la guerra. Quando giunsero al portone di via Arenula la paura mostrò di nuovo i suoi denti feroci.

«Quanto durerà?» chiese Giuditta.

«La guerra?»

«Sì, la guerra...»

«Gli Alleati hanno mezzi e denaro e daranno filo da torcere alle forze dell'Asse. Non pensare alla guerra, pensiamo a noi due. Quello che abbiamo vissuto è solo un anticipo. Quando la guerra sarà finita, ti porterò al mare, al cinema, a ballare e anche...»

Mentre con una mano le cingeva la vita, con l'altra le accarezzava la schiena scendendo lungo i fianchi e poi sempre più in basso.

«Smettila!»

«Nemmeno per sogno, devo farmi bastare questi tre giorni fino alla prossima licenza.»

«Quando sarà?»

«Impossibile prevederlo. Le basi al Sud sono in allerta permanente.»

«Tu almeno sai dove andrai: in Sicilia e in aviazione. Io e Tobia siamo arruolati come vittime, comunque e dovunque.»

«Qualsiasi cosa dovesse accadere, fai sapere dove sei a frate Maurizio del Fatebenefratelli, l'ospedale all'Isola Tiberina. Era compagno di scuola di mia madre, è un uomo coraggioso e soprattutto fidato. Se le cose si mettono male, rivolgiti a lui.»

Giovanni non avrebbe saputo dire il perché, ma quella ragazza dagli occhi così tristi e così grandi che le divoravano il viso gli aveva scavato una tana profonda nel cuore. Né le braccia profumate né la biancheria voluttuosa di Nina, la puttanella del casino di via Rasella dove aveva fatto un salto appena arrivato, né le gambe di Caterina, la prostituta del paesino accanto al campo di volo, riuscivano a eccitarlo come l'odore di borotalco e l'aria decisa di quella giovane donna con il vestito azzurro madonna e le nuove labbra color fiamma.

Rubarono ancora qualche istante. Giuditta appoggiò la guancia a quella di Giovanni e intrecciò le mani alle sue ma, nonostante tutto congiurasse per un romantico addio, non riuscì a resistere e se ne uscì con una delle sue domande strampalate:

«Com'è la terra dall'alto?»

«Dall'aereo? È come guardare un formicaio.»

10

Roma, 10 luglio 1943

La famiglia Della Seta e il gruppo di ascolto clandestino seppero dello sbarco degli Alleati in Sicilia da Radio Londra. Dopo un istante di sbigottimento, e mentre Giuditta smarrita pensava a cosa ne sarebbe stato del suo innamorato, tutti si abbracciarono, qualcuno scoppiò a piangere e Gabriele decise di far fuori l'ultima bottiglia di Porto nascosta in soppalco. Dopo il primo brindisi, gli Alleati apparvero a tutti come un esercito di arcangeli, la voce del colonnello Buonasera tale e quale a quella di Mosè e quel vino dolce e profumato come la manna dal cielo.

Di un po' di manna a casa Della Seta ce n'era proprio bisogno. Cesaretto non si faceva vivo da mesi e il denaro cominciava a scarseggiare. L'ultima volta si era presentato all'alba, in compagnia di due aiutanti che trasportavano delle casse di legno troppo leggere per essere piene.

«Mettete tutto dentro... Il primo che rompe qualcosa gli spezzo la schiena» aveva ordinato.

Con la scusa del magazzino semivuoto e della produzione a rilento perché due artigiani erano malati, Cesaretto aveva deciso di riprendersi tutte le madonne, i san Giuseppe e le santa Rita stipati nella casa dei Della Seta. Ma i soldi che aveva ficcato nella tasca di Gabriele erano stati ancora meno delle altre volte.

Senza il rosso e l'azzurro delle statue dei santi, la casa a Giuditta sembrò improvvisamente vuota. Troppo grandi per venire trasportati e troppo costosi per trovare acquirenti, solo il Gesù con il cuore sanguinante e la santa Lucia con gli occhi sbarrati nel piatto troneggiavano ancora accanto alla porta, sempre più minacciosi.

«Ha portato via anche i rosari» si disperava Gabriele guardando la moglie come un figlio guarda la madre quando un giocattolo è andato in pezzi. «Almeno quelli dovevamo nasconderli. Così avremmo potuto venderli ai pellegrini...»

«È troppo pericoloso. Fare gli ambulanti è proibito» tagliò corto Perla mentre continuava a spolverare gli scaffali ormai vuoti.

«È proibito anche morire di fame.»

I Della Seta si meritavano un miracolo. E il miracolo avvenne. Svegliata dalle voci dei genitori, Celeste sbucò in camicia da notte dalla sua camera con una manciata di rosari scintillanti nelle mani e un sorriso da bambina furba stampato sulla faccia.

«Dove li hai presi?»

«Li avevo nascosti sotto il letto. Luccicano come le collane delle principesse...»

«Quelli di argento e madreperla, e quelli di granati...! Che tu sia benedetta, Celeste, hai scelto i più preziosi!» esultò il padre facendo scorrere i rosari tra le dita come gioielli.

Perla strinse al petto la figlia che, confusa, scoppiò a piangere.

«Non li ho rubati, solo nascosti... Sono nostri, o no?»

«Ho partorito un genio» concluse la madre stampandole un bacio sulla fronte.

Gabriele non perse tempo. Prima avvolse ciascun rosario nella carta velina, poi contrassegnò ogni pacchetto con un codice scritto a matita.

«E il patto con Cesaretto?»

«È stato lui a farlo saltare» disse tirando fuori poche banconote. «Ecco quello che ci ha concesso per le vendite dell'ultimo mese: una miseria...»

«Il padrone è lui. E lo sa.»

Gabriele distribuì i pacchetti tra le proprie tasche, si pettinò con cura e si mise la cravatta migliore, quindi baciò Perla, Celeste e, nell'entusiasmo, anche Giuditta. Poi aprì la porta di casa, si fermò sulla soglia sospirando, alzò gli occhi al cielo e, con un filo di voce, sussurrò:

«Speriamo bene.»

«Sii prudente e guardati intorno, Roma è piena di spie» gli bisbigliò all'orecchio Perla.

Tornò due ore dopo il tramonto, con la giacca sul braccio, la cravatta allentata e le scarpe piene di polvere. Grondava di sudore.

«Com'è andata?»

«Ne ho venduti sei. Ce n'è abbastanza per tutto il mese, se stiamo molto attenti.»

«Quanti ne rimangono?»

«Una dozzina, ma i più preziosi. Agirò con cautela nei prossimi giorni. Abbordare i passanti è un rischio, non sai chi hai davanti, bisogna dire e non dire, e tirare fuori la merce solo al momento giusto... Le strade sono piene di teppaglia, basta un passo falso e si finisce in galera» sospirò Gabriele accasciandosi sul divano.

Con un fazzoletto umido, con delicatezza, Perla lavò via la polvere e il sudore dal volto del marito. Poi gli tolse le scarpe e le calze, e si accorse che i piedi erano pieni di vesciche.

«Gabriele mio, amore mio dolce, quanto hai camminato...» gli disse accarezzandogli la fronte.

Per pudore, Giuditta scivolò nella sua stanza.

L'indomani, dopo aver infilato le sue cose in una valigia, Giuditta andò in cucina dove sapeva che avrebbe trovato

Perla alle prese con i preparativi della colazione. La prima luce del sole faceva scintillare le tazze e i cucchiai disposti in bell'ordine sulla tavola, nell'aria c'era il profumo del latte appena bollito e due sottili fette di pane si stavano scaldando sulla stufa. A casa Della Seta c'era ogni giorno meno cibo, ma tutto era sempre pulito e accogliente proprio come era sempre stato a casa di Giuditta quando la madre era ancora viva.

"Vorrei restarmene in questa cucina fino alla fine della guerra" pensò Giuditta stringendo il manico della valigia fino a farsi male.

«Dove pensi di andare?» esclamò Perla vedendola sulla soglia. Poi, vedendola titubante, si asciugò le mani, si sedette a capotavola e con un gesto della mano le indicò la sedia accanto a lei. «Se hai paura di esserci di peso sappi che dove ce n'è per tre ce n'è anche per quattro. Noi siamo fatti così.» Le strinse le mani nelle sue. «Non sai nemmeno dove andare. Vuoi fare la calzolaia come tuo fratello? Su, rimani con noi...» Le versò una tazza di latte caldo accompagnandola con una fetta di pane e aggiunse con aria complice: «E poi chi la sente Celeste, se te ne vai. Resta».

«Tobia è stato licenziato e abbiamo deciso di tornare a casa. Non appena avremo trovato una sistemazione verrò a trovarvi.»

«Se hai deciso così... Aspetta però, non ti ho ancora saldato il mese...»

«Non importa, lo farà quando potrà.»

Si strinsero per interminabili secondi, il seno dell'una premuto contro quello dell'altra. I loro respiri non erano mai stati così vicini.

Giuditta le aveva mentito, ma quando raggiunse il sottotetto di via della Reginella dove abitava Tobia scoprì che la sua menzogna non era poi così lontana dalla verità.

«Quel bastardo non mi pagava da mesi. Ho protestato

e lui di notte è entrato nella mia stanza e mi ha infilato le mani sotto la camicia.»

«Sotto la camicia?»

«Aveva intravisto il sacchetto che porto al collo e ha provato a prendermelo. Gridava: "So che hai i soldi e so che sei un comunista".»

«E tu?»

«Gli ho spaccato la faccia, dovevi vedere come gli sanguinava il naso!»

«Abbiamo ancora i gioielli di mamma, i piccoli brillanti di papà...»

«Sì, torniamo a casa.»

11

Ancona, 12 luglio 1943

Per rispettare il coprifuoco, di notte i treni viaggiavano a luci schermate. Nel buio dei vagoni gli scompartimenti si trasformavano in confessionali, dove per farsi coraggio i passeggeri intrecciavano confidenze con sconosciuti di cui intravedevano solo il volto, a intermittenza, quando la brace delle sigarette ne rivelava il profilo.

Dopo aver scavalcato l'Appennino, cambiato più di un treno perché le linee erano interrotte dai bombardamenti, e approfittato di un ultimo passaggio su un camion sgangherato carico di soldati, Giuditta e Tobia raggiunsero la loro città. Ancona li accolse torva e afosa, con le strade deserte e le finestre serrate.

Tornavano a casa con le valigie semivuote e ben poche speranze. Dopo l'ultima curva subito prima di imboccare la strada di casa, d'improvviso furono abbagliati dai fari di due automobili con i portapacchi carichi di masserizie. Procedevano veloci e in senso contrario e costrinsero i due fratelli a balzare sul marciapiede per non essere travolti. Ripresisi dallo spavento, Giuditta e Tobia si rimisero in cammino con uno strano presagio. Quando, aguzzando gli occhi, si accorsero che una delle finestre della loro casa era aperta e dalle persiane spalancate filtrava una debole luce, furono certi che qualcosa era andato storto.

Arrivati a un centinaio di metri, intravidero un cumulo di mobili abbandonati sulla strada proprio davanti al loro portone e, avvicinandosi, riconobbero gli oggetti ammassati sul selciato. Il settimino sfasciato e con i cassetti rovesciati era quello della stanza da letto dei genitori. I cocci sparsi sul marciapiede erano quello che restava del servizio di porcellana con la riga blu. In terra, nella polvere, le lenzuola del corredo della madre con la "L" di Leah ricamata. Sparsi ovunque i loro libri, le pagine sfogliate dalla brezza leggera che veniva dal mare. Gettata dalla finestra, fracassata e dispersa, la loro vita di un tempo esibiva oscena la sua intimità.

«Un saccheggio!» imprecò Tobia con la voce rotta. «Devono averne fatto di rumore. I vicini non possono non aver sentito. Vigliacchi!»

«Aiutami a salvare le fotografie» chiese Giuditta con voce incolore rovistando tra i detriti. «Questa è la foto del matrimonio, ecco il viaggio di nozze a Venezia, guarda mamma con un piccione in mano e uno sul cappello... Qui ci sei tu bambino, e qui noi due in barca con papà...» In ginocchio, raccoglieva velocemente le foto e le ficcava alla rinfusa nella borsa mentre il fratello, immobile, stringeva i pugni. «Muoviti, apri la valigia, mettiamo dentro quello che è ancora intero.»

Frugando nel mucchio spuntarono fuori un bavaglino ricamato, il libro di preghiere della madre miracolosamente intatto, il pettine di corno del padre e il suo rasoio d'acciaio con le lamette ancora nella bustina. Giuditta acciuffò una medaglia vinta in una gara di tuffi finita sull'orlo della caditoia di un tombino e ripescò un cappotto di lana che le avrebbe fatto comodo in inverno.

Nelle due ombre accovacciate tra le macerie della loro vita, nessuno avrebbe riconosciuto i ragazzi di un tempo.

La valigia era ormai piena quando, dando un'ultima occhiata, Giuditta intravide, spaccato in quattro pezzi, il suo portafortuna: un vasetto di porcellana a disegni bianchi e blu della sua marmellata preferita che aveva sempre tenuto sul comodino a mo' di talismano. Raccolse i frammenti e in ginocchio, sciogliendosi in un pianto silenzioso, tentò di farli combaciare restituendogli la forma originale.

«È inutile...»

«Aiutami, se non riesco a ricomporlo tutto è perduto!»

Tobia si accorse che lei stava tremando e aveva le guance rigate di lacrime. E capì che, per un oscuro e incomprensibile motivo, in quei frammenti era contenuta la vita di sua sorella. Solo se le pennellate bianche e blu avessero ritrovato il loro disegno lei avrebbe avuto pace.

Rovistando tra le macerie, trovò un mozzicone di candela e nelle tasche pescò un accendino. Accese la candela e, mentre la sorella teneva uniti i frammenti serrati con le mani a coppa, goccia dopo goccia fece colare la cera nel vasetto fino a riempirlo. Quando divenne solida formando un tutt'uno con la porcellana, Giuditta avvolse il vasetto nella camicia da notte della madre che aveva trovato a terra e si strinse il fagotto al seno. Poi rivolse uno sguardo vuoto al fratello:

«Ricordi le due automobili che ci hanno abbagliati con i fari mentre venivamo qui?»

«Erano loro e sul portapacchi c'era...»

«Tutto quello che sono riusciti a rubare.»

«E la luce? Magari sono ancora dentro.»

«No, hanno solo dimenticato di spegnerla. Presto, riportiamo a casa quello che possiamo.»

Le parti si erano invertite. Ora era Giuditta a comandare. O forse era sempre stato così.

Mentre salivano l'ultima rampa carichi di valigie, videro che la penombra del pianerottolo era attraversata da una lama di luce che usciva dalla porta semiaperta. L'appartamento era vuoto, la luce rimasta accesa era quella dell'abat-jour accanto alla Singer della madre ma la macchina da cucire se l'erano portata via. E sul pavimento dell'ingresso c'erano dei mozziconi di sigaretta.

«Se li trovavo dentro li uccidevo...» disse Tobia schiacciandoli rabbiosamente con la punta della scarpa.

«Se arrivavamo prima, erano loro a ucciderci.»

La casa della loro infanzia, dove avevano visto morire la madre, era devastata. I pavimenti erano nudi senza i tappeti e le pareti esibivano le macchie chiare della tappezzeria al posto dei quadri rubati. Avevano saccheggiato tutto quello che avevano potuto e quello che non avevano rubato lo avevano sfasciato o gettato dalla finestra per sfregio. Sugli scaffali della libreria erano sopravvissuti due libri di D'Annunzio che Giuditta infilò in valigia e un manualetto di vela che Tobia si ficcò in tasca insieme a un mazzo di carte.

Le ultime ore della notte le trascorsero a riportare in casa quello che era possibile. Quando, prima dell'alba, Tobia ebbe aggiustato alla meglio la porta, presero le valigie e scesero in strada. Non c'era più niente da salvare. Solo se stessi.

Se ne andarono senza avere il coraggio di voltarsi indietro. Ma girato l'angolo si sentirono chiamare a bassa voce.

«Tobia, Giuditta...»

Dal buio di un portone sbucò la figura allampanata di un anziano, quando venne avanti lo riconobbero: era il dottor Fuà.

Il medico della madre era sempre stato un uomo elegante, ma nella luce ambigua e rosata dell'alba, infagottato in una giacca stazzonata, con le scarpe impolverate e le spalle curve e magre, sembrava un mendicante. A colpire Giuditta furono la folta capigliatura che in quei pochi anni era diventata candida e un grande ematoma violaceo sullo zigomo.

«Da mesi ce ne stiamo nascosti in un casale fuori città, ma ieri una mia paziente doveva partorire. Era un parto difficile e sono andato ad assisterla nel travaglio. Quando la bambina finalmente è nata, ho pensato di prendere delle medicine che tenevo di scorta a casa...» deglutì più volte e continuò: «Li ho trovati dentro...».

«Fascisti?»

«Sciacalli. Ho riconosciuto il figlio di una signora che ho guarito da una brutta infezione, un balordo che si ubriaca e alza le mani sulla madre. Ma alla fine è stato proprio lui a fermare gli altri quando hanno cominciato a picchiarmi. Ero venuto a vedere se qui da voi...»

«Sì, hanno rubato anche qui, e la casa è devastata» rispose Tobia. «Ho aggiustato la porta ma torneranno, anche se ormai non c'è più nulla da rubare.»

Il dottore li tenne stretti a lungo nelle sue braccia magre, poi:

«Dove andrete? Forse il contadino che ci ha accolti può trovare una sistemazione anche per voi...»

«Noi torniamo a Roma con il primo treno.»

«Potete contare su qualcuno?»

«Cercheremo, troveremo...»

«Ricordate Dora, la lontana cugina di vostro padre che, prima che la legge lo proibisse, aveva sposato un cristiano?»

«Zia Dora, quella morta di polmonite?»

«Ho tentato di salvarla, ma il Padreterno ha scelto diversamente. Il marito si chiama Antonio ed è vivo. Dora gli aveva portato in dote un palazzetto a Roma che alla sua morte lui ha ereditato e trasformato in albergo.» Si passò la mano tra i capelli, come se faticasse a trovare le parole. «L'ha chiamato Hotel Dora. È a Roma, in via del Tritone, non lontano dalla stazione Termini.»

E con uno sguardo penetrante accompagnato da un sorriso sardonico aggiunse:

«Deve tutto alla vostra famiglia. È tempo che restituisca.»

12

Roma, 14 luglio 1943

Il marito della zia Dora era un omino scialbo, con gli occhi globosi e i capelli radi spartiti da una scriminatura così netta da sembrare tracciata a riga e squadra. Non era un cuor di leone e temeva il giudizio altrui quasi quanto la calvizie incipiente che nascondeva come un segreto pericoloso. Caratterialmente pigro, si dava un gran daffare per non essere giudicato tale e, nonostante le passioni non fossero il suo forte, come molti aveva finito per prendere la tessera del Fascio, più per illudersi di essere un uomo d'azione che perché ci credesse davvero. Dovendo decidersi a prendere moglie, a quarant'anni si era guardato intorno, e aveva finito per invaghirsi della zia Dora, conquistato dalla sua quieta dolcezza e dalla sua cospicua dote. Avevano fissato le nozze quando sposare un'ebrea non era così diverso da sposare una cristiana e ancora a nessuno era venuto in mente di proibirlo.

«Niente chiesa e niente sinagoga. Faremo un matrimonio civile, un matrimonio fascista!» aveva dichiarato Antonio, e la mite Dora aveva acconsentito.

Presto quel matrimonio per Antonio si era rivelato ingombrante. Così, pur amandola e avendo cura di lei fino all'ultimo istante, quando la moglie se n'era andata nel sonno, senza disturbare nessuno come era nel suo carattere, divenuto precocemente vedovo, si era sentito in qualche modo sollevato. E aveva trasformato il palazzetto romano, che lei aveva portato in dote e che lui aveva ereditato, in un albergo che in suo onore aveva chiamato Hotel Dora.

Quando, carichi di valigie e di speranze, Giuditta e Tobia spinsero la porta girevole dell'hotel e guardarono verso il bancone della reception, videro le pupille dilatate dello zio sbucare accanto alle mostrine argentate di un ufficiale delle SS.
"Ci mancava pure questa" pensò Antonio abbassando gli occhi sulla svastica che campeggiava sul documento dell'uomo in divisa, mentre veniva afferrato dalla confusa sensazione che quei parenti gli avrebbero portato solo guai.
Senza degnarli di un abbraccio ma stringendogli a malapena la mano, li condusse a forza nel suo ufficio, una stanzetta foderata di legno e ingombra di faldoni dove la conversazione non sarebbe arrivata alle orecchie dei dipendenti. Dopo aver controllato più volte il vetro smerigliato della porta per essere certo che nessuno stesse origliando e insieme per riflettere sul da farsi, si accomodò nella sua poltrona di cuoio, accavallò le gambe e con un cenno li invitò a parlare.

«Abbiamo bisogno di un posto dove dormire. Ci basta un mese. Poi troveremo un'altra soluzione...» esordì Tobia esitante.

«Tenervi qui è un rischio. Un grosso rischio.»

«Perché? Non siamo mica fuorilegge» sibilò Giuditta.

«Ancora no, ma le leggi sono contro di voi» sospirò Antonio, facendo seguire uno stiracchiato «purtroppo» di pura convenienza. E gli tornò in mente il carattere mite e remissivo della moglie, da tempo cancellato dai propri pensieri, ma cacciò via il ricordo per concentrarsi su quegli insidiosi parenti acquisiti. Avevano l'aria stanca di chi ha fatto un lungo viaggio e gli occhi smarriti di chi non sa dove andare.

"Accidenti" pensò. "Quando riuscirò a liberarmi di questa famiglia?"

Poi incrociò le braccia e decise di mettere subito le carte in tavola.

«I russi hanno riconquistato Stalingrado. Gli angloamericani sono sbarcati in Sicilia. Hanno bombardato Torino, Milano, Genova e il porto di Civitavecchia. I trasporti sono interrotti.» Poi, scivolando inesorabilmente verso i suoi guai, aggiunse querulo: «Il cibo comincia a scarseggiare e non so più cosa servire a colazione...».

A quel punto si accasciò sulla poltrona. Se ne restò immobile, compreso dalle parole che aveva appena pronunciato, fino a quando, come un lampo, le facce smunte dei due ragazzi riaccesero più il suo istinto di albergatore che il senso della famiglia che non aveva mai davvero posseduto.

«Avete mangiato? Vi faccio portare qualcosa? No, meglio che vada io, aspettate qui» sussurrò dileguandosi oltre il vetro smerigliato su cui appariva la scritta "Hotel Dora" sottolineata da uno svolazzo liberty.

La sintesi degli eventi che aveva snocciolato aveva spaventato lui per primo. E dire che il resto non aveva avuto il coraggio di raccontarlo. Di sicuro non le mezze frasi intercettate servendo la grappa a notte fonda ai clienti in divisa da SS: campi di internamento, appelli nella neve ed ebrei fucilati e buttati dentro fosse comuni. Cose che potevano essere accadute forse in Germania o magari in Polonia, storie da ubriachi, a cui non aveva voluto dare credito ma che ciononostante lo avevano terrorizzato. Se una moglie morta poteva metterlo nei guai, figuriamoci due nipoti vivi. Come sempre, Antonio scelse la prudenza.

Tornò, poco dopo, portando un piatto con quattro fette di pane ricoperte da un velo di marmellata che i ragazzi divorarono in un baleno. Quando ebbero finito, Antonio si decise a dire la parte di verità che nessuno avrebbe potuto smentire.

«Cercano gli ebrei per il lavoro forzato.» Si fermò, poi insinuante proseguì: «Non solo gli ebrei pericolosi, come vostro padre...», e squadrando le spalle larghe di Tobia con un'occhiata esplicita, concluse: «È sufficiente essere abili al lavoro». Si grattò il naso, con studiata mestizia alzò gli occhi al soffitto dove non poté fare a meno di notare una preoccupante macchia di umidità, e decise di arrivare al dunque. «Vi aiuterò in memoria della mia povera moglie. Mettetevi bene in testa però che si tratta di una soluzione transitoria. Dovrete trovarne presto un'altra.»

Si alzò dalla poltrona avvicinandosi fin quasi a sfiorarli.

«Se vi capitasse di incrociare qualcuno, ma non deve capitare, passerete per miei parenti poveri, ma niente documenti e soprattutto niente cognomi.» Poi, con un lampo di vanità, aggiunse: «Al Dora alloggiano pezzi grossi del Fascio, e persino ufficiali tedeschi. Mica solo dell'esercito, anche delle SS». Con la voce ridotta a un bisbiglio continuò: «Dormirete nella soffitta, era l'alloggio delle cameriere ma le ho spostate nel mezzanino. Dovrete essere invisibili. Niente colazione in sala e niente su e giù per le scale, è meglio che la servitù non si faccia domande. Il mio alloggio è accanto alle stanze della servitù, vi porterò io il cibo la sera, nella confusione della cena nessuno lo noterà. Se non mi vedete arrivare, aspettate. Ma non azzardatevi a uscire. Ricordate che per aiutarvi non rischio solo il buon nome dell'Hotel Dora, ma anche la pelle».

Giuditta e Tobia annuirono.

La soffitta si trovava in cima a una scala elicoidale lungo la quale affacciavano tutte le camere dell'albergo. Nel grande stanzone bianco c'erano sei letti, due armadi e un lungo tavolo, e in fondo si apriva la porta di un piccolo bagno. Il soffitto inclinato, sostenuto da enormi travi di legno scuro, permetteva di camminare dritti solo al centro e per infilarsi nel letto bisognava piegarsi, ma aveva un grande abbaino da cui si vedeva un quadrato di cielo e, arrampicandosi su una sedia, si riuscivano a intravedere i pini del Pincio. Pur essendo al quinto piano, i rumori della città giungevano lassù vivi e come amplificati: lo sferragliare dei tram sulle rotaie, il rombo delle automobili che cambiavano marcia in salita, le grida degli ambulanti. Fuori, nonostante la guerra, la città tirava avanti.

«Ci ha nascosti in questo stanzone, ma butterà via la chiave.»

«È viscido come un rospo e si vergogna del matrimonio con la zia Dora. Sai che ti dico, Tobia? In questo sottotetto manca l'aria. Domani ce ne andiamo.»

«Dove?»

«In America.»

«Smettila di sognare, Giuditta.»

«Esistono altre vite.»

«Sì. Da qualche parte, forse, ma per adesso noi rimaniamo qui.»

Ai due fratelli la nuova sistemazione non sembrava affatto la salvezza. Piuttosto una prigione.

13

Roma, 19 luglio 1943

Quella mattina, la soffitta dell'Hotel Dora tremò. Erano bombe, una pioggia di bombe cadute così vicino da far tremare il sottotetto. Giuditta e Tobia erano terrorizzati, ma siccome a vent'anni la curiosità cancella la paura finirono per spalancare l'abbaino. Ritagliati in un azzurro irreale, videro sfilare un tappeto di aeroplani.

«Mussolini aveva promesso che Roma non sarebbe mai stata bombardata...» balbettò Giuditta.

«Ne ha dette tante di menzogne, quel bastardo» commentò Tobia con una smorfia di disgusto.

«Siamo chiusi in questa soffitta come topi in gabbia. Dobbiamo andarcene subito via di qui!»

«Ma dove?»

Ondata dopo ondata, i bombardieri polverizzarono il quartiere che costeggiava i binari della stazione. L'inferno durò una ventina di minuti. Quando le esplosioni terminarono e il rombo dell'ultimo stormo lasciò spazio al silenzio, tutto sembrò fermarsi. Poi, d'improvviso, l'Hotel Dora si riempì di rumori: passi di corsa per le scale, scalpiccii, ordini perentori e grida. Giuditta e Tobia avrebbero voluto uscire, ma l'avvertimento dello zio Antonio li paralizzava. Così, decisero di rimanere con l'orecchio incollato alla porta per capire cosa era successo del mondo esploso subito fuori dalla loro prigione.

«San Lorenzo è una distesa di macerie...» singhiozzava una cameriera con la voce affannata correndo dal mezzanino su per le scale.

«Gli ospedali sono pieni di feriti» rispondeva un'altra con la voce scura e roca della fumatrice accanita.

Attraverso la tromba della scala elicoidale, salivano fino alla soffitta ordini in tedesco, passi pesanti e colpi di porte sbattute con violenza. E poi di nuovo urla:

«Morti per le strade, case crollate al Labicano, al Prenestino, al Casilino, al Tuscolano, al Pigneto, al Nomentano, all'Ostiense...»

Dal piano terra arrivò una voce ansante e spezzata:

«Quella di mia madre è ancora in piedi, ma una bomba ha centrato la basilica di San Lorenzo e il cimitero del Verano. Persino il cinema Roma è stato colpito.»

Giuditta ricordò il pomeriggio passato al cinema con Giovanni, il vestito azzurro, i baci e il rossetto mai più usato.

«Vieni da San Lorenzo?» rispose una voce maschile a metà scala.

«Sì, è pieno di morti. E i vivi cercano i parenti tra le case distrutte.»

«Quei porci hanno bombardato Roma. Nemmeno del papa hanno rispetto...»

«Mica danno retta al papa, quelli.»

«E perché, i nostri gli danno retta?»

Così Giuditta e Tobia avrebbero ricordato il loro primo bombardamento: un rettangolo di cielo annerito dagli aeroplani e la radiocronaca delle cameriere dell'Hotel Dora.

Quando calò la notte, lo zio Antonio bussò alla porta. Tremava e lanciava continuamente occhiate alle sue spalle, verso la tromba delle scale annegata nel buio del coprifuoco. Era chiaro che non vedeva l'ora di ritornare al sicuro nel suo ufficio al piano terra.

«Un giorno terribile... Il papa è andato a confortare la folla disperata» disse mentre liberava dalla carta il cibo che, seppure in ritardo, non si era dimenticato di portare.

«Bel gesto, davvero coraggioso» ribatté con una punta di sarcasmo Giuditta addentando avidamente il pane col formaggio.

«Oggi sappiamo che, nonostante il Vaticano, anche Roma è in pericolo» sentenziò lugubre Antonio. «Lo siamo noi tutti... Soprattutto voi» concluse con un lampo di stizzosa crudeltà.

14
Roma, 25 luglio 1943

Nei giorni seguenti, le voci delle cameriere si trasformarono in una sorta di Radio Londra. C'era più verità nei frammenti di Storia che s'insinuavano nella tromba delle scale dell'Hotel Dora, che nei titoli dei giornali squadernati nei bar della capitale. Nella trappola del sottotetto, intanto, Giuditta e Tobia potevano solo aspettare.

La sera del 25 luglio gli eventi si accavallarono precipitosamente. Qualcuno al piano terra alzò al massimo il volume della radio. Il brusio, che dell'Hotel Dora era la colonna sonora, improvvisamente tacque. Nel silenzio la voce al microfono scandì:

«*Sua Maestà il re e imperatore ha accettato le dimissioni dalla carica di capo del governo, primo ministro e segretario di Stato presentate da Sua Eccellenza il cavaliere Benito Mussolini, e ha nominato capo del governo, primo ministro e segretario di Stato Sua Eccellenza il cavaliere maresciallo d'Italia Pietro Badoglio.*»

Subito dopo gracchiò la voce di Badoglio:

«*Assumo il governo militare, con pieni poteri. La guerra continua.*»

In tutto l'hotel il silenzio si fece ancora più pesante.

«*Chiunque turbi l'ordine pubblico sarà inesorabilmente colpito.*»

A quelle parole Giuditta e Tobia spalancarono la porta della soffitta e con un salto percorsero la distanza che li separava dal piccolo balcone in cima alla scala, quindi aprirono la portafinestra con i vetri foderati di carta blu per l'oscuramento e guardarono fuori. Nonostante il coprifuoco, le finestre dei palazzi di via del Tritone s'illuminarono una dopo l'altra, prima solo quelle della casa di fronte all'Hotel Dora, poi quelle del palazzo a destra, poi anche di quello a sinistra. Sprazzi di luce che bucavano il buio. D'improvviso un uomo si affacciò alla finestra e urlò:

«Mussolini non c'è più!»

Il ritmo furioso di un'incontenibile felicità batteva nel petto di Giuditta e Tobia. Erano ancora prigionieri ma si sentivano già liberi. Rimasero aggrappati alla balaustra cinque o forse dieci minuti, ed erano così felici che non si accorsero di un'ombra che scivolava alle loro spalle.

Quando sentirono le prime grida di euforia provenire dal piano terra dell'albergo e le porte del primo, del secondo e del terzo piano sbattere in successione, trovarono il coraggio di affacciarsi dal corrimano, ma vedendo gli ospiti uscire dalle stanze e precipitarsi lungo le scale tornarono a rinchiudersi nel loro rifugio.

«Strano, la porta è spalancata, quando siamo usciti io l'avevo accostata...» notò Tobia.

«Ma che importa, sarà stato un colpo di vento» disse Giuditta abbracciando raggiante il fratello.

Antonio si fece vivo solo due giorni dopo, con la scriminatura sempre perfetta a mascherare la calvizie, ma con il nodo della cravatta disfatto e gli occhi cerchiati da occhiaie bluastre.

«Perfino per noi albergatori, anche pagandolo a caro prezzo, è diventato difficile trovare il cibo» si scusò lo zio facendo uscire da un sacchetto di tela del pane raffermo e delle susine.

«Ma ho una buona notizia: Badoglio sta liberando i detenuti politici. Da oggi vostro padre è un uomo libero.»

«È finita!» esplose Giuditta addentando una susina.

«No. Il peggio deve ancora cominciare» rispose Antonio. «Le leggi contro gli ebrei sono ancora in vigore. Non azzardatevi a mettere il naso fuori di qui. Roma è piena di tedeschi che non hanno preso bene l'arresto di Mussolini e sono pronti a farvela scontare. La guerra continua, e al fianco dell'alleato germanico.»

Come anarchico e sovversivo, forse il padre di Giuditta e Tobia era libero, ma come ebreo doveva iniziare a nascondersi. E così pure i suoi due figlioli.

15

Roma, 4 settembre 1943

Quando, di mattina presto e ancora intontiti dal sonno, sentirono bussare furiosamente alla porta della soffitta, per la prima volta Giuditta e Tobia furono divorati dalla paura. Antonio arrivava sempre la sera, tamburellava un paio di volte e poi apriva con la chiave: era il padrone e non mancava mai di sottolinearlo. Solo quando la chiave girò con forza nella serratura e apparve lo zio ripresero a respirare.

«Nell'androne c'è un aviere che chiede di te» sibilò Antonio puntando il dito contro Giuditta ancora rannicchiata sotto le lenzuola.

Salendo le scale, Antonio aveva finalmente deciso cosa fare di quei parenti acquisiti di cui si era già occupato più del dovuto e che erano ormai diventati troppo pericolosi. Avrebbe approfittato della visita di quel militare, a cui qualcuno aveva avuto l'imprudenza di fornire l'indirizzo del suo hotel, per liberarsi definitivamente di loro. Ma, proprio mentre gli vomitava addosso una sequela di improperi e accuse, da «parassiti» e «sconsiderati» fino a «mi volete rovinare» e «proprio io che vi ho accolto come figli», Giuditta, senza preoccuparsi della sua presenza, si tolse la camicia da notte per infilarsi in fretta e furia un abito, si passò il rossetto color fiamma sulle labbra e, scavalcando lo zio, si precipitò giù lungo la scala. Tobia la seguì, lasciando Antonio di stucco.

«Tali e quali al padre» ringhiò.

Per fortuna le cameriere, a quell'ora troppo occupate nelle pulizie delle stanze, non fecero in tempo a notare quella cliente mai vista che, saltando gli ultimi quattro gradini, d'un balzo volava tra le braccia del bell'aviere che da qualche minuto sostava con aria impaziente vicino alla porta girevole.

Fu Tobia, subito dopo, a trascinarli fuori a forza.

Non appena furono in strada ebbero un lieve senso di vertigine. Rinchiusi per tanto tempo nella soffitta-prigione, con solo il rettangolo di cielo dell'abbaino e le voci della scala a raccontargli il mondo di fuori, per un istante rimasero frastornati dalla luce, dal rumore del traffico e dal viavai dei passanti che li spintonavano.

«Finalmente vi ho trovati. Siete magri e avete delle facce spaurite. Immagino cosa dovete aver passato. Coraggio, nessuno vi morde...» disse allegro Giovanni cingendo la vita di Giuditta. «Oggi è un giorno speciale. Sono in licenza, Mussolini non c'è più, e per voi ho una proposta difficile da rifiutare: un cappuccino e un dolce con la panna. Offro io!»

La luce sfacciata di una giornata ancora estiva avvolgeva la capitale, cancellava la guerra, i bombardamenti, le tessere annonarie, la soffitta dell'Hotel Dora e persino la paura. Settembre, il lunedì dei mesi, regalò al terzetto la speranza di una giornata normale. Camminando lungo via del Tritone, Giuditta e Tobia ritrovarono la calma, e arrivati al bar di via del Corso di dolci con la panna se ne spazzolarono due a testa, e mandarono giù il cappuccino tutto d'un fiato.

«All'Hotel Dora vi tenevano a digiuno» ridacchiò Giovanni togliendo dalle labbra di Giuditta un baffo di panna con il dito, che maliziosamente portò alla bocca facendo seguire al gesto un sorriso gaglioffo.

«Se non dovete tornare subito, perché non facciamo una passeggiata fino a piazza Venezia?»

«Il balcone senza il duce! Evviva!» esplose Giuditta.

«Mussolini, kaputt!» aggiunse il fratello. «Viva Badoglio!»

«Speriamo bene Tobia, speriamo bene...»

Avevano percorso baldanzosi le poche centinaia di metri che separano via del Corso da piazza Venezia, quando videro dei mezzi militari al centro della piazza. Per prudenza fecero dietrofront e tornarono in albergo percorrendo le stradine meno affollate parallele a via del Tritone. Erano appena sbucati davanti all'Hotel Dora da una via laterale, quando capirono che qualcosa non andava.

Sul marciapiede davanti all'albergo era parcheggiato di traverso un camioncino militare coperto da un telone. Lì accanto c'erano due uomini in borghese, uno con in mano un foglio e l'altro che scandiva i loro nomi. E lo zio Antonio, pallido come un morto, con voce stentorea gli rispondeva:

«Mai visti. Sono desolato ma nessuno con questi nominativi ha mai soggiornato nel mio hotel.»

Li aveva riconosciuti e con gli occhi gli stava intimando di scappare.

Il terzetto tornò indietro e in un lampo si dileguò nei vicoli tortuosi che portano a Fontana di Trevi. A passo veloce e senza parlare arrivarono al Pantheon, tagliarono piazza Navona e raggiunsero il fiume. Attraversarono il ponte degli Angeli di corsa e solo quando raggiunsero l'intrico delle stradine di Borgo Pio, a ridosso del Vaticano, rallentarono l'andatura. Vicino a uno slargo deserto circondato da palazzi tappezzati d'edera videro un sarcofago di marmo da dove zampillava un getto d'acqua. Si fermarono per riprendere fiato e si sciacquarono il volto.

«Come sapevano i nostri nomi?»

«Qualcuno ci ha denunciati, ma chi?»

«Lo zio Antonio?»

«Ma se è stato lui a farci segno di scappare.»

«Per liberarsi di noi era disposto a tutto.»

«Se ci avessero presi sarebbe stato il primo ad andarci di mezzo.»

«Ci sono: la porta! La notte della caduta di Mussolini, è stata l'unica volta che siamo usciti dalla soffitta.»

«Ma siamo rimasti affacciati al balcone del pianerottolo solo per una decina di minuti...»

«Il tempo sufficiente a qualcuno per scivolare dentro.»

«A fare cosa?»

«Qualcuno avrà sentito dei rumori.»

«I documenti erano sul tavolino, vicino ai libri di D'Annunzio.»

«Già, e abbiamo ritrovato aperta la porta che io avevo lasciato socchiusa...»

«Una delle cameriere è salita per controllare, ha trovato i documenti e ci ha denunciati.»

«Perché?» chiese Giovanni.

«Fare la spia è diventato un affare redditizio. Chi denuncia un ebreo maschio incassa una taglia di cinquemila lire, una donna vale tremila, un bambino millecinquecento. Chiunque abbia fatto i nostri nomi, si è guadagnato ottomila lire. Una fortuna per una cameriera, soprattutto con le paghe da fame dello zio...»

«Il tuo cappuccino ci ha salvato la vita.»

«Forse, ma i quattro dolci con la panna mi hanno rovinato. A sapere che valevate così tanti soldi vi vendevo io» disse Giovanni che non resisteva mai alla battuta, pur accorgendosi, dall'espressione amara di Tobia, di aver esagerato.

«È tardi e devo rientrare in caserma» mormorò. «E voi, dove andrete?»

«Non lo sappiamo. Le nostre valigie sono rimaste all'Hotel Dora. Abbiamo solo quello che portiamo indosso.»

Giovanni tirò fuori delle banconote e le infilò nella tasca di Tobia. «È tutto quello che ho. Cercherò di ottenere un nuovo permesso per passare all'hotel a ritirare le vostre valigie. Con indosso la divisa, nessuno oserà dirmi nulla.»

«È rischioso...»

«E allora io che ci sto a fare?» disse sfoderando il suo sorriso migliore e aggiunse brusco: «Voi state già rischiando abbastanza».

Dopo un bacio lungo e appassionato che lasciò senza fiato Giuditta e diede a Tobia il tempo di allacciarsi le scarpe, ravviarsi i capelli, abbottonarsi la giacca e fingere di dare un'occhiata alla vetrina di un negozio con la saracinesca abbassata, Giovanni sussurrò:

«Per farmi avere notizie c'è sempre frate Maurizio all'Isola Tiberina. È fidato. Vorrei restare con voi, ma se non rientro in caserma rischio di passare guai seri. Per il momento non posso fare di più. Tobia, abbi cura di Giuditta.»

Dopo essersi voltato più e più volte, Giovanni si allontanò verso la silhouette dorata di Castel Sant'Angelo e scomparve alla vista.

I due fratelli non avevano idea di dove avrebbero passato quella notte, e nemmeno le successive. Ma avevano due certezze: i loro nomi comparivano in una lista dei fascisti, ed entrambi conoscevano già la mossa seguente, perché era la sola che gli fosse rimasta.

L'ultimo nominativo che il padre gli aveva affidato corrispondeva a un indirizzo di via Veneto ed era l'unico accanto al quale era riportato un numero di telefono. Lo usarono.

16
Roma, 4 settembre 1943

Lo squillo dell'apparecchio telefonico, che troneggiava su una consolle di marmo nell'attico di un lussuoso palazzotto di via Veneto, fu a lungo ignorato. Il podestà Cini era nel bel mezzo di una delle più feroci litigate del suo trentennale matrimonio, e a rispondere non ci pensava proprio.

«I fiori, almeno dimmi qualcosa sui fiori!» strillò la moglie inviperita. «Ordino ottanta mazzi di gladioli o trenta tralci di rose?» gli chiese mettendogli sotto il naso i preventivi dei fiorai.

«Troppo costosi entrambi!» urlò il podestà. «E così pure il ricevimento. Hai previsto più di cento ospiti di cui io, il padre dello sposo, ne conosco solo una cinquantina.»

«Il vento è cambiato...» disse la moglie alzando allusivamente le sopracciglia depilate con cura e ripassate con un esile tratto di matita fino a ridurle a due sottili parentesi rovesciate. «Ho dovuto ripescare una quantità di monarchici che sei mesi fa avevo scartato ma che ora, chissà, potrebbero anche tornare utili.»

«Sono delle mummie, delle reliquie, degli infami traditori, e tu li vuoi invitare al matrimonio del nostro unico figlio?»

Dietro le sopracciglia da bambola della moglie del podestà c'erano un cervello fino e molti progetti.

«Il fascismo è caduto, Mussolini è prigioniero, i nemici

bombardano Civitavecchia, Viterbo e Napoli... Voglio costruire un futuro per nostro figlio, visto che il tuo passato comincia a pesargli come un macigno.»

«Mussolini tornerà!» urlò il podestà paonazzo. «Il fascismo non è finito!»

Il telefono squillò di nuovo. Esasperato, il podestà alzò la cornetta e, senza ascoltare il «pronto» disperato che ne fuoriusciva, la rimise al suo posto. Poi la riprese e la abbandonò sul marmo della console.

«Adesso siamo isolati. Prima o poi si stancheranno di chiamare.»

Il podestà Cini sarebbe stato un buon diavolo, ma la pressione alta lo rendeva irascibile. Nonostante amasse definirsi "uno del popolo", teneva molto alla propria eleganza, tanto da non dimenticare mai di controllare personalmente la stiratura sia della divisa nera che della marsina di gala. Il suo fascismo ostentato, più che una fede, era un abito che gli andava a pennello e a cui era così affezionato da non poter neanche immaginare di cambiarlo.

Imponente, con capelli folti e scuri e il volto sempre rasato di fresco, anche se negli ultimi anni si era un po' appesantito, Cini era reputato un bell'uomo. Nelle case chiuse della capitale se lo litigavano, perché era generoso e non aveva la cattiva abitudine di affezionarsi a qualcuna in particolare. Il podestà preferiva esibirsi su più palcoscenici e ricorrendo a molte comparse. Senza peraltro trascurare la legittima consorte a cui non faceva mai mancare le sue attenzioni.

«Non dimenticare che stasera abbiamo a cena il cardinale» gli ricordò la moglie. «Ci sarà anche quel marchese bilioso... Non ricordo mai come si chiama, quello vicino al papa... Verrà insieme alla moglie che è stata damigella di Maria José.» E proseguì inarrestabile: «Stamane, quando ho portato la colazione a letto a Luigi, figurati se la moglie gliela porterà mai, gli ho detto di venire anche lui alla cena di stasera».

«Non contare su nostro figlio. Nelle sue ultime notti da

scapolo avrà ben altro da fare che sorbirsi i tuoi ospiti. E non contare neppure su di me. Ho una riunione politica.»

Avvolta in una vestaglia di raso bianco piena di volant che la faceva pericolosamente assomigliare all'incrocio tra una diva dei telefoni bianchi e una torta nuziale, la moglie del podestà rimise a posto la cornetta con un gesto di stizza e andò a smaltire la delusione in camera da letto.

Per scaricare il nervosismo, Cini si era appena acceso una sigaretta, quando il telefono, stridulo e insistente, riprese a squillare. Esasperato, rispose:

«Sì, sono il podestà Cini. In persona, sì. Dica pure...»

Più incuriosita che gelosa, visto che all'esclusiva sul marito aveva ormai rinunciato da tempo ma la forma andava salvata comunque, la moglie si affacciò alla porta della camera da letto e lanciò un imperioso «Chi è?» quasi di circostanza.

Infastidito, il podestà allontanò il microfono dall'orecchio e, coprendo la cornetta con la mano, fece una smorfia che suggeriva: "Nessuno di importante". Poi, a bassa voce, continuò:

«Capisco, c'era da aspettarselo... Basta così. Incontriamoci stasera alle nove a piazza Fontanella Borghese. Avrò in mano una copia del "Messaggero".»

Nel pomeriggio il cielo della capitale si riempì di nuvole gonfie e scure che promettevano pioggia. Giuditta e Tobia raggiunsero piazza Fontanella Borghese con largo anticipo camminando lungo vicoli laterali e macinando paure. L'appuntamento con il podestà era una trappola per consegnarli alla polizia? Perché tra i nomi che il padre gli aveva affidato c'era quello di un'alta carica fascista? Le strade che i due fratelli avevano percorso erano strette e tortuose come i loro pensieri.

Cini arrivò in perfetto orario, al collo una sciarpa di seta bianca, il papillon leggermente sghembo, e in mano una copia del "Messaggero". Doveva aver già bevuto abbondantemente perché, quando Giuditta e Tobia si avvicinarono per farsi riconoscere, avvertirono un forte odore di alcol.

«Venite, seguitemi a distanza» gli ordinò il podestà senza perdere tempo in convenevoli. «Entrerò in un portone e lo lascerò socchiuso. Salite al terzo piano, e suonate all'interno 7. La signorina Egle sa tutto. Prendete pure l'ascensore, ma mi raccomando, una volta arrivati, qualsiasi cosa vedrete o sentirete non protestate e non fate commenti. E soprattutto scordate il luogo, i volti e le circostanze. Per ragioni che poi capirete, dovrò dividervi. Andrà tutto bene.»

Mentre lo vedevano allontanarsi, dondolando il giornale come un mazzo di fiori, Giuditta e Tobia sentirono cadere le prime gocce. Mite, tiepida e ancora estiva, la pioggia cominciava a bagnare il selciato. Riparandosi sotto i cornicioni dei palazzi, come d'accordo seguirono a distanza il podestà, e dopo cento metri lo videro infilarsi in una stradina che si tuffava in un piccolo slargo. Suonò il campanello di un palazzetto elegante, varcò il portoncino e lo lasciò socchiuso. Dopo aver aspettato una decina di minuti, Giuditta e Tobia scivolarono dentro. L'ascensore partì con un sibilo dolce e si fermò con un sussulto a un pianerottolo buio la cui unica porta si dischiuse al loro arrivo in una fenditura luminosa.

«Sono Egle. A voi ci penso io.»

La voce proveniva dalla fessura. Quando la porta si aprì, in controluce apparve una donna di poco meno di quarant'anni. Aveva dei capelli ondulati color rame e indossava una vestaglia rossa con un collo di piume viola generosamente aperto su un busto esile appena velato da una sottoveste di pizzo. Giuditta e Tobia pensarono di essere finiti a casa dell'amante del podestà, ma, quando furono dentro, capirono che di amanti ce n'erano più d'una. E tutte poco vestite.

Con Egle attraversarono un ampio ingresso circolare e percorsero un corridoio lungo il quale si affacciavano dei salottini comunicanti pieni di fumo e gente festante. Donne con indosso biancheria stravagante avvinghiate a uomini in manica di camicia, qualcuno con le bretelle penzolanti, qualcuno a torso nudo, molti con la divisa fascista. Chi beveva, chi si strofinava, chi cantava. L'unico sopra i quarant'anni era il podestà Cini che, accanto a una ragazzina seminuda, strimpellava un pianoforte. Ma, quando li vide passare, li ignorò.

«Questa è la tua stanza» disse Egle rivolta a Giuditta nell'aprire una delle ultime porte del corridoio rivestito da una tappezzeria floreale e illuminato da fiochi abat-jour. «Troverai della frutta e dello champagne, serviti pure, stasera offre Cini!»

«E io?» chiese Tobia esitante.

«Tu andrai con gli uomini, naturalmente.»

D'istinto, Giuditta chiuse la porta a chiave. Poi si guardò intorno.

La piccola stanza che le era stata assegnata aveva pareti dipinte di azzurro ed era occupata quasi per intero da un grande letto a due piazze sormontato da un baldacchino. In un angolo, di fianco a una finestra affacciata su un angusto cavedio, c'era un paravento a righe bianche e blu dietro al quale scoprì un lavandino e un bidè. Completavano l'arredo un tavolinetto rotondo con due sedie imbottite e un piccolo comò di radica con una specchiera sistemato proprio accanto alla porta. Nessuno le aveva mai descritto un bordello, ma Giuditta era certa di esserci finita dentro. Esplorando i cassetti del comò vide che erano pieni di asciugamani, e sopra alla colonnina di marmo che fungeva da comodino c'era una scatola di legno la cui etichetta in ottone recitava misteriosamente: "Cappottini inglesi". Incuriosita, la aprì. Era piena di astuccetti di metallo piatti e quadrati che contenevano sottili guaine di gomma spalmate di una sostanza viscida. Giuditta era consapevole che il podestà Cini e il suo bordello le stavano salvando la vita, ma temeva che a qualcuno venisse in mente di chiederle qualcosa in cambio. Decise di barricarsi spingendo a fatica la cassettiera contro la porta, ma dopo averlo fatto si pentì. Ripensò alle ragazze che aveva intravisto. Nonostante la guerra e la penuria di cibo, loro avevano fianchi rotondi, occhi truccati e labbra sorridenti, e si guardò allo specchio. No, nessuno avrebbe chiesto nulla a una ragazza magra e malvestita, con gli occhi troppo grandi e pieni di paura.

Dalla porta filtrava la musica e si sentivano distintamente voci e risate. Tra tutte cercò di riconoscere quella di Tobia, ma non ci riuscì. Aveva fame, i due dolci con la panna e il cappuccino erano ormai un lontano ricordo, così decise di addentare una delle mele lasciate vicino al secchiello dello champagne, poi si tolse le scarpe e si sdraiò sul letto. Era soffice e morbido, ricoperto da una pesante stoffa a disegni azzurri e blu. Dopo la branda della soffitta dell'Hotel Dora le sembrò paradisiaco. Allargò le braccia, distese le gambe, sollevò i capelli sul cuscino, e si addormentò.

Al risveglio, quando riaprì gli occhi, scoprì la propria immagine riflessa nel grande specchio incastrato nell'incavo del baldacchino sopra di lei, e si accorse di galleggiare nel blu del copriletto come una stella marina. Proprio come, pochi anni prima, in quella che le sembrava ormai un'altra vita, si lasciava portare al largo dalla corrente dopo una lunga nuotata. Ma la ragazza riflessa nello specchio adesso era per lei un'estranea. Cosa c'entravano con la Giuditta di un tempo quel vestito sciupato, quei calzini di cotone ormai lisi e quel volto spaventato? Solo gli occhi troppo grandi che divoravano il viso smagrito erano ancora i suoi.

Allora si spogliò gettando gli abiti a terra alla rinfusa, si sdraiò sul letto e si guardò di nuovo: era nuda. I seni eretti, il ventre liscio e le gambe forti le appartenevano ancora. Doveva prendersene cura, per tornare finalmente a nuotare e per amare il suo bell'aviere che poche ore prima, grazie a un provvidenziale cappuccino, le aveva salvato la vita. Sarebbero bastati pochi minuti di ritardo o di anticipo e invece che in una casa di tolleranza avrebbe passato la notte in una prigione. O chissà dove. Pensò a sua madre, ai suoi abiti con il collo di pizzo e ai cappelli con le piume, sua madre che le cantava le canzoni napoletane per farla addormentare e le accarezzava la fronte quando aveva la febbre. Le ritornò in mente la carezza sulla fronte che le aveva fatto mentre moriva. E per la prima volta si rallegrò che fosse morta. Che non dovesse nascondersi tra le mura di un bordello. E tantomeno vedere sua figlia costretta a farlo.

Il rumore insistente della pioggia che cadeva a dirotto sui tetti e sul pavimento del cavedio e l'aria umida che si era insinuata dalla finestra semiaperta la riportarono alla realtà.

Rivestendosi si accorse che aveva perso un bottone. Lo cercò sotto il letto ma non riuscì a trovarlo. Di quei tempi, perdere un bottone era una disgrazia e ritrovarne uno uguale addirittura impossibile, e si ripropose di chiedere a Egle una spilla da balia. Se Giovanni non fosse riuscito a recuperare le valigie all'Hotel Dora si sarebbe dovuta procurare abiti caldi per l'autunno alle porte, ma come, e dove? Si tastò il reggiseno per controllare il sacchetto con i gioielli della madre e i piccoli brillanti del padre cuciti nella fodera. Erano ancora lì, con i loro spigoli rassicuranti sotto la tela di batista. Si sistemò l'abito con il bottone mancante e decise di bere un sorso di champagne. Le bollicine le fecero pizzicare il naso ma la tirarono su. Dov'era finito Tobia? Chiuso in uno sgabuzzino oppure anche lui in una stanza con il letto a baldacchino, magari a spassarsela con una ragazza?

Pensò con stupore che conosceva tutto di suo fratello ma non sapeva se fosse mai stato con una prostituta. E Giovanni? Lui forse sì, pensò con un feroce lampo di gelosia.

17

Roma, 5 settembre 1943

Fino a mezzogiorno la casa rimase immersa in un letargo interrotto soltanto dal rumore ovattato delle porte che si aprivano e dai passi degli ospiti che uscivano appagati.

Quando sentì bussare, Giuditta fece finta di non sentire. Ma riconoscendo la voce del fratello spostò la cassettiera e aprì. Sulla soglia apparve Tobia con gli occhi pesti e l'aria confusa, poi subito dietro Egle con la faccia visibilmente stanca e il podestà con la camicia sbottonata.

Cini esordì con la voce ancora impastata:

«Mi dispiace, per questa notte non ho trovato di meglio.» Poi strizzò l'occhio a Egle e aggiunse compiaciuto: «L'addio al celibato di Luigi è stato una bomba, hai pescato le ragazze più belle di Roma».

«Abbiamo fatto tutto il possibile per un nostro vecchio cliente, e per un giovane che non ci rassegniamo ad aver perso.»

«Tranquilla. Dopo la luna di miele tornerà. Conosco Luigi, la moglie non gli basterà. D'altronde a chi basta una moglie? A nessuno!» Poi, rivolto a Giuditta e Tobia: «Quanto a voi, non potete restare qui un'altra notte. Ma per il debito di riconoscenza che ho con vostro padre, il nemico più stravagante che abbia mai avuto tra i piedi, cercherò di trovarvi un'altra sistemazione».

«Grazie» rispose Tobia confuso.

«Per come hai passato la notte o perché vi sto salvando?» ridacchiò Cini.

Tobia arrossì fino alla radice dei capelli e Giuditta partì alla carica:

«Avete un debito di riconoscenza con nostro padre? Quale?»

«Una storia vecchia, di quando vivevamo ad Ancona.»

«Una storia di donne?» chiese Egle sistemandosi una ciocca ramata con una forcina.

«Una storia di figli, ma non mi va di raccontarla.»

«La casa è piena di peccati e questa stanza di segreti» disse Egle indicando i due ragazzi. «Racconta.»

Il podestà si lisciò i capelli e, seppure controvoglia, cominciò:

«A sedici anni mio figlio Luigi era una testa calda. E in effetti non è cambiato poi molto...»

Cini avrebbe voluto finirla lì ma, come tutti i teatranti, era vanesio e intuiva l'attesa del pubblico, così continuò di slancio:

«Quella notte erano partiti in tre. Erano solo dei ragazzini, volevano fare una bravata dando una lezione ai comunisti, ma poi quando se li sono trovati davanti, in sei e tutti scaricatori al porto, i due amici di Luigi se la sono data a gambe e mio figlio è rimasto da solo. Lo hanno sbattuto contro il muro e hanno cominciato a picchiarlo selvaggiamente, pugni pesanti come magli e non smettevano, fino a quando...»

«Ma dove è successo?»

«Dietro al magazzino di vostro padre. Lui doveva aver fatto tardi a chiudere i conti e ha sentito dei lamenti. Non era un tipo da mettersi paura. È andato sul retro, ha visto che stavano massacrando un ragazzino e ha avuto il coraggio di mettersi in mezzo. A un anarchico, anche i comunisti portano rispetto. Lui poi li ha storditi di parole e Luigi è riuscito a fuggire. Senza l'intervento di vostro padre lo avrebbero di certo ucciso.»

«Be', la vita di vostro figlio vale più di una notte» commentò Giuditta guardandolo dritto negli occhi.

«Cosa volete ancora da me? Non ho già corso abbastanza rischi?» mugugnò il podestà interpretando magistralmente la parte della vittima.

«Ci servono più notti al sicuro. E dei documenti falsi» lo incalzò Giuditta.

«Chiedete troppo.»

«Ci stanno cercando.»

Il podestà, dopo qualche secondo di indecisione, cedette:

«Che ne dici, Egle, puoi tenere questi due ebrei al sicuro ancora per qualche giorno? Poi vedremo.»

Egle si strinse al petto la vestaglia con il collo di piume, annuì e colse l'occasione per alzare la posta:

«Ricordati che hai promesso di farmi conoscere quel pezzo grosso tedesco...»

«Sarà fatto.»

«Bene, allora voi due occuperete le stesse stanze della scorsa notte.»

La contrattazione era terminata. E Giuditta si scoprì a chiedersi in quale stanza aveva dormito suo fratello e con chi. Ma la risposta non tardò ad arrivare.

18

Roma, 6 settembre 1943

La notte in cui il figlio del podestà aveva festeggiato l'addio al celibato, Tobia aveva dato l'addio alla verginità. Agnello in fuga, si era aggrappato a Egle come a una zattera su cui riprendere fiato. Più che amare era stato amato, ma le notti successive il desiderio trovò la sua strada.

«Se continui così ti nascondo per tutta la vita» ridacchiò Egle fingendo di resistere ai suoi assalti.

«Se là fuori seguita ad andare come va, rischi di doverlo fare per davvero» rispose strofinandole la punta del naso sul capezzolo.

«Sei il mio primo ebreo.»

«E tu la mia prima donna. Ti chiamerò Eva!»

«Esagerato.»

«Ti dobbiamo la vita. E per questo il tuo Adamo senza foglia di fico ti sarà grato per sempre!» le rispose balzando fuori nudo dalle lenzuola.

Poi, indicando gli abiti che aveva abbandonato ai piedi del letto qualche ora prima, chiese:

«Ho solo i vestiti che mi hai visto indosso. E così mia sorella. Tu potresti procurarcene degli altri?»

«Con tutti gli uomini che passano in questa casa, e tutte le donne che mi tocca mantenere per farli felici, di sicuro troverò qualcosa.»

«Puoi fare di più. Le quattro valigie con dentro tutto quello che abbiamo, che siamo stati costretti a lasciare in albergo, nei prossimi giorni verranno consegnate a frate Maurizio dell'ospedale Fatebenefratelli all'Isola Tiberina. Hai qualcuno che possa andarle a prendere?»

«Senza che nessuno possa risalire a me e a voi?»

«Esatto.»

«Posso mandare la mia balia, è l'unica di cui mi fidi. Vuoi altro dalla tua Eva?»

«Tutto.»

Egle lo amò così come veniva, senza mestiere. Ma un pensiero vago gettava un'ombra sui suoi abbracci. Aveva visto spogliarsi centinaia di uomini, i più irruenti si liberavano dei panni gettandoli a terra, qualcuno li appendeva da qualche parte, ma nessuno li aveva mai piegati con cura, come fossero un pacchetto, come aveva fatto Tobia la prima e anche la seconda notte.

Quel ragazzo aveva qualcosa da nascondere, oltre a se stesso, qualcosa era occultato nelle pieghe dell'unico vestito che aveva indosso.

19
Roma, 8 settembre 1943

Giovanni doveva rientrare in caserma. Le prime due valigie, recuperate il giorno precedente, erano già al sicuro da frate Maurizio. Nel tardo pomeriggio stava portando le altre fuori dall'Hotel Dora quando, davanti alla porta girevole, Antonio lo trattenne.

«Ho fatto quello che ho potuto» mormorò afferrandolo per il braccio.

«Certo» rispose Giovanni conciliante, e per tagliare corto sorrise; ma l'altro non mollava.

«Dovranno ricordarselo, al momento giusto, quello che ho fatto per loro.»

«Vuole l'assoluzione o un lasciapassare per il futuro?»

«Tu hai cambiato governo, ma io dovrò cambiare clientela.»

«Ma se l'albergo è pieno di tedeschi.»

«E sempre più esigenti» sussurrò Antonio. «Ma le cose potrebbero cambiare...»

«Ne riparleremo» concluse Giovanni.

Carico di valigie, si era già infilato nella porta girevole quando dalla radio sul bancone del bar dell'hotel sentì gracchiare una voce inconfondibile:

«Il governo italiano, riconosciuta la impossibilità di continuare la impari lotta contro la soverchiante potenza avversaria, nell'intento di risparmiare ulteriori e più gravi sciagure alla nazione, ha

chiesto un armistizio al generale Eisenhower, comandante in capo delle forze alleate anglo-americane.»

Paralizzato nello spicchio della porta a vetri che continuava a girare lentamente come una lanterna magica, Giovanni vide il volto pallido e contratto di Antonio, le facce sbalordite delle cameriere e quelle inferocite di un gruppo di ufficiali tedeschi.

«*La richiesta è stata accolta*» strideva lontana la voce alla radio.

Rallentando sempre di più, la porta girevole finì per un lungo istante davanti alla reception e Giovanni si accorse che, dal bancone dove si era rifugiato come fosse una barricata, Antonio gli faceva cenno di fuggire.

«*Conseguentemente ogni atto di ostilità contro le forze anglo-americane deve cessare da parte delle forze italiane in ogni luogo. Esse però reagiranno ad eventuali attacchi da qualsiasi altra provenienza.*»

L'Italia aveva annunciato la resa. Il mondo si era rovesciato. Le divise avevano cambiato senso e colore. E Roma era piena di soldati tedeschi.

Quando lo spicchio vetrato si trovò in corrispondenza dell'uscita, Giovanni si tuffò di fuori.

In strada c'era chi urlava, chi correva e chi si abbracciava, negli occhi un miscuglio di gioia e di paura. Insieme a molti altri, Giovanni imboccò il tunnel del Traforo, la strada era più lunga ma sarebbe riuscito comunque a lasciare le valigie al frate e a rientrare in tempo in caserma. Non era ancora a metà della galleria quando si accorse che alcuni mezzi militari stavano chiudendo l'uscita dalla parte di via Nazionale. In controluce riconobbe le silhouette inconfondibili degli elmetti tedeschi. Si girò verso la parte opposta, quella che dava su via del Tritone, e vide che stavano sbarrando anche quella. Era in trappola. E la divisa gli bruciava addosso. Le ombre alle due uscite del tunnel erano sempre più compatte e si udivano grida e ordini in tedesco ingigantiti dal rimbombo della volta.

«Un rastrellamento» gridò un ragazzo con la faccia smagrita.

Alle sue spalle un altro urlò: «Prendono gli uomini...».

«Si vendicano» si sgolava una donna, e rivolta a due marinai in divisa implorò: «Toglietevi quella roba di dosso!».

«Militari o civili, ormai ci prendono tutti. Siamo dei traditori...»

Poi il miracolo. L'urlo di una sirena antiaerea lacerò l'aria.

«Bombardano! Faremo la fine dei topi...»

Tutti fuggivano verso le uscite e Giovanni fece lo stesso. La folla travolse i mezzi militari, si sentirono dei colpi di pistola, una raffica di mitra. Un uomo, ferito, si accasciò a terra ai suoi piedi. Approfittando del parapiglia, Giovanni si tolse la giacca della divisa e la infilò nella valigia dove pescò uno dei pantaloni di Tobia. Si spogliò e si rivestì spintonato dalla folla che come un solo corpo ondeggiante cercava la salvezza.

«Hai una camicia anche per me? Con questa qua mi ammazzano...» lo implorò un soldato con l'accento toscano.

Giovanni riaprì la valigia, ne pescò una e la diede al ragazzo che nel frattempo era rimasto a torso nudo esibendo uno squarcio sul ventre ricucito di recente.

«Una granata, in Russia... A me in una trincea non mi ci sbattono più. Grazie, compagno», e fuggì verso l'oblò di luce dell'uscita.

Giovanni lo seguì. Scivolò dietro una camionetta tedesca, scavalcò dei corpi a terra, feriti o forse già morti, e si ritrovò fuori. Alla luce.

Era diventato un disertore.

20

Roma, 9/30 settembre 1943

Le valigie arrivarono il giorno dopo. A portarle, insieme alla balia di Egle, fu un ragazzo con gli occhi a mandorla luccicanti di pagliuzze dorate.

«Ho passato la notte all'ospedale, nascosto nel deposito delle medicine, ma restare lì di giorno con il viavai degli infermieri è troppo pericoloso.»

«Due ebrei e un disertore sono troppi anche per me!» esplose Egle. «Non sperare di nasconderti qui anche tu. A Roma c'è la caccia all'uomo! Se qualcuno dei miei clienti sospetta qualcosa e denuncia alla polizia te o quei due ebrei, io e le mie ragazze abbiamo chiuso. E per sempre.»

Per far ragionare quel terzetto che aveva tutti i numeri per farle chiudere l'attività e scaraventarla in una cella, Egle aveva scelto il lastrico solare in cima al palazzetto, un grande terrazzo dove si stendeva la biancheria della casa che, come si può immaginare, prevedeva vorticosi cambi di lenzuola.

Il cielo di rado riflette i drammi che illumina. Così, mentre i tre fuggitivi allineavano le loro sciagure e lei li ascoltava tormentando i bottoni del suo abito rosso, imperterrite le nuvole si lasciavano trascinare dal vento in un azzurro allegro e sfrontato.

Egle era una donna audace, ma farsi trovare con due ebrei

e un disertore nascosti nella sua casa di appuntamenti frequentata da gerarchi fascisti e ufficiali tedeschi era troppo anche per la sua spregiudicatezza. Aveva sempre saputo mischiare in parti uguali cinismo, senso degli affari e arruffate romanticherie. In conto alle ultime metteva due palpiti: quello per un professore socialista dai capelli rossi che fuggendo in Francia l'aveva liberata dall'imbarazzo di nasconderlo, e quello per il giovane ebreo che il podestà Cini le aveva lasciato in carico pochi giorni prima.

In uno sventolio di lenzuola di lino e sottovesti di pizzo, furono gli occhi spauriti di Tobia, insieme al più piccolo dei brillanti del padre offertole come pegno d'amore, ad avere la meglio sulla sua paura.

"Ecco perché piegava i suoi vestiti come un pacchetto con tanta premura" rimuginò tra sé e sé Egle quando vide luccicare la pietruzza. "Questi ebrei, anche i più disperati, hanno sempre qualcosa di valore nascosto da qualche parte." Ma si pentì subito di quello che aveva pensato.

Per prudenza, li trasferì nel seminterrato del palazzo che fungeva da deposito della biancheria e degli oggetti di risulta della casa. Giovanni finì in uno stanzino pieno di vecchi materassi impilati, e Giuditta e Tobia in una cameretta adiacente dove erano stipate montagne di lenzuola, asciugamani, sedie rotte e due brandine da campo.

Quel nascondiglio insperato, angusto e soffocante, al momento sembrò al terzetto un paradiso, ma quando la prima notte Tobia scivolò fuori per raggiungere il letto di Egle al terzo piano, per Giuditta si trasformò in un purgatorio. Se si dorme su una pila di otto materassi su cui si sono consumati migliaia di peccati è difficile non bussare alla porta della stanza delle lenzuola dove dorme la tua innamorata dagli occhi troppo grandi. Giuditta rispose: cambiò stanza e salì con facilità sul materasso più alto, in cima alla pila.

Per la prima volta lei e Giovanni si ritrovarono soli come

non erano mai stati, ma Giuditta decise di aspettare, non sapeva neppure lei cosa. La fine della guerra, il matrimonio, la cattura? Il desiderio le arrossava le guance e le scaldava i fianchi, ma si rifiutava di assecondarlo. Spesso, il confine tra il no e il sì è sottile come quello tra la vita e la morte, ma ancora le sembrava invalicabile.

«Domani potrebbero scoprire il nostro nascondiglio e separarci per sempre» la implorava Giovanni. «Io, disertore, finirei davanti a un plotone d'esecuzione e tu, ebrea, in un campo di lavoro o chissà dove. Non sappiamo quanto ci resta.»

«È la mia prima volta.»

«Potrebbe essere l'ultima.»

Della verginità Giuditta sapeva quello che una compagna di scuola più spregiudicata le aveva confessato mentre facevano i compiti, uno degli ultimi giorni prima che la cacciassero dalla scuola. «Me l'ha detto la figlia della contadina. Fa male, esce un po' di sangue, e poi passa. Ma dopo non ti vuole più nessuno. Sempre se non sei così sfortunata da rimanere incinta.»

A fermare Giuditta non fu la paura di perdere la verginità. E neppure quella di rimanere incinta. Non voleva che la sua prima volta fosse in uno scantinato e su quei materassi sudici.

«La mia prima volta deve essere all'aperto.»

«All'aperto? E dove?»

«In un prato, in mezzo al grano, o nell'acqua. Sì, la mia prima volta sarà nell'acqua.»

Sull'ultima frase si lasciò scivolare giù e se ne andò.

La notte seguente qualcosa al terzo piano doveva essere andato storto perché Tobia tornò a dormire nel seminterrato.

«Egle non mi vuole nel suo letto. Ha troppa paura. I tedeschi hanno schierato le truppe, ci sono stati scontri a fuoco e decine di morti. Un gruppo di antifascisti si è impossessato di un autotreno carico d'armi e le ha distribuite a San

Giovanni, a Trastevere e a Testaccio. Il Vaticano è presidiato. Il re e Badoglio sono fuggiti...»

Ogni giorno Egle scendeva nel seminterrato con il cibo e le notizie dal mondo esterno. Gli scontri a Porta San Paolo e poi la resa. Gli Alleati a Salerno, i gerarchi fascisti fuggiti a Berlino che accusavano Badoglio di tradimento, il re che annunciava il trasferimento nell'Italia liberata. Roma in mano ai tedeschi, dichiarata "città aperta". In quei giorni la Storia correva in fretta e fuori dai binari. E Giuditta aveva paura di deragliare.

La domenica seguente, a tarda sera, Egle entrò nel seminterrato con gli occhi sbarrati.

«Un commando di paracadutisti tedeschi ha liberato Mussolini! Lo ha detto la radio tedesca...»

«E i soldati italiani?»

«Non hanno reagito.»

«Non è più prigioniero degli italiani, ed è diventato prigioniero dei tedeschi. È un uomo morto» commentò amaramente Giovanni.

«Nemmeno voi siete più così vivi» sussurrò Egle.

La lunga notte della capitale era iniziata. L'ultimo giorno di settembre, insieme a Egle, arrivò anche il podestà, trafelato e ansante.

«Sono venuto a salutarvi» esordì Cini. «Ma non pensate di chiedermi altro. Ho pagato in abbondanza il mio debito con vostro padre. E di voi non voglio più sapere nulla. Per me siete morti e sepolti in questo seminterrato.»

Vedendo spuntare Giovanni dallo stanzino dei materassi, Cini ebbe un sussulto.

«E questo chi è? Un altro ebreo?»

«Cristiano e disertore» rispose Giovanni con una mano sul cuore.

«Egle, sei impazzita? Perché non mi hai avvertito?» piagnucolò Cini asciugandosi la fronte con il fazzoletto.

«Volevo farti una sorpresa.»

«Non riesco a capire perché una donna con la testa sulle spalle come te corra questo rischio...» Poi, cambiando tono: «I tedeschi hanno requisito gli alberghi di via Veneto, al coprifuoco hanno dato l'ordine di chiudere i portoni e chiunque sia trovato fuori casa viene arrestato. Kappler, il comandante della Gestapo, è il re di Roma. Con lui gli ebrei sono nei guai. In guai grossi. Gli ha imposto di consegnare cinquanta chili d'oro entro trentasei ore, altrimenti avrebbe preso "in ostaggio" duecento capifamiglia.»

«E li hanno raccolti?» domandò Giuditta.

«Tutti?» aggiunse Tobia.

«Sì, e ai cinquanta chili hanno aggiunto trecento grammi nel caso fossero sorte contestazioni.»

«Come hanno fatto?» chiese Giuditta pensando ai Della Seta.

«Hanno fuso le fedi, le catenine, i denti d'oro. Sapete sempre come trovarli i soldi, voi...» disse sprezzante il podestà aggiungendo: «Sembra che anche il Vaticano, di nascosto, vi abbia aiutati. Ma quell'oro non servirà. Hanno perquisito il Tempio e hanno portato via mucchi di carte... La situazione sta precipitando. Vi servono dei documenti falsi, da ariani».

Nonostante la fronte madida di sudore, Cini non aveva perso l'eleganza di un tempo. Indossava un abito di sartoria dal taglio perfetto e una sciarpa di seta, ma era cupo, lento, e la sua espressione gaudente si era indurita in una maschera terrea.

«Io raggiungo i camerati al Nord. Ma sono venuto ad avvertirvi: se vi prendono e vi azzardate a spifferare a qualcuno che vi ho aiutati, siete morti.»

21
Roma, 15 ottobre 1943

Giuditta, Tobia e Giovanni rimasero prigionieri del seminterrato e delle parole del podestà.

«Cini aveva ragione. Senza documenti falsi questo rifugio sarà la nostra tomba.»

«Allora ci serve un falsario esperto, carte d'identità contraffatte e tessere annonarie con i nuovi nomi. Chiederò aiuto a frate Maurizio» propose Giovanni.

«Troppo pericoloso...» fece Giuditta.

«Correrò il rischio.»

«Quando?»

«Oggi. Al coprifuoco sarò di ritorno.»

«Vengo con te...» lo supplicò lei.

«No.»

«E invece sì, il Fatebenefratelli è all'Isola Tiberina, a due passi dalla casa dei Della Seta. Voglio riabbracciarli.»

Tobia guardò prima l'uno e poi l'altra. Sua sorella e il suo migliore amico stavano per rischiare la vita anche per lui.

«Vengo con voi.»

«No. Uno di noi deve restare. Al ritorno, potremmo trovare la porta chiusa.»

«Non vi fidate di Egle?»

«Le abbiamo chiesto troppo. Rimani tu qui, lei ha un debole per te. Noi ce la faremo.»

Per vestirsi come una qualunque coppia borghese a spasso per la capitale dovettero frugare a lungo nelle valigie. Giovanni si mise l'unica giacca elegante di Tobia, gli andava un po' stretta e corta ma sbottonata non si notava, e si annodò al collo la cravatta meno appariscente che trovò. Giuditta s'infilò il solito vestito azzurro Madonna e le uniche scarpe con i tacchi che possedeva, ripescò dal reggiseno il filo di perle di sua madre. Solo alla fine si passò sulle labbra il rossetto color fiamma. Nel seminterrato non c'erano specchi ma Giovanni la rassicurò: era perfetta.

«Mettiti gli occhiali da sole» le suggerì Tobia. «Sono in fondo alla valigia, eccoli...»

«Gli occhiali da sole? Perché?»

«Perché ti si legge lo spavento negli occhi.»

22

Roma, 15 ottobre 1943

«Sorridi» continuava a sussurrarle Giovanni mentre camminavano a braccetto come una qualsiasi coppia di innamorati. «Non smettere mai di sorridere.»
Nessuno sembrò badare a loro. Come solo i giovani sanno fare, Giuditta e Giovanni trasformarono la paura in ribalderia, al punto che, quando a piazza Navona andarono a sbattere contro un terzetto di SS che sbucava di corsa da un vicolo, ebbero la buona idea di baciarsi appassionatamente.
«*Italienische Frauen sind alle Huren...*» ghignò uno dei tre incollando gli occhi alle gambe di Giuditta.
Non conoscere una parola di tedesco li aiutò, ma il difficile doveva ancora venire. Quando giunse il momento di separarsi ciascuno sapeva che forse non avrebbe più rivisto l'altro.
«Appuntamento tra due ore a ponte Sisto. Se non mi vedi arrivare torna da Tobia. Tieni gli occhi aperti.»
«Anche tu.»
Sotto i platani, che l'autunno aveva pennellato di oro, si strinsero a lungo come per un addio. Poi ognuno andò per la sua strada.

Giuditta bussò più volte, ma la porta dei Della Seta rimase chiusa. Forse si erano nascosti dentro qualche cantina o magari erano fuggiti. Eppure il tappetino era pulito e i pomoli della porta sembravano essere stati appena lucidati... D'improvviso Giuditta si ricordò di una canzonetta che canticchiava sempre alla piccola Celeste e le venne in mente di fischiettarla. Dopo pochi minuti, la porta si schiuse lasciando intravedere un cumulo di bagagli e gli occhi di santa Lucia che, adagiati nel piatto, la fissavano impauriti. Poi fece capolino il volto di Perla, e più in basso quello di Celeste.

«Cosa fai qui?» chiese Perla con un filo di voce mentre la bambina sgusciava di fuori per stringersi a Giuditta.

«Volevo salutarvi, prima...»

«Prima di cosa?»

«Chiudete la porta» intimò Gabriele dal corridoio. «Sei venuta appena in tempo. Come vedi stiamo partendo, e Perla vorrebbe portare con sé tutta la casa.»

«Dove andate?» chiese Giuditta guardando con nostalgia la statua di Gesù con il cuore sanguinante in mano.

«A nasconderci.»

Spettinata e con gli occhi umidi, Perla portava valigie avanti e indietro dalla camera da letto all'ingresso, tirando fuori borse e cappelli, sciarpe e abiti, e tentando di infilarli nei bagagli stracolmi. Nel frattempo Celeste la seguiva come un'ombra.

«Datti pace, più di questo non possiamo portare» mormorò il marito accarezzandola.

Ai piedi delle statue di Gesù e santa Rita rimasero quattro valigie pesanti come il piombo. Gabriele abbozzò un sorriso mite.

«Nessun ebreo è al sicuro.»

«Nemmeno a Roma?»

«Abbiamo raccolto l'oro che volevano, ma non gli basterà. Vogliono prenderci, uno per uno.»

«E tu invece dove andrai? Vieni con noi» propose Perla a Giuditta, poi, rivolta al marito: «Voglio vedere se i contadini hanno il coraggio di rifiutare, con tutto il denaro che chiedono per tenerci nascosti... Siamo stati costretti a vendere a Cesaretto anche questa casa, e per un decimo del suo valore, ma senza quei soldi come potevamo fare...».

«Perla ha ragione, vieni con noi» disse Gabriele. «Troveremo il modo di convincere i contadini.»

Giuditta accarezzò con lo sguardo quella casa tanto amata. Le statue che le avevano fatto così paura, quando ancora non c'era da averne, ora che alla paura viveva accanto, non la spaventavano più. Le loro gote rosate, i gesti enfatici e il sangue dipinto a smalto la facevano solo sorridere. Coprì con la mano gli occhi di santa Lucia che la fissavano dal piatto e mentì:

«Non dovete preoccuparvi per me. Ho già trovato un rifugio.»

«Meglio così, allora» sospirò Gabriele sollevato. «Gli ebrei di Roma sono rintanati ovunque. Nei conventi, nelle catacombe, qualcuno persino nei cunicoli scavati nelle Mura Aureliane. Sai cosa rispondono le guide turistiche agli stranieri che chiedono dov'è il Mosè di Michelangelo?» concluse amaro. «Che Mosè da qualche giorno è a casa di amici...»

E continuò:

«Quelli che possono si nascondono, gli altri sono agnelli che aspettano il sacrificio.»

Poi le sfiorò la fronte con le dita. Una carezza che assomigliava a una benedizione.

«Mazal tov, Giuditta. Speriamo di rivederci.»

23

Roma, 15 ottobre 1943

A pochi passi da Giuditta, all'ospedale Fatebenefratelli, Giovanni stava cercando il frate a cui aveva deciso di affidare la loro salvezza. Da più di un'ora si aggirava nell'androne affollato di vittime dei bombardamenti, quando, d'improvviso, se lo ritrovò accanto. Tra le braccia aveva un bambino con la testa fasciata e, come lo riconobbe, con uno sguardo gli fece cenno di seguirlo. Dopo aver percorso un lungo e stretto corridoio che come un budello fiancheggiava il corpo centrale dell'edificio, sbucarono in una stanza affacciata sul fiume stipata di bende e vecchi faldoni.

«Qui siamo al sicuro, è un vecchio archivio e non ci viene mai nessuno. Aspettami qui, trovo un medico che si occupi del bambino e torno da te.»

L'unica finestra della stanza affacciava a nord, nel punto in cui il Tevere si biforca per aggirare l'estremità dell'isola. Per un dislivello del letto del fiume, lì l'acqua fa un salto di un metro, s'ingorga in rapide vorticose, e infine prende velocità investendo l'isola come per trascinarla verso la foce e di lì in mare aperto. Giovanni aprì la finestrella e si accese una sigaretta. La corrente che in quel tratto si divideva in due fiumi assomigliava al bivio che aveva davanti. Se si sporgeva a destra, vedeva scintillare al sole la cupola del Tempio degli ebrei e subito dietro il dedalo oscuro di viuzze del Ghetto. Se guardava a sinistra vedeva il campanile della chiesa di Santa Maria in Trastevere. Giovanni era un soldato ma era un disertore. Era innamorato di un'ebrea ed era un cristiano. Non poteva andare peggio. Per sua madre che non si addormentava senza un'Ave e un Gloria, e per suo padre che lo avrebbe voluto ingegnere, quell'unico figlio era una delusione.

"Ormai la frittata è fatta e per pentirsi non c'è tempo. Servono i documenti falsi" si convinse.

«Le valigie dei tuoi amici sono arrivate a destinazione?» chiese il frate chiudendosi la porta alle spalle a doppia mandata.

«Sì. Ma i loro proprietari sono in pericolo.»

«L'ultima volta che ti ho visto eri in abiti civili, e sei vestito così anche oggi. Dove è finita la tua divisa?»

«Buttata. Mia madre non deve saperlo.»

«Ne morirebbe.»

«Frate Maurizio, i miei amici sono ebrei...»

«E tu un disertore. Bel terzetto.»

«Un convento di suore che possa nasconderci?»

«Anche i conventi di suore sono un rischio, due uomini poi desterebbero sospetti.»

«Abbiamo bisogno di ottenere dei documenti falsi.»

«Venite qui prima del coprifuoco. Il Fatebenefratelli gode dell'extraterritorialità perché è in territorio vaticano e forse possiamo fare qualcosa. Vi farò ricoverare nel reparto degli epidemici. È quello meno sorvegliato. Vi sarà diagnosticato un nuovo tipo di malattia infettiva neurodegenerativa: il morbo di K. I sintomi sono spasmi incontrollati e convulsioni e gli effetti devastanti. Porta alla paralisi completa, alla demenza e alla morte per asfissia.»

«Più che la salvezza mi state offrendo un contagio.»

«Non preoccuparti, il morbo di K. è un'invenzione bella e buona, ma i tedeschi sono così spaventati dalla possibilità di essere contagiati che non controllano le cartelle cliniche dei malati dichiarati affetti da quella malattia.»

«Una truffa?»

«La Divina Provvidenza trova le scorciatoie. Diventerete pazienti "Kesselring".»

«Kesselring?»

«È il nome in codice che diamo ai fuggitivi che riusciamo a mettere in salvo con questo stratagemma. È il cognome del generale Kesselring e ha la stessa iniziale del comandante Kappler. Potessi contagiare con il morbo di K. tutti quelli che hanno bisogno di aiuto...»

«E i documenti?»

«A quelli penseremo dopo. Portate con voi poche cose. Vi fingerete degli sfollati che hanno perso i documenti durante i bombardamenti. Ne vengono tutti i giorni a decine.»

«Senza documenti falsi siamo morti.»

«Mi metterò in contatto con chi se ne può occupare. Nomi e indirizzi devono essere scelti con attenzione, meglio optare per città già conquistate dagli alleati o dove le bombe hanno distrutto il palazzo del Comune e l'anagrafe... Dove avete trovato rifugio?»

«Siamo nascosti nel seminterrato di un... Lasciamo perdere, comunque è in centro, poco lontano da qui, il tempo di arrivare.»

«Qualcuno che vi conosce può denunciarvi? Un nemico che potrebbe trasformarsi in delatore?»

«No.»

«Meglio. Vi aspetto alle quattro davanti alla basilica di San Bartolomeo.»

24
Roma, 16 ottobre 1943

Alla fine del turno di notte, con il soprabito infilato sopra la divisa da infermiera, Olga stava ritornando a casa. Era l'alba, il cielo era plumbeo e l'acqua scorreva come metallo fuso lungo i fianchi dell'Isola Tiberina. Faceva freddo, e lei aveva deciso di allungare il percorso imboccando le stradine del quartiere degli ebrei dove il vento non riusciva a insinuarsi. Aveva appena superato il ponte Fabricio, quando vide una processione di camion militari coperti da teloni scuri che uno dopo l'altro, con il motore al minimo, entravano nel Ghetto. Olga capì subito cosa stava accadendo. Tornare a casa era impossibile. Si girò e cominciò a correre nella direzione da cui era venuta. Bisognava avvertire frate Maurizio.

All'ospedale la notizia volò di letto in letto.
«Rastrellano gli ebrei!»
«Hanno bloccato l'ingresso del Ghetto, il Lungotevere e quattro vicoli. Li hanno chiusi nel sacco!»
«Avevano le liste, con i nomi e gli indirizzi...»
«Li cercano casa per casa e li caricano sui camion a Sant'Angelo in Pescheria, dove gli autocarri manovrano meglio.»
«Una famiglia è riuscita a scappare, hanno bussato al convento ma nessuno gli ha aperto.»
«Hanno preso pure una cristiana, non voleva abbandonare una vecchia ebrea che era affidata a lei...»

«Bastardi, sono andati a prenderli di sabato quando erano tutti a casa.»

«Se lo meritano, quei giudei. Hanno ammazzato Gesù Cristo.»

«Taci che ciascuno può diventare l'ebreo di qualcun altro. Magari domani tocca a te... Se prima non ti si porta via la cattiveria che ti rode dentro.»

Al di là del fiume gli scarponi delle SS ancora martellavano il selciato e a poche centinaia di metri, al di qua del ponte, tutti già sapevano che avevano portato via gli ebrei.

La notizia della razzia varcò le porte del reparto "K" dove Giuditta, colpita da un morbo inesistente che le stava salvando la vita, aveva trascorso una notte insonne. Quando capì quello che stava succedendo le mancò il respiro. Ancora una volta era sfuggita al suo destino. Ma per quanto?

Il rastrellamento era iniziato poco dopo le cinque del mattino del sabato, giorno di festa degli ebrei. Per otto ore avevano picchiato alle porte delle case, li avevano tirati fuori dai letti, spintonati, bastonati, registrati, e infine caricati sui camion. Nei palazzi che circondavano il Ghetto, chi non era ebreo continuava la vita di tutti i giorni. Qualcuno si vestiva, qualcun altro si faceva la barba, molti non sapevano, molti facevano finta di niente. Qualcuno sentiva bussare alla porta e accoglieva le prede sfuggite alla cattura, qualcuno si girava dall'altra parte. Qualcuno afferrava al volo il bambino lanciato da finestra a finestra per salvarlo, qualcuno segnalava il ragazzo in fuga sui tetti. I drammi si consumano dentro bolle di disperazione, tutto intorno la vita è quella di sempre. Talvolta anche peggiore.

Alle due del pomeriggio il Ghetto era vuoto. Roma, città aperta, si era lasciata strappare i suoi ebrei.

25
Roma/Ancona, 31 ottobre 1943

«Il tuo nuovo nome è Giuditta Colu. Sei nata a Sassari e risiedi a Cagliari. Idem tuo fratello Tobia. Giovanni invece è di Cassino.» Nella stanza in fondo al corridoio che correva lungo il mezzanino fino al lato nord dell'ospedale, frate Maurizio distribuiva i documenti falsi come carte da gioco. Su quei rettangoli pieni di timbri falsi era stampata la loro salvezza.

«Avete una nuova identità, ma continuate a essere in pericolo. Roma è infestata dagli uomini della banda Koch, criminali che con l'aiuto delle SS rastrellano persone e cose come delle furie. Negli scantinati abbiamo una radio ricetrasmittente e siamo in contatto con i partigiani. Quando sarete fuori di qui, dirigetevi a sud, se riuscirete a passare il fronte sarete salvi.»

All'alba, il terzetto venne caricato su un camion di rifiuti ospedalieri che passò i controlli senza contrattempi. Dopo una mezz'ora di tragitto, al triplo fischio convenuto con l'autista, Tobia, Giovanni e Giuditta sollevarono il telone e, dopo essersi liberati dei pigiami sotto i quali avevano indossato gli abiti, saltarono giù dal camion. Capirono subito di trovarsi vicino alla stazione Termini. La biglietteria aveva appena aperto. Erano liberi e avevano dei documenti falsi ma, nonostante le raccomandazioni del frate, i tre fuggiaschi scelsero il punto cardinale sbagliato. Comprarono i biglietti del primo treno diretto ad Ancona. L'Italia era divisa in due. Giuditta, Tobia e Giovanni si stavano dirigendo verso la parte sbagliata.

Arrivarono il primo novembre in una città squarciata dalle sirene antiaeree. Il maestrale aveva spazzato via le nubi dal cielo e la visibilità perfetta aveva permesso alle fortezze volanti angloamericane di colpire gli obiettivi vitali: la stazione era stata distrutta, così come il porto e l'acquedotto. Ancona era disseminata di macerie.

Nel caos che seguì al bombardamento, i tre fuggiaschi si mischiarono alle carovane di profughi che cercavano rifugio nelle campagne. Fu Giovanni a ricordarsi di un casale sperduto in cima a una collina a nord della città dove era stato in gita ai tempi del liceo. Un cocuzzolo, lontano da tutto e da tutti, dove tentare la sorte.

«Andate. Io resto qui, devo avere notizie di mia madre. E poi sarei solo un peso per voi.»

«È pericoloso, potrebbero fermarti...» lo implorò Giuditta che non riusciva a separarsi da lui.

«Starò attento. Ho i documenti falsi e mia madre conosce tutti i conventi delle Marche. Mi aiuterà a trovare un rifugio. Appena posso, vengo a cercarvi.»

Giuditta e Giovanni si baciarono a lungo senza pudore. Tobia non si voltò dall'altra parte, ormai per lui era come se fossero sposati: a unirli in matrimonio erano state le fughe, la guerra, e la paura. Chissà dove era finito quel pazzo del padre, e chissà se era ancora vivo. Quella coppia che si teneva stretta stretta era tutto quello che restava della sua famiglia.

Si augurarono buona fortuna. La stanchezza e lo sconforto impedivano loro di capire quanta fortuna avevano già avuto, e di quanta fortuna avrebbero avuto ancora bisogno.

Le strade erano interrotte, la benzina razionata. Per raggiungere il casale Giuditta e Tobia impiegarono quasi un giorno e molta della strada fu percorsa a piedi. Le indicazioni di Giovanni erano precise e i punti di riferimento si rivelarono esatti. Superata Ripe girarono a destra, valicarono la collina e dopo una decina di chilometri videro il fontanile di pietra che segnava l'incrocio di tre strade. Presero quella di sinistra che serpeggiava tra i campi coltivati. Dopo quattro chilometri arrivarono a una piccola cappella con dipinta una madonnina. Di lì presero la strada bianca che si inerpicava a fatica su un cocuzzolo in cima al quale intravidero il tetto di un casolare. Sull'aia si scorgevano delle figure che a ogni passo diventavano più nitide.

Percorsero gli ultimi metri lentamente. Come avrebbero attaccato discorso, e come li avrebbero convinti? Avanzando videro un uomo e una donna, immobili al centro dell'aia. Giuditta e Tobia riuscivano ormai a distinguerne l'espressione diffidente.

A venirgli incontro per primo fu il cane. Era nero, gli abbaiava contro, e non sembrava contento di vederli.

A Giuditta mancò il respiro. Le ginocchia le si piegarono per la stanchezza e per la paura, e si inginocchiò nella polvere.

«Basta, mi fermo qui. È finita.»

Tobia la prese per il braccio e la tirò su.

«Comincia adesso. Forza, alzati e cammina. Ho bisogno di te.»

I proprietari del casolare, Virgilio ed Ernesta, capirono subito che chi avevano davanti non scappava soltanto dalle bombe. Non fecero domande, e non chiesero documenti: il luccichio del primo dei gioielli della madre, tirato fuori al momento giusto, bastò a fargli accettare lo scambio.

Virgilio, un contadino massiccio e sanguigno, accettò perché era sicuro che la guerra non sarebbe durata poi molto, e prima che finisse voleva guadagnarci qualcosa anche lui. Quanto a Ernesta, una donnina minuta che sembrava fusa nell'acciaio, dopo aver fatto due conti pensò che se, come era convinta, la guerra tirava ancora per le lunghe, e se di gioielli così quei due ragazzi di città ne avevano almeno un altro paio, lei avrebbe potuto comprare il terreno vicino al torrente e liberarsi del figlio maggiore che aveva vent'anni e ben poco sale in zucca. E magari sistemare il minore con la figlia del contadino della collina a sud, verso il mare, che aveva tanta terra e nessun figlio maschio.

Virgilio ed Ernesta erano sposati da sempre ma non la pensavano mai allo stesso modo. Si sorvegliavano a vicenda perché non si fidavano, e ciascuno era convinto di essere il più furbo. Farsi la guardia l'un l'altra era di certo servito, se non ad amarsi, a tirare avanti in quel casolare malandato con un orto da cui non si cavava quasi niente, un pollaio con poche galline, una vecchia porcilaia senza maiali, e una stalla con una sola mucca. La terra non è solo fatica, per sementi, concime e mangime ci vuole denaro, e poi le bestie si ammalano, un anno piove poco e l'altro troppo e le braccia non bastano mai. Quella collina sperduta che non interessava a nessuno aveva succhiato a entrambi la vita.

Per prudenza, i contadini sistemarono i nuovi arrivati nel sottotetto subito sopra la stalla. Per letto gli indicarono i materassi usati dagli avventizi durante i giorni di raccolto, imbottiti di foglie di granturco e adagiati su assi di legno sostenute da pilette di mattoni. Gli portarono del pane e della cicoria e per l'acqua gli indicarono il fontanile. Per i rischi che correvano gli sembrò di aver fatto abbastanza.

L'odore del letame li stordì e i muggiti dell'unica mucca risuonavano monotoni, ma Giuditta e Tobia sapevano che si sarebbero abituati anche a quello. Solo dopo aver mangiato con voracità si guardarono intorno. L'ambiente era freddo e desolato, ma da due abbaini che affacciavano sulla valle lo sguardo arrivava fino al mare. Dopo molti rifugi, quello gli sembrò il più poetico e insieme il più disgraziato.

Erano fuggiti da Roma con i vestiti che avevano indosso e poco più. Giuditta aveva ficcato nella borsa un cambio di biancheria, un vestito di lana, i libri di D'Annunzio, il vasetto della marmellata pieno di cera e qualche foto di famiglia, anche se frate Maurizio glielo aveva proibito sostenendo che con un'identità falsa era troppo pericoloso. Tobia si era portato gli scacchi in miniatura regalo di Egle, un mazzo di carte, un paio di camicie, un golf e una giacca pesante. Avevano bisogno di tutto.

Per gli ospiti paganti ogni cosa aveva un prezzo. Seguiti a vista dallo sguardo diffidente di Ernesta, Giuditta imparò a badare al pollaio e Tobia a rigovernare la stalla. Ma le giornate erano comunque molto vuote. Giuditta le passava a riguardare le fotografie, a leggere i libri di D'Annunzio che ormai sapeva a memoria o ad ammirare il mare dall'abbaino. Tobia si dedicava a interminabili solitari e tentava invano di insegnare a giocare a scacchi al figlio del contadino.

Dopo una settimana, per la prima volta Giovanni venne a trovare l'innamorata in cima alla collina. E tornò ogni volta che poté. In città mancavano il carbone, la legna, e soprattutto il pane e lo zucchero. E prosperava la borsa nera. Ma tra le macerie e i crateri aperti dalle bombe spuntavano oggetti abbandonati di cui Giovanni faceva incetta. Sotto un cavalcavia abbattuto dai bombardamenti aveva pescato una bicicletta semidistrutta, l'aveva riparata, e con quella andava a caccia di qualsiasi cosa potesse essere utile a Giuditta e Tobia. Al portapacchi aveva fissato una cesta che, quando si arrampicava sulla strada bianca che portava al casolare, era sempre piena. Un giorno portò quattro paia di scarpe da donna, nessuna del numero di Giuditta, ma che fecero felice la contadina. Poi fu la volta di un cappotto della taglia giusta e di due coperte di lana.

La guerra cancella le vite ma fa lievitare i sogni di chi sopravvive. E in quel freddo inverno l'amore di Giuditta e

Giovanni si nutriva di bisogni elementari: pane, abiti, medicine e propositi strampalati.

«Quando la guerra sarà finita andremo al cinema tutte le settimane» sognava Giuditta.

«Anche al varietà e all'opera» aggiungeva Giovanni.

«Vivremo in una città di mare dove potrò nuotare quando voglio» continuava lei alzando la posta.

«Con la piscina coperta come a Roma, per nuotare anche d'inverno.»

Tutto intorno c'era la guerra a ricordargli che le loro vite erano in bilico, ma nelle forre, sotto gli alberi e nei fienili, i due innamorati godevano di una libertà che non avrebbero mai avuto in tempo di pace.

In una mattina sferzata da un vento di libeccio che minacciava pioggia, avevano scelto il tepore profumato di un fienile poco distante dal casolare. Mentre si baciavano come se non ci fosse un domani – e forse non ci sarebbe davvero stato –, una bomba destinata al porto, sganciata da un aviatore inesperto, cadde per sbaglio a pochi metri da loro. Il pavimento di legno crollò e le balle di fieno precipitarono al piano terra insieme ai due innamorati ancora stretti nell'abbraccio.

Quella bomba e quella caduta convinsero Giuditta a oltrepassare il confine che ancora non aveva mai osato valicare. E rimpianse tutte le volte che non lo aveva fatto, prima di allora.

26

Ripe, 15 dicembre 1943

Quella mattina Giuditta fu svegliata dalla luce che filtrava dalla tela bianca del lenzuolo teso tra due travi a garantirle un po' di intimità. Era un mattino freddo come quello prima e quello prima ancora, ma quel giorno percepì qualcosa di insolito. Uno strano silenzio, ovattato e irreale, interrotto solo dal respiro pesante di Tobia, sembrava avvolgere il sottotetto. Nessun uccello gracchiava, nessuna voce risuonava dalla casa, persino la mucca nella stalla era muta. Incuriosita, Giuditta si avvolse nella coperta, si arrampicò fino all'abbaino e guardò fuori. Si ritrovò davanti un paesaggio candido e ondulato che l'aurora illuminava con riflessi iridescenti. Doveva aver appena smesso di nevicare e gli ultimi fiocchi smarriti volteggiavano in uno scenario muto e in ascolto. Per la prima volta il bianco le sembrò un colore, il silenzio una musica, e la guerra un incidente.

Proprio mentre il suo sguardo scivolava oltre la distesa di neve, verso l'orizzonte e il lembo di mare, scorse una macchiolina nera in movimento lungo la strada imbiancata che si arrampicava in tornanti sinuosi fino al casolare. I contadini non avevano amici e, salvo Giovanni, nessuno saliva mai fin lassù, tantomeno dopo una nevicata. Chi poteva nascondersi dietro quella macchiolina? Un cinghiale, forse, oppure un asinello fuggito dalla stalla. Giuditta incollò la fronte al vetro e aspettò che arrivasse alla seconda curva per vederla meglio. Ora le macchioline erano due, un uomo e una bestia...

Quando imboccarono l'ultimo tornante, in camicia da notte Giuditta infilò scarpe e cappotto, si precipitò giù dalla scala, attraversò la cucina ancora tiepida grazie alle braci del camino acceso la sera prima, spalancò la porta e di corsa, in mezzo alla neve, attraversò l'aia.

«Papà!»

«Giuditta!»

Le macchioline sulla neve ora erano tre. Due però erano così vicine da sembrare una sola.

Il tempo si era fermato. Ma riprese la sua corsa quando i passi di Tobia fecero scricchiolare la neve. Quello tra padre e figlio, più che un abbraccio, fu una stretta feroce.

«Come siete cambiati... Giudittina mia, sei pelle e ossa! L'ho sentito mentre ti stringevo. E tu, Tobia... ormai sei un uomo fatto...»

Li divorava con gli occhi. Poi, come sempre, distribuì i compiti.

«Tobia, tu prendi il vitello, per legarlo non ho trovato nulla di meglio di quella corda...»

«Da dove sbuca?» chiese Tobia accarezzando il muso del vitello che muggiva sommesso e cercava di succhiargli la manica del pigiama.

«Una stalla sventrata da una bomba, i contadini morti sotto le macerie e lui che muggiva accanto alla madre priva di vita... Non potevo abbandonarlo e l'ho portato con me fin quassù. Non mangia da giorni e ha bisogno di latte.»

«Come hai fatto a trovarci?»

«Ho incrociato Giovanni subito fuori città e mi ha detto dove eravate. Avete scelto un posticino niente male, si vede anche il mare» disse il padre guardandosi intorno, poi cambiando tono: «C'è una novità. Per dirigermi a nord ho passato la linea del fronte. Sapevo di andare nella direzione sbagliata e che di sicuro sarei incappato in fascisti e tedeschi.

Con i miei documenti sarebbe stato un suicidio... Così me ne sono procurati di falsi».

«Come hai fatto?»

«Semplice, nella stalla era sopravvissuto anche un mulo. Quello l'ho subito venduto e con il ricavato... Il mio nuovo nome è Enrico Milella: sono un rappresentante di merceria, di provata fede fascista e in fuga dagli angloamericani. Da ora in poi anche per voi io sarò "Enrico" e, pure quando saremo solo noi tre, dovrete chiamarmi sempre e soltanto così.»

«Anche noi non siamo più noi» rispose Giuditta.

«Cosa vuoi dire?»

«Io e Tobia adesso ci chiamiamo Colu, siamo nati a Sassari e siamo residenti a Cagliari. Noi abbiamo cambiato solamente il cognome.»

«Fantastico! Ci siamo appena ritrovati e di colpo non siamo più parenti!»

Nella distesa bianca dell'aia il terzetto stava ridendo a crepapelle quando, richiamati dai muggiti del vitello, dal casolare sbucarono i contadini che gli si schierarono davanti come un plotone d'esecuzione.

Il padre di Giuditta e Tobia non era tipo da perdersi d'animo. Nonostante la neve, si diresse baldanzoso verso di loro e si presentò con il suo nuovo nome, specificando la sua professione:

«Enrico Milella, rappresentante.» Poi baciò la mano di Ernesta, strinse vigorosamente quella di Virgilio e quella di quel tontolone di Ugo, il figlio maggiore, e infine quella di Giuseppe, il minore, che aveva lo stesso sguardo penetrante e ostile della madre.

Gli inchini e le strette di mano fecero effetto, e ancor di più il vitello, ma i contadini capirono subito che tra i componenti di quello strano terzetto c'era aria di famiglia. Prendere in casa un altro fuggiasco non era proprio ciò che Virgilio ed Ernesta avevano in mente. A convincerli definitivamente ad accogliere un terzo, pericoloso ospite fu un anello con un grande topazio circondato da minuscoli brillanti. Dopo esserselo rigirato a lungo tra le dita, con un cenno del capo, dissero che andava bene. Con due ebrei o con tre, l'osso del collo lo si rischiava comunque.

L'accordo fu raggiunto, ma il contadino, che aveva i suoi principi, portando il vitello nella stalla mise subito le cose in chiaro:

«La bestia l'avete portata voi e rimane di vostra proprietà» sentenziò Virgilio, che non era proprio una cima.

«Il latte però è della vostra mucca e il fieno è quello dei vostri campi, per non parlare della stalla...» replicò Enrico che sapeva sempre come mettere insieme gli interessi di tutti.

«Su questo non ci piove. Il fieno costa parecchia fatica, mi ci spezzo la schiena a falciarlo.»

«Propongo un patto: il vitello sarà a metà. Noi saremo proprietari della parte sinistra e voi di quella destra.»

Una stretta di mano suggellò un affare inesistente e tutto a vantaggio del nuovo arrivato. Virgilio avrebbe potuto sequestrare il vitello, farsi consegnare tutti i gioielli e denunciarli, incassando una taglia e magari pure qualche ringraziamento dal fascista locale. Ma era un brav'uomo, deciso solo a raschiare qualcosa anche per sé dal fondo del barile di una guerra che dall'alto della sua collina gli sembrava un inutile massacro. Una lite tra galli che impedisce alle galline di fare le uova.

Quale che fosse la parentela tra i suoi ospiti paganti e il nuovo arrivato, Virgilio era certo che fossero ebrei. Non si facevano il segno della croce quando passavano davanti alla Madonnina murata accanto allo stipite della porta, trascorrevano le giornate nel sottotetto a leggere libri o a giocare a scacchi e gli pagavano il rischio di nasconderli con dei gioielli che tenevano nascosti chissà dove. Lui non ce l'aveva con gli ebrei, sapeva solo che avevano messo in croce Gesù, ma era successo tanto tempo fa e in fondo lui al Padreterno non aveva mai creduto davvero. Credeva solo alla pioggia, al vento e al cattivo raccolto.

Dopo l'arrivo del padre, un secondo lenzuolo fu teso tra le travi del sottotetto. Alla luce della candela, per tutta la notte, le ombre di quello che restava della famiglia danzarono gigantesche sulla tela come sullo schermo di un cinematografo.

La pallottolina di carta con la lista dei nomi era la trama, ma l'ordito erano le fughe, i nascondigli e la paura. L'intreccio nascondeva qualche imperfezione. Giuditta non menzionò il grembiule che aveva dovuto indossare né le insidie di Samuele, ma raccontò per filo e per segno dell'esercito di santi e madonne della famiglia Della Seta. Il pudore impedì a Tobia di rivelare come e dove aveva scoperto il paradiso terrestre e la sua Eva, ma il padre al primo abbraccio aveva intuito che era diventato un uomo. Quando, con molte omissioni, quello che c'era da raccontare fu raccontato, le ombre sul lenzuolo rimasero a lungo immobili. Alla fine fu quella di Giuditta a stringere le altre in un abbraccio.

«Dobbiamo festeggiare il tuo arrivo. Dopo quel topazio, forse ci meritiamo un po' del caffè che i contadini si procurano con la borsa nera. Lo tengono nascosto nella dispensa in un barattolo con su scritto "bicarbonato" e hanno persino una macchinetta napoletana... Non si accorgeranno di nulla.»

Tornò con una tazza fumante da cui bevvero a turno. Il vapore profumato salì fino alle travi e gli ricordò chi erano stati e perché erano insieme. E chi mancava all'appello.

Alle tre ombre sul lenzuolo se ne sarebbe potuta aggiungere una quarta. E si aggiunse, ma, come tutti quelli che non hanno più corpo, di ombra non poteva proiettarne nessuna. Per la prima volta dopo tanto tempo, padre e figli si sentirono di nuovo una famiglia. E l'ombra senza corpo scivolò via silenziosa.

27

Ripe, inverno 1943

L'ultimo arrivato a Virgilio piaceva un bel po'. Mentre i figli, servizievoli ma con la boria sottopelle, gli erano sembrati docili polli da spennare, con lui si intendeva. O almeno così gli sembrava.

Da quando era lì, aspettava l'ora in cui tutti se ne andavano a dormire per rimanere solo con lui finché il fuoco diventava brace. E intanto, come si fa tra uomini, parlare di come va il mondo. Un mondo che il nuovo venuto sembrava conoscere in lungo e in largo e molto meglio di lui.

La prima volta che erano rimasti soli, il padre di Giuditta e Tobia aveva cominciato a disegnare con l'attizzatoio nella cenere degli strani segni che formavano un ovale schiacciato.

«Questo è il mar Mediterraneo.»

Aveva tracciato intorno all'ellissi qualche ghirigoro, con le pinze aveva preso un tizzone di brace e l'aveva piazzato lungo il margine est dell'ovale, a destra di quella che nelle sue intenzioni era la Grecia, ma più in alto. Poi, con aria complice, aveva sussurrato:

«E questa è Istanbul... Qui puoi trovare le migliori puttane d'Oriente.»

Virgilio era ammutolito. In tutta la sua vita era stato solo con due prostitute. La prima volta a vent'anni a Senigallia, costretto da uno zio che vendeva mangimi che non si capacitava di avere un nipote ancora vergine. La seconda ad Ancona, in occasione della nascita del primogenito, che poi per come era venuto su forse non valeva la pena di fare festa.

Dopo aver bevuto un sorso del vino che Virgilio gli aveva versato, Enrico aveva proseguito sistemando un pezzo di brace più piccolo a nord-est del primo.

«Questa invece è Bakù.» Aveva disegnato un ovale più piccolo accanto al tizzone e aveva continuato: «È sul mar Caspio, ed è una città circondata da alte mura».

Virgilio ascoltava incantato.

«Purtroppo c'è un solo casino che valga la pena, ma ha un hammam dove donne che non trovi da nessun'altra parte al mondo ti massaggiano con l'olio profumato dalla testa ai piedi...»

«Ti massaggiano?»

«Non importa, andiamo avanti...» aveva concluso sistemando un nuovo pezzetto di brace a nord del primo.

«Questa invece è Trebisonda, il centro del commercio del grano. I bordelli dove vale la pena di andare sono solo due ma, se mai ci dovessi capitare, ti consiglio quello vicino al Caravanserraglio. Devi chiedere di Inessa, è una russa che ne sa una più del diavolo.» Il tizzone che indicava Trebisonda era rotolato a sud verso gli alari.

«Abbiamo perso la Trebisonda...» si era arrischiato Virgilio che al quarto bicchiere cominciava a sciogliersi.

«Bravo!» aveva esclamato l'altro assestandogli una pacca vigorosa sulla spalla.

Poi aveva riacciuffato il pezzo di brace e rimettendolo al posto giusto lo aveva interrogato:

«Sai perché si dice così?»

Virgilio aveva scosso il capo. Era solo un modo di dire, e poi lui aveva fatto solo fino alla terza elementare.

«Trebisonda aveva un faro senza il quale i marinai erano perduti. Perché non avevano mica me e te a fargli una mappa nella cenere...»

Enrico sapeva sempre come mettere l'altro al centro del gioco e come farlo sentire parte di un affare nel quale avrebbe guadagnato qualcosa. Era il suo segreto quando vendeva e comprava nei porti del Mediterraneo. Un segreto che stava usando per guadagnarsi la fiducia di quel contadino che, seppure dietro compenso, stava rischiando la vita insieme a loro in cima a una sperduta collina nel bel mezzo di una campagna ondulata che aspettava l'arrivo degli angloamericani come la pioggia dopo la siccità.

Portare dalla sua Ernesta non fu altrettanto facile. Con lei la toponomastica dei bordelli del Mediterraneo non avrebbe funzionato. Ma al primo incontro, quando aveva tentato di baciarle la mano, aveva registrato una curiosa giravolta: in principio la contadina aveva cercato di sottrarre la mano e poi l'aveva abbandonata alla pressione delle sue labbra. Tenendo a mente quel cambiamento, con Ernesta le provò tutte. Lodò più volte i suoi occhi sostenendo che erano di un raro color verde palude, così come il fisico asciutto che non tradiva le gravidanze. Ma lei non abboccò. Passò a incensare le sue doti di economa, la stalla tirata a lucido e il fieno sempre soffice e ben areato, ma nemmeno quello lo portò lontano. Riuscì a fare breccia solo a primavera, quando, con una canna da pesca rudimentale che era riuscito a costruirsi, acciuffò una carpa gigantesca nello stagno ai piedi della collina.

«Per essere grande è grande. Mai nessuno ne ha pescata una così da queste parti» ammise controvoglia la contadina quando Enrico gliela mostrò trionfante. «Ma la carpa è un pesce che mangia fango e quindi sa di fango, mica di pesce. Qui piuttosto tiriamo la cinghia, ma le carpe non le mangiamo mica...»

«Aspetti a vedere come la cucino. Posso usare un suo tegame?»

Inaspettatamente la contadina annuì. Nella diga di diffidenza che Ernesta aveva eretto tra sé e gli ebrei che nascondeva si stava aprendo una crepa pericolosa.

Dopo aver farcito la carpa con un trito di erbe aromatiche e aver aggiunto un pugno di uvetta che Ernesta, a malincuore, tirò fuori da uno stipetto, Enrico la fece andare a fuoco lento e, a cottura terminata, con un gesto teatrale scoperchiò il tegame inondando la cucina di un profumo delizioso ed esotico. Quella sera gli ebrei, che fino a quel giorno avevano sempre consumato i pasti nel sottotetto, mangiarono alla tavola dei contadini. Il trionfo della diplomazia gastronomica fu sancito dalle lodi di Ernesta che si fece spiegare la ricetta in tutti i passaggi, e dalla comparsa a tavola di un pezzo di formaggio stagionato che Virgilio teneva chiuso a chiave nella dispensa. A quel primo cedimento ne sarebbe seguito un altro, consumato in segreto dalla contadina.

Ernesta aveva sempre desiderato una figlia femmina, ma non ne erano venute. Troppo ribelle e troppo indipendente per i suoi gusti, Giuditta non le era mai andata a genio e, anche se in tempo di guerra non c'è da guardare troppo per il sottile, quella ragazza che prendeva e scappava chissà dove con il fidanzato, per poi tornare con le guance rosse e gli occhi luccicanti, le sembrava un'indecenza. Il figlio Ugo poi non le staccava gli occhi di dosso perché, anche se era scemo, aveva gli anni in cui un paio di gambe di ragazza spostano le montagne. E bisognava tenerlo lontano da lei perché non combinasse qualcosa di irreparabile, ché un bastardo da quella ebrea proprio non ci voleva. Ma una mattina che gli uomini erano andati tutti a potare e in casa erano rimaste loro due da sole, Ernesta salì fino al sottotetto.

«Sono per te» disse tirando fuori da un sacchetto di tela dei rotolini di tessuto trattenuti da sottili fettucce legate a fiocco. «Erano miei, sono di mussola, sono morbidi e hanno i laccetti per legarli intorno alla vita. Dopo averli usati potrai sciacquarli nella vasca dietro alla stalla, quella che prende l'acqua dal serbatoio sul tetto e anche d'inverno non è gelida come quella del fiume. Quando devi bollirli per mandare via le macchie puoi usare il secchio che trovi nella rimessa, se usi un pugno di cenere del camino torneranno candidi.»

«E tu?» rispose Giuditta.

«A me, da qualche mese, quei pannolini non servono più.»

Il corpo seleziona le urgenze e mette in riga gli stimoli. In guerra non si hanno malesseri ma solo strappi, lacerazioni, paure. Ma la natura continua a dettare le sue regole. Così, da quando era dovuta fuggire con due sole paia di mutande indossate una sopra l'altra, Giuditta si era industriata da sé. Le valigie erano rimaste al Fatebenefratelli, e a parte gli abiti che aveva indosso possedeva solo un vecchio cappotto e due maglie che le aveva dato Ernesta. E per tamponare il ciclo era stata costretta a sacrificare uno dei lenzuoli che le aveva portato Giovanni nel cesto della bicicletta. Li aveva ridotti in striscioline di stoffa che ogni mese lavava insieme alle camicie di Tobia nell'acqua ghiacciata del torrente.

«Grazie, in questi mesi mi sono arrangiata...»

«Ho immaginato come. La guerra non ferma il ciclo», e aggiunse perfida: «E nemmeno l'arrivo dei bambini».

Giuditta abbassò lo sguardo e arrossì. La contadina le aveva letto nel pensiero. La settimana precedente non aveva pensato ad altro, fino a quando la prima macchiolina di sangue non le aveva fatto tirare un sospiro di sollievo.

«Fatti sposare» le consigliò la donna.

«Non posso.»

«E perché?»

«Mussolini ha proibito i matrimoni tra ebrei e cristiani.»

«Mussolini non dura. Ma, prima che gli americani arrivino fin quassù, potrebbero passare più di nove mesi. Stai attenta.»

Sembrandole di aver detto tutto quello che c'era da dire, Ernesta girò le spalle e tornò in cucina. Ma era solo l'inizio.

Qualche giorno dopo, Virgilio tornò da uno dei suoi traffici di borsa nera con un sacco di farina candida come la neve, di quella che non si vedeva da prima della guerra, ed Ernesta decise che era tempo di insegnare a Giuditta a fare il pane. In cambio del lavoro, una pagnotta sarebbe stata degli ebrei.

Sul tavolo della cucina la contadina, dopo aver mischiato farina, sale, acqua e lievito, cominciò a impastare mostrandole i movimenti in silenzio. Quando dieci pagnotte si allinearono pronte alla lievitazione, toccò a Giuditta. Immerse le mani nel miscuglio e con il lavoro delle dita e il calore dei polpastrelli lo trasformò in una pasta elastica e malleabile con cui modellò la sua prima pagnotta. Le forme riposarono tutta la notte nella madia sotto un telo di lino appena inumidito. Al mattino la contadina tracciò con un coltello due incisioni a forma di croce su ciascuno dei suoi impasti. Arrivata a quella che spettava agli ebrei passò il coltello a Giuditta, che prima esitò e poi disegnò una stella.

Le dieci forme furono allineate su due assi di legno. Quindi Ernesta si sistemò un canovaccio torto ad anello sul capo e lo stesso fece con Giuditta. Facendo molta attenzione la contadina sollevò l'asse con gli impasti e se la poggiò in equilibrio sul capo. L'altra la imitò. Il forno, acceso all'alba da Ernesta, aveva raggiunto la giusta temperatura e potevano mettersi in marcia.

«Cammina dritta e guarda dove metti i piedi che la strada è lunga e piena di sassi. Ricordati che sul tuo legno ci sono quattro pagnotte nostre e pure di farina buona...»

Come due equilibriste, sotto un cielo terso punteggiato da nuvole alte e gonfie come cotone, le due donne si avviarono lungo la sterrata che portava al forno, ai piedi della collina. Mentre bilanciava l'inclinazione dell'asse con la pendenza del terreno, Giuditta con il piede assaggiava la strada, tenendo d'occhio ogni sasso e ogni avvallamento. E intanto sognava il pane bianco, profumato e croccante che si era guadagnata.

La costruzione di mattoni rossi del forno era già in vista dietro l'ultima curva, quando avvertirono uno strano rumore. Un rombo, prima lontano, poi sempre più vicino e infine assordante, e una sventagliata di mitragliatrice. D'istinto si gettarono nel fosso che correva al margine della strada. L'aereo passò un'altra volta, più a bassa quota, e sempre smitragliando. Era così vicino e proiettava un'ombra così grande che, appiattita nel fango, Giuditta pensò che il giorno fosse diventato notte. La terza volta passò così radente al suolo che le riuscì di distinguere il volto del pilota dietro al vetro dell'abitacolo. Le sembrò bellissimo. Il fronte si stava avvicinando, gli angloamericani sarebbero arrivati. Quel pilota era il suo assassino e insieme il suo salvatore.

Solo quando con una virata l'aereo invertì la rotta e si allontanò verso il mare, Giuditta ed Ernesta, imbrattate di polvere e fango, strisciarono verso il sentiero per recuperare il pane. Sul lato opposto, schiacciate dall'asse di legno, c'erano quattro forme, un'altra giaceva poco distante intatta ma ricoperta di terra. Le altre ancora erano finite nel fosso. In un baleno le rimisero in fila, si risistemarono le assi sul capo e, a passo veloce, raggiunsero il forno.

«Togli solo quelli in superficie» disse Ernesta vedendo Giuditta, con le guance rigate di lacrime, che tentava di liberare l'impasto del suo unico pane dai canditi di pietra di cui era irrimediabilmente farcito.

«Il pane, il mio pane...» singhiozzava.

«Smettila!» le urlò in faccia la contadina dopo averle assestato uno schiaffo. «Siamo vive... È questo che conta!»

Allineate sulla pala una accanto all'altra come a baciarsi, le forme di pane scivolarono sulla piastra rovente, per ultima quella segnata con la stella. Prima che Ernesta chiudesse lo sportello Giuditta tolse una briciola di impasto alla sua pagnotta e la gettò nel forno.

«Fai gli scongiuri?»

«Mia madre faceva così... Il nostro era pane intrecciato:

una treccia a due capi è il simbolo dell'amore, a tre capi della pace, della giustizia e della verità.»

«Ne avete di tempo da perdere voi ebrei. Noi contadini non ne abbiamo mai» disse Ernesta passandosi le mani sul grembiule. Ma aggiunse: «Vieni con me, mentre il pane cuoce ti insegno un segreto migliore di quello del tuo pane intrecciato».

Le mostrò un prato, un paio di chilometri più avanti, dove cresceva una cicoria tenerissima. Chine sull'erba ne raccolsero fino a riempire i grembiuli, poi li annodarono alla vita e se ne tornarono al forno con il bottino. Giuditta pensò che quel giorno la vita e la morte si erano intrecciate come il pane di sua madre. Indissolubilmente.

Quando fu l'ora, aprirono lo sportello e nel tunnel rovente videro le pagnotte ormai alte e croccanti: perfette. Le tirarono fuori con le guance infuocate dal calore e le sistemarono di nuovo sulle assi.

Mentre ripercorreva la strada bianca tempestata dalla mitragliatrice, Giuditta non pensò allo spavento provato e neppure al volto del pilota che aveva intravisto: era tutta inebriata del profumo del pane. Alla luce radente del tramonto le pagnotte dorate sembravano panettoni con al posto dei canditi colorati una miriade di sassolini grigi. Nessun aereo solcò più il cielo. Pronto ormai per la notte, era attraversato solo dal volo di qualche cornacchia.

Era fine dicembre ed erano intirizzite dal freddo, ma avevano salvato il loro pane.

Giunte a casa, mentre Ernesta lavava la verdura e la metteva nella padella con un filo d'olio e l'aglio, Giuditta depose orgogliosamente la sua pagnotta profumata sul lato del tavolo dove erano già seduti il padre e il fratello. Affondando le dita nella mollica ancora calda, ne prese un pezzetto e glielo offrì. Quella sera si mangiò pane tiepido e cicoria appena raccolta. Il racconto dell'aereo fu ripetuto molte volte e ogni volta si arricchì di nuovi particolari mentre i sassolini sputati si allineavano accanto ai piatti. Al padre di Giuditta e Tobia saltò addirittura un molare, ma come sempre ribaltò l'incidente in commedia:

«Non importa, era quello cariato... Sono fortunato, perché questo delizioso pane e cicoria mi ha risparmiato la spesa del dentista» concluse con allegra faciloneria.

E fortunato, in effetti, lo era davvero. Non avrebbe trovato nessun dentista su quel cucuzzolo sperduto nella campagna marchigiana, alla vigilia di Natale del 1943.

28

Ripe, inverno 1944

La farina bianca finì, e la cena con ebrei e cristiani seduti allo stesso tavolo rimase un episodio isolato. In città si faceva la fila per il cibo con le carte annonarie, ma chi poteva comprava alla borsa nera.

Per fortuna gli ulivi erano stati generosi e di contrabbando Virgilio scambiava l'olio con sapone, zucchero e farina, che al mercato nero valeva come l'oro. Nel casale in cima alla collina le bestie e l'orto aiutavano a sopravvivere, ma tutto era contato, e se in autunno Virgilio ed Ernesta non fossero stati così prudenti da fare incetta di castagne anche lassù non ce l'avrebbero fatta.

Il rombo degli aerei, lontano sulla costa, era continuo e incalzante, ma gli angloamericani ancora stentavano a superare l'Appennino.

«Se continuano a bombardare prima o poi arriveranno fin qui» cantilenava il padre cercando di tenere alto il morale di quelli che in privato chiamava "la mia truppa".

Ma quella truppa era composta di due ragazzi diventati grandi troppo in fretta e a forza.

Sin dal mattino Giuditta e Tobia andavano a caccia di asparagi selvatici, funghi e frutti di rovo. Il padre, con una coperta come mantello, trascorreva intere giornate appostato sulla riva dello stagno nella speranza che una delle carpe abboccasse alla sua canna, ma l'inverno era freddo, la superficie dello stagno spesso gelava e anche le carpe erano diventate diffidenti. Così, in cambio di pane, uova, zucchero e sapone, ma soprattutto di quel nascondiglio, i gioielli di Leah stavano passando uno dopo l'altro dalle mani degli ebrei a quelle dei contadini. A segnare su un quadernetto con una calligrafia stentata quello che consumavano gli ospiti paganti, voce per voce, con accanto il valore corrispondente, era Ernesta. Quando il conto del cibo, sommato al rischio che correvano nel tenerli nascosti, corrispondeva al valore attribuito a uno dei gioielli, si procedeva a pareggiare: Ernesta tirava una linea, scriveva "pagato", e si ricominciava da zero. Pagina dopo pagina, quasi tutti i gioielli di Leah avevano ormai cambiato proprietario. I contadini erano sempre più esosi ed esigenti, tanto che gli orecchini con i pendenti di corallo e quelli con le ametiste furono guardati con diffidenza.

«C'è poco oro, e il corallo e le ametiste non valgono granché, ma forse messi insieme arrivano a pareggiare il conto» conclude un giorno Ernesta che di gioielli non ci capiva niente ma cominciava a darsi delle arie.

Erano rimasti solo il filo di perle e la catenina d'oro con la stella di Davide. Se gli angloamericani non fossero riusciti a sfondare il fronte rapidamente, per salvarsi avrebbero dovuto tirare fuori i piccoli brillanti nascosti nel reggiseno di Giuditta. Intanto, in attesa dei liberatori, gli ospiti del sottotetto si arrangiavano a chiedere sempre meno ai contadini, ma Tobia era diventato magro come un chiodo e gli occhi già troppo grandi di Giuditta stavano finendo per mangiarle il viso. Le loro notti erano piene di incubi. Giuditta sognava di nuotare nel sangue e di essere salvata da un Gesù che teneva un cuore nella mano. Tobia che la sua Eva era stata catturata dai fascisti e sotto tortura rivelava il loro nascondiglio. Solo il padre faceva sonni tranquilli.

D'inverno, in campagna, la vita si restringe al fuoco del camino e al tepore della stalla, ma quelli spettavano ai contadini e alle bestie.

Nel sottotetto gelato e tagliato dagli spifferi, barricati sotto le coperte, gli ebrei aspettavano che il tempo passasse. Ma in campagna il tempo non passa mai. Ci si affeziona al transito delle nuvole, al sibilo del vento e al profumo della terra quando piove. Alla campagna ci si abitua: al buio senza scampo, al vento senza ostacoli, ai torrenti che tracimano, al gelo che ghiaccia il pozzo, al paesaggio che è sempre e solo paesaggio.

Col tempo, dalla campagna Giuditta imparò quello che c'era da imparare. A impastare il pane, a rattoppare le calze e a lavare i panni al ruscello. A strappare l'erba selvatica nelle forre e a rubare le patate ai margini dei campi. Ad arrampicarsi sugli alberi per raccogliere mele e corbezzoli. Cose strane per dei ragazzi di città. Cose strane per Giuditta, abituata a cavalcare le onde e ad approfittare delle correnti ma che della terra e del cielo sapeva poco e niente. Fatta di strade e mare, corse e nuotate, Giuditta del fango non sapeva nulla: di come ingromma le scarpe rendendo faticoso il passo e di come è difficile da scrostare quando si secca. E nemmeno della polvere, dello sterco e delle stoppie.

In campagna c'è troppo tempo per pensare. Giornate sfilacciate, che Giuditta trascorreva leggendo e rileggendo i libri di D'Annunzio. Giornate eterne in cui Tobia provò e riprovò a insegnare a giocare a scacchi ai figli dei contadini. Giornate che il padre occupava con interminabili solitari.

In campagna si può morire di noia, anche se ci si nasconde e si ha paura di morire. La noia c'è anche in guerra. La guerra è fatta di fughe e paura, sangue e lacrime, ma è fatta anche di tutto quello che c'è nel mezzo. E in mezzo, per gli ebrei nascosti in cima a quella collina, c'era soprattutto la fame.

Il digiuno dilata il tempo e in quel nascondiglio il tempo

era diventato eterno. I minuti duravano ore, le ore giorni e i giorni anni. In quel tempo infinito bisognava tenere a bada i ricordi che affioravano uno dopo l'altro, pronti a divorarti.

Per sopravvivere, Giuditta scelse di non pensare. Non al sapone di Marsiglia e alle lenzuola di lino con l'orlo a giorno, non alla crostata di ricotta e al latte tiepido con la cannella. Non ai libri e ai tappeti. Non al pianoforte che la madre adorava e lei aveva sempre odiato. Non alla scuola che l'aveva sputata fuori come un'estranea. Non a sua madre e al cancro che se l'era portata via. Tutto questo non c'era più. Distrutto, sparito, rubato. Dai fascisti e dalla guerra.

Per salvarsi, Giuditta decise di fermare il tempo. E il tempo le obbedì: si restrinse fino a ridursi ai soli istanti che lei rubò uno a uno. Ferocemente.

29

Ripe, marzo/luglio 1944

Anche se quella primavera aveva nell'aria la tempesta, alla fine la mimosa vicino alla stalla si decise a fiorire. Il vitello venne sacrificato i primi giorni di marzo. La metà sinistra, che secondo il patto stipulato spettava agli ebrei, fu valutata come l'equivalente di un gioiello. E per quel mese pareggiò il conto del quadernetto di Ernesta che era combattuta tra il timore di doverli nascondere a credito e la certezza che l'avanzata del fronte avrebbe interrotto l'inaspettata mungitura che li stava rendendo ricchi. E si chiedeva a chi avrebbe potuto vendere i gioielli che aveva nascosto nella lana del materasso, bene in fondo e proprio sotto al suo cuscino. E che cifra avrebbe potuto realizzare.

Il primo giorno di luglio, in un mattino insolitamente caldo, mentre stava lavorando nell'orto, Virgilio sentì il rumore di un motore: prima lontano, ma poi sempre più vicino. Aveva appena raggiunto il centro dell'aia quando una camionetta militare si fermò davanti al porticato con una brusca frenata. Quattro soldati tedeschi, coperti di polvere come fornai, saltarono giù, e quello che sembrava il capo lo investì con una mitragliata di comandi. Virgilio si tolse subito il berretto ma, non capendo una parola di tedesco, si limitò a fare di sì con la testa. Ai soldati bastò. Risalirono a bordo, e si allontanarono lungo la strada bianca.

Quando ormai erano fuori dalla vista, Virgilio si ritrovò accanto il padre di Giuditta e Tobia con in mano il secchio della mungitura.

«Ero nella stalla e ho sentito tutto, capisco il tedesco e ti garantisco che siamo finiti in un brutto guaio...»

«Quale guaio?»

«Hanno deciso di installare qui il loro comando.»

«Qui? Ma ruberanno tutto... Bisogna nascondere gli animali e le provviste!»

«Bisogna studiare un piano.»

In quattro e quattr'otto, i contadini fecero sparire tutto quello che poterono. Le riserve d'olio vennero seppellite in un deposito per gli attrezzi ai piedi della collina, così pure il formaggio, tre sacchi di farina, un paio di barattoli pieni di zucchero e tutte le marmellate. Per le bestie non c'era nulla da fare: nasconderle sarebbe stato troppo pericoloso, per non parlare dei tre ospiti nel sottotetto. Ma per quello l'ebreo aveva già studiato un piano.

«Non funzionerà» mormorò impaurito Virgilio. «Le vostre mani non hanno un callo e avete le facce bianche di chi non ha mai lavorato sotto il sole... Nessuno che abbia sale in zucca penserà che siete nostri parenti» continuò torturandosi il berretto tra le mani.

«Parenti, non contadini... E parenti solo alla lontana, di secondo o di terzo grado.»

«Ma se Giuditta e Tobia di cognome si chiamano Colu e tu ti sei presentato con un altro cognome... Io mica sono stupido, l'ho capito subito che eravate padre e figli» piagnucolava il contadino che aveva un temperamento incline al catastrofismo.

«Bravo! Ma oggi io non sono più il padre di Giuditta e Tobia e loro non sono più i miei figli.»

«E chi sei?»

«Rimango Enrico Milella, ma sono un tuo cugino di terzo grado da parte di madre. Sono di provata fede fascista, e, in fuga dagli angloamericani, ho deciso di rifugiarmi da un lontano parente.»

«Chi?»

«Tu, il mio lontano parente sei tu!»

«E i tuoi figli?»

«Giuditta e Tobia invece saranno vostri nipoti di secondo grado. Ernesta non ha una cugina che potrebbe aver sposato un sardo?»

«Una cugina? No» rispose Virgilio.

«Da oggi ce l'ha. Una cugina che ha sposato un Colu. Antonio Colu. Ficcati bene in testa questo nome.»

«Ci fucileranno tutti» bofonchiò tetro Virgilio con le mani sprofondate nelle tasche. All'ebreo avrebbe voluto tirare il collo come si fa con una gallina, ma si accontentò di guardarlo con un misto di rancore e ammirazione.

Assediate dal nero di una notte senza luna, le colline ondulate trattenevano gli ultimi riverberi del tramonto, quando il rombo del motore che aveva messo in allerta Virgilio, moltiplicato per dieci, fece tremare la terra. Una colonna di mezzi militari tedeschi si stava arrampicando sui tornanti spazzando con i fari gli alberi che costeggiavano la strada.

La linea del fronte stava passando esattamente sopra di loro.

30

Ripe, luglio 1944

Mezz'ora dopo, squarciato dai fari dei camion militari e assediato dai soldati tedeschi che montavano le tende e piazzavano l'artiglieria, il cucuzzolo della collina era in subbuglio. Il capitano Wasser aveva requisito la stanza da letto di Virgilio ed Ernesta dove aveva sistemato un tavolino e un telefono da campo. I contadini erano stati esiliati nella stanza dei figli, e questi nel ripostiglio degli attrezzi.

Quando i soldati finirono di montare l'accampamento, il cielo era nero come la pece. I documenti vennero controllati distrattamente: Virgilio si impappinò più volte, ma il capitano Wasser aveva altro a cui pensare. Quanto a Ernesta, fu l'unica a capire che ormai anche loro erano diventati prigionieri. Che sul materasso dentro cui aveva cucito i gioielli degli ebrei avrebbe dormito il capitano, e che per quella sera i tedeschi, i contadini e i loro parenti avrebbero mangiato insieme. A spese di Ernesta, naturalmente.

Nel sottotetto, gli ebrei si preparavano a cenare con il nemico.

«Dobbiamo proprio scendere?» chiese Giuditta tormentandosi le mani.

«Se i tedeschi non ci vedono potrebbero insospettirsi. Vogliono controllarci. Tutti» rispose il padre mentre faceva fare a un foulard di seta azzurra strane giravolte intorno al col-

lo dell'unica camicia degna di quel nome, nel tentativo di trasformarlo in una sorta di papillon.
«Ti fai bello per i nazisti?» sibilò Tobia.
«Dimentichi che sono un commerciante di Taranto, vendo spille, bottoni, fili da cucito, e sono un fervente fascista, riparato al Nord da un suo lontano parente marchigiano per sfuggire agli Alleati. In poche parole, da oggi sono un idiota. E mi vesto come l'idiota che interpreto.»
Tobia era affascinato dal padre e dalla sua capacità di ballare sul precipizio. Ma non sopportava le sue sbruffonate e non riusciva a perdonargli di non averli portati in salvo in Svizzera o in America quando era ancora possibile. Lì forse avrebbero guarito la madre. Lì sarebbero stati al sicuro.
Prima di scendere le scale, il padre li strinse in un unico abbraccio.
«So che avreste preferito un altro papà, ma i genitori non si scelgono. A voi sono toccato in sorte io. Poteva andarvi peggio. Potevate essere figli di Virgilio o del capitano Wasser.»
«Tu sei il migliore» disse di slancio Giuditta appoggiando il capo nell'incavo della sua spalla.
Tobia restò muto cercando di dissimulare il rancore.
«Migliore o peggiore, da oggi non sono più vostro padre, ma solamente un parente acquisito. Non lasciatevi sfuggire un "papà" o è finita.»
Poi gli pose le mani sulla testa: qualcosa che assomigliava a una benedizione ma poteva essere scambiato per una lunga carezza. Li guardò dritto negli occhi e si rivolse ai figli con un'intensità mai usata prima:
«Stasera ci giochiamo la vita. Saremo seduti accanto ai nostri nemici e dovremo fingerci quello che non siamo. È un gioco pericoloso. A quel tavolo dovremo essere capaci di bluffare. Parlate il meno possibile e soprattutto sorridete. Sorridete sempre...»
Giuditta pensò che era lo stesso consiglio che le aveva dato Giovanni quel giorno a Roma. E che le aveva portato

fortuna. Suo padre e Giovanni, entrambi capaci di sorridere davanti alla paura, per un istante diventarono una persona sola. Poi, d'improvviso, si rese conto che proprio il suo innamorato avrebbe potuto metterli in pericolo.

«Dobbiamo avvertire Giovanni di non venire più fin quassù. Sarebbe rischioso.»

«Ci penserà da solo. È un disertore e non sarà così incosciente da arrampicarsi sulla collina dove passa la linea del fronte e dove si è insediato il comando tedesco. Il tuo innamorato non è uno stupido, anche se è stato così pazzo da innamorarsi di un'ebrea» concluse facendole l'occhiolino.

I tedeschi occuparono il lato destro del tavolo, vicino al camino. Agli altri rimase quello sinistro, accanto alla stufa. La tensione era palpabile, qualche forchetta cadde a terra e un bicchiere si ruppe, ma il capitano e i due sottufficiali, almeno la prima sera, sembravano avere altri pensieri in testa. Parlavano tra di loro e salvo un "nein", un paio di "ja" e qualche "gut" rivolti a Ernesta che serviva a tavola, non prestarono molta attenzione ai contadini. In compenso mangiarono come lupi. Non si poteva dire lo stesso per gli altri commensali: ogni loro boccone era impastato con la paura.

Andò così anche le sere seguenti. I tedeschi pensavano alla guerra, i contadini alle provviste che si assottigliavano, e gli ebrei a non tradirsi.

Tutto filò liscio fino a quando una notte, d'improvviso, il cielo s'illuminò a giorno. Per interminabili minuti una pioggia di bombe tempestò la collina.

Le postazioni della contraerea tedesca, piazzate una accanto al granaio e l'altra a pochi metri dalla stalla, risposero con una gragnuola di colpi abbattendo un aereo. Dall'abbaino del sottotetto, Giuditta lo vide precipitare disegnando la scia di una stella cadente e formulò un desiderio:

"Fa' che il pilota non muoia."

E così fu. I tedeschi lo tirarono fuori dalla carlinga e lo chiusero nella vecchia porcilaia trasformata in prigione da un grosso lucchetto che Virgilio pescò nella stalla. A nessuno fu dato vederlo, ma doveva essere ferito perché si sentivano i suoi lamenti.

Il giorno dopo il bombardamento, i tedeschi cominciarono a scavare delle grandi fosse quadrate e a ricoprirle con delle intelaiature di legno mimetizzate con le fascine. Il capitano Wasser, mescolando il suo italiano stentato con il tedesco, ordinò ai contadini di fare altrettanto.

«Questa collina è un obiettivo militare» li informò asettico l'interprete, un soldato gracile e con gli occhi trasparenti che scandiva il senso delle parole del capitano con voce metallica. «Il fronte passerà di qui. Noi saremo impegnati nel combattimento. Se tenete alla vostra incolumità, dovete scavare un rifugio.»

Dopo quell'ordine, ai contadini e ai loro lontani parenti non badò più nessuno. Virgilio distribuì le pale e lavorando notte e giorno, insieme, riuscirono a scavare una fossa che, seppure pigiati l'uno contro l'altro, poteva accoglierli tutti. Rinforzarono le pareti di terra con delle assi e portarono dentro una panca e un bugliolo. Finito il lavoro, per fare la prova si calarono dentro tutti e sette. Era un mattino caldo e assolato ma, quando ebbero ricoperto la tettoia con le frasche e nella buca piombò una penombra impregnata dell'odore di terra umida, restarono muti e come paralizzati. Sarebbe stata la loro tomba, pensarono tutti, ma nessuno ebbe il coraggio di dirlo.

Gli Alleati non bombardavano da giorni e questo aveva permesso al capitano Wasser di trasformare la collina in una posizione chiave per la difesa dell'esercito tedesco in ritirata al Nord. Il casale era circondato da cumuli di terra smossa, trincee e postazioni di contraerea attorno a cui si affannavano i soldati e dove era proibito sostare a chiunque non fosse in divisa.

Una sera, contadini ed ebrei erano in cucina ad aspettare il capitano e gli ufficiali per iniziare la cena. Tobia e il padre giocavano a carte, Virgilio stava accendendo il fuoco mentre i figli portavano su e giù la legna, ed Ernesta e Giuditta stavano apparecchiando la tavola. A un certo punto, la contadina esplose:

«Sono peggio delle cavallette. Almeno voi pagate il conto, i tedeschi rubano e basta. Il lardo è finito, così come il salame, le castagne e le uova. Il pollaio è un deserto dopo che mi hanno costretta a tirare il collo a tutte le galline... Stasera si mangia pane e olio, sempre che di olio ne sia rimasta una bottiglia» gracchiò, con gli occhi color palude ridotti a sottili fessure.

«Per carità, non farti sentire, o ci uccidono» gemette Virgilio.

«Moriremo comunque. Questa collina è segnata.»

«Ernesta ha ragione. Ho sbirciato la pianta militare che il capitano Wasser porta sempre con sé mentre la mostrava a un tenente» sussurrò l'ebreo abbandonando le carte per aiutare Virgilio ad attizzare il fuoco.

«Cosa hai visto?»

«La linea del fronte è segnata in rosso e passa esattamente per la stalla.»

«Maledetti...» piagnucolò Virgilio prendendosi la testa fra le mani e pestando con forza i piedi sul pavimento come un bambino.

«Se dobbiamo morire, facciamolo a pancia piena!» esclamò risoluto Enrico, e con un sorriso malizioso chiese a mezza bocca a Virgilio: «I prosciutti che hai nascosto in cantina...».

«Quali prosciutti?»

«Quelli che hai messo sottoterra.»

«Non vi sfugge niente, a voi ebrei.»

«Ebrei? Dimentichi che mi chiamo Enrico Milella e sono un tuo parente, cristiano e fascista della prima ora. Comunque i tedeschi i tuoi prosciutti non li hanno ancora trovati, ho controllato di persona, e nemmeno le quattro forme di pecorino stagionato che hai nascosto nella porcilaia.»

«Come l'hai scoperto? Comunque lì non posso entrare: c'è il prigioniero polacco...»

«Troverai il modo di andare a riprenderle. Questa collina salterà in aria, tanto vale far fuori tutto quel ben di Dio prima che una bomba se lo ingoi.»

Quella sera mangiarono tutti di gusto: contadini, ebrei, tedeschi. Virgilio non osò chiedere di entrare nella porcilaia per prendere il pecorino ma tirò fuori uno dei prosciutti e lo tagliò con maestria a fette sottili, poi pescò chissà dove delle bottiglie di vino rosso che sapevano di tappo ma che gli ufficiali tedeschi apprezzarono senza fare domande. Il capitano Wasser sfoderò qualche parola italiana ed Enrico mise alla prova il suo tedesco. I commensali di entrambi i lati del tavolo avevano bevuto troppo e ben prima di mezzanotte, alla spicciolata, finirono per scivolare ciascuno nel proprio letto.

Enrico stava per fare altrettanto, quando il capitano Wasser lo fermò.

«Tu rimani qui.»

«Ho bevuto troppo, mein Hauptmann, e alla mia età...»

«Età? Devi avere più o meno la mia. No, tu non vai a dormire, tu rimani con me a bere l'ultima bottiglia. Siediti. È un ordine!»

«Va bene.»

Al capitano il vino aveva sciolto la lingua e tolto il sonno. O forse a tenerlo sveglio erano quella notte troppo limpida e quella luna troppo piena che illuminava a giorno la collina e le bocche d'acciaio delle batterie contraeree che, nonostante fossero mimetizzate dalle frasche, baluginavano come specchi alla luce diafana e azzurrina. Una notte perfetta per il nemico che veniva dal cielo.

«Raccontami una storia.»

«Quale storia?»

«Una qualsiasi. Sono sicuro che di storie ne hai tante...» rispose il capitano con la voce impastata e lievemente minacciosa.

Senza la divisa il capitano Wasser sarebbe apparso un omino banale e insignificante, di quelli anonimi che nessuno nota mai nemmeno per sbaglio. Ma aveva la divisa. Ed era ubriaco.

«Dunque: lei sa perché il Mar Nero si chiama così?» esordì Enrico riempiendogli il bicchiere fino all'orlo.

«No.»

«Per i turchi ciascuno dei punti cardinali è legato a un colore. Il nero è il nord, e per questo il mare a nord della Turchia si chiama Mar Nero. Il rosso il sud, e di qui il Mar Rosso. Il bianco è il colore dell'ovest e il blu quello dell'est, ma intorno alla Turchia, a parte il Mediterraneo che un nome ce l'aveva già, non c'erano più mari. E così i turchi si sono fermati lì.»

«Ne sai di cose, tu. Qual era il tuo lavoro, Herr...?»

«Enrico Milella, sono un rappresentante di merceria.»

«Merceria? Il mio italiano non arriva a tanto...»

«Se non mi sbaglio nella sua lingua si dice Kurzwaren. Vendo spille, bottoni, fili da cucito, ferri da calza, uncinetti... Il mio tedesco zoppica, ma mi permetta di dirle, mein Hauptmann, che il suo italiano è magnifico, dove lo ha imparato?»

«Conosco un po' la vostra lingua perché ho studiato Ingegneria idraulica a Berlino e ho vissuto due anni a Trieste per realizzare un progetto sulle turbine navali. Ma sono capitato a cavallo di due guerre mondiali, e mi è toccato abbandonare gli studi e servire la patria. E il Führer.» Lo sguardo del capitano da velato si fece improvvisamente aguzzo. «Spiegami, come fa un venditore di bottoni a conoscere il Mar Nero? E tu dove l'hai imparato il tedesco?»

«Ero amico di un viennese, un commerciante di lana che comprava la materia prima a Odessa.»

«Odessa, una città piena di ebrei...»

«Soprattutto di pecore, tutta la lana delle pecore ucraine viene venduta al mercato di Odessa.»

«Pecore? L'Ucraina è piena di grano e Odessa di ebrei. Ma ora non più. Nell'ottobre di tre anni fa, con l'aiuto dei rumeni, gli abbiamo dato una bella lezione: abbiamo fatto fuori decine di migliaia di giudei. Di ebrei vivi a Odessa oggi ne rimangono solo qualche centinaio: barricati in casa o nascosti nelle fogne.»

Enrico deglutì. Fu attraversato da un turbine di immagini confuse e inconfessabili: il baluginio del coltello sul tavolo, il peso degli alari accanto al camino, il canovaccio abbandonato di fianco all'acquaio. Quella cucina era piena di strumenti con cui avrebbe potuto dare la morte. Ma si fermò. Amava troppo la vita. La sua come quella degli altri. Se ancora per pochi giorni o forse per poche ore i loro destini erano appesi a quell'omino insignificante, tanto valeva stupirlo.

Prima mostrò al capitano la mano sinistra aperta, poi la richiuse e lo pregò di picchiare tre volte sul dorso. Inaspettatamente, il capitano obbedì. Poi, dopo aver fatto svolazzare la destra nell'aria come un prestigiatore, esclamò:

«Voilà!»

E nella mano sinistra ora luccicava una moneta.

Il capitano la osservò, sfiorò con un dito i polpastrelli dell'ebreo e sorrise malizioso.

«Che mani bianche e lisce... Non sono mani da contadino.»

«Infatti sono merciaio: spille, bottoni, fili da cucito... Kurzwaren, Herr Hauptmann!»

«Forse... Continua, stanotte voglio proprio divertirmi.»

Enrico sfoderò un altro gioco di prestigio con il foulard di seta che aveva sfilato dal colletto della camicia. Il fazzoletto magicamente si annodò e altrettanto magicamente i nodi si sciolsero. Le giravolte strapparono al capitano un mezzo sorriso. Enrico allora tirò fuori dalla tasca il mazzo di carte e lo stupì azzeccando tre volte la carta "fantasma". Passò poi agli indovinelli, ma il capitano non ne risolse nemmeno uno, e così fu costretto a ripiegare sulle barzellette di cui aveva un intero repertorio. I bicchieri furono riempiti più volte fino all'orlo ma Wasser sembrava non averne mai abbastanza.

«Ancora vino, ancora scherzi italiani...» E alla fine: «Canta! Cantami una canzone napoletana».

Enrico cantò. Ma alla prima strofa della canzone preferita di sua moglie gli occhi gli si riempirono di lacrime. Si interruppe di colpo, appoggiò le mani al bordo del tavolo e guardando il capitano negli occhi disse:

«La notte è lunga. Cosa vuole ancora da me?»

«Tu Jude.»

«No!»

«Ja, tu Jude.»

Il capitano riempì i due bicchieri fino all'orlo e alzò il suo in un brindisi.

«Tu sei ebreo. E sono ebrei anche quelli che dormono con te sopra la stalla. L'ho capito la prima volta che vi ho visti.»

Enrico bevve tutto d'un fiato, senza staccare mai gli occhi da quelli del capitano. Immaginò i figli strappati al sonno e trascinati giù dalla scala. Quei figli che se l'erano cavata chissà come e chissà a quale prezzo, che non gli avevano raccontato tutto, e lui non aveva domandato. A che serve mettere in fila le umiliazioni? E si chiese quale muro avrebbero scelto per giustiziarli. Di sicuro quello della porcilaia, per spregio. O forse gli avrebbero sparato a bruciapelo nel piazzale, davanti ai contadini. Ripensò all'ultima volta che aveva visto sua moglie e alla mano di Giuditta che si stringeva intorno alla pallottolina di carta che le aveva infilato tra le dita. Aveva figli intelligenti...

«Voi ebrei siete dovunque, resistete a tutto, e sopravvivete a tutto.»

Lentamente il capitano si sbottonò la giacca e abbozzò un sorriso.

«Adesso sarò io a raccontare una storia. A Trieste il migliore del mio corso era un ebreo. Era un genio della fisica e della meccanica e aveva progettato un nuovo sistema di raffreddamento delle turbine delle navi. Avevo sempre sognato di inventare qualcosa del genere ma è stato lui a riuscirci per primo. Era un tipo divertente, proprio come te. Era gentile e generoso con tutti, e quando non riuscivo a risolvere un calcolo si offriva sempre di aiutarmi senza chiedermi nulla in cambio. Ma io lo odiavo con tutte le mie forze. Vuoi sapere che fine ha fatto?»

Enrico aveva i muscoli bloccati dalla tensione.

«Da un maggiore delle SS di stanza a Trieste ho saputo che lo hanno caricato su un treno diretto in Germania. Juden, raus...» sibilò. «Lui non tornerà mai più. Ma questo non farà di me il migliore.»

Enrico teneva gli occhi agganciati ai suoi. Aggrapparsi al suo sguardo era tutto quello che gli era rimasto.

«Sono stato un cattolico convinto, poi il nazismo mi ha conquistato.» Vuotò il bicchiere, incrociò le braccia e socchiuse gli occhi, mentre una smorfia di disgusto gli contraeva le labbra pallide e sottili. «No. Anche se dovrei, non vi denuncerò e non vi farò fucilare.»

Il capitano allentò il colletto della camicia e a denti stretti sibilò:

«Per noi la guerra è finita. Tre ebrei morti in più non riusciranno a farcela vincere.»

31

Ripe, luglio 1944

All'alba arrivarono a stormi. E fu l'inferno. I contadini e gli ebrei fecero appena in tempo a precipitarsi nel rifugio sotterraneo. La buca li conteneva a stento. Erano costretti a sedere a turno sull'unica panca e l'intimità forzosa li obbligava a usare il bugliolo per i bisogni corporali chiedendo agli altri di girarsi, per il tempo necessario, contro le pareti di terra fresca. Anche quando il rombo degli aerei si allontanava, non avevano il coraggio di uscirne perché erano certi che sarebbero tornati.

La collina fu tempestata dalle bombe e la contraerea tedesca frustò il cielo per due giorni. Poi, d'improvviso, calò un silenzio assoluto.

«Hanno finito le munizioni» commentò asciutto Enrico che, accoccolato in un angolo, era riuscito a ricavare lo spazio per il suo solitario.

«Un disastro... Bombe e proiettili sono un pessimo concime per i campi. In autunno, ad arare si rischierà la vita!» si lamentava Virgilio immaginando i crateri aperti dalle bombe sulla sua collina.

«Se usciamo vivi da questa buca puzzolente andiamo a stare in città» brontolò Ugo, il primogenito tontolone, che a spezzarsi la schiena nei campi non ci pensava proprio.

«Pessima scelta, caro il mio Ugo» commentò Enrico allineando un asso di coppe a uno di bastoni. «La pace sarà terribile, soprattutto in città. Godiamoci questa guerra. Almeno finché c'è lei ci basta sopravvivere.»

Un boato fece tremare le pareti del rifugio. La bomba era caduta così vicino che le travi che rinforzavano le pareti si piegarono e la terra tracimò da più parti. Mentre si affannavano per rimediare al danno, d'un tratto Giuditta cacciò un urlo. Tutti si voltarono prima verso di lei e subito dopo nella direzione indicata dal suo dito puntato verso l'alto.

Dall'orlo della buca, schiacciata tra il terreno e la copertura di legni e frasche, una mano penzolava verso di loro, immobile.

«Un morto!»

«Un tedesco?»

«Dal polsino della divisa direi di no.»

«Tiriamolo dentro» suggerì Giuditta.

«No, io non lo tocco. Questa guerra non è la mia. Ci pensassero i tedeschi...» sibilò Tobia.

«È un nemico» mormorò Virgilio trattenendoli contro la parete della buca con le braccia spalancate. «Lasciamolo fuori.»

«Trasciniamolo dentro e facciamolo prigioniero» suggerì Ernesta che non la pensava mai come il marito. «Sarà un merito agli occhi dei tedeschi.»

«Cosa vuoi che gliene importi ai tedeschi di un prigioniero morto?» ribatté Enrico.

D'improvviso, la mano che sporgeva dall'orlo della fossa fu percorsa da un leggero fremito e le dita cominciarono a contrarsi spasmodicamente artigliando l'aria.

«È vivo...»

Tobia scavalcò Virgilio e tastò il polso al soldato. Era debole ma batteva.

«Aiutatemi, su, tiriamolo dentro, ma fate piano, con delicatezza...»

Il soldato venne calato nel rifugio. Una nuvola di seta

candida invase la buca e il corpo lungo e ossuto del militare disteso a terra scompigliò il solitario di Enrico. Il paracadute fu pigiato sotto alla panca. A una prima ispezione il soldato rivelò una ferita sul capo che chiazzava i capelli color paglia di grumi rossastri, la gamba destra era inerte e come fuori asse. Quando gli bagnarono le labbra, sollevò le palpebre sugli occhi chiari e la bocca esangue si curvò in qualcosa che assomigliava a un sorriso.

«Sono un pilota polacco...» mormorò in tedesco. «Fuori è l'inferno.»

Prima di svenire fece in tempo a sussurrare:

«Grazie.»

«Dobbiamo bendarlo» disse Enrico, che aveva tradotto le parole del soldato. «Tobia, togliti la camicia e falla a strisce. Tu, Giuditta, aiutami a fasciargli la testa e a steccargli la gamba, di sicuro è fratturata.»

Quando lo ebbero sistemato alla bell'e meglio, il rombo degli aerei era ormai lontano e al suo posto era calato un silenzio denso e irreale.

Con cautela, Enrico sollevò di pochi centimetri il tetto del rifugio e dalla fessura sbirciò lo scorcio desolato della collina trasformata in un campo di battaglia. La prospettiva rasoterra del suo sguardo livellava rami spezzati a teste fracassate, cumuli di terra smossa a corpi martoriati, ritagliandoli contro lo sfondo di un azzurro cielo da scampagnata.

«Richiudi.»

«Sì, potrebbero ricominciare a bombardare» aggiunse Giuditta spaventata.

«No, è finita» disse il padre piazzando il piede su una trave e facendo leva su un'altra per arrampicarsi.

«Dove vai?» chiese Giuditta.

«Vado a vedere chi ha vinto.»

Una volta sgusciato all'aperto, Enrico rimase per un istante con la pancia a terra e la faccia contro le zolle. La guerra si annusa. Lui respirò a pieni polmoni un misto di sporcizia e fango, sudore e polvere, calcinacci e carne bruciata. L'odore immondo della battaglia.

Per prudenza avanzò prima strisciando sui gomiti, quindi a carponi, facendosi strada tra i cadaveri. Si era portato avanti per qualche decina di metri tra membra martoriate e volti sfigurati, quando d'improvviso tutto gli girò intorno. Si accasciò contro il corpo di un soldato e vomitò l'anima. Si pulì la bocca con il dorso della mano e, facendosi forza, si girò.

Il cadavere su cui si era afflosciato indossava la divisa tedesca. Era rannicchiato, la bocca piena di terra e gli occhi sbarrati. Lo riconobbe. Era il soldatino con i capelli rossi e il naso a punta che gli aveva offerto una sigaretta subito prima dell'attacco aereo. "Ha meno di trent'anni, magari è il figlio di una licenza della Grande Guerra" pensò sfiorandogli i capelli impastati di polvere e sangue, "ed è finito per morire ammazzato nella seconda. Potrebbe essere mio figlio..."

Lo rovesciò sulla schiena, aveva uno squarcio profondo nel ventre da cui fuoriuscivano le budella. Con un gesto gli abbassò le palpebre sulle pupille che fissavano ostinatamente il cielo e recitò il Kaddish. Solo le prime parole, perché il resto non se lo ricordava, ma pensò che valeva lo stesso e che il Padreterno aveva altro da fare che ascoltare un Kaddish fino in fondo.

Scavalcando i corpi, raggiunse il casolare. Il piano terra era deserto, in cucina le sedie erano rovesciate e sul tavolo c'erano i resti di una cena di guerra: carne in scatola e gallette, già ricoperte di formiche fameliche. Salì al primo piano ma non trovò nessuno e così pure nel sottotetto. Arrivò fino alla stalla dove la mucca, che nessuno aveva munto da giorni, muggiva disperata. Passando accanto alla porcilaia, udì i flebili lamenti del pilota polacco. Quel prigioniero sembrava essere l'unico rimasto vivo.

Quando aggirò il casale, si ritrovò davanti a quello che rimaneva dell'accampamento: una poltiglia di tende devastate dalle bombe. Anche il piazzale dove i tedeschi tenevano parcheggiati i mezzi militari era vuoto. I sopravvissuti erano scappati verso nord così di fretta da abbandonare il loro unico prigioniero. Una fuga precipitosa, una disfatta.

Solo a quel punto capì. Il fronte, come un uragano, li aveva prima tempestati e poi scavalcati. Mentre contadini ed ebrei si stringevano l'uno all'altro nel rifugio sotterraneo, la Storia era andata oltre come un vento bruciante. La guerra, per loro, era finita.

Proprio lui che era sempre stato pronto ad afferrare al volo la felicità ogni volta che gli si era parata davanti, risucchiato dal silenzio spettrale che aleggiava su quel campo di battaglia disseminato di cadaveri, non riusciva a gioire del rovesciamento della sorte e del loro destino. E si sorprese a pensare che la pace che avevano sognato per anni era solamente lì, in quell'istante. In quella terra di nessuno che non era più dei tedeschi e non era ancora degli angloamericani. Durò un palpito.

«Alza le mani sopra la testa!» urlò una voce dietro di lui. «Sei tu il padrone?»

Gli era sbucato alle spalle all'improvviso, senza fare rumore, ma la canna del fucile era a pochi millimetri dalla sua schiena.

«Padrone? E di cosa?» rispose beffardo tenendo le mani bene in alto. «Io non sono padrone di niente e di nessuno.» Si girò lentamente per guardarlo in faccia: «E lei chi è? Il vincitore, suppongo».

«Sono il colonnello Nowak del secondo corpo d'armata polacco del generale Anders. Abbiamo liberato Ancona e questa collina ci ha fatto perdere molti uomini. Allora, sei tu il padrone?»

Il padre di Giuditta e Tobia guardò la faccia lentigginosa dell'uomo, i capelli chiari e lisci e gli occhi color pervinca, troppo piccoli e troppo vicini. Il cognome di sicuro era polacco ma lui doveva essere nato in America, perché la postura dinoccolata contrastava con l'armamentario bellico che indossava come un costume preso in prestito. Sembrava appena sceso da una pista da ballo e non da una collina piena di cadaveri. E si scoprì a pensare con amarezza che pareva persino più antipatico del capitano Wasser.

«Sono scappati. Quelli che vede sono tutti morti, tranne noi. Vi mostro la tomba che ci ha salvato la vita» disse dirigendosi a passo lento verso il rifugio.

«Lo sapevo che eri il padrone.»

«Padrone io?», e iniziò a canticchiare a bassa voce: «Né Dio, né Stato, né servi né padroni...».

Poi, sentendo la pressione della canna del fucile sempre più insistente contro la schiena, si decise a giocare la carta che fino a quel momento avrebbe potuto perderlo e d'improvviso era diventata un asso.

«Io sono un ebreo. E così i miei due figli» disse scandendo bene le parole e guardando di sguincio il polacco per registrare le sue reazioni. «Siamo sopravvissuti alle vostre bombe in un rifugio scavato assieme ai contadini che ci hanno nascosto per mesi.»

«Ebrei nel casolare dove si trovava il comando del fronte tedesco? Impossibile. Stai mentendo!»

«Vuole che reciti lo Shemà Israel?»

«Non so cosa sia.»

«Vuole che mi cali i pantaloni per provarglielo?»

«Rimani con le mani in alto. Come hai fatto a ingannarli?»

«Non ci crederà, ma i nazisti non mi hanno mai chiesto di pisciare insieme a loro. E io mi sono guardato bene dal proporglielo.»

«Non vi capirò mai, a un passo dalla morte voi ebrei avete ancora voglia di scherzare.»

«A un passo dalla morte? Dunque devo ancora temere per la mia vita? Non eravate venuti qui per salvarci?» disse pensando di essere capitato nel mirino di un antisemita.

Poi cambiò idea, gli venne in mente Ernesta e quello che aveva detto nella buca. Tra lui e la contadina c'era sempre stato rispetto: entrambi sapevano che tutto ha un prezzo e che tutto si compra, si vende, e si paga. Aveva ragione Ernesta, adesso toccava riscuotere.

«La avverto: con noi, nella buca, c'è anche uno dei vostri. Un soldato polacco a cui abbiamo salvato la vita quando ancora non sapevamo chi avrebbe vinto.»

«Uno dei nostri è vivo...»

«Due. Ce n'è un altro nella porcilaia, il pilota di uno dei vostri aerei che i tedeschi hanno abbattuto. Ho sentito poco fa i suoi lamenti, almeno lui è ancora vivo, basta far saltare il lucchetto della porta. Porti con sé dell'acqua, questo inferno dura da due giorni e sono sicuro che i tedeschi non hanno avuto tempo di dargli da bere...»

Sulla collina, i nuovi occupanti si sostituirono ai vecchi in un battibaleno. Il grosso della fanteria non tardò ad arrivare e piantò le tende sul lato sud, l'unico che non era stato dissodato dalle bombe. I pochi feriti ricevettero i primi soccorsi e i cadaveri vennero trascinati accanto al casolare, allineati sotto il noce: i tedeschi a destra e i polacchi a sinistra.

"Nemmeno da morti si riesce a stare vicini" pensò il padre di Giuditta e Tobia passando vicino ai soldati che scavavano le fosse per seppellire prima i loro morti e poi quelli dei nemici.

A notte fonda, uno scirocco caldo e umido aveva sostituito la tramontana proprio come i soldati polacchi avevano sostituito i soldati tedeschi. Virgilio ed Ernesta avevano riconquistato la loro stanza da letto e dopo una delle loro litigate furibonde erano crollati in un sonno senza sogni. Così pure i figli nella stanza accanto, prima quello più stupido e poi quello più furbo. Giuditta e Tobia si erano addormentati nel sottotetto sopra la stalla. Solo il padre non riusciva

a chiudere occhio. Affacciato all'abbaino annusava il vento umido e polveroso di sud-est, elencandone i nomi tra sé e sé:
"Per i nordafricani è il Ghibli, per i francesi il Marin..."
Proprio mentre pensava che avrebbe dovuto chiedere al colonnello come si dice "scirocco" in polacco, Nowak fece capolino dalla porta.

«Ho bisogno di parlarti.»

Dopo pochi minuti era seduto di fronte al polacco. Allo stesso tavolo che, solo pochi giorni prima, aveva diviso con il capitano tedesco.

«Volevo ringraziarti per aver salvato il nostro soldato» esordì Nowak.

«Chi salva una vita salva il mondo intero» rispose l'ebreo. Anche se non ricordava esattamente dove aveva sentito quella frase, sapeva che avrebbe fatto effetto.

Il colonnello si accese una sigaretta e dopo aver aspirato una boccata profonda continuò:

«Non sa cosa è successo nell'Europa centrale...»

«Cosa?»

«Gli aerei alleati hanno sorvolato campi di baracche, campi sterminati dove migliaia di persone...»

«E non li hanno bombardati?»

«No.»

«Dio ci deve delle spiegazioni.»

Il colonnello masticava i pensieri e più volte sembrò sul punto di sputare fuori qualcosa che si portava dentro, ma non lo fece.

«Nowak, lei è nato in America?»

«A Chicago, ma da genitori polacchi. I sovietici e i nazisti hanno sbranato la mia Polonia ma il governo polacco in esilio a Londra ha ottenuto la formazione di un corpo d'armata che combatte con la sua bandiera a fianco degli inglesi. Come ha capito che sono nato in America?»

«Lasci perdere. Da quale città provenivano i suoi genitori?»

«Lodz.»

«Conoscevo un ebreo di Lodz che si era trasferito ad Anversa per imparare a tagliare i diamanti. Era diventato uno dei più abili...»

«Dimentichi quell'uomo. Dimentichi Anversa e dimentichi Lodz. Dimentichi l'Europa che ricorda. L'Europa è il cimitero degli ebrei. E diventerà il cimitero dei tedeschi.»

Il padre di Giuditta e Tobia rimase in silenzio, ascoltava la pioggia che aveva cominciato a tamburellare sui vetri delle finestre. Pensò alle gocce calde che stavano inzuppando la terra devastata dalle bombe dove la vita e la morte si mischiavano in un unico pantano. Poi si alzò, e senza chiedere né aspettare che gliela offrisse sfilò una sigaretta dal pacchetto del colonnello e la accese. Aspirò una lunga boccata, girò le spalle e uscì. Davanti alla soglia fece due tiri soffiando il fumo nell'aria umida, cercando di dimenticare le parole del polacco. Si diresse verso il noce, si sedette con la schiena appoggiata al tronco e continuò a fumare: senza fretta, lentamente.

Accanto a lui, ai due lati dell'albero, i tumuli di terra fresca bevevano la pioggia. Era da solo accanto ai morti. I tedeschi erano quelli sepolti a destra del noce e i polacchi quelli a sinistra. O viceversa? Non ricordava più dove fossero sepolti gli amici e dove i nemici. E non gliene importava un bel niente di saperlo.

32
Ripe, agosto 1944

Grazie alla madre, negli ultimi mesi Giovanni era riuscito a trovare rifugio in un convento fuori città, ma, non appena seppe che la linea del fronte degli Alleati aveva superato la collina dove era nascosta la sua innamorata, di buon mattino inforcò la bicicletta e pedalò verso il casale. Non aveva più ricevuto notizie di Giuditta e Tobia. In cuor suo era certo che in un modo o nell'altro se l'erano cavata, ma temeva di scoprire che non era andata così.

Controllando fiato e gambe, si arrampicò lungo le strade bianche che collegavano collina a collina, lasciandosi alle spalle una nuvola di polvere. A mezzogiorno, finalmente avvistò il casale, ma una svirgolata della ruota anteriore gli segnalò che aveva bucato. Quella bici pescata tra le macerie non aveva una camera d'aria di riserva, né toppe, né attrezzi. Non rimaneva che affrontare la salita a piedi. Impiegò una buona mezz'ora per arrivare a metà della collina trascinando la bici, con la mente affollata di pensieri. Cosa avrebbe trovato una volta giunto in cima?

Quella ragazza, che non sapeva ballare ma nuotava come un delfino, gli era ormai entrata nel cuore. Si ricordò di quella volta nel fienile, della bomba e di tutto il resto: le braccia di Giuditta agganciate al suo collo, i fianchi sottili e il respiro affannoso. Gli tornò in mente la loro casa di Ancona:

i tappeti turchi e le partite a scacchi con il fratello, la dolcezza della madre e la follia del padre. Quella famiglia di ebrei lo aveva accolto come un figlio e non avrebbe più potuto vivere senza di loro.

Stava per affrontare l'ultimo tornante quando gli sembrò di non avere più fiato nei polmoni e forza nelle gambe, di non avere il coraggio di scoprire la verità. Lasciò cadere la bicicletta, si piegò sulle ginocchia e si prese la testa tra le mani. Erano riusciti a trovare rifugio oltre la linea del fronte? I tedeschi li avevano scoperti e portati con loro nella ritirata al Nord? Oppure li avevano uccisi? Con il cuore in gola, si rialzò, rimise in piedi la bici e la trascinò lungo l'ultima curva.

Un fruscio, poi il guizzo di un'ombra, e come un nemico in agguato Giuditta sbucò da una siepe alle sue spalle. Gli baciò la nuca impolverata e il collo e le guance, poi appoggiò il capo sul petto sudato del suo innamorato e pianse.

Quando Giovanni riuscì a sciogliersi dall'abbraccio, le chiese:
«Ti hanno fatto del male?»
«No. Siamo salvi, siamo tutti salvi.»

Risalirono la collina fianco a fianco. Quando furono in cima Giovanni si tuffò nell'abbeveratoio e Tobia lo seguì. Si spruzzavano l'acqua con la bocca e Giuditta con un secchio li innaffiava. Erano felici come tre bambini.

Si asciugarono al sole raccontandosi i giorni trascorsi lontani. Giovanni storie di frati e minestre di rape, gli altri di bombe e paura. Si raccontava per ricordare e insieme per cancellare. Si archiviavano gli incubi sapendo che li avrebbero accompagnati per sempre.

«Sono riuscito a riparare la bicicletta. Se non prendi troppe buche reggerà» disse il padre di Giuditta e Tobia attraversando l'aia con in una mano la bici e nell'altra un piatto pieno di fichi raccolti chissà dove.

Quando il piatto fu vuoto Giovanni si pulì la bocca con il dorso della mano e arrivò al dunque:
«Ancona è libera, dovete tornare...»
«La nostra casa è stata bombardata?» chiese Tobia.
«Non lo so, sono venuto direttamente dal convento per vedere se eravate vivi, ma non contate di trovarla intatta. La città è un cumulo di macerie. Gli avamposti alleati avanzano diretti al Nord, ma quelli che rimangono rastrellano le armi abbandonate dai tedeschi e le trasportano nelle retrovie con i camion. Preparate le vostre cose e fatevi portare in città.»

Calò la notte. Giovanni venne sistemato nel sottotetto in un letto accanto a quello di Tobia, ma non appena fu certo che l'amico fosse addormentato, fece balenare la fiamma dell'accendino tre volte. Era il segnale convenuto. Quando Giuditta vide lampeggiare la luce attraverso il lenzuolo scivolò fuori.
Scesero la scala a piedi nudi, saltando i gradini a tre a tre. La congiura del desiderio aveva allineato le sue astuzie. Nessuno dei loro nascondigli era sopravvissuto ai bombardamenti, ma era estate e ad accogliere i loro abbracci bastavano i prati. Quando furono sazi di baci, Giovanni tirò fuori da sotto la camicia un abito così sottile che stava tutto in un pugno. Sembrava di seta ma di seta non era. Era giallo e si sollevava leggero alla brezza notturna.
«Gli Alleati regalano cioccolata, carne in scatola e vestiti di seta artificiale. L'ho preso per te. Provalo...»
«Adesso?»
«Sì.»
Giuditta si alzò in piedi e iniziò a spogliarsi lentamente. Sdraiato, Giovanni seguiva i suoi movimenti ipnotizzato. Quando il vecchio vestito di cotone insieme a tutto il resto finì sull'erba, Giuditta rimase, per un istante di troppo, nuda contro il cerchio bianco della luna. Poi alzò le braccia verso il cielo e iniziò a ruotarle lentamente come per nuotare a dorso. Con gli occhi chiusi fendeva la luce azzurrina

come fosse acqua. E sorrideva. Nessuno l'avrebbe più inseguita e non si sarebbe più dovuta nascondere. Avrebbe potuto di nuovo gareggiare e vincere. Avrebbe potuto sposare l'uomo che amava. Era Giuditta, ma era anche una delle ninfe oscure di D'Annunzio. Era un mosaico del Foro Italico. Era una dea. Sparì la guerra, sparì la paura, sparirono i tedeschi e persino gli ebrei. Quegli ebrei di cui sapeva poco e niente, a cui apparteneva senza sforzo e senza coscienza. Quegli ebrei erano il seno di sua madre, le preghiere che le aveva insegnato e la sua infinita dolcezza. Erano la saggezza e l'audacia di suo padre, la capacità di valicare i confini e di rovesciare la vita. Ebrea per caso, Giuditta era diventata ebrea a forza: l'abito in cui era nata, i fascisti gliel'avevano cucito addosso e l'avrebbe portato per sempre.

Il vestito giallo le scivolò come acqua sul corpo smagrito e, per un istante, dopo tanto tempo, Giuditta si sentì completamente felice.

Il mattino dopo, sotto gli occhi dei contadini, gli ebrei radunarono le loro cose in un paio di borse e decisero di tornare a casa. Se ancora era in piedi.

Era il momento degli addii. Le mani si strinsero e ci fu qualche abbraccio esitante. Ernesta mise in un tovagliolo un po' di cibo senza chiedere nulla in cambio e Virgilio aggiunse una bottiglia di vino.

Il padre di Giuditta e Tobia e il colonnello Nowak si salutarono frettolosamente. C'erano molte domande che lui avrebbe potuto fargli e che non gli aveva fatto. Troppe cose che Nowak non aveva avuto il coraggio di raccontare. La notte precedente era una lama ancora tagliente che nessuno dei due riusciva a rimettere nel fodero.

I tre si stavano arrampicando sul predellino del camion militare che li avrebbe riportati in città, Giovanni aveva già inforcato la bicicletta e li aspettava sul ciglio della strada, ma Virgilio ed Ernesta erano nel pieno di una delle loro sorde litigate.

«Perché dovremmo? Ci devono la vita.»
«Fai come ti dico.»
«Fallo tu, l'idea è tua.»

Tobia e Giuditta erano già seduti sul camion, quando Ernesta si avvicinò al padre con in mano un minuscolo sacchetto di stoffa.

«Volevamo restituirvi questi.»

Lui allentò il legaccio e dalla tela spuntarono i due orecchini con le ametiste viola di sua moglie.

«Il meglio lo abbiamo già avuto e per ricominciare ci basta. Il quadernetto nero parla chiaro: ve ne state andando prima del previsto e le ametiste vi spettano. Io poi non volevo nemmeno prenderle perché il viola porta male, ma voi ebrei a queste superstizioni non ci credete. Con quello che avete passato...»

Il lampo di onestà contabile che aveva intravisto in quella donna astuta e calcolatrice lo stupì, e il ricordo dello scintillio viola di quegli orecchini tra i riccioli scuri della moglie lo commosse a tal punto che per mascherare il turbamento si chinò a baciarle la mano ruvida e sciupata. Ernesta non la ritrasse.

33

Ancona, agosto 1944

Prima di ritirarsi al Nord i tedeschi avevano fatto saltare i ponti e minato la linea ferroviaria e il porto. Eppure, nonostante attraverso le fessure del tendone del camion militare vedessero sfilare il lungomare con i carrarmati, le case sventrate e le macerie dei bombardamenti, a Giuditta e Tobia la città apparve quella di un tempo. O forse vollero fingere che fosse così.

Quando il camion frenò davanti al portone della loro casa e il padre, dopo aver scavalcato la paratia, saltò giù per primo, i figli si guardarono esitanti. Il palazzo era intatto ma il ricordo della notte del saccheggio aveva cancellato le carezze, le corse a scapicollo lungo le scale, le risate, i pranzi nei giorni di festa. Il nero di quella notte nera aveva cancellato tutti gli altri colori.

«Capolinea, si scende» gli intimò il padre.

Fu lui a spalancare il portone e lui a spingerli nell'androne a forza.

Quando furono dentro la casa dove erano nati, sentirono il profumo della madre. Un misto di acqua di colonia, caffè, lenzuola pulite e pane lievitato che aveva resistito al saccheggio e alla morte, alla guerra e ai bombardamenti, perché era nella loro testa e nel loro cuore. Erano a casa.

Quel padre coraggioso e cialtrone, irresponsabile e fantasioso, che non li aveva protetti dal baratro che stava per inghiottirli; che pur avendo intuito la tempesta, invece di salvarsi ci si era tuffato a capofitto; che non aveva pensato a vendere per tempo le case e il magazzino, che aveva bruciato il patrimonio della moglie e il suo per stampare volantini politici, e per mantenere gli anarchici in galera. Quel padre incosciente e ardimentoso che aveva perso una fortuna forzando il blocco delle merci sovietiche e comprando il cotone dalla Russia comunista al doppio del prezzo di mercato. Quel padre che aveva messo la passione politica al primo posto abbandonando i figli nell'uragano che lui aveva affrontato con irresponsabile baldanza, lasciandogli, come unico salvagente, un biglietto con tre indirizzi. Ora quel padre era seduto sulla poltrona di pelle rossa, accanto a quella ormai vuota della moglie. Vivo ma a metà.

Giuditta si chiese com'era la sua vita quando era lontano da lei. Alle riunioni anarchiche, in galera, o al confino politico. Nei suoi lunghi viaggi, aveva mai tradito la moglie? E con chi? Cosa non sapeva e non avrebbe voluto sapere dell'uomo e della donna che l'avevano messa al mondo?

Nei nascondigli e nelle fughe, Giuditta aveva guardato mille volte la foto dei genitori in viaggio di nozze a Venezia recuperata la notte del saccheggio. Una coppia borghese sullo sfondo della basilica di San Marco: lui con un completo elegante, la bombetta in testa e una cravatta di seta annodata a fiocco; lei con un abito tutto pizzi e merletti e un lussureggiante cappello su cui era poggiato un piccione, e un secondo piccione sulla mano guantata. Quei due giovani, che le famiglie avevano fatto incontrare per un matrimonio combinato, quando si erano sposati conoscevano solamente i loro alberi genealogici, l'entità dei loro patrimoni e qualche sospiro condiviso su un divanetto nel salotto sotto gli occhi vigili delle rispettive famiglie. Eppure, pur non sapendo quasi nulla l'uno dell'altra, si erano amati per il tempo che la vita gli aveva concesso. E forse era così per tutti.

Con o senza la guerra, nei matrimoni combinati che diventano matrimoni d'amore e nei matrimoni d'amore che scelgono di sopravvivere a se stessi.

"Forse la verità è solo un accidente da tenere a bada" pensò.

In quegli anni di guerra e di fughe, Giuditta aveva custodito atroci interrogativi. Perché suo padre che aveva subito intuito l'orrore del fascismo non li aveva messi in salvo per tempo? Perché non li aveva protetti e aveva messo la politica avanti a tutto? E perché la moglie glielo aveva permesso? Avrebbe potuto chiederglielo ora. Era lì, davanti a lei, seduto sulla poltrona rossa. Ma esitò.

«Giudittina, cosa fai con quella faccia scura? La guerra è finita. Ci hanno rubato tutto, ma possiamo ricominciare. Li abbiamo fregati: siamo vivi! Vieni qui, siediti accanto a me, ti racconto una storia...»

Giuditta obbedì. E d'improvviso diventò la propria madre. Accarezzò il dorso della mano dell'uomo seduto vicino a lei come avrebbe fatto Leah. Sorrise e gli disse:

«Avanti, racconta... Una storia allegra, però!»

«Lo sai che conosco solo quelle. Allora, quando ero al confino, un giorno mi ha sfidato a scacchi un matematico che faceva sempre calcoli astrusi su dei fogliettini che si ficcava nelle tasche per paura che glieli sequestrassero. Si dava un sacco di arie perché era comunista e con tutta la sua matematica era sicuro di vincere. E sai che gli ho detto? "Ti faccio vedere io come un mercante anarchico batte un professorone comunista", e lui: "Figurarsi...". Be', l'ho battuto! Scacco matto, Giudittina. E in sole tre mosse...»

Giuditta, di slancio, lo perdonò. E perdonò anche la madre che si portava dentro.

34

Ancona, settembre 1944

La città era piena di macerie. Non c'era gas, non c'era luce, e per l'acqua si faceva la fila alle fontane. Il porto però era pieno di navi e le tasche degli Alleati di cioccolata e di am-lire.

Grazie ai meriti antifascisti, il padre di Giuditta e Tobia era stato nominato commissario degli alloggi. Lo stipendio non era un granché ma gli permetteva di fare quello che aveva sempre desiderato: riequilibrare le ingiustizie. Assegnava le case più comode a vedove e orfani, mutilati e giovani coppie di sposi, con una predilezione per gli anarchici. Ma, ogni volta che gli venivano recapitati, a mano e con discrezione, biglietti che segnalavano nominativi da mettere in testa alla lista, spesso firmati dai nuovi politici, qualche volta dagli stessi che lo avevano mandato in galera e che avevano rapidamente indossato la giacca dei vincitori, li faceva in mille pezzi, metteva i coriandoli nella busta, e la rispediva al mittente. Dopo poche settimane l'incarico gli venne revocato.

Nei mesi seguenti si dovette arrangiare. Le posate d'argento nascoste dalla cameriera nel pollaio della sua casa di campagna, sotto le vasche del becchime, bastarono per un po'. Grazie alle due icone russe riconsegnate dal padrone del ristorante che le aveva nascoste sotto la cassa si tirò avanti qualche mese. Infine decise di chiedere indietro il suo albergo che suo non era più. Infatti, per evitare che fosse confiscato dai fascisti, prima di andare al confino lo aveva venduto a un lontano parente, a un prezzo simbolico e con il patto che alla fine della guerra glielo avrebbe restituito. Per Sebastiano, il marito cristiano di una cugina di terzo grado, uno sfaccendato che non aveva combinato niente di buono nella vita salvo quel matrimonio, l'accordo era stato vantaggioso: tutto il denaro guadagnato durante la sua gestione sarebbe rimasto a lui.

Era giunto il momento di farselo restituire. Nonostante gli affari andassero a gonfie vele e l'albergo fosse pieno di ufficiali alleati e di camerieri, o forse proprio per questo, Sebastiano prima si negò, poi contestò l'accordo. Messo alle strette, si trincerò dietro al contratto di vendita, dicendo che quel che è fatto è fatto e che doveva mettersi l'anima in pace perché ormai l'albergo era suo.

Il padre di Giuditta e Tobia masticò amaro, ma non si perse d'animo. Aveva ancora in tasca il più piccolo, e ultimo, dei brillanti – gli altri erano serviti a campare – e, visto che l'albergo ormai era perso, si decise a ricominciare con quello che, insieme alla politica, sapeva fare meglio: vendere e comprare. Facendo balenare davanti a un cambiavalute le sfaccettature della pietruzza trasparente, ottenne un piccolo prestito con il quale acquistò uno stock di lenzuola americane spuntando un ottimo prezzo. Di buon mattino se ne metteva un paio sul braccio e con le federe bene in vista, e andava a venderle casa per casa.

«Cotone americano, resistente come i soldati che ci hanno liberato!» diceva, e non mancava di aggiungere strizzando l'occhio: «Lo compri, sarà come avere l'America in casa».

Dopo molte porte sbattute in faccia, cominciò a vendere. Le signore più avvedute riconobbero la qualità del tessuto e il prezzo vantaggioso, e a qualcuna l'idea dell'americano in casa evocò persino ricordi piacevoli. In una settimana aveva smaltito tutto lo stock, restituito il prestito e deciso di investire quello che restava in calze di nylon. Andarono a ruba. Con il ricavato si mise a caccia di orologi americani: i soldati se ne liberavano a poco prezzo e gli italiani ne andavano pazzi. Nessuno di questi affari lo rese ricco, ma bastarono per vivere e per farlo sentire quello di un tempo. Forse persino migliore, di sicuro più prudente visto che il piccolo brillante, riscattato con i primi guadagni, ancora luccicava nella carta velina.

Sapeva di non essere stato un buon padre, ma aveva deciso di perdonarsi. Fece ridipingere le pareti della casa e sistemare le tappezzerie. La sera, sul balcone ad angolo affacciato sul blu del mare, dove sembrava di essere sulla tolda di una nave, portava le sedie del salotto Thonet che stavano in piedi per miracolo ma che aveva rinforzato con quattro chiodi, e seduto al fresco guardava passare le navi illuminate insieme a Giuditta e Tobia.

Nessuno mai nominò Leah. Ai morti non bisognava pensare. C'era tempo solo per i vivi.

35

Ancona, ottobre 1944

Nudo e accoccolato su uno scoglio, circondato dal mare più immobile che le bracciate di Giuditta avessero mai solcato, lo sconosciuto stava sciogliendo lentamente il suo turbante. Lo aveva intravisto nell'attimo in cui, inspirando alla terza bracciata, aveva sbirciato la distanza che la separava dalla scogliera. Incuriosita, nuotando sott'acqua, raggiunse una caletta poco distante e lo spiò.

Magro, con la pelle olivastra e una barba che gli arrivava fino al petto, ricordò a Giuditta le illustrazioni dei libri di Salgari che leggeva da bambina. Quando l'ultimo lembo bluastro ricadde sulla roccia, il viluppo di stoffa sembrava un nido dove qualunque uccello si sarebbe fidato a deporre le uova. Poi toccò alla treccia arrotolata alla sommità del capo che lo sconosciuto sciolse districando le lunghe ciocche finché non ricaddero sulle spalle come un mantello. A quel punto si immerse e per un istante i capelli rimasero a galla circondandolo come un sole nero. Muovendo appena le braccia e disegnando piccoli cerchi in lenta successione, si inabissava e risaliva a galla. Ogni volta che emergeva i capelli gli aderivano al petto e alle spalle come fossero dipinti sulla pelle. Giuditta pensò che era bello come un uomo e insieme come una donna.

Improvvisamente lo sconosciuto fece una capriola e la capigliatura accompagnò il movimento tracciando una curva nera concentrica al corpo. L'uomo riemerse e galleggiò in superficie, braccia e gambe aperte come una stella marina. Il sesso, scuro e morbido, emergeva dall'acqua come un isolotto e così il volto e le membra. Un arcipelago misterioso sospeso tra cielo e mare.

«L'arma non si abbandona mai. Le faccio rapporto!»

Dal costone di roccia più alto era spuntato un ufficiale britannico, mingherlino, pieno di efelidi e con i capelli rossi tagliati a spazzola. Aveva un fucile mitragliatore in spalla e ne mostrava minacciosamente un altro tra le mani. «Ho servito il re in India e ho combattuto al fianco di indù e musulmani, voi sikh in battaglia siete i più coraggiosi ma anche completamente fuori controllo! Torni su, si rimetta la divisa e mi segua al comando. Subito!»

Lo sconosciuto non si scompose, a bracciate lente raggiunse lo scoglio, recuperò il gomitolo del turbante e tenendolo sollevato fuori dall'acqua guadagnò la riva nuotando con un braccio solo. Poi, aggrappandosi agli spunzoni di roccia, si arrampicò agilmente fino al costone dove l'aspettava l'ufficiale e, senza coprirsi, scattò sull'attenti così com'era: nudo.

«Samir Arjuna, ai suoi comandi.»

«Riposo. Si rivesta e mi segua.»

Giuditta osservò la scena in silenzio. La risacca della guerra aveva spiaggiato in quel mare un sikh che aveva rischiato la propria vita per liberare anche lei. Nessuno aveva fatto caso al mucchietto dei suoi abiti, abbandonato su una roccia poco distante. Si arrampicò per uscire dall'acqua, si vestì in fretta e furia e li seguì.

Il comando era poco distante, appena fuori città. Giuditta aspettò, in disparte. C'era un viavai di soldati e camionette militari che entravano e uscivano dai cancelli, qualcuno provò ad attaccare discorso, qualcuno fischiò nella sua direzione, due soldati le offrirono cioccolata e latte condensato. Quando, dopo un'ora, vide uscire Samir con una sacca di tela sotto il braccio e in compagnia di un ufficiale britannico, Giuditta stentò a riconoscerlo: con la divisa e il turbante che gli fasciava stretto il capo, non sembrava più il suo esotico nuotatore. A passo veloce i due si diressero alle spalle dell'accampamento e Giuditta li seguì tenendosi a distanza. Si fermarono in uno slargo recintato dove, tra le macerie di una scuola venuta giù con le bombe, c'era una catasta di legna non più alta di un metro, circondata da ramoscelli secchi e coperta da un paracadute di seta.

Non capendo una parola d'inglese, Giuditta seguì i gesti, che le sembrarono quelli di un misterioso rito magico.

«Faccia quello che deve fare» disse l'ufficiale porgendo a Samir un oggetto d'acciaio che a Giuditta sembrò un accendino antivento.

«Devo prima mettere accanto ai corpi i cinque K.»

«È indispensabile?»

«Sì. Farò in fretta, signor tenente.»

Samir aprì la sacca ed estrasse un coltello, un bracciale, un pettine, un cencio bianco e uno bluastro. Dispose tutto in fila sul telone.

«Ma cosa sono questi benedetti cinque K?»

«I principi della fede Sikh. Il Kirpan è il coltello, il coraggio di difendere la verità. Il Kara è il bracciale di ferro, il simbolo dell'unione con Dio. Il Kacha è l'indumento che portiamo sui fianchi e rappresenta l'autocontrollo. Il Kangha è il pettine e dunque l'ordine e la pulizia. Il Kesh è il divieto di tagliare barba e capelli e dunque questo è il turbante. Altre domande, signor tenente?»

«No, proceda pure.»

Samir intonò una preghiera, poi si accovacciò ai piedi della catasta e accese i ramoscelli in più punti. All'inizio il fuoco tardò a partire, ma all'improvviso dal mare si alzò un forte vento e le fiamme montarono alte. L'odore divenne presto insopportabile. Dapprima l'ufficiale britannico si tenne un fazzoletto pigiato sul volto, poi, tossendo, si allontanò nel fumo.

Stava per calare la sera. Samir era ormai solo una silhouette nera contro le fiamme. Carne nell'acqua poche ore prima, ora era carne contro fuoco.

Giuditta se ne andò. Non raccontò mai a nessuno quello che aveva visto quel giorno.

36
Ancona, marzo 1945

I bombardamenti e la paura erano lontani ed era rimasta solo la fame, ma a quella ormai erano abituati. Giovanni decise quindi che era ora di parlare del matrimonio. E soprattutto di liberarsi del peso che la madre gli aveva caricato addosso.

Quel pomeriggio sapeva che Tobia e il padre sarebbero andati in giro a vendere certi orologi americani che avevano appena acquistato, e che nell'appartamento che guardava il porto lui e Giuditta sarebbero stati soli. Così avvenne.

Dopo molti baci e molte esitazioni, finalmente Giovanni trovò il coraggio.

«Ho parlato con mia madre.»

«Di cosa?»

«Del matrimonio.»

«Cosa c'entra tua madre?»

«C'entra.»

«Perché?»

«Per via della chiesa.»

«Quale chiesa?»

«Quella dove ci sposeremo.»

«Se ci sposiamo in chiesa dovrò convertirmi. Non mi sono convertita per i fascisti e nemmeno per i nazisti, figuriamoci se mi converto per tua madre.»

«Nessuno ti chiede di convertirti. Mia madre ha trovato un aggiustamento...»

«E sarebbe?»

«Un prete suo amico è parroco di un paesino fuori Ancona. Lei gli ha parlato del nostro caso e...»

«Quale caso? Non c'è nessun caso.»

«Giuditta, mia madre vuole che mi sposi in chiesa. Non c'è nulla di male...»

«Allora sposa una cristiana.»

«Ma io voglio te. Sarà una cerimonia particolare e tu non dovrai convertirti.»

«Ci sposiamo in chiesa, ma io rimango ebrea e tu cristiano?»

«Proprio così.»

«E il matrimonio sarà valido a tutti gli effetti?»

«Sì.»

«Niente inchini a santi e madonne?» chiese arrogante Giuditta, ma si pentì accorgendosi di avere nostalgia delle statue dei Della Seta.

«Niente inchini e niente santi né madonne. Sarà un matrimonio in sagrestia.»

«E cos'è la sagrestia?»

«Una stanza dove i preti tengono candele e libri e dove si cambiano d'abito.»

«Per far piacere a tua madre ci dobbiamo sposare in uno sgabuzzino?»

«Non è uno sgabuzzino, ma dovremo farlo alle sette del mattino e senza invitati. Come Renzo e Lucia.»

«Di nascosto? Vuoi che ci sposiamo di nascosto perché tua madre si vergogna?»

«È l'unico modo perché io mi sposi in chiesa e tu non debba convertirti.»

«C'è dell'altro?»

Giovanni abbassò gli occhi e pronunciò l'ultima frase senza guardarla:

«Dovrai promettere di battezzare i nostri figli e di educarli come dei buoni cristiani.»

Giuditta lo fissò come fosse trasparente. Al rallentatore si alzò e si diresse verso la porta, ma si fermò sulla soglia.

Non aveva attraversato la guerra per sentirsi offrire insieme uno scambio e un tradimento.

Le tornò in mente il Gesù col cuore sanguinante che troneggiava all'ingresso della casa dei Della Seta e per un istante si sentì come lui, dolente e ferita. Era stanca di sanguinare. Basta lacrime, la sua guerra era finita. Meglio scegliere santa Lucia.

Fuggendo di nascondiglio in nascondiglio, Giuditta era diventata donna senza essere mai stata ragazza. E, ogni volta che il rimpianto per la giovinezza perduta le aveva azzannato il cuore, aveva ripescato il rossetto color fiamma della signora Della Seta e se lo era passato sulle labbra.

La sua adolescenza era stata divorata dalla guerra e quel rossetto ormai era finito. Ma le era rimasto Giovanni. Il ragazzo con le pagliuzze dorate negli occhi con cui aveva fatto l'amore nei fienili e che le portava il pane pedalando fin sulla collina dove si era nascosta.

Tanto valeva prendersi quello che le spettava. A costo di togliersi quegli occhi troppo grandi, che avevano visto il buio e la paura, e metterli nel piatto come santa Lucia. L'importante era tenerli sempre bene aperti.

37

Ancona, marzo 1945

«Giovanni vuole sposarmi!»
«Era pure ora...» rispose il padre divertito.
Era un uomo di sostanza. Non gli erano sfuggite le fughe notturne di sua figlia nel casale in cima alla collina, ma, poiché alla legge lui non aveva mai dato troppa importanza e considerava Giovanni e Giuditta già sposati, quel giorno continuò a rimuovere meticolosamente le squame del pesce che aveva appena comprato al mercato.
«Vuole sposarmi in chiesa. Ma non dovrò convertirmi, rimarrò ebrea.»
Il padre non rispose.
«Non dici nulla?»
«Giovanni è un bravo ragazzo. Tu lo ami e lui ti ama.»
Con le forbici tagliò via le pinne del dorso e del ventre.
«Forse non hai capito, il matrimonio sarà celebrato in sacrestia, quasi di nascosto. Si vergognano di me. Si vergognano di noi.»
«Peccato, Giovanni lo facevo più intelligente.»
«È sua madre che vuole così.»
«Sei sicura di voler sposare un uomo che non sa dire di no a sua madre?»
«Lo amo. E Giovanni ci ha salvato la vita. Senza di lui

non saremmo qui, tu a spinare la sogliola e io tormentata dai dubbi.»

«La gratitudine non vuole prezzi. Non ti sentire in debito con lui. Scegli liberamente il tuo destino. Al mondo ci sono molti altri uomini. Vuoi sposare un ebreo?»

«No, voglio Giovanni.»

«E allora sposalo.»

Con il coltello praticò una piccola incisione, con la mano avvolta in uno strofinaccio afferrò saldamente la coda e, tirando la pelle scura del dorso in direzione della testa, liberò la sogliola. Poi la rovesciò trattenendola con il palmo e ripeté l'operazione con la pelle pallida del ventre. Infine, delicatamente, tirò fuori le viscere con le dita.

«Papà, sono stanca di sentirmi diversa. Fascisti e nazisti hanno perso la guerra ma noi restiamo...»

«Pesci di seconda scelta?»

«Sì.»

«Ti sbagli. Noi siamo il sale della terra.»

La sirena di una nave che stava entrando in porto tagliò il silenzio.

«Ti ho mai raccontato del mio amico di Orano che si dannava perché non riusciva a vendere i suoi tessuti agli ebrei ortodossi di Anversa?» Senza aspettare la risposta passò più volte il pesce sotto l'acqua corrente. «Scoprì il mistero per caso, quando vide uno di loro tagliare dalla pezza di tessuto un angolino, e con una pinzetta controllare la fibra sotto una lente d'ingrandimento. Dopo l'operazione, cortesemente declinavano l'acquisto.»

«Era di cattiva qualità?»

«No. Ma era stata tessuta mettendo insieme lino e cotone, e la Legge proibisce di mischiare fibre diverse in una sola stoffa.»

«È una follia.»

«Forse, fatto sta che mischiare lino e cotone è di gran moda. Ho appena acquistato trenta camicie di questo tessuto e le ho vendute tutte. Nessuna a un rabbino, ma mi accontento.»

Restarono a lungo in silenzio.

«C'è qualcos'altro che vuoi dirmi.»

«Sì. Questo matrimonio prevede una condizione.»

«Quale?»

«Dovrò promettere solennemente che se nasceranno dei figli li crescerò cristiani.»

«Che onore...»

Il padre stava per togliere la spina dorsale, operazione che amava fare portando via in un solo colpo lisca e spine. Ma quella volta, inaspettatamente, resisteva.

«Dillo, rimarrò il sale della terra anche con figli cristiani?»

«Soprattutto.»

«Dovrò battezzarli...»

Il padre liberò il pesce dalla lisca con un colpo solo. La sogliola mostrò il negativo delle spine appena tolte. Era stato facile.

«Di che cosa hai paura? È solo un po' d'acqua. Non ha mai fatto male a nessuno.»

ESTHER

1

Roma, 9 ottobre 1991

Pochi minuti prima dell'appuntamento, quando un fulmine ridisegnò con un bagliore violetto i contorni della stanza, Esther ebbe un brutto presagio. Ma era troppo tardi per tornare indietro.

Dopo un divorzio e il naufragio di qualche amore, aveva scoperto la solitudine. Dormire al centro del letto, avere più spazio nell'armadio, bere un bicchiere di vino da sola e partire senza avvertire nessuno erano libertà che non escludevano gli uomini ma li tenevano al loro posto.

A convincerla ad accettare l'incontro con uno sconosciuto era stato il suo nome: così esotico da sembrare inventato, prometteva lenzuola aggrovigliate e notti insonni. Ma il proprietario di quel nome non era a caccia di avventure. Ruben Pardes si era messo in testa di sposarla.

Bassa e sabbiosa, la sua voce risuonò al citofono:
«Non prenda l'ombrello: ci sono io.»
Non era la prima volta che le capitava di salire nell'automobile di uno sconosciuto, ma tassisti, autisti a noleggio o piloti di ambulanze non hanno in mente di sposarti e difficilmente offrono protezione.

"Fanno tutti così, all'inizio" pensò Esther pescando a pie-

ne mani dalla corazza di cinismo che si era cucita addosso.
"Dopo, o arrivi con l'ombrello o ti bagni."

A proporre quello strano appuntamento era stato Daniele, il cugino notaio, a cui il divorzio di Esther sembrava una ferita da sigillare in fretta prima che i lembi cicatrizzassero malamente.

«Sei troppo giovane per rimanere sola e troppo in là con gli anni per sbagliare un'altra volta» le aveva raccomandato qualche giorno prima. «Ruben Pardes è l'uomo giusto per te. Vuole sposarsi, ed è anche ebreo.»

«Ho trentasei anni e non ho bisogno di mariti.»

«Sbagli, Esther, un marito serve.»

«A me non è servito.»

Daniele non era tipo da lasciarsi scoraggiare facilmente.

«Non posso raccontarti di più, mi aspetta un rogito complicato. Fidati di me, incontralo.»

«Vuoi che esca con un perfetto sconosciuto?»

«Con uno sconosciuto imperfetto che ha intenzione di sposarti. Dovrai pur sistemarti prima che sia troppo tardi.»

«Con un matrimonio combinato?»

«Anche quello dei nostri nonni è stato combinato dalle loro famiglie. Promettimi che ci penserai. Se l'affare non ti convince, puoi sempre dire di no.»

«Un affare?»

«Proprio così. Dammi retta, accetta.»

Per Esther accettare era sempre stato più facile che rifiutare. Come molti della sua generazione, con gli amori, con le amicizie e con i lavori procedeva per accumulo. Un'infelicità promiscua è sempre più economica di una scelta. Forse pensò che tanto valeva aggiungere un altro scalpo alla sua collezione di sbandati, e che avrebbe sempre potuto ferirlo rifiutando un secondo incontro. Forse, dopo aver preso molti schiaffi, aveva voglia di assestarne qualcuno lei: per assaporare il gusto di darle invece che di prenderle, scoprendo magari di non riuscire più a farne a meno. O forse si trattò solo di curiosità. Una proposta così singolare non sarebbe capitata una seconda volta. Aveva accettato.

Pioveva a dirotto. Non appena Esther varcò il portone, da una berlina grigia sbucò un ombrello nero.

«Ruben Pardes, lieto di conoscerla» disse la voce sabbiosa da sotto la cupola del parapioggia, mentre il misterioso proprietario le avvolgeva la mano in una stretta calda e rassicurante.

Un ombrello accorcia le distanze. Così, senza troppi preamboli, Esther si trovò a un palmo dal volto dello sconosciuto pretendente. Dimostrava quarant'anni o poco più. La carnagione olivastra, gli occhi neri cerchiati da occhiaie profonde, i capelli corvini e pettinati all'indietro, le labbra scure e piene, Ruben aveva un inconfondibile aspetto levantino. Indossava un impermeabile e un abito antracite, ma la cravatta di seta cangiante a piccoli disegni turchese e oro ricordava il rullio di tamburi del suo nome speziato.

Chiusi nell'abitacolo come pesci in un acquario, evitarono di guardarsi. Esther ne approfittò per una rapida perlustrazione: niente foto, accendini, fazzoletti o biglietti da visita, l'auto sembrava appena ritirata da un autonoleggio. L'avvocato Pardes non lasciava tracce.

«Chissà perché, l'avevo immaginata più bassa di statura...» esordì Ruben girando la chiave nel cruscotto.

Lei invece lo aveva immaginato più alto, ma la sua voce avvolgente, espandendosi nell'abitacolo, lo ingigantiva.

L'automobile scivolò nella pioggia dirigendosi verso il centro. Ruben aveva una guida decisa ma senza strappi. Per superare l'imbarazzo, riprese a parlare.

«Assomiglia a suo cugino» sottolineò sbirciandola. «Avete gli stessi occhi» concluse soddisfatto imboccando la strada che correva lungo il fiume.

La fantasia di Esther iniziò a galoppare. Forse il suo pretendente non era interessato a lei, forse era segretamente innamorato di Daniele. Magari era ricambiato, e quella proposta era solo una copertura. Abituata a storie complicate, con poca trama e molti incontri a casaccio, la formalità di quell'appuntamento al buio la disarmava e insieme la attirava.

«Lo conosce da molto tempo?»

«Mi occupo di cause internazionali. Di recente abbiamo seguito insieme un'eredità complicata: cinque eredi, tre continenti e una valanga di soldi da dividere.»

«E come si è conclusa?»

«Ciascuno ha avuto quello che gli spettava.»

Ruben approfittava dei semafori per guardarla con gli occhi del compratore che valuta il tessuto che ha intenzione di acquistare.

«Ha anche gli stessi capelli di Daniele: lisci e color mogano.»

L'osservazione del suo singolare pretendente la fece riflettere su come sia sufficiente un buon parrucchiere per ingannare un uomo.

«A cosa pensa?»

«A nulla.»

«Impossibile, ha sorriso...»

Impossibile non rispondergli.

«Riflettevo sui caratteri ereditari. I miei parenti da parte di padre sono bruni e di carnagione scura. Mentre da parte di mamma sono equamente divisi tra biondi e bruni. A me e Daniele sono toccati i capelli scuri, ma poteva andare diversamente.»

«Suo cugino mi ha detto che sua madre è di origine sefardita. Tra i sefarditi i capelli chiari sono una rarità.»

«In una diaspora di due millenni, un amore travolgente con un biondo askenazita ci sarà stato di sicuro.»

Liquidare le due religioni della sua famiglia come una bega tricologica era una leggerezza, tirare in ballo l'amore e la diaspora prima di sedersi a tavola era di sicuro un azzardo. Lo capì dal silenzio imbarazzato che accompagnò i pochi chilometri che li separavano dal lussuoso ristorante kasher dove il suo pretendente tardivo la stava portando.

Aveva prenotato una saletta al riparo dagli sguardi: le posate e i cristalli scintillavano alla luce calda delle candele e, adagiato su uno dei tovaglioli, spiccava un mazzolino di gelsomini trattenuti da un nastro azzurro.

«Gelsomini a ottobre?»

«Amo il loro profumo e so come procurarmeli in ogni stagione dell'anno.»

Ruben ordinò un Cabernet del Golan, sciolse con cura meticolosa l'origami del tovagliolo, e arrivò subito al punto.

«Quando suo cugino l'ha informata delle mie intenzioni, avrà pensato di incontrare un pazzo.»

«Sì» rispose Esther guardandolo dritto negli occhi con un lampo d'ironia.

«Perché ha accettato?»

Confessare al suo pretendente che tutti gli uomini della sua vita avevano almeno una nonna ebrea nell'albero genealogico sarebbe stato imprudente. Rivelargli che sapeva riconoscere un ebreo da piccoli segnali impalpabili sarebbe stata un'inutile vanità. Confidargli quanto l'intreccio di identità religiose in cui era cresciuta può complicare la vita sarebbe stata un'ingenuità imperdonabile. Per spiegare l'inspiegabile c'era tempo.

«Ho accettato perché lei ha un nome da cinema.»

«Da cinema?»

«Insolito, stravagante, avventuroso.»

«La mia proposta di avventuroso ha solo l'inizio. Il resto dipende da noi.»

L'arrivo della cameriera offrì a Ruben la pausa giusta. Scorse velocemente il menu, diede la precedenza a Esther e poi scelse a sua volta, senza esitazioni. Sembrava indifferente al cibo, era concentrato solo sul piano di attacco.

Quando furono di nuovo soli, mise le cose in chiaro:

«Quello che voglio proporle è un contratto matrimoniale: un contratto perfetto.»

Con le spalle incassate, le mani intrecciate in un gesto di preghiera e gli occhi malinconici, per un istante quell'uomo misterioso le sembrò un agente di pompe funebri deciso a prospettarle l'acquisto dell'ultimo modello di bara in mogano ma disposto a contrattare sul prezzo delle esequie. Un secondo matrimonio le appariva come un funerale?

Ruben le servì il vino con un gesto elegante e senza versarne una goccia.

«Non abbiamo più vent'anni. E abbiamo già conosciuto la passione. Prima fiamma e qualche volta incendio, poi brace e infine cenere. Perché lasciarci guidare da un sentimento di cui conosciamo la fragilità, quando abbiamo entrambi l'età per decidere secondo ragione?»

Di proposte stravaganti Esther ne aveva ricevute molte: puntare l'intera posta su un numero secco in un casinò oltre confine, un tiro di cocaina, un viaggio in motocicletta dall'altra parte del mondo, l'amore a tre. A volte aveva accettato, altre no. Ma a nessuno era mai venuto in mente di offrirle un contratto perfetto.

«Perché ha bisogno di un contratto?»

«Perché credo nelle regole. E con l'aiuto delle regole vorrei scegliere mia moglie e la madre dei miei figli.»

«E l'amore?»

«Isacco sposò Rebecca a quarant'anni. Prima la sposò e poi l'amò.»

Le labbra scure di Ruben si fermarono sull'orlo del bicchiere quanto bastava perché Esther ne valutasse la morbidezza e la consistenza. Mentre lui parlava di contratti e di regole, lei già immaginava come sarebbe stato baciarlo. Non si bacia un contratto, al più lo si firma, e, poiché l'uomo che aveva davanti sembrava più ansioso di porgerle una stilografica che le labbra, distolse lo sguardo.

«Non voglio scegliere in base alla passione, quella semmai verrà dopo, e sarà la benvenuta. Ma quando, com'è inevitabile, scemerà, sarà l'alleanza a tenere unita la famiglia. L'amore è patto, non solo turbamento ed eccitazione.»

Come tutti quelli della sua generazione, Esther era sempre stata convinta del contrario. Da dove sbucava questo quarantenne che parlava come un vecchio? Dove era cresciuto, e perché era così diverso dagli uomini che aveva conosciuto fino ad allora?

"È un avvocato, il suo contratto perfetto non può che essere disseminato di trabocchetti" pensò, mentre con gli occhi cercava l'uscita di quella saletta decisamente troppo romantica per i contraenti di un'alleanza che assomigliava a un ergastolo.

Ruben sembrò leggerle nel pensiero:

«Non abbia paura. Ci incontreremo di nuovo. Nel frattempo io stilerò il documento e lo discuteremo insieme. Condizione vincolante è che la mia futura moglie sia un'ebrea e che i figli ricevano un'educazione ebraica. Quanto al resto, lei potrà proporre modifiche, introdurre clausole e sottoporre il contratto a una persona di sua fiducia. Una volta d'accordo, lo firmeremo. Solo a quel punto potremo sposarci.»

"Continua a darmi del lei mentre si offre di legarmi a lui per sempre" rimuginava Esther.

«Perché ha scelto di proporlo proprio a me?»

«Perché non l'ho mai vista prima. Ci conosceremo a partire dall'accordo che le sottoporrò.»

"Un ebreo perfetto vuole proporre un contratto perfetto a un'ebrea imperfetta?" pensò Esther sbalordita. Decise di sfidarlo.

«L'imperfezione è sempre in agguato... Mio cugino le ha detto che sono ebrea solo per metà?»

«La metà che conta. Sua madre lo è, dunque lei è ebrea. Il resto è irrilevante.»

"Che arroganza! Erano dunque irrilevanti suo padre, il

presepe, il profumo dell'incenso e le statue dei santi?" pensò Esther sbigottita.

«Forse non sa che sono battezzata, cresimata e comunicata. E che ho persino studiato dalle suore.»

«Daniele mi ha accennato anche a questo ma, insisto, per me sono dettagli ininfluenti» tagliò corto Pardes con un sorriso beffardo.

«Sarebbe più saggio proporre lo stesso "contratto perfetto" a donne altrettanto sconosciute ma almeno ebree al cento per cento. Perché ha preferito me?»

«Perché volevo una Cohen.»

«Una mezza Cohen...»

Ruben non rispose. Aveva gli occhi tristi e l'aria stanca di chi stava lavorando fuori orario.

«Lei non sa nulla della mia vita.»

«So che è stata sposata.»

Allungando il braccio per riempirle il bicchiere, Ruben agganciò di nuovo il suo sguardo.

«Abbiamo tempo e io ho molte domande per lei. La più importante: perché non ha avuto figli?»

La mano di Esther strinse il tovagliolo che aveva in grembo. Un riflesso automatico che la stupì.

«Non può averne?» incalzò Ruben. «Per me è fondamentale saperlo ed è un aspetto decisivo del contratto che intendo sottoporle.»

D'improvviso a Esther tornò in mente il sangue di quel giorno. Una casa dove non era mai stata prima e dove non sarebbe mai più tornata, il corpo disteso, le gambe divaricate e nei timpani il rumore martellante della macchina che comprimeva l'aria per aspirare quello che rimaneva del suo bambino che non sarebbe mai venuto al mondo.

«Posso averne, sì.»

«Perché non ne ha avuti?»

Per la prima volta la verità le apparve in tutta la sua crudezza. Quello strappo, quel sangue e quella colpa le avevano impedito di ammettere che suo marito figli non ne voleva. E neppure lei. E che quel matrimonio, anche se era durato anni, era finito da subito.

«Lui non voleva figli?»

«No. E io non ne volevo da lui.»

«Perché lo ha sposato?»

La fucilata di Ruben la colpì in pieno petto. L'ingresso della cameriera con lo champagne e il carrello dei dolci la salvò da una risposta che non riusciva nemmeno a formulare. Uno sconosciuto stava riaprendo le sue ferite con il bisturi di domande ineludibili. Valeva la pena di essere autentici? Troppa sincerità avrebbe rischiato di trasformarli in amici. O erano già nemici? Meglio centellinare la verità come lo champagne millesimato che stava assaporando, meglio spiarsi attraverso la fiamma delle candele protetti dalla barricata di cristalli che frantumava i loro sguardi in un caleidoscopio.

«Al centro della vita c'è l'alleanza tra l'uomo e l'Eterno. E un contratto deve esserci tra l'uomo e la donna che dello Shabbat è la regina. Quando sua madre il sabato accende le candele...»

«Non le accende mai.»

«Peccato.» Ruben accennò un brindisi per uscire dall'imbarazzo e continuò: «Ogni giorno della settimana è sposato con un altro: la domenica con il lunedì, il martedì con il mercoledì e il giovedì con il venerdì. Il sabato è solo, pronto all'incontro tra lo sposo e la sposa».

Alla luce delle candele, il biondo paglierino dello champagne si era trasformato in oro fuso. Esther si sentiva leggermente euforica ed era ormai certa di avere davanti un visionario fissato con le tradizioni, i contratti e lo Shabbat. Conosceva da sempre la danza di gesti e parole della cerimonia del venerdì sera a casa dei cugini. Quella misteriosa sospensione del tempo e dello spazio, quel vuoto cercato settimana dopo settimana, con determinazione, per millenni, e pronto a essere riempito per i millenni successivi.

«Al tramonto è la moglie a dare il via allo Shabbat accendendo due candele con gli stoppini attorcigliati, simbolo del matrimonio che intreccia le vite degli sposi. Si copre gli occhi, stende le mani muovendole verso il cuore sopra le fiammelle e recita la benedizione.»

«Perché si copre gli occhi?»

«Solo dopo la benedizione può guardare la luce delle candele che annuncia il nuovo giorno. Sei anni di schiavitù e il settimo anno la liberazione, sei candele ai due lati e la settima al centro. Il numero sei rappresenta il mondo visibile, il sette è l'invisibile. All'invisibile è dedicato lo Shabbat, il futuro invisibile di cui siamo responsabili, il futuro dei figli che verranno.»

Amici, amanti o colleghi, con gli uomini Esther parlava di lavoro, di politica o magari di vecchi amori. Mai di candele e di futuro. Ruben Pardes era un uomo fuori dal tempo ma la sua voce sabbiosa la portava lontano.

«Mi sono persa molte cose.»

«Può sempre ritrovarle.»

«Con il contratto perfetto?»

«Sono un avvocato e vivo di contratti. Il contratto aiuta a definire il campo di gioco, a stabilire le regole, a calcolare i rischi, a prevedere gli incidenti. E garantisce le parti in gioco. Si è mai sentita garantita, Esther? Si è mai sentita protetta?»

«Mai.»

2

Roma, 9 ottobre 1991

Una stretta di mano e un inchino appena accennato conclusero la serata più strana della vita di Esther.

«Le sto proponendo un'alleanza» le sussurrò Ruben trattenendole la mano il tempo sufficiente a trasmetterle forza e calore. «Non ho fretta, ma non lasci cadere la mia offerta. Per metterla a punto dovremo incontrarci di nuovo. Cosa ne dice della prossima settimana, sempre mercoledì, alla stessa ora?»

Un mezzo sorriso di conferma sotto l'ombrello frustato dalla pioggia le sembrò abbastanza per lasciare aperto lo spiraglio per la fuga. Esther aveva un ottimo motivo per non rivederlo: aveva confessato più verità in quelle due ore a un perfetto sconosciuto che in dieci anni alla sua psicoanalista. Senza aggiungere altro, Ruben si allontanò sotto una pioggia che si era trasformata in grandine.

Barricata nel letto, con le lenzuola fino al mento come quando era bambina, Esther continuava a rimuginare sulle granitiche certezze del suo strampalato pretendente, convinto di poter depennare con un contratto l'educazione cristiana, senza mettere in conto che al momento giusto la metà cancellata si sarebbe potuta vendicare.

Avrebbe dovuto spiegare a quel saccente che era ebrea per gli ebrei e cristiana per i cristiani, e che ciascuna delle due parti, diffidando dell'altra, rivendicava la propria supremazia. Avrebbe dovuto confidargli quanto era stato complicato mantenersi in equilibrio sul filo, bilanciando i pesi di due identità. Avrebbe dovuto raccontargli come le cose si complicano quando a Natale si costruisce il presepe a casa propria e a Sukkoth la capanna a casa degli zii, e quando si mangia il prosciutto sapendo che è una delizia per gli uni e cibo impuro per gli altri. Avrebbe dovuto descrivergli i pomeriggi con i cugini quando, dividendosi in bande, si litigava per chi avrebbe dovuto fuggire e chi inseguire, per chi avrebbe fatto l'indiano e chi il cowboy, chi l'ebreo e chi il nazista.

I film western si somigliano tutti, ma quegli inseguimenti per Esther non erano un film. Erano il suo album di famiglia.

Mentre si sforzava di acciuffare il sonno, si rese conto che aveva squadernato la propria biografia alle ispezioni dell'insolito spasimante, ma aveva dimenticato di interrogarlo sulla sua. Dove era cresciuto e dove aveva studiato? Quali donne avevano attraversato la sua vita? Il passato dell'integerrimo avvocato Pardes era ancora un mistero.

La grandinata cessò. L'effetto dello champagne cancellò i punti interrogativi allineati come soldatini nella trincea delle paure, e finalmente Esther scivolò in un sonno profondo.

All'alba, un incubo spaventoso la svegliò di soprassalto. Due candele con gli stoppini intrecciati la inseguivano lungo un cunicolo e appiccavano il fuoco al letto trasformandolo in un roveto ardente. In un bagno di sudore e con il cuore in subbuglio, non riuscendo a riprendere il sonno, decise di cancellare l'incubo con un caffè doppio. Intanto il sole si era fatto strada tra gli ultimi gomitoli di nuvole gonfie di pioggia, lontane all'orizzonte. Si preparava una bella giornata. Senza pioggia, senza Ruben Pardes e senza contratti.

Il profumo del caffè, il calore della tazza e i biscotti tuffati nel liquido scuro, per un istante, la riportarono all'impudico mercato d'intimità della sua famiglia. A colazione, a casa Giusti c'era la singolare consuetudine, inaugurata dalla madre di Esther, di raccontare i sogni della notte precedente, azzardando interpretazioni e trasformando i brandelli d'irrealtà in una trama di profezie. Il fratello maggiore, Beniamino, era il più riservato e diffidente; Sarah, la seconda, la più prolifica; il piccolo Iacopo il più sorprendente; Esther la più spericolata; Giovanni, il padre, il più divertente; Giuditta, la madre, di gran lunga la più fantasiosa. Era lei a suggellare il sogno di ciascuno con uno dei suoi "Amèn". Con quell'accento definitivo, un martello a battere come una sentenza, l'"Amèn" della madre era quello degli ebrei, che significa "vero", "sicuro" e insieme "con forza". Quale granitica verità custodiva Giuditta? E a cosa aveva resistito con forza facendosi scudo con i suoi incrollabili "Amèn"?

La lussureggiante esibizione mattutina di inconscio della famiglia Giusti, molti anni dopo, le avrebbe fatto sembrare le sedute dalla psicoanalista un noioso lavoro di bricolage. Ma, per sciogliere i significati del sogno angoscioso di quella notte, Esther non aveva bisogno dell'allenamento maturato nelle colazioni in famiglia. Per interpretare quell'incubo non serviva la psicoanalista, bastava un idraulico, o meglio ancora un pompiere.

Sorseggiando il caffè, Esther si ripromise di non raccontare a nessuno dell'incontro con l'avvocato Pardes, e tantomeno del contratto perfetto.

"Ne hai abbastanza dei tuoi mezzi ebrei e decidi di passare all'ebreo intero? Fai pace con te stessa, piuttosto" avrebbe di sicuro commentato tagliente la madre.

Al contrario la sorella Sarah l'avrebbe di certo spinta ad accettare l'offerta:

"È matto, dunque perfetto per te."

"Nessun uomo vuole più sposarsi e tu ne trovi uno che ti fa firmare addirittura un contratto... Acciuffalo al volo! E, se non lo fai, almeno presentacelo che ci convertiamo tutte" avrebbero concluso ridacchiando le sue amiche.

Mentre sciacquava la tazza, Esther pensò che erano molte le cose di quell'uomo che non le quadravano. La sua voce ipnotica era una duna dove affondare fino alle caviglie, ma la sua ostinazione lo faceva assomigliare a un animale ammaestrato abituato a ripetere un unico gesto all'infinito. Perché aveva bisogno di aggrapparsi alla zattera del contratto? E quali tempeste aveva attraversato quell'instabile amalgama di affascinante malinconia e tenace caparbietà?

Alle otto in punto, squillò il telefono. Era il cugino che la chiamava a rapporto.

«Allora, come è andata con Ruben?»

«Giurami che non farai parola con nessuno dell'appuntamento di ieri sera.»

«Puoi contare sulla mia discrezione. Un affare è un affare.»

«L'avvocato Pardes lo è?»

«Se non lo fosse non te lo avrei proposto. Ha studiato Diritto internazionale a Harvard, ha preso una seconda laurea in Svizzera e da pochi mesi ha affidato al socio lo studio di Ginevra per aprirne uno a Roma. È un avvocato d'affari molto stimato...»

«Perché non si è mai sposato?»

«Lo ha fatto.»

«Ma allora che razza di matrimonio perfetto mi sta proponendo?»

«Non si è mica sposato in sinagoga. Solo un matrimonio civile, proprio come il tuo.»

«Sai anche con chi?»

«Un'ungherese. Una cattolica. Credo che lo abbia fatto molto soffrire. Tradimenti, leggerezze... E poi...»

«Poi cosa?»

«Gli ha mentito. Non voleva avere figli e, a sua insaputa, ha interrotto una gravidanza. È scoppiato l'inferno.»

«E lei che fine ha fatto?»

«È morta. Un'infezione a seguito dell'aborto. Ruben non si è dato pace.»

La tempesta che poco prima Esther aveva immaginato si materializzò. E la malinconia e la caparbietà di Ruben, magicamente, si saldarono. Ma fu solo un'istante.

«Mi proponi di sposare un vedovo, pieno di rancori e desideroso di rivincite?»

«Ti propongo un ultimo treno. Ma non è un regionale, è un Orient Express. Ruben Pardes è colto, ricco e molto affascinante. Ha l'età giusta, ed è un uomo determinato...»

«Perché non lo sposi tu? Ti giro il suo contratto.»

«Non scherzare. Ha intenzioni serie e, se tutto fila liscio, ti sposerà.»

«Che onore... Il tuo avvocato ha deciso di fare progressi. Dopo una moglie cento per cento cristiana, vuole sposare una mezza ebrea.»

«Rassegnati, per Ruben sei ebrea al cento per cento. Ricordati che sei una Cohen e questo per Pardes ha il suo peso. Fai il tuo gioco, e aggiornami sugli sviluppi.»

Con l'acca o senza, Cohen, più che il nome di una famiglia, per gli ebrei è una sorta di titolo nobiliare. Eppure Giuditta aveva sempre dato l'impressione di non badarvi più di tanto. L'orgoglio per il suo cognome era rispuntato, inaspettatamente, quando Esther aveva presentato in famiglia quello che sarebbe diventato il suo primo e unico marito, Filippo Bonanni. Arrivare con un promesso sposo psicologo pochi mesi dopo il divorzio di sua sorella Sarah da un famoso psichiatra non era stata una buona idea.

«Almeno tu potevi scegliere un parrucchiere» era stato il commento sferzante della madre. «Sempre di teste si occupa, ma almeno sarebbe utile a tutta la famiglia. A proposito, qualcuno può procurarci una nipotina di Freud che impalmi Beniamino? O una neurochirurga da far conoscere a

Iacopo scopo matrimonio? Così magari alla nostra famiglia riesce l'*en plein*» aveva concluso Giuditta con una delle sue iperboli che lasciavano poco spazio alle repliche.

A dirla tutta, Filippo Bonanni si presentava bene: elegante, sempre sorridente, e con quella vernice di affettazione che in una famiglia convenzionale avrebbe riscosso un qualche successo. Purtroppo la famiglia di Esther convenzionale non lo era mai stata. E lui se ne era subito accorto.

«Ho un piccolo regalo per i futuri suoceri» aveva esordito incautamente appena sbarcato sul divano del salotto il giorno della presentazione a casa Giusti. «È lo stemma della mia famiglia, di cui presto farà parte anche Esther: un felino in campo oro», e aveva depositato nelle mani di Giuditta uno stemma nobiliare circondato da un passe-partout color salvia e da una cornice di radica.

«Molto interessante» aveva esordito il padre di Esther a cui quel genero distinto e gran giocatore di biliardo andava a genio, già immaginando interminabili partite in qualche bisca fumosa, geometrie di tiro e gessetti passati sul puntale della stecca.

«Davvero bello!» aveva commentato soave la madre di Esther guardando sorniona il futuro genero e, dopo aver orientato il quadro a favore del cono di luce dell'abat-jour alle sue spalle, aveva concluso: «Perfetto per una collana di libri gialli».

Filippo aveva incassato il colpo con eleganza.

«I Bonanni sono nobili dal 1600», e aveva proseguito con orgoglio: «Nobiltà d'armi, non come i titoli distribuiti da papi e regnanti a destra e a manca».

«Ah, be'... Allora siamo al sicuro» aveva ammesso Giovanni con un guizzo di ironia.

«Dunque la sua famiglia risale al 1600?» aveva chiesto Giuditta con un sorriso ineffabile stampato sulle labbra.

«Per l'esattezza al 1626» aveva risposto orgoglioso Filippo.

«Fantastico... Mi corre l'obbligo di farle sapere che il mio cognome, Cohen, risale ad Aronne, il fratello di Mosè. Dunque, secolo più secolo meno, possiamo datarlo al 3000 avanti Cristo...»

Filippo aveva deglutito. La palla araldica tirata sul tavolo verde della famiglia Giusti aveva incontrato in Giuditta una sponda resistente. Con lei, difficilmente sarebbe andata in buca.

A far colpo su Esther, d'altronde, non era stato lo stemma di famiglia. E tantomeno il privilegio di essere iscritta all'"albo della nobiltà", che sua madre chiamava con malcelato disprezzo "album". A folgorarla era stato il cognome della madre di lui: Soncino. "È il nome di una città, dunque deve essere un cognome ebraico" aveva pensato. E aveva visto giusto. Anche se quei Soncino si erano convertiti al cristianesimo alla fine dell'800, il cognome della futura suocera era bastato a renderle familiare l'uomo che conosceva solo da un mese ma che aveva deciso di sposare. Le era sembrato un lasciapassare, e insieme una garanzia sulla durata dell'unione. Un filo con cui ricucire i lembi di una ferita. L'amore non è una questione di ago e filo. Come aveva potuto pensare che il rammendo avesse più fascino dello strappo?

Per Esther l'identità era come un flusso di liquidi tra due vasi troppo comunicanti. Possedeva due passaporti e a ogni passaggio di frontiera doveva mostrare quello giusto.

Ufficialmente iscritta alla religione del padre, governata da un Dio affettuoso e disposto a chiudere un occhio su tutto, aveva allestito il presepe, pregato in chiese rivestite di stucchi dorati e profumate d'incenso, collezionato immagini di santi. Registrata d'ufficio alla religione della madre, retta da un Dio severo che era proibito persino nominare, aveva amato il lamento oscuro dello Shofar nelle sinagoghe senza affreschi e senza statue ed era stata ipnotizzata dalla melodia aspra e graffiante di una lingua millenaria.

Ma il Dio della madre era arrivato prima e, orgoglioso

del vantaggio, guardava l'altro Dio dall'alto in basso come un fratello maggiore.

Il passaporto cattolico partiva svantaggiato. Figlio unico di genitori morti subito dopo la guerra, Giovanni Giusti non aveva da offrire ai figli l'affetto di nonni, zii o cugini della sua stessa religione, mentre il passaporto ebraico godeva di una pletora di parenti, di primo, di secondo e di terzo grado, rumorosi, affettuosi e avvolgenti. Una quotidiana invasione che aveva garantito a Giuditta una sorta di risarcimento ma aveva trasformato i suoi quattro figli in ibridi felici e tormentati.

Le feste religiose, seppure accuratamente divise, finivano inesorabilmente per mischiarsi. A Natale i cugini Cohen aiutavano a decorare l'albero dei Giusti e per Hanukkah i Giusti spiavano la fiammella delle candele dei Cohen. Le Pasque erano, salvo rarissime eccezioni, in date diverse e diversamente vissute: i Cohen in fuga dall'Egitto da tremila anni e i Giusti che festeggiavano la resurrezione di un ebreo che i Cohen non riconoscevano come Messia.

L'apoteosi avveniva nella casa che le due famiglie affittavano insieme d'estate, dove nel frigorifero venivano sistemate due grandi scatole di plastica a tenuta ermetica: quella con la scritta "Giusti" piena di salame e prosciutto, quella con la scritta "Cohen" con dentro la bresaola. La famiglia Giusti era allegramente colonizzata dai Cohen e a Esther i cugini ebrei non erano mai sembrati diversi, semmai troppo uguali a loro stessi. Quelli diversi erano i Giusti.

Nonostante lo stemma nobiliare, il biliardo e la famiglia della mamma convertita, il matrimonio di Esther con quell'ebreo al venticinque per cento era durato otto anni, mentre quello di Giuditta con Giovanni, cristiano al cento per cento, era durato tutta una vita. I suoi amori successivi, sempre con uomini con cui il rammendo delle identità era favorito da un qualche legame con la religione di Giuditta, erano comunque falliti. E se invece di accontentarsi della mezza mela, per una volta, Esther avesse puntato alla mela intera? Se il contratto e il matrimonio con quell'avvocato ostinato fossero riusciti a far combaciare le due identità?

Mancavano sette giorni al successivo appuntamento con il suo pretendente tardivo ed Esther, sulle prime decisa a rifiutare un secondo incontro, cominciava a ricredersi. Voleva scoprire qualcosa di più su quell'uomo e sul suo contratto perfetto. Voleva sentire ancora la sua voce sabbiosa.

3

Roma, Golf Acquasanta, 10 ottobre 1991

Ruben impugnò un ferro sette e la palla volò. Solcò il cielo come un uccello e si tuffò nella profondità della buca a cui era destinata.

«Gran colpo!» sottolineò Moses riparandosi dalla luce del sole con la mano. «Il campo è ancora fradicio per l'acquazzone di stanotte, ma il tuo *magic touch* non sembra risentirne.»

«Calcolo, concentrazione e tocco. Si va in buca solo dopo aver colpito migliaia di palle.»

«Eri un insopportabile primo della classe già a Harvard, ma con l'età sei decisamente peggiorato.»

«Pensa al tuo handicap e lavora meglio con il polso.»

«L'Acquasanta è frequentata dagli unici romani che valga la pena di incontrare, ma tu sai che detesto il golf. È uno sport per masochisti. Peggio della matematica, peggio del greco e del latino...»

«Ciascuno gioca contro se stesso. L'avversario più difficile da imbrogliare.»

«A me puoi dirlo, non ti viene mai la tentazione di barare? Magari avvicinare la palla alla buca quel tanto che basta, quando nessuno ti vede...»

«Mai.»

«Ci avrei giurato. A me invece della correttezza non importa un bel niente, vengo qui solo per coltivare delle relazioni. Nella finanza sono indispensabili. Quanto al resto, per me una buca da riempire è il massimo della noia.»

«Sbagli, andare in buca è ristabilire la pienezza e la perfezione del creato.»

«E come la metti con lo strappo del divot?»

«Un'imperfezione voluta e calcolata. Deve essere sottile e lungo e disegnare una leggera curva.»

«Ma è pur sempre una ferita nella perfezione celestiale del percorso.»

«Non è così. Con il divot sollevi la zolla, ma hai l'obbligo di risistemarla come riparazione. Il campo da golf è il giardino dell'Eden. Prima del morso della mela, naturalmente.»

«A proposito di paradiso, guarda come ondeggia quell'Eva in calzoncini rossi che viene giù dalla collina.»

Le gambe tornite di una ragazza che dondolava i fianchi dirigendosi verso di loro avevano attratto Moses, sempre pronto a farsi distrarre dalla bellezza.

«A forza di guardare le donne finirai per perdere di vista il punteggio.»

«Non sarai diventato un mormone con la kippah?»

«Sono stanco di non sapere chi ho nel letto.»

«Addirittura... A proposito, vedi ancora Anita?»

«No.»

«Era la migliore amica di tua moglie, ed è sempre stata pazza di te. Perché non la sposi? Saprai chi hai nel letto, se questo è il tuo problema. È protestante ma può sempre convertirsi.»

«Sei proprio un ebreo riformato, un butta-dentro...»

«Sai come la penso, bisogna aprirsi al mondo e rendere più facili le conversioni. Dobbiamo far entrare tutti nel business proprio come fanno i cristiani. Loro sì che sanno cos'è il marketing delle anime. Un esempio? Il purgatorio. Prima che inventassero il purgatorio, nel Medioevo o giù di lì, le anime potevano andare o in paradiso o all'inferno. Con l'invenzione del purgatorio l'ascensore spirituale è assicurato

e il business delle indulgenze pure. Ma torniamo ad Anita, dammi retta, falla convertire e sposala.»
«Ho in testa qualcosa di meglio di una convertita.»
«Meglio di Anita? Difficile.»
La partita con Moses, pessimo giocatore ma vecchio compagno di college, era un dazio settimanale che Ruben non riusciva a non pagare. La bellezza dell'Acquasanta, la vista dell'acquedotto Claudio e del mausoleo di Cecilia Metella, il profilo della basilica di San Giovanni in Laterano e della cupola di San Pietro all'orizzonte, tutto questo finiva per pareggiare i conti. Terminata la partita, Ruben decise di tornare a casa. Il suo primo appuntamento era nel pomeriggio e voleva godersi la mattinata libera.

Aveva comprato quell'appartamento da pochi mesi e assomigliava agli altri che possedeva in giro per il mondo: tutti all'ultimo piano, tutti lussuosi e tutti tappezzati di quadri, una passione che da una decina di anni si era anche trasformata in una fonte di guadagno. Non amava quella casa più delle altre, forse non ne aveva mai amata nessuna, nemmeno quella che aveva diviso con Agnieszka. Continuava a moltiplicarle per illudersi di riuscire a sentirne almeno una come davvero sua.

L'infanzia solitaria di Ruben ancora lo teneva in scacco. Aveva perso il padre da bambino. Di lui aveva solo ricordi sbiaditi: una gita al lago, una battaglia a palle di neve, e poi a Vienna, stretti nella cabina in cima alla ruota panoramica. Non aveva memoria del funerale, ma ricordava perfettamente il repentino cambiamento della madre. Dopo il lutto, qualunque altra donna si sarebbe attaccata all'unico figlio. Al contrario, lei gli aveva costruito intorno una fortezza di regole circondata da un fossato di freddezza. Aveva anticipato la separazione della crescita scegliendo per lui le scuole più esclusive. I baci e le carezze erano stati sostituiti da una distanza incolmabile. Il college aveva completato il distacco. La ferocia con cui la madre, alla guida dell'azienda, moltiplicava il denaro gliel'aveva fatta apparire come un'estranea. Si incontravano ormai solo nelle vacanze estive, durante le quali lei lo teneva a distanza come un socio inaffidabile.

Sapeva che Agnieszka a sua madre non sarebbe mai piaciuta, e proprio per questo Ruben l'aveva desiderata all'istante. Un mese dopo averla conosciuta, gliel'aveva presentata. Davanti a un'attricetta con gli occhi troppo chiari, il naso troppo rifatto e perdipiù cristiana, lei aveva alzato barricate che Ruben aveva scavalcato d'un balzo con un matrimonio che assomigliava a una fuga. Si erano sposati con rito civile a Las Vegas, giusto il tempo di scambiarsi le fedi in una stanzetta piena di bandiere a stelle e strisce e di saltare su un aereo diretto alle Hawaii. Poi si erano stabiliti a New York, in una casa troppo grande e troppo costosa, proprio come piaceva a lei, ma del tutto al di sopra delle finanze di un ragazzo appena laureato a cui la madre aveva tagliato i fondi e di una ragazza al primo provino di una carriera da attrice che non sarebbe mai decollata. L'inizio era stato travolgente, ma presto la diversità che lo aveva abbagliato si era trasformata in tormento. Lei non era stata mai un'amica e non era mai diventata una moglie. Più che amarsi si erano divorati senza conoscersi e senza perdonarsi l'errore di quel matrimonio. Poi erano cominciate le bugie.

Ruben gettò un'occhiata alla foto di Agnieszka, che ancora troneggiava al centro del tavolo del soggiorno, e con un rapido gesto la capovolse. Gli tornò in mente la profezia della madre:

«Mischiare l'acqua con l'olio è impossibile. Il matrimonio sarà un fallimento. Se la sposi ti diseredo» aveva minacciato, ma non ne aveva avuto il coraggio.

Le due donne della vita di Ruben si erano detestate senza conoscersi. Lo avevano abbandonato entrambe a poca distanza l'una dall'altra. La madre era morta pochi mesi prima di Agnieszka lasciando al figlio una fortuna e una voragine incolmabile. Quando era stata la volta della moglie e del bambino che portava in grembo, il triplo lutto lo aveva precipitato nella disperazione. Aveva cambiato nazione e città. Molte amanti gli riempivano la vita, ma la solitudine lo divorava. Era stato a quel punto che la parola "ebreo" era divenuta un'ossessione, un marchio da rivendicare, un'arma carica con cui difendersi dal vuoto.

Il contratto perfetto gli era sembrata l'unica strada per ricominciare da capo.

Aveva scelto con cura la donna a cui proporlo. Quella cugina di un collega affidabile, abbastanza avanti negli anni ma ancora in tempo per fare figli, solitaria e ferita, ma sufficientemente stravagante per accettare la sua bizzarra proposta, gli era parsa quella giusta. Esther era il primo tentativo di Ruben, e sperava che fosse anche l'ultimo. Eppure quella sera qualcosa non era andato per il verso giusto: troppe candele, troppo Shabbat e soprattutto troppe domande... Di sicuro l'aveva spaventata.

Squillò il telefono. Era la segretaria che gli ricordava l'appuntamento del pomeriggio e la firma di una serie di documenti che doveva inviarle via fax. Era tardi. Sotto il getto della doccia, Ruben si ritrovò a pensare a Esther. Alla sua aria riluttante, alla piega amara e beffarda del sorriso e allo sguardo che sfuggiva alla presa.

In cuor suo sapeva che il contratto perfetto che voleva proporle era astratto, anacronistico e fuori tempo massimo, ma lo convinceva proprio per questo. Voleva che l'identità fosse il tavolo dove giocare una partita a carte scoperte. Un'idea che a sua madre probabilmente sarebbe andata a genio. E a Esther sarebbe piaciuta?

4
Roma, 11 ottobre 1991

Il mestiere di Esther era migliorare la realtà, e a volte inventarla di sana pianta. Aveva iniziato come fotografa e il fotoritocco era diventato la sua specialità. In camera oscura e al tavolo luminoso, con sgarzino, pennelli e areografo, era capace di correggere e manipolare qualsiasi immagine. Moltiplicava i piani di un grattacielo più velocemente di un ingegnere, aggiungeva nuvole drammatiche a cieli sbiaditi, levigava le rughe meglio di un chirurgo plastico. E costava meno di loro. Il confine scivoloso tra verità e vanità, affollato da pubblicitari, registi e stelle del cinema – ugualmente desiderosi di illudere il mercato e di conquistarlo –, le permetteva di vivere comodamente.

Grazie a questa singolare attività, Esther aveva imparato a osservare il mondo nei dettagli più insignificanti. Ingigantite dalla lente, le immagini guadagnano in astrazione e disegnano la geografia di una mappa senza latitudini dove gli incarnati assomigliano alla superficie lunare e le nervature di una foglia alle campate di una cattedrale gotica. Il fotoritocco richiede pazienza, metodo e propensione all'onnipotenza. Per conquistare le prime due doti, Esther aveva avuto bisogno di allenamento, la terza era la sua specialità.

Mancavano pochi giorni al secondo appuntamento con l'avvocato che aveva deciso di cambiarle la vita, ma nei pensieri di Esther il contratto perfetto di Ruben era stato superato da quello, meno affascinante ma decisamente capestro, con il salumificio Albiati, che l'aveva ingaggiata per fotografare i prodotti da inserire nel suo nuovo catalogo.

Il fattorino della tipografia sarebbe passato a ritirare il lavoro all'indirizzo dello studio sabato mattina, e venerdì sera, a poche ore alla consegna, Esther era ancora al lavoro, quando lo squillo del telefono la fece sobbalzare.

«Ti ho svegliata?»

«Macché, sono ancora incollata al tavolo, dimmi, mamma...»

«Sei felice?»

«Non potresti chiedermi come tutte le altre mamme del mondo se ho mangiato?»

«Hai ragione, la felicità è sopravvalutata. Dunque, hai mangiato?»

«Non ho avuto tempo, devo consegnare un lavoro.»

«Allora stai dimagrendo?»

«Forse, ma non sarà il digiuno a uccidermi, semmai il lavoro.»

«Non si parla di morte dopo il tramonto: troppo deprimente. Per chi stai lavorando?»

«Nuovi clienti, pagano bene, ma mi tocca tirare fino a tardi. Stanotte dormirò qui in studio.»

«Chiudi bene la porta, mi raccomando.»

«A doppia mandata. Buonanotte, mamma.»

Esther si stropicciò gli occhi e proiettò l'ultima diapositiva. Lo schermo fu invaso dal rosa luminoso di una fetta di prosciutto cotto esposta in tutta la sua tenera e invitante carnalità. Era curioso selezionare una montagna di diapositive di salumi proprio il venerdì sera. Un giorno come un altro per sua madre, almeno così aveva sempre lasciato credere, ma il più sacro per i suoi correligionari, ai quali il maiale era proibito. Era quasi mezzanotte.

Il cliente lo aveva portato Ivan, un fotografo col nome russo e la faccia mediorientale che le aveva fatto battere il cuore, ma che aveva finito per portarsi a letto la sua socia, una biondina inaffidabile di cui Esther si era fidata. Sessantottino per sbaglio e fotografo per caso, Ivan era tanto mondano quanto venale. Non si perdeva una festa, una mostra o un'inaugurazione, ed era un instancabile e fantasioso procacciatore di lavori. Trattava ogni incarico come un intrigo internazionale e ogni azienda come un nemico di cui diffidare. Chi ha sognato la rivoluzione ha bisogno di emozioni forti anche quando si libera del sacchetto della spazzatura nel cassonetto, figuriamoci quando accalappia un nuovo cliente.

«Quell'Albiati è un tipo strano...» l'aveva avvertita con aria misteriosa.

«Strano come?»

«Importa maiali dall'Europa dell'Est: entrano vivi ed escono insaccati. Vuole un servizio fotografico dei prodotti e del ciclo di lavorazione. Ho fatto un sopralluogo e ti avverto: l'odore è nauseabondo. Purtroppo Albiati è un fotografo dilettante e non ti mollerà un attimo, ma è ricco sfondato e paga alla consegna. Ho sparato un prezzo molto, molto alto, e lui non ha battuto ciglio. Allora che fai, accetti?»

«Io fotografo gioielli, stelle del cinema, automobili... mica maiali!»

Ivan si era legato con un elastico i capelli che portava lunghi fino alle spalle ed era tornato alla carica:

«Solo tu puoi rendere sexy dei salumi. Il lavaggio, lo sgocciolamento, la depilazione e persino la salatura con te diventeranno eccitanti. Non mi dimentico cosa sei riuscita a fare quando hai fotografato quella tedesca. Con l'ottica e le luci sei riuscita a toglierle una decina d'anni. E gli altri cinque sono spariti con il ritocco...» Aveva depositato una scatola di cartone piena di diapositive sul tavolo per poi concludere: «Queste sono le foto che ho fatto durante il sopralluogo. Se accetti devi correre ma per te c'è una bella somma».

Esther aveva dato un'occhiata distratta alle diapositive e le aveva rimesse nella scatola. A quel punto, Ivan aveva sfoderato le sue armi. Prima le aveva messo un braccio intorno alle spalle sussurrandole che era la migliore e che pur di averla avrebbe strappato al cliente un compenso ancora più alto, poi improvvisamente aveva cambiato tono:

«Non avrai mica problemi con il maiale?»

«E perché mai?»

«Io di ebrei non ci capisco nulla, ma fotografare un maiale non sarà peccato come mangiarlo. A proposito, è proibita anche la carne di cammello?»

Esther avrebbe voluto dirgli a brutto muso che era un fotografo mediocre, oltre che un opportunista nostalgico di una rivoluzione mai fatta e troppo sognata. Avrebbe voluto rinfacciargli di aver scopato con la sua socia. E spiegargli, una volta per tutte, che non era ebrea e forse nemmeno cristiana, o forse era tutte e due le cose insieme, e comunque erano fatti suoi. Poiché il compenso era ottimo, aveva finito per firmare il contratto. Ma aveva giurato di non accettare mai più un lavoro da quel ruffiano di Ivan.

Albiati si era dimostrato invadente, presuntuoso e anche un porco. Aveva suggerito i tempi di esposizione, gli obiettivi e persino le luci, e aveva anche provato ad allungare le mani, ma Esther con una sberla lo aveva rimesso al suo posto. Era uscita dal salumificio con una trentina di rullini di diapositive. Qualche giorno per farli sviluppare dal laboratorio e la notte del venerdì per selezionare gli scatti giusti. Aveva quasi terminato, di lì a poche ore avrebbe onorato l'impuro contratto con il salumificio Albiati e mercoledì sarebbe stata la volta del contratto perfetto dell'avvocato Pardes.

Tutte le diapositive difettose erano state eliminate, quando Esther si accorse che dietro il profilo dentellato dei palazzi cominciava ad apparire il blu elettrico che annuncia il nuovo giorno. Le rimaneva poco tempo e doveva ancora numerare le foto e dividerle per argomento.

"Ho sbagliato intermediatore e ho sbagliato socia" rimuginò tra sé e sé. "E i miei due errori hanno finito per andare a letto insieme. Nessuno rispetta i patti" concluse amaramente, ma si pentì subito. Aveva incontrato solo una volta l'avvocato Pardes e stava già ragionando come lui.

Per scrupolo, accese di nuovo il tavolo luminoso e mise sotto la lente una diapositiva scelta a caso tra quelle selezionate. Il lampo candido come la neve di una fetta di lardo la abbagliò. Il bianco è traditore, ogni imperfezione spicca inesorabilmente, ed Esther facendo scorrere la lente lungo la diapositiva fece una brutta scoperta.

«Una setola di maiale! Eccone un'altra, e un'altra ancora! Mi ci vorrà almeno mezz'ora a riguardarle tutte e trovarne una buona...»

Dalle foto scartate ripescò tutte quelle del lardo e le ricontrollò una a una con il lentino che le permetteva il massimo ingrandimento. Mentre perlustrava quelle distese candide, le tornarono in mente le vacanze in montagna.

Nella famiglia Giusti tutti odiavano la neve e ad approfittare dell'invito degli zii per la settimana bianca era sempre e solamente Esther. Era ancora una ragazzina ma già non riusciva a capire perché si complicassero la vita prenotando la vacanza in Tirolo, il posto a più alta densità di maiale d'Europa, dopo la Germania e la campagna francese, dove in effetti non ci sono montagne e dunque non erano da prendere in considerazione. Stella alpina, Al ghiacciaio, Villa fiorita o Edelweiss: ogni anno gli zii cambiavano pensione e, appena arrivati, studiavano il piano di battaglia per controllare il menu senza offendere nessuno.

Il compito spettava alle donne: a zia Anna, la moglie di Tobia, a sua madre Regina e alla sorella Rebecca. A esordire era sempre zia Anna.

«Mi raccomando, bisogna essere gentili e fare domande precise: "I knödel li preparate anche senza maiale?". E poi: "Lo stinco al vapore c'è solo di maiale o è previsto anche di vitello?". E bisogna sempre ottenere risposte chiare: o "ya" o "nein".»

A questo punto Regina pronunciava la frase decisiva:
«Non sia mai la cucina non fosse in regola, e qualcosa mi dice che non lo sarà, io in valigia ho infilato una bresaola.»

Nulla riusciva a mandare zia Rebecca su tutte le furie come la madre e la sua bresaola.

«Ogni volta la stessa storia! Lo sai che possiamo portare solo una valigia in due e tu, anche quest'anno, ci hai infilato di nascosto la bresaola?»

«Siamo ospiti di Tobia e Anna e gli ospiti non si devono lamentare» borbottava Regina.

Era sempre zia Anna a sedare gli animi:
«Ospiti? Cosa dici, mamma, la mia casa è la tua casa, e la nostra pensione è la vostra...»

Per zia Rebecca, mai sposata e rimasta sempre e solo figlia, la vita era uno slalom tra le granitiche certezze della madre, la prudenza della sorella e qualche timido palpito di autonomia.

«L'anno scorso, pigiate nella valigia comune, le mie camicie di seta odoravano di bresaola e così pure la biancheria! Fallo per me, mamma, toglila subito dalla valigia e mettila fuori dalla finestra.»

«Sei solo buona a lamentarti, cerca piuttosto di trovarti un marito, che ancora non ci sei riuscita. E poi senza la mia bresaola l'anno scorso cosa avremmo mangiato? Ricordi il menu dello Stambecco allegro? Se lo avessi dimenticato te lo rinfresco io che ho trent'anni più di te ma ho ancora una memoria di ferro: knödel con speck di maiale, maiale alla piastra, nodini di maiale alle erbe aromatiche, würstel con i crauti, fesa di maiale con mirtilli, uova allo speck...»

«Abbiamo finito per mangiare per una settimana uova senza speck.»

«Ingenua. Lo avevano solo tolto. Si sentiva dall'odore. Io

ho l'olfatto di un segugio, tu quello di un merluzzo. Prendi esempio da Esther: condivide la nostra stanza ma non ha mai fatto la schizzinosa con il profumo della mia bresaola, vero piccola?»

Esther, quella volta, aveva annuito. Scura, leggermente dolciastra e senza un filo di grasso, la bresaola era di gran lunga il suo affettato preferito, e nella famiglia Giusti veniva chiamata "il prosciutto dei cugini".

Mentre Rebecca e Regina battibeccavano, due facchini in knickerbocker aspettavano pazientemente il momento per impadronirsi delle loro valigie.

«Comunque vada io ho la bresaola!» aveva continuato tetragona nonna Regina che voleva sempre per sé l'ultima battuta. E togliendosi il colbacco di astrakan aveva concluso generosamente: «Forse, e dico forse, sarò disposta a offrirne qualche fetta alla famiglia nei momenti di difficoltà. E ce ne saranno, oh, se ce ne saranno, anche in questa pensione. Ma non la offrirò a tutti, resta inteso, solo ai più simpatici... Tranquilla Esther, per te ce ne sarà sempre».

Mentre i due facchini, con i maschi della famiglia al seguito, si arrampicavano con le valigie lungo la scala costellata di trofei e stelle alpine, le donne si preparavano all'indagine.

L'interrogatorio alla proprietaria della pensione aveva avuto luogo nella terra di nessuno tra la sala da pranzo e la cucina. L'inconsapevole Frau Erika masticava trenta parole d'italiano che non l'aiutavano certo a capire perché quelle clienti fossero così preoccupate per il maiale. Continuava a indicare alternativamente la stalla e la porcilaia ripetendo con aria rassicurante:

«No odore maiale. Noi sempre tenere lontano maiale di fenti, fenticinque metri da penzione. Prego signore, io mostro foi fostre zimmer...»

A chiedere di controllare il menu, come sempre, era stata zia Anna, ma era stata Regina a puntare l'indice prima su una scritta, poi su un'altra, e infine a raffica su tutte le voci. Poi aveva tagliato corto:

«Noi volere vedere cucina...» aveva detto scandendo le sillabe imperiosa.

«Mamma, non parlare come la "mamie" di *Via col vento*» l'aveva interrotta Rebecca. «Capiscono l'italiano...»

«Capiscono?» aveva ripreso imperterrita Regina. «Voglio controllare di persona!»

Finalmente, Frau Erika si era decisa ad aprire le porte d'acciaio della cucina. Mentre esitavano prudenti sulla soglia, Anna, Regina, Rebecca ed Esther erano state avvolte da vapori odorosi. Non osavano attraversare l'inebriante nuvola che aleggiava su cuochi e fornelli, ma i loro nasi arricciati e le sopracciglia aggrottate confermavano senza alcun dubbio che il maiale era ovunque: nelle salse e negli intingoli, adagiato sulle griglie, a rosolare nelle padelle, a struggersi in pentole e casseruole. Quando il vapore si era diradato, e una fila di würstel sfrigolanti su una piastra rovente si era materializzata davanti ai loro occhi, si erano guardate smarrite.

Per pudore, la parola "ebreo" non veniva inutilmente sbandierata. Si preferiva la discrezione. Non che l'orgoglio mancasse, ma la prudenza non era mai troppa. Meglio governare le sfumature. Era stata Esther, l'unica a cui il maiale non era proibito, a usare l'arma decisiva. Aveva guardato Frau Erika dritta negli occhi color lavanda, ed era esplosa:

«Ebrei. Questo almeno lo capisce? Siamo ebrei. Le ricorda qualcosa?»

Forse Esther aveva alzato troppo la voce, forse i cuochi avevano abbassato i fuochi e gli sfrigolii delle cotture si erano affievoliti, fatto sta che le sue parole, in un silenzio assoluto, varcando i vapori, si erano sollevate in alto verso gli scaffali pieni di pentole di rame scintillanti, ed erano rimaste lì sospese, visibili e intimorenti.

«Ebrei? Mi dispiace...» aveva sussurrato avvilita Frau Erika.

Mentre lo diceva, i suoi occhi quasi trasparenti avevano assunto l'espressione sinceramente addolorata di chi è appena stato informato di una malattia grave e incurabile, di fronte alla quale si è disposti a fare tutto il possibile.

La delazione aveva sortito l'effetto desiderato.

Frau Erika aveva allestito un tavolo nella veranda dove avrebbero consumato tutti i pasti di quella vacanza con indosso il cappotto perché la temperatura era più bassa che nella sala ristorante. I cuochi avevano fatto sforzi sovrumani per accontentarle, e il risultato era stato una serie di minestre con polpettine di pollo ed erbette e molte frittate al formaggio. In cambio, a colazione sul tavolo della veranda c'erano razioni triple di marmellata, tanto che nonna Regina era riuscita ad accumulare in valigia una scorta sufficiente per arrivare fino a primavera. Un paio di sere aveva sfoderato la bresaola e aveva assolutamente voluto farne assaggiare più di una fetta a Frau Erika, che l'aveva trovata deliziosa e aveva promesso che si sarebbe procurata qualcosa di simile per l'anno successivo.

Quando ebbe finito di ricontrollare le ultime diapositive, il sole era ormai sorto in un cielo di un tenero azzurro. Esther era esausta e aveva una strana acquolina in bocca. Non esattamente il morso della fame, ma uno di quei riflessi involontari, come il brontolio sordo della digestione, il prurito, lo sbadiglio, e persino l'orgasmo, che nascono ben prima del pensiero logico.

Aveva passato una notte a tu per tu con il maiale, stringendolo in un assedio che d'improvviso le apparve vagamente erotico. Anche il peccato non ancora commesso, se accende la scintilla del desiderio, è già peccato?

5
Roma, 12 ottobre 1991

Ubriaca di stanchezza, Esther dormì tutto il sabato. Solo verso sera si scaldò del latte e guardò distrattamente un film in tv, per poi rituffarsi nel letto fino al mattino dopo.

A svegliarla furono le campane. Tutte le case di Roma dove Esther aveva abitato stranamente si trovavano vicino a una chiesa: quella in cui viveva, quella che aveva diviso con il marito e quella dei genitori. Giuditta amava il suono delle campane ed era affezionata alle statue dei santi. Quando i figli erano piccoli, e la domenica li portava a passeggio per le vie del centro, se capitava di entrare in una chiesa gli indicava i santi a uno a uno:

«Quella con gli occhi nel piatto è santa Lucia. Quello con il bastone fiorito è san Giuseppe, il marito della Madonna, che non si chiamava mica Maria. Il suo vero nome era Miriam.»

«Dunque dovrei recitare: ave Miriam piena di grazia, il Signore è con te...» rispondeva Esther.

«Con le suore continua a chiamarla Maria.»

Quando i figli le chiedevano come facesse a sapere tutto sui santi cristiani, Giuditta era evasiva. Sosteneva che con i santi lei ci aveva vissuto durante la guerra e che forse le avevano dato pure una mano, e almeno loro non avevano fatto la spia.

Era stata proprio Giuditta a convincere il marito ad acquistare quella casa con la terrazza affacciata sull'abside e il campanile, e lui aveva accettato di buon grado. A Giovanni non aveva mai confessato la verità: quella chiesa era una sorta di promemoria della promessa, fatta il giorno del matrimonio, di crescere i figli in una religione non sua. Ma, quando era sola con loro, ogni tanto gli indicava l'abside e ripeteva come una cantilena:

«Noi siamo venuti prima. E li teniamo d'occhio perché non combinino guai.»

Accettare di battezzare i quattro figli per Giuditta era stato un gesto d'amore e di sfrontatezza, di sottomissione e di impudenza. Aveva acconsentito come chi contrae un'assicurazione: il lasciapassare dei figli per sfuggire al prossimo disastro.

Iscrivere Esther, sin dalla prima elementare, in una scuola di suore – dedicata a una beata mai divenuta santa per la mancanza di miracoli – era stata la scommessa di Giuditta, che Esther aveva finito per prendere troppo sul serio. Con un nonno anarchico e una madre ebrea, Esther Giusti era giudicata una bambina ingombrante e le suore la tenevano d'occhio. Tra l'anarchia, Mosè e Gesù bisognava pur scegliere.

Prima della terza elementare era già diventata una cattolica fervente e in quinta aveva vinto una gara tra istituti religiosi: prima ex aequo con un bambino sovrappeso di una scuola di preti del basso Piemonte. Affiancare alle suore i boy scout era stata la prova definitiva che Esther aveva deciso di lavorare per la compagnia di assicurazioni presso la quale la madre, battezzandoli, aveva contratto una polizza.

La verità è che Esther aveva amato le suore sin dal primo giorno. La preghiera quotidiana nella cappella della scuola, i canti, i fioretti e la liturgia erano una galoppata teologica che usava per fare fronte alle domande spesso imbarazzanti dei cugini. Esther aveva bisogno di risposte certe.

Quando, davanti al presepe che ogni anno allestiva insieme al padre, i cugini le chiedevano chi rappresentassero tutte quelle statuine, poteva tenergli testa con i Re Magi e la stella cometa. E se le domandavano come poteva Gesù essere figlio di san Giuseppe se era il figlio di Dio, finalmente sapeva come cavarsela. Più o meno.

L'albero di Natale, pagano e scintillante, nella famiglia Giusti piaceva un po' a tutti, Giuditta compresa, mentre il presepe, teatrale e barocco, era un affare privato di Esther e del padre. Occupava tutta la parete di fondo della camera delle ragazze e, per nascondere il piano di legno su cui era apparecchiato e i cavalletti che lo sostenevano, era foderato con un lungo drappo di velluto rosso percorso da una grande greca dorata. Il presepe creava scompiglio. Sarah protestava perché invadeva il suo spazio. A Iacopo, il più piccolo, era vietato avvicinarsi per paura che prendesse la scossa toccando le luci. Beniamino, il fratello maggiore, come di fronte a un fortino da espugnare, quando non c'era nessuno in vista, con il fucile a gommini mirava ad angeli e pastori, facendogli saltare le teste. Ed Esther era costretta a incollarle sul busto in tutta fretta per paura che il padre, accorgendosene, lo punisse. Su quelle decapitazioni a opera del primogenito maschio di Giuditta, qualcuno avrebbe potuto scrivere un trattato, ma Esther conosceva d'istinto i motivi che spingevano quel cecchino in erba a decapitare le statuine: vendicare la madre e uccidere il padre. E sapeva anche che il suo destino era riparare il danno senza che nessuno se ne accorgesse.

Dal cielo di carta blu a stelle dorate fino al laghetto di stagnola, il presepe era la prova generale del rapporto esclusivo che la legava al padre. Quando il muschio era stato sistemato e i batuffoli di cotone erano al loro posto, si compiva la magia. Al buio Giovanni provava il funzionamento delle lucine disposte sulla grotta e lungo le montagne di cartapesta. E il presepe si trasformava in un palcoscenico scintillante nel quale lei sognava di recitare una parte. Possibilmente da protagonista.

Un Natale, doveva avere sei o sette anni, Esther aveva avuto il coraggio di rivolgere al padre la domanda che si teneva dentro da tempo:

«Papà, secondo te io a quale personaggio assomiglio?»

«Chi ti piacerebbe essere?»

«Quello che vuoi tu.»

«Sei uno degli angeli che danza sopra la grotta del bambinello.»

«Ma io non so danzare.»

«Togliti le scarpe.»

Esther si era sfilata le ballerine di vernice ed era rimasta con i calzini bianchi di lana.

«Poggia i piedi sulle mie scarpe e solleva il braccio destro.»

Esther era salita e, attraverso la lana, aveva sentito il cuoio delle sue scarpe, poi aveva alzato il braccio più in alto possibile. Il padre le aveva preso la mano, chinandosi le aveva cinto la vita, aveva iniziato a fischiettare *Singing in the Rain* e l'aveva fatta ballare. Con il Natale non c'entrava granché ma era la loro canzone preferita.

Mentre piroettava leggera, sospesa sopra i piedi del padre, con attorno le luci colorate e pulsanti che trasformavano il presepe in una piccola Broadway, Esther si era sentita perfettamente felice. E per la prima volta aveva pensato che i cugini ebrei erano sì dei parenti, e con loro bisognava essere gentili e portare pazienza, ma erano troppo severi e ponevano sempre troppi quesiti. Mentre lei e suo padre erano fantasiosi e romantici e si facevano molte meno domande. E lei amava il presepe e amava suo padre. Ed era cristiana, proprio come lui.

Quella consapevolezza conquistata piroettando mise le cose a posto, almeno per un po', almeno con le suore. Finché Esther, per amore della lettura, non ne combinò una delle sue guadagnandosi, a casa e a scuola, il soprannome di "Pizza e Apocalisse". I libri non le bastavano mai: ne divorava almeno due a settimana, e leggeva e rileggeva anche quelli dei fratelli e dei genitori. Ma, poiché gli unici soldi che aveva in tasca erano quelli che al mattino la madre le dava per comprare la pizza, aveva deciso di rinunciare alla merenda per qualche giorno e comprare un libro che aveva adocchiato nella cartolibreria di fronte alla scuola. All'inizio aveva funzionato. Ogni settimana di dieta le fruttava un nuovo libro ma, nel giro di un mese, i morsi della fame l'avevano spinta a escogitare una soluzione.

Aveva una voce senza inflessioni dialettali, a cinque anni sapeva già leggere, e a scuola le era capitato di partecipare a un concorso per recitare delle favole alla radio e lo aveva vinto. Nel giro di un anno aveva inciso una decina di dischi. Prestava la voce a Pinocchio, al Gatto con gli stivali e alla Piccola fiammiferaia e, abbassando il diaframma, riusciva a interpretare anche personaggi maschili. Si sentiva un'attrice in miniatura e di sicuro sognava di fare quel mestiere da grande.

Giuditta diffidava dell'esibizione del talento e aveva un terrore atavico per l'invidia che poteva suscitare. E in fondo temeva anche l'eccitazione che leggeva nello sguardo della figlia. Aveva così deciso di legarla con un patto di ferro: poteva continuare a recitare solo se rimaneva un segreto.

«Le compagne di scuola non devono saperlo. E con i fratelli nessuna vanteria» le aveva fatto promettere.

Esther aveva accettato.

Il talento è uno spiritello selvaggio sempre pronto a uscire allo scoperto. Nonostante avesse sempre tenuto fede alla parola data, la sua voce allenata non era sfuggita alla madre superiora che le aveva affibbiato la lettura dei libri sacri durante l'ora quotidiana di preghiera nella cappella della scuola. Grazie a quell'incarico Esther aveva scoperto che l'Apocalisse, affollata di draghi a sette teste e dieci corna, angeli vendicativi, guerre e pestilenze, infiammava la fantasia delle sue compagne. Così, in cambio di un morso alla merenda di ciascuna, nella pausa della ricreazione in giardino aveva preso l'abitudine di leggere ad alta voce quel libro, sfoderando gli effetti che aveva imparato in sala di registrazione: voci cupe per i demoni e limpide per gli angeli, e pause a effetto quando toccava al Padreterno:

«Dice il Signore Dio: (pausa) Io sono l'Alfa e l'Omèga (pausa), Colui che è, che era e che viene (pausa), l'Onnipotente!»

A quel punto, pur non sapendo cosa fosse l'Alfa, e tantomeno l'Omèga, immancabilmente le compagne abbassavano gli occhi ed Esther per incantarle ricominciava a moltiplicare le teste ai draghi, inseriva diavoli fiammeggianti, piogge di fuoco e serpenti con le ali. Quello che sarebbe diventato più tardi il suo mestiere – raccontare e stupire – era già nato. Da bambina con la voce, poi con le immagini.

La sua Apocalisse aveva avuto successo, ed Esther si era procurata una serie di romanzi che leggeva di notte alla luce della pila elettrica. Tutto era andato liscio fino a quando Giuditta non aveva scoperto i nuovi libri nascosti sotto il materasso. Esther aveva confessato ed era stata punita, guadagnandosi il soprannome di "Pizza e Apocalisse". Quel nomignolo le calzava come un guanto, anzi due. Da una parte il piacere e dall'altra la paura. Da una parte la leggerezza scanzonata di suo padre, dall'altra la profondità e l'aura di pericolo che circondava sua madre. Il destino di Esther era essere due in uno, sempre e comunque.

A primavera inoltrata dell'ultimo anno delle elementari, quando alle bambine il seno comincia a tendere il grembiule e vengono a galla desideri e paure, a Esther era accaduto un episodio che l'aveva inchiodata alla sua diversità. Livia, la biondina del secondo banco della fila accanto alla finestra, si era offerta volontaria per la lettura a voce alta del tema libero al quale la suora aveva dato l'audace titolo *Le mie com-*

pagne di classe. Troppo chiusa, diffidente e invidiosa, Livia non era mai diventata amica di Esther. E per una misteriosa ostilità reciproca, il tenue filo di curiosità che all'inizio aveva legato i loro caratteri così diversi si era consumato. Quella mattina di maggio, quel filo si era strappato definitivamente.

«La mia compagna preferita è Margherita. All'inizio mi piaceva Esther, è più simpatica di Margherita, ma non sarebbe potuta mai diventare la mia migliore amica perché è diversa, e i suoi cugini non mangiano il prosciutto e nemmeno il salame e mi hanno detto che il venerdì sera accendono le candele come se fosse andata via la luce. Insomma, non sono come noi perché sono ebrei. Che poi sarebbe un'altra religione. Così ho preferito Margherita.»

Esther non le aveva permesso di terminare la lettura. Si era alzata di scatto, aveva percorso lentamente il varco tra le due file di banchi e le aveva sferrato un pugno sul naso corto e vagamente porcino da cui era iniziato a colare un rivolo di sangue scuro, macchiando il collo di piqué del grembiule. Per la prima volta Esther aveva agito d'istinto e l'aveva pagata cara: una settimana di sospensione dalla scuola e un mese di musi lunghi a casa.

La resa dei conti era avvenuta in cucina, il quartier generale di Giuditta, mentre si sgusciavano i piselli, un rito collettivo a cui i quattro figli difficilmente riuscivano a sfuggire. Nel silenzio amplificato dal ticchettio dei semi che dal guscio precipitavano nella terrina, la voce di Giuditta era esplosa come un tuono sul monte Sinai.

«Proprio a noi doveva capitare una figlia pugile?»

Esther non aveva abbassato gli occhi. Non meritava il rimprovero. Con quel pugno aveva difeso proprio Giuditta e, arrampicandosi su per i rami dell'albero genealogico, tutti i Cohen, Aronne compreso. Ma la madre non la pensava così. Giuditta aveva trasmesso ai figli regole non scritte ma fondamentali per la sopravvivenza. Bisognava eccellere senza attirare l'attenzione. Era proibito mettere in mostra l'intelligenza e l'inquietudine, e meno che mai l'ira o la violenza, perché avrebbero provocato la diffidenza se non l'odio. Giuditta aveva regalato ai figli una contraddizione insanabile: gli aveva insegnato il coraggio e insieme la paura di essere riconosciuti, l'ambizione e insieme il bisogno di nascondere i propri talenti per non rischiare di essere invidiati.

«Zia Debora sarebbe orgogliosa di me» aveva ribattuto Esther.

La storia di zia Debora era un classico della famiglia di Esther. Ripetuta mille volte, si arricchiva di sempre nuove sfumature.

«Cosa c'entra zia Debora?»

«Mentre i tedeschi sfondavano la porta, la zia si è gettata dalla finestra che affacciava sul cortile. Era l'unica via di fuga. Per fortuna abitava al mezzanino e non è stata catturata» aveva recitato Beniamino come una preghiera. «Raccontala di nuovo per Iacopo.»

«Tra la finestra e il cortile c'erano più di tre metri e zia Debora cadendo si è fratturata una vertebra» aveva puntualizzato Giuditta. «Ma la fortuna ha voluto che quel giorno il falegname stesse aggiustando un armadio nel retro della bottega che dava sul cortile. Quando ha visto la zia, a terra e con il terrore negli occhi, l'ha trascinata nella bottega, l'ha nascosta nell'armadio, ha ripreso chiodi e martello e si è rimesso a lavorare. All'arrivo dei nazisti, da dentro zia Debora ha sentito un gran trambusto: il calpestio degli scarponi militari, le urla in tedesco, il rumore metallico dei fucili e insieme il picchiare del martello del falegname che ficcava chiodi sullo sportello davanti a lei. Un orribile frastuono mischiato al dolore lancinante alla schiena. Ma ha stretto i denti e trattenuto il respiro, mica ha tirato pugni come una persona di mia conoscenza...»

«È stato il falegname ad aggiustare la schiena alla zia Debora?» aveva domandato Iacopo che sui mestieri aveva ancora le idee confuse.

«I falegnami aggiustano i mobili, mica le schiene.»

I piselli avevano ormai riempito metà bacinella. Beniamino, Sarah, Esther e Iacopo erano l'esercito di Giuditta: sbucciavano i piselli, apparecchiavano, sparecchiavano, rifacevano i letti, e i più grandi erano persino capaci di cuocere una pastasciutta. Erano le sue braccia moltiplicate per quattro.

«Quanto è rimasta nell'armadio?»

«Tutta la notte. Il mattino dopo il falegname ha trovato un medico che l'ha ingessata dal petto ai fianchi e poi con un carretto l'ha portata in una fattoria in campagna dove è stata nascosta per un anno.»

«Insieme all'armadio?» aveva commentato il piccolo Iacopo che nel frattempo con le bucce dei piselli si era costruito una montagna scavandoci addirittura un tunnel attraverso il quale faceva passare una delle sue automobiline.

«Che c'entra l'armadio?»

«Raccontaci un'altra fuga.»

«E un altro nascondiglio.»

«C'è la storia di Fortunata, una donna bellissima che abitava a Trastevere. I tedeschi sono andati a cercarla in piena notte. Quando ha sentito i colpi alla porta è saltata fuori dal letto e, così com'era, in camicia da notte, si è arrampicata sul cornicione che sporgeva proprio sul suo balcone. Camminando sulle tegole, ha raggiunto un altro tetto e poi un altro ancora, finché non ha trovato un lucernaio aperto e si è lasciata scivolare dentro. Non poteva andare lontano perché cadendo si era rotta una caviglia, ma si è accorta subito di dov'era capitata.»

«Dove?»

«Nel negozio di pompe funebri in fondo alla strada.»

«Mamma, cosa sono le pompe funebri?» aveva chiesto Iacopo.

«Dove tengono tutto quello che serve per i funerali.»

«E cosa ha fatto Fortunata?»

«Si è nascosta dentro una bara. Era terrorizzata, cercava di distinguere i rumori dell'esterno, ma la bara era imbottita e i suoni le arrivavano ovattati. E non sapeva come e quando avrebbe potuto di nuovo mettere il naso fuori.»

«Se rimaneva nella bara rischiava di finire sottoterra. Viva...» aveva aggiunto Iacopo.

«Ma tu, a cinque anni, che ne sai dei cimiteri?»

«Tutto, mamma. Mi ha detto la suora dell'asilo che prima o poi finiamo tutti sottoterra come i semi.»

«Lo sapevo che ti dovevo mandare all'asilo pubblico, che dalle suore finisce che diventi boxeur come tua sorella Esther» aveva concluso la madre lanciando a Esther un'occhiata che non prometteva nulla di buono.

«Mamma, continua la storia di Fortunata, non possiamo lasciarla nella bara.»

Avevano ricominciato a sbucciare. Il rumore dei piselli che rotolavano nella terrina era la saltellante colonna sonora di una delle tante storie di fuga della famiglia di Giuditta.

«Dopo una mezz'ora Fortunata sente dei passi, una mano che bussa sul legno della cassa, e una voce che bisbiglia: "Sono il proprietario delle pompe funebri. Ho visto tutto... Faccia conto di essere morta. Non si muova e resti in silenzio che la porto via".»

«Si è fidata di uno sconosciuto?»

«Cosa doveva fare? Era chiusa dentro una bara, di sicuro per strada c'erano ancora i nazisti... Non aveva altra scelta. Doveva rischiare.»

«Continua...» avevano chiesto in coro Beniamino e Sarah che fino a quel momento avevano ascoltato in silenzio. Mentre il piccolo Iacopo sgusciava gli ultimi piselli, anche se uno lo gettava nella bacinella e uno lo mangiava, i figli avevano pulito il tavolo e Giuditta, affettando una cipolla, aveva ripreso il racconto:

«Il trasporto durò più di due ore. Fortunata era ormai più morta che viva...»

«Nella bara, era già al posto giusto.»

«Non essere cinica, Esther, si era rotta una caviglia e a ogni sobbalzo del carro funebre vedeva le stelle.»

«Meglio le stelle che i fulmini delle divise delle SS» aveva commentato Beniamino.

«Per fortuna la bara era imbottita» aveva sottolineato Sarah che era la più concreta e insieme la più sognatrice.

«Racconta il finale» aveva aggiunto Esther.

«Fortunata ce l'ha fatta. Ma il bello deve ancora venire. Chiusa nella bara, non lo sapeva dove la stavano portando, ma erano diretti subito fuori città, in campagna. Il conducente, dopo aver accostato al ciglio della strada, è sceso, si è guardato intorno, ha controllato che non ci fosse nessuno e ha aperto la bara per liberarla. Ma proprio in quel momento dalla curva è sbucato un prete in bicicletta che quando ha visto Fortunata che usciva dal feretro, in camicia da notte e con gli occhi sbarrati, è svenuto dalla paura.»

«E Fortunata cosa ha fatto?»

«L'uomo delle pompe funebri le ha detto: "Scappi, presto, prima che il prete si risvegli! Dopo il ponte sul fiume, sulla destra c'è un convento di clausura. Non passi per la strada, è pericoloso. Vi cercano ovunque". Fortunata lo ha ringraziato e, attraversando i campi in camicia da notte, ha raggiunto il convento.»

«Il nome le ha portato bene» aveva ridacchiato Beniamino.

«E le monache? L'hanno accolta?»

«Sì. I conventi di clausura erano ottimi nascondigli per chi fuggiva. È rimasta lì fino a quando gli Alleati sono arrivati a Roma.»

«Però bisogna difendersi, non scappare» aveva protestato Esther.

«Falla finita che sei solo un boxeur da strapazzo» aveva tagliato corto la mamma. «"Pizza e Apocalisse" non ti bastava?»

Quella di Esther era l'unica famiglia dove si litigava sulle fughe. Sulle caratteristiche di un buon rifugio e sulle tecniche di sopravvivenza.

Ciascuno dei figli assorbì il senso profondo dei racconti di Giuditta a modo suo. Sin da piccola Esther aveva tenuto sotto controllo le vie di fuga. E aveva continuato per tutta la vita.

Se entrava per la prima volta in un bagno, in un ripostiglio, in una soffitta o in una cantina pensava subito a come sarebbe riuscita a trascorrere un lungo periodo rinchiusa in quello spazio e a dove avrebbe sistemato il materasso, il tavolino, i libri e un fornello. Ogni pertugio poteva trasformarsi in un nascondiglio da attrezzare per sopravvivere. E in viaggio bisognava sempre portarsi del cibo, dell'acqua e del denaro contante. Un tormento e un'ossessione.

Una volta, quando era ancora bambina e l'acquedotto comunale per un guasto aveva sospeso l'erogazione, Esther aveva accumulato sotto il letto una decina di bottigliette piene d'acqua per non rischiare di rimanere senza.

«L'acqua tornerà tra ventiquattro ore. Ho già riempito la vasca e le bottiglie sufficienti per tutti» aveva commentato la madre quando le aveva scoperte.

«È una mia riserva personale...»

«Personale? Dunque se l'acqua che ho messo da parte dovesse finire tu non divideresti la tua con noi? Vergognati. Si resiste insieme. Ricordatelo.»

Esther aveva vuotato le bottigliette nel lavandino. Tutte meno una, che aveva nascosto nell'armadio.

Resistere, fuggire e risalire a galla il più rapidamente possibile erano i comandamenti che la madre le aveva trasmesso senza mai enunciarli. E che Esther aveva preso alla lettera. Aggiungendone un paio di testa propria: difendersi e, se necessario, attaccare.

Segretamente, in famiglia tutti erano orgogliosi di Esther e del suo pugno, e si chiedevano dove avesse imparato l'arte dell'attacco invece di quella della prudenza e della mitezza nella quale i figli di Giuditta erano da sempre ferratissimi.

Era stato il primo e unico pugno della sua vita, ma spesso ebbe voglia di ripetere quel gesto. Quando i clienti le chiedevano impossibili fotoritocchi. Quando pensava che Ivan le aveva preferito Paola. Quando gli uomini la abbandonavano. Quando non riusciva a correggere un errore. Perché era proprio questo che Esther non sopportava: gli errori. Meglio cancellarli con il contratto perfetto dell'avvocato Pardes? Un unico, nuovo, gigantesco errore per rimuovere tutti quelli già commessi.

6
Fiumicino, 16 ottobre 1991

In una notte d'inchiostro, curvi come due vecchi, Esther e Ruben camminavano controvento lungo il molo, testa e spalle a fendere il maestrale che spazzava la banchina. Ruben tratteneva con la mano il cappello di feltro per non farlo volare in mare. Esther stringeva al petto i baveri di un impermeabile troppo leggero mentre il vento le confondeva i capelli e i pensieri. Nel buio, all'orizzonte, scintillavano le luci di una grande nave da crociera, ma entrambi erano troppo imbarazzati per accorgersene.

«La pioggia ha segnato il nostro primo incontro e il vento sta sferzando il secondo. La meteorologia è contro di noi» disse Ruben avvicinandosi fin quasi a sfiorarla affinché la voce non venisse coperta dalle raffiche. Per la prima volta aveva abbozzato un sorriso.

Esther si rese conto che non lo aveva ancora visto ridere. Non sapeva come erano i suoi denti, il colore delle sue gengive e come poteva cambiare il suo volto illuminato da una risata. Il suo pretendente tardivo riusciva mai a essere felice?

«Possiamo decidere di rimandare il prossimo alla primavera. Mancano solo pochi mesi.»

«A essere sincero, non credevo che avrebbe accettato il secondo. Pensavo di averla spaventata.»

«Un po'. Non capita spesso di uscire con un uomo che ti

chiede di firmare un contratto matrimoniale al primo appuntamento. Senza contare che ancora non so nulla di lei.»

«Ho perso mio padre quando ero ancora un bambino. Non ho fratelli e non ho amici d'infanzia, mia madre non era mai soddisfatta dei collegi dove mi iscriveva e mi costringeva a cambiarli come le camicie, ma ho recuperato a Harvard. Ho avuto molte case, ma nessuna che sentissi davvero mia. Non ho una vera patria e nemmeno una vera lingua perché parlo francese, inglese, tedesco, italiano ed ebraico allo stesso modo. Penso e sogno in cinque lingue.»

«Un'autentica sciarada.»

«Talvolta un enigma. Esther, so di essere diverso dai suoi amici e so che l'idea del contratto le fa paura. Perché dunque è qui?»

«Lei è un salto nel buio» rispose lei d'istinto.

«Peccato, ero convinto di essere un lampo di luce nell'esistenza buia e tetra di una donna pronta ad accogliere la mia proposta come manna dal cielo!»

«Figurarsi...»

«Ha freddo, sta tremando...»

Ruben si sfilò il soprabito e glielo mise sulle spalle fermandolo al collo con il primo bottone come si fa con una bambina. Le mani non si erano trattenute nemmeno per un istante e gli occhi non avevano cercato quelli di lei. Era stato solo un gesto premuroso, il riflesso automatico di protezione che si ha verso un parente stretto, ma comunque la turbò. Si davano ancora del lei e, salvo la stretta di mano, non si erano mai sfiorati. Nel suo contratto perfetto erano previsti anche la carne, la frenesia, i rantoli e i sospiri? Voleva eredi, ma quelli possono essere concepiti mischiando sudore e umori, passione e abbandoni, oppure dopo rapidi sussulti coniugali. Esther si chiese: "Quando ci toccheremo come un uomo e una donna?". Per nascondere l'inquietudine accostò il collo del cappotto al volto. Per la prima volta, trattenuto dalla stoffa, sentì il suo odore. Sapeva di buono.

Il vento non accennava a diminuire e la mareggiata divorava la spiaggia.

«Ha bisogno di qualcosa di caldo, affrettiamo il passo...»

«Dove?»

«Conosco un vecchio stabilimento balneare trasformato in ristorante. È arredato un po' a casaccio, con reti da pesca, lampare e modellini di navi, ma devo assolutamente evitare che lei si ammali.»

Scorrere un menu di pesce con un ebreo osservante è uno slalom pericoloso. I precetti alimentari della kasherut permettono solo pesce con squame e pinne. Proibiti i molluschi, i crostacei e i frutti di mare. Ambigui, e dunque da evitare, anguilla e coda di rospo. Fortunatamente nella lista di anguille non c'era nemmeno l'ombra, ma una sfilza di deliziosi molluschi e succulenti crostacei che Esther adorava e che però evitò con una punta di ipocrisia. Ruben propose di convergere su un'orata con patate. Lei annuì.

A servire ai tavoli era il padrone del locale, un omino completamente calvo, con la pelle rosea e gli occhi sporgenti che doveva avere qualche dubbio sulla freschezza dell'orata mentre era pronto a giurare sui crostacei. Per convincerli, si presentò prima con un sauté di cozze fumanti che fu subito rimandato indietro. Preso in contropiede, tornò alla carica con una fiamminga piena di gamberi crudi.

«Vivi, sono vivi...» insisteva il proprietario.

Ne agganciò uno con la forchetta e imprudentemente se l'avvicinò al volto. Entrambi rosei e con gli occhi globosi, la somiglianza era impressionante. Infine si arrese. L'orata, passabile ma troppo cotta, arrivò in tavola. L'avvocato Pardes non mangiava. Piluccava distratto, portandosi il cibo alla bocca velocemente senza gustarlo. Del dolce assaggiò solo un cucchiaino, come fosse una medicina. Esther, che aveva sempre avuto la presunzione di intuire la passionalità degli uomini da come assaporavano il cibo, dopo averlo visto mangiare due volte gli aveva affibbiato uno scarso sei meno.

Come due viaggiatori seduti accanto in un treno fermo per un guasto tecnico e in attesa di ripartire, parlarono dell'autunno inclemente e della dissoluzione dell'impero sovietico. Sapevano entrambi che il treno sarebbe ripartito, e un po' se ne rammaricavano e un po' non aspettavano altro.

Quando lasciarono il ristorante, il vento si era placato e il molo, senza gli spruzzi delle onde e il vortice della risacca, sembrava una portaerei abbandonata in un mare di piombo. Lo percorsero di nuovo fino all'estremità che chiudeva il semicerchio lungo cui erano ormeggiate le barche.

«Allora, ha riflettuto sulla mia proposta o l'ha scartata a priori? O magari ha già delle clausole a suo vantaggio da inserire?»

«Lei mi fa paura.»

«Paura? Perché?»

«Perché è disposto a puntare tutto su un numero secco. Lei è un giocatore? Roulette, chemin de fer, bridge, dadi...?»

«Sbaglia. Quello che le propongo è il contrario dell'azzardo. Si punta al buio quando ci si fida della danza della carne e della possibilità di ripetere all'infinito, notte dopo notte, la sua magia. È su quel fragile incantesimo, costellato di equivoci e menzogne, che si costruiscono i peggiori azzardi.»

Con un gesto che a Esther parve vagamente femminile, Ruben si passò le dita tra i capelli. Avrebbe voluto dirle: "Ho imparato il sapore deludente dei risvegli dopo una notte di passione. Con te voglio fare il percorso all'inverso. Prima di sperimentare il sapore dei tuoi baci, la delizia dei tuoi abbandoni, e senza che tu conosca ancora la forza delle mie spinte, l'intensità della mia dedizione...".

Con stupore si accorse che nel pensiero le aveva dato del tu. Anche per questo, finì invece per dirle:

«Sono capace di amare totalmente e fino in fondo. Ma, prima di farlo, voglio che le nostre intenzioni siano chiare.»
«Teme di sprecare i suoi slanci con chi non lo merita?» chiese Esther esitante.
«È già successo e non accadrà più» rispose Ruben deciso, e guardandola negli occhi: «Per secoli i genitori hanno imposto ai figli dei matrimoni combinati. Una consuetudine atroce perché subita. Ma se a combinarlo siamo noi, non per interesse o per capriccio ma per instaurare un patto condiviso...».
«Non è sufficiente la legge, un ufficiale comunale, un prete o un rabbino?»
«No. Prima veniamo noi due e le nostre intenzioni.» Restò in silenzio per qualche minuto come per lasciar sedimentare le parole. Poi riprese con tono fermo e deciso: «Ci compreremo l'un l'altra a caro prezzo, Esther. Sottoponendoci entrambi a dei vincoli anacronistici ma potenti. La legherò a me per sempre. E così farà lei a sua volta. Saremo una cosa sola».
"Per sempre" pensò lei; fece per aprire bocca ma non trovò le parole.
Quelle appena pronunciate da Ruben l'avevano infiammata e insieme confusa. Nessuno le aveva mai parlato così. La grammatica dell'eros del suo pretendente l'aveva eccitata. E per un istante la sintassi ribaltata che le suggeriva le era apparsa in tutta la sua potenza. Una rivoluzione copernicana che bruciava tutte le certezze e illuminava a giorno i fallimenti della loro generazione. Cosa avrebbero nascosto gli spazi bianchi tra le righe del suo contratto?
Ripresero a camminare affiancati sul lungomare, ritagliati contro il buio di una notte stellata ma ostile. D'improvviso Ruben si girò e, tenendo le mani intrecciate dietro la schiena, puntò gli occhi in quelli di lei e le chiese a bruciapelo:
«Quanti uomini l'hanno delusa, tradita, abbandonata? Sia sincera.»

«Tutti.»

«Ecco, io non lo farò. Nel nostro letto ricondurrò tutte le fantasie, i desideri, le follie della mia esistenza. Lei sarà l'inizio e la fine della mia vita e io l'inizio e la fine della sua. Senza la possibilità di riavvolgere la pellicola per ritrovarci davanti a un film già visto, saremo costretti a giocare su un solo tavolo: il nostro. Un esercizio difficile ma molto seducente, non trova?»

«Fino a quando continueremo a darci del lei?»

«Fino al matrimonio. Se non ha nulla in contrario.»

«Magari anche dopo. Sarebbe così gentile da allungarmi lo spazzolino da denti, avvocato Pardes? Sta russando da un'ora, avvocato Pardes, sarebbe così cortese da girarsi su un fianco o da prendere il cuscino e andare a dormire in salotto?»

«Ci sono dei tu diffidenti e dei lei intimi. La sostanza la troveremo. Il prossimo mercoledì le invierò la bozza del contratto. Prima la legga con attenzione. Poi, se vorrà, ne discuteremo il mercoledì successivo.»

Esther tacque.

Erano arrivati alla fine del molo quando incrociarono una processione di sommozzatori con indosso delle mute di gomma, fendevano il buio con le torce e parlottavano fra loro. Ad aspettarli in acqua c'era un battello con le luci rosse lampeggianti.

«Si immergono anche di notte?» chiese Esther stupita.

«Al buio c'è più mistero e ci sono meno distrazioni. Si punta il raggio di luce solo su quello che davvero conta.»

Esther pensò che avrebbe voluto saltare in barca con quegli uomini di gomma, pur di sfuggire alla trappola in cui stava cadendo. Lei e Ruben erano due anelli della stessa catena. E con quella catena aveva deciso di imprigionarla.

«Se accetterà la mia offerta, le nostre famiglie finiranno per fondersi» le disse prima di salutarla. «Se tutto va in porto come mi auguro, dovremo iniziare l'immersione nella sua famiglia. La mia non c'è più.» E dopo una pausa: «Parli con sua madre della mia proposta. Che ne dice di fissare un appuntamento con lei tra quindici giorni?».

«Mia madre non sa nulla dei nostri incontri.»

«Dovrebbe parlarle di me. Desidero incontrarla e voglio il suo consenso al nostro matrimonio. È parte dell'accordo. Sempre se vorrà accettarlo.»

«Aspetto di ricevere il contratto.»

«Lo avrà prima di mercoledì.»

7
Roma, 16 ottobre 1991

Ruben la accompagnò a casa. Spaesata e insieme guardinga, gli sembrava uno di quei cani senza padrone che se gli allunghi una carezza non ti mollano più, ma che non dimenticheranno mai la vita randagia. Nella sua mente s'insinuò il dubbio di aver corso troppo e che quel patto avrebbe finito per sommare due sventure. Forse doveva tirarsi indietro e proporlo a un'altra donna. O magari a nessuna.

Pardes era un uomo ricco. Il cugino di Esther non conosceva che una minima parte del suo patrimonio ma di sicuro non aveva trascurato di sottolineare il benessere economico che la sua proposta di matrimonio contemplava. Eppure aveva intuito che per quella donna la libertà era più preziosa del denaro. Sarebbe stato capace di spiegarle che quel contratto condiviso era il massimo della libertà, quella di sottrarsi al caos e con un unico nodo risolvere i grovigli delle loro vite?

Ruben aveva condotto trattative lunghe e complesse. Era un venditore abile, un compratore prudente e un mediatore imbattibile. E sapeva per esperienza che se la controparte non è convinta le possibilità sono due: o vuole trattare sul prezzo o l'affare non le interessa. Nel caso di Esther, per quel poco che la conosceva, era certo che fosse la seconda delle due ipotesi.

Quando rincasò era notte fonda, ma di dormire non aveva voglia. Spalancò la portafinestra del salone e uscì in terrazzo. Attraverso gli alberi si intravedeva l'ansa del fiume avvolta dai vapori, i fari delle auto fendevano il buio e lontano si udiva lo sferragliare degli ultimi tram diretti al capolinea. Anche Ruben era a fine corsa, ma il suo era un capolinea inventato. Che bisogno aveva di un nuovo matrimonio? E di stilare un contratto perfetto che perfetto non avrebbe mai potuto essere? Cosa stava cercando di nascondere o di cancellare? Voleva dimenticare una madre che dopo la morte del marito giorno dopo giorno lo aveva allontanato da sé come un frutto avvelenato, scambiando il controllo con l'amore? Ora, tentando di imbrigliare il futuro nelle regole, si accorse che la stava imitando.

Quella notte le certezze di Ruben si erano dissolte. Forse era l'essenza sfuggente di Esther che non gli faceva bene.

Si tolse la giacca, si abbandonò sul divano e chiuse gli occhi.

"Come è andata con la tua principessa ebrea?"

La voce di Agnieszka s'insinuò all'improvviso nei suoi pensieri, metallica e ineludibile. Aprì gli occhi e incrociò quelli di lei, trasparenti come quelli degli husky che lo fissavano dalla foto nella pesante cornice d'argento al centro del tavolo che la cameriera, come sempre, aveva rimesso al suo posto.

"È andata come doveva andare. Sto preparando il contratto. Quello che avrei dovuto far firmare a te."

"Carta straccia."

"Ti odio."

"Più di quanto mi hai amato? Illuso. Almeno ti piace?"

"Non è in ballo la passione. Le sto proponendo un patto."

"Non si va a letto con un patto."

"Taci."

"Come si chiama?"

"Esther."

"È bella?"
"È strana."
"Mai come me."
"Tu mi hai rovinato la vita."
"Strana come?"
"Non vuole essere protetta. Non si fida del patto."
"Incomincia a piacermi."

Con un colpo secco, Ruben rovesciò la foto contro il tavolo. Agnieszka gli era rimasta dentro e non riusciva a liberarsene. Si allentò il nodo della cravatta e si versò da bere. Amava gli alcolici bianchi e secchi: tequila, rum bianco, gin, ma il suo preferito era la vodka, "l'acqua del demonio". Solo dopo un bicchiere colmo di Tovaritch gelata ritrovò la calma. L'operaio sovietico serigrafato sulla bottiglia tolta dal freezer sembrò persino sorridergli. Doveva avere le traveggole. La foto di sua moglie prendeva vita, faceva delle domande e lui le rispondeva, e l'etichetta della vodka si prendeva gioco di lui. Doveva decidersi a chiudere quella foto in un cassetto o in cassaforte, o gettarla nel fiume, ma nemmeno così era certo di riuscire a soffocare quella voce sarcastica che trovava sempre il modo di insinuarsi nei suoi pensieri. Squillò il telefono.

«Avvocato Pardes!»

«Anita, è notte fonda...»

«Non ti fai vivo da mesi. Sei sparito! Sono all'Hotel d'Inghilterra, mi raggiungi oppure chiamo un taxi e vengo io da te?»

«Pensavo che avessi capito. È finita...»

«Ho sempre saputo che non sarei stata capace di farti dimenticare tua moglie, ma possiamo comunque spassarcela come un tempo.»

«Non ho più tempo.»

«Brutta serata?»

«Forse.»

«Prenditi un antidepressivo, avvocato Pardes. Fuck you.»

Ruben si sfilò le scarpe, si versò di nuovo da bere e si allungò sul divano. Di lì a poche ore, alle nove, avrebbe concluso un contratto che gli garantiva un compenso sufficiente ad aggiudicarsi il quadro di un pittore viennese a cui faceva la posta da anni. Poi avrebbe stilato il contratto di Esther, clausola per clausola. Aveva appena chiuso gli occhi, assaporando il primo sonno, quando il ricordo delle gambe di Anita lo colse alla sprovvista. Ebbe un sussulto, ma scoprì che era fin troppo facile controllarlo. Non era stato così il giorno del funerale di Agnieszka.

Ogni dettaglio di quella mattina, e dei giorni atroci che l'avevano preceduta, era inciso nella mente di Ruben. Era una giornata di sole smagliante e dai viali del Green Wood Cemetery il profilo dei grattacieli di Manhattan era così nitido che sembrava di poterli toccare. Intorno alla bara, tra un gruppetto di attori vestiti in maniera stravagante, c'era lei, Anita, la migliore amica di sua moglie, con un cappello nero a larghe tese, un abitino nero aderente e le gambe inerpicate su tacchi esagerati. La cerimonia era stata rapida. Un istante dopo che il pastore aveva finito di recitare l'ultima preghiera, Ruben era già in auto con il motore acceso, pronto a scappare, quando aveva sentito bussare al finestrino.

«Mi dai un passaggio?»

Senza aspettare la risposta, Anita si era seduta accanto a lui, aveva lanciato il cappello sul sedile posteriore, si era sfilata le scarpe e aveva poggiato i piedi sul cruscotto lasciando che l'abito le scoprisse le cosce.

«Ti sembra il momento di guardarmi le gambe? Metti in moto piuttosto, siamo già stati fin troppo in questo cimitero.»

Portarla in un albergo di Brooklyn e possederla poche ore dopo il funerale di Agnieszka era stata una vendetta e insieme un modo per trattenere il ricordo di sua moglie. Si era convinto che fosse così. Più si è vicini alla morte e più si desidera furiosamente la vita.

«Niente pentimenti. Al tuo posto lei avrebbe fatto lo stesso» gli aveva sussurrato Anita scivolando fuori dalle lenzuola per rivestirsi.

Ruben aveva perso la testa. Improvvisamente, senza rendersi conto di quello che stava facendo, l'aveva schiaffeggiata più volte. Per tutta risposta lei lo aveva morso. Poi erano rimasti i baci e i respiri a pareggiare i conti. Era stata una notte lunga. E Agnieszka era sempre accanto a loro. A Ruben era persino parso di udire la sua risata. Era solo l'inizio. Da quella risata non sarebbe più riuscito a liberarsi.

8
Roma, 18 ottobre 1991

«Suo marito è uscito da dieci minuti. Aveva due carie del colletto» le sussurrò la segretaria del dottor Hausmann.
«È il mio ex marito, e non voglio sapere più nulla dei suoi denti.»
«Ha sempre più capelli bianchi... E, dia retta a me, ha l'aria infelice.»
«È infelice per i capelli bianchi. È sempre stato un vanitoso. Da quanto è uscito?»
«Dieci minuti.»
«Magari ha dimenticato la sciarpa, o l'agenda...»
«Non ha dimenticato nulla. Non c'è pericolo, non tornerà. Il dottore l'aspetta nella sala tre.»

Tutti gli uomini della sua vita avevano finito per abbandonarla, ma nessuno aveva abbandonato il dentista a cui li aveva affidati: il suo. Diventare amica dei suoi ex amori a Esther non era mai riuscito. Lei metteva un punto e andava a capo. Evitava con cura di incontrarli, e se li incrociava per sbaglio trovava sempre il modo di svicolare: cambiava marciapiede, fila di poltrone al cinema, o sala al museo. Una volta su un traghetto aveva fatto metà della traversata sul ponte di poppa sotto un vento sferzante pur di non incontrare un uomo con cui aveva passato una settimana a Parigi e che le aveva confessato di non amarla più non appena l'aereo di ritorno era atterrato a Fiumicino.

La sala d'aspetto del dentista è una trappola da cui è impossibile fuggire. Fingere di sfogliare distrattamente una rivista accanto a un uomo con cui hai diviso il letto e magari la vita è grottesco. Per non correre il rischio di incrociare vecchi amori nella sala d'attesa del dentista, Esther era stata costretta a diventare amica della sua segretaria.

Il primo appuntamento con Ruben Pardes le aveva regalato l'incubo delle candele che le incendiavano il letto, e dopo il secondo le era venuto un poderoso mal di denti.

«Sembra un pugile suonato» esordì Hausmann vedendo la guancia deformata.

«Lo sono» mormorò Esther abbandonandosi sulla poltrona azzurro pallido.

Assomigliare a un boxeur era il suo destino, ma questa volta a prenderle era stata lei.

Il dottore le fece scivolare più volte lo specchietto all'interno della guancia per ispezionare la gengiva infiammata e diagnosticò:

«Ascesso con infezione purulenta.»

Dopo averle tastato accuratamente il collo, dalla mascella alla clavicola, sentenziò:

«I linfonodi sono ingrossati, l'infezione potrebbe diffondersi. Dovrò drenare il pus per evitare che si crei una fistola.»

«Come è potuto succedere?»

«Non è una carie e nemmeno un dente spezzato. Di sicuro è colpa di un batterio.»

Esther immaginò Ruben Pardes, contornato da lunghi filamenti bianchi, ondeggiare in un liquido verdastro. "Il batterio è lui" pensò disgustata e insieme divertita.

Mentre a bocca spalancata aspettava che il dentista inserisse l'ago nella gengiva, Esther gli puntò lo sguardo sul collo e notò un inequivocabile livido ovale. Non aveva mai immaginato il dottor Hausmann senza il camice, e tantomeno tra le braccia di una donna.

Poco dopo entrò la segretaria senza far rumore, ma la voce scandì bene il nome affinché lei lo sentisse.

«Chiedo scusa, dottore, volevo avvertirla che c'è Paolo Bianchi in sala d'attesa. È venuto senza appuntamento perché ha perso una capsula giocando a basket.»

«Lo faccia accomodare nella sala quattro. Lo raggiungo tra pochi minuti.»

Quel giorno gli ex di Esther sembravano essersi dati tutti appuntamento dal suo dentista, che ormai era anche il loro. Quando il pus fu drenato, per Esther venne la parte più difficile: passare accanto alla sala quattro senza sbirciare. Non ci riuscì. Sdraiato sulla poltrona con le braccia conserte, le rivolgeva le spalle l'uomo con cui aveva trascorso un numero di anni sufficiente a farle pensare che almeno quella volta sarebbe durata. L'immagine galleggiava sfocata attraverso il vetro satinato ma intravide una tuta blu e delle scarpe da basket. La poltrona reclinata era così vicina al vetro che non poté non notare una chiazza rosata proprio al culmine del capo. "Non lo vedo da tre anni e già ha perso i capelli" pensò guadagnando l'uscita in punta di piedi.

«Sa che le dico? Con tutti i pazienti che gli ha portato, il dottor Hausmann dovrebbe farle lo sconto» le bisbigliò all'orecchio la segretaria accompagnandola alla porta con aria complice.

«È colpa mia. Dopo il divorzio dovevo entrare in clausura. A proposito, le suore di clausura come fanno quando hanno mal di denti?»

«Il dottore ne ha in cura tre. Per gli interventi più semplici andiamo noi in convento con l'attrezzatura portatile, nei casi gravi vengono qui loro. Ma solo fuori orario, quando lo studio è deserto.»

«Perfetto, prenderò i voti» borbottò Esther uscendo.

Dopo due giorni di antibiotici la guancia si era ridotta della metà, ma a essere gonfio adesso era il cuore. Rintanata nel letto, Esther si arrovellava sui suoi fallimenti amorosi. Convinta che l'esito delle lenzuola aggrovigliate fosse risolutivo, con tutti gli uomini che aveva amato ci era finita a letto prima di conoscerli davvero e prima di essere certa che ne valesse la pena. Era sempre stato l'abbaglio del desiderio a decidere. Così si faceva in quegli anni. E così facevano in molti, pensando che fosse giusto e persino sovversivo. E si scoprì a dare ragione a Ruben.

La carne acceca e confonde, ricatta e ossessiona. Si prende a forza la felicità dell'istante senza saperla custodire. La carne è pronta a tradire, perché come il dolore non ha memoria se non di se stessa.

Si guardò allo specchio e, ravviandosi i capelli con le dita, scoprì che alla radice erano già ricresciuti candidi ribellandosi al colore – "identico a quello naturale" – con cui il parrucchiere li mascherava regolarmente.

La prima ciocca bianca, come una fascia a lutto al negativo, era apparsa quando, a vent'anni, un incidente le aveva portato via il primo amore.

Si erano avvinghiati l'uno all'altra poche ore prima della disgrazia, in un sottotetto di Milano preso in prestito e infuocato da un'estate che non dava tregua. Sul pavimento la divisa da soldato di lui confusa con la biancheria di lei, due ragazzi stretti in un letto a una piazza per il tempo dell'ultima licenza prima del congedo. L'inverno sarebbe stato la loro rivincita, mancavano pochi mesi ma si erano baciati come se quei baci fossero gli ultimi. E così era stato. Esther era arrivata in stazione giusto in tempo per saltare sul treno per la capitale, ma lui in caserma non era arrivato mai. Travolto da un'auto a un incrocio: un incidente stupido, banale, terribile. La notizia l'aveva raggiunta il mattino dopo, appena entrata a casa e con il bagaglio ancora in mano. Mentre la voce al microfono le arpionava il cuore, Esther aveva serrato il manico della valigia per trattenere quel primo amore che scivolava via da lei lungo il filo del telefono.

Quando un cuore si ferma, sparisce quello che è stato e anche quello che sarebbe potuto essere.

Era tornata a Milano. Il viaggio appena compiuto ma al contrario. La vita rovesciata lungo le rotaie.

Era la prima volta che Esther si trovava davanti a un corpo senza vita. Il ragazzo disteso sul marmo, coperto fino alle spalle da un lenzuolo, non era più lui, ma un estraneo che gli somigliava e basta. Prima che quell'immagine cancellasse per sempre tutte le altre, aveva distolto lo sguardo a forza. Nel vetro dell'unica finestra della camera mortuaria aveva visto riflesso il proprio volto smarrito. E si era accorta che tra i capelli le era spuntata una ciocca bianca, sottile come una ferita.

Non seppe mai quanto tempo avesse trascorso accanto a quello che restava del suo innamorato, e neppure come fosse riuscita a tornare in albergo. Ma cosa aveva fatto di quella striatura candida lo ricordava perfettamente. Davanti allo specchio, con un colpo di forbice, l'aveva tagliata via insieme al ricordo di un amore appena nato che sarebbe potuto durare una vita. Da quel giorno si era tinta i capelli con una regolarità ossessiva. Per non vedere quanto il bianco accecante di quel marmo, di quel lenzuolo e di quell'amore le fosse rimasto incollato addosso.

Sporgersi sui precipizi del suo passato era una vertigine di cui Esther non riusciva a fare a meno. Si ricordò di quello che le diceva la madre, quando la sentiva rimuginare:

«Non pregare nel tempio distrutto. Se ti fermi e guardi indietro, ti trasformi in una statua di sale come la moglie di Lot.»

«Il sale conserva, è prezioso...»

«Il sale brucia e corrode.»

Giuditta intuiva che la forza devastante del rimpianto poteva paralizzare la figlia.

«L'angelo ordina a Lot e alla sua famiglia di fuggire sulle montagne per non essere travolti dalla distruzione di Sodoma. Ma la moglie, a cui la Genesi non attribuisce nemmeno il nome, gli disobbedisce.»

«Perché si volta?»

«Si gira e guarda Sodoma distrutta perché non si perdona la fuga. Impara a perdonarti e a perdonare.»

Esther non era la sola a comportarsi come la moglie di Lot. Anche gli uomini con cui aveva diviso casa, lenzuola, guardaroba e intimità avevano l'abitudine di voltarsi a guardare indietro. E nel farlo avevano sempre trovato delle ex con cui tradirla. Il marito si era fatto scoprire in un girotondo di amanti, qualcuna nuova e molte ripescate. Quello dopo l'aveva lasciata per sposare la fidanzata che aveva abbandonato per lei cinque anni prima. E quello dopo ancora era scappato con una precedente fidanzata che lo aveva già aiutato a separarsi dalla moglie e che si era resa subito disponibile per portare a termine la nuova missione.

Quello del ricordo è il mastice più tenace. Le ex ne conoscono la forza e si insinuano tra i frammenti di un amore per riparare il danno a loro vantaggio. Di quegli amori andati in pezzi, era stata proprio lei a intuire le prime crepe, ma aveva tenuto così ostinatamente insieme i cocci da costringere gli uomini che aveva amato, e di cui si era presto disamorata, a procurarsi delle esperte guastatrici che li liberassero dalla sua stretta tenace.

Dagli uomini Esther era sempre stata abbandonata, avendoli abbandonati lei per prima, senza riuscire ad ammetterlo.

Il ghiaccio era diventato acqua e la guancia era ormai sgonfia. Si ripromise di non pensare più ai suoi trascorsi amorosi ma di cominciare a indagare su quelli dell'avvocato Pardes. Se il contratto fosse andato in porto, era proprio una ex di Ruben che avrebbe dovuto temere? Per tenere a bada il passato, Esther anticipava un futuro improbabile a cui affibbiava il passato come un destino. Il contratto non era ancora arrivato. Forse il suo spasimante era meno perfetto di come lui stesso si raccontava, o forse stava proponendo l'affare alla persona sbagliata.

9
Roma, 23 ottobre 1991

Lo stesso giorno e alla stessa ora della settimana precedente, la voce sabbiosa risuonò al citofono.

«Ho preferito che lo ricevesse dalle mie mani» disse Ruben porgendo a Esther una busta color avorio, non appena lei salì in macchina. «È solo una bozza. Dopo averla letta annoti pure a margine dubbi o proposte.»

Le loro dita per un istante si sfiorarono.

Era una di quelle serate fredde e brumose in cui l'autunno sembra arrendersi precocemente all'inverno e chi può se ne rimane volentieri a casa. L'automobile del suo pretendente attraversava una città semivuota che sembrava voler anticipare la notte.

«Ho prenotato un tavolo in un piccolo ristorante dove preparano un ottimo cuscus. Le piace il cibo piccante?»

«Lo adoro...»

«Ho sempre vissuto in città del Nord: Londra, New York, Parigi, Basilea, Ginevra... Ma amo il Sud e il cuscus mi dà l'illusione di essere in Medio Oriente» aggiunse Ruben come per giustificarsi.

Il ristorante era in una via stretta e tortuosa, appena rischiarata dalla luce dei lampioni che faticava a farsi strada nella nebbia densa e ovattata. Quando intravide una scritta al neon rossa che disegnava con un paio di arabeschi di troppo il nome del locale, "Alphonse", Esther capì che erano giunti alla meta. Dopo aver sceso tre gradini scivolosi, si trovò davanti a una porta a vetri, velata da tendine ricamate, che esibiva una vistosa maniglia a forma di sciabola ricurva. Rumoroso e affollato, l'Alphonse doveva essere il crocevia di molte malinconie: francesi nostalgici della guerra d'Algeria, nordafricani che rimpiangevano i suk del Mediterraneo, un paio di coppiette schifiltose che si pentivano di non aver prenotato in tempo un ristorante tradizionale. Un omone con indosso una djellaba color amaranto veleggiava tra i tavoli reggendo terrine fumanti e odorose. Aveva tutta l'aria di essere il padrone.

«*Alphonse, elle est prête ma table?*»

«*Mais oui bien sûr, monsieur Pardes!*»

Dopo averli accompagnati in una saletta con il soffitto a volta e le pareti foderate di tappeti, gli indicò un tavolino rotondo con al centro tante piccole candele. Nel suo ristorante una lista forse non c'era mai stata e non c'era bisogno di ordinazioni, decideva lui per il cliente. Tornò dopo pochi minuti con un vassoio di rame carico di vivande. Dopo aver disposto i piatti di terracotta ricolmi di carni speziate, di verdure e di cuscus, si congedò con una raccomandazione:

«Va mangiato con tre dita della mano destra secondo la tradizione islamica, perché: "Con un dito mangia il diavolo, con due il Profeta e con cinque l'ingordo". *Bon appétit...*»

«Musulmano?» fece Esther quando l'uomo se ne fu andato.

«Nel Mediterraneo, il cuscus è il punto d'incontro delle tre religioni monoteiste. Alphonse è un ebreo libico, ma conosce il Corano più e meglio dei suoi clienti musulmani.»

Subito dopo Alphonse era già di ritorno con una teiera profumata di menta e una caraffa di vino rosso. Posò entrambe sul tavolo e si allontanò con un sorriso enigmatico.

Per la prima volta, Ruben sembrò perfettamente a suo agio.

«Tè alla menta o vino?»

«Tè alla menta.»

«Ottima scelta» e, dopo averle riempito il bicchiere istoriato da ghirigori dorati fino all'orlo, le sussurrò: «Debbo dirle quello che ho pensato non appena l'ho vista: stasera è bellissima».

Il vapore che saliva dal bicchiere sfocava i lineamenti levantini di Ruben ma la voce la raggiungeva suadente e carezzevole. Dunque l'abito di maglia verde acqua e il trucco leggero da fidanzata perfetta avevano centrato il bersaglio? Forse il cibo piccante e il tè alla menta le avevano acceso il colorito, o forse... L'incanto durò un istante.

«Il contratto ora è nelle sue mani. Il resto troverà la sua strada.»

Il fascino di un amore in differita, da consumare con calma e al momento opportuno, evocato in quel bozzolo profumato di spezie, fece il suo effetto. Esther piluccò il cibo con due dita e osò intingerne uno in una salsa. Per il diavolo c'era tempo.

Quando Ruben la riaccompagnò a casa ed era sul punto di congedarsi, Esther si decise:

«Se sceglierò di fare parte della seconda metà della sua vita, devo sapere di più sulla prima. L'amore, per esempio...»

«È legittimo.» Ruben esitò un istante, si ravviò i capelli e cominciò: «Ho avuto molte avventure. E una moglie che è morta qualche anno fa».

«Ebrea?»

«No.»

«Le aveva sottoposto un contratto?»

«No.»

«E non avete avuto figli?»

«No.»

«Desiderava figli da lei?»

«Naturalmente sì.»

«Pur sapendo che non sarebbero stati ebrei perché figli di una madre non ebrea?»

«Sì.»

«Doveva esserne molto innamorato.»

«Sì. Per questo sto scegliendo di percorrere una strada diversa.»

«Il matrimonio combinato?»

«Un matrimonio ragionato, pensato, concordato, nel quale i desideri dell'uno e dell'altra escano allo scoperto prima che la passione confonda le acque.» Deglutì, si passò la mano sulla fronte e riprese: «Se fosse stata sincera, se mi avesse detto prima che avere figli era l'ultima cosa al mondo che desiderava, avrei potuto anche continuare ad amarla...».

«Forse non lo sapeva, forse...»

«Non poteva non saperlo.»

«Come è morta?»

«Uccidendo nostro figlio.»

Con le spalle curve e a capo chino, come un colpevole, Ruben le sembrò un vecchio.

«Li ho persi entrambi» mormorò.

Improvvisamente si raddrizzò, la guardò dritto negli occhi, le prese le mani e gliele baciò, prima sul dorso e poi sul palmo. Le labbra avevano sfiorato la pelle solo per un istante ma Esther sentì che erano morbide e calde.

«Io le prometto tutto me stesso. Rifletta, se la sente di fare altrettanto?»

Con un sorriso triste le augurò la buonanotte e si allontanò, ma di sorpresa tornò sui suoi passi.

«Non abbiamo fissato il nostro prossimo appuntamento.»

«Mercoledì?»

«È libera domenica mattina? Per una volta potremmo incontrarci alla luce del sole.»

«D'accordo, la aspetto domenica alle undici.»

«Legga il contratto e chieda a sua madre quando è disponibile per un incontro. Voglio conoscerla.»

«Promesso.»

Esther pensò che Ruben fosse pazzo, ma doveva riconoscere che sapeva giocare le sue carte. Si accorse di desiderarlo e che se non fosse stato per quello stupido contratto lo avrebbe già baciato e tutto il resto...

Era stufa di guardare indietro come la moglie di Lot. Quegli strani appuntamenti fuori dal tempo erano la palestra dove allenarsi al futuro.

10
Roma, 24 ottobre 1991

Esther mantenne la promessa, ma con Giuditta andò esattamente come aveva previsto. Arroccata sulla sedia a rotelle, come sempre, sparò ad alzo zero.

«Vuoi sposare una clausola? Contenta tu...»

«Voglio fare pace con me stessa. O forse voglio complicarmi la vita...»

«Solo un pazzo ha bisogno di un contratto.»

«Lo firmeremo insieme. È una garanzia per entrambi.»

«È la prova che a essere pazzi siete in due.»

«Mamma...?!»

«Ma che validità pensi che abbia questo documento? Nessuna.»

«Ho capito, Ruben Pardes non ti piace. Sappi però che lui ti vuole incontrare.»

«Ho conosciuto molti dei tuoi amori e tutti ti hanno fatta soffrire. Almeno quest'ultimo risparmiamelo. Non ho più l'età per gli esperimenti.»

«Mamma, ti prego, accetta di incontrarlo, ho bisogno del tuo aiuto...»

«Farà il terzo grado alla nostra famiglia.»

«Ma no...»

«Ho capito, speri che io lo spaventi e che lui annulli il contratto. Un'astuzia diabolica: non sarai tu a rifiutarlo, ma lui a rifiutare noi.»

«Perché dovrebbe farlo?»

«Non sono iscritta alla comunità ebraica, non vado in sinagoga nemmeno a Kippur, ho sposato un cristiano e i miei figli sono tutti battezzati. Vi ho lasciati liberi di pensarla come volevate: chi si è sbattezzato, chi è tornato ebreo e chi come te cerca a tutti i costi di incollare i cocci.»

«Ti sei mai chiesta il perché di questa confusione?»

«Io la chiamo libertà. E non è poco.»

«Non hai mai rispettato le regole. Fare i conti con la tua libertà è toccato a noi figli.»

«Le regole... Ho odiato quelle imposte dai fascisti e ho sempre detestato quelle inutili. Pensavo che la libertà fosse l'unica legge, per quelli della tua generazione.»

«Lo è, ma guarda i risultati!»

Ivanka, la badante ucraina in prova da una settimana, un donnone che trascinava il corpo pesante come fosse una condanna, comparve alle spalle di Giuditta.

«Cena pronta. Io porto te tavola» disse e, senza aspettare la risposta, impugnò i manubri della sedia a rotelle e fece scivolare Giuditta in camera da pranzo.

«Perché hai apparecchiato per due?»

«Tu e tu filia mangia insieme. O no?»

«E tu dove mangi?»

«Io mangia cucina.»

«Ma no, tu mangi con noi.»

«Io mangia cucina.»

«Non se ne parla, tu ti siedi e mangi insieme a noi.»

«Perché?»

«Perché sono comunista, io...»

«Comunista? No!» disse Ivanka sbarrando gli occhi e coprendosi il volto con le mani a croce come davanti a un vampiro.

Giuditta capì di aver fatto un passo falso. Per scusarsi, con un sorriso mite, aggiunse:

«Ma no... noi non siamo come i comunisti russi! Noi siamo comunisti italiani. Comunisti buoni...»

In un lampo, il salotto di Giuditta era stato attraversato dal fantasma della Guerra Fredda, dal totalitarismo sovietico e dallo strappo del comunismo italiano. Settant'anni in un secondo.

Ivanka capì, o finse di capire. Palesemente interdetta, cedette e mise in tavola anche il suo piatto. E da quel giorno riservò a Giuditta lo stesso sguardo adorante che rivolgeva tutte le sere all'icona della Madonna di Pochaev che troneggiava sul suo comodino.

Giuditta era costretta sulla sedia a rotelle da anni e tutte le badanti che si erano avvicendate al suo fianco avevano finito per amarla. Tutte straniere e tutte di religioni differenti, avevano vissuto nella stessa ordinata e festosa anarchia in cui lei aveva cresciuto i figli.

«Visto che è musulmana, può prendersi il venerdì come giorno libero. E, se vuole, per pregare può usare il piccolo tappeto persiano che è in salotto vicino al divano. Lo porti pure nella sua stanza se le fa piacere» aveva detto sin dal primo giorno a Karima, una ragazza marocchina dai capelli folti e corvini e dagli occhi vellutati che era rimasta con lei per un anno.

«Io appena arivata Italia, tu signora conosci direzione Mecca?» le aveva domandato nel suo italiano incerto.

Giuditta non aveva la minima idea di quale fosse la direzione della Città Santa, ma voleva mettere Karima a suo agio. Così, ricordandosi che le cugine gemelle le avevano più volte segnalato che la direzione di Gerusalemme corrispondeva alla posizione dell'angoliera di ciliegio del salotto, convinta che fosse più o meno dalla stessa parte della Mecca, la indicò alla ragazza. Nella direzione dell'angoliera, per un anno, cinque volte al giorno, sbagliando mira di vari gradi per colpa di Giuditta, Karima aveva pregato felice.

Poi era stata la volta di Antoneta, una romena dal naso affilato e gli occhi troppo piccoli che si era dichiarata al contempo vegetariana e seguace di una setta puritana dal nome esotico che imponeva il riposo assoluto il sabato

«Mi ero abituata al venerdì di Karima, ma andrà bene anche il sabato. Quanto alla carne, io continuerò a mangiarla, magari un po' meno, per solidarietà» aveva commentato Giuditta incuriosita e accogliente come sempre.

I problemi erano cominciati a sorgere quando aveva scoperto che Antoneta, fermamente convinta che la televisione fosse la porta d'ingresso del diavolo, non appena sullo schermo comparivano ballerine o film audaci si rintanava in camera a pregare. Giuditta diffidava dei moralisti, e aveva avuto la certezza che qualcosa non filava per il verso giusto quando Antoneta aveva steso per la prima volta il suo bucato.

«Ho già telefonato a tua sorella e le ho raccontato tutto, ma lei sostiene che la pazza sono io.»

«Cosa succede?» aveva risposto Esther preoccupata.

«Ho visto il primo bucato di Antoneta.»

«E allora?»

«Mutande con un nastrino in mezzo alle natiche, pizzi ovunque e persino una sottoveste con dei buchi al posto del seno.»

«Dove è il problema?»

«Nessuno, a parte che non sa regolare i programmi della lavatrice e ha centrifugato un mio golf di cachemire bianco insieme a un suo bustino di pizzo verde smeraldo, con il risultato che il mio golf è verde pisello ed è della taglia di un neonato e al suo bustino si sono sfilate tutte le stecche. Il problema non sono i lavaggi, ma la coerenza. Vivere con una cinquantenne che recita una preghiera ogni volta che in televisione si intravede un bacio, ma stende in balcone un bucato da entraîneuse, non mi fa sentire al sicuro.»

Aveva visto giusto. Tre mesi dopo, senza preavviso, Antoneta era scappata con un falegname conosciuto al mercato che doveva aver apprezzato la sua biancheria ben più di Giuditta. Non si era fatta più viva.

Prima ancora di Karima, Ivanka e Antoneta c'erano state la messicana Carmela e la filippina Joselin. Per Giuditta, che non aveva mai viaggiato, le badanti erano al contempo un'agenzia di viaggio e un corso di cucina a domicilio. Aveva imparato ad apprezzare il chili e le tortillas di Carmela, e giudicava il borsh di Ivanka pesante ma appetitoso. Dopo aver assaggiato il pesce con salsa di banana e ketchup di Joselin aveva invece deciso di regalarle un libro di cucina italiana. Le badanti la adoravano e lei le ricambiava con un affetto che ingelosiva i figli.

Quella sera, terminata la cena, Ivanka si ritirò nel fortino della cucina a lavare i piatti. Giuditta non aspettava altro per riprendere il discorso interrotto e stuzzicare sua figlia.

«Questo tuo nuovo spasimante almeno è bello?»

«Sembra un mediorientale.»

«Ebrei e arabi spesso si assomigliano, d'altronde siamo cugini. E ti piace?»

«Ci diamo ancora del lei e non ci siamo mai sfiorati.»

«Ma è naturale, il "contratto" prima di tutto!» declamò Giuditta sottolineando l'enfasi con un gesto teatrale della mano a indicare il cielo.

«Non ci prendere in giro.»

«Non vi date ancora del tu e sei già passata al noi?» E con voce carezzevole aggiunse: «Attenta, le regole possono essere nascondigli di misteri ben custoditi. Cerca di indagare su di lui. Non hai bisogno di un secondo matrimonio e hai già avuto molte delusioni».

La domanda che stava per farle a Esther ronzava in testa da sempre. E finalmente quella sera trovò il coraggio:

«Mamma, ma tu perché non hai sposato un ebreo?»

«Perché ero innamorata di tuo padre.»

«Nessun ragazzo ebreo ti piaceva?»

«Tuo padre non lo ha mai saputo, ma c'era un ragazzo che abitava nel palazzo di fronte al nostro che mi corteggiava. Era più grande di me, era iscritto al primo anno di università e studiava clarinetto. Per non disturbare la famiglia si esercitava sulla rotonda di uno stabilimento dove mi allenavo per le gare di nuoto. La melodia mi raggiungeva anche mentre ero sott'acqua.»

«Suonava per te.»

«Credo di sì.»

«Dopo la guerra lo hai rivisto?»

«Mi ha cercata lui. Si erano salvati scappando al Sud.»

«Non ti piaceva quanto papà?»

«Tuo padre era bellissimo. E ci ha aiutati senza chiedere nulla in cambio. O forse il cambio ero io...» Poi, dopo una lunga pausa, aggiunse: «No, non lo avrei mai sposato».

«Perché?»

«Tuo padre profumava di cinematografo e di risate. Quel clarinettista era una sfumatura del mio stesso colore, il colore della paura che volevo cancellare. Sposarlo sarebbe stato come sposare un fratello... Quasi un incesto.»

La madre aveva resistito alle sirene dell'identità che nella testa della figlia stavano urlando all'impazzata.

11

Roma, 25 ottobre 1991

Alle otto del mattino, Fiamma si attaccò al citofono dell'amica come un naufrago alla scialuppa.

La prima scampanellata Esther nemmeno la sentì. Alla seconda si svegliò di soprassalto. Alla terza si affacciò alla finestra che dava sulla strada e dall'alto riconobbe la nuvola di riccioli rossi dell'amica.

Poteva lasciare fuori dalla porta chiunque, ma non Fiamma. Era stata sua compagna di banco al liceo, custode di confidenze segrete e complice di audaci scorribande: la prima notte in tenda, il primo spinello, il primo viaggio a New York. Con lei il disordine, la pigrizia, l'esagerazione e la fatuità. Con lei la politica, le occupazioni, i volantini e i pugni chiusi. Con lei la prima cocente delusione.

«Ha quasi settant'anni e ha l'odore dei vecchi, ma sono sopravvissuta. La parte è mia!» le aveva confessato trionfante dopo la prima notte passata con il regista che l'aveva chiamata per un provino.

«Proprio come quelle che non ci sono mai piaciute.»

«Come quelle che ce la fanno.»

Non si erano viste per dieci anni. A ricucire era stata Esther. La prima volta che Fiamma aveva recitato da protagonista, lei si era presentata con un mazzo di fiori nel suo camerino.

Avevano trascorso la notte a raccontarsi gli anni in cui erano state lontane.
«Fai la ritoccatrice fotografica, ma che mestiere è? Tu hai studiato pittura, storia dell'arte...»
«E ora studio da prestigiatore.»
All'alba si erano giurate che non avrebbero permesso a niente e a nessuno di dividerle una seconda volta. Ma non era stato così. Le amicizie, come gli amori, possiedono un'aura. La loro ormai era svanita.

Quando l'ascensore arrivò al piano, Esther si ritrovò davanti un'altra Fiamma.
«Guarda cosa mi ha combinato il fotografo. Trucco sbagliato, luci che tirerebbero fuori le rughe a un'adolescente, figurati a me... E poi si vedono le cicatrici» disse agitando un ventaglio di fotografie in bianco e nero sotto il naso dell'amica.
I vestiti le penzolavano sul corpo smagrito; pallida, senza un'ombra di trucco e con le sopracciglia aggrottate, l'amica era il ritratto della disperazione. Esther, ancora in pigiama, con i piedi nudi e i capelli arruffati, la fece subito entrare. Mentre le preparava il caffè, con i gomiti appoggiati al tavolo della cucina e la testa incassata nelle spalle, Fiamma si accese una sigaretta. Più che fumare succhiava avidamente.
«Non lavoro da un anno. Sai com'è con il teatro: mancano i soldi, i fondi pubblici non arrivano e ci sono sempre quelle più giovani che si ficcano nel letto del regista e all'ultimo ti soffiano la parte.»
Mandò giù il caffè bollente in un sorso, spense la sigaretta nel piattino e ne accese subito un'altra. Aveva un'aria fragile e vulnerabile che Esther non ricordava. Solo i riccioli rossi erano quelli di un tempo.
«Voglio tentare con il cinema, ho trovato una strada... È solamente una particina, ma le foto devono essere dal produttore domani mattina. Tu sei fotografa e nel cinema tutti dicono che sei la migliore...»

«Potevi venire prima. Ti avrei fatto io gli scatti giusti...»
«Hai ragione, tu hai sempre ragione...»
Fiamma dispose le fotografie a ventaglio sul tavolo.
«Dimmi che puoi fare qualcosa.»
Esther con il bianco e nero in camera oscura faceva miracoli. Ma prima voleva sapere.
«Cos'è questa storia delle cicatrici?»
Fiamma si strinse nelle spalle, accese l'ennesima sigaretta, e dopo due sbuffi di fumo:
«Passati i trentacinque lo fanno tutte.»
«Cosa?»
«I ritocchini. Una tiratina, giusto per rimanere sul mercato. I soldi me li ha prestati Sergio, quel costruttore che mi ronzava intorno. È sempre pazzo di me, ma è più tirchio di un rabbino... Scusami, Esther, è un modo di dire, sai che ho molti amici ebrei, il mondo dello spettacolo poi ne è pieno...»
«Lascia perdere, continua.»
«Invece di andare dal migliore ho dovuto ripiegare su un chirurgo che costava meno e guarda cosa ha combinato.»
Fiamma con la mano raccolse i riccioli rossi e mostrò due grinze che correvano tra l'attaccatura dei capelli e le orecchie.
«Altro che invisibili, guarda che segni... Ho provato a coprirli con il cerone, ma più ne mettevo e più diventavano evidenti.»
Esther sfiorò con un dito una cicatrice e poi l'altra, e l'abbracciò come si fa con una bambina. Quando però sentì le lacrime di Fiamma inumidirle il collo, tornò la boxeur che era stata un tempo, la afferrò per le spalle e cominciò a scuoterla.
«Cosa ne è delle ragazze che volevano rovesciare il mondo e se ne fregavano di tutto e tutti?»
«Stiamo invecchiando.»
Con le palpebre arrossate e la faccia pesta, nonostante il lifting, Fiamma dimostrava dieci anni di più.
«Asciugati le lacrime e lascia fare a me.»

Con lo sgarzino e un pennellino di martora intinto nella china, utilizzando i filtri e i tempi di esposizione o intervenendo con l'areografo, Esther era capace di restituire luci, ombre e illusioni. Grazie a quel lavoro al confine tra il miniaturista e il pittore, tra il ladro e l'illusionista, poteva far sparire orologi, sigarette e persino mariti dalle foto dei matrimoni. Le cicatrici di Fiamma scomparvero, e si volatilizzò anche qualche ruga di troppo attorno agli occhi e agli angoli della bocca. Il risultato era sorprendente.

«Sei una maga, poi ti dico come è andata.»

«Le ho cancellate dalle foto ma non posso cancellarle dalla pelle. Come farai il giorno del provino?»

«Sciolgo i capelli. Se c'è bisogno scompiglio quelli del regista... Gli uomini sono degli stupidi e vogliono solo essere comandati. Ce la farò, ce l'ho sempre fatta.»

«Perché mi hai cercata?»

«Perché sei la migliore. Le foto devono passare la selezione. Voglio arrivare al provino. E poi...»

«Poi cosa?»

«Volevo rivederti.»

Per un istante Fiamma era tornata la ragazza capace di prendersi gioco del destino che Esther aveva amato, ma sapeva che era l'ultimo incontro. Non l'avrebbe vista invecchiare, Fiamma non voleva testimoni.

12
Roma, 27 ottobre 1991

Dalla disinvoltura con cui Ruben si aggirava per le sale trovando a colpo sicuro i quadri che voleva mostrarle, Esther capì che conosceva quel museo come le proprie tasche. Per fare colpo, lei sfoderò gli esami di Storia dell'arte e un paio di intuizioni su pennellate e campiture. Parlarono degli artisti sopravvalutati e di quelli dimenticati e scoprirono la passione comune per i pittori della Scuola romana, ma Ruben evitò di rivelarle che ne aveva acquistato uno a un'asta a Parigi. Voleva che fosse solo il contratto a decidere.

Era una giornata assolata e usciti dal museo decisero di fare un giro a Villa Borghese. Camminarono sotto l'oro brunito degli alberi facendo scricchiolare il tappeto di foglie che ricopriva la terra fino a che non arrivarono al laghetto. All'ora del pranzo, invece di andare a caccia di un ristorante, finirono per comprarsi un panino in un chiosco e mangiarlo seduti su una panchina. Ruben si macchiò la cravatta, Esther inumidì un fazzoletto alla fontana e lo aiutò a pulirla rimproverandolo come si fa con un figlio. Si davano ancora del lei ma ormai aveva tutta l'apparenza di un tu.

"Senza mai essere stati amanti sembriamo già una di quelle coppie che hanno passato insieme una vita e che si sono perdonate quasi tutto. Senza esserci mai baciati siamo già come chi non si bacia più" pensò Esther con un lampo di nostalgia per i suoi amori arruffati e carnali.

Rimettendo in borsa il fazzoletto si ricordò della macchina fotografica che ci aveva ficcato dentro uscendo di casa e la ripescò.

«Una Leica, è la mia preferita!» esclamò Ruben compiaciuto.
«Io amo la Hasselblad ma questa è più maneggevole.»
«Colore?»
«Bianco e nero.»
«Peccato, questa giornata meritava i colori.»
«Sarà il ricordo ad aggiungerli.»

Esther puntò con l'obiettivo un bassotto che, tenuto al guinzaglio da una signora elegante, stava sguazzando in un cumulo di foglie secche. Poco distante, un levriero afgano guardava timido il vortice senza avere il coraggio di buttarsi. Il padrone, un uomo sulla sessantina con uno stravagante papillon, finalmente capì e allentò il guinzaglio. La virgola nera del bassotto e la lunga parentesi color miele del levriero diventarono un'unica punteggiatura in un mulinello giallo arancio. Esther scattò a raffica.

«È puro?» chiese la padrona del bassotto indicando il levriero.

«Purissimo» rispose l'altro. «E il suo?»

«Ha una genealogia di tutto rispetto. I suoi antenati hanno vinto molti concorsi.»

«Complimenti...»

«Grazie. Il suo ha mai vinto dei premi?»

«Un paio, purtroppo una piccola imperfezione dell'anca non mi permette di farla accoppiare con un maschio alla sua altezza.»

«È un peccato. L'ha sterilizzata?»

«Naturalmente, non voglio mica dei bastardi...»

Trascinandosi dietro i loro purissimi campioni, si allontanarono parlottando finché la conversazione non fu più intelleggibile.

«Nessuno è più inconsapevolmente razzista dei proprietari dei cani» commentò Esther.

«Il pedigree è solo una carta d'identità. Garantisce che non ci sia consanguineità degli avi e sgombra il campo dalle patologie ereditarie.»

«Un'eredità dell'eugenetica.»

«C'è chi preferisce i meticci. Io sono uno di quelli. Sono figlio unico e sono cresciuto con una cagnolina dalla genealogia incerta. L'avevo chiamata Miss. Mia madre la detestava, ma io non mi addormentavo se non c'era lei ai piedi del letto. Si è mai chiesta perché i cani di razza non sono mai intelligenti e affettuosi come i meticci?»

«Perché i meticci sono i migliori.»

Esther puntò l'obiettivo verso Ruben e scattò. Lui si schermì ma lei scattò di nuovo. Continuò finché lui cominciò a fare il buffone accennando le smorfie di chi si mette in posa: corrugò le sopracciglia, si accarezzò il mento con la mano, si ravviò i capelli e infine scoppiò in una risata. Solo a quel punto Esther si staccò dal mirino della Leica.

«Ormai lei è mio, avvocato Pardes. Con queste foto posso ricattarla.»

«Spero di potermi permettere il riscatto.»

«Non ho ancora deciso l'importo ma la avverto: avrà molti zeri...»

«Le va di continuare la passeggiata?»

Sbucarono a piazza del Popolo, percorsero via del Corso e raggiunsero piazza Venezia, di lì lungo i Fori imperiali fino al Colosseo. Avevano camminato per chilometri senza accorgersene, ma l'automobile era rimasta vicino al museo.

Ruben lasciò sola Esther il tempo di fermare un taxi. Ma, mentre salivano in auto, due ragazzi in scooter le strapparono la borsa. L'autista fece di tutto per acciuffarli ma fu inutile: si erano dileguati nel traffico.

«Mi dispiace, è colpa mia, l'ho lasciata sola... Rimedierò.»

«Non importa.»

«Nella borsa, oltre alla Leica, cosa c'era? Il portafoglio, i documenti, le chiavi di casa, immagino...»
«Per fortuna almeno le chiavi le ho nella tasca del soprabito. Ma nella macchina fotografica c'erano gli scatti di oggi...»
«Ce ne saranno altri.»

Quando il taxi arrivò sotto casa di Esther, lui la rassicurò.
«Mi dia giusto un po' di tempo. La chiamerò se riesco a recuperarla...»
«D'accordo.»
Alle sette squillò il telefono.
«Ho la borsa. Tra mezz'ora sarò sotto casa sua. Merito un festeggiamento. Aperitivo?»

Davanti a un Margarita, con aria trionfante Ruben le restituì la borsa.
«Come ha fatto?»
«Gli avvocati hanno i loro agganci. Il figlio del mio portiere frequenta brutti giri. L'ho già salvato in un paio di processi per furtarelli. È bastato avvertirlo e ha ritrovato subito la refurtiva.»
Avevano trascorso tutta la giornata insieme e, magicamente, il contratto non era ancora stato nominato.
Quando la riaccompagnò, Ruben spense il motore e prima di salutarla non riuscì a trattenersi:
«Lo ha già letto?»
«No.»
«Intende farlo a breve? Rischiamo di diventare inutilmente amici.»
«Lo troverebbe inutile?»
«Perfino pericoloso.»
«Lo leggerò. Promesso. E le invierò una risposta scritta» disse Esther lanciandogli un'occhiata di sfida.
«Perfetto, attendo con ansia», e aggiunse: «Avevo ragione a volerla incontrare di giorno. Lei è incantevole».

Esther abbassò lo sguardo. Protocollava i suoi complimenti senza decifrarli. Incominciava a essere attratta da Ruben oppure dai confini invalicabili dell'avvocato Pardes?

Mentre apriva lo sportello dell'auto per farla scendere, Ruben si scoprì a sbirciarle le gambe. Gli erano sempre piaciute le gambe delle donne e quelle di Esther, agili e nervose, lo colpirono. Avrebbe voluto trattenerla, ma si erano già detti tutto e finirono per salutarsi appena, con imbarazzo.

Era già arrivato in fondo alla strada quando fu preso dalla nostalgia per quella giornata così semplice e così felice. Improvvisamente invertì il senso di marcia e tornò indietro. Avrebbe suonato al citofono, magari lei l'avrebbe invitato a salire... Era curioso di vedere il suo appartamento. Di sicuro c'erano libri ovunque, manifesti di mostre alle pareti, ricordi di viaggi e qualche mobile di modernariato. Una tana dove rifugiarsi.

Era a pochi metri dal suo numero civico, quando la vide sbucare dal portone e imboccare a passo veloce la prima traversa. Non riuscì a resistere alla tentazione e la seguì con il motore al minimo rimanendo a una certa distanza per non essere visto. Esther prese al volo un autobus che si arrampicò fino a un quartiere poco lontano dal centro, quindi scese a una fermata in una piazza alberata e sparì nell'androne di un palazzo. Ruben accostò l'automobile al lato opposto della strada e spense il motore.

"Le ho appena proposto un contratto di matrimonio e già la pedino?" si interrogò smarrito.

Si erano incontrati solo poche volte ma quella donna stramba, non particolarmente bella, che non cercava marito e forse non avrebbe mai accettato il suo contratto, lo affascinava. E cominciava a desiderarla. Minuta, grandi occhi scuri, fianchi sottili e seno di una carnalità mediterranea, Esther non aveva il tipo di femminilità che in passato aveva riempito i suoi sogni e il suo letto. Vissuto in America o sotto i cieli brumosi del Nord Europa, Ruben aveva sempre amato il pallore ceruleo delle slave, il vuoto attonito degli occhi chiari e la lanugine dorata che vela le pelli color latte. A disorientarlo e ad avvincerlo era la sua solitudine, e quella camminata ondeggiante e come sospesa che sembrava farla galleggiare nell'aria.

Si ritrovò a pensare che se avesse rifiutato di firmare il contratto forse sarebbero potuti diventare amanti. Per la prima volta la immaginò nuda. E se lei fosse andata a un appuntamento con un amante? Uscì dall'auto e si diresse verso il portone per controllare i nomi sul citofono ma, prima di averli letti, si pentì e tornò sui suoi passi. Cosa gli stava succedendo?

Improvvisamente si ricordò dei tre messaggi che Anita gli aveva lasciato in segreteria. Con lei era finita ma, d'impulso, decise di richiamarla. Trovò una cabina telefonica e compose il suo numero.

«Finalmente...»

«Tutto bene?»

«Perché non mi hai richiamata prima?»

«Perché sto per sposarmi.»

«Con chi?»

«Un'ebrea.»

«A letto è più brava di me?»

«Non è come pensi. Ci diamo ancora del lei e stiamo preparando un contratto prematrimoniale.»

«Usa così dalle vostre parti?»

«Non voglio fare un secondo errore.»

«Lo avete già firmato?»

«No.»

«Sei completamente pazzo, Pardes...»

«Forse.»

«Vediamoci per festeggiare in anticipo il tuo addio al celibato. Dove sei? Ti raggiungo.»

«Sono sotto al portone di un palazzo in cui poco fa è entrata...»

«Non ha ancora firmato il contratto e sei già geloso?»
«Smettila.»
«Eri geloso anche di Agnieszka. E a ragione. Il bambino non era tuo.»
«Cosa?»
«Perché credevi che avesse abortito?»
Anita tacque.
«Ti odio!» urlò Ruben.
«Pensa a tenere d'occhio la tua ebreuccia, piuttosto...»
Ruben attaccò, uscì dalla cabina telefonica sbattendo violentemente la porta e rientrò in auto di corsa.

Chiunque, passando accanto a quella automobile grigia, avrebbe pensato che l'uomo piegato sul volante e con il volto tra le mani stesse piangendo. E infatti era proprio quello che stava facendo Ruben. Dopo tanto, troppo tempo.

13
Roma, 27 ottobre 1991

«Parto per Londra, sarò via per una settimana, a mamma pensi tu?»

«D'accordo.»

Dopo aver varcato il portone di casa della madre, Esther aveva incrociato la sorella lungo le scale. Sarah abitava a poche centinaia di metri da Giuditta e, da quando la madre era imprigionata nella sedia a rotelle, era diventata il suo angelo custode. Ingaggiando e supervisionando le badanti e risolvendo tutte le sue necessità, dai medici al parrucchiere, aveva tessuto una rete di protezione che faceva sentire la madre al sicuro. Ferme a metà scala, le sorelle si scambiarono i messaggi rapidi di chi sa di essere capito e non è obbligato ai giri di parole.

«Passa almeno una volta al giorno per vedere come sta. Ho lasciato sul comodino la lista delle medicine e gli orari. Ivanka sa tutto, ma ricordale di controllare comunque che mamma le abbia prese. Nel frigo non manca nulla. La fisioterapista arriva domani alle undici. Cosa ti porto da Londra?»

A Esther tornò in mente quando, dopo la licenza liceale, la sorella era partita per un anno di studio in Inghilterra. E soprattutto il suo ritorno, in un pomeriggio di primavera inoltrata. Con gli occhi truccati, i capelli raccolti in uno chignon e un paio di stivali di vernice lucida che la facevano assomigliare a un'eroina dei fumetti, Sarah era diventata un'altra persona. Il tempo di togliersi l'impermeabile e dalla valigia erano spuntati l'ultimo disco dei Beatles e due golf, uno verde mela e l'altro rosa shocking. Sarah li aveva indossati uno sopra l'altro.

«Basta con il beige, il blu e il bordeaux. Il futuro è al neon!» aveva detto alla sorella.

L'infanzia di Esther era finita con quel ritorno. Fuori dalla loro stanza di bambine c'era un mondo che la sorella maggiore aveva scoperto e che la minore voleva conquistare.

«Se vuoi farmi un regalo portami un golf di un colore stravagante.»

«Quelli ormai si trovano anche qui. Ti porto un catalogo di una mostra d'arte, o magari della biancheria sexy. Sei ancora senza fidanzato?»

«Più o meno.»

«Più o meno non è una risposta.»

«Quando incontri un uomo e hai più di trentacinque anni, è come andare al mercato all'orario di chiusura: o fai l'affare o prendi un bidone.»

«Ho capito, meglio il catalogo della mostra.»

Come spesso accade tra sorelle, Sarah ed Esther si erano spartite le due metà della mela. E sapevano come far combaciare le due parti.

Quando entrò in casa, trovò la madre davanti alla televisione. Era strabamente su di giri.

«Novità sul tuo bizzarro avvocato?»

«Ho passato con lui tutto il giorno.»

«A parlare di quello stupido contratto?»

«Al museo, a Villa Borghese, a passeggio in centro...»

«Dio sia lodato, siete umani!»

«Pensa, mi hanno scippato e in un paio d'ore lui è riuscito a ritrovare la mia borsa.»

«Ha dei rapinatori per clienti?»

«Smettila, mamma...»

«D'accordo, io la smetto ma tu spegni quell'inutile elettrodomestico, a quest'ora trasmettono solo stupidaggini. Oggi voglio sentire della musica, scegli qualcosa di bello e metti il volume al massimo.»

Dopo la morte del marito, in quel salotto nulla era cambiato. I libri di Giovanni sugli scaffali di destra e quelli di Giuditta sugli scaffali di sinistra. Come se il marito potesse tornare da un momento all'altro, i suoi occhiali da vista erano accanto alle "Selezioni" del Reader's Digest che gli piacevano tanto, perché lui dei romanzi amava solo la trama e i colpi di scena, mentre tutte quelle pagine piene di sfumature lo annoiavano: meglio "La Settimana Enigmistica". Accanto agli occhiali da vista del marito c'erano quelli da sole di Giuditta ma, poiché ormai usciva di rado, le servivano solo quando trascorreva i pomeriggi in terrazza a godersi le sue rose.

Esther frugò tra i dischi e pescò l'*Aida*. Non appena le note risuonarono, la madre chiuse gli occhi e sorrise. Come faceva sempre quando una musica la rapiva.

«Quanto mi sarebbe piaciuto visitare l'Egitto... Se Ivanka dovesse decidere di ritornare in Ucraina, mi piacerebbe avere una badante egiziana...»

«Non ne hai abbastanza di girare il mondo con le badanti?»

«Sono su una sedia a rotelle da anni, devo pure arrangiarmi. Continuiamo con Verdi, che ne dici del *Nabucco*?»

«L'importante è che non mi chiedi di trovarti una badante babilonese.»

«Metti "Va', pensiero, sull'ali dorate"...»

Proprio mentre gli ebrei, sconfitti e prigionieri sulle rive dell'Eufrate, si struggevano per la nostalgia della patria perduta, Giuditta cominciò a ridacchiare.

«Cosa ci trovi di comico?»

«Non ridevo di Verdi, ridevo di te.»

«Di me?»

«Sì. Pensavo all'estate che hai passato in colonia...»

«Sembrava di essere in una caserma e si mangiava da schifo.»

«Non ti ricordi che al mattino all'alza bandiera vi obbligavano a cantare l'inno di Mameli?»

«Vagamente.»

«E che dopo che avevate finito di cantare *Fratelli d'Italia*, quando finalmente la bandiera sventolava sul pennone, tu passavi nel gruppo dei bambini ebrei che per distinguersi, subito dopo l'inno, cantavano *Va', pensiero*? Come al solito, volevi recitare due parti in una commedia.»

«E tu come lo sai?»

«Me lo raccontò una delle vigilatrici della colonia quando venimmo a trovarti a Ferragosto. Era preoccupata del tuo comportamento e mi disse che aveva pensato bene di segnalarlo alla direzione.»

«E tu?»

«Cercai di rassicurarla dicendole che eravamo una famiglia stravagante... che a te piaceva cantare e che in fondo due cori sono meglio di uno.»

«Perché mi hai mandato in colonia da sola? Ero così piccola...»

«Nonno non stava più bene, non potevamo più portarlo con noi in vacanza e non potevamo lasciarlo solo in città. Lui aveva bisogno di tutte le mie attenzioni. Così abbiamo deciso di dividerci. Io, papà e Iacopo avremmo passato l'estate in città con nonno. Beniamino e Sarah potevano essere ospiti di zio Tobia al mare, ma poiché avevano affittato una casa piccola e c'erano solo due letti liberi...»

«Potevi mandare in colonia Beniamino o Sarah, erano più grandi...»

«Tu avevi solo cinque anni, ma sei sempre stata la più intraprendente. In fondo non è andata così male, visto che passavi da un inno all'altro.»

«Nonno era molto malato?»

«Non aveva più la testa a posto. Si spogliava all'improvviso o usciva per strada in pigiama. Anche per questo, l'anno dopo, ti ho iscritto a quella scuola di suore, dove restavi dalla mattina alle otto fino al pomeriggio alle cinque ma almeno non correvi il rischio di vederlo nudo.»

«Ho sempre visto nudi i miei fratelli quando ci facevi il bagno tutti insieme nella vasca.»

«Un vecchio nudo è diverso.»

«Ma sì, ora ricordo... nonno usciva di nascosto ma non ritrovava più la strada per tornare a casa, e tu ci mandavi in giro a cercarlo. Una volta lo abbiamo trovato fuori dalla sede del Partito comunista con indosso solo il pigiama ma con un garofano rosso infilato nel taschino.»

«Doveva essere un Primo maggio o forse lui pensava che lo fosse. Non era più quello di un tempo, era diventato come un bambino.»

«Ti ricordi quando mi convinse ad aprire la gabbia del canarino per liberarlo? "I popoli hanno diritto alla libertà" disse proprio così...»

«Già, il canarino però non tornò e tu piangesti per una settimana.»

«Nonno ti manca?»

«La vecchiaia è costellata di assenze. Mio padre, mio marito, mio fratello, e prima ancora mia madre... Basta pensieri tristi, voglio ascoltare Gershwin, il preferito di Giovanni.»

Sulle note di *Rhapsody in Blue*, Giuditta chiuse di nuovo gli occhi. Quando la musica finì, Esther capì che si era addormentata.

Il primo sintomo della malattia che l'avrebbe inchiodata su una sedia a rotelle era stato una lieve insensibilità delle punte dei piedi e un dolore che si irradiava dai glutei e si avvolgeva intorno alla gamba sinistra. La sentenza del medico era stata drastica.

«Senza un intervento perderà progressivamente l'uso delle gambe.»

«In quanto tempo?» aveva chiesto Beniamino.

«Se è fortunata nell'arco di dieci anni, ma potrebbe volerci anche meno, due anni o forse tre.»

«Cosa ci consiglia?» aveva domandato Sarah.

«Un intervento. Dieci anni fa era impensabile ma con le nuove tecniche...»

«In cosa consiste?» aveva chiesto Iacopo.

«Seghiamo le vertebre strozzate, liberiamo nervi e midollo e, se tutto va bene, con molta fisioterapia potrà riacquistare una buona parte della deambulazione.»

«Rischi?» Era toccata al marito la domanda che tutti avevano nel cuore.

«Nel cinquanta per cento dei casi l'intervento riesce. Nel restante cinquanta il paziente finisce sulla sedia a rotelle.»

«Ho sessant'anni, potrei viverne altri dieci o venti. Non voglio rischiare di finirci subito. Meglio aspettare. Magari muoio prima e su quella sedia non ci finirò mai» aveva sentenziato Giuditta.

Il cambiamento era stato lento. Sulle prime si era adattata, mascherando i primi sintomi e ingaggiando una sfida tenace con l'evoluzione della malattia. Tempo un anno e la punta del piede sinistro non rispondeva più al comando di alzarsi e non seguiva il movimento della camminata. La sua andatura risuonava con il rumore caratteristico della progressione del suo male e il piede, ormai inerte, trascinato in alto a forza dal muscolo della coscia, ricadeva senza controllo con un tonfo leggero ma inconfondibile. Il bastone era stato inevitabile, ma l'aveva aiutata solo per un altro anno. Il marito gliene aveva regalato uno col manico d'argento e in cima una testa di leone, ma gli fu risparmiato di vedere la sua campionessa sulla sedia a rotelle. Giovanni aveva chiuso gli occhi ed era morto, senza soffrire. Giuditta, da sola, aveva continuato a trascinare il suo destino con un doppio tonfo.

Nella morsa dell'osso, inesorabilmente lo spazio del nervo si riduceva. Mese dopo mese, Giuditta aveva cominciato a perdere il controllo degli arti inferiori. Era come se i fili di una gomena fossero stati lentamente tagliati, a uno a uno.

Il bastone con il leone d'argento era stato sostituito dal deambulatore.

«Il girello... come un neonato» masticava amara.

«Almeno non rischi di cadere, e sei più autonoma. Appoggiandoti al deambulatore puoi prepararti il caffè o una minestra.»

«Hai mai provato a portare in tavola un piatto di minestra senza rovesciarlo mentre spingi un deambulatore?»

All'inizio aveva rifiutato qualsiasi aiuto ma, a malincuore, si era dovuta ricredere. La prima badante era stata ingaggiata due anni dopo la diagnosi della malattia e solo dopo molte rovinose cadute. Tormentata dal dolore, Giuditta non si arrendeva alla condanna. Aveva preteso che fossero installati in casa dei corrimano e nella sua stanza da letto degli attrezzi ginnici: una sbarra di legno fissata alla porta alla quale si faceva sospendere con cinghie, elastici e tiranti, che le permettevano di allenare quello che le rimaneva, le braccia, le spalle e la schiena. L'agonismo continuava a regolare la sua vita. Per lei nuotare in mare era ormai impossibile, ma aveva voluto essere comunque portata in piscina. Con la cuffia di gomma e il costume olimpionico, grazie a un'imbracatura veniva calata nella vasca, e quando la badante e l'istruttore la liberavano, con la sola forza delle braccia riusciva a tenersi a galla e a nuotare. Il principio di Archimede era dalla sua e, libera dal peso del corpo, Giuditta poteva ritrovare la libertà. Sapeva di non fendere più la superficie dell'acqua senza sollevare uno spruzzo come quando era ragazza, ma le sue bracciate potenti riuscivano comunque a trascinare le gambe inerti. Lo chiamava "il mio nuovo stile libero".

Non era più in grado di comandare il corpo che aveva amato, ma reagiva all'insulto della malattia come un'atleta, cercando i punti di forza per battere il suo nemico: l'immobilità.

Le vertebre che le avevano consentito tuffi, amore e gravidanze l'avevano tradita. Le gambe che le avevano permesso di fuggire alla guerra e alla cattura l'avevano abbandonata: prosciugate, penzolavano gracili dalla sedia a rotelle come frutti appassiti.

Aveva capito di essere stata sconfitta quando i dolori agli arti inferiori erano cessati quasi del tutto.

«La morte sarà così» aveva concluso gettando il flacone di antidolorifico ormai inutile nel cestino ai piedi del letto.

La boccetta ci era finita dentro disegnando un arco perfetto. Aveva fatto centro. La mira era quella di sempre.

Il disco di Gershwin ormai girava a vuoto, la melodia di *Rhapsody in Blue* era svanita e Giuditta sonnecchiava tranquilla. Esther controllò il suo respiro: era regolare. Spinse la sedia a rotelle fino alla camera da letto senza svegliarla. Le avvolse il collo con i lembi dello scialle e le accarezzò lievemente la mano abbandonata in grembo.

Aveva sempre amato le mani di sua madre, le sue dita affusolate e le unghie con quella rara forma a mandorla convessa che lei e Sarah avevano ereditato. Passò il dito sul piccolo neo nero sul dorso della mano, che anche lei aveva nello stesso identico punto. Quel neo era stato l'ancora della sua infanzia.

Lo aveva scoperto a sei anni, quando, rimasta in casa da sola con il nonno, aveva deciso di arrampicarsi fino allo scaffale più alto della libreria per scoprire cosa c'era di così segreto nei fascicoli che collezionava il fratello Beniamino. Sulle copertine spiccava un gigantesco numero "7" rosso e più in piccolo, in nero, "anni di guerra", e a nessuno a parte Beniamino era dato di sfogliarli. La salita non era stata facile ma, con la complicità del nonno e usando gli scaffali come gradini, aveva raggiunto quello più alto e aveva acciuffato qualche fascicolo. Erano passati solo quindici anni dalla fine della Seconda guerra mondiale e quella rivista squadernava le fotografie di quei drammatici anni accompagnate da secche didascalie. Soldati con l'acqua fino alla vita e il fucile tenuto alto sopra alla testa e sotto scritto: "Lo sbarco di Anzio". L'aula di un tribunale e dei signori con le cuffie sulle orecchie e sotto: "Processo di Norimberga". Bambini che lucidavano gli scarponi a dei soldati e sotto: "Sciuscià". E cumuli di cadaveri scheletrici e sotto: "Auschwitz: ebrei dopo le camere a gas".

«Questi ebrei sono morti?»

«Sì.»

«Tutti?»

«Sì. Se ci prendevano, finivamo anche noi così. Adesso rimettiamo a posto le riviste, se tuo fratello Beniamino scopre che le hai sfogliate, passi i guai.»

«Aspetta, hai detto che se tu, la mamma e zio Tobia non scappavate finivate in questo Auschwitz?»

«Sì, e non c'era solo Auschwitz, l'Europa era piena di posti come quello, costruiti per farci fuori tutti.»

«Se ero già nata ci finivo anche io che sono cristiana?»

«Anche tu che sei metà e metà.»

I fascicoli erano tornati al loro posto ma, poiché Esther non era riuscita a rimetterli nell'ordine in cui li aveva trovati, il fratello l'aveva scoperta e aveva fatto la spia con la madre.

«Volevo sapere anche io della guerra. Mi avete raccontato solo le fughe ma mai dove si finiva se non si riusciva a scappare.»

«Le fughe bastano e avanzano per la tua età, ma visto che nonno ha pensato bene di dirti tutto...»

«Perché no? È già capace di leggere e scrivere, è giusto che sappia» era intervenuto lui andando in soccorso della nipotina.

«E mi ha detto che, anche se siamo battezzati, ad Auschwitz ci finivamo pure noi.»

«Per fortuna la guerra è finita» aveva tagliato corto Giuditta.

«Ma se non trovavamo un buon nascondiglio, o se non riuscivamo a scappare, e finivamo ad Auschwitz e tu diventavi magra come uno scheletro come gli ebrei nella foto, io come ti riconoscevo?»

«Semplice, controllavi il neo che entrambe abbiamo sulla mano. Se c'era il neo ero tua madre.»

Esther aveva messo la sua manina vicino a quella della mamma e aveva sorriso. Lei sapeva sempre come rimettere a posto le cose. Persino l'orrore.

Il tempo passato con Giuditta, fatto di accudimenti e di attese, di plaid e cuscini, sospendeva la vita di Esther in uno spazio fuori dal mondo. Entro un'ora sarebbe arrivata la badante e per ingannare il tempo si affacciò dalla finestra della camera da letto e guardò in strada.

Il groviglio scuro dei rami degli alberi incominciava a fondersi con il blu di Prussia del cielo ormai prossimo al nero della notte. Lungo il viale inzuppato nel buio, i cerchi di luce gialla proiettati a intervalli regolari dai lampioni erano solcati da involontarie comparse. Coppie allacciate, vecchi signori esitanti con il cane al guinzaglio e impiegati che affrettavano il passo per tornare a casa, nell'istante in cui attraversavano la luce, approfittando d'istinto di quel palcoscenico improvvisato, si comportavano come primi attori. Consapevoli di essere in scena, gli amanti si baciavano appassionatamente, il vecchio signore accarezzava il cane, l'impiegato in ritardo controllava l'orologio esattamente in quel cono di luce. Poi erano di nuovo inghiottiti dall'oscurità.

Guardando verso il marciapiede opposto, illuminata da uno dei lampioni più lontani, a Esther sembrò di riconoscere, parcheggiata, la berlina grigia di Ruben. Dovevano essercene a decine in giro per la città di automobili di quel tipo e di quel colore. Se cominciava ad affezionarsi alle auto identiche a quella del suo pretendente, Esther era davvero nei guai.

«Qualcosa mi dice che ti stai innamorando di Ruben e del suo assurdo contratto» le aveva rimproverato la madre al telefono la sera prima.

«Forse. Non sei curiosa di conoscerlo?»

«Non mi piacciono le regole, figuriamoci i contratti. Quelli che passano il tempo a scriverli poi...»

«È un uomo affascinante e misterioso.»

«Alla mia età i misteri annoiano. Non c'è nulla di meno misterioso della vecchiaia. Ci si finisce dentro senza accorgersene. Ma tra un acciacco e l'altro si fanno incontri sorprendenti.»

«Quali?»

«La madre superiora della clinica dove ho fatto i controlli questa estate.»

«Mi è sembrata una suora come tante altre.»

«Ti sbagli, era un generale. La domenica faceva il giro delle stanze nemmeno fosse la sua caserma e reclutava le ricoverate per assistere alla messa in cappella.»

«E quando è arrivata nella tua?»

«Le ho detto che gli ebrei di solito non vanno a messa.»

«Si è offesa?»

«Macché. Ha fatto un mezzo giro della carrozzella, ha impugnato i manubri e ha esclamato: "C'è sempre una prima volta!", e mi ha portata in cappella. Inutile dirti che mi ha messa in prima fila, proprio sotto l'altare. Alla fine è venuta a riprendermi e mi ha chiesto che me ne sembrava...»

«Di cosa?»

«Della messa.»

«E tu?»

«Che non era male. E lei per tutta risposta mi ha detto che la provavano da duemila anni. Un genio.»

Giuditta scopriva lampi di genio nelle persone più disparate.

Da quando era prigioniera della sedia a rotelle, il mondo a cui aveva accesso si era ridotto al perimetro della sua casa e poco più. Eppure la sua capacità di scovare il talento in badanti, madri superiore o idraulici riservava sempre delle sorprese.

Giuditta sapeva essere anche crudele e sprezzante, soprattutto quando decideva di prendersi le sue rivincite. Come il giorno in cui il marito aveva proposto ai figli un pellegrinaggio.
La spiritualità di Giovanni consisteva in un continuo duello tra i precetti e la pigrizia. E la pigrizia finiva sempre per avere la meglio. Il matrimonio in sacrestia era stato il compromesso architettato da sua madre che gli aveva permesso di sposare Giuditta senza che lei si convertisse. Quanto al resto si faceva bastare qualche invocazione alla Madonna quando era in attesa di uno scatto di carriera. A lui piaceva lo spettacolo. Aveva una fede, tiepida ma a modo suo intensa, che gli faceva amare le processioni, il presepe e l'eleganza dei paramenti sacri. Chissà come quel giorno gli era venuto in mente di proporre ai figli il pellegrinaggio delle Sette Chiese, una stranezza, soprattutto considerando che non aveva nessuna intenzione di accompagnarli.
«In quali chiese dobbiamo andare?»
«Nelle basiliche romane: San Giovanni in Laterano, San Pietro, San Paolo fuori le mura, Santa Maria Maggiore, San Lorenzo fuori le mura, Santa Croce in Gerusalemme e... non mi ricordo più qual è la settima. Giuditta...?»
Dalla cucina dove stava pelando le patate Giuditta aveva risposto piccata:
«Lo chiedi a me?»
«Non importa, lo scopriremo... Cosa ne dite, ragazzi?»
«Se tu non ci accompagni come ci andiamo?» aveva chiesto Beniamino.
«In autobus.»
«Iacopo è troppo piccolo per un giro così lungo, lui resterà a casa» aveva tagliato corto la madre.
Beniamino masticava amaro ma era stata Sarah a prendere l'iniziativa:

«Dobbiamo fare il pellegrinaggio in tutte e sette?»

«La tradizione vuole così, è la liturgia di Pasqua. Ma, un momento, adesso che mi ricordo è sufficiente che le chiese visitate siano in numero dispari...»

«Allora possiamo farne anche solo cinque!» era esplosa Sarah entusiasta.

«O anche solo tre» aveva suggerito Beniamino.

«L'uno è un numero dispari. Dunque ne visiterete una sola» aveva concluso Giuditta dalla cucina.

Pur avendo tenuto fede alla promessa fatta il giorno del matrimonio di educare i figli nella religione cristiana, era la lingua che non riusciva sempre a tenere a freno.

Poi si era sciacquata le mani e tolta il grembiule, e aveva deciso di accompagnarli lei.

Era stata una domenica indimenticabile. Erano saliti fino in cima alla cupola di San Pietro e avevano fatto il giro delle basiliche. Roma era bellissima. E quell'anno, miracolosamente, le date della Pasqua ebraica e di quella cristiana coincidevano.

"Come mamma e papà" aveva pensato Esther felice.

14
28 ottobre 1991

Quella notte Esther alla fine decise di dormire a casa della madre. Di buon mattino le portò la colazione a letto. Tentarono di raccontarsi i sogni appena fatti, ma quelli di Giuditta erano confusi ed enigmatici e quelli della figlia erano svaniti.

L'appuntamento con un noto architetto che voleva camuffare le imperfezioni nelle foto di un plastico da presentare a un concorso era fissato per le dieci in punto nel suo studio. Aveva giusto il tempo per tornare a casa e farsi una doccia. Sotto il getto caldo, si insaponò a lungo. Avrebbe voluto togliersi di dosso l'avvocato Pardes e il suo contratto ma le rimanevano incollati alla pelle. Le clausole che avrebbero imbrigliato i destini di entrambi, i codicilli dove Ruben aveva di sicuro nascosto le sue ossessioni erano ancora chiusi nella busta che non aveva il coraggio di aprire.

Cresciuta in una famiglia dove si sapeva per filo e per segno come ogni parente era sfuggito alla cattura, Esther, per scappare da Ruben, poteva attingere a un ampio repertorio. Nella vita non aveva fatto altro che fuggire. Come il canarino a cui suo nonno aveva voluto aprire la gabbia, sapeva solo volare via.

Il contratto era la sua voliera. Aprire quella busta era come contarne le sbarre a una a una. Firmarlo era come buttare la chiave. Una volta dentro, non ci sarebbe stato quello spericolato del nonno a liberarla. Eppure, proprio come quando ci si innamora, Esther sapeva che una parte nascosta e segreta di sé desiderava quella gabbia.

Uscita dalla doccia, prima di avvolgersi nell'accappatoio, scrutò il riflesso del suo corpo nudo nello specchio annebbiato dal vapore. Qualcosa in lei stava cambiando: i seni erano più pesanti, la vita più larga e la pancia meno tesa. I quarant'anni non erano poi così lontani e, nonostante non avesse mai considerato quella data come una scadenza, quel giorno le sembrò un confine bruciante e ineludibile. Ruben voleva dei figli. E se avesse deciso di firmare il contratto ma la notte del matrimonio lui non l'avesse trovata attraente? E se i figli non fossero venuti? Doveva aprire quella busta e leggere con attenzione ogni riga, di sicuro c'era una clausola che prevedeva il divorzio o un risarcimento in caso di infertilità. Ma che andava a pensare...

La verità è che incominciava a chiedersi come sarebbe stato toccarlo, sentire il suo odore, baciarlo. E magari persino dargli del tu. E aveva paura di scoprirlo. Cosa la spaventava di lui e cosa cominciava ad attirarla? Cosa aveva catturato fotografandolo quel giorno al parco?

Sin da piccola Esther era stata suggestionata dalle immagini e aveva la mania di ritagliare le fotografie dai giornali e incollarle su un quaderno sovrapponendole nei modi più impensati. A incantarla era l'album di famiglia. Da una pagina all'altra individuava senza errori parenti che non aveva mai conosciuto perché cancellati dalla guerra o emigrati in Paesi lontani. Ma l'epopea color seppia che riempiva le prime pagine subiva nelle successive un'inspiegabile mutazione cromatica. Un giorno, si era decisa a rivolgere alla madre una delle sue domande stravaganti:

«Ma tu e papà quando siete diventati a colori?»
«Cosa?»
«Nell'album delle fotografie, fino a un certo punto siete in bianco e nero e poi, improvvisamente, siete a colori.»

«Noi siamo sempre stati a colori» aveva risposto Giuditta. «Fidati...»
Ma era della figlia e della sua testa matta che Giuditta non si fidava.

A un tratto, Esther capì cosa doveva fare. Subito. Si vestì in fretta, telefonò al noto architetto per rimandare l'appuntamento al pomeriggio, e si precipitò allo studio.

Al buio sfilò il rullino dalla Leica, tagliò la coda e il rocchetto iniziale, poi, dopo aver fatto partire il timer, con un movimento rotatorio avvolse la pellicola nella spirale del cilindro ermetico e ci versò il bagno di sviluppo controllando la temperatura con il termometro. Lo agitò a intervalli regolari, versò il fissante e continuò ad agitare per tre minuti, poi iniziò il risciacquo con l'acqua distillata. Riempì e svuotò il tank più volte, estrasse i negativi, passò con delicatezza le pinze di gomma sulla celluloide e appese al filo la pellicola con una molletta. Infine prese una lente e osservò gli scatti uno dopo l'altro. Nei primi il bassotto e il levriero si avvinghiavano felici in un vortice di foglie. Poi toccò a Ruben.

Nei fotogrammi apparvero le sue pose: le sopracciglia corrugate in un'espressione volutamente seriosa, pollice e indice appoggiati al mento, la mano che ravviava i capelli. E, finalmente, il primo sorriso.

Improvvisamente Esther mise a fuoco l'enigma del suo pretendente. "È un uomo in bianco e nero!" pensò. Malinconico, austero, elegante e sempre "in posa", Ruben Pardes assomigliava alle foto dei suoi genitori. Veniva dal passato. E del passato conservava tutta la gamma di grigi.

Esther aveva sempre avuto uomini a colori, eppure ormai era certa: quell'uomo in bianco e nero la stava intrappolando.

15

3 novembre 1991

Dal suo trono con le ruote, Giuditta si guardava intorno annoiata. Il rito domenicale del tè con le cugine gemelle per lei era una tortura, ma Ruth e Rachele lo ritenevano un appuntamento irrinunciabile. Di solito, dopo aver sorbito svariate tazze e passato al setaccio malattie, lauree, fidanzamenti e gravidanze di amici e lontani parenti, le cugine si ritoccavano il rossetto, chiamavano un taxi e se ne tornavano a casa. Ma quella domenica dovevano essersi messe in testa qualcosa perché, nonostante Esther avesse riassortito più volte il piatto dei biscotti, non si decidevano a congedarsi.

«Abbiamo deciso di farti un regalo» esordì Ruth con aria sorniona, aggiungendo lievemente minacciosa: «Anche se protesti, sappi che noi non cambieremo idea».

«Se avete in mente di regalarmi per la decima volta i vostri dolci al sesamo, ricordatevi che li detesto» rispose Giuditta, e con un colpetto alle ruote fece fare un quarto di giro su se stessa alla carrozzella. Una sorta di sberleffo con cui sottolineava che la sua immobilità era un atroce scherzo del destino ma non limitava in alcun modo la sua voglia di rendersi antipatica.

«Ti regaliamo l'iscrizione alla comunità ebraica!» dissero all'unisono le gemelle dai due estremi del divano dove erano appollaiate, ottenendo un curioso effetto stereofonico che strappò a Esther un sorriso.

«Scordatevelo» replicò secca Giuditta, il cui umore quel giorno segnava burrasca. «Non mi sono mai iscritta a nulla, tantomeno alla comunità ebraica. E non voglio che nessuno lo faccia al posto mio.»

«Non penserai mica di essere eterna?» ghignò Ruth.

«La sedia a rotelle mi ricorda ogni giorno che non lo sono» sospirò amara Giuditta tamburellando con l'indice sulla gomma delle ruote. «Volete farmi felice? Regalatemi una passeggiata su un prato, una corsa in bicicletta, un tuffo da uno scoglio o una nuotata in mare aperto... Dimenticavo, però, per i miracoli c'è solo Dio.»

«Non lo nominare!» gracchiò Rachele.

«Almeno chiamalo D-o» sibilò Ruth.

«Io lo chiamo come mi pare e piace.»

«Siamo preoccupate per te. E abbiamo i nostri motivi» sospirò Rachele.

«Siete preoccupate per me? E perché mai? A parte il fatto che non cammino, mio marito non c'è più e neppure mio padre e mio fratello, e i miei figli sono uno più strampalato dell'altro, per il resto sono imbattibile. E infatti rimango imbattuta.»

Nessuno come Giuditta sapeva raccogliere una sfida e rilanciarla.

«L'iscrizione alla comunità è un dovere, e tu in questo sei sempre stata una lavativa. Ma non trascurarne i vantaggi...»

«Quali?»

«Il posto al cimitero ebraico.»

«Non mi importa dove finiranno le mie ceneri.»

«Ceneri?»

«Certo.»

«Non avrai mica deciso di farti cremare?»

«Proprio così.»

«Ma è vietato dalla nostra religione. Nati dalla polvere, dobbiamo tornare polvere.»

«Appunto. Polvere o cenere, che differenza volete che faccia.»

«Fa differenza, eccome se la fa. Il corpo è sacro, ed è il tempio dell'anima. Noi ebrei non bruciamo proprio nulla: non i templi, non i rotoli della Torah o i tefillin... E tantomeno il corpo. La cremazione è la distruzione della memoria, il divorzio dell'anima dal mondo» disse con voce enfatica Ruth, che delle gemelle era quella con la vena più poetica.

«La cremazione è da escludere in ogni caso. Noi si va nella tomba nudi e avvolti in un lenzuolo di lino come si è sempre fatto. La nostra religione vieta di danneggiare il corpo da vivo, lo sai. Proibiti il suicidio, le mutilazioni, i tatuaggi. Ed è vietato danneggiarlo anche da morto» concluse Rachele, che amava i divieti perché la facevano sentire importante.

«E come la mettete con il naso che vi siete fatte rifare dal chirurgo plastico dieci anni fa, in contemporanea, da brave gemelle?»

«Quello era per migliorarlo, non per danneggiarlo.»

«A vedere il risultato non direi.»

«Con che coraggio vuoi farti cremare dopo quello che ci ha fatto Hitler?» si lamentò Ruth.

«Vuoi forse dare soddisfazione a Hitler?» si accodò Rachele.

«Ormai è deciso.»

«Se ti fai cremare non potrai mai essere seppellita nel cimitero ebraico. Ti metteranno chissà dove e accanto a chissà chi... Almeno abbi il coraggio di dire che non vuoi stare vicino a noi.»

«Ci sono già stata abbastanza» concluse Giuditta.

Dieci anni in sedia a rotelle avevano permesso alla madre di Esther di affinare una tecnica di comunicazione fatta di piroette, bruschi arresti e giravolte, ben più eloquenti delle parole. Con un colpo alle ruote, Giuditta fece scivolare la carrozzella verso il corridoio e troncò lì la conversazione.

«È un'incorreggibile arrogante» borbottò Rachele raccogliendo meticolosamente le ultime briciole di biscotto dalla gonna plissé.

«Testarda come un mulo» sottolineò Ruth infilandosi rabbiosamente soprabito e cappello.

Esther chiamò il taxi e promise alle gemelle che avrebbe tentato di far cambiare idea alla madre, ma in cuor suo sapeva che era una battaglia persa. Giuditta aveva deciso di essere cremata e che le sue ceneri sarebbero state disperse nel mare dove nuotava da ragazza. Difficile farle cambiare idea.

Quando Esther raggiunse la madre nella camera da letto, la trovò appisolata nella sedia a rotelle. Gli assalti delle cugine l'avevano spossata, così, senza svegliarla, le sistemò un cuscino dietro la testa, le coprì le gambe con un plaid, e la lasciò riposare. Nella stanza regnava un ordine meticoloso. I libri sul comodino accanto alle medicine, il bicchiere pieno d'acqua, e subito dietro le fotografie nelle cornici d'argento allineate secondo una sequenza precisa: prima il marito in divisa da aviere, poi i genitori in viaggio di nozze e infine i quattro figli sulla spiaggia. Le tende color crema erano tirate a metà proprio come piaceva a lei. Giuditta aveva poco più di settant'anni, era bloccata su quella sedia a rotelle da dieci, ma da quel trono di ferro e gomma ancora comandava la sua vita e il suo destino.

Il sole era appena tramontato ed Esther stava ripensando a come sua madre fosse riuscita a liquidare le regole granitiche delle cugine gemelle, quando fu assalita dal ricordo delle visite di un'altra cugina di Giuditta che per anni era andata a trovarla ma poi, improvvisamente, era sparita.

Da bambine, Esther e Sarah la chiamavano la "zia nera" perché vestiva sempre di quel colore. Aveva grandi occhi scuri, leggermente sporgenti, e lunghi capelli bruni che portava sciolti sulle spalle come una ragazza anche se ragazza non lo era più. Non capitava mai all'improvviso come gli altri parenti ma preannunciava il suo arrivo con una telefonata. Ogni volta Giuditta, subito dopo aver agganciato la cornetta, cominciava a tormentarsi le mani e andava avanti così fino a quando non sentiva il trillo del citofono.

La aspettava sul pianerottolo, appoggiata alla ringhiera delle scale, insieme ai figli.

«Perché la zia non usa l'ascensore?»

«Soffre di claustrofobia e non può stare negli spazi chiusi.»

«Si è salvata passando mesi in un rifugio troppo stretto?»

«E il resto della famiglia?»

Giuditta non rispondeva. Le domande tormentose su quella cugina, che con ogni evidenza aveva visto l'indicibile e non riusciva a dimenticarlo, rimanevano senza risposta.

Esther e i fratelli ascoltavano il rumore dei passi che risuonava lungo la tromba delle scale, prima lontano e poi sempre più vicino. Di vedetta sul pianerottolo, spiavano attraverso la ringhiera la sua silhouette nera che faticosamente saliva a piedi i cinque piani: prima solo una macchiolina e poi una figura magra e curva che guardava in su, verso di loro, con quegli occhi enormi e vuoti.

Sui quarant'anni, la zia nera aveva però i lineamenti contratti di una vecchia. Ma a ferire era il suo sguardo: una voragine in cui si correva il rischio di precipitare, un abisso incolmabile da cui fuggire. Uno sguardo che Esther non avrebbe mai dimenticato.

Sull'ultimo gradino le due donne si abbracciavano in silenzio: Giuditta chiudeva gli occhi e le carezzava i capelli, mentre la zia le ghermiva le spalle e continuava a guardare dritta davanti a sé. Nel nulla.

Poi loro due si chiudevano in salotto da sole per un tempo infinito e nessuno sapeva cosa si dicessero. Giuditta di sicuro tirava fuori l'album delle foto perché si sentiva il rumore delle pagine sfogliate, ma anche quello dei singhiozzi. Quando la zia nera se ne andava, Giuditta si chiudeva in camera da letto per uscirne solo un'ora dopo, affranta. Dal momento in cui la zia nera varcava la porta, in casa Giusti aleggiava una nuvola densa e oscura che non svaniva per giorni e giorni.

Esther e i fratelli seppero solo molti anni dopo che era l'unica sopravvissuta della sua famiglia.

Giuditta credeva fermamente che la vita si potesse rammendare all'infinito. E della sua era sempre riuscita a ricucire ogni strappo. Ma non quello spalancato sull'abisso che la cugina non smetteva di mostrarle.

Il lamento della madre la raggiunse mentre stava riordinando la cucina. Esther corse nella camera da letto.

«Non mi sento bene.»

«Cosa ti senti?»

«Un dolore al ventre che mi toglie il respiro. Forse ho bevuto troppe tazze di tè con quelle stupide cugine. Aiutami a mettermi a letto.»

Per sollevare Giuditta dalla carrozzella, spogliarla e distenderla, ci volevano braccia robuste, una discreta tecnica, e l'operazione poteva durare anche mezz'ora. Farlo da soli era rischioso e, se non si aveva la forza di Ivanka, il corpo trascinato fuori dalla carrozzella e tenuto sospeso anche solo per pochi istanti poteva sfuggire alla presa e cadere rovinosamente.

«Ivanka arriverà tra poco, aspettiamo lei o vuoi che provi a sollevarti da sola?»

«Voglio sdraiarmi, subito. Aiutami tu.»

Senza le gambe a imprimere la spinta, anche un corpo minuto è pesante come pietra. Esther seguì meticolosamente le istruzioni della fisioterapista. Prima avvicinò la carrozzella al letto e bloccò le ruote, poi Giuditta le circondò con le mani il collo intrecciandole le dita dietro alla nuca mentre lei la afferrava per la vita e la sollevava. Strette nell'abbraccio, madre e figlia, in equilibrio precario, oscillarono come ballerine stanche fino a quando Esther con una rotazione prudente non riuscì a depositarla sul letto. La aiutò a distendere il busto, le adagiò il capo sul cuscino, allungò le sue gambe inerti sul materasso e facendo ruotare dolcemente il corpo, ora su un fianco e ora sull'altro, iniziò a spogliarla. Dal golf rosa cipria emersero le spalle nude e gracili e il seno morbido trattenuto dalla sottoveste bianca. Le tolse anche quella e le infilò la camicia da notte. Poi le levò le calze e, dopo averle frizionato i piedi e le gambe con una crema, le rimboccò le coperte fino al petto.

«Siediti qui accanto a me.»

«Vuoi che ti pettini?»

«Sì, ma fai piano...»

Esther le ravviò i capelli con una spazzola morbida: erano folti e grigi con delle striature candide. Giuditta era ancora bella e il suo sguardo era vivo e profondo.

«Ti ricordi quando ho fatto l'operazione alla cataratta? Quando mi hanno tolto le bende e improvvisamente ho visto di nuovo tutto nei minimi dettagli?»

«E la prima cosa che hai detto a me e a Sarah è che non ti eri accorta che avessimo già le rughe.»

«Perché ancora non avevo visto allo specchio le mie...»

Sul volto sofferente di Giuditta era spuntato un sorriso.

«A proposito...» una smorfia le contrasse i lineamenti.

«Riposati, non parlare.»

«Ascolta, non devi dimenticare quello che sto per dirti. Tu hai sempre avuto una vista acuta. Troppo acuta. Non usarla fino in fondo. Impara ad accettare le sfocature della vita. Solo in quei contorni confusi troverai la verità.»

Sorrise, poi, d'improvviso, si aggrappò a Esther come un naufrago allo scoglio.

«Basta, ora chiamo il medico.»

«No, non voglio disturbarlo di domenica.»

«Quanto ti fa male?»

«Molto, ma passerà. Passa tutto. Soprattutto la vita.»

16
Roma, 4 novembre 1991

«Non posso recitare il Kaddish per vostra madre.»
«Deve andarsene senza una preghiera?»
«Lo ha scelto lei. Ha deciso di farsi cremare e come rabbino io non posso fare di più.»
«Deve esserci un modo»
«Posso leggere un salmo.»
«Lo legga.»
Quando il rabbino ebbe finito di recitare il salmo, la bara fu presa in spalla da sei uomini e portata lungo le scale fino al portone.

Sospesa a mezz'aria, per l'ultima volta Giuditta sfilò lungo i cinque piani che aveva salito e disceso mille volte e che da anni non era più in grado di percorrere. I figli la seguivano contando i gradini, ciascuno pescando i propri ricordi di quella madre così stravagante e così amata.

Sotto un cielo di ardesia, ad aspettarla fuori dal portone erano schierate le sue badanti: Ivanka, Karima, Antoneta, Carmela e Joselin, con indosso i loro abiti migliori e gli occhi lucidi. Nel capannello dei parenti, in prima fila, le cugine gemelle si soffiavano il naso all'unisono, poi le nipoti femmine, perché ai maschi che portavano il cognome di Giuditta i funerali erano vietati. Più in là, quasi in strada, il portiere con il berretto in mano, il verduraio con un mazzo di fiori e il parroco della chiesa vicina che ogni tanto andava a trovare Giuditta nella segreta speranza di convertirla, temendo in cuor suo che se ci avesse provato sarebbe stata lei a vincere la partita. Distante da tutti gli altri, seminascosta dal tronco di un platano, Esther riconobbe la zia nera, ormai curva e se possibile ancora più magra, sempre con i capelli lunghi come una ragazza, ma ormai del tutto candidi.

La bara fu caricata nella lunga automobile vetrata. I figli ringraziarono le persone a una a una, baciarono, abbracciarono e strinsero mani. Qualcuno singhiozzò, tutti mormorarono belle parole. Stavano per chiudere il portellone quando la zia nera si avvicinò all'auto e si tuffò dentro ad abbracciare la bara. Lei che era morta da anni della morte non aveva paura.

Il cielo da grigio diventò color piombo. Tutti furono attraversati da un brivido, a molti spuntò una lacrima, e qualcuno si sentì in colpa per essere vivo. Poi la zia nera si sollevò, girò le spalle e si allontanò senza che nessuno avesse il coraggio di rivolgerle la parola. Sulla bara di Giuditta era comparso il rosso di una rosa.

Il tonfo del portellone fu sordo e insieme assordante. A Giuditta mancava di recitare l'ultimo atto e l'ultima infrazione. Nessuno dei parenti nominò la parola cremazione.

Prima di salire in macchina insieme ai fratelli per seguire il carro funebre, Esther d'istinto si voltò e incontrò lo sguardo di Ruben.

Era accanto al portone, ma così aderente al muro che non lo aveva notato. Sembrava aspettare un cenno e, quando lei abbozzò qualcosa di simile a un sorriso, si avvicinò e le prese le mani tra le sue, con delicatezza, come se fossero di vetro e si potessero rompere da un momento all'altro. Le carezzò piano come si fa con un bambino ferito, abbassò il capo in un inchino e le baciò, sul dorso e poi sul palmo.

Mentre esitava a separarsi da quelle mani calde e gentili,

improvvisamente Esther ebbe paura. Una paura muta, feroce e incontrollabile.

Sfuggita alla guerra e alle persecuzioni, Giuditta era scappata per l'ultima volta, lasciandola irrimediabilmente sola.

Il filo su cui Esther camminava in equilibrio da quando era nata era stato reciso. Si sentì mancare, poi una vertigine... E precipitò nel vuoto.

Una solitudine mai provata restrinse il tempo in un presente insopportabile e trasformò lo spazio in una sfera in cui girare a vuoto all'infinito. Per la prima volta non trovava nascondigli. Era con la faccia al muro. E quel muro era l'assenza della persona che amava di più al mondo. Voleva ritornare nel ventre della tribù che l'aveva generata, voleva tornare a essere due in una carne.

Per questo, e per molto altro, Esther si decise.

Tirò fuori dalla borsa il contratto che non aveva mai letto, e che rimpiangeva di non aver mostrato alla madre, per un istante lo tenne sollevato davanti a sé come uno scudo e infine lo abbandonò nelle mani di Ruben.

«Firmerò» gli disse.

Poi, come un ladro nel buio, la mano nuda di Esther si insinuò sotto la giacca di Ruben e gli sfiorò il petto all'altezza del cuore. Voleva sentire il calore e la musica dei vivi.

17

Roma, 12 novembre 1991

Esther aveva scelto di correre incontro al destino e insieme al caso. Di vendicare sua madre ricalcandone le orme al contrario. Di correggere l'errore di Giuditta e insieme i propri.
 Era saltata sul treno in corsa. Improvvisamente voleva figli, famiglia, legami. Voleva qualcuno che non l'abbandonasse.

Il vuoto cercava disperatamente il pieno.

Quando i giorni del lutto stretto furono terminati, in un mattino inzuppato in una luce grigia e opaca, si recò nello studio dell'avvocato Pardes.
 In una grande sala con le pareti ricoperte di pannelli di ciliegio e tappezzata di librerie stipate di codici, Ruben recitò il testo dalla prima all'ultima riga, scandendo a una a una le clausole che aveva redatto con cura minuziosa. Clausole che Esther firmò una dopo l'altra senza averle mai lette e prima ancora che lui finisse di elencarle. Quando furono apposte anche le due firme congiunte in fondo all'ultimo foglio, si guardarono. Erano soci.
 «Posso accompagnarla a casa?» chiese Ruben aiutandola a indossare il soprabito.
 «La ringrazio, ma c'è un taxi che mi aspetta. Quando fisseremo la data delle nozze?»

«Israele è bellissimo a primavera. Che ne dice del 20 di maggio a Tel Aviv? Non ho scelto a caso la data: è un mercoledì. L'ultimo e il primo.»

Il tono con cui aveva pronunciato l'ultima frase era sembrato troppo formale persino a lui. Avrebbe voluto tenerla stretta, consolarla. Non lasciarla sola. La verità era che la decisione repentina di Esther l'aveva spiazzato. Quando era morta la madre e poi la moglie anche lui aveva reagito allo stesso modo: era fuggito. E d'improvviso comprese con una stretta al cuore che a muovere entrambi non era stata la vita ma la morte. L'irreparabile scomparsa della madre che polverizza il passato e fa sentire irrimediabilmente soli.

Il contratto ormai era firmato e nessuno dei due si sarebbe tirato indietro. Ma il congegno macchinoso che l'avvocato Pardes aveva messo in moto cominciava a spaventarlo.

La morte di Giuditta aveva invertito le parti. Adesso era Esther a voler correre come il vento ed era Ruben a chiedersi se non sarebbe stato meglio rallentare la corsa.

18

Roma, 20 novembre 1991

Anche se i secondi matrimoni fanno sempre meno effetto dei primi, la notizia delle nozze di Esther, così vicine al lutto recente, e inaspettate, stupì i parenti. Tutti meno il cugino Daniele, che si attribuì il merito della scelta, ma si permise di metterla in guardia:
«Non mischiare le lacrime della tristezza con quelle della gioia. Rimanda il matrimonio a dopo l'estate.»
Questa volta, però, lei non gli diede retta.
A esultare furono le cugine gemelle, a cui le nozze della nipote con un ebreo, e perdipiù celebrate in Israele, offrivano almeno in parte una compensazione alla cocciuta arroganza della "povera Giuditta", che "aveva sposato un cristiano e in aggiunta aveva scelto di farsi cremare". Non avrebbero rinunciato alla cerimonia per nulla al mondo, avevano già scelto gli abiti in due gradazioni dello stesso colore e prenotato l'aereo per la data fissata.

Travolti dal lutto, i fratelli di Esther non ebbero la forza di commentare quel matrimonio fulmineo e stravagante. Giuditta li aveva abituati alla libertà.

Venne il giorno di tornare da lei.

Dopo il funerale nessuno di loro era più entrato nella casa della madre. Tutto era come Giuditta l'aveva lasciato, ma lei non c'era più.

Confusi e dispersi, i fratelli vagavano nelle stanze come se le vedessero per la prima volta. Ci vuole allenamento per smarrirsi tra le mura dove si è vissuti, eppure i figli di Giuditta sembravano aver perso le coordinate per percorrere quel labirinto di voci, risate, sospiri.

Nulla riuscì a mitigare la violenza con cui il ricordo della madre li assalì. Rimasero a lungo in silenzio, storditi e confusi. Contro ogni logica ciascuno aspettava di sentire il fruscio delle ruote della sua sedia a rotelle, un suo rimprovero, un lamento, un sospiro. Nulla. L'assenza della madre era assordante.

Nella casa che li aveva accolti e riparati, seduti attorno al tavolo dove avevano consumato le cene della loro infanzia, nelle posizioni di sempre ma con accanto due sedie ormai vuote, i figli di Giuditta provarono a stilare un elenco. Ma, improvvisamente, gli oggetti così familiari apparvero tutti superflui e al tempo stesso indispensabili, ugualmente permeati di memoria e di insensatezza. Avrebbero voluto interrompere quella lista, per poterla continuare il giorno dopo, e ancora e ancora... Per tornare a guardarsi smarriti e rimandare sempre a un nuovo incontro. Per essere ancora insieme come non sarebbero mai più stati. Per condividere il ventre oscuro della madre che li aveva accolti, uno dopo l'altro. Loro erano la sua carne viva.

Alla fine fu Beniamino a parlare.

«Il lampadario dell'assassino lo vorrei io.»

«Il lampadario dell'assassino? E qual è?» chiese Esther.

«Quello nella camera da letto di mamma.»

«Perché lo chiami così?»

«Non lo sai? Mamma non te lo ha mai raccontato?»

In quel momento ciascuno sembrava voler rivendicare le confidenze, i segreti e persino i sussurri della madre scomparsa.

«Quando videro per la prima volta sfilare gli Alleati si stupirono al passaggio di un camion con la stella di Davide sulla fiancata. Erano i soldati della Brigata Ebraica dell'esercito inglese, tutti volontari, sbarcati a Taranto per combattere i nazifascisti. Lo zio, di slancio, si arruolò.»

«Mamma non ce l'ha mai raccontato» disse Iacopo. «Ma il lampadario cosa c'entra?»

«Ascolta. Lo zio Tobia aveva indosso il suo unico paio di pantaloni e la giacca del pigiama come camicia, ma i soldati della Brigata gli diedero subito una divisa pulita. Partirono verso il Nord. La prima notte la trascorsero in un albergo a Riccione. A lui e a un polacco che si chiamava Bielski fu assegnata una stanza lussuosa con tappeti, poltrone e un morbido materasso di lana. Immaginatevi la faccia dello zio: da mesi dormiva sopra un sacco imbottito di foglie di granturco... Ma il bello venne quando l'albergatore gli confidò che in quella stanza aveva dormito nientemeno che il duce con Claretta Petacci.»

«E lo zio?»

«Lì per lì a Mussolini non ci pensò, era la prima volta da mesi e mesi che poteva farsi un bagno con l'acqua calda e dormire finalmente comodo...»

«Arriva al lampadario.»

«Si fece il suo bagno caldo, si sdraiò sul letto, alzò gli occhi al soffitto, vide il lampadario e gli venne l'idea. Senza pensarci troppo, chiese a Bielski di salire in piedi sul materasso, gli si arrampicò sulle spalle, smontò il lampadario, lo avvolse in un asciugamano e lo ficcò nello zaino. E il giorno del matrimonio di mamma e papà glielo portò come regalo di nozze, ancora avvolto nell'asciugamano dell'albergo.»

«È sempre stato sopra il loro letto?»

«Sì. Siamo stati tutti concepiti sotto il lampadario dell'assassino.»

La processione dolorosa, stanza dopo stanza, attraverso l'involucro dei loro ricordi, durò a lungo. In silenzio sfogliarono libri già letti, misurarono quadri e si rigirarono tra le mani decine di soprammobili, ripassando una lezione che conoscevano a memoria. Ma smontare pezzo a pezzo il puzzle della loro vita era un'autopsia che non avevano il coraggio di portare a termine. I quattro fratelli rinunciarono.

Il lampadario dell'assassino rimase al suo posto, e così tutto il resto. Affidarono a Ivanka il compito di spolverare, dare la cera ai pavimenti, pulire i vetri e innaffiare le piante ogni settimana, e si chiusero la porta alle spalle.

Il bozzolo della loro infanzia divenne un tempio abbandonato.

19

Roma, 10 dicembre 1991

Nel catalogo delle urne che l'agente della Aeternum aveva squadernato davanti ai quattro figli, Esther aveva subito puntato il dito sulla foto che mostrava un vaso bianco di ceramica con i profili blu.

«No, questo no. Sembra un contenitore per alimenti, dove mettere farina, riso o zucchero, non le ceneri di nostra madre» era sbottata Sarah.

«Era una sportiva, il bianco e il blu le sarebbero piaciuti» sussurrò Esther.

L'agente tagliò corto:

«Il modello M42 è uno degli ultimi arrivi del nostro catalogo ma, a mio modesto parere, non è adatto per una signora anziana. Lo consigliamo per i deceduti tra i trenta e i quaranta anni» concluse cambiando pagina del catalogo.

Per lui i settant'anni di Giuditta non ammettevano esitazioni, il modello giusto era l'M61: linea ad anfora, tappo a doppio avvitamento di sicurezza, esterno laccato nero e interno zincato, le date e il nome e cognome in corsivo inglese e impressi in oro zecchino. I fratelli finirono per accettare.

Giuditta aveva dato disposizioni precise e aveva fatto giurare ai figli che, quando fosse giunto il momento, avrebbero eseguito le sue volontà. Voleva essere cremata e desiderava che le sue ceneri venissero sparse nel mare dove nuotava da ragazza. Aveva indicato anche il luogo: una caletta con la sabbia candida incastonata tra le rocce, e il punto preciso, vicino allo scoglio da cui aveva fatto i più bei tuffi della sua vita.

Due giorni dopo l'arrivo delle ceneri si decisero. Esther e Sarah avvolsero l'anfora in un lenzuolo e l'adagiarono dentro una borsa da spiaggia che a Giuditta era sempre piaciuta. Iacopo la infilò nel bagagliaio dell'automobile, Beniamino mise in moto e partirono.

A ogni sobbalzo pensavano a lei; quando una curva a gomito fece scivolare la borsa contro la parete del bagagliaio ebbero un brivido, ma al tornante successivo tornò magicamente al suo posto. La madre era alle loro spalle e li proteggeva.

Il viaggio durò quattro ore e si svolse in un silenzio ingorgato di ricordi. Parole dimenticate e parole troppo conosciute affollavano i pensieri dei fratelli, ma rimasero più vicine al cuore che alle labbra.

Quando arrivarono in cima alla collina da cui si scorgeva all'improvviso il mare, Beniamino accostò l'automobile.

Era il belvedere a picco sulle onde dove Giuditta chiedeva sempre al marito di fermarsi per guardare il panorama.

Diritta, con i capelli al vento, gli occhi socchiusi e il sorriso sulle labbra, a quel punto la madre diceva ogni volta: "Forza, ragazzi, anche tu, Giovanni, venite fuori... Non sentite l'odore del mare? Coraggio, respirate fino a riempirvi i polmoni: questo è il profumo di Dio".

Per l'ultima volta i figli le obbedirono. Scesero dall'auto e, come quando erano piccoli, si disposero d'istinto nell'ordine in cui erano nati: prima Beniamino, poi Sarah, accanto Esther e infine Iacopo.

L'esercito di Giuditta era pronto a offrirle l'onore delle armi. A occhi chiusi, i fratelli inspirarono profondamente e trattennero l'aria. Salutarono così la donna che gli aveva regalato il primo respiro e a cui dovevano la vita.

Era una bellissima giornata di dicembre. Il cielo era terso e senza nuvole, il sole splendente e la temperatura quasi primaverile. La cala era deserta. Doveva essere così prima della guerra, quando la mamma la raggiungeva in bicicletta: il tempo di spogliarsi, di arrampicarsi sullo scoglio e poi solo tuffi. Tanto tempo prima.

I maschi portarono la borsa, ma quando fu il momento rimasero sugli scogli lasciando che fossero le due femmine a scendere in acqua. Sarah ed Esther si tolsero le scarpe e le calze, si rimboccarono le gonne in vita, liberarono l'urna dal lenzuolo e immersero i piedi in acqua, era fredda. Avanzavano esitanti. A tenere l'urna tra le braccia era Sarah, la maggiore, Esther era al suo fianco. Quando ebbero l'acqua alle ginocchia, svitarono delicatamente il tappo e, trovando d'istinto il gesto della semina, versarono le ceneri verso l'orizzonte.

In mare, Giuditta diventò una pellicola argentata distesa sulla superficie trasparente. Restò sospesa per un istante, e poi, profittando dell'onda, tornò verso le figlie circondandogli le gambe nude. L'ultimo abbraccio prima di prendere il largo.

Sotto lo sguardo muto dei fratelli, senza una parola e di comune accordo, Sarah ed Esther decisero che non potevano continuare: chiusero il coperchio dell'anfora e tornarono a riva.

E fu così che Giuditta finì metà nel mare che aveva sempre amato e metà prigioniera dell'anfora nello scaffale più basso della libreria di Esther.

20
Roma, 23 dicembre 1991

Da quando l'urna con le ceneri della madre era stata affidata a lei, Esther tornava sempre a casa il prima possibile. Si era messa in testa che non doveva lasciarla mai sola.

Proprio quel giorno, per una serie di contrattempi, era rincasata a notte fonda. Sentendo che la chiave faticava a girare nella serratura, capì che era stata forzata. Dopo molti tentativi, finalmente la porta si aprì, e davanti ai suoi occhi apparve il salotto messo completamente a soqquadro: libri gettati sul pavimento, poltrone rovesciate e con i cuscini squarciati, cassetti spalancati come bocche urlanti. E una sottile polvere color ferro sopra ogni cosa.

Sembrava cenere volata con uno sbuffo di vento da un caminetto. Se ci fosse stato un caminetto. E se il vento avesse potuto soffiare nella casa indisturbato. Quella cipria dal colore metallico non poteva che venire dal vaso nero con il nome, il cognome e le due date, nascita e morte, impresse in oro. Immobile sulla soglia, Esther percorse con lo sguardo la libreria fino allo scaffale dove aveva sistemato l'urna. Era vuoto.

Paralizzata, senza avere il coraggio di muovere un passo, non riusciva a credere a quello che vedevano i suoi occhi. Il velo grigio ferro ricopriva il pavimento, le poltrone, la cassettiera. Quella cenere era sua madre. Giuditta era ovunque.

Lentamente e con la fronte imperlata di sudore, si piegò sulle ginocchia cercando l'appoggio dei talloni per guardare da vicino quello che non aveva il coraggio di vedere. Avvicinò la mano alla cenere ma non osò sfiorarla.

Poi, senza spostare i piedi di un millimetro, si sollevò. Non trovava la forza di lasciare un'impronta sul velo impalpabile che ricopriva quella Pompei domestica. Nella sua mente si affollavano domande insensate. I ladri avevano forzato l'urna con un cacciavite, o con un coltello a serramanico? Ma dove l'avevano abbandonata, dopo averla aperta e svuotata? Doveva trovarla.

D'improvviso pensò che a piedi nudi forse il contatto sarebbe stato meno doloroso per entrambe. Riducendo al minimo i movimenti, si sfilò le scarpe, si tolse le calze e attraversò lentamente la stanza. Percorse il corridoio appoggiando i piedi uno davanti all'altro con dolcezza. Giuditta la accoglieva soffice. Ogni passo era un abbraccio, ogni impronta un nuovo addio e un nuovo arrivederci.

Trovò l'urna dentro la vasca da bagno, ammaccata e semivuota. Il gocciolio del rubinetto, in un rivolo denso e scuro, stava portando la cenere giù lungo la conduttura.

"Ha trovato il modo di andarsene dove voleva. Nell'acqua" pensò Esther ammirata.

Poi, aggrappata al bordo della vasca, pianse fino a che ebbe lacrime.

20
Roma, 23 dicembre 1991

Da quando l'urna con le ceneri della madre era stata affidata a lei, Esther tornava sempre a casa il prima possibile. Si era messa in testa che non doveva lasciarla mai sola.

Proprio quel giorno, per una serie di contrattempi, era rincasata a notte fonda. Sentendo che la chiave faticava a girare nella serratura, capì che era stata forzata. Dopo molti tentativi, finalmente la porta si aprì, e davanti ai suoi occhi apparve il salotto messo completamente a soqquadro: libri gettati sul pavimento, poltrone rovesciate e con i cuscini squarciati, cassetti spalancati come bocche urlanti. E una sottile polvere color ferro sopra ogni cosa.

Sembrava cenere volata con uno sbuffo di vento da un caminetto. Se ci fosse stato un caminetto. E se il vento avesse potuto soffiare nella casa indisturbato. Quella cipria dal colore metallico non poteva che venire dal vaso nero con il nome, il cognome e le due date, nascita e morte, impresse in oro. Immobile sulla soglia, Esther percorse con lo sguardo la libreria fino allo scaffale dove aveva sistemato l'urna. Era vuoto.

Paralizzata, senza avere il coraggio di muovere un passo, non riusciva a credere a quello che vedevano i suoi occhi. Il velo grigio ferro ricopriva il pavimento, le poltrone, la cassettiera. Quella cenere era sua madre. Giuditta era ovunque.

Lentamente e con la fronte imperlata di sudore, si piegò sulle ginocchia cercando l'appoggio dei talloni per guardare da vicino quello che non aveva il coraggio di vedere. Avvicinò la mano alla cenere ma non osò sfiorarla.

Poi, senza spostare i piedi di un millimetro, si sollevò. Non trovava la forza di lasciare un'impronta sul velo impalpabile che ricopriva quella Pompei domestica. Nella sua mente si affollavano domande insensate. I ladri avevano forzato l'urna con un cacciavite, o con un coltello a serramanico? Ma dove l'avevano abbandonata, dopo averla aperta e svuotata? Doveva trovarla.

D'improvviso pensò che a piedi nudi forse il contatto sarebbe stato meno doloroso per entrambe. Riducendo al minimo i movimenti, si sfilò le scarpe, si tolse le calze e attraversò lentamente la stanza. Percorse il corridoio appoggiando i piedi uno davanti all'altro con dolcezza. Giuditta la accoglieva soffice. Ogni passo era un abbraccio, ogni impronta un nuovo addio e un nuovo arrivederci.

Trovò l'urna dentro la vasca da bagno, ammaccata e semivuota. Il gocciolio del rubinetto, in un rivolo denso e scuro, stava portando la cenere giù lungo la conduttura.

"Ha trovato il modo di andarsene dove voleva. Nell'acqua" pensò Esther ammirata.

Poi, aggrappata al bordo della vasca, pianse fino a che ebbe lacrime.

21
Roma, 23 dicembre 1991

Il telefono squillò mentre era immerso fino al mento nella vasca. Ruben maledisse il giorno in cui aveva deciso di mettere un apparecchio anche in bagno. Rispose pensando fosse Esther, con cui aveva un appuntamento proprio quella sera, o magari la segretaria dell'ufficio. Invece a risuonare fu la voce di Anita.
«Hai ancora il coraggio di chiamarmi?»
«Ho solo detto la verità.»
«Cosa ne sai tu della verità e della menzogna.»
«Come hai visto, più di quanto immagini... Allora? Avete firmato? Non puoi più tornare indietro?»
«Sì, abbiamo firmato.»
«E bravo il mio avvocato che ha deciso di mettere la testa a posto...»
«Voglio una famiglia e dei figli. E li avrò.»
«Ma temi che qualcosa vada storto.»
«Ha deciso troppo in fretta... È morta sua madre e all'improvviso ha firmato.»
«L'hai sedotta con le tue regolette ebraiche e lei non ha resistito.»
«Quelle regole sono diventate la mia vita.»
«La sposerai in Israele? La patria degli ebrei è una calamita, soprattutto all'arrivo della mezza età...»

«È una patria che portiamo sempre nel cuore.»
«Inutile che ti illuda, non si è decisa a firmare per il tuo fascino e nemmeno per le tue lagne bibliche. Sua madre è morta e aveva bisogno di riempire il vuoto della perdita. Sento che funzionerà.»
«Cosa?»
«Il tuo secondo matrimonio.»
«Perché funzioni meglio del primo ci vuole poco.»
«Ti ricordi di quella volta che hai scopato con Agnieszka nell'ascensore del tuo ufficio di New York?»
«E tu come lo sai?»
«Dimentichi che era la mia migliore amica. Mi ha raccontato che aveva bloccato l'ascensore ma, mentre voi due vi davate un gran daffare con la biancheria intima, le porte si sono riaperte e tutti vi hanno visti. E tu sei stato costretto a traslocare l'ufficio in gran fretta.»
«Non potevo fare altrimenti, tutti parlavano di noi seminudi in ascensore.»
«Sono queste le scene di un matrimonio che vale la pena di ricordare. A proposito, con la tua futura sposa vi date ancora del lei?»
«Sì.»
«Nemmeno un bacio, una strofinata, una toccatina... giusto per verificare che tutto funzioni?»
«No.»
«Speriamo non sia frigida.»
«Anche se lo fosse, non le impedirebbe di avere dei figli.»
«Dopo la morte di Agnieszka ti sei messo in testa di recitare una parte, ma ti avverto: il teatrino che hai messo in piedi salterà.»
«Sto finalmente ritrovando le mie radici.»
«Già, e tagli fuori tutte le impurità, le anomalie, le differenze... Chiuso nella tua identità ritrovata a forza, speri di fare la pace con te stesso? Scoprirai solamente il caos di cui tutti siamo impastati.»

«Vai a farti fottere, Anita.»

«Ci penserò, ma vorrei che fossi tu a farlo. Era la cosa che ti riusciva meglio.»

Ruben uscì dalla vasca e si asciugò furiosamente. E se Anita avesse colto la verità? La ricerca tormentosa dell'identità che lo aveva aiutato a superare la morte della madre e poi della moglie lo stava portando a un secondo tragico errore? Non faceva l'amore da mesi. Le donne non lo interessavano più, era preso solo dalla sua ossessione per quella nuova vita, diversa, perfetta, immutabile, che avrebbe cancellato per sempre gli errori commessi.

Ripensò al figlio non nato, a quanto lo aveva voluto. Alla sua infanzia solitaria, senza padre e con una madre stranamente reticente e ogni giorno più fredda e distante. Cresciuto dalle governanti, senza più le tenerezze della mamma, Ruben era divenuto un ragazzino aggressivo e dispotico.

«Voglio un fratello con cui giocare!» aveva urlato alla madre dopo un litigio furibondo.

«Impossibile, tuo padre non c'è più» aveva risposto lei duramente, per poi pentirsene e abbracciarlo.

«Sposati di nuovo, fallo per me...» le aveva chiesto Ruben tra le lacrime.

La madre lo aveva cullato come quando era piccolo. Ma, quando le lacrime si erano asciugate, aveva risposto tagliente e definitiva:

«Rassegnati, non sposerò mai un altro uomo. La nostra famiglia finisce con noi due.»

Ruben si era rassegnato, ma non le aveva perdonato quella frustata.

Aveva deciso di procurarsi un padre. Subito e da solo.

Roni Feldstein, il supplente di matematica neozelandese capitato a metà anno nel collegio privato scelto dalla madre, per Ruben era riuscito a essere sia un padre sia un fratello.

Con lui aveva scoperto gli infiniti mondi che si nascondono nella radice quadrata di due e la magia filosofica degli algoritmi. Con lui aveva imparato a giocare a baseball e a calcio. E dopo un corpo a corpo con un compagno di collegio da cui Ruben era uscito malconcio, era stato lui a insegnargli a non avere paura. Di più, a metterla agli altri.

«Ti rivelo un trucco con cui impressionare l'avversario. Guardami attentamente e ripeti passo passo quello che faccio io.»

Il professor Feldstein era un biondino gracile e allampanato che non avrebbe spaventato una mosca, ma d'improvviso si era trasformato. Con le ginocchia piegate e gli occhi strabuzzati, aveva incominciato a battersi i pugni sul petto e sugli avambracci a ritmo di danza. Intanto, in rapida successione, sbuffava, tirava fuori la lingua, digrignava i denti. Una trasformazione sbalorditiva. Ruben lo aveva imitato prima timido e poi sempre più convinto. Avevano finito per rotolarsi sul prato ridendo come matti.

«Te la sei cavata molto bene, ma le gambe devono essere più divaricate e il bacino più basso, e devi avanzare a piccoli salti. Meglio che ti eserciti davanti a uno specchio.»

«È una danza o una lotta?»

«Tutte e due» aveva risposto Feldstein compunto cercando di ritrovare il tono dell'insegnante. «Ricordati però che nella Haka tirare fuori la lingua è un segno di sfida da rivolgere solamente ai ragazzi.» Poi gli aveva arruffato i capelli e aveva aggiunto: «Alle ragazze penseremo quando sarai più grande».

In matematica Ruben era diventato il migliore e nessuno aveva più osato sfidarlo a fare a botte. L'anno successivo Feldstein era stato assunto in pianta stabile. Due anni dopo gli aveva impartito una lezione – teorica – di bacio alla francese che Ruben aveva messo in pratica con una ripetente dai capelli ramati. L'anno successivo gli aveva regalato dei preservativi, che furono sperimentati con una bionda che faceva la cassiera in un drugstore vicino alla scuola.

La madre di Ruben non seppe mai di Roni Feldstein e di quello che aveva fatto per suo figlio. Era troppo occupata a tenerlo lontano.

Quando Ruben aveva conosciuto Agnieszka, aveva voluto presentarla prima a Feldstein e poi alla madre.

«Amico mio, con lei forse è il caso di rispolverare la Haka» aveva commentato a mezza voce Roni quel giorno. «Pensaci bene prima di sposarla, questa donna ti divorerà.» E così era stato.

Mentre si infilava i pantaloni, a Ruben sembrò di udire, bassa e soffocata, la risata di Agnieszka, ma era solo il gorgoglio dell'acqua della vasca che si stava svuotando.

22

Roma, 8 febbraio 1992

Nei primi mesi del nuovo anno, per Ruben ed Esther ogni giorno fu mercoledì.

Per cercare la nuova casa, ordinare suppellettili e scegliere tappezzerie, si incontravano ormai quasi quotidianamente. Misuravano lo spazio che avrebbero condiviso ma non riuscivano ad accorciare la distanza che ancora li divideva.

Ci furono dei diverbi, ma, non potendoli soffocare con la ferocia dei baci, finivano per cedere a turno e con cortesia. Visitarono una decina di appartamenti e scelsero quello che piaceva più a Esther ma che non convinceva fino in fondo Ruben. Incontrarono due arredatori ma Ruben, dopo aver sollevato entrambi dall'incarico, e dopo aver costretto Esther a sfogliare un'infinità di cataloghi di design, ordinò i mobili che piacevano a lui. Nella casa che piaceva a Esther, arredata con i mobili che piacevano a Ruben, alla fine si sarebbero piaciuti? L'esercizio seducente della castità eccitava entrambi ma non sarebbe durato per sempre. L'alleanza sembrava funzionare. Quanto al resto se ne sarebbe riparlato a maggio.

All'arrivo del letto matrimoniale nella nuova casa, qualcosa saltò. Davanti al ring, se non del primo incontro, di sicuro dei successivi, Ruben d'istinto si tolse la giacca e si sdraiò sul materasso. Esther avrebbe voluto fare altrettanto ma non osava distendersi accanto a lui. E, poiché continuavano a darsi del lei, i trasportatori non riuscivano a raccapezzarsi su dove fosse finita la coppia che aveva ordinato il letto e soprattutto si chiedevano chi avrebbe staccato l'assegno. Divertito dall'equivoco, Ruben regolò il conto e si trattenne in quello che sarebbe diventato il loro salotto per dare indicazioni all'elettricista. Solo a quel punto finalmente Esther si abbandonò sul letto e chiuse gli occhi.

E d'un tratto si ricordò di Nadia, la compagna di ginnasio, e del suo invito a partecipare alla "cunzata" ovvero la preparazione del "primo letto degli sposi", in occasione del matrimonio della sorella maggiore. E di come, dopo aver accettato di slancio, aveva scoperto che la "cunzata" prevedeva due vergini, e una era lei. Vergine Esther non lo era più da un paio di mesi, ma non se l'era sentita di rivelarlo all'amica. E ormai era troppo tardi per tirarsi indietro. Il letto comunque era stato preparato e in seguito Esther seppe che quel matrimonio era durato nonostante il suo inganno.

Distesa sul materasso ancora incellofanato, ripensando a quella menzogna andata a buon fine, le spuntò un sorriso.

«Cosa c'è di tanto divertente in questo materasso?» chiese una voce sabbiosa.

«Come ci sono arrivata» rispose lei a occhi chiusi.

La verità è che entrambi avevano paura. Ed entrambi erano reticenti. Ciascuno custodiva gelosamente la propria zona cieca. Il contratto non era stato più nominato.

I giorni prima della partenza Ruben li dedicò ad alcune cause rimaste in sospeso. Esther terminò gli ultimi lavori e non ne accettò altri. Cercò un'agenzia che si occupasse di affittare la casa e diede la disdetta al contratto di affitto dello studio. Voleva cambiare vita del tutto e per sempre. Per sempre: proprio quello che aveva più temuto, e in cui si stava tuffando a occhi chiusi.

Cos'era rimasto della bambina boxeur di una volta? Pur intontita dai colpi, non era mai scesa dal ring, ma le sconfitte le avevano insegnato ad alzare la guardia. All'incontro con Ruben era giunta guardinga, ma la curiosità era stata più forte del ricordo dei colpi bassi. La morte della madre l'aveva mandata al tappeto, ma l'audacia le aveva permesso di rialzarsi. La firma del contratto era il suo uppercut. Il colpo decisivo con cui iniziare un nuovo round.

23
Roma, 21 aprile 1992

Proprio nei mesi in cui il dolore per l'assenza della madre era più vivo e bruciante, Esther si scoprì a riflettere su quanto poco le fosse mancato suo padre quando era morto. E, di colpo, le mancò.

Il ricordo più vivo che aveva di lui risaliva all'estate dei suoi sei anni. I genitori avevano preso in affitto per tre mesi una casa di fronte al mare in un paesino a sud della capitale e il padre veniva a trovarli in treno nel fine settimana.

La stazione era vicina alla spiaggia e il sabato mattina Esther aspettava di vederlo spuntare dalla duna più alta con indosso il suo vestito estivo di lino bianco e le scarpe bicolori. Da quella stessa duna ogni giorno sbucava uno scugnizzo che a piedi scalzi vendeva ciambelle fritte ricoperte di zucchero lungo la spiaggia. Le prime a comparire in cima alla duna erano proprio le ciambelle, infilate in un lungo bastone che il ragazzo portava appoggiato a una spalla, poi spuntavano i suoi capelli neri, la canottiera sbrindellata e i pantaloni corti blu copiativo. Si chiamava Girolamo, ed Esther non avrebbe saputo dire se le piaceva più lui o le sue ciambelle. E se più lui o suo padre.

Entrambi bruni, con gli occhi a mandorla, la pelle scura e

un sorriso da canaglia, Giovanni e Girolamo si somigliavano al punto da sembrarle la stessa persona in due età diverse.

Quando si hanno sei anni e si è in vacanza, i giorni sono tutti uguali e il sabato assomiglia al giovedì; così, per non sbagliare, ogni giorno, con la medesima eccitazione, Esther aspettava di veder emergere dal profilo della duna le ciambelle di Girolamo o la giacca bianca di Giovanni. A quell'età non si fanno distinzioni tra i padri, gli amori e le ciambelle. Si aspetta e basta, prima o poi qualcosa verrà.

Quello che le piaceva degli uomini, Esther lo aveva imparato spiando quella duna. Ma quello che delle donne piaceva agli uomini lo aveva appreso dallo sguardo di suo padre che indugiava vellutato lungo la curva di una schiena o veniva agganciato dal precipizio di una scollatura.

In quello sguardo c'erano tutte le domande e le risposte. A quello sguardo Esther si era uniformata.

Aveva indossato il guanto sorprendente della femminilità che il padre le porgeva e al quale per timidezza e pudore la madre non si era mai adeguata del tutto. I golfini grigi, il filo di perle e il mezzo tacco di Giuditta erano segnali flebili, eleganti, ma senza i sottintesi e le allusioni di cui si nutrono i desideri più oscuri. Gli uomini si aspettano segnali espliciti e riconoscibili, luci che li guidino in porto a notte fonda, automatismi che li liberino dalle paure. Quelli funzionano sempre. Avrebbero funzionato anche con Ruben?

Esther aveva paura di quel viaggio, di quel matrimonio, di quell'uomo a cui stava permettendo di cambiarle la vita senza averlo mai nemmeno baciato. E temeva che quell'azzardo non avrebbe funzionato.

Era mezzanotte passata e il volo era fissato per l'indomani alle otto. Mancava davvero poco alla partenza. Mentre faceva scorrere la zip per chiudere le valigie, ripensò alla lezione che suo padre non le aveva mai impartito ma che aveva imparato dal suo sguardo, e capì che gli abiti che ci aveva infilato dentro erano tutti sbagliati. Troppo semplici, troppo sportivi, nessuno che fosse in grado di stupire. Esther era in quell'età in bilico tra giovinezza e maturità in cui, più che essere incerti sull'abito, si è insicuri sulla propria capacità di sedurre.

Frugò nell'armadio e pescò un vestito grigio con una scollatura profonda che lasciava nude le spalle, e lo indossò. Scelse delle scarpe con il tacco alto, si annodò i capelli in uno chignon, si dipinse le labbra con un rossetto color carminio e si guardò allo specchio. Era ancora desiderabile. Ma Ruben la desiderava? Si sfilò l'abito, lo piegò e lo ripose in valigia insieme alle scarpe con il tacco alto e al rossetto carminio. Infine, pensando a Giuditta, ci infilò anche un paio di jeans, delle scarpe da ginnastica e un costume olimpionico. Chiudendo la valigia si domandò cosa avrebbe detto suo padre dell'avvocato Pardes e del suo contratto. Cosa di quell'uomo che era sul punto di sposare ma che le dava ancora del lei.

D'improvviso si ritrovò a immaginare la scena.

«Almeno sa ballare?» le avrebbe chiesto Giovanni con un sorriso malizioso.

«Non lo so» gli avrebbe risposto imbarazzata Esther.

«Prova a danzare con lui. Un valzer, una mazurka, o meglio ancora un tango... Sì, un tango è quello che ci vuole. È come camminare abbracciati seguendo lo stesso ritmo. Se senti che lui sa indicarti i passi, dove spostare il peso e quando fare le pause, se lui è elastico e non dimentica mai la ballerina, se capisci che tra un passo e l'altro trova l'improvvisazione, solo a questo punto sposalo.»

«E se non sa ballare il tango?»

«Io l'ho insegnato a te. Tu puoi insegnarlo a lui. Se ha talento imparerà. E se ha talento per il tango lo avrà anche per il resto.»

Il padre di Esther con le piroette era bravissimo. E si fidava solo di quelle.

24
Tel Aviv, 22 aprile 1992

Per Esther e Ruben quello in Israele era il primo viaggio insieme. Scambiarono poche parole sui controlli di sicurezza all'imbarco e sull'abilità del pilota nell'affrontare una perturbazione al largo di Cipro. Ciascuno tenne a bada le proprie emozioni. La costa era ancora lontana quando Ruben si appisolò ed Esther si scoprì a spiare il suo respiro. Il sonno gli aveva disteso i lineamenti e per un istante lei vide il bambino che era stato. Quando la distesa curva del Mediterraneo agganciò la lingua di terra dorata, gli scosse il braccio con delicatezza.

«Siamo arrivati.»

«Grazie» rispose Ruben insonnolito.

Per guardare il paesaggio dall'alto, si avvicinarono al finestrino e le loro guance si sfiorarono. Esther pensò che era il primo di molti risvegli.

Mancavano dieci minuti a mezzogiorno quando l'aereo atterrò sulla pista dell'aeroporto Ben Gurion di Tel Aviv. Discesa la scaletta, molti dei passeggeri si chinarono a sfiorare la terra con la mano portandosi le dita alle labbra, qualcuno si inginocchiò per baciare l'asfalto della pista. Esther e Ruben si rivolsero un sorriso.

«Eccoci nell'unico Paese al mondo dove nessuno ci chiederà se siamo ebrei» le sussurrò Ruben.

Eppure, al contrario di come avevano creduto, nessuno dei due si sentiva a casa. Ruben perché di case ne aveva avute troppe, Esther perché ne aveva sempre avute due in una.

Ad attenderli all'uscita dell'aeroporto c'era l'autista dell'albergo, che li depositò davanti all'hotel a cinque stelle scelto da Ruben.

«Ho prenotato due stanze adiacenti che guardano il mare, con una terrazza in comune. E ho fatto portare uno spuntino.»

«Perfetto» rispose lei sfiorandogli la spalla con una lieve carezza, come per sbaglio.

Un'ora dopo erano in terrazza davanti a una tavola imbandita. Il cameriere, uno spilungone con i capelli rossi e il volto tempestato di lentiggini, era irrequieto come un puledro e pronto a servirli, ma Ruben lo congedò con un cenno. Fu lui a versarle il vino e a mostrarle le pietanze a una a una.

«Olive greche e capperi siciliani, hummus e falafel libanesi, tehina araba e labaneh druso, shawarma turca, e formaggio della Galilea. Un mosaico di sapori che le onde della Storia hanno portato fin qui in Israele. Davanti a sé ha il riassunto del Mediterraneo!»

«Sontuoso... assaggerò tutto, ma ho una gran voglia di nuotare. Le andrebbe di fare un bagno insieme nel pomeriggio?»

«In piscina o al mare?»

«Al mare, naturalmente.»

Mentre si cambiavano, ciascuno nella propria stanza, entrambi pensarono che per la prima volta si sarebbero visti senza la protezione degli abiti. Avevano firmato un contratto che stabiliva nei minimi dettagli quale sarebbe stata la loro vita futura, di lì a poche settimane sarebbero diventati marito e moglie, ma lui non aveva mai visto la schiena nuda o la curva del seno della donna che stava per sposare e lei non sapeva quanto erano lisce le spalle o forti le braccia dell'uomo che sarebbe diventato suo marito.

"L'amore è patto, non solo turbamento ed eccitazione" le aveva detto Ruben al primo appuntamento. Nonostante la frase lì per lì l'avesse colpita, e nonostante poi le cose fossero andate come erano andate, Esther pensò che Ruben quel giorno aveva detto una colossale idiozia. Come Alice nel Paese delle meraviglie, sapeva chi era quando si era alzata quella mattina, ma da allora era già cambiata diverse volte.

L'appuntamento era per le quattro nella hall dell'albergo. Ruben arrivò in leggero ritardo. Senza l'abito scuro che portava come una divisa, in maniche di camicia e con i capelli neri spettinati dal vento di grecale che soffiava dal mare, sembrava più giovane; Esther, con indosso una camicia azzurra e dei pantaloni blu, assomigliava a una scout in gita. Con imbarazzo si scoprirono diversi. Guardinghi, presero le misure del cambiamento.

Nella parte della spiaggia riservata all'albergo, gli furono assegnati due differenti spogliatoi. Quando Ruben uscì in costume da bagno, Esther era già in acqua e ai loro corpi nudi non pensava più.

Il ricordo della madre le mordeva il cuore. Era la prima volta che nuotava dopo la sua morte. Nel mare che Giuditta aveva tanto amato e dove aveva voluto scomparire, sapeva che l'avrebbe incontrata. Avrebbe potuto tuffarsi in lei ogni volta che lo desiderava e sarebbe stato così per tutta la vita. In acqua le lacrime si cancellano, si mischiano, scompaiono. In acqua non si piange.

Ruben la raggiunse con poche bracciate. Nell'azzurro sfacciato del Mediterraneo, con i capelli grondanti e i respiri affannosi, si scoprirono meno esitanti. Esther fece due capriole e Ruben si immerse per bloccarle le gambe, ma lei riuscì a divincolarsi. Si stavano toccando e ridevano, entrambi però avevano il cuore in gola ed evitavano di guardarsi negli occhi.

«Qual è il programma per domani?» chiese Esther tuffando il capo all'indietro e riemergendo con un sorriso.

«La mattina andremo a Giaffa. Poi abbiamo un appuntamento con l'unica parente che mi è rimasta, la seconda moglie di mio nonno. È una tipa stramba. Lei e mia madre si detestavano, ma da qualche anno vive a Tel Aviv e non posso non presentarle la mia futura moglie.»

«Da quanto non la vede?»

«Non l'ho mai davvero conosciuta. Lei mi ha visto bambino, quando ero troppo piccolo per ricordare.»

«Allora faremo la pace con l'ultimo pezzo della sua famiglia.»

Distesi al sole ad asciugarsi, si sbirciavano attraverso le ciglia. Esther notò che lui aveva capezzoli piccoli e scuri e gambe forti e ben disegnate. Ruben si scoprì a seguire le gocce d'acqua salata che scivolavano nell'avvallamento tra i seni di lei, ma serrò le palpebre. C'era tempo.

Cenarono in un ristorante sul lungomare. Con indosso l'abito grigio che le lasciava nuda la schiena, e i capelli raccolti in un piccolo chignon, Esther ebbe la sensazione di aver esagerato, ma era una notte incantevole e non si sentiva così felice da tanto tempo. Tirarono tardi passeggiando lungo la spiaggia illuminata a giorno dal plenilunio. A piedi nudi sulla sabbia, lei sollevò l'abito e si immerse fino alle caviglie, lui si sfilò la giacca e sciolse la cravatta. Lei lo spruzzò con l'acqua di mare, lui fece altrettanto. Poi si sdraiarono l'una accanto all'altro.

«È una notte troppo luminosa per contare le stelle» sussurrò Esther.

«La luna è più importante delle stelle. È lei a governare le maree e la femminilità» disse Ruben, e avvicinando il volto a quello di lei quanto bastava perché sentisse il suo respiro, mormorò: «Voglio dei figli e una famiglia e ora so con chi...».

Esther gli lanciò uno sguardo vellutato.

Tornarono in albergo camminando fianco a fianco. La luna sembrava seguirli offrendo un fondale smaccato ai baci che non si sarebbero dati. Era proprio la castità forzosa a precipitarli come due adolescenti, imbarazzati e insieme spudorati, in quella notte zuccherina? L'adolescenza consumata da entrambi troppo in fretta pretendeva un risarcimento tardivo.

Esther pensò che non c'era tempo per il sarcasmo e nemmeno per il cinismo. Era l'ultima occasione. Era l'istante subito prima della felicità, quando le frasi più stupide trovano un senso e le più profonde fluttuano lievi.

25
Giaffa, 23 aprile 1992

Il mattino dopo, i grattacieli di Tel Aviv si allontanarono rapidamente per lasciare il posto alle vecchie case di Giaffa. Ruben aveva noleggiato un'automobile ma, per infilarsi nell'intrico dei vicoli, fu costretto a parcheggiarla e proseguirono a piedi. Nel dedalo delle stradine persero più volte l'orientamento, ma Esther presto si accorse che a chiedere informazioni lui non pensava proprio.

«Non domandare mai la strada a qualcuno che la conosce, perché non riusciresti a smarrirti» le disse Ruben che in Israele sembrava tornato ragazzo, e aggiunse: «La frase l'ho presa in prestito a un rabbino ma non ricordo più come si chiama».

«Scommetto che ha un nome che finisce con man, onsky o stein.»

«Nella Terra Promessa lei è diventata irriverente.»

«Si rassegni, lo sono sempre stata...»

Quasi per sbaglio, sbucarono in una viuzza dove si allineavano negozi di antiquariato e bancarelle di ambulanti con ceramiche persiane, lampade a cherosene, bastoni da passeggio e pile di libri usati in tutte le lingue del mondo. Ruben fu calamitato da una minuscola bottega incastrata tra un negozio di pellicce di seconda mano e una panetteria da cui emanava profumo di pane appena sfornato e sesamo tostato. In vetrina erano esposte delle macchine da scrivere d'epoca.

«Quella è una Olivetti e l'altra una Remington Rand, entrambe con i tasti dell'alfabeto ebraico... Sono modelli della fine degli anni Cinquanta ma sembrano nuove.»

«Sono una rarità?»

«Con la nascita del nuovo Stato, di macchine da scrivere come queste ce n'era un gran bisogno e le due aziende ne hanno approfittato, ma è difficile trovarne in perfette condizioni. Quella subito dietro è una Underwood con i tasti in Yiddish... Entriamo?»

Più che una bottega era un corridoio lungo e stretto foderato di scaffali. All'entrata, dietro la cassa, arrampicato su uno sgabello troppo alto c'era un omino pelato con una barbetta bianca e occhi guizzanti dietro spesse lenti da miope incorniciate da una montatura di metallo. Come li vide entrare gli andò incontro festante:

«Posso esservi utile? Una macchina da scrivere? O magari della carta carbone? C'è chi dice che i computer la manderanno in soffitta, ma io non ne sarei così certo. I sarti come farebbero a rilasciare le loro ricevute, o le signore a copiare i disegni dei ricami sulla stoffa...»

Aggiustandosi gli occhiali sul naso indicò uno scaffale sulla destra.

«Ho delle bellissime macchine da scrivere degli anni Trenta con i tasti nell'alfabeto arabo.»

«Studiare tastiere capaci di traslitterare ebraico e arabo deve essere stato un problema» disse Ruben.

«Un inferno.» Si passò il fazzoletto sulla fronte e continuò: «Adeguare le macchine al verso di scrittura delle tre lingue era un problema squisitamente meccanico, è bastato invertire l'andamento del carrello da destra a sinistra. Più complicato sintetizzare i caratteri e farli entrare nello spazio del tasto.»

«Di sicuro il disegno ha perso in bellezza...» sussurrò

Esther, mentre faceva slittare il carrello di una macchina da scrivere. Il movimento rivelò uno strano oggetto seminascosto: una mano di ceramica a grandezza naturale, con dita sottili e affusolate e unghie dipinte di un rosso acceso, montata su un supporto dorato. Era lucida come se fosse stata appena lustrata. La tirò fuori con delicatezza.

«È bellissima...» disse rigirandola fra le mani. «Con il palmo rivolto verso il cielo sembra ricevere, verso la terra sembra dare. Denaro, carezze, benedizioni?»

«Era di una dattilografa che aveva fatto troppi errori di battitura...» suggerì Ruben.

Il proprietario, intento a lucidare un carrello con un panno di camoscio, aveva ascoltato lo scambio di battute e non si trattenne.

«Se il signore non è lontano dalla verità, la signora non ha commesso un errore. Ma entrambi vi siete sbagliati. La verità è davanti ai nostri occhi più di quanto immaginiamo.» Si sistemò il panno sull'avambraccio, come un cameriere con il tovagliolo, e continuò: «Ho avuto per molti anni una copisteria. Mia moglie Edna aveva mani bellissime e non commetteva mai errori: avvocati, poeti e romanzieri si fidavano solo di lei». Riprese fiato, piegò in quattro il panno e lo infilò in un cassetto. «Le mani di ceramica in principio erano due. Erano state modellate da un calco di quelle di mia moglie da un artigiano di Dresda che aveva lavorato per le fabbriche di Meissen e dopo la guerra era emigrato in Israele. Ma una è stata rubata.»

«Rubata?»

«Erano fissate all'insegna del negozio a mo' di réclame. Una rivolta verso l'alto e una verso il basso. "Nudo uscii dal grembo di mia madre, e nudo vi ritornerò. Il Signore ha dato, il Signore ha tolto, sia benedetto il nome del Signore!" dice Giobbe...»

«Chi è stato a rubarla?»

«Un bullo da quattro soldi che voleva regalarla alla fidanzata per chiederla in moglie. Romantico, no? Quella notte ero tornato al negozio per prendere un cacciavite e l'ho sorpreso mentre la smontava. Aveva paura che lo denunciassi, ma io non denuncio nessuno.»

«Cosa ha fatto?»

«Gliel'ho regalata.»

«Il Signore ha dato e il Signore ha tolto... A lei cosa ha dato? E cosa ha tolto?» chiese Esther esitante.

«Mi ha dato l'intelligenza e l'amore. E mi ha tolto tutto il resto. Qualcosa poi mi ha restituito...»

Incrociò le braccia sul petto. Sull'avambraccio, coperti a metà dalla manica, si intravedevano dei numeri violacei.

«Il mio nome è Jakub, Jakub Bielski. Io e Edna abitavamo nello stesso isolato ed eravamo innamorati. La guerra ha deciso per noi.»

«Di dove siete?»

«Polacchi, e questo vi basta per sapere cosa abbiamo passato. Nessuno dei due pensava di sopravvivere e men che meno di rivedere l'altro.»

«E invece...»

«Mi sono imbarcato per Israele nel '47. La nave partiva da La Spezia, la città che chiamavamo "La porta di Sion". Chi lo aveva mai visto il mare... Durante la traversata ho vomitato l'anima, e così tutti i giorni in cui siamo rimasti al largo in attesa del permesso di sbarcare. Alla fine ce l'hanno accordato. Da quel giorno il mare è diventato la mia ossessione. I primi mesi a Tel Aviv, facevo tutti i lavori che mi capitavano, scaricavo casse, raccoglievo frutta, lavavo piatti, ma come avevo un momento libero andavo a camminare sulla spiaggia. Una sera, all'imbrunire, ho visto una donna con accanto un cagnolino che passeggiava sul bagnasciuga. L'ho riconosciuta subito dalla camminata ondeggiante... Non poteva che essere lei, volevo disperatamente che lo fosse.»

«E lo era?»

«Sì. Un miracolo.»

Tacque per qualche secondo, e intanto l'eco di quel miracolo riempì lo spazio ristretto del negozio, sfiorò i tasti delle macchine da scrivere, si insinuò tra i fogli di carta bianca e quelli di carta copiativa imprigionati nei carrelli, carezzò le curve dei nastri rossi e blu. Poi si dileguò.

«Ci siamo sposati a Tel Aviv. Lei non poteva più avere figli per quello che le avevano fatto nel lager e che non ha mai raccontato a nessuno: nemmeno a me. La consolavo dicendole che dei figli non mi importava e che suo figlio ero io.» Si passò la mano sulla testa calva un paio di volte. «Quando è morta, sei anni fa, ho chiuso la copisteria e ho iniziato a commerciare in macchine da scrivere d'epoca. Nel mio negozio c'è il meglio che possiate trovare in Israele. E sono tutte funzionanti. Sentite...»

Con un colpetto fece slittare il carrello più vicino fino a far trillare il campanello. Così con un altro e un altro ancora. Suonava la musica della sua vita. Mancava solamente il ticchettio delle dita di Edna sulla tastiera, ma non ce n'era bisogno. Era nella sua testa tutto il giorno insieme al ricordo di lei.

«Posso chiederle dove è nata?» domandò Jakub.

«In Italia.»

«Verdi, Puccini, Rossini, voi italiani la musica l'avete già nel suono delle parole... Devo farle una confessione: quando l'ho vista entrare mi ha ricordato Edna. Avete la stessa andatura. Anche l'altezza, il colore dei capelli, gli occhi... siete simili in tutto. Vederla, per un istante, mi ha restituito mia moglie.»

Jakub sovrappose la mano di ceramica a quella di Esther: erano esattamente della stessa grandezza.

«Il Signore prende e il Signore dà. Ogni carezza di mia moglie è impressa nel mio cuore.»

Avvolse la mano di ceramica nella carta velina e la infilò in un sacchetto di tela rossa. Poi, prendendolo delicatamente per il laccio, lo porse a Esther.

«È deciso, gliela regalo!», e aggiunse: «Purché prometta di continuare a camminare ondeggiando. Quell'andatura è musica per gli occhi e il cuore di un uomo».

Esther lo abbracciò, abbandonando il capo sulla sua spalla come si fa con un parente.

«Imparate a prendere e a dare finché siete in vita. Il resto è polvere» concluse Jakub liberandosi dall'abbraccio e spalancando la porta del negozio.

Camminavano stretti, senza parlarsi. Entrambi pensavano a Edna e ai numeri violacei che avevano intravisto sull'avambraccio avvizzito di Jakub. D'improvviso, Esther si fermò, aprì il sacchetto, liberò dalla carta velina la mano smaltata e la porse a Ruben disegnando nell'aria un mezzo cerchio cerimonioso.

«Se ricordo, lei ha chiesto la mia mano? Eccola, è sua.»

Ruben sfiorò con le labbra le dita smaltate di rosso in un baciamano compunto e cerimonioso. Poi sorrise e la prese sottobraccio.

«Teniamola da conto. Sarà il nostro portafortuna.»

Quando raggiunsero una grande piazza, Ruben le indicò un edificio a due piani sovrastato da un'insegna al neon con la scritta "Da Kaled" e, più piccolo, "I migliori falafel di Giaffa".

«Era qui che volevo portarla...»

Ad accoglierli nel ristorante fu Kaled in persona, un giovanotto di trent'anni con una parlantina seducente che, sistemando con cura dei tavolini verniciati di blu e molte piante fiorite, aveva trasformato il cortile interno in un giardino. Ruben scelse il tavolo più isolato, subito sotto la scala che conduceva al piano di sopra. I falafel erano caldi e speziati, la pita fragrante, l'hummus saporito e setoso, l'insalata croccante e la birra alla giusta temperatura.

«Questa casa è molto importante per me» esordì Ruben.

«Perché?»

«Quando sarà il momento glielo dirò.»

Esther pensò che l'uomo si comportava come un pokerista. Conservava per l'ultima mano le carte migliori. Oppure le peggiori? Lì in Israele Ruben sembrava perfettamente a suo agio, come se ci avesse sempre vissuto.

Dopo una gimcana nel traffico di Tel Aviv, finalmente raggiunsero il grattacielo di trenta piani di vetro e acciaio sospeso tra la terra e il mare dove viveva la misteriosa parente acquisita. Mentre l'ascensore a vetri scivolava verso l'attico, Esther fu attraversata dal ricordo di sua madre, inaspettato e lancinante. Si pentì di non averle detto abbastanza quanto l'amava e di non averla fatta conoscere a Ruben. Era troppo tardi per tutto. Ma non per l'avvocato Pardes.

La donnina che gli venne incontro doveva avere settant'anni, o forse più, ma l'abbronzatura esagerata, i capelli color platino, i tacchi spropositati e l'abito striminzito confondevano le idee.

«Il fantasma del mio ex marito!» esclamò abbracciando Ruben più come un uomo che come un nipote. «Somigli molto anche a tua madre. Tuo padre dev'essersi impegnato molto poco...»

Li guidò verso un salone inondato da una luce accecante da cui si scorgeva solo l'azzurro del cielo.

«Negroni, gin tonic o cosa?» chiese agitando un campanello d'argento per chiamare la domestica, che si materializzò immediatamente in una divisa a righine azzurre.

«Solo dell'acqua, grazie.»

«Dunque lei sarà tua moglie. Bene, bene... La seconda, se non mi sbaglio. La prima non l'ho mai conosciuta, e nemmeno tua madre mi pare. D'altronde è la prima volta che incontro anche te.» Mandò giù l'ultimo sorso di gin tonic e rivolta a Esther aggiunse: «Non si meravigli, sta per entrare a far parte di una famiglia singolare, ma sappiamo come si sta al mondo». L'acqua tonica era finita, ma senza battere ciglio si versò un'abbondante dose di gin liscio e continuò: «Fai bene a ritentare la sorte, nipote caro. I secondi matrimoni sono sempre i migliori: non ci si aspetta niente e si finisce per aggiustare il tiro».

Ruben la ascoltava come chi ingolla una medicina amara. La teneva a distanza dandole del lei. E lei lo strattonava dandogli del tu.

«A proposito, non sarai mica venuto per contestare l'accordo economico preso a Miami?»

«No. È già costato abbastanza a entrambi per le parcelle degli avvocati.»

«È costato soprattutto a me. Tu hai risparmiato perché sei il legale di te stesso.»

«Grazie al mio corrispondente di Miami, ho condotto egregiamente le trattative e lei non ha avuto nulla di cui lamentarsi, o sbaglio?»

«Potevi essere più generoso, ma c'erano ancora di mezzo le volontà di quella testa dura di tua madre.»

«Non parliamo di mia madre e non parliamo di denaro. Voglio sapere se ha ancora qualcosa del nonno: carte, documenti...»

«Qualcosa ancora c'è. Tua madre... Scusami, non dobbiamo parlare di lei.»

D'improvviso si sentì un trambusto, come un rumore di metalli che cozzano insieme, e apparve un sessantenne muscoloso, che trascinava due sacche da golf.

«Lui è Dan, il mio terzo marito. Consiglio a tutti un terzo matrimonio, migliora l'umore e fa bene alla carnagione. Visto che siete a un passo dalle nozze, non voglio certo augurarvi un divorzio, ma, se dovesse capitare, non disperate.»

«Quando si è risposata?»

«Tre anni fa. Dopo la morte di tuo nonno ho sposato un petroliere ma è durato così poco... Il tuo corrispondente a

Miami non ti aveva avvertito del terzo matrimonio? Strano, è sempre così preciso... Comunque Dan è un istruttore di golf. Io adoro il green e adoro gli istruttori.»

«Possiamo tenere fuori Dan da questo incontro di famiglia?» mormorò Ruben.

«Tranquillo, tutto quello che è successo prima della guerra di Corea, salvo me naturalmente, non gli interessa. Non è così, darling?»

Dan si versò del succo d'arancia, aggiunse un'abbondante dose di gin e, dopo essersi accasciato sul divano di fronte a quello dov'era seduta la moglie, esordì:

«Se state facendo il solito elenco dei parenti sparsi per il mondo io ne resto fuori molto volentieri. Siamo in Israele, mica in uno di quei villaggi di disperati dell'Europa orientale che continuate a rimpiangere come il paradiso perduto.»

«È ebreo?» sussurrò Ruben.

«Sì. I suoi nonni vendevano stracci in Polonia, ma per non morire di fame sono emigrati in America agli inizi del secolo. Dan è uno che si è fatto da solo: ha vinto una borsa di studio all'università e ha ricevuto una medaglia al merito nella guerra di Corea. E soprattutto ha sposato me. E il golf.»

«Soprattutto» commentò Ruben intercettando lo sguardo complice di Esther. «Veniamo al dunque, cosa le è rimasto di mio nonno?»

«Solo una vecchia borsa di pelle che non ho mai aperto.»

«Vuole restituirmela, o dobbiamo discutere un prezzo anche per questa ultima transazione?»

«Denaro? No, quegli anni di polvere e tappeti non mi interessano. Dietro a quella borsa tuo nonno si è dannato tutta la vita, almeno così mi ha sempre detto. I primi tempi non se ne separava mai. Poi è finita nel caveau della sua banca di Miami. Le chiavi della cassetta sono state consegnate a tua madre. Ma qualche anno fa me l'ha fatta recapitare in un pacco sigillato con un biglietto.»

«Cosa c'era scritto?»

«Tua madre era una tipa strana, erano solo poche parole enigmatiche: "Consegnala a Ruben, ma solo se te lo chiederà". Visto che me le chiedi, direi che è giunto il momento di consegnarti le scartoffie di tuo nonno.»

Si alzò di scatto dal divano e tornò dopo una decina di minuti con una vecchia borsa di cuoio nero.

«Eccola. Prendila pure, non vedevo l'ora di liberarmene... Spero che ti porti fortuna.»

26
Tel Aviv, 23 aprile 1992

Esther desiderava sposarsi in riva al mare. Non importava quale. Il mare è uno solo e in mare aveva lasciato andare sua madre: soltanto così sarebbe stata anche lei presente. Ruben aveva acconsentito entusiasta, ma bisognava convincere il rabbino. Di gran lunga il più celebre a Tel Aviv era rav Ha-Levi.

Senza tornare in hotel, con ancora in mano la borsa, raggiunsero il suo indirizzo.

Fine cabbalista e uomo illuminato, Shlomo Ha-Levi li ricevette al piano terra di un candido villino con gli spigoli arrotondati in stile Bauhaus. Era anziano e corpulento e indossava una palandrana damascata che gli conferiva un aspetto orientale e fiabesco. Con passo incerto e dolorante li fece accomodare nel suo studio tappezzato di libri, appuntò su un foglio i nomi degli sposi e, dopo aver controllato l'agenda, si mostrò disponibile a celebrare il matrimonio. Ma, quando Ruben gli annunciò che avrebbe avuto luogo sulla spiaggia, tornò rapidamente sulla sua decisione.

«Soffro di reumatismi e le mie articolazioni non mi permettono certe stravaganze» concluse con mitezza congedandoli. «Cercate qualcun altro, la città è piena di giovani rabbini, avete solo l'imbarazzo della scelta...»

Ruben ed Esther ripiegarono su un cinquantenne che godeva di un ampio seguito. Li accolse in un ufficio al secondo piano di una casetta incassata tra due grattacieli che la stringevano come in una morsa. L'idea della cerimonia sulla spiaggia gli piacque ma li riempì di raccomandazioni.

«Sotto il baldacchino la sposa avrà il volto coperto da un velo ma il marito prima dell'inizio della cerimonia dovrà sollevarlo per controllare. Giacobbe non lo fece e finì per prendere in moglie Lea invece della sorella Rachele. A proposito, avvocato, ricorda la frase che dovrà pronunciare?»

«Se io ti dimentico, o Gerusalemme, si paralizzi la mia mano destra. Resti attaccata la mia lingua al palato, se io non mi ricordo di te, se non metto Gerusalemme al di sopra di ogni mia gioia» recitò Ruben senza esitazioni.

«Perfetto. Il bicchiere sarà avvolto in un fazzoletto, a qualcuno capita che il piede scivoli sulla stoffa, ma lei dovrà badare a romperlo al primo colpo, diversamente sarà dominato per sempre da sua moglie. Mai trascurare i dettagli...» Poi si infilò una mano nella tasca interna della giacca e porse a Ruben un cartoncino azzurro pallido. «Per combinazione, ho con me il biglietto da visita di una società che organizza ricevimenti impeccabili. È di proprietà di un mio lontano cugino... Se andate a mio nome vi farà uno sconto.»

Esther e Ruben si scambiarono uno sguardo d'intesa, si congedarono e tornarono al villino Bauhaus. La mitezza del rabbino più anziano li aveva affascinati tanto quanto la pignoleria del più giovane li aveva infastiditi. Dopo molte lusinghe, lo convinsero a mettere da parte i reumatismi e a celebrare il matrimonio. Prima di lasciarli andare, Ha-Levi aggiunse enigmatico:

«Le lettere che compongono il suo cognome sono l'acronimo dei quattro livelli di interpretazione del testo biblico. Il peshat, ovvero il significato letterale. Il remez, il significato profondo e simbolico. La derashah, l'indagine comparativa e metaforica. Il sod, il significato nascosto e segreto, il misticismo. Un'interpretazione "pardes" contempla sempre la combinazione dei quattro metodi.»

«Una grande responsabilità.»

«Immagino che lei sappia che in ebraico Pardes vuol dire frutteto e per estensione Paradiso.»

«Sì, anche se la mia vita non è stata poi così paradisiaca.»

«Pardes è anche il tema della Aggadah, che racconta dei quattro rabbini che visitarono il giardino dell'Eden.»

«Ben Azzai guardò e morì; Ben Zoma guardò e divenne pazzo; Acher distrusse le piante; Akiva entrò in pace e uscì in pace» recitò Ruben.

«Ottimo!» esclamò il rabbino con un sorriso compiaciuto. «Probabilmente lei è stato ciascuno di questi quattro uomini. Ma è tempo di scegliere... Deve decidere se distruggerà il giardino che si troverà davanti, se lo vedrà e morirà, se diventerà pazzo guardandolo, o se entrerà e uscirà in pace. Delle quattro possibilità dovrà sceglierne una sola.»

Ruben lo guardò interdetto, lo salutò con un inchino e promise che sarebbero tornati il giorno seguente. Ma, una volta in strada, Esther si accorse che qualcosa non andava.

«Sto per sposare un uomo con un cognome paradisiaco!» gli sussurrò Esther con una punta di malizia.

Ruben non rispose.

«Cosa c'è che non va?»

L'interrogativo del rabbino aveva bucato il cuore di Ruben come una freccia e si era insinuato in quello di Esther come un verme nella mela. E lei cominciava a chiedersi se quel cognome che stava per prendere le avrebbe portato fortuna oppure no.

«Desidero con tutte le mie forze che la nostra nuova vita sia come il giardino del paradiso terrestre, ma ha ragione Ha-Levi, io sono già stato ciascuno di loro. Ora devo scegliere.»

«Che ne dice di indossare i panni di Akiva, quello che entrò in pace e uscì in pace?»

Ruben le cinse la vita e la avvicinò a sé. Le sue labbra d'istinto cercarono quelle di Esther e le labbra di Esther risposero. Lui la strinse contro il suo corpo e lei non si ritrasse.

Restarono così qualche secondo, senza colpa. L'abbraccio sembrò sciogliersi da solo.

Proprio nell'istante in cui si separavano, una piccola foglia caduta dall'albero che allungava i rami sopra di loro, dopo aver piroettato nell'aria disegnando bizzosi ghirigori proprio davanti ai loro volti, portata dalla brezza atterrò sulla spalla di Ruben. Esther sorrise, prese la fogliolina e gliela porse come un dono. E lui se la mise nel taschino della giacca. Quel bacio e quel gesto, che il contratto non aveva contemplato, furono un'epifania. Ruben capì che lei sapeva amare. Ed Esther pensò che almeno una foglia del giardino promesso da quel cognome era già lì, vicino al cuore dell'uomo che stava catturando il suo. Scavalcando per un istante le inutili clausole, come tutti gli innamorati, avevano giocato al paradiso terrestre. E il gioco gli era piaciuto. L'amore è un'imprudenza difficile da non commettere.

Trascorsero il resto del pomeriggio a prenotare la sala per il ricevimento, a scegliere gli addobbi e a fissare l'infinita serie di dettagli che la cerimonia richiedeva: la distanza del baldacchino dal mare, il tessuto che avrebbe ricoperto la piattaforma poggiata sulla sabbia, il colore delle tende e quello dei rivestimenti delle sedie. E per finire il menu. Ma era stato quel bacio a trasformarli da soci in complici.

Subito prima del tramonto tornarono in albergo, lasciarono la borsa, e decisero di concedersi una nuotata. Esther fu la prima a tuffarsi. Nel mare calmo e ceruleo, con il bacino alto, il capo perfettamente allineato alla mano che fendeva l'acqua, avanzò veloce, allungando la bracciata il più possibile e imprimendo alle gambe movimenti potenti e ritmati come le aveva mostrato sua madre: la liquida melodia che le aveva insegnato fin da subito.

L'iniziazione al nuoto dei figli di Giuditta era stata uguale per tutti. Una gita in pattino con lei ai remi e i figli arrampicati sui galleggianti e, una volta al largo, il lancio in acqua del predestinato. Se non tornava a galla, la madre con uno dei suoi tuffi senza schizzi andava a ripescarlo. Se al terzo tentativo non riusciva a galleggiare da solo, voleva dire che non sarebbe mai stato un buon nuotatore. Tutti i suoi figli erano riusciti a rimanere a galla al primo lancio. Con lei non si scherzava.

Esther batté Ruben arrivando per prima al gavitello che avevano fissato come traguardo. Era stata sua madre a farle vincere la gara, l'aveva sentita accanto in ogni bracciata.
«La prossima sarà mia!» disse Ruben con aria di sfida.
«Per farlo dovrà allenarsi duramente, avvocato Pardes!»
Continuavano a darsi del lei. Ma quel bacio aveva ormai rimescolato le carte. "Niente sesso prima del matrimonio, questo era il patto" pensò Esther nuotando dolcemente verso la riva. "Ma i baci con il sesso non c'entrano: i baci sono l'amore."

Di nuovo in albergo, nella terrazza su cui si affacciavano le loro stanze comunicanti ma ancora separate, avvolta nell'accappatoio, Esther si lasciò asciugare i capelli dalla brezza che veniva dal mare.
Era stata una giornata densa di emozioni, di sorprese e di scelte, ma tutto era andato per il verso giusto. E si scoprì a pensare che stava vivendo in una fotografia che, per una volta, non avrebbe saputo come migliorare.
Cenarono in terrazza con pesce e champagne. Anche stavolta Ruben mandò via il cameriere e fu lui a servirla. L'abito azzurro che Esther aveva scelto le scivolava addosso come una seconda pelle, la notte era tiepida. La borsa che veniva dal passato poteva attendere. Ancora per un po', a guidare le loro vite sarebbe stata l'intimità rubata al contratto poche ore prima. A Esther non era mai successo di aspettare tanto prima di finire a letto con un uomo, e la cosa cominciava a piacerle. La castità dei loro incontri era diventata un gio-

co nuovo e inaspettato e le appariva più eccitante di quanto avesse mai potuto immaginare. Stava imparando ad assaporare l'attesa e la scoperta. Anche del passato di Ruben, di cui, proprio quella mattina, aveva intravisto un singolare tassello.

«Come mai lei non aveva conosciuto la seconda moglie di suo nonno?»

«Mia madre la odiava, ricambiata. Per quella donna volgare, lui aveva scelto di cambiare vita e Paese... Lei lo aveva stregato.» Ruben vuotò il bicchiere tutto d'un fiato. «È così algida e venale che mi sembra impossibile che abbia conservato per tanto tempo quella borsa ignorandone il contenuto. Polvere e tappeti, così ha definito il passato della mia famiglia...»

Quando lo champagne terminò, con un gesto della mano Ruben le indicò la propria stanza. Per un istante Esther pensò che, grazie alle bollicine e alla Terra Promessa, le mura di Gerico stessero per crollare ma, quando lui mise al centro del letto la borsa nera, capì che la protagonista di quella notte sarebbe stata proprio lei.

Si sedettero l'una accanto all'altro, vicini. Per la prima volta si trovavano nella stessa stanza d'albergo, seduti sullo stesso letto e da soli. Ci sarebbero state altre notti. Tutte le altre.

Ruben passò prima delicatamente la mano sulla pelle della borsa, quasi ad accarezzarla, poi, con un gesto deciso, sganciò le fibbie di metallo che la tenevano chiusa, ma sentì che opponevano resistenza. Guardandole con attenzione, scoprì che erano bloccate da due sottili fili metallici chiusi da minuscoli sigilli di ceralacca.

«Strano, siamo andati in giro tutto il pomeriggio con questa borsa e non li abbiamo notati...»

Li ruppe e le fibbie scivolarono libere mostrando il contenuto che Ruben estrasse e dispose sul letto: un registro contabile foderato in pelle rossa, una serie di buste chiuse,

delle scartoffie, due mazzi di chiavi e una kippah di velluto nero con i bordi ricamati in oro.
«Ci vorrà del tempo per controllare tutto.»
«Cosa spera di trovare?»
«Il passato della mia famiglia è stato seppellito dalla guerra e da molti silenzi. Mio nonno ha ostacolato con tutte le sue forze l'amore dei miei genitori, ma mia madre non ha ceduto.»
«L'amore ha trionfato ed è nato il piccolo Ruben.»
«Proprio così.»
Il contenuto della borsa nera era ormai sparpagliato sul lenzuolo. Ruben passava le dita sulle buste ingiallite senza aprirle, sfiorava il registro di pelle senza sfogliarne le pagine, giocherellava curioso con chiavi di cui non conosceva le serrature. Prolungava l'attesa per paura di venire deluso. Temeva che il contenuto della borsa del nonno non avesse da rivelargli altro che un passato inservibile: solamente polvere e tappeti. Poi, con una lieve esitazione, prese la kippah di velluto nero intessuta di fili d'argento e, dopo averla rigirata a lungo tra le mani, se la mise in testa. Saltando una generazione, dopo sessant'anni, la kippah del nonno era posata sui capelli del nipote.
«Metterò questa il giorno del matrimonio» disse con uno sguardo enigmatico.
«Una kippah nera?»
«Lo so, di solito la kippah dello sposo è bianca, ma voglio che mio nonno sia con me e benedica le nostre nozze.»

Chini su un passato polveroso, Esther e Ruben erano seduti vicini. Troppo vicini. Se non ci fosse stato il contratto, forse sarebbe successo quello che doveva succedere, ma il contratto era il motivo per cui erano arrivati fin lì. Tanto valeva rispettarlo.
D'improvviso, una busta color paglierino da cui spuntava il bordo dentellato di una vecchia fotografia attirò l'attenzione di Esther.

«Ci sono delle fotografie, le guardiamo?» chiese per sciogliere la tensione, ma Ruben sembrò infastidito.

«Dopo, forse...»

«Non è curioso?»

«Qualcosa mi trattiene.»

«Cosa?»

«Nella mia famiglia non c'era l'abitudine di farsi fotografare. Conservo solo un paio di immagini di mio nonno e qualcuna di mia madre con me bambino. Sembra che nessuno della mia famiglia abbia mai voluto fermare la propria vita davanti all'obiettivo.»

«Dunque questa busta non può che riservare sorprese.»

«D'accordo, facciamo come desidera... La apra lei» acconsentì Ruben avvicinandosi fino a far aderire il fianco a quello di lei.

Con un gesto da prestidigitatore, Esther sollevò la busta tenendo l'apertura all'ingiù: le foto scivolarono fuori aprendosi a ventaglio sul letto. Apparve un bambino con un cappello di pelliccia e un violino, sullo sfondo di una sinagoga. Sul bordo c'era scritto a inchiostro blu: "Avrahàm. Odessa, gennaio 1904". Poi una coppia sulla spiaggia, lei aveva in braccio un neonato. Sul retro, a matita: "Avrahàm, Miriam e Havah Azoulay. Tel Aviv, agosto 1933".

«Chi sono?»

«Quello con il colbacco non può che essere mio nonno. I luoghi e le date coincidono. Non sapevo che suonasse il violino, mia madre non me l'ha mai raccontato... L'uomo e la donna sulla spiaggia devono essere il nonno e la nonna, e la bambina è mia madre. Strano, mamma era bruna ma in questa foto sembra avere i capelli chiari...»

«Sarà un effetto della luce, vediamo se ce ne sono altre.»

Esther infilò le dita all'interno della busta e scoprì che una piccola fotografia era rimasta incastrata in fondo. La tirò fuori e gliela mostrò. Era quella di una bimba bruna seduta su uno sgabello e con una bambola tra le braccia.

«È mia madre! Mi parlava sempre di quella bambola. È incredibile, queste immagini sono rimaste prigioniere in una borsa per sessant'anni! Come avrei voluto vederle prima...»

«E il libro foderato di pelle rossa? Cosa ci sarà dentro?»

«Sembra un registro commerciale, vediamo...»

Ruben provò ad aprirlo ma i fogli resistevano. Soffiando tra le pagine con delicatezza ne separò i lembi a uno a uno. Apparvero liste di dare e avere e note a margine vergate con una calligrafia ordinata e minuta. A metà del registro, pressato tra due fogli, c'era un batuffolo grigiastro. Esther lo prese con pollice e indice e se lo posò sul palmo della mano.

«È un batuffolo di cotone...»

Ruben riaprì il registro alla pagina dalla quale era spuntato ma, mentre lo prendeva dalla mano di Esther e lo rimetteva al suo posto, notò che la calligrafia, da quella pagina in poi, cambiava: era più disordinata e aveva un andamento verticale e tondeggiante. I conti seguivano con la nuova calligrafia fino alle ultime due pagine che erano strappate.

«Strano...» mormorò Ruben chiudendo il registro.

Tra le buste sparpagliate sul letto ne trovò una con un francobollo italiano. Guardò Esther stupito e le chiese:

«Viene dall'Italia, la apriamo?»

«Ma certo.»

La busta conteneva una lettera scritta con una calligrafia svolazzante.

Ruben scorse il foglio in silenzio. Poi, ad alta voce:

«La lettera termina così: "Dài un bacio da parte mia alla piccola Havah e trovati una moglie. Un abbraccio, Davide Cohen".»

«È firmata Davide Cohen? Ma è il nome di mio nonno! Deve essere un caso di omonimia.»

«Di sicuro. Curioso, però...»

«Dobbiamo approfondire. Se le due famiglie hanno avuto dei rapporti in passato, più che di contratto possiamo parlare di destino...» concluse Esther, sbalordita da quella più che singolare coincidenza.

Poco dopo, una busta color caffellatte chiusa con la ceralacca attirò l'attenzione di Ruben. Tolse il sigillo e la aprì.

Apparve un sottile astuccio di pelle nera dove erano custodite due piccole foto formato passaporto, leggermente ondulate e con dei timbri a secco sull'angolo in alto a sinistra. La prima ritraeva un uomo dal volto affilato, con la barba e gli occhiali di tartaruga. La seconda una donna con i capelli chiari e gli occhi grigi.

«Sono la coppia ritratta sulla spiaggia di Tel Aviv» notò Esther.

Insieme all'astuccio c'erano due pacchetti: uno legato con un nastro azzurro e con su scritto a matita "Azoulay", l'altro chiuso da un cordino dorato e con la scritta "Özal".

Ruben li tenne in mano qualche secondo senza decidersi a sciogliere i nodi.

«Avrahàm Azoulay è il nome del mio nonno materno. È morto in America quando io ero molto piccolo. E questi Özal chi sono?» mormorò Ruben.

«Magari degli amici. Apriamo prima quello del nonno Azoulay...» suggerì Esther.

Il nastro azzurro si sciolse facilmente; il pacchetto conteneva due passaporti con lo stemma sovietico e i timbri della dogana di Salonicco, del Mandato britannico e della Confederazione svizzera. Su uno c'era il volto di un uomo con la barba e un paio di occhiali di tartaruga indicato come "Avrahàm Azoulay". L'altro mostrava il volto di una donna bruna, con i capelli raccolti in uno chignon e gli orecchini di perle, sotto era riportato "Miriam Azoulay". Su una pagina del primo passaporto c'era una dicitura che certificava che insieme al padre viaggiava la figlia Havah Azoulay.

Ruben provò a sciogliere con delicatezza il cordino dorato che avvolgeva il secondo pacchetto, ma resisteva e finì per strapparlo. All'interno c'erano due passaporti turchi: il primo con la foto di un uomo con i baffi dal nome "Ibrahim Özal", e il secondo con la foto di una donna bruna con grandi occhi scuri dal nome "Miriam Özal". Su una pagina del primo passaporto c'era una dicitura che certificava che insieme al padre viaggiava la figlia Yasemin Özal.

I volti dell'uomo e della donna dei passaporti degli Azoulay erano identici a quelli dell'uomo e della donna dei passaporti degli Özal. Delle due bambine comparivano solo i nomi: Havah e Yasemin.

Con mani tremanti, Ruben ripescò la foto di sua madre con la bambola, la avvicinò alla lampada e ispezionò il retro. Era vuoto, ma guardandolo a luce radente si accorse di una minuscola scritta sul margine destro. Era stata incisa così forte e da una matita così dura che nemmeno una cancellatura ostinata era riuscita a eliminarne la traccia. Quella scritta disegnava un nome: Yasemin.

La vita di Ruben si rovesciò come un sacco.

Confrontò foto e timbri dei passaporti. Il visto d'entrata in Palestina del musulmano Özal portava la data "2 giugno 1935", quello di uscita dalla Palestina dell'ebreo Azoulay la data "20 aprile 1936". Ma le foto dei due, senza ombra di dubbio, erano della stessa persona, ed era il nonno che Ruben non aveva mai conosciuto, scampato al pogrom di Giaffa e riparato a Basilea. E l'uomo e la donna delle due foto ondulate e con i timbri a secco contenute nell'astuccio di pelle nera erano identici all'uomo con il volto affilato e alla donna con in braccio la bambina con i capelli chiari ritratti sulla spiaggia di Tel Aviv nell'agosto del 1933...

Ibrahim e Avrahàm, Yasemin e Havah, Miriam e Miriam... Un musulmano che aveva preso in prestito la vita a un ebreo? A questi tre ebrei?

L'altra faccia del passato di Ruben, d'improvviso, reclamò i suoi diritti.

Un'ultima busta spiccava tra le altre perché era chiusa con la stessa ceralacca che serrava i cordini della borsa nera. Ruben strappò il sigillo e vennero fuori dei fogli vergati nell'inchiostro color granata che usava sua madre, di cui riconobbe la calligrafia...

Con occhi febbrili e increduli, Ruben divorò quei caratteri color sangue.

Ruben, figlio mio,
se mi stai leggendo, ormai conosci il segreto della nostra famiglia. Un segreto che ho scoperto solo dopo la morte di tuo nonno e che non ho mai avuto il coraggio di rivelarti.
Ti ho raccontato mille volte della sua morte improvvisa all'Avana. E di come io e tuo padre, con te bambino, siamo partiti precipitosamente dal kibbutz per raggiungere Miami e assistere al suo funerale. Eri troppo piccolo per ricordare quel viaggio e quel lutto, ma hai sempre saputo che da ragazza lo avevo abbandonato in un letto d'ospedale per seguire un doppio sogno: l'amore per tuo padre Yaacov e quello per il sionismo. E che mi sono sempre portata dietro il peso di quella scelta.
Sai anche che all'apertura del testamento ho scoperto che ero più ricca di quanto avessi mai potuto immaginare. Ma non hai mai saputo che, insieme a conti correnti, contratti, portafogli di titoli, azioni, contanti e gioielli, mi sono state consegnate le chiavi di una cassetta di sicurezza dove mio padre aveva depositato la borsa che hai appena aperto.
Chiusa nel caveau della banca di Miami, mettendo a confronto i passaporti, come tu hai appena fatto o sei sul punto di fare, ho scoperto la menzogna con cui tuo nonno ha inquinato le nostre vite. Ero stordita. Non volevo ammettere quello che appariva chiaramente dalle fotografie, e dal cambio di grafia nei registri

contabili. In quel caveau, per un lungo istante, la mia mente si è svuotata di tutto, poi il mondo mi è crollato addosso.

Il tormento di quella scoperta, insieme al desiderio di sgombrare da ogni possibile incertezza l'evidenza del raffronto, mi ha spinta a commissionare delle ricerche in Israele a un uomo di mia fiducia. Costui ha consultato l'anagrafe e i giornali dell'epoca, e ha rintracciato alcuni testimoni. E ha appurato con certezza al di fuori di ogni dubbio che il signor Avrahàm Azoulay è morto la notte del 19 aprile 1936 in un pogrom a Giaffa, e che insieme a lui sono state massacrate anche sua moglie Miriam e sua figlia Havah.

Ma il mio vero padre non era lui. Mio padre si chiamava Ibrahim Özal ed era un turco musulmano nato a Istanbul che, forse per incassare la sua parte di un sostanzioso contratto che aveva stipulato e finanziato assieme al socio ebreo ormai morto, si è appropriato della sua identità e della sua vita. Il trucco ha funzionato. E anche le nostre vite ne sono state travolte.

Ciascuno ha il suo demone. Come il mio vero padre sia riuscito a trasformarsi in così poco tempo in un ebreo, come abbia potuto convincere la mia vera madre ad assumere un'altra identità, e come abbia falsificato i passaporti, per me è fonte di un misto di ammirazione e di vergogna.

Il tempo e poi la guerra hanno cancellato le tracce degli Özal, per tutti diventati gli Azoulay.

Io sono la figlia di Miriam Özal e non di Miriam Azoulay. E per colpa di mio padre ho rubato la vita a una bambina uccisa.

Alla luce di tutto questo, anche la morte di mia madre si tinge di interrogativi. Era d'accordo con mio padre? Ha condiviso la trasformazione, oppure l'ha subita? Era felice di interpretare la parte dell'altra nella messa in scena che il marito le aveva proposto, o forse Miriam si è raggomitolata nell'altra Miriam odiandola? Una cosa è certa: è annegata a Gerba. Ma è scivolata in acqua per un incidente o ha cercato la morte? E perché mi ha abbandonata

bambina, senza un indizio o una traccia per risalire alla mia vera identità, prigioniera di un segreto di cui lei, mia madre, non poteva non essere complice?
Troppe domande senza risposta. Troppi fantasmi senza più voce.
Yaacov Pardes, tuo padre, ha portato il segreto con sé nella tomba, pochi anni dopo.

Immagino che tu ti stia chiedendo se io avessi mai sospettato l'inganno dietro il quale mio padre si era nascosto.
Più di una volta erano affiorate sulle mie labbra parole in turco, ma le peripezie dei primi anni della mia vita tra Giaffa, Gerba e Alessandria d'Egitto avevano mescolato le lingue e giustificavano la confusione. A mia memoria ho dubitato di lui solo una volta. Quando era in fin di vita nell'ospedale di Basilea, ho preso in mano i suoi occhiali abbandonati sul comodino e mi sono accorta che le lenti non erano graduate. Perché portava degli occhiali inutili, che non ingrandivano né rimpicciolivano? Perché si fingeva miope? Sono stata io a non mettere a fuoco l'inganno. La vera miope ero io.

Dopo la morte di tuo nonno e la scoperta del raggiro che aveva perpetrato, non sono più tornata in Israele, perché mi vergognavo, anche se non avevo nessuna colpa. Pur non avendolo mai tradito, con la mia stessa esistenza tradivo il Paese che mi aveva accolta. Anche se involontariamente, avevo trasgredito la legge del ritorno che garantisce la cittadinanza dello Stato di Israele a qualunque persona sia di discendenza ebraica. Ero una cittadina illegale dello Stato che avevo contribuito a fondare e per il quale ero disposta a morire. Persino il mio matrimonio religioso, celebrato nel kibbutz di Hanita con un lenzuolo come baldacchino, non era più valido.
A Hanita avevo vissuto l'inebriante sensazione di aver trovato una famiglia: i fratelli e le sorelle che non avevo mai avuto. Non avrei più potuto essere la stessa con i compagni con cui avevo diviso preghiere e fatica, pericoli e sogni. E non avrei più potuto es-

sere la stessa con i musulmani che coltivavano le terre confinanti con cui ci scambiavamo concime e colpi di fucile. Tornando a Hanita avrei tradito due volte le mie due identità. Avrei mentito ai miei fratelli e ai miei nemici.

La confusione regnava nella mia anima, ma di una cosa ero certa: non potevo più tornare in Israele. Io, fervente sionista, ero una turca musulmana. Ero Havah, ma anche Yasemin.

Sono rimasta in America e ho preso in mano l'azienda. Ho fatto affari più e meglio di mio padre, la sua furia è diventata la mia. L'ho imitato come lui aveva imitato Azoulay. Sono diventata io stessa una menzogna. Volevo vendicare la morte della mia vera madre, ma ho finito per tradirla. Nella mia vita non ho perso un combattimento, salvo quello con me stessa.

Figlio mio amatissimo ma così poco amato, si restituisce solo quello che si è ricevuto. Se l'amore per me avesse trattenuto i passi di mia madre, se quando lei ha sentito che la corrente la spingeva a fondo avesse raccolto tutte le forze per risalire a galla, se quando l'acqua le ha riempito le narici e la bocca avesse pensato a me, la bambina che aveva messo al mondo...

Non ho avuto una madre e non sono stata una buona madre. Potevo seguire il suo esempio e uccidermi, ma non potevo infliggerti la stessa atroce ferita che aveva straziato la mia infanzia. Ti ho strappato dal cuore con un taglio secco. Ti ho tenuto a distanza per timore di tradirmi. Ti amavo troppo per mentirti e troppo per dirti la verità. Ho finto di non vedere il dolore che ti provocavo. Per tutta la vita ho provato nostalgia per come ci saremmo potuti amare senza quell'inganno.

Ho deciso di sigillare la borsa nella speranza che non finisse mai nelle tue mani.

Avrei potuto seppellirla di nuovo nella cassetta di sicurezza, avresti scoperto anche tu la verità alla mia morte come è successo a me, ma volevo risparmiarti la mia stessa sofferenza.

Potevo distruggerla, strappare i passaporti, il contratto, il registro e le foto. Potevo cancellare per sempre la verità, ma sono stata cresciuta come un'ebrea e non posso cancellare la memoria.

Ho voluto lasciare alla pallina del caso la possibilità della scoperta del cuore scabroso nascosto nelle nostre vite.

Golda è stata la mia roulette. Solo consegnando alla sua arroganza e alla sua stupidità il nostro segreto potevo sperare che non venisse mai a galla. Ho desiderato che seppellisse la borsa in una cantina o che la gettasse nei rifiuti. Mi sono illusa che quella scriteriata se ne sarebbe liberata, o almeno che a te non venisse in mente di frugare nel tuo passato. Ho puntato sul futuro e ho perso. Il passato ha voluto la sua parte e ora stai leggendo le mie parole.

Ti ho desiderato, ti ho fatto nascere, ti ho nutrito, ti ho accompagnato come ho potuto, e ti ho lasciato andare. Ma non ho avuto il coraggio di dirti la verità. Ora è davanti ai tuoi occhi. Non è servita a me e non servirà a te. Non portare rancore a tuo nonno. L'ho già fatto io per entrambi. Cerca di fare buon uso di quello che hai scoperto. Non lasciare che ti sommerga come è capitato a me.

Ti ho sempre detto che mischiare l'acqua con l'olio è impossibile, ma ora sai che questo è invece avvenuto nelle nostre vite. Inverti il destino. Almeno tu, accetta di essere due in uno.

Tua madre

La luce della luna invadeva la stanza e illuminava a giorno quei fogli che avevano risalito la corrente per arrivare fino a loro. Il passato li aveva colti alla sprovvista, sospesi tra quello che era accaduto e quello che sarebbe potuto accadere. Esther capì che i loro destini si stavano capovolgendo.

Ruben piegò la lettera, si strappò dal capo la kippah e la gettò in terra.

«Nulla è come sembrava. Nulla è come deve essere. Il

contratto che hai firmato è viziato. Non è più valido, puoi stracciarlo. Ti ho rubato la vita.»

Per la prima volta Ruben Pardes le aveva dato del tu.

«Sono pronto a risarcirti. Non devi più sposarmi. Io sono un ebreo sbagliato.»

EPILOGO

Io sono il Contratto. Gli uomini mi utilizzano per domare il caos e si illudono che io possa proteggerli dall'errore, dall'avidità, dalla perfidia e dal caso. La verità è un mistero sfuggente, e io per primo posso celare l'imperfezione che essi temono ma che contribuiscono a creare. Ogni cosa è in difetto, in ritardo, sbagliata, imperfetta. E nulla è più mutevole, inadeguato ed effimero di me.

Posso rimanere congelato per secoli e bruciare in un istante. Posso essere modificato con il consenso delle parti ed essere falsificato in segreto da entrambe. Un cavillo può compromettermi. Gli impedimenti possono travolgermi e polverizzarmi. Sono ingannevole per natura e in balia di interessi contrapposti. I tornaconti che guidano la mia stesura possono sopravvivere alle traversie della vita e persino all'amore.

Tutti si aggrappano a me come a una zattera, ma sono il primo a saltare.

È stato Dio a redigermi per la prima volta. La transazione era di quelle irrinunciabili e definitive, la posta in gioco era il Paradiso, ma sono saltato per una mela. I vincitori mi hanno sempre usato per dettare la pace. Ma le condizioni debitorie che imponevo erano ogni volta così onerose che i perdenti finivano per scatenare la guerra. Il peggior ruolo che mi sia toccato di recitare me l'ha cucito addosso Shakespeare. Interpretavo un contratto usuraio, applicato a un uomo appartenente al popolo che all'usura era costretto ma che era disprezzato perché la praticava. Proprio l'inesigibile libbra di carne viva pretesa dal creditore Shylock, che io sancivo, nero su bianco, come irrinunciabile prezzo per la mancata restituzione del prestito, si rivelò la dimostrazione definitiva della mia congenita deformità e del mostruoso arbitrio che avrei dovuto perpetrare.

Ruben Pardes non poteva non conoscere i miei limiti connaturati. Gli avvocati vivono della mia insita imperfezione. Ma peccò di orgoglio e tentò di forzarmi alla perfezione di cui aveva bisogno per sopravvivere. Illuso. Iridescente e pronta a mettere le vele al nuovo vento e ben più porosa e cangiante delle mie clausole e dei miei codicilli, la vita cambia i termini che ho stabilito, sbilancia le condizioni delle parti che mi hanno sottoscritto, sbriciola gli accordi che ho sancito. In una parola: mi scavalca. La vita ha sempre ragione. Soprattutto di me.

Ruben mi compilò al meglio. Le parti, di comune accordo, firmarono. Ma proprio io che ero stato redatto per essere perfetto, viziato da un errore ignoto a entrambi, mi sono rivelato magistralmente imperfetto. Nessuna delle pattuizioni che avevo concordato per loro era più esigibile.

Da uomo d'onore, lui liberò Esther da tutti gli obblighi ma lei, seppure sciolta da ogni vincolo, sull'onda di quella massima imperfezione che chiamiamo amore decise di strapparmi in mille pezzi e lo sposò.

Così Ruben, figlio di una musulmana e di un ebreo, ed Esther, figlia di un'ebrea e di un cristiano, malgrado me o forse grazie a me, divennero marito e moglie. E, dopo un anno, padre e madre di un bambino. Grazie alla nonna ebrea Giuditta, il figlio dell'ebreo sbagliato Ruben fu ebreo per gli ebrei. E fu quello che ciascuno credeva meglio per tutti gli altri.

I genitori lo chiamarono Davide come il bisnonno materno. L'unico che di questo grande pasticcio avrebbe riso per davvero.

Ringraziamenti

Scrivendo questo romanzo, ho rubato un morso di vita a: Massimiliano Borelli, Raffaella Casiraghi, Andrea Geremia, Annamaria Guadagni, Alessandra Maffiolini, Miriam Meghnagi, Carlo Panella, Francesca Pedanesi, Carmen Prestia, Marilena Rossi, Ileana Zagaglia. E per questo, e per molto altro, li ringrazio.

Indice

9   MIRIAM
251 GIUDITTA
439 ESTHER
609 EPILOGO

615 *Ringraziamenti*

Mondadori Libri S.p.A.

Questo volume è stato stampato
presso ELCOGRAF S.p.A.
Stabilimento - Cles (TN)

Stampato in Italia - Printed in Italy